Michael H. Schenk

Die Pferdelords und das Volk der Lederschwingen

Roman

MIRA®

Die Völker
Das Kaltmeer
Die weißen Sände
Zwerge
Elfen des Waldes
Tarsilan
Pferdelords
Die Barbaren des Dünenlandes
Enderon
Das Königreic
Die westlichen Wasser
Gedaneris
Das verlorer
Das Südmeer
250 Tausendlängen
Grenze
Hauptfluss
Handelsroute

N
W
O
S
Das Eisvolk
Die Nachtläufer
Orks
Das Volk der
Lederschwingen
Orks
Die Sandbarbaren

Das Nordgebirge
Noren-Brak
Eternas
Die
versteinerten
Wälder
Sümpfe
Codan
Tergonas
Merdona
Korin
Pferdelords
Enderonas
Hedan
Die
Mittelberge /
Teanus
Königreich
Korin
von
Alnoa

Cantarim
Orks
Plateau
Pass von
Merdoret
Das Volk der Lederschwingen
Die Berge von Uma´Roll
Der Horst
Alneris

1

Der Pfad war steil und sein Verlauf nur für das eingeweihte Auge zu erkennen. Einzelne Tritte führten an der aufragenden Felswand entlang, und die Hände mussten sich in Spalten und an Vorsprünge klammern, wenn die Füße keinen festen Halt fanden. Nur zu leicht konnte man abgleiten und in die Tiefe stürzen. Aber die beiden Männer nahmen die Mühsal des Aufstieges zum Geburtsfelsen gerne auf sich. Viel zu selten schlüpfte im Horst der Lederschwingen ein Junges, und noch seltener überlebte es das Ereignis um mehr als wenige Augenblicke. Die Lederschwingen waren mächtige Wesen, und vielleicht hatte die Natur es mit Bedacht so eingerichtet, dass es nur wenige von ihnen gab.

Hier oben, unter dem höchsten Gipfel der Schwarzen Berge von Uma'Roll, war die Luft dünn, und es war kalt. Obwohl die Männer die Unbilden dieser Höhen gewohnt waren, fröstelten sie unter dem scharfen Wind. Anschudar und Mordeschdar hatten sich fest in ihre dicken Pelzmäntel gehüllt, die Kapuzen hochgeschlagen. Sie hielten die Köpfe ein wenig gesenkt, verzichteten aber darauf, die Klarsteinscheiben vor ihre hölzernen Reithelme zu klappen.

Unter Anschudars Fuß löste sich ein Stein, und er krallte seine freie Hand in eine Felsspalte, als er für einen Augenblick den Halt verlor.

„Aufgeregt?" Mordeschdars Stimme klang nachsichtig.

Im Grunde war Anschudar noch kein erwachsener Mann und, wenn man es genau nahm, auch noch kein Schwingenreiter. Jeden Morgen kämmte er sich den Bartflaum gegen den Strich, damit er dichter und kräftiger wirkte. Ja, er war aufgeregt, aber das war nur zu verständlich. An diesem Tag, wenn die Geburt gelang, würde Anschudar zum ersten Mal den Rücken einer Lederschwinge bedecken und sich auf ihr in die Lüfte erheben. Dann, endlich, würde er ein Schwingenreiter sein.

„Gib mir den Sattel, Junge. Ich bin den Pfad schon oft mit Schwingenrekruten gegangen und weiß, wohin ich den Fuß setzen muss."

„Es ist mein Sattel", erwiderte Anschudar störrisch. „Also muss ich ihn auch tragen."

„Stell dich nicht so an. Es ist auch dein Leben, Junge, und wenn du abstürzt, dann bin ich es, der dich bergen und zum Horst zurückschleppen muss."

Anschudar seufzte. Der alte Schwingenführer hatte recht. Zögernd zog er den ledernen Sattel unter dem Arm hervor und reichte ihn dem Alten. Die Sitzfläche war kaum zwei Handflächen groß und weich gepolstert, während die Steigbügel plump und massiv von ihren Lederriemen hingen.

„Wir sind bald da, Anschudar", meinte Mordeschdar. „Glaube mir, ich kann gut nachvollziehen, wie du dich jetzt fühlst. Mir erging es nicht anders, als ich meiner Lederschwinge zum ersten Mal begegnete."

„Vielleicht werde ich sie gar nicht zu Gesicht bekommen", seufzte der Jüngere und tastete sich weiter den eisigen Pfad entlang.

„Mag sein", brummte Mordeschdar. „Wenn deine Schwinge schlüpft und gut aus dem Ei kommt, muss sie noch den Sturz überstehen. Viele sind daran schon gescheitert."

Das war eigentlich Anschudars größte Angst. Von klein auf war er zum Schwingenreiter erzogen worden. Nicht alle Männer seines Volkes waren dazu auserkoren, eines Tages den Bund mit einem dieser Wesen einzugehen. Man musste über die Fähigkeit der Verbindung verfügen, durch die man die Gedanken der

Flugwesen spürte, wenn man ihre Haut berührte. Als er zum ersten Mal aus eigener Kraft auf seinen Beinen stehen konnte, hatten seine Eltern ihn zur Feedanaa gebracht, der Hüterin des Horstes. Sie hatte Anschudars Gaben erkannt und über seine Zukunft bestimmt. Doch all seine Erziehung und sein theoretisches Wissen würden vergebens sein, wenn das für ihn bestimmte Flugwesen zu Tode stürzte.

Anschudar blickte nach oben. Nur wenige Längen noch, und sie hatten endlich den Gipfel des Geburtsfelsens erreicht. Diese höchste Erhebung des Uma'Roll fiel zu einer Seite steil ab. Gute eineinhalb Tausendlängen ging es dort hinab in die Tiefe. Dieser Abgrund würde über das Schicksal seiner Lederschwinge und Anschudars Zukunft entscheiden.

Ein Stück über sich sah er das schwarze Rund des Eises. Anschudar bemerkte den Schatten, der über ihn fiel, und spürte einen leichten Luftzug, als das Muttertier dicht neben ihnen am Pfad vorbeistrich. Ihre ledrigen Schwingen bewegten sich auch hier, in der dünnen Höhenluft, mit anmutigen, sanft wirkenden Bewegungen. Sie hatte ihr Ei bebrütet und nun, da der Schlupf unmittelbar bevorstand, behutsam auf dem Geburtsfelsen abgelegt.

„Sie ist sicherlich ebenso aufgeregt wie du, mein Junge." Mordeschdar nickte unter seinem Helm und der Kapuze. „Auch für sie hängt viel davon ab. Es muss schwer sein, ein Junges zu verlieren."

Anschudar konnte das verstehen. Die Lederschwingen empfanden um den Tod eines ihrer Jungen nicht weniger Trauer als die Menschen des Volkes um den ihrer eigenen Kinder. Er sah erneut auf das Ei. „Ich glaube, es ist gleich so weit, Schwingenführer. Das graue Netz breitet sich aus."

„Dann sollten wir uns beeilen", knurrte Mordeschdar. „Du musst deine Hände an die Schale legen, bevor sie bricht."

Die Schale begann sich unmerklich zu öffnen. Mit den zahlreichen Sprüngen, die ihre Oberfläche überzogen, wirkte sie, als habe man ein graues Netz darübergeworfen. Lederschwingen hatten keinen Eizahn, mit dem sie die dicken Schalen öffnen konnten. Sie mussten ihre Körpermuskeln anspannen und die Schwingen ausbreiten, um das Ei zu zersprengen. Die Natur hatte es so eingerichtet, damit das Wesen bereit war, sofort nach der Geburt zu fliegen.

Erneut strich das Muttertier um den Geburtsfelsen, und dieses Mal stieß es einen leisen Schrei aus, der die Männer zur Eile mahnte. Hastig kletterten sie den Pfad hinauf, bis sie endlich auf dem winzigen Gipfelplateau des Geburtsfelsens standen. Sie achteten nicht auf die Höhe, in der sie sich befanden. Sie waren es gewohnt, in die Tiefe hinabzusehen. Sei es vom Boden ihres Hortes aus oder vom Rücken einer Lederschwinge.

Das Plateau maß keine zehn Längen im Durchmesser und war nahezu kreisrund. Der Boden war von den Lederschwingen sorgfältig geglättet und anschließend gebrannt worden, damit kein spitzer Stein die Hülle eines Eis beschädigen konnte. Eine kräftige Bö hätte die beiden Männer einfach vom Felsen heruntergewischt, aber der Wind ging gleichmäßig, als Anschudar mit einem langen Schritt an das Ei herantrat, während Mordeschdar am Ende des Pfades verharrte. Es mochte an die fünf Längen hoch sein und deren zwei im Durchmesser haben. Anschudar zog die gefütterten Handschuhe aus und legte die klamm werdenden Hände an die Schale des Eis. Sie fühlte sich warm an und vibrierte leicht. Es konnte nur noch Augenblicke dauern, bis es so weit war.

„Es ist groß“, murmelte Anschudar.

„Ja, das ist es. Wenn du Glück hast, wirst du auf einer außergewöhnlichen Schwinge reiten können. Doch beeile dich. Du musst nun ihren Namen denken“, mahnte der Schwingenführer. „Rasch, bevor sie schlüpft."

Gedanken waren intensiver, wenn man sie in Worten formulierte. Das hatte sich Anschudar gut eingeprägt. „Flieg, Showaa, meine Lederschwinge. Flieg."

„Showaa?" Mordeschdar nickte beifällig. „Ein guter Name. Wollen wir hoffen, dass …"

Es knackte hörbar, und Anschudar trat instinktiv zurück. Andächtig starrten die beiden Männer auf das Ei. Die Linien des grauen Netzes verbreiterten sich rasend schnell, Spalten entstanden. Auch das Muttertier hatte diesen entscheidenden Augenblick erfasst. Elegant schwang es herum und glitt sachte heran. Ihre muskulösen Beine berührten die Männer fast, als sie dicht über ihre Kapuzen hinwegstrichen und dann mit wohldosierter Kraft gegen die zerbrechende Schale stießen.

Vom Schwung des Muttertieres getroffen, zerbarst das Ei endgültig und wurde dabei vom Plateau geschleudert. Instinktiv presste Anschudar die Hand vor seinen Mund, als er es in die Tiefe stürzen sah. Er trat hastig an den Rand, um besser sehen zu können. Zwischen den Schalen war ein Schemen zu erkennen. Ein gedrungener Leib, der sich aber zu entfalten schien, während er zusammen mit den Schalen in die Tiefe wirbelte.

„Flieg, Showaa, flieg", flüsterte Anschudar.

Es war eine brutale Auslese, die nur den kräftigsten Jungtieren eine Überlebenschance gab. Viele stürzten in den Tod und wurden dann betrauert.

Doch nicht Showaa.

Sie flog.

Instinktiv breitete sie ihre noch feuchten Flugschwingen und Steuerhäute aus, die im Sturzflug trockneten und offenbar fest genug waren, um den Luftmassen Widerstand zu bieten. Aus dem Sturz wurde eine flache Kurve. Dicht über dem Boden zog Showaa steil an, und Anschudar stieß einen heiseren

Jubelschrei aus. „Sie fliegt! Showaa fliegt!“

„Was sollte sie auch sonst tun?“, brummte Mordeschdar, um seine Rührung zu verbergen. „Schließlich ist sie eine Lederschwinge.“ Er räusperte sich. „Bereite dich jetzt vor. Sie muss dich erkennen und als ihren Schwingenreiter akzeptieren.“

Das Muttertier zog weite Kreise um den Geburtsfelsen und beobachtete mit seinem Doppelpupillenauge aufmerksam sein geschlüpftes Junges. Ihre Bauchseite hatte sich intensiv rot verfärbt, was ihre Aufregung zeigte. Showaa flog, doch nun kam es darauf an, ob sie ihren Reiter auch anerkannte.

Anschudar nahm den Schwingensattel und trat an den Rand des Geburtsfelsens. Showaa gewann an Höhe und kam näher. Obwohl noch ein Jungtier, war sie schon jetzt ungewöhnlich groß. Von den beiden kurzen Maultentakeln bis zur Schwanzspitze maß ein ausgewachsenes Exemplar gute zehn Längen, ein Maß, das von der Spannweite ihrer Schwingen noch übertroffen wurde. Der Rumpf einer Lederschwinge war schlank und leicht, und die beiden muskulösen Beine wurden im Flug nach hinten an den Leib gelegt. Der flache Schädel glich einem stumpfen Dreieck, in dessen breiter Vorderseite sich das Auge befand. Es hatte eine elliptische Form und zwei schlitzartige Pupillen. Jede von ihnen war mit einem der Maultentakel gekoppelt und erlaubte es der Lederschwinge, ihre Beute auf große Entfernung zu erkennen und den Brennstrahl zu fokussieren. Die Seiten des Schädels liefen in kurze Steuerschwingen aus, die das Flugwesen äußerst wendig machten. Unter dem Schädel befand sich der Fressschlitz, an der Oberseite die Membranen für die Saugatmung. Der Kopf saß auf einem schlauchartigen Hals, der in den schlanken Rumpf überging. Dort setzten die dreieckigen Flugschwingen an. Die grau und grün schattierte Haut war ledrig und hatte den Wesen ihre Bezeichnung eingetragen. Showaa war ein Weibchen, und so schimmerte ihre Bauchseite in einem sanften Rot. Sobald sie in die Brunftzeit kam, würde es einen intensiveren Ton annehmen. Ein verlockendes Signal für jedes Männchen. Natürlich würde die intensive Färbung auch andere Wesen auf Showaa aufmerksam machen, doch für die Lederschwingen gab es keine natürlichen Feinde. Nichts konnte ihnen die Herrschaft über die Lüfte streitig machen.

„Präsentiere ihr Sattel und Lenkstab", raunte Mordeschdar mit heiserer Stimme.

Anschudar hob beides über den Kopf und verkniff sich einen leisen Fluch, als einer der schweren Steigbügel schmerzhaft gegen seine Wange schlug. Mit der einen Hand den Schwingensattel, mit der anderen den Lenkstab in die Höhe haltend, sah er nervös zu der kreisenden Lederschwinge hinüber. Showaa schien unentschlossen, zog mit aufgeregten Schwingenschlägen an dem Menschenwesen vorbei. Der dreieckige Kopf war ihm zugewandt, und die beiden senkrechten Schlitzpupillen im ovalen Auge bewegten sich unruhig hin und her. Sie spürte instinktiv, was ihre Aufgabe war. Jede neugeborene Lederschwinge wusste es, denn seit Generationen lebten die Wesen mit den Menschen des Horstes in enger Verbindung.

„Showaa!", rief Anschudar fordernd.

Showaas Kopf schien sich ein wenig zu neigen, so als lausche sie dem Klang der Stimme. Erneut umrundete sie den Geburtsfelsen, und die beiden Maultentakel zuckten leicht. Sie waren leer und hielten noch nicht die zwei Gelbsteine, die der Lederschwinge die Fähigkeit verleihen würden, ihre Feinde zu brennen. Auch die Kammern in ihrem Leib waren kaum mit Gas gefüllt. Es reichte gerade aus, Showaa leicht genug zum Flug zu machen. Erst später, nach dem Fressen, würden die Verdauungsgase in die Hohlräume strömen.

Dann, endlich, legte sich die junge Lederschwinge in eine sanfte Kurve. Ihre muskulösen Beine schoben sich nach vorn, und die noch weichen Krallen reckten sich dem Boden des Plateaus entgegen. Die Landung war noch ein wenig ungeschickt, und Showaa musste sich mit den Flugschwingen abstützen. Aber sie war Anschudars Ruf gefolgt.

Er wusste, was er zu tun hatte, und trat an sie heran. Showaa senkte ihren Kopf, bis dieser fast den Boden berührte, und wendete ihren langen Hals, um Anschudar zu beobachten. Ihre beiden Schlitzpupillen schoben sich aufeinander zu, als sie auf ihren künftigen Reiter scharf stellte.

„Leg ihr den Sattel auf. Jetzt", raunte Mordeschdar.

„Ja, ich weiß", erwiderte Anschudar.

Showaa zuckte leicht zusammen, als der Sattel ihre Haut berührte. Anschudar hatte die Handgriffe oft geübt, und seine Bewegungen waren schnell und sicher. Er legte Showaa den breiten Sattelgurt um den Hals, direkt vor dem Ansatz der Flugschwingen, und strich ihr sanft über die Kehlhaut. Instinktiv zog sich Showaas Muskulatur zusammen, und Anschudar konnte den Gurt endgültig festziehen. Mordeschdar nickte beifällig. Sein Schüler hatte es genau richtig gemacht. Nicht zu fest und nicht zu locker. Das richtige Maß war wichtig, um einen festen Sitz zu garantieren, ohne den Hals zu stark einzuschnüren. Anschudar zog die Steigbügel mit den schweren Bügelschuhen nach unten und sah Mordeschdar für einen Augenblick an.

Dieser nickte. „Flieg mit ihr, Schwingenreiter. Nur so findet ihr endgültig zueinander."

Anschudar setzte den rechten Fuß in den Bügelschuh und zog sich in den Sattel hoch. Unter dem ungewohnten Gewicht ihres Reiters richtete sich Showaa instinktiv auf. Anschudar hatte Mühe, sich oben zu halten, als sich die Schwinge zu voller Größe aufbaute. Er klopfte ihr beruhigend gegen den Hals und spürte dabei ihre Erregung.

Behutsam setzte er mit der anderen Hand das Lenkholz an,

ein fingerstarker Stab, gute zwei Spannen lang und an den Enden nach unten gekrümmt. Dort befanden sich die Lenkdorne aus reinem Gold. Stumpf genug, um die Haut nicht zu verletzen, und spitz genug, der Schwinge die gewünschte Richtung anzuzeigen. Später, wenn Anschudar und Showaa sich aneinander gewöhnt hatten, würde das Lenkholz überflüssig sein. Eine leichte Gewichtsverlagerung des Reiters im Sattel würde dann ausreichen.

„Flieg, Showaa“, sagte Anschudar leise. „Flieg, meine Schöne.“

Die Lederschwinge ging ein wenig in die Knie, stieß sich mit ihren muskulösen Beinen ab und breitete zugleich ihre Flugschwingen aus. Anschudar stieß einen Schrei reinsten Entzückens aus, als Showaa über den Rand des Plateaus in die Tiefe glitt. Er spürte das Pumpen in ihren inneren Kammern, als sie das Gewicht des Reiters ausglich, und genoss es, wie der Wind an seinem Gesicht vorüberstrich. Der Boden kam rasend schnell näher, aber der junge Schwingenreiter empfand keine Furcht und vertraute auf die Fähigkeiten Showaas. Erneut stieß er einen jauchzenden Schrei aus, als sie den Sturz dicht über dem Boden abfing und rasch wieder an Höhe gewann. Das Plateau fiel hinter ihnen zurück, und Anschudar ließ Showaa ihren Willen. Sie beide sollten diesen ersten gemeinsamen Flug genießen, denn er würde sie zusammenführen. Der Wind stach wie mit eisigen Nadeln in sein Gesicht. Es war schmerzhaft, und doch verzichtete Anschudar auch jetzt darauf, das Klarsteinvisier vor seinen Helm zu klappen. Zu sehr genoss er das Gefühl der Freiheit, wie es nur ein Schwingenreiter empfand. Hoch oben zwischen den Wolken, losgelöst von der Mühsal, die mit dem Leben am Boden verbunden war. Frei von der Enge des Horstes, der seinem Volk Heimat und sichere Zuflucht vor den Kriegen der anderen Völker war.

Einst hatte auch Anschudars Volk den Boden der fruchtbaren Ebenen von Rumak bewohnt. Doch dann waren die großen Kriege ausgebrochen, der Menschenreiche untereinander und der Menschen und Elfen gegen die Legionen des Schwarzen Lords. Wie mächtige Mühlsteine hatten sie Anschudars Volk zwischen sich zerrieben, bis sich einige aus ihm der Finsternis unterwarfen und die letzten freien Rumaker in die Schwarzen Berge von Uma'Roll flüchteten. Immer höher hinauf, bis in die eisigen Regionen, wohin ihnen kein Mensch und erst recht kein Ork folgen konnte, denn die Bestien des Schwarzen Lords erstarrten in der Kälte. Die Handvoll Überlebender wäre selbst dem Tod geweiht gewesen, wäre sie dort oben nicht auf den Horst der Lederschwingen gestoßen. Obwohl sie äußerlich so wenig gemeinsam hatten, fanden sie in einer nahezu symbiotischen Verbindung zueinander.

Die Flugwesen waren Allesfresser. Sie verschmähten weder Pflanzen noch Fleisch, begnügten sich aber auch mit Aas. Darin ähnelten sie durchaus den Menschen, doch sie hatten eine Besonderheit, die sie von allen anderen Lebewesen unterschied: Ihre Körper waren von großen Hohlräumen durchzogen. Kammern, in denen Verdauungsgase gesammelt und aufgetrennt wurden. Ein Teil davon diente dem zusätzlichen Auftrieb, ein anderer Teil als Brennstoffvorrat. Über eine knöcherne Öffnung unterhalb des Auges konnte das brennbare Gas ausgestoßen werden. Die schlitzförmigen Pupillen zusammen mit den beiden Maultentakeln fokussierten den Ausstoß. Dadurch konnte das Brenngas als diffuse Wolke oder scharf gebündelter Strahl abgegeben werden. In längst vergangenen Zeiten, als die Lederschwingen noch von kleinem Wuchs gewesen waren, hatte das Gas dazu gedient, einen Angreifer durch seinen infernalischen Gestank abzuwehren oder ihn zu ersticken. Dann hatten die Flugwesen im Zuge der Jahrtausendwenden gelernt, über ihre Maultentakel winzige Blitze abzusondern, welche das Gas entzünden konnten. Von da an wagte sich kaum mehr ein Fressfeind an die Schwingen heran. Wieder viele Jahrtausendwenden später hatten die Wesen entdeckt, dass die Wirkung des Brennstrahls noch gesteigert wurde, wenn sie in ihren Maultentakeln Brocken von Gelbstein bereithielten. Ihm entströmten Substanzen, welche die Wirkung des Brennstrahls auf verheerende Weise steigerten.

Gelbstein war eigentlich eine flüssige Substanz, die sich in heißen Tümpeln sammelte und bestialisch stank. An den Rändern der Tümpel oder wenn diese austrockneten, kristallisierte die Flüssigkeit zu gelben Brocken. Es fiel den Lederschwingen leicht, diese zu lösen und in ihre Tentakel aufzunehmen. Aber dann wurden die Tümpel und die Vorkommen des Gelbsteins seltener, und es wurde immer schwieriger, ihn zu finden. Meist war er unter der Erde verborgen. Die Lederschwingen konnten ihn riechen, doch gelang es ihnen kaum, ihn auszugraben. Bis die Menschen zu ihnen stießen. Nun grub Anschudars Volk für die Flugwesen nach dem Gelbstein, und die Lederschwingen schützten mit ihrem Brennstrahl den Horst und die darin lebenden Menschen.

Der Horst selbst war eigentlich kaum gefährdet. Er lag zu weit oben in den eisigen Gipfeln von Uma'Roll, unerreichbar für jedes Wesen, das nicht fliegen konnte. Aber zur Suche nach Nahrung und Brennstein musste man den Gipfel verlassen und in die Ebenen von Rumak hinabsteigen. Nur dort gab es noch ausreichend Wild. Doch in den Ebenen herrschten schon seit Langem die Orks des Schwarzen Lords. Solange der Gelbstein den Feueratem der Lederschwingen verstärkte, waren die Krieger der Finsternis zwar keine Gefahr. Aber nun, da er selten wurde, hatte der Rat der Schwingenreiter verkündet, dass man in einigen Jahren wohl eine neue Heimat suchen müsse, hoch oben im Norden. Für die Schwingen und ihre menschlichen

Freunde war der Norden unbekanntes Land. Dort sollte es Zwerge und Elfen geben und sogar Menschen, die noch immer im Krieg mit den Orks lagen. Man musste einen neuen Horst finden, der ebenso unerreichbar in eisigen Höhen lag, und man brauchte neue Vorkommen von Gelbstein. War beides gefunden, könnten die Bodenläufer ihre Kämpfe ruhig austragen, denn das Volk der Lederschwingen bliebe davon unberührt.

Anschudar verlagerte sein Körpergewicht auf den rechten Steigbügel. Showaa folgte bereitwillig seinem Wunsch und schwenkte in eine leichte Rechtskurve. Sie gewann zusehends an Sicherheit in ihren Bewegungen. Der Wind strich nun unangenehm in Anschudars Gesicht, und seine Augen begannen zu tränen. Den Lenkstab in der Rechten, griff er mit der linken Hand unter die Kapuze seiner Felljacke. Er spürte die Glätte des Helms, den alle Schwingenreiter trugen. In den kalten Gefilden, in denen die Schwingen lebten, waren die sorgfältig geschnitzten und bearbeiteten Holzhelme weit angenehmer zu tragen als die rasch auskühlenden Metallhelme. Anschudar tastete nach dem gekrümmten Schild aus Klarstein und klappte es vor seine Augen. Auch wenn seine Sicht nun leicht verzerrt war, bedeutete es für sie doch eine Erholung.

Fernab entdeckte er einen winzigen Punkt am Himmel. Es war eine Schwinge, die in ihrer einsamen Wache um den Horst kreiste. Anschudar lächelte unmerklich. Nun war er selbst ein Schwingenreiter, und bald würden solche Streifenflüge ebenfalls zu seinen Aufgaben gehören. Er wandte sich um, und was er dort sah, gefiel ihm nicht. Dunkle Wolken begannen sich am Horizont zusammenzuballen, und Anschudar meinte das Leuchten von Blitzen zu erkennen. Ein Gewittersturm braute sich zusammen, und es sah ganz danach aus, als würde es ein ungewöhnlich starker werden.

Anschudar mochte keine Gewitterstürme, und für die Lederschwingen waren sie sogar gefährlich. Wenn ein starker Blitz dicht genug an einem der Flugwesen entlangfuhr, dann konnte er das Gas in dessen Brennkammern entzünden, und das Wesen verging in einem Feuerball. Nein, die Schwingen mieden die Gewitterstürme, und wenn ein solches Unwetter den Horst bedrohte, zogen sich die Flugwesen in ihre Felsnischen zurück. Daher beobachtete Anschudar den Gewittersturm mit wachsendem Unbehagen. Die finstere Wolkenwand wurde größer und kam immer näher. Der junge Schwingenreiter überlegte. Es sah ganz danach aus, als würde der Sturm das Gebirge von Uma'Roll erreichen. Das wäre schlecht. Die Blitze entluden sich meist an den höchsten Gipfeln, und auf dem allerhöchsten lag seine Heimat, der Horst.

„Zeit, nach Hause zu fliegen, Showaa", seufzte Anschudar. Er verlagerte sein Gewicht auf den linken Steigbügel und drückte mit dem Lenkstab gegen Showaas linke Halsseite.

Die Schwinge stieß einen leisen Schrei aus, und es war offensichtlich, dass sie froh darüber war, dem Gewittersturm die Schwanzseite zu zeigen. Instinktiv hatte sie erkannt, dass von der herannahenden und von Blitzen durchzuckten Finsternis Gefahr ausging. Showaa neigte sich vor und ging in einen steilen Sturzflug über. Sie gewann an Geschwindigkeit, fing dann ihren Flug über den unteren Ausläufern des Gebirges ab und stieg mit raschen Schwingenbewegungen wieder auf. Die Sonne stand in ihrem Rücken, und Anschudar konnte sehen, wie Showaas Schatten über die Felsen glitt. Für eine Weile genoss er diesen Anblick, bis ihm bewusst wurde, dass noch ein anderer Schatten über das Land raste: der Schatten des Gewittersturms, der sich viel zu schnell näherte. Donner begann die Luft zu erfüllen, und die Berge des Uma'Roll warfen das Echo vielfach und verstärkt zurück. Es würde knapp werden.

Vor ihnen tauchte der Horst auf, ein nicht besonders großes Plateau, das in der Nähe des Geburtsfelsens lag. Auch hier ragte am Rand eine Felsnadel auf, doch sie war nicht so hoch und lag auch nicht an einem Steilhang, weshalb sie für den ersten entscheidenden Sturzflug der Schwingen ungeeignet war. Das Plateau war von einem Wall umgeben, der aus eiförmigen Gebilden bestand. Ein Teil davon diente den Flugwesen als Unterschlupf, andere waren von den Menschen ausgebaut und für ihre Bedürfnisse eingerichtet worden. Die Bauten ähnelten den Eiern der Lederschwingen, waren jedoch wesentlich größer. Sie bestanden aus Bruchsteinen und einem Ferment der Flugwesen, welches das Gefüge verband. Die äußere Hülle bestand aus demselben Material wie die Schale der Eier und trotzte jedem Wetter. Das Innere ihrer Behausungen hatten die Menschen liebevoll gestaltet, Zwischendecken hatten sie eingezogen und Türen und Fenster eingesetzt. Das Holz war in gemeinsamer Anstrengung aus den Tiefebenen heraufgeschafft worden. Unterhalb der Bauten klebten schalenförmige Gebilde am Fels. In ihnen wurden Dung und organische Abfälle gesammelt und fermentiert, die Grundlage für eine bescheidene Getreidezucht. Vier besonders große Schalen waren rund um den Horst verteilt und dienten der Speicherung von Wasser. Da sich jedoch die meisten Regenwolken unterhalb des Horstes entluden, mussten Schnee oder Eis von den Gebirgsgipfeln geholt werden, um sie zu befüllen. Doch davon gab es reichlich, sodass kein Wassermangel herrschte und eine der Zisternen den Schwingen sogar als Badegelegenheit diente. An der Felsnadel befand sich das einzige Gebäude, dessen Beschaffenheit an die Häuser der anderen Menschenvölker erinnerte. Es hatte eine rechteckige Grundform und war niedriger als die übrigen Bauten, erstreckte sich aber stärker in die Breite. Das Dach erinnerte in seiner Form an ausgebreitete Flugschwingen und war sorgfältig mit Erde und Steinplatten gedeckt. Die Schwingenreiter nannten es das Arsenal, denn hier bewahrten sie ihre Ausrüstung, Werkzeuge und die Waffen auf. In einem abgeteilten Raum befand sich auch das bedenklich schrumpfende Lager mit Gelbstein.

Außer Anschudar und dem Streifenreiter war keine andere Lederschwinge in der Luft, und sie beide setzten nahezu gleichzeitig auf dem Plateau auf. Nachdem der andere Reiter seiner Schwinge den Sattel abgenommen hatte, hastete diese mit wenigen Sätzen zu ihrem Unterschlupf hinüber. Showaa war unruhig und bewegte ihren langen Hals nervös hin und her, sodass Anschudar Mühe hatte, den Sattelgurt zu öffnen. Ihre noch weichen Krallen bohrten sich in den Boden, und die beiden Pupillen suchten instinktiv nach einer Zuflucht vor dem Unwetter. Ihr Reiter berührte eine der Lenkschwingen ihres Kopfes und deutete zu einem der künstlich geschaffenen Bauten. „Dort, Showaa. Dort ist es sicher."

Das Flugwesen stieß einen heiseren Schrei aus und trabte im wiegenden Schritt ihrer Art auf das riesige Ei zu. Anschudar hatte Mühe, ihr zu folgen. Normalerweise hätte er sich bei den anderen Schwingenreitern im Arsenal eingefunden, aber Showaa war gerade erst geschlüpft und daher unerfahren. Der Horst war ihr noch fremd, und so versuchte ihr Reiter, das nervöse Wesen zu beruhigen.

Die Donnerschläge hallten übermächtig und schmerzten in den Ohren. Schatten der Wolken hatten den Horst der Lederschwingen erreicht und hüllten ihn in Dunkelheit. Eine Finsternis, die immer wieder vom grellen Aufflackern eines Blitzes erhellt wurde. Anschudar drängte Showaa in ihren Unterschlupf und strich ihr besänftigend über die Lenkschwingen. Die beiden Schlitzpupillen in ihrem Auge schienen aufeinander zuzulaufen und dann wieder auseinanderzustreben. Anschudar kannte dieses Anzeichen der Angst. Instinktiv versuchte das Flugwesen, die Gefahr zu fokussieren, um ihren Brennstrahl auszulösen, obwohl sie spürte, dass ihre Macht dem Gewittersturm nicht gewachsen war.

„Ganz ruhig, Showaa, ganz ruhig", schrie Anschudar gegen den Lärm des Sturms an. „Es wird bald vorüber sein. Dir wird nichts geschehen."

Der junge Schwingenreiter spähte durch die Öffnung des Unterschlupfes über das Plateau hinweg. Es war ein ungewöhnlich schwerer Sturm, und die Blitze zuckten waagrecht und senkrecht durch die Wolken, als wollten sie ein Netz aus gleißendem Licht in die Dunkelheit weben. Es war noch kälter geworden, doch es blieb trocken. Die Wolken regneten schon in den tieferen Gebirgsregionen ab. Anschudar konnte das Gewitter riechen und ebenso die Furcht der unerfahrenen Schwinge. Showaa legte ihren riesigen dreieckigen Kopf an seinen Leib und hätte ihn beinahe zu Fall gebracht. Unbewusst strich er mit der Handfläche über ihre Haut. Trotz der ledrigen Schuppen fühlte sie sich glatt und angenehm warm an.

Anschudar zuckte zusammen, als ein Blitz in die Felsnadel fuhr. Blauweiße Flammen umhüllten den Stein und wanderten daran hinunter. Erst kurz über dem Dach des Arsenals verloren sie an Kraft. Der junge Schwingenreiter biss die Zähne aufeinander. Es war ein heftiger Einschlag gewesen, und es hätte nicht viel gefehlt, und der Blitz hätte sogar das Arsenal erreicht. Das war noch nie zuvor geschehen, und Anschudar fragte sich, was wohl passieren mochte, wenn das Gebäude getroffen würde.

Er hatte den Gedanken kaum zu Ende gesponnen, als es tatsächlich geschah.

Es waren zwei Blitze, die aus verschiedenen Richtungen herabfuhren, sich über der Felsnadel vereinten und sich erneut trennten. Irrlichtern gleich umtanzten sie den Felsen. Rasend schnell glitten sie tiefer, und direkt über dem Arsenal vereinten sie sich zu einer krachenden Entladung. Das Bauwerk erstrahlte in bläulichem Licht, und Funken spritzten über den Boden des Plateaus.

Von Entsetzen und Faszination gleichermaßen erfüllt, starrte Anschudar auf Lichterbahnen, die vom Arsenal auszugehen schienen und wie die Strahlen der Sonne auf die Bauten am Rand des Plateaus zuschossen. Der junge Schwingenreiter war wie gelähmt, er bemerkte kaum, wie Showaa sich an die Rückwand des Unterschlupfes presste. Doch er spürte die plötzliche Hitze um sich, als die Lederschwinge unbewusst ihren Flammenatem ausstieß. Zum Glück waren ihre Brennkammern noch nicht gefüllt, und sie trug auch keinen verstärkenden Gelbstein, sodass die flüchtig aufflackernde Flamme nur den Rücken seiner Jacke versengte. Dann erlosch sie, ebenso wie das Tanzen der Blitzfunken auf dem Plateau. Jetzt, nachdem der grelle Lichtschein erloschen war, wurde ein gelbes Glühen sichtbar, das von einer Seite des Arsenals auszugehen schien. Das Gelb wandelte sich zu einem giftigen Grün, während die Tür des Gebäudes aufflog. Eingehüllt von dichten Rauchschwaden, quollen mehrere Männer aus der Öffnung hervor. Schwingenreiter, die versuchten, sich in Sicherheit zu bringen. Erst jetzt erkannte Anschudar, dass der Doppelblitz die Vorräte an Gelbstein getroffen hatte.

Die Schwingenreiter rannten in verzweifelter Hast, denn wenn die Hitze des Feuers zu groß wurde, würden die Gelbsteine explosionsartig zerbersten. Die Männer hatten kaum die halbe Strecke zu den Randbauten überwunden, als das Dach des Arsenals zersprang. Steinquader, Holz und undefinierbare Fragmente sprühten, einem Vulkanausbruch ähnlich, in den Himmel. Auch Anschudar spürte den warmen Hauch des Explosionswindes, aber die meiste Energie entlud sich nach oben. Als sei der Gewittersturm mit dem angerichteten Unheil zufrieden, rissen mit einem Mal die finsteren Wolken auf, und unvermittelt überflutete wieder warmes Sonnenlicht das Plateau. Für einen Moment herrschte eine merkwürdige Stille. Nur hier und da erklang das Pochen von Trümmern, die auf dem Boden des Plateaus aufschlugen.

„Sind alle in Sicherheit?“ Mordeschdars laute Stimme tönte durch den Horst. „Sind alle aus dem Arsenal entkommen?“

„Arsenal? Welches Arsenal?“ Die wütende Stimme trug einen Unterton der Verzweiflung. Palschudar, einer der älteren Schwingenreiter, deutete grimmig zu den Trümmern hinüber. „Seht es euch an, unser Arsenal! Bei den tiefsten Abgründen der Schmieden von Cantarim, unsere gesamten Vorräte an Gelbstein sind dahin!“

„Beruhigt euch, Schwingenreiter.“ Mordeschdar räusperte sich. „Lasst uns erst sehen, was noch zu retten ist. Das Feuer hat vielleicht nicht alles verschlungen.“

Zwei, drei der Lederschwingen reckten ihre langen Hälse aus den Randbauten, und die dreieckigen Köpfe pendelten unruhig hin und her. Gewitterstürme waren das Einzige, was diese Wesen fürchteten, und nun, da die Gefahr vorüber war, drängten sie wieder ins Freie. Einige von ihnen breiteten sofort die Flugschwingen aus und erhoben sich in die Luft, sichtlich froh, der Enge des Unterschlupfes entkommen zu sein.

Mordeschdar sammelte die Schwingenreiter um sich, und Anschudar folgte dem Wink des Anführers. Frauen und Kinder traten aus ihren Bauten und bewegten sich zu den Vorratsgebäuden, um zu prüfen, ob es auch dort Schäden gegeben hatte. Die Aufmerksamkeit der Männer galt allein dem Arsenal, in dem sich der größte Teil des Gelbsteins befunden hatte. Die Flammen und der Rauch, die über der Ruine aufstiegen, verhießen nichts Gutes. Die Hitze war zu groß, um nahe herantreten zu können, und so klappte Anschudar das Klarsteinvisier seines Helmes vors Gesicht. Nur um die ungeschützte Mundpartie verspürte der junge Schwingenreiter das Brennen der hohen Temperaturen und hielt schützend einen Arm davor.

Palschudar sah Anschudar düster an. „Du hattest Glück. Dein Helm, dein Sattel – sie sind verschont geblieben."

Mordeschdar nickte. „Verdammt. Ich hätte nicht geglaubt, dass ein Gewittersturm uns so viel Leid bringen könnte. Die meisten Waffen und Ausrüstungen verbrennen nun, ebenso wie der kostbare Gelbstein."

„Hier ist ein Riss in der Seitenwand", rief ein anderer. „Ich glaube, ein paar Sachen können wir noch retten."

„Lasst es uns wenigstens versuchen", brummte der Schwingenführer. „Aber seid vorsichtig. Solange es brennt, kann der Gelbstein zerspringen, und die Wände sind durch die Flammen aufgeheizt, sie haben sich verschoben. Gebt acht, dass der Bau nicht einstürzt."

Das Arsenal hatte aus zwei großen Räumen und einem dazwischenliegenden Flur bestanden. Das Lager für den Gelbstein war verloren, und von der Ausrüstung und den Waffen der Schwingenreiter ließ sich nur wenig bergen und noch weniger wieder verwenden.

„Das Unglück hat unser Volk getroffen", stellte Mordeschdar seufzend fest. „Waffen, Helme, Sättel und all das andere, das können wir wieder ersetzen. Es wird Zeit brauchen, aber unsere Vorräte reichen dafür aus. Doch der Verlust des Gelbsteins ist wahrhaftig bedrohlich."

„Wir sollten Feedanaa fragen", schlug Palschudar vor.

„Ja, das sollten wir tun", stimmte Mordeschdar zu. „Die Herrin des Horstes wird Rat wissen."

Feedanaa.

Niemand vermochte zu sagen, wie alt sie war. Die Farben ihres Lederkleides waren stumpf geworden und die Flugschwingen dünn. Feedanaa hob sich nur noch sehr selten in die Lüfte und dann nur für einen kurzen Flug. Die Krallen an ihren beiden Füßen waren abgenutzt, und das dunkle Horn war rissig. Sie zog eines ihrer Beine unmerklich nach, die Folge einer unglücklichen Landung und eines schlecht verheilten Knochenbruchs. Aber ihr Verstand war noch immer scharf, und all ihre Sorge galt ihren Kindern. Für Feedanaa spielte es keine Rolle, ob sie aus einem Ei geschlüpft oder aus einem Schoß geboren waren. Die alte Lederschwinge war etwas ganz Besonderes, denn sie besaß die Fähigkeit, die Laute der Bodenläufer zu formen. Es war ein Phänomen, das bislang bei keiner anderen Schwinge aufgetreten war. Die Herrin des Horstes benutzte manche eigenen Begriffe und bildete oft keine ganzen Sätze, aber die Menschen des Horstes hatten sich daran gewöhnt und lauschten aufmerksam auf das, was die Herrin zu sagen hatte.

Feedanaa hatte sich im Hintergrund gehalten und aufmerksam beobachtet. Auf dem Plateau schien Chaos zu herrschen, denn die Menschen rannten umher, um die Schäden zu begutachten, und die Schwingen waren nervös, da sie spürten, dass etwas Unangenehmes geschehen war.

„Geht langsam und gemessenen Schrittes“, befahl Mordeschdar den Schwingenreitern. „Hast wäre ein Zeichen mangelnden Respekts vor der Herrin. Wir sind keine kleinen Kinder, die aufgeregt zu ihrer Mutter laufen.“

Die Männer zwangen sich dazu, langsam zu gehen, und hielten im richtigen Abstand, verneigten sich respektvoll und überließen es dann ihrem Schwingenführer, der Herrin zu berichten.

Feedanaa hörte aufmerksam zu. Ihre Pupillen glitten auseinander und betrachteten das qualmende Arsenal. Die Flammen begannen in sich zusammenzufallen. Dann fixierte die alte Lederschwinge Mordeschdar.

„Brennen der Baumköpfe … nicht schlimm. Brennen der

Stechmetalle ... nicht schlimm.“ Die Verluste der Helme und Waffen der Reiter beunruhigte Feedanaa nicht sonderlich. „Brennen von Gelbstein für Feueratem ... sehr schlimm. Alles gebrannt?“

Mordeschdar strich sich mit der Hand über das Kinn. „Fast alles, Herrin des Horstes. Etwas Gelbstein ist noch bei den Randbauten, und wir haben noch einen Korb, der frisch geschürft, aber noch nicht bearbeitet ist.“

„Nicht viel.“

Der Schwingenführer seufzte. „Nein, das ist nicht viel. Es reicht nicht für alle Schwingen. Nur für ein paar Streifenflüge zum Schutz des Horstes und für den Feueratem von drei oder vier Lederschwingen.“

„Wenig Gelbstein ... wenig Zeit.“ Der dreieckige Kopf pendelte auf dem langen Hals vor und zurück, während Feedanaa intensiv nachdachte. „Horst muss gehen Norden ... viel früh. Menschfreund fliegen Schwinge Nord. Suchen Gelbstein. Schnell. Freund Schädelkopf ... nicken oder schütteln?“

„Ich nicke und stimme dir zu, Herrin des Horstes.“ Mordeschdar nickte bestätigend. „Unsere Lage ist ernst. Wir haben nicht genug Gelbstein, um unseren Horst zu verteidigen. Nicht genug, um in der Ebene zu jagen und unseren Jägern Schutz zu bieten. Wir brauchen neue Gelbsteinvorkommen. Neue Quellen.“

Feedanaa nickte. Sie hatte die menschliche Geste übernommen. „Brauchen neue Quellen. Rasch.“

„Mit Anbruch des kommenden Tages wird die Expedition in den Norden beginnen“, versicherte Mordeschdar.

Die Schwingenreiter verneigten sich erneut und zogen sich dann zurück. In der Nähe des zerstörten Arsenals berieten sie sich untereinander.

„Das verfluchte Unwetter hat unsere Pläne zunichtegemacht“, knurrte Palschudar missmutig. „Wir wollten den Norden erst in zwei oder drei Jahreswenden erkunden."

„Nun brechen wir eben etwas früher auf." Mordeschdar hakte die Daumen hinter seinen Leibgurt und wippte leicht auf den Fersen. „Im Grunde macht es keinen großen Unterschied."

„Den macht es wohl", warf ein anderer ein. „Wir brauchen mehrere Schwingen, um das nördliche Gebirge auszukundschaften und dort nach Gelbstein zu suchen. Mehrere Schwingen und viel Zeit. Die Tiere müssen tief in die Gebirgsschluchten vordringen, denn sie riechen den Gelbstein nur auf geringe Entfernung. Das braucht seine Zeit."

„Und während sie schnüffeln", ergänzte Palschudar, „müssen andere Schwingen sie mit ihrem Feueratem schützen."

„Dafür ist nicht genug Gelbstein übrig", stellte Mordeschdar mit leiser Stimme fest. „Zumal wir noch den Horst sichern müssen. Ihr kennt Feedanaa. Auch wenn uns hier eigentlich keine Gefahr droht, legt sie Wert darauf, dass er immer gut geschützt ist."

Palschudar sah den Schwingenführer skeptisch an. „Schön. Wie viele Schwingen willst zu entsenden?"

„Eine", knurrte Mordeschdar.

„Eine?"

Der Schwingenführer nickte. „Jene, die am besten dafür geeignet ist. Die mit dem besten Geruchssinn."

„Den haben die Jungen", sagte ein Reiter lakonisch.

„So ist es."

Die Männer sahen Anschudar an, und der junge Schwingenreiter begriff. „Ich?"

„Nein, Showaa", korrigierte Mordeschdar und lächelte knapp. „Sie ist unbestreitbar die Jüngste. Aber da du ihr Schwingenreiter bist, wirst du sie begleiten." Der Schwingenführer legte eine Hand auf die Schulter des überraschten Jungen. „Es wird ein großes Abenteuer für dich und deine Showaa werden. Du musst das nördliche Gebirge erkunden und nach Gelbstein suchen. Das bedeutet eine große Verantwortung für dich und Showaa. Eine Verantwortung für die Zukunft unseres Volkes, Schwingenreiter."

Anschudar nickte benommen. „Dann werden wir sie auf uns nehmen."

Mordeschdar sah unbewusst nach Norden. „Ein fremdes und vielleicht feindliches Gebirge, junger Schwingenreiter. Dort gibt es Bodenläufer. Angeblich sollen einige von ihnen auf Pferden reiten. Aber das ist sicherlich nur eine alte Legende."

„In jedem Fall wird es dort Orks geben", meinte Palschudar. „Diese Brut der Finsternis hat sich ja überall ausgebreitet."

Anschudar nickte. „Ich werde vorsichtig sein und auf Showaa achten."

„Dann nutze Wind und Schwingen, Anschudar", sagte Mordeschdar freundlich.

„Nutze Wind und Schwingen", stimmten die anderen Schwingenreiter ein.

Am kommenden Morgen würden Anschudar und Showaa aufbrechen. Nach Norden. Der Fremde entgegen. Um nach der Zukunft des Horstes zu suchen und vielleicht den Tod zu finden.

2

Der Wind war schneidend und strich unbarmherzig durch die Täler der Hochmark. Der Winter kam früh. Eigentlich viel zu früh, und er würde sehr lang und kalt werden. Obwohl die Menschen der Mark daran gewöhnt waren, bereiteten sie sich in diesem Jahr besonders gründlich darauf vor. Überall auf den Feldern um die Stadt Eternas wurde fieberhaft die zweite Ernte eingebracht. Denn Getreide, das nicht innerhalb weniger Tage in den Scheunen und Vorratshäusern lag, würde dem Frost zum Opfer fallen. Viel früher als gewohnt wurden die Ställe ausgebessert und die Dächer darauf überprüft, ob sie der Last von Schnee und Eis standhalten würden.

Es war früh am Morgen, und die Schritte des Mannes knirschten auf dem Boden der kleinen Koppel, der von Reif überzogen war. Er war von schlanker Statur und hatte sich eng in den grünen Umhang der Pferdelords gehüllt, dennoch konnte er ein Frösteln nicht unterdrücken. An seinem rotbraunen Helm mit dem goldenen Symbol des Pferdevolkes wippte bei jedem Schritt ein blau gefärbter Rosshaarschweif auf und nieder. Dieser und der schmale blaue Saum des Umhangs zeigten an, dass er ein Schwertmann der Hochmark war. Und wie das goldene Symbol bewies, kein beliebiger, sondern der Erste Schwertmann der Hohen Dame Larwyn, der Herrin der Mark. Er trug die Verantwortung für die Sicherheit der Menschen hier und führte das Banner Larwyns in die Schlacht.

Nedeam strich nachdenklich über die Holme des Gatters. Das einst glatte und frisch geschälte Holz war nun rissig und dunkel. Die vielen Jahre waren nicht spurlos an dem kleinen Gehöft vorübergegangen, der Geburtsstätte Nedeams, wo er unter der Obhut des Vaters und seiner Mutter Meowyn aufgewachsen war. Bis die Horden der Orks seinen Vater töteten und seine Mutter schwer verletzten. Sie lebte nun in der Burg von Eternas und war eine berühmte Heilerin geworden. Nedeam hingegen hatte das elterliche Gehöft viele Jahre zusammen mit seinem älteren Freund und Mentor Dorkemunt bewirtschaftet. Nun war Dorkemunt tot, gefallen im Kampf gegen einen mächtigen Zauberer, und es gab nichts mehr, was Nedeam noch an das alte Gehöft gebunden hätte. Die Witwe Henelyn und ihre beiden Söhne, die es nach Nedeams Aufstieg zum Ersten Schwertmann gemeinsam mit Dorkemunt bewirtschaftet hatten, lebten seit dem Tod des alten Pferdelords im Hammergrundweiler.

Nedeam hörte ein unterdrücktes Hüsteln und blickte kurz zum Haupthaus hinüber. Dort standen Elbort und seine Familie und erwiesen ihm ihren Respekt. Trotz der Kälte harrten sie aus, denn sie wussten, dass der erfahrene Kämpfer nun endgültig Abschied von den Jahren seiner Kindheit nahm. Elbort war ein Pferdelord, aber kein Schwertmann. Daher stand er nicht ständig unter Waffen, sondern ergriff diese nur, wenn die Losung des Pferdevolkes gegeben wurde und die Mark verteidigt werden musste. Nedeam unterdrückte ein leises Seufzen. Der Anblick der kleinen Familie erinnerte ihn an die glücklichen Jahre seiner Kindheit, und er hoffte, dass ihr das Leid erspart blieb, dem er schon zu oft gegenübergestanden hatte. Denn mit seinen siebenunddreißig Jahren hatte Nedeam schon manchen Kampf gefochten.

Die Sorge um die Zukunft der Hochmark bedrückte ihn. Zu dem alten Feind im Osten, dem Schwarzen Lord und seinen orkischen Legionen, war ein neuer und heimtückischer Gegner hinzugekommen: Garwin, der Sohn der Hohen Dame Larwyn, ein Verräter und Renegat.

Er zuckte zusammen, als seine Hand gegen einen Splitter in dem verwitterten Holz stieß. Instinktiv zog er sie zurück, entfernte den Splitter und ließ ihn achtlos fallen. Nedeam wusste, dass sich diese Wunde sehr rasch wieder schließen würde.

Er seufzte erneut und versuchte, die schwermütigen Gedanken abzuschütteln. Vielleicht wäre er besser nicht hergekommen, um von dem alten Gehöft Abschied zu nehmen. Aber er fühlte sich dazu verpflichtet, zumal der Abschied auch einem treuen alten Gefährten galt. Stirnfleck, einst das Pferd seines Vaters, hatte Nedeam über viele Jahre treu gedient, doch nun war endgültig die Zeit gekommen, da sich ihre Wege trennen mussten. Nedeam stützte sich leicht auf das Gatter und blickte zu dem Hengst hinüber, der ein wenig abseits auf der Koppel stand und ihn noch nicht bemerkt hatte. Stirnfleck war hager geworden und auf einem Auge fast blind. Es betrübte den Ersten Schwertmann zu sehen, wie kraftlos das Tier an den Halmen zupfte. Für einen Moment war er versucht, zu dem alten Gefährten hinüberzugehen. Doch es war wohl besser, es nicht zu tun. Die Trennung war ihnen beiden schwergefallen, und ein Wiedersehen mit erneutem Abschied würde den Schmerz nur vergrößern.

Nedeam nickte Stirnfleck schweigend zu und wandte sich dann ab. Langsam ging er zum Haupthaus zurück, wo Elbort und seine Familie noch immer ausharrten. Elbort wusste, was in dem Mann vor sich ging. Jeder Reiter des Pferdevolkes hätte es nachempfinden können.

„Wir werden uns gut um Stirnfleck kümmern, Hoher Herr Nedeam“, versicherte der Pferdelord. „Seid unbesorgt. Er wird in Ehren und in Frieden altern.“

„Dessen bin ich mir gewiss“, erwiderte Nedeam leise. „Bei Euch ist er in guten Händen, und das gilt auch für das Gehöft. Ich sehe, Ihr habt den Stall ausgebaut, guter Herr Elbort.“ Der

Erste Schwertmann nickte anerkennend. „Das Dach wird jeder Schneelast standhalten."

„Wir bekommen noch ein paar Schafe vom Horngrundweiler." Elbort lächelte Frau und Kindern zu. „Enyana versteht sich darauf, gute Wollfäden zu spinnen. Das bringt noch immer Gewinn, trotz der feinen Tücher, die man inzwischen aus dem Reich Alnoa erhält."

„Ja, das Pferdevolk weiß gutes Wolltuch zu schätzen." Nedeam strich unbewusst über seinen grünen Umhang, der bis fast auf den Boden reichte. „Nun, guter Herr Elbort, es ist an der Zeit zurückzureiten. Mir bleibt nur noch, Euch für die Gastfreundschaft der Nacht zu danken. Somit ist dies nun Elborts Gehöft, und ich wünsche Euch und den Euren ein langes und glückerfülltes Leben."

Nedeam wollte das Unvermeidliche nicht länger hinauszögern. Mit diesem Gehöft waren schöne, doch auch schmerzhafte Erinnerungen verbunden. Vor allem jene an Dorkemunt. Nein, er musste die trüben Gedanken abstreifen, denn seine Zukunft lag in Eternas und an der Seite seiner geliebten Elfin Llaranya.

Er trat neben Duramont, den großen braunen Hengst mit den schwarzen Fesseln, den er jetzt ritt. Das Pferd schnaubte leise und scharrte mit den Hufen. Es war begierig, sich endlich wieder bewegen zu können. Nedeam hatte Duramont vor zwei Jahren ausgewählt und seine Ausbildung selbst übernommen, ganz wie es der Tradition des Pferdevolkes entsprach. Der Hengst war gelehrig und voller Temperament, und Nedeam war gespannt darauf, wie sich sein neuer Gefährte bewähren würde, wenn er eines Tages vom Lärm und Blut einer Schlacht umgeben war. Nedeam strich ihm sacht über die Nüstern und flüsterte ein paar jener elfischen Worte, die Llaranya ihn gelehrt hatte. Duramont schnaubte erneut, als Nedeam in den Sattel stieg und sich vergewisserte, dass seine Waffen und der runde Schild mit dem Zeichen der Hochmark griffbereit waren.

Ein letztes Mal schaute er zurück, dann gab der Erste Schwertmann seinem Hengst die Zügel frei. Der Reitwind war schneidend kalt, und doch genoss Nedeam diese Frische, die seine Gedanken frei machte. Für ihn gab es außer Llaranyas Armen nichts, was trübe Gedanken rascher vertrieb als ein schneller Ritt.

Er erreichte das lang gestreckte Tal, das sich vom Südpass der Mark bis zum Tal von Eternas erstreckte. Auf halbem Weg lag der Hammergrundweiler. Der Boden war hier besonders reich an Erz und Gold, was in den letzten Jahren zu einem rapiden Wachstum des kleinen Weilers geführt hatte. Noch vor wenigen Jahren hatte man sich kaum um den Abbau von Gold bemüht. Es war für das Pferdevolk immer nur ein hübsch glänzendes, aber nutzloses Material gewesen, da sich daraus keine tauglichen Waffen oder Rüstungen fertigen ließen. Man hatte es als Zierrat benutzt oder wertvolleres Metall damit überzogen, da es immerhin witterungsbeständig war und edlen Stahl vor Rost schützte. Doch mittlerweile war sein Ansehen gestiegen.

Der König des Reiches Alnoa hatte vor etlichen Jahren die Währung der goldenen Schüsselchen eingeführt. Inzwischen verdrängten diese zunehmend die einst üblichen Tauschgeschäfte. Selbst der Pferdekönig Reyodem ließ nun eigene Schüsselchen herstellen, und der Hammergrund lieferte den dafür notwendigen Rohstoff. Nedeam musste eingestehen, dass die neue Währung den Handel vereinfachte, da jede Leistung oder Ware darin ihren Gegenwert hatte. Aber ihm missfiel die zunehmende Gier mancher Menschen, denen es immer stärker darum ging, ihren Besitz an Schüsselchen zu mehren.

Das steinerne Band der Handelsstraße zog sich von Süden nach Norden durch die Hochmark und führte inzwischen bis zu den Städten des Zwergenvolkes, jenen kleinen Männern und Frauen, die im freundschaftlichen Waffenbund mit dem Pferdevolk standen. Immer wieder stießen Handelskarawanen bis zu den Kristallstädten Nal't'rund und Nal't'hanas vor, brachten Nahrungsmittel zu den „kleinen Herren" und kehrten beladen mit kostbaren Edelsteinen und Erzen zurück.

Die Sonne stieg nun höher, und ein feiner Dunst begann vom Boden aufzusteigen. Es würde also noch ein warmer Tag werden, und Nedeam war froh darüber. Hoffentlich gelang es den Bauern im Tal von Eternas noch rechtzeitig, den Rest der zweiten Ernte einzufahren. Viele Menschen mussten versorgt werden, und auch wenn man Nahrungsmittel aus den anderen Marken einhandeln konnte, so mochte sich Nedeam darauf nicht verlassen. Es war wichtig, dass sich die Mark selbst versorgen konnte. Zu leicht geriet man in Abhängigkeiten, und in Zeiten des Krieges konnte sich das als verhängnisvoll erweisen. Niemand vermochte zu sagen, wie lange die Zeit des Friedens anhalten würde. Im Grunde war es ja kein Frieden. Der Schwarze Lord wartete nur auf eine Gelegenheit, die freien Länder erneut mit Krieg zu überziehen, obwohl er vor sechs Jahren am Pass von Rushaan geschlagen worden war. Es war nur eine Frage der Zeit, wann er seine Legionen erneut entsenden würde. Dann würde sich zeigen, wie gut man darauf vorbereitet war.

Der Erste Schwertmann überholte eine Gruppe von drei Planwagen, die das Handelszeichen des Hauses Helderim an den Seiten führten. Wahrscheinlich brachten sie wieder Klarstein für Fenster, feinste Tücher und jenen unnützen Tand, den man im Reich Alnoa so sehr schätzte. Filigranes Essbesteck mit sorgsam gearbeiteten Verzierungen, glitzernde Steine, die sich die Frauen um den Hals hängten, und aufwendig gearbeitete Kleidung. Nedeam empfand es als überflüssig, ein Messer mit feinen Ziselierungen und Ätzarbeiten zu versehen. Ein Feind sollte schließlich keine Gelegenheit finden, solchen Schmuck zu bewundern. Für ihn selbst musste eine Waffe praktisch, für den Gegner jedoch tödlich sein. Allerdings schätzte seine Llaranya solchen Zierrat durchaus. In mancher Hinsicht waren die unsterblichen Wesen noch immer ein Rätsel für Nedeam, obwohl er mit einem von ihnen verbunden war. Vielleicht hatten die Jahre der Kämpfe seinen Blick für die Schönheit getrübt. Er führte ja selbst eine jener geschwungenen elfischen Klingen anstelle des geraden Schwertes des Pferdevolkes. Das Elfenschwert war schlank und mit filigranen Mustern versehen. Dennoch musste er zugeben, dass sich damit Stoff und Harnisch gleichermaßen mühelos zerteilen ließen.

Er ritt am Hammergrundweiler vorbei und wechselte ein paar Worte mit einem der Herdenwächter. Die Bewohner des Weilers begannen soeben, ihr Tagewerk aufzunehmen. Überall flimmerte die Luft über den Schornsteinen. Kratzläufer stoben gackernd vor Nedeam auseinander, um dann nicht weit entfernt erneut nach Nahrung zu picken. Aus einer nahe gelegenen Bodenmulde war stetes Hämmern zu vernehmen, das noch eine Weile in Nedeams Ohren nachklang, nachdem er dem Weiler schon längst den Rücken gekehrt hatte.

Endlich erreichte er das Tal von Eternas und schließlich auch die Stadt. Zügig trabte er die Hauptstraße von Eternas entlang und nickte den Männern und Frauen zu, die ihm einen Gruß entboten. Entgegen seinen sonstigen Gewohnheiten ließ er sich jedoch in kein Gespräch verwickeln. An diesem Tag störten ihn die Enge und der Lärm der Stadt, obwohl er sie eigentlich gewohnt war. Vielleicht lag es daran, dass der Besuch auf dem alten Gehöft so viele Erinnerungen in ihm wachgerufen hatte. Er war erleichtert, die Stadt bald wieder hinter sich zu lassen und die massiven Mauern der Burg von Eternas vor sich aufragen zu sehen.

Als er in der Nähe des Tores war, hörte Nedeam Kommandos und das Dröhnen von Hufen vom westlichen Übungsplatz herüberdringen. Den leicht kehligen Klang der Kommandostimme kannte er nur zu gut, und er war neugierig, wie sich ihr Besitzer unter den Schwertmännern schlug. Kurz entschlossen zog er Duramont herum, erwiderte noch den Salut der Torwache der Burg und trabte langsam zu den Gebäuden der Schwertmänner hinüber, die vor einigen Jahren um den Platz herum errichtet worden waren.

Vor Nedeam übte ein Beritt von hundert Schwertmännern die engen Reitformationen, für die sie beim Gegner so gefürchtet waren. Aber die mustergültige Ordnung war dahin. Pferde bockten, und einige der Reiter hatten Mühe, sich im Sattel zu halten. Stimmen schwirrten durcheinander und wurden nur noch von dem mächtigen Organ des verärgerten Berittführers übertönt.

Den Männern gegenüber saß ein riesiger Kämpfer auf einem gewaltigen schwarzen Hengst. Im Gegensatz zu den Schwertmännern mit ihren grünen Umhängen war er in eine wallende braune Kutte gehüllt. „Haltet die Tiere ruhig, Pferdemenschen!“, brüllte Fangschlag wütend und bleckte seine scharfen Fangzähne.

„Bei den finsteren Abgründen, Ihr habt leicht reden“, keuchte ein Reiter, der krampfhaft versuchte, sein Pferd unter Kontrolle zu bringen. „Die Tiere sind den Geruch von Orks nicht gewohnt, und außerdem schnappt Euer verdammter Gaul nach ihnen!“

„Beißer ist ein gutes Pferd“, erwiderte Fangschlag und nickte dazu. „Ein guter Kämpfer. Angemessen für einen großen Krieger.“

Beißer war ein bösartiges Biest. Das riesige Rundohr war der Einzige, der sich ihm einigermaßen gefahrlos nähern konnte. Natürlich versuchte der Hengst immer wieder, auch nach ihm zu treten oder ihn zu beißen, aber es waren eher halbherzige

Versuche, denn Fangschlag war sich nicht zu schade zurückzubeißen. Wenn das Pferd gar zu störrisch wurde, hieb der Ork ihm mit der flachen Hand auf den Schädel. Jedes andere Tier wäre davon gefällt worden, doch auf Beißer hatte es eine besänftigende Wirkung. Pferd und Reiter passten zusammen, obwohl man sich immer wieder fragen musste, wer von ihnen am Ende die Oberhand behielte. Aber die beiden waren ein wahrhaft Furcht einflößendes Gespann. Vielleicht war dies der Grund dafür, dass man sich noch immer nicht an Fangschlags Gegenwart gewöhnt hatte, obwohl er nun schon seit sechs Jahren bei den Pferdelords lebte.

Das Rundohr Fangschlag hatte bei der Schlacht von Rushaan die orkischen Legionen des Schwarzen Lords als Oberkommandeur geführt. Er war den Pferdelords schon zuvor begegnet und hatte sich im Kampf gegen Nedeams Ziehvater Dorkemunt als ehrenvoller Kämpfer erwiesen. Er war seit vielen Jahren von einem leidenschaftlichen Widerwillen gegen das Spitzohr Einohr beseelt, durch dessen Feigheit und Hinterhältigkeit die Legionen Fangschlags in Rushaan vernichtet wurden, während sich das Spitzohr selbst in Sicherheit brachte. Das allein hätte Fangschlag vielleicht noch hingenommen, doch dann hatte Einohr auch noch einen von Fangschlags Kohortenführern ermordet, um keine unliebsamen Zeugen zu hinterlassen. Diese feige Tat hatte in Fangschlag einen abgrundtiefen Hass gegen Einohr wachgerufen. Er hatte in einen Waffenstillstand mit den Pferdelords eingewilligt, wenigstens so lange, bis Einohr sein verdientes Ende gefunden haben würde, und war zusammen mit ihnen in die Hochmark gekommen. Ein einsames Wesen ohne Heimat und zunächst auch ohne Freunde. Dann gab es Verrat im Pferdevolk und einen heimtückischen Mordanschlag gegen die Hohe Dame Larwyn. Man bezichtigte Fangschlag der Tat, doch der alte Pferdelord Dorkemunt befreite seinen alten Feind und zog mit ihm in das vergangene Reich von Jalanne, um die Unschuld des Orks zu beweisen. Dort war der tapfere kleine Mann wie ein wahrer Pferdelord gefallen, und während er in Ehren hinauf zu den Goldenen Wolken ritt, wuchs zwischen Nedeam und Fangschlag eine tiefe Verbundenheit. Aus dem feindlichen Ork war ein Freund geworden und ein wertvoller Verbündeter im Kampf gegen den Schwarzen Lord.

Einer der Schwertmänner wurde nun endgültig abgeworfen und landete direkt vor den Hufen von Nedeams Duramont. Benommen kam der Mann auf die Beine und erkannte seinen Oberkommandeur. „Wahrhaftig, Hoher Herr Nedeam, mein Pferd scheut sicherlich vor keiner einzelnen Bestie zurück, doch dies hier sind gleich zwei."

„Fangschlag ist keine Bestie", rief der Ork und reckte sich im Sattel. Beißer wollte diese günstige Gelegenheit nutzen, um ihn abzuwerfen, doch das Rundohr hieb ihm beiläufig die Hand auf den Schädel, und der schwarze Hengst schnaubte empört. „Fangschlag ist ein Krieger."

„Wie wir alle schon feststellen konnten." Nedeam lachte gut gelaunt. „Und ganz offensichtlich macht es dem Krieger Fangschlag noch immer Freude, meine braven Schwertmänner zu erschrecken."

Der Ork entblößte erneut seine Fänge und stieß ein heiseres Bellen aus. „Nedeam, mein menschlicher Freund, du weißt, ich bin ein friedfertiges Wesen. Ein zahmer Ork, sozusagen. Und doch erschrecken deine Pferdereiter, wenn sie mich und meinen kleinen Beißer sehen. Ha, wie müssen sie dann erst erschrecken, wenn sie meinen wilden Brüdern begegnen?" Fangschlag bellte erneut und krümmte sich dabei im Sattel. Die Unruhe, die seine Gegenwart im Beritt ausgelöst hatte, amüsierte ihn. „Deine Männer müssen sich an mich gewöhnen. Ich bin harmlos. Ich beiße nicht und benutze nicht mein Schlagschwert. Aber andere werden das tun. Deine Pferdereiter müssen vorbereitet sein."

„So ist es, mein Freund." Nedeam trabte an Fangschlags Seite. Er tat dies demonstrativ, denn auch wenn man Fangschlag als Kämpfer respektierte, war es wichtig, den Männern zu zeigen, dass der Erste Schwertmann das Rundohr als Kampfgefährten und Freund sah. Viele der Pferdelords hatten schon gegen die Orks gefochten, und die alten Instinkte ließen sich nur schwer beherrschen. Die Bewohner der Burg und die Schwertmänner waren Fangschlags Anblick mittlerweile zwar gewohnt, doch in der Stadt und in den Weilern rief das Rundohr noch immer Abwehr hervor. Daher verbarg sich der Ork stets unter seiner unförmigen Kutte, und Nedeam achtete darauf, dass der Krieger mit der dunkel gescheckten Haut nicht allein durch die Hochmark streifte.

„Fangschlag hat recht, Schwertmänner der Hochmark", wandte sich Nedeam an den Beritt, in den nun langsam wieder Ordnung kam. „Die Pferde müssen sich an seinen Anblick und Geruch gewöhnen. Sie dürfen nicht davor zurückscheuen."

„Das tun nur die neuen Tiere", wandte der Berittführer ein. Der Mann hatte den Wimpel in die Armbeuge gelegt und folgte leicht amüsiert dem Treiben. „Wir haben hier einige Pferde, die gerade erst zugeritten wurden. Das bringt immer etwas Unordnung hinein, Hoher Herr."

„Das ist wohl wahr", bestätigte Nedeam. Er bemerkte, wie Beißer begehrlich auf Duramonts Flanke schielte, aber der braune Hengst war auf der Hut. „Du solltest dir wirklich ein anderes Pferd zulegen", raunte er Fangschlag zu.

„Beißer ist ein gutes Pferd. Groß und stark und bösartig." Der Ork grunzte und klopfte seinem Hengst gegen den Hals. „Das Pferd eines wahren Kriegers."

„Nun, wenn du es so siehst“, lenkte Nedeam ein und lächelte. „Wir hätten sicherlich auch Mühe, ein anderes für dich zu finden.“

„Dorkemunt hat es ausgesucht. Eine wahrhaft gute Wahl.“ Fangschlag schürzte die Lippen. „Ein ruhmvolles Ende. Er war ein guter Krieger. Dorkemunt hatte Ehre.“

„Und er war ein guter Freund“, ergänzte Nedeam.

Fangschlag sah ihn abschätzend an und nickte dann. „Auch Fangschlag ist betrübt, Freund Nedeam. Ein großer Verlust.“

Der Erste Schwertmann seufzte. Dieser Tag schien voller schmerzlicher Erinnerungen zu sein. „Ich werde zur Burg reiten, um der Hohen Dame zu berichten, und danach freue ich mich auf ein Bad und auf Llaranya.“

„Arm umschlingen und Lefzen berühren?“

„Ja, auch darauf freue ich mich“, gestand Nedeam lachend ein.

„Menschliche Wesen sind sehr seltsam.“ Fangschlag kratzte sich im Nacken.

„Manchmal verstehen wir uns selber nicht.“ Der Erste Schwertmann sah zur Burg hinüber. Er glaubte die schlanken Gestalten von Larwyn und Llaranya auf der Plattform des Signalturms zu erkennen. „Aber wir lernen dazu.“

Während Nedeam sich der Burg näherte, musste er an die vergangenen Jahre mit Llaranya denken. Sie waren ein Paar, wie es der Tradition des Pferdevolkes entsprach, auch wenn die Vereinigungszeremonie nach dem Brauch des elfischen Volkes ungewohnt gewesen war. Nedeam liebte sein Weib über alle Maßen und war glücklich mit ihr, doch zugleich stellte diese Liebe ihn immer wieder auf eine harte Probe. Denn die Elfin war nicht nur eine schöne Frau, sondern zugleich eine hervorragende Kriegerin. Während die Frauen des Pferdevolkes das Kriegshandwerk ihren Pferdelords überließen, scheute Llaranya keineswegs davor zurück, ihre Meinung dazu kundzutun. Im Prinzip hatte Nedeam auch nichts dagegen einzuwenden, zudem vermochte er ihrer Beharrlichkeit ohnehin wenig entgegenzusetzen. Doch gelegentlich wurmte es ihn, dass sie weit besser focht und ritt als er selbst. Ihre Fertigkeiten waren bei den Schwertmännern anerkannt, dennoch achtete Nedeam darauf, dass sie nicht allzu oft an den Waffenübungen teilnahm. Hin und wieder hatte er es zugelassen und dann bemerkt, wie sehr seine Männer darauf schauten, ob die schöne Elfin vielleicht bei einer ihrer Übungen die Stirn runzelte. Im Volk der Pferdelords bewunderten die Frauen die Kunstfertigkeit ihrer Männer im Umgang mit den Waffen, statt ihre Haltung zu korrigieren und Verbesserungsvorschläge zu machen. Nein, manchmal fiel es Nedeam nicht leicht, die Eigenheiten des elfischen Volkes hinzunehmen.

Der Erste Schwertmann ritt in den vorderen Burghof ein, wich einem Gespann aus, das Mist aus den Ställen zu den Feldern brachte, und stieg am achteckigen Brunnen aus dem Sattel. Im Schatten des Haupthauses stand der alte Tasmund. Einst Erster Schwertmann unter dem Pferdefürsten Garodem, war er aufgrund der im Kampf erlittenen Verletzungen nicht mehr in der Lage, in den Krieg zu ziehen. Er hatte Nedeams Mutter Meowyn zum Weib genommen und beriet die Herrin Larwyn in Dingen, welche die Führung der Hochmark betrafen.

„Verbreitet die Bestie wieder Schrecken?“ Tasmunds Lächeln nahm seinen Worten die Schärfe. Es hatte lange gedauert, bis er Fangschlag akzeptiert hatte, und gelegentlich klang noch immer etwas von den alten Vorbehalten durch. „Ich bemerkte Unruhe bei der Formationsübung und glaubte, das Rundohr zu erkennen.“

„Ja, er bleckt ein wenig die Fänge“, räumte Nedeam ein.

„Nun, das schadet nicht.“ Tasmund stützte sich schwer auf

einen kurzen Stock. Sein Rücken schmerzte wieder einmal. „Solange der Bursche nicht beißt ... Der nächste Ork, dem die Männer begegnen, wird nicht bloß seine Fänge zeigen. Er wird ihr Fleisch wollen."

Nedeam ließ Duramont am Brunnen saufen und sah am Mauerwerk des Haupthauses empor. Die Sonne spiegelte sich in den Klarsteinscheiben der Fenster. „Der Winter kommt in diesem Jahr sehr früh. Morgens liegt schon Reif auf den Feldern."

„Der Winter kommt jedes Jahr ein wenig früher und bleibt ein wenig länger", brummte Tasmund. „Vor einigen Jahreswenden war es um diese Zeit noch warm, und es blieb reichlich Zeit, die zweite Ernte einzufahren. Aber vielleicht täusche ich mich ja, und es sind nur meine alten Knochen, die gegen die Kälte protestieren."

„Nein, alter Freund, ich glaube, du hast recht. Es ist einfach noch zu früh für diese Kälte."

Tasmund nickte bedächtig. „Immerhin hat es einen Vorteil." Er sah seinen Freund schmunzelnd an. „Fangschlag war gestern bei Barus, dem alten Nagerjäger." Er lachte auf, als Nedeam die Stirn runzelte. „Barus soll ihm aus den Nagerpelzen ein warmes Wams fertigen. Diese Kälte setzt den verdammten Orks weit mehr zu als uns Menschen. Im Winter können sie sich kaum bewegen und erst recht keinen Krieg führen. Wie es die alten Lieder schon besingen, die Monde des Winters sind Monde des Friedens."

„Solange der Schwarze Lord nicht auch auf den Gedanken kommt, seine Legionen mit Pelzen auszurüsten", lachte Nedeam.

Tasmunds Gesicht verfinsterte sich. „Reiß die Finsteren Abgründe nicht auf, mein Freund, auch nicht im Scherz. Das fehlte uns noch."

Nedeam legte dem Freund die Hand auf die Schulter. „Sei

unbesorgt, Tasmund. Es gibt nicht genug Nager, um all die Orks in Pelz zu hüllen."

„Wer weiß?" Der alte Kämpfer zuckte die Schultern. „Niemand vermag zu sagen, was in den Landen der Finsternis vor sich geht."

Der Erste Schwertmann nickte. „Selbst Fangschlag kann nicht viel darüber berichten. Er kennt die Bruthöhlen von Cantarim, in denen er geworfen wurde, und die Gegenden, in die ihn seine Kämpfe führten. Aber er war nie sehr weit im Osten, dort wo sich der Turm des Schwarzen Lords erhebt."

„Nun, wie dem auch sei. Es reizt einen nicht gerade hinzureiten, nur um zu sehen, ob es dort genug Nager für Pelze gibt."

Sie lachten beide auf und nickten einander zum Abschied zu, und während Tasmund langsam zum hinteren Burghof hinüberging, betrat der Erste Schwertmann das Haupthaus, um der Hohen Dame Larwyn zu berichten und endlich seine geliebte Llaranya wiederzusehen.

Bei seinem Blick zum Signalturm hatte er sich nicht getäuscht. Als er Larwyns Arbeitszimmer betrat, saßen die beiden Frauen neben dem Schreibtisch und studierten eine elfische Schriftrolle. Nedeam entbot der Herrin seinen Ehrengruß und beugte sich dann zu Llaranya, um das Willkommen mit ihr auszutauschen. Larwyn blickte lächelnd zur Seite und tat, als betrachtete sie aufmerksam die elfische Karte, die hinter dem Schreibtisch an der Wand hing. Als Nedeam sich aufrichtete, wies die Herrin der Hochmark auf einen der gepolsterten Stühle.

„Setzt Euch, mein Freund. Ihr müsst rasch geritten sein, dass Ihr schon so bald wieder in Eternas seid. Fiel es Euch schwer?"

Nedeam wusste, was die Herrin damit meinte, und nickte. „Das Gehöft gehört nun Elbort. Er ist ein guter Mann und ein braver Pferdelord, Hohe Dame. Es befindet sich bei ihm in guten Händen."

„Und dennoch schmerzt es", sagte Larwyn leise. „Wahrhaftig, Nedeam, guter Freund, jeder Verlust hinterlässt seine Spuren in der Fährte unseres Lebens." Sie zögerte kurz. „Gibt es … Neuigkeiten?"

„Auf meinem Ritt zum Gehöft begegnete ich einer kleinen Handelskarawane. Sie ist auf dem Weg nach Norden. Zu den Zwergen und zur neuen Nordfeste am Pass des Eten. Die ist wohl beinahe fertig, ein Wunder, das wir dem Fleiß und der Handwerkskunst der kleinen Herren zu verdanken haben. Die Signaltürme zu errichten, wird weitaus länger dauern." Nedeam trat an die Karte heran und fuhr mit dem Finger den Pass entlang, der von der Nordgrenze der Hochmark durch das Gebirge von Noren-Brak hin zur Grenze der Öde von Rushaan führte. „Hier oben liegt das Bollwerk und deckt den Zugang zum Pass. Der ist recht eng, verwinkelt und sehr lang. Unmöglich, die Signaltürme oben auf den Gipfeln zu errichten. Also werden sie in die steil aufragenden Felswände gebaut. Ohne die Zwerge wäre das gar nicht zu schaffen. Es müssen zehn Türme errichtet werden, und keiner von ihnen darf ausfallen, wenn ein Notsignal rasch zu uns gelangen soll. Die Zwerge bauen sehr sorgfältig, aber schon ein schwerer Blitzsturm kann einen Steinschlag auslösen und alles zunichtemachen. Notfalls wird uns die Besatzung in der Feste doch durch einen Reiter benachrichtigen müssen. Aber die Anlage wird stark genug sein, auch einer längeren Belagerung standzuhalten, und wir würden sie sicherlich noch schnell genug erreichen."

„Falls es je einen Angriff auf sie geben wird", wandte Larwyn ein. „Der Pass von Rushaan ist versperrt, und weiter im Norden gibt es keinen Weg, den der Schwarze Lord nehmen könnte. Zu weit und zu kalt."

„Ja, zu weit und zu kalt", stimmte Nedeam zu. „Da wir von Kälte sprechen … der Winter bricht früh herein, und wir müssen uns eilen, die Vorräte einzubringen."

Larwyn lächelte sanft. „Die Bauern sind dabei, und zwei Beritte der Schwertmänner unterstützen sie. Gibt es Nachrichten von … Garwin?"

Nedeam zuckte entsagungsvoll die Schultern. „Nein, keine Nachrichten über den Verbleib dieses … von Garwin."

„Nennt es ruhig beim Namen, mein Freund. Garwin mag mein Sohn sein, doch er ist auch ein Verräter und Renegat. Mit dem heimtückischen Verrat an unseren Männern in Jalanne und dem Versuch, mich, seine eigene Mutter, zu ermorden, hat er mit dem Pferdevolk gebrochen. Nein, Nedeam, Garwin ist nun zu einer Gefahr für uns alle geworden. Es gibt Gerüchte, dass er Männer um sich sammelt. Gerüchte, dass er den König stürzen und sich selbst zum Herrn des Pferdevolkes machen will." Larwyns Augen verrieten den Schmerz, den sie empfand. „Das muss verhindert werden, Nedeam. Garwin muss Einhalt geboten werden."

„Es gibt keine Spur von ihm." Nedeam wandte sich erneut der Landkarte zu und deutete mit einer ausholenden Bewegung über die Marken des Pferdevolkes. „Niemand kann sagen, ob er überhaupt noch in den Marken ist oder sich nicht sogar ins Königreich Alnoa zurückgezogen hat, wo er sich weit besser verbergen kann."

„Das glaube ich nicht", meldete sich Llaranya zu Wort. „Man mag von ihm denken, was man will, doch feige ist er nicht. Hinterlistig und rücksichtslos, ja, aber nicht feige. Nein, er wird nicht weit sein, denn ich glaube nicht, dass er seine Pläne aufgegeben hat."

„Ja", stimmte Nedeam zu. „Was immer das für Pläne sein mögen, wir werden sicherlich noch von ihm hören. Und ich glaube nicht, dass uns das gefallen wird."

3

Sie ritten in der perfekten Kolonnenformation der Schwertmänner, und doch unterschieden sie sich deutlich von den Kämpfern des Pferdevolkes. Rüstungen blitzten silbrig im Sonnenlicht, graue Umhänge wehten im Reitwind, und auf den Helmen wippten lange gelbe Federn. Das leise Klirren und Klappern der Rüstungen und Waffen begleitete den Trab der Männer. Der Besuch eines vollen Beritts der Gardekavallerie Alnoas rief auf seinem Weg durch die Marken der Pferdelords einiges an Aufsehen hervor. Auch wenn das Pferdevolk und das Reich von Alnoa einander in Freundschaft verbunden waren, so beschränkten sich die Begegnungen beider doch überwiegend auf Händler und deren Begleitungen.

Auf den Brustteilen der Harnische und den rechteckigen Schilden prangte das Wappen des Königreiches, dessen graues Banner an der Spitze des Beritts flatterte. Dort ritten zwei Soldaten nebeneinander, die sich angeregt unterhielten und doch immer wieder achtsam um sich spähten. Eine Angewohnheit von Männern, die schon zu oft im Kampf gestanden hatten, um sich noch irgendwo in Sicherheit zu wähnen.

Der Mann mit den zwei Federn eines Hauptmanns hieß Panval Erkat und war ein Niedriggeborener. Zahlreiche Kämpfe gegen Barbaren und Orks hatten den einfachen Gardisten an die Spitze eines Beritts befördert. Eine Seltenheit im Reich Alnoa, in dem die adlige Herkunft großen Einfluss auf die Karriere hatte. Im Hohen Kronrat des Königreiches waren Stimmen gegen Erkat laut geworden, doch der hagere Reiter hatte zwei mächtige Fürsprecher: seine Verdienste, für die das Volk ihn liebte, und jenen Mann, der nun an seiner Seite ritt.

Daik ta Enderos, Hochgeborener des Reiches und Oberkommandierender der Gardekavallerie, besaß das Wohlwollen des Königs, und er gehörte zu jenen erfahrenen Streitern, denen die Herkunft eines Mannes gleich war, solange er nur ordentlich zu kämpfen wusste. Ta Enderos hatte die Provinzen des Reiches Alnoa nur selten verlassen, doch im Augenblick war er der Feilschereien und Intrigen, die den Rat zu spalten drohten, überdrüssig. Dieser Ritt ins Land des Pferdevolkes gab ihm die Gelegenheit, der Enge der Königsstadt Alneris zu entkommen und zugleich ein für ihn neues Land zu sehen. Er hatte schon Schulter an Schulter mit den Pferdelords gestanden und schätzte dieses Reitervolk, auch wenn es ihn noch immer ein wenig barbarisch anmutete.

Daik ta Enderos strich sich über den schmalen Oberlippenbart, der bei den Hochgeborenen so beliebt war, und hängte seine Wasserflasche an den Sattelknauf zurück. „Ein beeindruckendes Land, das Reich des Pferdevolkes, nicht wahr, Panval? Endlose Weiten und nur dünn besiedelt. Kein Wunder, dass es hier noch so große Herden von Wildpferden gibt."

„Sind die wirklich so gut?" Panval Erkat trug einen sauber gestutzten Vollbart, was für einen Hauptmann eher ungebührlich war und seinen stummen Protest gegen den Hohen Rat zum Ausdruck bringen sollte.

„Es sind die besten." Ta Enderos deutete über das weite Land. „Bei uns sind die Wildpferde längst verschwunden. All unsere Reittiere stammen aus Zuchtgestüten. Gute Pferde, fraglos, doch es fehlt ihnen an Temperament. Die Rösser des Pferdevolkes sind ebensolche Kämpfer wie ihre Reiter. Sie treten und beißen. Wahrlich, ich habe selbst erlebt, wie sie dem Feind zusetzten."

Panval räusperte sich. „Bei allem Respekt, Hochgeborener, doch ich meinte nicht die Pferde."

Ta Enderos lachte auf. „Die Pferdelords? Glaube mir, Panval, sie sind die Besten unter den Besten. Von unserem eigenen Regiment einmal abgesehen“, schränkte er lächelnd ein.

„Man sagt, die Pferdelords seien Primitive und hielten es nicht sehr mit der Reinlichkeit.“

Daik ta Enderos sah seinen Hauptmann scharf an. „Es sind einfache und wenig komplizierte Menschen, Panval. Sie mögen sich nicht dauernd mit Blütenwasser bestäuben, wie es beim Hohen Kronrat in Alnoa der Fall ist, aber sie schätzen ein offenes Wort und sind furchtlos im Sturm gegen den Feind. Bei ihnen werdet Ihr keine Hinterlist finden. Und da Ihr gerade von Reinlichkeit sprecht, mein guter Panval, könnten wir wohl selbst alle ein Bad gebrauchen. Ich bin froh, dass wir Merdonan bald erreichen. Wir sind lange und schnell geritten, und sosehr ich das auch genossen habe, sosehr freue ich mich doch auf eine weiche Bettstatt.“

„Gegen Mittag müssten wir die Stadt zu Gesicht bekommen“, meinte Panval. „Sie und diesen seltsamen Turm.“

„Ja, darauf bin ich sehr gespannt“, gestand ta Enderos. „Die alte Ostwache ist legendär. Niemand weiß, wer diesen gewaltigen Turm errichtet hat. Man soll von seiner Spitze aus bis in das Reich des Schwarzen Lords blicken können.“

„Nun, wir werden sehen.“ Panval Erkat strich sich mit den Fingern durch den Bart.

Ihr Weg hatte sie durch die Südmark des Pferdevolkes in die Ostmark geführt. Sie waren schnell vorangekommen, aber der Rückweg würde weit mehr Zeit in Anspruch nehmen. Ta Enderos wollte im Reich des Pferdevolkes eine Ware erstehen, die ihm als Reiter als das Wertvollste erschien. Die Garde brauchte Pferde. Viele Pferde.

Panval Erkat reckte sich ein wenig im Sattel. „Ich glaube, wir sind fast da. Das dort könnte der berühmte Turm sein. Ich hoffe, Kommandeur, man wird Euch den gebührenden Respekt erweisen."

„Unser Bote muss schon vor zwei Tageswenden in Merdonan eingetroffen sein. Pferdefürst Bulldemut wird sicher seine Vorbereitungen getroffen haben. Er soll alt sein, aber immer noch beachtlich wendig seine Stoßlanze führen."

Merdonan, die Hauptstadt der Ostmark des Pferdevolkes, lag direkt an der Grenze zum Reich des Schwarzen Lords. Die Weißen Sümpfe schützten die Stadt vor dessen Angriffen. Zumindest weitestgehend, denn es gab einen verborgenen Pfad, der allerdings nur ein langsames Vorwärtskommen zuließ. Zu langsam, um die Stadt mit einem starken Truppenaufgebot überraschen zu können. Vor Jahren allerdings war es den Legionen der Orks gelungen, die Sümpfe mit hölzernen Stegen zu überwinden. Merdonan wäre beinahe gefallen, aber die Verstärkungen waren rechtzeitig eingetroffen. Die Bewohner Merdonans hatten dieses Ereignis niemals vergessen und die Befestigungen der Stadt weiter ausgebaut.

Auf der Straße näherte sich der Stadt eine Gruppe von drei Fuhrwerken. Eines von ihnen hatte einen stabilen kastenförmigen Aufbau, die beiden anderen waren hochwandige Lastfahrzeuge, deren Fracht unter schweren Planen verborgen war. Alle Gespanne wurden von Pferden gezogen und trugen das Zeichen eines alnoischen Handelshauses. Ta Enderos schätzte die Geschwindigkeit seines Beritts und die der Handelswagen ab und kam zu dem Schluss, dass sie nahezu gleichzeitig am Tor eintreffen würden. Er überlegte, ob er die Gardisten zu schnellerem Trab auffordern sollte, aber dann entschied er sich dagegen. Es wäre ungebührlich gewesen, solche Hast zu zeigen.

Im offenen Tor stand eine Gruppe von Schwertmännern mit den schwarzen Rosshaarschweifen der Ostmark. Ihr Anführer trat dem vorderen Gespann in den Weg. Ta Enderos konnte hören, wie sich der Pferdelord an den Gespannführer wandte. „Seid uns willkommen in Merdonan, guter Herr Händler. Habt die Freundlichkeit und löst die Planen."

Der Händler runzelte überrascht die Stirn. „Die Planen öffnen? Wir sind auf dem Weg zum Markt, um dort zu handeln. Wir bringen feinsten Klarstein aus dem fernen Alnoa und dazu Tücher und kunstvoll gefertigtes Geschmeide. Kommt zum Markt, und Ihr könnt Euch davon überzeugen."

„Auf Geheiß des Hohen Lords Bulldemut muss ich Eure Fracht schon hier am Tor in Augenschein nehmen."

Die Stimme des Händlers wurde etwas ärgerlich. „Wozu dieser Umstand? Dergleichen wurde noch nie zuvor verlangt, und ich bin wahrlich oft in Merdonan. Ihr müsstet mich doch kennen, ich bin Erdewar aus Lheonaris. Mein Name steht für gute Ware und gerechte Preise."

„Das will ich Euch gern glauben, guter Herr Erdewar. Dennoch muss ich die Fracht sehen, um sie schätzen zu können. Danach berechnet sich die Höhe des Tributs, den Ihr dem Pferdefürsten zu entrichten habt."

„Tribut? Was für ein Tribut?" Händler Erdewar war nun sichtlich verärgert, und sein Gesicht rötete sich zunehmend. „Ich musste noch nie einen Tribut an den Pferdefürsten entrichten."

„Gemach, guter Herr. Der Tribut dient Eurem Schutz."

„Schutz?"

Der Scharführer nickte bedächtig. „In den letzten Monden geht Seltsames in der Ostmark vor sich. Einzelne Reisende und allein fahrende Handelswagen verschwinden spurlos. Wir gehen davon aus, dass sich eine Gruppe Gesetzloser herumtreibt."

„Raubgesindel? In der Ostmark?" Der Händler erblasste. „So etwas habe ich bislang nur aus dem Reich Alnoa gehört. Dort trifft man des Öfteren auf Halsabschneider, die Reisenden ihre goldenen Schüsselchen rauben." Er sah den Scharführer herausfordernd an. „Dann läge es wohl an Euch Pferdelords, dem Einhalt zu gebieten.“

Der Wachführer seufzte vernehmlich. „Unsere Scharen bestreifen die Mark reichlich, besonders die Handelswege. Zwei volle Beritte der Schwertmänner musste der Hohe Lord Bulldemut neu aufstellen. Das kostet viele goldene Schüsselchen, guter Herr. Da die Streifen Eurem Schutz dienen, erhebt der Pferdefürst den Tribut.“

„Dann soll er unsere Wagen von einer Schar begleiten lassen. So wird sich kein lichtscheues Gesindel an meine Waren herantrauen“, knurrte der Händler. Er gab seinen Helfern einen Wink, die daraufhin begannen, die Planen und Verriegelungen zu lösen.

„Es gibt zu viele Handelswagen und zu wenige Schwertmänner, als dass wir jeden einzelnen Wagen begleiten können“, entgegnete der Schwertmann. „Aber Ihr könnt Euch der Dienste bewaffneter Begleiter versichern, guter Herr. Seit die Brennsteinmaschinen aus dem Reich Alnoa die Hämmer unserer Werkstätten antreiben, hat mancher brave Mann seine Arbeit verloren und ist sicher froh, ein paar Schüsselchen verdienen zu können, wenn er sich bei Euch verdingt. Es sind viele gute Pferdelords darunter, die Euch Schutz gewähren können.“

„Bewaffnete Begleiter?“ Der Händler schlang die Zügel um den Bremshebel und schwang sich vom Bock des Wagens. „Das kostet mich zusätzliche Schüsselchen und schmälert meinen Gewinn. Ich müsste gar die Preise anheben, was den Kunden nicht gefallen würde.“

„Ihr mögt ein paar Schüsselchen einbüßen, aber das ist sicher besser, als Fracht und Leben zu verlieren.“

„Das ist wohl wahr“, gestand der Händler griesgrämig ein. „Bei den finsteren Abgründen, in den letzten Jahreswenden hat der Handel zugenommen, und nun treibt sich immer mehr Gesindel herum. Früher konnte man durch Eure Marken reiten und musste nur Unwetter, Raubtiere und Orks fürchten. Aber schön, so schätzt die Waren eben."

Die Schwertmänner verstanden sich darauf, den Wert der Waren zu bestimmen. Schließlich begann der besorgte Händler, die Endsumme herunterzurechnen, aber der Scharführer ließ sich nicht darauf ein. Erneut begann ein erregter Streit üben den zu entrichtenden Tribut.

Ta Enderos verlor das Interesse an der Auseinandersetzung und trieb sein Pferd an den Handelswagen vorbei zum Scharführer. Als dieser den Alnoer unvermittelt vor sich sah, brachte er den zeternden Händler mit einer Handbewegung zum Schweigen.

„Seid willkommen in Merdonan, guter Herr. Ich hörte schon von solchen metallenen Anzügen, wie Ihr sie tragt", sagte er und musterte ta Enderos und die anderen neugierig. „Ihr seid Panzerreiter aus dem fernen Königreich Alnoa, nicht wahr? Da seid Ihr aber weit entfernt von Eurem Streifgebiet. Was führt Euch in die Ostmark des Pferdevolkes?"

„Ein Handel, guter Herr Pferdelord", erwiderte der Hochgeborene freundlich und zugleich irritiert. „Die Garde braucht Pferde, und ich hörte, in der Ostmark ließen sich welche finden."

Der Scharführer grinste breit. „Daran fehlt es uns nicht. Ihr findet die Pferdehändler auf dem großen Markplatz, und dort gibt es auch gutes Quartier für die Nacht."

Panval Erkat räusperte sich. Obwohl er selbst aus dem Mannschaftsstand kam, achtete er sehr darauf, dass man es dem von ihm verehrten ta Enderos gegenüber nicht an Respekt fehlen ließ. Als der Scharführer nun den Hauptmann ansah, deutete der auf seinen Kommandeur. „Meldet Eurem Pferdefürsten die Ankunft von Daik ta Enderos, Hochgeborener des

Reiches von Alnoa und Kommandeur seiner Garde."

Die Augen des Scharführers weiteten sich vor Überraschung. „Das ist fürwahr ein bedeutsamer Besuch, Ihr Hohen Herren." Er salutierte respektvoll. „So seid uns nun doppelt willkommen. Ich werde den Hohen Lord sofort verständigen." Er wandte sich um und gab einem seiner Männer einen Befehl. Der Mann eilte zu einem am Wachhaus stehenden Pferd, schwang sich hinauf und trabte dann auf die Silhouette des riesigen Turms zu, so rasch es das Gedränge auf der Straße zuließ. Der Scharführer trieb die anderen an, damit man die Wagen zur Seite fuhr, die das Tor teilweise blockierten. Natürlich hätten sich die Gardisten daran vorbeizwängen können, doch für jeden Kämpfer war es eine Frage von Ehre und Tradition, dass man ihnen Respekt erwies und den nötigen Raum schaffte.

„Sagt, guter Herr Scharführer, habt Ihr keine Kunde über unsere Ankunft erhalten? Wir haben zwei Männer entsandt, die uns vorausritten."

Der Pferdelord schüttelte den Kopf. „Glaubt mir, Hoher Herr, zwei Reiter in Panzern wären nicht unbemerkt geblieben. Sie haben Merdonan gewiss nicht erreicht."

Ta Enderos runzelte die Stirn. „Das ist seltsam. Sie müssten lange vor uns eingetroffen sein."

Der Wachführer leckte sich über die Lippen und blickte unwillkürlich zum offenen Tor hinaus. „In letzter Zeit kommt es immer wieder vor, dass Leute einfach verschwinden. Vor einem Zehntag fand eine unserer Streifen ein verlassenes Gehöft. Von seinen Bewohnern und dem Vieh fehlte jede Spur. Es gab keine Hinweise auf einen Überfall oder ein gefährliches Tier, das die Bewohner angegriffen haben könnte. Irgendetwas sucht unsere Mark heim, Hoher Herr, und wir bestreifen sie, um die Übeltäter zu finden und zu bestrafen. Nicht jeder will seine goldenen Schüsselchen durch ehrliche Arbeit und Handel verdienen."

„Das kommt auch im Reich Alnoa vor“, seufzte ta Enderos. „Doch überfallen die Ehrlosen keine einsamen Höfe oder Gardisten, sondern lohnendere Ziele wie kleine Handelszüge.“

„Wohl wahr, Hoher Herr, doch wenn Eure Männer unerwartet auf eine Bande Gesetzloser gestoßen sind, wird man sie ohne Zögern niedergemacht haben.“

„Das steht wohl zu befürchten.“ Daik ta Enderos blickte die Hauptstraße entlang. Irgendwo war ein Hornsignal zu hören, und er glaubte am Ende der Straße den dreieckigen grünen Wimpel eines Beritts der Schwertmänner flattern zu sehen.

Wenig später erreichte eine berittene Schar das Tor, um ta Enderos das gebührende Ehrengeleit zu geben. „Seid willkommen, Hoher Lord“, grüßte der Anführer der Schar und bewies damit, dass ihm der hohe Rang des Gastes weit bewusster war als dem Führer der Torwache. Dieser errötete prompt, da er nicht erkannt hatte, dass ta Enderos einem Pferdefürsten gleichgestellt war. „Ich bin Mor, Erster Schwertmann der Ostmark. Pferdefürst Bulldemut entbietet Euch durch mich seine Grüße und freut sich darauf, Euch persönlich willkommen zu heißen. Wenn Ihr mir nun die Ehre erweisen wollt, mich zu begleiten?“

Ta Enderos nickte und gab Hauptmann Panval Erkat das Zeichen, mit dem Beritt zu folgen. Er selbst ritt an Mors Seite und musterte den Ersten Schwertmann der Ostmark verstohlen. Die tiefschwarzen Haare waren ungewöhnlich für einen Mann des Pferdevolkes. Mor bemerkte seine Blicke und lächelte. „Ihr vermutet richtig, Hoher Lord. Ich stamme aus Alneris.“ Das Lächeln vertiefte sich. „Ich war Wachmann im Dienste eines fahrenden Händlers.“

„Und nun seid Ihr Erster Schwertmann einer Mark?“ Ta Enderos zwirbelte seinen Bart. „Recht ungewöhnlich, will mir scheinen.“

„Es ist eine verwickelte Geschichte, gut geeignet für lange

Winterabende und lodernde Kaminfeuer." Mors Gesicht wurde ernst. „Darf ich fragen, was den Hohen Lord so weit nach Norden und bis nach Merdonan führte?"

„Pferde", antwortete ta Enderos knapp.

Mor lachte freundlich. „Seht es mir nach, Hoher Lord, doch für einen Pferdeeinkäufer habt Ihr einen ungewöhnlich hohen Rang."

„Kein Dienst ist zu niedrig, wenn er zum Wohl des Reiches ist."

Der Erste Schwertmann der Ostmark nickte bedächtig. Er vermutete mehr hinter ta Enderos Besuch, aber es wäre unhöflich gewesen, weiter in den hohen Gast zu dringen. Sie passierten eine Gruppe von Männern und Frauen, die abgedeckte Eimer mit sich führten, von denen ein bestialischer Gestank aufstieg. Mor bemerkte, wie ta Enderos die Nase rümpfte.

„Die meisten Städte des Pferdevolkes haben eine vernünftige Kanalisation", erklärte er, „doch hier in Merdonan lässt der Boden das nicht zu. Das dort sind Dungschlepper, welche die Abfälle sammeln und aus der Stadt bringen."

Der Gardekommandeur versuchte durch den Mund zu atmen. „Ein durchaus ehrbares Handwerk. Es hilft, Krankheiten zu vermeiden."

„Und es hält die Felder fruchtbar."

Langsam trabten die Gardisten und die Pferdelords auf den riesigen Turm der alten Ostwache zu. Die breite Straße, auf der sie sich bewegten, führte vom Haupttor über den großen Handelsplatz bis zum Haus des Pferdefürsten, wo sich die Ostwache erhob. Während sie näher kamen, wurde den Alnoern die enorme Größe dieses Bauwerks deutlich.

Der Große Turm war das Wahrzeichen der Stadt und fand sich als Symbol auf den grünen Rundschilden der Pferdelords aus Merdonan wieder. Er war ungewöhnlich hoch und ungewöhnlich alt. An seiner Basis maß er gut zwanzig Längen im Durchmesser und stieg über hundert Längen auf, bevor er sich an seiner obersten Spitze zu einer Plattform von kaum vier Längen verjüngte. Unten gab es nur eine schmale Türöffnung, die von einer schweren Metalltür verschlossen wurde, und ab der zweiten Turmebene zogen sich enge Schießscharten um seine fünf Seiten herum.

„Euer Hoher Lord Bulldemut schätzt eine trutzige Bauweise", meinte ta Enderos lakonisch und deutete auf des Haus des Pferdefürsten. Es stand an der Basis des Turms und hatte im Untergeschoss keine Öffnungen außer einer schweren metallenen Tür. Im Obergeschoss zogen sich schießschartenartige Schlitze entlang, und auf dem flachen Dach ragten die Arme zweier Katapulte auf.

„Diese Bauweise hat uns genutzt, als die Orks Merdonan einnahmen. Hier, auf diesem Platz, haben wir den letzten Widerstand geleistet, bis die Beritte der Marken zu Hilfe eilten. Ah, Ihr hättet die Schlacht erleben sollen. Seite an Seite mit den Elfen trieben wir die Bestien in die Sümpfe zurück."

„Ich hörte, die Elfen hätten ihre Ländereien verlassen."

„Ja, sie sind zu den Neuen Ufern aufgebrochen. Ihre Länder sind nun verwaist."

„Das Bündnis wird schwächer", murmelte der Gardekommandeur leise. „Vor einigen Jahreswenden kämpfte ich an ihrer Seite zusammen mit tapferen Pferdelords der Hochmark gegen die Schwärme der See."

„Dann kennen wir also beide gute Geschichten für lange Winterabende", meinte Mor schmunzelnd.

Vor dem Haus des Pferdefürsten wartete ein Ehrenberitt und präsentierte im Ehrensalut, als ta Enderos seine Männer einschwenken ließ. Der Gardekommandeur saß ab und übergab die Zügel einem seiner Reiter. Auf der obersten Stufe der

Treppe, die ins Gebäude hineinführte, wartete die stämmige Gestalt Bulldemuts. Graue Strähnen durchzogen seine rotblonden Locken, und als er kurz zur Seite blickte, sah ta Enderos, dass dem Pferdefürsten das rechte Ohr fehlte.

Das Willkommen war herzlich, wenn auch ein wenig distanziert, und ta Enderos spürte, dass der Pferdefürst hinter seinem Besuch mehr vermutete als den Kauf von Pferden. Dieser Eindruck bewahrheitete sich, als Bulldemut seinen Gast in das bescheidene Amtszimmer führte. Der Pferdefürst wartete, bis ein Bediensteter die gebotenen Erfrischungen gebracht und den Raum wieder verlassen hatte. Nachdem die beiden Hohen Lords allein waren, lehnte sich der Pferdelord in seinem Stuhl zurück und musterte den Alnoer nachdenklich.

„Ihr braucht also Pferde, Hochgeborener? Dafür habt Ihr einen mühseligen und weiten Weg auf Euch genommen."

Es war wohl an der Zeit, sein Gegenüber einzuweihen, etwas, das ta Enderos nicht einmal mit seinem Hauptmann getan hatte. Es wäre ihm lieber gewesen, mit Nedeam zu sprechen, den er kannte, doch die Hochmark verfügte über keine größeren Herden von Wildpferden, die der offizielle Grund für seine Reise waren. Immerhin genoss Bulldemut den Ruf eines alten Kämpfers. Ta Enderos hoffte, in ihm den richtigen Ansprechpartner zu finden, um seinen flüchtigen Plan reifen zu lassen, bevor er an das Ohr des Königs drang.

„Was haltet Ihr von den Orks, Hoher Lord Bulldemut?"

Die Züge des Pferdefürsten nahmen einen lauernden Ausdruck an. „Es geht wohl doch nicht nur um Pferde, nicht wahr? Schön, wir sollten diese Formalitäten sein lassen und wie Kämpfer miteinander reden. Was ich von den Orks halte? Jeder kennt diese Bestien. Solange sie existieren und dem Schwarzen Lord dienen, wird es keinen Frieden für die Marken des Pferdevolkes geben."

„Auch nicht für die Provinzen des Reiches Alnoa", stimmte ta Enderos zu. „Wir beide wissen, dass die Legionen der Finsternis in Rushaan geschlagen wurden. Und ebenso gewiss ist, dass dies kein endgültiger Sieg war. In ihren Bruthöhlen werden sie zu Hunderten geworfen, so können diese Kreaturen ihre Verluste leicht ausgleichen. Jeder getötete Ork wird von zwei neuen ersetzt, doch jeder unserer gefallenen Kämpfer hinterlässt eine schmerzliche Lücke."

„Wohl wahr", nickte Bulldemut. „Es dauert viele Jahreswenden, bis ein Knabe zu einem Pferdelord herangewachsen ist."

„Unsere Völker verschleißen sich im endlosen Krieg gegen die Finsternis." Ta Enderos nippte an dem verdünnten Gerstensaft. „Jetzt sind auch noch die Elfen fort, und unser Bund wird schwächer, während die Legionen erneut erstarken."

„Worauf wollt Ihr hinaus?", knurrte Bulldemut.

„Wenn wir immer nur darauf warten, dass die Orks uns angreifen, überlassen wir ihnen die Initiative und geben ihnen die Gelegenheit, Zeit und Ort zu bestimmen und in großer Stärke aufzutreten."

Bulldemuts Augen verengten sich für einen Moment, als er ta Enderos Gedanken erahnte. „Ihr wollt sie angreifen? Ihnen zuvorkommen?"

Ta Enderos nickte. „Das Reich Alnoa hat die letzten Jahreswenden in relativem Frieden gelebt. Natürlich gibt es kleine Kämpfe an den Pässen, doch unsere Grenzfesten sind stark und sicher. Noch. Die Bürger des Reiches und vor allem den Hohen Kronrat interessiert es nur wenig, was dort vor sich geht, solange die Bestien nicht über die Grenzen gelangen. Sie interessieren sich mehr für die goldenen Schüsselchen, die der Unterhalt der Garde kostet."

„Ja, verdammte Schüsselchen. Ich schätze sie nicht besonders", brummte Bulldemut. „Früher gab es Ware oder Arbeitskraft, die man untereinander tauschte. Heute erhält man dafür wertloses Gold.“

„Es ist nicht wertlos, Pferdefürst der Ostmark. Manche Menschen schätzen seinen Wert sogar höher ein als das Leben eines braven Gardisten.“

„Dann schickt diese Menschen an die Grenze. Da werden sie die wahren Werte kennenlernen. Gold schützt sie nicht gegen den Feind. Nur guter Stahl und starke Arme vermögen das.“

„Beides muss mit Schüsselchen bezahlt werden.“ Ta Enderos seufzte leise. „Mit vielen Schüsselchen. Die will der Hohe Kronrat jedoch lieber für andere Dinge ausgeben.“

Bulldemut strich sich über das Kinn. „Ich verstehe nicht, worauf Ihr hinauswollt.“

„Der Hohe Rat hat beschlossen, einige Regimenter der Garde aufzulösen. Das wird das Heer des Reiches schwächen.“

„Bei den finsteren Abgründen. Was für eine Narretei. Und Euer König?“

„Er hat nur in Kriegszeiten die absolute Befehlsgewalt. Doch jetzt, im Frieden, hat der Hohe Rat das Sagen.“

„Mögen die Abgründe den Rat verschlingen“, sagte Bulldemut mitfühlend.

„Alnoa wird weniger Truppen haben“, nahm ta Enderos den Faden wieder auf. „Daher will ich die verbleibenden beweglicher machen. Mit Pferden kann man sie schnell von einem Ort zum anderen verlegen.“

„Man muss lernen, auf einem Pferd zu reiten. Wenn Ihr Eure Fußsoldaten auf die Tiere setzt, wird die Hälfte von ihnen heruntergefallen sein, bevor sie das Schlachtfeld erreichen.“

„Notfalls lasse ich sie auf den Pferden festbinden“, knurrte ta Enderos grimmig. „Doch das ist nicht das Problem.“

Bulldemut erhob sich von seinem Stuhl und trat an die Landkarte. „Der Schwarze Lord hat nicht viele Möglichkeiten, die freien Reiche anzugreifen. Der Pass von Rushaan im Norden ist ihm versperrt, und durch das Eis des Kaltlandes kann er seine Orks nicht schicken. Sie würden erfrieren. Bleiben ihm noch der Weg über den Pass von Merdoret und die Weißen Sümpfe nach Merdonan oder die beiden Pässe an der Südgrenze Alnoas. Merdonan wird er nicht nehmen, die Sümpfe sind ein zu großes Hindernis, und noch einmal lassen wir uns nicht von ihm überraschen. Wenn er erneut angreift, wird er das im Süden tun. Bei Euch, ta Enderos, im Reich Alnoa."

„Vermutlich", stimmte ihm der Gardekommandeur zu. „Und wenn wir abwarten, bis er bereit ist, wird er in überwältigender Stärke auftreten. Alnoa ist gewappnet, aber seine Macht wächst nicht weiter, im Gegensatz zu der des Schwarzen Lords."

Erneut strich sich Bulldemut übers Kinn. „Also, sprecht frei heraus, was habt Ihr vor?"

„Nicht zuzusehen, wie der Feind immer stärker wird, während unsere Kräfte schwinden. Den Krieg endlich zu ihm zu tragen. Es missfällt mir, immer nur auf seine Schläge warten zu müssen. Es ist an der Zeit, dass wir selbst endlich zuschlagen."

„Dem stimme ich zu", sagte Bulldemut nachdenklich. „Doch es wird nicht gehen, ta Enderos. Wir kennen sein Land nicht und auch nicht seine wahre Stärke. Ihm ohne dieses Wissen entgegenzutreten, hieße unsere Männer sinnlos zu opfern."

„Ja, wir können sein Reich nicht nehmen, das ist mir klar." Ta Enderos trat neben Bulldemut. „Aber wir können ihn dort treffen, wo es ihn schmerzt." Er tippte auf die Karte. „Dort, in Cantarim."

„Cantarim?" Bulldemut schüttelte den Kopf. „Vergesst es. Cantarim ist eine starke Festung. Auch wenn wir nicht viel über das Reich der Finsternis wissen, diese alte Feste ist uns wohlbekannt."

„Sie ist nicht nur eine starke Festung. Sie ist eine der Waffenschmieden und Bruthöhlen der Legionen. Sie zu zerstören würde dem Herrn der Finsternis einen bösen Schlag versetzen."

„Wunschdenken", schnaubte Bulldemut. „Wirklich, ein reizvoller Gedanke, doch er ist nicht durchführbar."

„Vielleicht doch. Bedenkt, was Ihr soeben selbst gesagt habt. Er kann seine Orks nicht durch das Kaltland schicken, da sie sonst erfrieren würden. Und denkt an den Winter, Bulldemut." Ta Enderos lächelte verschwörerisch. „In diesem Jahr soll er besonders kalt werden."

Bulldemut stieß ein leises Grunzen aus. „Große Kälte lässt das Blut der Bestien erstarren. Das macht sie langsam, sogar unbeweglich ... Fürwahr, ein reizvoller Gedanke." Er straffte sich. „Dennoch, es ist aussichtslos. Der Eid verpflichtet die Pferdelords, ihre Heimat zu verteidigen. Sie müssen ihm nicht Folge leisten, wenn wir fremde Grenzen überschreiten. Ein solches Wagnis, noch dazu im Winter, wird keiner eingehen wollen."

„Einen vorbeugenden Schlag gegen das Reich der Finsternis zu tun ist auch eine Form der Verteidigung", beharrte ta Enderos. „Weit besser als abzuwarten, bis die Bestien wieder zu uns kommen."

„Mag sein. Aber ein Krieg im Winter? Nicht nur die Orks würden frieren. Auch müssten wir uns mehrere Zehntage durch Feindesland schlagen, bevor wir Cantarim erreichen. Und wenn wir seine Mauern sehen, haben wir sie noch lange nicht genommen."

„In der Eiseskälte des Winters werden die Orks nicht besonders eifrig umherstreifen. Sie werden die Wärme suchen. Wenn unsere Streitmacht den Weg sorgsam erkundet und sich verborgen hält, dann können wir die Bestien überraschen."

„Warum kommt Ihr mit solchen Gedanken zu mir?", knurrte Bulldemut unschlüssig. „Es wäre eine Sache des Königs. Eures und unseres Königs. Solche Dinge entscheidet nicht ein Pferdefürst. Nicht einmal der Rat der Pferdefürsten. Ihr solltet auf dem Tisch würfeln und nicht in der hohlen Hand."

„Eure Stimme findet sicher Gehör beim Rat der Pferdefürsten und auch beim König des Pferdevolkes."

„Streicht mir keinen Honig in den Bart, ta Enderos." Bulldemut blickte auf die Karte und schüttelte unbewusst den Kopf. „Warum kommt Ihr damit ausgerechnet zu mir? Warum in die Ostmark? Nein, sagt es nicht, ich kann es mir denken." Bulldemut ließ seine Hand auf die Karte klatschen. „Der Weg von Süden aus wäre zu weit. Für Euren Plan bleibt nur eine Möglichkeit. Der Marsch durch die Weißen Sümpfe und über den Pass von Merdoret. Reizvoll, aber undurchführbar. Es gibt nur einen schmalen Pfad. Mann muss hinter Mann marschieren. Könnt Ihr Euch ausmalen, was hier ein Rückzug bedeuten würde? Auf der anderen Seite der Sümpfe würde sich alles stauen, von den Orks bedrängt. Es würde ein sehr einseitiges Schlachten werden. Und wir", sagte er leise, „wir könnten von Merdonan aus zusehen."

Ta Enderos versuchte seine aufkommende Enttäuschung zu verbergen. „Wenn ich meinem König mitteilen könnte, dass das Pferdevolk sich beteiligt, wird er zustimmen. Und Euer König würde es wohl auch, wenn er erführe, dass mein König …"

„Ihr treibt ein gefährliches Spiel, Hochgeborener ta Enderos. Ihr versucht, den einen gegen den anderen auszuwürfeln. Ist das die Art, in der man im Reich Alnoa miteinander umgeht? Auch wenn Eure Absicht ehrbar ist, so schätze ich die Weise nicht, mit der Ihr versucht, mich und den König zu überlisten, Hochgeborener. Ja, Cantarim wäre fürwahr ein schmackhafter Happen, doch an diesem Bissen können wir nur zu leicht ersticken."

Der Gardekommandeur seufzte leise. „Es wäre nicht recht,

mit Euch darüber in Streit zu geraten, Hoher Lord Bulldemut. Es ist schon spät. Vielleicht sollten wir eine Nacht darüber ruhen und unsere Gedanken ordnen."

Bulldemut schürzte die Lippen und nickte dann. „Man wird Euch Euer Quartier zeigen. Morgen können wir dann über die Pferde sprechen."

„So mag es sein."

Ta Enderos empfand das bittere Gefühl der Niederlage. Auch wenn er nicht erwartet hatte, dass Bulldemut seinem Plan gleich zustimmte, so hatte er doch auf mehr Interesse gehofft. Der Pferdefürst sollte zu den verwegensten Pferdelords gehören, und wenn der schon zögerte, so würden die anderen ta Enderos' Idee erst recht nicht folgen.

In dieser Nacht fand der Kommandeur der alnoischen Garde lange keine Ruhe. Seine Gedanken kreisten um das Reich von Alnoa, das immer schwächer wurde, und um die gleichfalls schwache Hoffnung, dem Feind zuvorzukommen. Doch schließlich sank der besorgte Alnoer doch noch in den Schlaf.

Er erwachte, als jemand unsanft gegen die Tür seiner Kammer polterte. Benommen schüttelte er den Schlaf ab und schwang die Beine von der Bettstatt. „Ich bin wach", knurrte er missmutig. „Tretet ruhig ein."

Es war der Erste Schwertmann Mor, der die Tür öffnete und ta Enderos einen knappen Salut erwies. „Pferdefürst Bulldemut bittet Euch zu sich."

Der Alnoer blickte zu der schießschartenartigen Öffnung der Kammer hinüber. Die Nacht begann gerade erst der Morgendämmerung zu weichen. Fröstelnd zog er die Schultern hoch. „Schön, sagt ihm, dass ich komme."

Mor lächelte hintergründig und reichte ta Enderos einen schweren Umhang. „Nehmt, Hochgeborener. Ihr werdet ihn brauchen. Der Hohe Lord ist oben. Auf der Plattform der alten

Ostwache. Nehmt eine Brennsteinlampe mit, der Weg dorthin ist dunkel."

Der Weg war nicht nur dunkel, sondern auch lang. 1654 steinerne Stufen führten im Inneren des Turms auf die Plattform hinauf. Die Stufen waren ausgetreten und mühsam zu erklimmen. Niemanden verlangte es danach, es häufiger zu tun, und der Abstieg war nicht weniger schwer und gefahrvoll als der Aufstieg. Schon mancher Mann war dabei zu Tode gestürzt.

Die Brennsteinlampe, die ta Enderos mit sich führte, bestand aus einem zylindrischen Gefäß, auf dessen Boden der Brennstein brannte. Das warme Licht drang aus breiten Schlitzen, erhellte die Stufen aber nur notdürftig. Ta Enderos stieg sie langsam empor. Zum einen wegen der mangelhaften Sicht und zum anderen, weil er einen solchen Treppenaufstieg nicht gewohnt war. Im Reich Alnoa hätte man bei solcher Mühsal längst einen Windenaufzug installiert, und der Alnoer verfluchte im Stillen den Pferdefürsten, der ihn zu diesem Weg zwang. Doch bei einer Verschnaufpause musste er an Bulldemuts Alter denken und daran, dass ihm der Aufstieg sicher noch weit schwerer gefallen war. Der Pferdefürst hatte offenbar einen guten Grund, seinen Gast auf den Turm hinaufzubitten.

Als Daik ta Enderos die Plattform betrat, konnte er den wachhabenden Schwertmännern und Bulldemut nur ein knappes Nicken schenken. Keuchend rang er nach Atem, und die Luft war eisig und brannte in seiner Kehle. Der Pferdefürst stand an der Brüstung, zwischen zwei der ungewohnt geformten Zinnen, und winkte seinen Gast zu sich heran. Der umrundete den Lampenspiegel, der das alte Signalfeuer ersetzte, und hüllte sich enger in den Umhang, der ihn nur unvollkommen gegen die schneidende Kälte des Windes schützte.

„Ihr kommt gerade noch rechtzeitig, um es zu sehen", brummte der Pferdefürst.

„Um was zu sehen?“ Ta Enderos lächelte schwach. „Wollt Ihr mir die Schönheit des Sonnenaufgangs zeigen?“

„Glaubt Ihr, dafür hätte ich mich hier heraufgequält? Schaut nach Osten, ta Enderos. Was seht Ihr?“

Hinter der Frage des Pferdefürsten steckte eine besondere Absicht, aber der Alnoer wusste nicht, welche. „Nun, ich sehe im Südosten die Schwarzen Berge von Uma'Roll und im Nordosten das Gebirge von Noren-Brak. Und direkt vor unseren Nasen liegt der Pass, der die Gebirge teilt.“

„Der Pass von Merdoret, genau“, stimmte Bulldemut zu. „Und davor die Weißen Sümpfe. Nun, ich vermute, es fällt Euch nicht auf, da Ihr die Sümpfe noch nicht kennt.“

„Ich habe sie noch nie gesehen und kenne nur die alten Legenden. Dass dort einst eine furchtbare Schlacht tobte und der Sumpf die Toten verschlungen hat.“

Bulldemut nickte bedächtig. „Nicht wie ein gewöhnlicher Sumpf, ta Enderos. Die Weißen Sümpfe sind verflucht. Sie nehmen die Toten nicht auf und geben sie auch nicht frei. Die Kämpfer liegen noch immer dort, wo sie gefallen sind. Menschen, Elfen und Orks. Was in das verfluchte Wasser taucht, kann nicht zerfallen, doch was aus ihm emporragt, hat sich aufgelöst. Es ist ein entsetzlicher Anblick, Alnoer. Ein einziges Mal habe ich es mit eigenen Augen gesehen, und Ihr könnt mir glauben, dass ich es nicht auf ein zweites Mal anlege.“

„Und was sollte mir nun auffallen, Hoher Lord Bulldemut?“

„Seht hinunter.“ Bulldemut deutete in Richtung der verwunschenen Sumpflandschaft. „Sie sind zugefroren, die Sümpfe. Zum ersten Mal, seit wir Pferdelords in diese Mark kamen. Ich weiß nicht, woran das liegt. Wir hatten schon kalte und unbarmherzige Winter, und dennoch waren sie nie von Eis bedeckt. Doch in diesem Jahr ist es anders. Dabei hat der Winter noch nicht einmal begonnen. Es ist mir ein Rätsel, ta Enderos, ein wahres Rätsel."

„Zugefroren", murmelte der Gardekommandeur und stützte sich auf eine der Zinnen. Hastig zog er die Hände zurück, denn der Stein war außergewöhnlich kalt. Während er seine Hände aneinanderrieb, überlegte er fieberhaft. „Ich verstehe. Sie sind passierbar, nicht wahr? Das Eis würde Männer mit Waffen tragen können."

„Wir treiben ein paar schwere Hornviehbullen in die Sümpfe", brummte Bulldemut. „Dann werden wir es erfahren." Er seufzte. „Wahrscheinlich tauen sie rasch wieder auf. Bedenkt, es ist noch nicht richtig Winter."

„Eben." Ta Enderos lächelte. „Doch wenn sie im Winter zugefroren bleiben, dann hätten wir einen Weg ins Reich der Finsternis. Einen Weg nach Cantarim, nicht wahr, Pferdefürst Bulldemut?"

4

Showaa war unbestreitbar jung und auf jene Art verspielt, wie es für die Lederschwingen typisch war. Schwingenführer Mordeschdar hatte Anschudar darauf vorbereitet und ihm geraten, Showaa ihren Willen zu lassen, solange dies die Mission nicht gefährdete. „Sie wird sich austoben wollen, Anschudar“, hatte Mordeschdar gesagt. „Lass sie gewähren. Wenn sie ihrem natürlichen Trieb nicht folgen kann, wird sie übellaunig, und du weißt ja, wie störrisch eine Lederschwinge werden kann. Nimm sie nur an den Lenkstab, wenn es nicht anders geht. Und halte immer die Augen auf. Showaa hat gute Anlagen, aber ihr fehlt es an Erfahrung. Lass dich also von ihr nicht ablenken, und achte auf alles, was um dich herum geschieht. Doch das Wichtigste ist, dass ihr Gelbstein für den Horst findet. In dieser Hinsicht kannst du dich auf Showaas Instinkte verlassen. Sie ist jung und gierig, denn sie muss noch wachsen. Da wird sie auf das feinste Anzeichen von Gelbstein reagieren.“

Also ließ Anschudar seiner Showaa ihren Willen. Zumindest weitestgehend. Die Lederschwinge genoss den langen Flug und versuchte sich in den verschiedensten Flugmanövern. Für Anschudar war es nicht besonders angenehm, wenn die junge Schwinge abrupt abtauchte, sich in rasendem Sturzflug dem Boden näherte und sich dann nach einer Rolle wieder hinauf in den Himmel schwang. Allmählich begann sein Magen auf diese Bewegungen zu reagieren, und er war froh, zuvor nicht viel gegessen zu haben, denn es wäre verschwendet gewesen.

Nach einer mehrfachen Seitenrolle hatte Anschudar genug und setzte nun doch den Lenkstab ein. „Langsam, Showaa, langsam“, sang er in der typischen Weise der Schwingenreiter. Der Befehl glich einer sanften Melodie, doch das Volk der Lederschwingen reagierte instinktiv auf diese Lautfolgen. Showaa mochte die Worte ihres menschlichen Reiters noch nicht ganz verstehen, aber die Abfolge der Töne, mit denen sie ausgesungen wurden, machte ihr sofort deutlich, was Anschudar von ihr erwartete. Die junge Schwinge stieß ein missbilligendes Zischen aus, ging aber gehorsam in einen langsamen Flug über, bei dem sich ihre riesigen dreieckigen Schwingen nur träge bewegten.

Anschudar wartete, bis sich sein Magen beruhigt hatte, und strich seinem Reittier dann sanft über die schuppige Haut des Halses. Ein leises wohliges Brummen klang aus Showaas Kehle. „Ich hoffe, du hattest deinen Spaß, Showaa“, sagte er leise. „Denn jetzt müssen wir uns auf unsere Arbeit konzentrieren.“

Der Schwingenreiter schob das Visier seines Helms nach oben. Die Klarsteinscheibe war an der Innenseite beschmutzt und verströmte einen unangenehmen Geruch. Anschudar hatte sie nicht rechtzeitig öffnen können, als er sich um seinen Mageninhalt erleichterte. Er würde den Helm gründlich reinigen müssen und war froh, dass kein anderer Schwingenreiter von seinem Missgeschick erfuhr. Aber Showaas Lebhaftigkeit hatte ihn wirklich überrascht. Für eine so junge Schwinge war sie ungewöhnlich schnell.

Anschudar sah sich um und achtete dabei auf das Gelände, das sie überflogen. Sie hielten sich am östlichen Rand des mächtigen Uma'Roll. Rechts lag die riesige Ebene von Cantarim. Nahe dem Gebirge wirkte sie öde und leer, aber Anschudar konnte weiter im Osten ausgedehnte Waldgebiete erkennen. Das Land begann sich von den Kriegen zu erholen, die es einst verstümmelt hatten. Nur in der Mitte der Ebene herrschte noch immer die sengende Öde der Wüste. Doch die würden sie nicht zu Gesicht bekommen, denn sie mussten sich an die

Ausläufer der Berge halten. Nur in den unteren Regionen oder tiefer gelegenen Bergtälern bestand die Möglichkeit, ausgedehnte Gelbsteinvorkommen zu finden. Noch gab es Geländemarken, die Anschudar vertraut waren. Die Zwillingsfelsen, die wie zwei Finger in den Himmel ragten, der kleine Wasserfall des Gebirgsbaches oder auch jener einsame Berggipfel, der seine typische Form erhalten hatte, als ein Teil von ihm abgebrochen war. Aber schon bald würde Anschudar ein Gebiet erreichen, in das schon sehr lange keine Lederschwinge mehr vorgestoßen war. Der Pass von Merdoret würde die auffälligste Geländemarke sein und jene Grenze markieren, die Anschudar und seine Showaa als erste Angehörige ihres Volkes überqueren würden.

Er spürte, wie Showaa sich mit einem ihrer Beine am Hals kratzte. Sie mochte die Halteriemen der Packtaschen nicht, die man ihr noch im Horst umgeschnallt hatte. Aber irgendwie mussten sie ihren Proviant transportieren und auch den Gelbstein, wenn sie denn welchen fanden. Showaas Maultentakel hielten keinen der kostbaren Brocken. Der Geruch hätte ihre Sinne beeinflusst. Feedanaa hatte die junge Schwinge an einem Gelbstein riechen und lecken lassen, damit sie die Witterung aufnahm. Nun war es an Showaa, den typischen Geruch des Gelbsteins aufzuspüren, der sie zu einem Vorkommen führen würde. Aus dieser Höhe würde das allerdings nicht möglich sein, und so entschloss sich Anschudar, seine Schwinge in den Tiefflug gleiten zu lassen.

Eine erfahrene Lederschwinge beherrschte es, rasend schnell und in einer Höhe von nur wenigen Längen über den Boden zu fliegen. Sie passte ihren Flug dem Gelände an. Ein rasches Auf und Ab und eine tödliche Überraschung für jeden Feind, der in Bodennähe nicht mit dem Angriff eines solch gewaltigen Flugwesens rechnete. Showaa würde dies erst noch lernen müssen. Um den Gelbstein zu wittern, war es ohnehin erforderlich, dass sie langsam flog, damit ihr nichts entging.

„Tiefer, Showaa“, sang Anschudar aus. „Tiiiiefer, Showaa.“ Sie glitt gehorsam nach unten, bis sie nur eine Körperlänge vom Boden entfernt war. „So ist es gut, Showaa, so ist es guuuut.“

Die Sonne stand fast senkrecht über ihnen, und Anschudar konnte ihren Schatten sehen, der über die Felsen hinweghuschte. Von oben sah Showaa aus, als hätte man ein kleineres Dreieck mit der Spitze an der stumpfen Seite eines sehr viel größeren Dreiecks befestigt. Anschudar sah fasziniert, wie die Schatten sich veränderten, wenn Showaa dem Relief des Geländes folgte.

Ein leises Bellen ertönte und ließ den Schwingenreiter aus seinen Gedanken schrecken. Das Zucken der Maultentakel verriet ihm, dass Showaa etwas gewittert hatte. „Such, Showaa, suuuch.“

Die junge Schwinge glitt herum und flog ein Stück zurück, langsam und konzentriert, während ihre Tentakel nervös hin und her zuckten. Es musste Gelbstein sein. Es konnte gar nichts anderes sein. Anschudar starrte angestrengt auf den Boden. Vielleicht war es nur ein kleiner Tümpel, in dem der Gelbstein noch flüssig war und bestialisch nach faulen Eiern stank. Er hoffte jedoch, dass es sich um ein größeres Vorkommen handelte, das zu Brocken oder gar Steinen getrocknet war. Aber selbst wenn es nicht fest war, konnte man das Wasser vorsichtig verdampfen und so das wertvolle Mineral gewinnen.

Anschudar schnupperte in die Luft, als Showaa langsam zu kreisen begann. Ihre Schwingen berührten dabei fast den Boden. Ja, er konnte es nun selbst riechen. Das war Gelbstein, wenn auch wohl in flüssiger Form. Es konnte nicht viel sein, denn nirgends war ein Tümpel zu erkennen, eines dieser dampfenden Steinbecken, in denen Gelbstein entstand. Dann bemerkte er am Boden eine braungelbe Schwade, die sich rasch verflüchtigte.

„Gut gemacht, Showaa", lobte er und tätschelte ihren Hals.

Showaa landete mit einem sanften Nachschwingen ihres Leibes, und Anschudar löste die Füße aus den Steigbügeln und wartete, bis sein Reittier den Hals an den Boden legte. Nachdem er abgestiegen war, richtete sich die Schwinge wieder auf und hüpfte von einem Bein auf das andere. Sie war unruhig, ihre Maultentakel streckten sich der dünnen Schwade entgegen, und die beiden Schlitzpupillen waren geweitet.

„Keine Sorge, Showaa, du bekommst etwas davon", versicherte ihr Anschudar. Er näherte sich dem Ursprung der Schwade, wobei er die Füße vorsichtig aufsetzte. Von dem Tümpel war nichts zu sehen, und doch musste er da sein, wie ihm der gelbbraune Dunst verriet. Somit war die Gelbsteinquelle unter dem Boden verborgen. Dieser wirkte fest wie gewöhnlicher Fels, doch Anschudar wusste, dass dies in diesem Falle täuschte. Es gab darunter einen Hohlraum, in dem es vor Hitze brodelte, und es wäre fatal für ihn gewesen, wäre er dort hineingestürzt. Doch wie weit erstreckte sich der Hohlraum? Wie weit konnte Anschudar gehen, bevor der Boden unter ihm nachgab?

Er versuchte sich an die zahllosen Ratschläge der anderen Schwingenreiter zu erinnern. Es hatte wenig Sinn, nach einem Stock zu suchen, mit dem er hätte tasten können. In der Nähe wuchs nicht einmal einer jener verkümmerten Bäume, die gelegentlich in den höheren Gebirgslagen zu finden waren. Steine und Felsbrocken gab es reichlich. Doch erstere waren zu klein, um die Belastbarkeit des Untergrundes durch einen Wurf zu prüfen, und letztere zu schwer, um sie überhaupt zu bewegen. Halt. Der Gelbsteintümpel war heiß. Der Boden müsste erwärmt sein. Zumindest dort wo die Gesteinsdecke über dem Tümpel nur dünn und somit für ihn gefährlich war.

Anschudar ging in die Hocke und prüfte mit der Handfläche die Wärme des Bodens, bewegte sich ein Stück vorwärts und legte die Hand erneut flach auf den Grund. Nachdem er auf diese Weise wenige Längen in seltsam watschelnder Gangart zurückgelegt hatte, seufzte er entsagungsvoll und streckte sich flach hin. Obwohl nun die Steine gegen seinen Körper drückten, war diese kriechende Fortbewegung doch weit bequemer. Langsam robbte er auf die aufsteigende Gelbsteinschwade zu und nahm erleichtert zur Kenntnis, dass der Boden unter ihm wärmer wurde. Na also, auf diese Weise ging es. Doch wie weit konnte er sich vorwagen, und wie brach er den Boden auf, um an die Flüssigkeit zu gelangen?

Showaa schnupperte erregt mit den Maultentakeln. Anschudar konzentrierte sich auf den Untergrund und achtete nicht auf die junge Lederschwinge, die immer unruhiger wurde. Schließlich stieß sie ein heiseres Maunzen aus und machte einen Satz, der sie an die Seite ihres Reiters brachte. Obwohl Showaa nicht sonderlich schwer war, gab ihr zusätzliches Gewicht den Ausschlag. Anschudar hörte ein bedrohliches Knacken, dann brach der Boden unter ihm weg.

Während er einen entsetzten Schrei ausstieß und verzweifelt versuchte, sich herumzuwerfen, ließ Showaa ein empörtes Zischen hören und schaffte es, sich mit der Kraft ihrer Schwingen in die Luft zu erheben. Eine von ihnen streifte dabei unabsichtlich Anschudar. Vielleicht war dies sein Glück, denn der Stoß, so unsanft er auch war, schleuderte den Reiter ein Stück nach oben. Gerade weit genug, dass er sich mit den Händen am Rand des Felsbruchs festhalten konnte. Panisch klammerte er sich fest und spürte dabei die Hitze, die aus dem freigelegten Gelbsteintümpel aufstieg. Fauliger Gestank breitete sich aus und raubte ihm fast die Sinne. Schweiß drang aus seinen Poren, und er fürchtete den Dampf, der ihn verbrühen könnte, noch bevor er den Halt verlor. Seine Finger krallten sich in den felsigen Grund.

Anschudar war in einer misslichen Lage. Seine Kräfte reichten nicht aus, sich weiter hinaufzuziehen, und bald würden sie nachlassen. Dann würde er rücklings in den heißen Brodem des flüssigen Gelbsteins stürzen und bei lebendigem Leib gekocht werden. Diese Aussicht spornte den Schwingenreiter zu einer letzten Kraftanstrengung an, aber es gelang ihm dennoch nicht, sich zu retten. Den Tod vor Augen, suchte er fieberhaft nach einer Lösung. Er versuchte sich auf Showaa zu konzentrieren, fühlte und rief ihren Namen mit Mund und Gedanken. Aber immer wieder drängte sich ihm das Bild auf, wie er hilflos in die kochende Flüssigkeit hinabstürzte.

Dann, als er schon glaubte, den Halt endgültig zu verlieren, schob sich unvermutet Showaa in sein Gesichtsfeld. Die Schlitzpupillen ihres Auges fixierten ihn, und die junge Schwinge legte den Kopf ein wenig schief, als müsste sie angestrengt überlegen, warum ihr Reiter da so zappelte und schrie.

„Hierher, Showaa", ächzte Anschudar. „Komm hierher."

Eher unschlüssig pendelten die Pupillen zwischen ihm und dem für Showaa so verlockenden Gelbsteintümpel hin und her. Schließlich kam die Schwinge zögernd näher und senkte den Schädel. Die beiden Tentakel unter ihrem Maul streckten sich dem jungen Mann entgegen und zogen sich dann wieder zurück.

Anschudar blieb keine Wahl. Als einer der Tentakel erneut in seine Nähe kam, setzte er alles auf einen Wurf und packte beherzt zu. Showaa zischte wütend. Obwohl die Tentakel muskulös waren und großer Hitze widerstanden, waren sie doch zugleich empfindlich. Instinktiv versuchte die junge Schwinge dem unangenehmen Druck des Griffes zu entkommen, während ihr Reiter sich krampfhaft weiter am Tentakel festhielt. Anschudar spürte den Schmerz, als er von der Bewegung nach oben gezogen wurde und sein Bauch über die Felskante schrammte. Zugleich empfand er unendliche Erleichterung, denn Showaa hatte ihn gerettet.

Er blieb auf dem Bauch liegen und schnappte keuchend nach Luft, doch seine Augen verrieten die Dankbarkeit, die er Showaa gegenüber empfand. Diese aber hatte sich ein Stück zurückgezogen und sah ihn nun sichtlich beleidigt an.

„Du bist eine gute Schwinge, Showaa“, sagte Anschudar beschwichtigend und erhob sich, um zu ihr hinüberzugehen. „Du hast mich gerettet, das werde ich dir nicht vergessen.“

Sie zog die Tentakel ein und wich ein Stück zurück, aber dann fasste sie wieder Zutrauen zum weichen Klang der Stimme. Schließlich begann sie leise zu zischen und reckte ihren Hals voller Wohlbehagen, als Anschudar sie sacht streichelte. Durch die Berührung gelang nun auch wieder die geistige Verbindung, die so wichtig für eine Schwinge und ihren Reiter war.

Es war an der Zeit, sich anzusehen, was sie beide da entdeckt hatten. Ohne Zweifel Gelbstein, doch wie viel und in welcher Form? Wo zuvor eine dünne Schwade gelbbraunen Gelbsteindampfes aufgestiegen war, klaffte nun ein Loch von mehreren Längen Durchmesser. Der unterhöhlte Boden war in die Kaverne gestürzt, in der es vernehmlich zischte und brodelte. Sehr viel vorsichtiger als zuvor trat Anschudar an den Rand heran und spähte in die tiefe Mulde. Der Gestank hatte sich beinahe verflüchtigt, ein gutes Zeichen. Nur flüssiger Gelbstein roch so penetrant, in fester Form war der Geruch bei Weitem nicht so ausgeprägt.

Es war, wie Anschudar vermutet hatte, und seine Erleichterung war groß. Vor langer Zeit musste sich hier der unterirdische Tümpel gebildet haben. Der durch die kochende Flüssigkeit entstehende Druck hatte die Kaverne stetig vergrößert, bis er sich durch die Öffnung im Fels ein Ventil geschaffen hatte. Beim ersten Durchbruch musste es eine beeindruckende Fontäne gewesen sein, deren Zischen und Brausen sicherlich weit zu hören gewesen war. Im Lauf der Jahre war die meiste Flüssigkeit verkocht oder hatte sich zu festem Gelbstein gewandelt. Anschudar sah nur eine kleine Pfütze verbliebener Flüssigkeit. Mit dem Einbruch der Gesteinsdecke waren nun Hitze und Überdruck gewichen.

„Gelbstein“, murmelte er andächtig. „Nicht besonders viel, aber es wird helfen.“ Der Schwingenreiter schätzte die Menge ab. Es gab einige große Brocken, das meiste jedoch war eine körnige Substanz und ähnelte grobem Sand. Aber diese Substanz konnte man zu festen Klumpen pressen. Die Schwingen und Menschen des Horstes verstanden sich darauf und würden nichts von dem kostbaren Gelbstein verschwenden.

Es war gerade genug, um die leeren Transporttaschen damit zu füllen. Sollte er den kostbaren Fund erst zum Horst bringen oder seine Suche fortsetzen? Ihn für später zurückzulassen, kam nicht infrage. Wenn es ein schweres Unwetter gab, konnte sich die Mulde füllen, und das Wasser würde den Gelbstein vielleicht mit sich führen. Oder es gab einen Steinschlag, der den Fundort verschüttete. Nein, Anschudar konnte das Risiko nicht eingehen. Er musste den Gelbstein für den Horst bergen.

Der Schwingenreiter knotete ein dünnes Seil um einen der umstehenden Felsen und ließ sich daran in die Mulde hinab. Die Hitze war erträglich und der Boden fest genug. Er begann die festen Brocken mit seinem Messer zu lösen und warf sie dann nach oben. Während Showaa Wache hielt und begehrlich auf den Gelbstein schielte, den ihr Reiter ans Tageslicht beförderte, löste dieser ein Stück nach dem anderen. Er merkte kaum, wie die Zeit verging. Schließlich war er erschöpft und beschloss, eine Pause einzulegen. Gerade rechtzeitig, denn es begann schon dunkel zu werden. Die Nacht würde kalt sein, aber ein Feuer wäre zu verräterisch gewesen, und Anschudar wusste nicht, was in den tieferen Lagen des Gebirges herumstreifen mochte. Raubkrallen und Pelzbeißer, sicherlich Felsböcke und möglicherweise auch Orks. Anschudar fürchtete sich nicht vor einer Begegnung mit ihnen, aber im Zuge dessen hätte er die Mulde mit dem verbleibenden Rest an Gelbstein vielleicht aufgeben müssen. So fütterte er Showaa mit einigen Fleischstreifen aus dem Reiseproviant, aß selbst etwas davon und schmiegte sich dann zur Nacht an seine Schwinge.

Mit dem ersten Tageslicht erwachte er durch eine Bewegung Showaas und befürchtete im ersten Moment, sie hätte eine Gefahr entdeckt. Doch alles war ruhig. So stieg er wieder hinab in die Mulde, nahm diesmal zwei der Taschen mit und füllte das körnige Gelbsteinpulver hinein. Die Taschen waren zu schwer, um sie nach oben zu werfen, und so knotete er sie an die Leine, kletterte hinauf und zog die Taschen dann nach oben.

Showaas Tentakel tasteten begierig nach dem verlockenden Geruch, doch Anschudar schüttelte den Kopf. „Wir müssen weitersuchen, Showaa. Der Horst braucht noch viel mehr Gelbstein. Den müssen wir finden. Wir fliegen noch bis zum Pass von Merdoret, dann kehren wir um und bringen unsere Beute heim."

Er wusste, dass dies Showaa nicht gefiel. Über viele vergangene Generationen hinweg waren die Instinkte der Lederschwingen darauf ausgerichtet worden, den Gelbstein für ihren Flammenatem zu verwenden, und nun hatte sie den begehrten Stein vor ihrer Nase und durfte ihn nicht benutzen. Anschudar hätte ihr gern begreiflich gemacht, warum es nicht anders ging, doch dafür war ihre Verbindung noch nicht intensiv genug. In jedem Fall musste er den geborgenen Gelbstein vor dem Weiterflug so verpacken, dass Showaa durch seinen Geruch nicht abgelenkt wurde.

Das Einpacken war eine mühsame Arbeit, denn Showaa versuchte immer wieder, mit ihren Tentakeln einen der Brocken zu erreichen, die ihr Reiter, ebenso wie das Gelbsteinpulver, sorgfältig in Leder hüllte. Nachdem alles gut verschnürt war, zog er eine metallene Flasche aus der Provianttasche und öffnete sie. Ein intensiver Duft nach Blüten stieg auf, und Anschudar tröpfelte etwas von der Essenz auf jeden Packen und verrieb sie sorgfältig. Er konnte nur hoffen, dass diese Maßnahme genügte, um Showaas Witterung zu täuschen. Mordeschdar hatte ihm das versichert und diese List nach eigenem Bekunden selbst erfolgreich angewandt.

Anschudar vergewisserte sich, dass die Packtaschen gut befestigt waren, und klopfte dann sanft gegen Showaas Hals. Sie senkte ihren Kopf, und er stieg in den Sattel. Dann schwang sich die Lederschwinge mit mächtigen Schlägen in die Luft. Die Suche ging weiter und würde sie beide nun bis zum Pass von Merdoret führen.

5

Man nannte sie die Versteinerten Wälder. Der Name beruhte auf alten Legenden und auf der Tatsache, dass im Verlauf vieler Jahrtausende immer wieder Leute spurlos verschwunden waren, die es gewagt hatten, das Waldgebiet zu betreten. Es hatte das Gerücht gegeben, jeder, der seinen Fuß hineinsetze, erstarre augenblicklich zu Stein. Die Wälder zogen sich an der nördlichen Grenze der Nordmark des Pferdevolkes entlang. Ein rund zweihundert Tausendlängen langer Streifen üppigen Baumbestands, hier und da unterbrochen von Lichtungen und erfüllt von einer großen Vielfalt tierischen und pflanzlichen Lebens. Hier war das Heim des elfischen Hauses Deshay gewesen, das der Pferdelord Nedeam aus dem verhängnisvollen Bann der Grauen Magier befreit hatte. Nun hatten die Elfen ihre Länder endgültig verlassen, doch der Wald war deswegen nicht verwaist.

Jemand hatte ihn erneut in Besitz genommen, wenigstens einen kleinen Teil davon, und dieser Jemand hatte es mit Bedacht getan, denn er wollte sich verbergen. Die alten Legenden hielten noch immer die Neugierigen davon ab, den Versteinerten Wald zu betreten.

Ungefähr auf halber Strecke zwischen den Städten Eodan und Merdonan öffnete sich eine große Schneise, die ein Stück weit in den Wald hineinführte. An ihrem Ende verlief ein schmaler Pfad, der gut getarnt und bewacht war. In den Kronen der vorderen Bäume waren Plattformen errichtet worden, von Zweigen und Grün verdeckt, und von diesen Wachtposten aus hielten aufmerksame Augen Ausschau.

Niemand im Reich des Pferdevolkes ahnte, dass sich hier

der Verräter und Renegat Garwin verborgen hielt und darauf wartete, seine Pläne in die Tat umzusetzen. Jene, die von dem Versteck erfuhren, standen vor der Wahl, sich anzuschließen oder den Tod hinzunehmen.

Der versteckte Pfad führte einige Tausendlängen in den Wald hinein. Tief genug, damit man das Schlagen der Äxte nicht hörte, mit denen dort Bäume gefällt wurden, um Garwins Lager zu vergrößern. Denn seine Anhängerschaft wuchs. Er sammelte jene um sich, die unzufrieden waren oder begierig auf goldene Schüsselchen. Aber es gab auch Menschen aus dem Pferdevolk, die ihm aus freien Stücken, aus Überzeugung folgten, denn Garwin wollte das Pferdevolk unter seiner Führung vereinen und mit alten Traditionen brechen, um dem Reich der Finsternis zu widerstehen und es besiegen zu können. Der jahrtausendelange Krieg war nie entschieden worden, und manche, die der ewigen Kämpfe müde waren, hofften darauf, dass Garwin sie zum endgültigen Sieg führen würde.

Das befestigte Lager Garwins lag auf einer riesigen Lichtung, die groß genug war, um die zahlreichen Gebäude der Bewohner aufzunehmen, und zugleich als Weide für eine ansehnliche Herde Hornvieh und die zahlreichen Pferde diente. Zwei Quellen sorgten für ausreichend Wasser, und die Pflanzen und Tiere des Waldes ernährten die Menschen, die hier lebten.

Garwin hatte darauf geachtet, das Lager weit genug vom Rand der Lichtung entfernt zu errichten, damit niemand aus der Deckung der Bäume Pfeile hineinschießen konnte. Er rechnete zwar nicht damit, dass man das Lager entdeckte, doch er hatte die Vorsicht seines Vaters Garodem übernommen und wollte vorbereitet sein. Das Lager war von hohen Palisaden umgeben. In regelmäßigen Abständen erhoben sich Türme, und überall standen gefüllte Wasserfässer bereit, falls es irgendwo zu einem Brand kam. Denn nichts fürchteten die Menschen hier mehr als ein außer Kontrolle geratenes Feuer. Die Häuser waren aus Balken gefertigt, niedrig und lang gestreckt. Ihre Dächer waren mit Grassoden und Steinplatten belegt, die man mühsam hatte herbeischaffen müssen. Wie beim Pferdevolk üblich, standen die Häuser in konzentrischen Kreisen und bildeten drei Ringe um das Zentrum der Siedlung. Auch zwischen den Häusern waren Palisaden und Tore errichtet worden. Selbst wenn ein Feind den äußeren Wall nahm, so sah er sich dann drei weiteren Befestigungen gegenüber.

Garwins Heim war in Form und Größe einzigartig. Es war das einzige Gebäude mit mehreren Geschossen. Diese wiesen unterschiedliche Größen auf, sodass der Bau aussah, als hätte man nacheinander immer kleinere Holzscheiben übereinandergestapelt. Die vierte Ebene hatte immerhin noch einen Durchmesser von zehn Längen und wies rundum Fenster auf. Jedes von ihnen war mit Klarstein und Fensterläden versehen, welche nach dem Schließen nur schmale Schießscharten frei ließen. Die unterste Ebene hingegen wies nur eine einzige Türöffnung auf. Der gesamte Bau bestand aus Holz, war aber von außen mit einer dicken Lehmschicht verkleidet worden, sodass es schwerfallen würde, ihn mit Brandpfeilen zu entzünden. In diesem Haus wohnten der Herr der Abtrünnigen und seine Vertrauten mit ihren Familien. Den Schwertmännern des Pferdevolkes war es verboten, sich an ein Weib zu binden. Wer es dennoch tun wollte, hatte zwar den Segen seines Pferdefürsten, musste aber die Schwertmänner verlassen. Garwin hatte mit dieser Tradition gebrochen und förderte es noch, wenn seine Männer sich banden. Dies geschah nicht ganz uneigennützig, da er zu Recht annahm, die im Lager lebenden Frauen und Kinder würden ihre Männer noch fester an ihn und seine Pläne binden.

Als Sohn des toten Pferdefürsten Garodem und der Hohen Dame Larwyn wäre es eigentlich an ihm gewesen, der neue Pferdefürst der Hochmark zu werden. Doch die anderen Pferdefürsten und seine Mutter hatten sein Zögern nicht verstanden, als er sich weigerte, der alnoischen Hafenstadt Gendaneris oder den Elfen zu Hilfe zu eilen. Sie hatten sich dem alten Bund verpflichtet gefühlt, wohingegen Garwin sich ausschließlich dem Pferdevolk verbunden sah. Ein Volk, in dem es von Verrätern wimmelte, denn selbst die eigene Mutter hatte sich gegen Garwin verschworen, umgeben von alten Männern, die den überkommenen Traditionen verhaftet waren. Und umgeben von jenem verfluchten Nedeam, den sein Vater ihm, Garwin, vorgezogen hatte. Garwin hatte sich im Recht gesehen, Larwyn und Nedeam zu töten, aber sein Plan war fehlgeschlagen. Stattdessen war er selbst nun geächtet. Doch der Tag würde kommen, an dem er seine Vorstellungen endlich verwirklichen konnte. Garwins Männer waren in den Marken des Pferdevolkes und sogar in den Provinzen des Reiches Alnoa unterwegs, hielten ihre Augen und Ohren offen und rekrutierten neue Streiter für Garwins Macht.

Garwin, der sich gern „Hoher Lord der geheimen Mark" nennen ließ, war gerade von einem Ritt zu dem verlassenen Haus der Elfen zurückgekehrt. Er hatte sich die Beschreibungen des verhassten Nedeam gut eingeprägt, aber dennoch hatten er und seine Begleiter lange suchen müssen, bis sie das verborgene Haus schließlich fanden. Noch immer erhob sich der Urbaum in einer magischen Luftblase am Grunde seines Sees, von den Elfen in einem Zustand verlassen, als wollten sie eines Tages zurückkehren. Garwin schätzte die Elfen nicht sonderlich, die er als arrogant und weltfremd ansah, doch er hatte keinen Zweifel an ihrer Handwerkskunst. Obwohl es ein paar sehr gute Tischler unter seinen Leuten gab, wollte sich der Renegat die Hinterlassenschaften der Elfen zunutze machen. So hatten die Männer auf dem Rückweg ins verborgene Lager eine Anzahl Einrichtungsgegenstände bei sich, die nun die eigenen Heime zieren sollten. Weiche Bettstätten, Tische, Stühle und Schränke, die zierlich wirkten und doch ungemein stabil waren.

Die bepackte Truppe ritt durch das Haupttor ins Lager ein, und Garwin führte sie auf den zentralen Platz vor seinem Haus, wo er absitzen ließ. „Ladet die Sachen ab“, befahl er und zog die langen Stulpenhandschuhe aus. Er klemmte sie hinter den Waffengurt und schritt an den Lastpferden vorbei, um sich jene Stücke auszusuchen, die er für sich bestimmt hatte. „Diese Möbel bringt zu mir hinauf, um die anderen könnt Ihr untereinander würfeln.“

Unter dem Vordach des Haupthauses, das von Säulen gestützt wurde, welche Motive des Pferdevolkes zeigten, traten zwei der Vertrauten Garwins hervor. Beide waren von schlanker Statur und hatten die blonden Haare des Pferdevolkes. Sie waren Schwertmänner der Hochmark gewesen und hatten sich Garwin angeschlossen, nun dienten sie ihm als Scharführer. Peragram tat dies der goldenen Schüsselchen wegen, Hendahl hingegen glaubte mit Hingabe an die Ziele seines Hohen Lords Garwin. Da der junge Scharführer mit den strahlend blauen Augen im Rang etwas niedriger war, lag es an Peragram, Garwin zu begrüßen.

„Willkommen zurück in der geheimen Mark, mein Hoher Lord. Es war ein langer und anstrengender Ritt, wie ich an Pferden und Männern erkennen kann, und“, Peragram grinste breit, „er war offensichtlich von Erfolg gekrönt.“

Garwin nickte mechanisch und überblickte den Platz. Überall waren Männer und Frauen zu sehen, die ihrem Tagwerk nachgingen. Das Lager wirkte nur wenig anders als ein beliebiger Weiler des Pferdevolkes. „Ja, es war lang und anstrengend, und es hat sich gelohnt. Die elfischen Spitzohren haben kaum Gepäck auf ihre Reise mitgenommen. Wir könnten noch etliche

Ritte durchführen und würden jedes Mal reich bepackt zurückkehren."

„Der elfische Plunder trifft nicht jedermanns Geschmack", meinte Peragram. „Mir ist es zu verspielt und zu weibisch."

Garwin lächelte dünn. „Es ist sorgfältig gearbeitet und sehr haltbar. Jedes dieser Möbel erspart unseren Männern Arbeit. Arbeit, die sich sinnvoller einsetzen lässt. Unsere Vorratskammern müssen aufgefüllt werden, denn es wird ein harter Winter. Die Waffenkammern brauchen neue Waffen für jene, die noch zu uns stoßen. Und die Männer müssen sich im Umgang mit den Waffen üben."

„Das ist wohl wahr, Hoher Lord, auch wenn es gute Fortschritte gibt. Die zweite Schmiede ist nun in Betrieb. Wir haben einen Vorrat an Nägeln und Beschlägen und auch genug Werkzeug. So können wir verstärkt mit der Herstellung von Waffen beginnen. Vor allem der kleinen Querbögen und ihrer Bolzen."

Garwin nickte zufrieden. „Gehen wir hinauf", meinte er. „Dann könnt ihr beiden mir in Ruhe berichten, was sich in den letzten Tageswenden zugetragen hat und was es an Neuigkeiten aus den Marken gibt."

Zwei Wachen salutierten vor der Gruppe und gaben den Eingang von Garwins Haus frei. Das Erdgeschoss war ein einziger großer Raum und diente der persönlichen Wache Garwins als Unterkunft. An der gerundeten Wand entlang standen die Betten und die Kisten mit den persönlichen Habseligkeiten. In die zahlreichen Stützbalken waren Nägel und Haken eingeschlagen, an denen Waffen, Schilde und Kleidungsstücke hingen. Zwei Brennsteinbecken baumelten an Ketten von der Decke herab und spendeten genug Licht, um sich orientieren zu können.

Das darüberliegende Geschoss war den Vorräten Garwins und seiner Männer vorbehalten. Falls es zu einer Belagerung kam, würden die im Turmhaus versammelten Menschen eine Weile ausharren können. Über der Vorratsebene lagen die Unterkünfte der fünf Scharführer. Drei von ihnen waren gebunden, und einer davon hatte vor Kurzem Nachwuchs bekommen. Garwin verabscheute Kindergeschrei, da es ihm die Ruhe der Nacht raubte, doch weil er seine Männer schätzte, verharrte er kurz bei der stolzen Mutter und nahm Anteil an ihrem Glück.

„Der kleine Kerl hat eine verdammt kräftige Stimme", brummte Peragram missmutig, als sie endlich das Obergeschoss erreichten. „Weiber und Kinder lenken die Männer nur von ihrer Aufgabe ab."

„Unsinn", widersprach Hendahl energisch. „Kinder sind die Zukunft einer Mark."

„Wohl gesprochen", stimmte Garwin lächelnd zu. „Mag er ruhig kräftig schreien, Peragram, das stärkt seine Lunge. Sorgen wir dafür, dass er später auch einen kräftigen Arm hat und eine gute Klinge führt."

Peragram verzichtete auf einen Kommentar. Er wartete, bis sich Garwin hinter seinen grob gezimmerten Schreibtisch gesetzt hatte. Dahinter an der Wand stand eine Fahne in ihrem Halter, die sehr deutlich zum Ausdruck brachte, was Garwin im Schilde führte. Statt aus dem grünen Tuch des Pferdevolkes war sie aus rotem Stoff gefertigt und zeigte das springende weiße Pferd und das Sonnensymbol. Die Fahne war der des ersten Königs des Pferdevolkes nachempfunden, und Garwin hatte die Absicht, sie eines Tages in der Königshalle der Hauptstadt Enderonas aufzustellen. Dann, wenn die anderen Pferdefürsten die Knie vor ihm beugen oder tot sein würden.

Erst als Garwin den anderen zunickte, setzten sie sich ebenfalls. „Nun denn, was gibt es zu berichten? Wurden neue Männer angeworben?"

„In diesem Mond ganze sieben." Peragram lächelte zufrieden. „Die meisten sind nur unzufriedene Bauern, aber es sind auch zwei gute Pferdelords darunter."

„Schwertmänner?", fragte Garwin interessiert.

„Bedauerlicherweise nein", räumte der Scharführer ein. „Die sind einfach zu sehr den Traditionen verbunden und stehen treu zu ihren Pferdefürsten. Es mag den einen oder anderen geben, der sich uns anschließen würde, aber das Risiko, sich ihnen zu offenbaren, ist recht hoch."

„Noch müssen wir im Verborgenen bleiben", stimmte der Herr der geheimen Mark zu. „Aber das wird sich ändern. Schön, sieben neue Männer, das ist nicht schlecht. Es ist besser, unsere Streitmacht wächst langsam und besteht aus verlässlichen Männern, als dass wir uns einen Flugstecher ins Fell setzen. Denkt daran, jeder Neue muss sorgfältig befragt werden. Wenn die Pferdefürsten in Erfahrung bringen, was wir planen, dann werden sie nicht zögern, mit aller Macht gegen uns vorzugehen."

„Keine Sorge, Hoher Lord. Wenn ich Zweifel an der Verlässlichkeit einer Person habe, wird sie sofort beseitigt."

„Gut." Garwin sah Hendahl an. „Und Ihr, Hendahl? Was habt Ihr zu berichten?"

„Unsere Augen und Ohren sind in fast jeder Stadt der Mark und auch in den Grenzprovinzen des Reiches Alnoa. Was wir nicht selbst in Erfahrung bringen, hören wir von anderen. Manche Zunge wird durch die goldenen Schüsselchen gelöst."

„In der Tat." Garwin lächelte erneut, und diesmal wirkte es, als bleckte ein Raubtier sein Gebiss. „Sagt, mein Freund, was machen unsere eigenen Schüsselchen?"

„Sie nachzumachen ist eigentlich kein Problem." Hendahl leckte sich nervös über die Lippen. „Nachdem wir die Hämmer mit dem Siegel des Königs von Alnoa angefertigt hatten, brauchten wir sie ja nur in entsprechend große Goldscheiben zu schlagen. Unsere Schüsselchen lassen sich nicht von denen des Königs unterscheiden, allerdings ist das Gold sehr knapp. Wie Ihr wisst, haben wir hier keine Goldvorkommen, und wir können nicht in den anderen Marken schürfen, das würde auffallen. Wir brauchen aber ziemlich viele Schüsselchen, um unsere Augen und Ohren zu belohnen."

„Dann beschafft das notwendige Gold. Der Plunder muss sich ja auftreiben lassen."

Peragram räusperte sich. „Fürs Erste haben wir genug. Ich habe einen Wagen mit Plattengold abgefangen."

„Ihr habt was?" Garwin beugte sich vor. „Ihr habt einen Handelswagen überfallen?"

„Wir brauchten Gold", brummte Peragram. „Keine Sorge, Hoher Lord, es gab keine Spuren. Wir haben die Leichen des Händlers und seiner beiden Gehilfen mitgenommen und am Waldrand verscharrt. Den Wagen können wir selbst gut gebrauchen."

„Verdammt, Peragram, was fällt Euch ein? Auch wenn man die Toten nicht findet, wird man den Händler doch vermissen. Die Streifscharen der Pferdelords sind ohnehin schon aufgescheucht, weil immer wieder Menschen und Waren verschwinden. Wir müssen uns bedeckt halten, und wenn Ihr schon einen Händler massakriert, dann wenigstens nicht direkt vor unserer Haustür."

„Haltet Ihr mich für einen Narren, Hoher Lord?" Peragram errötete ein wenig. „Der Wagen war auf der Straße südlich von Merdonan unterwegs."

„Gut." Garwin sah den Scharführer verstimmt an. „Aber solche Abenteuer unternehmt Ihr ab jetzt nur noch mit meiner ausdrücklichen Zustimmung. Jeder Raub macht die Streifen nur nervöser."

Hendahl sah Peragram auffordernd an. „Ihr solltet es ihm jetzt wirklich sagen."

Garwins Blick zuckte zwischen beiden hin und her. „Was soll er mir sagen?"

Peragram schürzte die Lippen. „Zwei Reiter kamen hinzu, gerade als wir den Händler schlachteten. Natürlich mussten wir sie auch erledigen."

„Was für Reiter? Pferdelords?"

„Gepanzerte", knurrte Peragram. „Gardisten aus dem Reich Alnoa."

„Gardisten aus Alnoa? Hier in der Ostmark?" Garwin erhob sich erregt. „Was haben die hier oben verloren, so fernab von ihren Provinzen?"

Peragram grinste kalt. „Sie kamen nicht dazu, es uns zu sagen. Aber sie gehörten wohl zu einem Beritt, der auf dem Weg nach Merdonan war."

„Ich hoffe, Ihr habt sie ebenfalls verschwinden lassen", fauchte Garwin. Er atmete einige Male tief durch. „Gardisten in der Ostmark", murmelte er nachdenklich. „Ein ganzer Beritt, sagtet Ihr? Ich möchte zu gern wissen, was dahintersteckt."

„Sie wollen wohl Pferde erwerben." Peragram zuckte die Schultern. „Jedenfalls treibt man dort eine Menge Pferde zusammen. Von vier- oder fünftausend Tieren ist die Rede."

„Unsinn." Garwin strich sich über das Kinn. „Dafür schickt man keinen Gardeberitt, sondern einen Händler und ein paar Treiber." Er sah Hendahl an. „Na schön, wir haben Augen und Ohren in Merdonan, nicht wahr, mein guter Hendahl?"

„Ja, Hoher Lord."

„Gut. Sie sollen herausfinden, was es mit diesem Beritt wirklich auf sich hat."

„Es wird geschehen, wie Ihr es wünscht, Hoher Lord."

6

Sie gingen Hand in Hand, ein Zeichen ihrer Verbundenheit, und wer Nedeam und die Elfin Llaranya sah, der spürte die innige Liebe, die dieses Paar füreinander empfand. Die Verbindung der unsterblichen Elfin mit dem Ersten Schwertmann war sicherlich ungewöhnlich, aber die Menschen der Mark hatten sich inzwischen an den Anblick der spitzohrigen Llaranya gewöhnt, und die anfängliche Reserviertheit der Menschen war der typischen Warmherzigkeit des Pferdevolkes gewichen. Diese Freundlichkeit galt auch für die elfischen Geschwister Lotaras und Leoryn aus dem Hause Elodarion. Die beiden hatten der Hochmark schon zur Seite gestanden, als Nedeam noch ein Knabe war.

Wenn man Llaranya und die Geschwister nebeneinander sah, so war die Ähnlichkeit überraschend, denn sie alle drei besaßen die perfekten Proportionen der Elfen und deren ebenmäßige Gesichtszüge. Auch die Haartracht hatte sich ursprünglich geglichen, denn unter den Häusern der Elfen trugen Männer und Frauen ihre Haare lang, mit drei zierlichen, geflochtenen Zöpfen. Llaranyas Haar war jedoch von tiefschwarzer Farbe, die gelegentlich in dunklem Blau schimmerte, wenn die Sonne darauf fiel. Das dunkle Haar war eine Eigenheit des Hauses Deshay, bei allen anderen elfischen Häusern hatte es die typisch weißblonde Farbe, die noch weit heller als das Goldblond des Pferdevolkes war.

Als die anderen Elfen zu den Neuen Ufern aufbrachen, blieben die Geschwister mit Llaranya zurück. Ein Zeichen der Verbundenheit mit ihr, denn Llaranya war auf sie angewiesen. Alle fünfhundert Jahre mussten die unsterblichen Wesen sich geistig durch die Schröpfung erneuern. Bei diesem schwierigen Prozess waren sie von der Hilfe anderer Elfen abhängig, und da Llaranya beschlossen hatte, mit ihrem Nedeam bei den Menschen zu bleiben, würden die drei letzten Elfen ihre Schröpfungen künftig gemeinsam durchleben.

Man versuchte den Elfen in der Hochmark eine neue Heimstatt zu geben. Kein leichtes Unterfangen, denn sie waren die letzten ihrer Art. Vor allem Lotaras und Leoryn litten unter der Trennung von den elfischen Häusern. Während Llaranya mit Nedeam die Gemächer in der Burg von Eternas bewohnte, hatten sich die Geschwister nie an die Mauern der Feste gewöhnen können. Sie waren inmitten des Waldes aufgewachsen, umgeben von den filigranen Bauten der Elfen, die sich harmonisch in die Natur einpassten und ein Teil von ihnen zu sein schienen. Die Bauwerke der Menschen hingegen wirkten auf sie kalt, trotzig und unpersönlich, ohne die Wärme eines elfischen Heims.

Die Hohe Dame Larwyn hatte nach einer Möglichkeit gesucht, den Elfen eine Heimstatt zu bieten, in der sie sich wohlfühlen konnten, und eine Lösung gefunden. An dem der Burg und der Stadt von Eternas gegenüberliegenden Ufer des Flusses Eten erhoben sich die bescheidenen Wälder der Hochmark. Noch immer standen sie unter dem besonderen Schutz der Herrin, und der Holzeinschlag unterlag strengen Auflagen. Dort hatte Larwyn den spitzohrigen Freunden erlaubt, ein elfisches Haus zu bauen, das nun zunehmend Form annahm.

Nedeam und Llaranya waren die Einzigen, die den Geschwistern dabei zur Hand gehen durften. Dabei gab es viele Handwerker, die nur zu gern selbst dazu bereit gewesen wären. Zum einen, weil es der Art des Pferdevolkes entsprach, seinen Freunden zu helfen, und zum anderen, weil mancher sich davon erhofft hätte, etwas von der legendären Handwerkskunst der Elfen zu erlernen. Lotaras und Leoryn waren nun beide über fünfhundert Jahre alt und beherrschten den Umgang mit Werkzeug so perfekt, wie es für die Angehörigen ihres Volkes üblich war. Eine Vielzahl von Interessen zu verfolgen half, in einem ewigen Leben die Tage zu verkürzen.

Die runden Bodenplattformen und filigranen Dachstützen waren bereits fertiggestellt. Es würde zwei versetzte Ebenen im Haus geben, die sich dem Wuchs des mächtigen Baumes anpassten. Da es in der Hochmark keine Lianen oder Schlingpflanzen gab, hatten die Elfen dünne Seile eingesetzt, um Bohlen und Tragbalken mit dem Baum zu verbinden.

„Warum verwendet ihr keine Lederriemen?“, fragte Nedeam, während er ein Seil um einen Dachbalken schlang. „Das würde weit fester sitzen. Man muss sie nur nass machen und stramm zurren. Beim Trocknen ziehen sie sich zusammen, und nichts kann sie mehr lösen.“

„Ist es die Art der Menschenwesen, die Dinge zu verletzen, die ihnen von Nutzen sind?“ Lotaras schüttelte empört den Kopf. „Lederriemen würden sich beim Trocknen in den Baum einschneiden und ihn schädigen. Wie sollen wir mit dem Baum leben, wenn wir ihn umbringen?“

Nedeam räusperte sich verlegen. Die elfische Lebensweise war ihm gelegentlich noch immer fremd. Obwohl seine elfischen Freunde im Kampf rücksichtslos und tödlich waren, scheuten sie immer wieder davor zurück, der Natur mehr abzuverlangen, als sie selbst zum Überleben benötigten. Für ihn war dies nur schwer nachvollziehbar, denn die Natur bot reichlich von allem, was man brauchte, und was man ihr nahm, würde bis in alle Ewigkeit nachwachsen. Die Elfen jedoch schienen daran ihren Zweifel zu haben.

„Fertig!“, rief er in den Baum hinauf. „Du kannst ihn hochziehen.“

„Dann tritt zur Seite und zieh den Kopf ein, mein Geliebter", erklang Llaranyas Stimme von irgendwo aus dem Blätterwerk. „Ich kenne die sorglose Art, in der ihr Menschen eure Knoten bindet."

Nedeam verzichtete auf eine Erwiderung. Es hatte sich zu einem liebevollen Spiel zwischen ihnen entwickelt, einander auf solche Weise zu necken, und Nedeam musste sich eingestehen, dass sein elfisches Weib darin weit besser als er selbst war.

Der Balken ruckte an und begann sich nach oben zu bewegen. Während er zwischen Ästen und Blättern verschwand, musterte Nedeam die blitzenden Goldplatten, die sorgfältig am Fuß des Baumes aufgestapelt waren. „Wollt ihr das Dach wirklich mit Gold bedecken?", rief er Lotaras zu, der gerade prüfend an einer Strebe zog.

„Es aus Pflanzen zu flechten, würde mir mehr gefallen", brummte der Elf. „Aber Gold ist annehmbar. Es verwittert nicht und schädigt auch nicht den Baum. Zudem werden wir nur eine dünne Lage über die hölzerne Decke legen. Dazwischen stopfen wir trockenes Moos. Das hält Hitze und Kälte gleichermaßen ab. Ihr Menschen habt sehr kalte Winter, mein Freund. Im Schutz unserer Wälder waren sie niemals so streng."

„Ja, und dieser Winter wird sicherlich besonders hart." Nedeam blickte in Richtung der Burg, doch sie war durch die Bäume verdeckt. „Wir müssen uns beeilen, sonst wird das Haus nicht rechtzeitig fertig. Aber nötigenfalls könnt ihr Gemächer in ..."

„Warum sollten wir die Kälte des Winters gegen die Kälte steinerner Mauern tauschen?", rief Leoryn und hangelte sich von einem der Äste auf den Boden hinunter.

„Llaranya friert nicht", brummte Nedeam.

„Sie trägt auch die Wärme deines Herzens in sich", lachte die Elfin und knuffte den Ersten Schwertmann freundschaftlich.

Nedeam stimmte in ihr Lachen ein. Gemeinsam hoben sie einige der dünnen, aber schweren Goldplatten in den Korb der elfischen Konstruktion, mit der sich Lasten und Personen gleichermaßen leicht befördern ließen. Ein System aus Rollen und Gewichten ließ die Fracht nahezu schwerelos in die Höhe gleiten. So zerbrechlich das Ganze auch wirkte, war es doch sehr belastbar. Elf und Mensch stellten sich ohne Zögern auf die Goldplatten, und Leoryn zog an einem Seil. Sacht glitten sie in die Höhe, ein paar Blätter streiften ihre Gesichter, und schon passierten sie die untere Hausplattform. Nedeam betrachtete die Pelze und Wolldecken, die den schlichten Bretterboden bedeckten. Manche Menschen täuschten sich in den Elfen und hielten sie für verweichlicht, Lotaras und seiner Schwester aber schien es nichts auszumachen, die schon sehr kalten Nächte hier draußen zu verbringen.

„Bevor wir unsere Bettstätten bauen, müssen die Wände stehen", meinte Leoryn, die seinen Blick bemerkte. „Wir werden die Schlafstellen auf der oberen Plattform errichten. Dort stellen wir auch die Badeschale auf."

Nedeam nickte mit wenig Überzeugung. Seiner Meinung nach übertrieben es die elfischen Wesen mit der Reinlichkeit. Es war ja nichts gegen ein erfrischendes Bad einzuwenden. Dann und wann, wenn es angemessen war. Aber es zu häufig zu benutzen, konnte schwerlich gesund sein. Die Haut wurde blass und warf Falten, das war kein Zeichen von Gesundheit, nicht wahr?

Die Goldplatten waren im Hammergrundweiler bereits auf das richtige Maß gebracht worden und fügten sich fast nahtlos aneinander. Lotaras nickte sichtlich zufrieden. „Die Handwerker des Hammergrundes haben gute Arbeit geleistet, Freund Nedeam. Ihr Menschenwesen beginnt eure Fähigkeiten zu vervollkommnen. Euer Leben ist zwar zu kurz, um die elfische Perfektion zu erreichen, doch ihr lernt es, eure kurze Lebensspanne zu nutzen."

„Eine Generation gibt ihr Wissen weiter an die nächste Generation." Nedeam bog die Spitze eines Segments nach innen, wodurch es sich in der Tragekonstruktion verhakte. In der Mitte des Daches blieb eine kreisrunde Öffnung, die von einer kleinen, auf kurzen Streben stehenden Haube verdeckt sein würde. Hier konnte die Hitze des rauchlosen Brennsteinfeuers abziehen und auch die des Sommers, damit sie sich im Haus nicht staute. „Die Menschen entwickeln sich, Lotaras, und ihr Wissen wird immer umfangreicher. Denk an die Brennsteinmaschinen aus Alnoa und die Schiffe, die mit ihrer Kraft angetrieben werden."

Der Elf nickte bekümmert. „Ja, ihr Menschen steht am Anfang einer unheilvollen Entwicklung. Auch wir begingen einst diesen Fehler, doch wir haben erkannt, dass wir im Einklang mit der Natur leben müssen. Es ist der einzige Weg zu überleben."

Nedeam sah seinen Freund verständnislos an. „Immerhin haben Brennsteinmaschinen und Dampfkanonen dazu beigetragen, die Schwärme der See zu bezwingen."

„Mag sein", räumte Lotaras ein. „Mit Bedacht genutzt, kann solche Kenntnis hilfreich sein. Doch ihr Menschen werdet schnell maßlos und habgierig. Nichts für ungut, Nedeam, doch es liegt einfach in eurer Natur. Die alten Königreiche vergingen, weil Habgier, Zwietracht und Missgunst zwischen ihnen herrschten. Der Schwarze Lord nutzte lediglich die Möglichkeit, welche die alten Reiche ihm boten."

Llaranyas Gesicht schob sich zwischen ein paar Zweigen hervor. „Könntet ihr beiden eure tiefschürfenden philosophischen Betrachtungen für eine Weile zurückstellen? Wir haben hier ein Haus zu bauen."

Nedeam wusste nicht genau, was sie mit philosophischen Betrachtungen meinte. Irgendwie hörte sich das unheilvoll an.

In jedem Fall hatte sie recht, das Haus musste vor dem Winter fertig sein, und es gab noch viel daran zu tun. Sie würden an diesem Tag mit dem Dach fertig werden, doch die Wände und die Geländer der Treppen und des Rundlaufes fehlten noch, ganz abgesehen von der Inneneinrichtung. Überall lagen Rohmaterial oder halb fertige Teile umher und warteten auf zupackende Hände, die alles ordneten und ineinanderfügten.

So war bald erneut das sanfte Pochen zu hören, unter dem Hölzer miteinander verbunden wurden, und das Schaben der Glätteisen, durch die das Holz seine endgültige Form erhielt. Nedeam war eher für die Handreichungen zuständig, denn seine elfischen Freunde schienen seiner Handwerkskunst nicht sehr zu trauen, und das durchaus zu Recht. Er war stolz gewesen, die Bettstatt, die er mit Llaranya teilte, selbst gezimmert und gebunden zu haben. Doch wenn er nun die Arbeit der Freunde sah, musste er sich eingestehen, dass die seine eher grob ausgeführt war. Vor allem bewunderte er die Geschwindigkeit, mit der Leoryn die feinen elfischen Muster in die Hölzer schnitzte. Sie nutzte keinerlei Stab oder Seil, um Maß zu nehmen, und doch waren die Arbeiten von unnachahmlicher Präzision. Es lag den Elfen wohl im Blut.

Sie waren so in ihre Arbeit vertieft, dass sie erst merkten, dass sich jemand genähert hatte, als sie von unten angerufen wurden. „Ist es einem Freund gestattet, näher zu treten?"

„Kommt darauf an, ob er hilfreiche Hände zu bieten hat." Nedeam spähte nach unten und erkannte den Scharführer Arkarim.

Dieser lachte auf. „Ah, ich habe sie den elfischen Wesen wohl angeboten, doch sie behaupten, meine Füße könnten ihnen sicherlich bessere Dienste leisten."

Nedeam grinste, trat an den Aufzug und ließ sich nach unten ab. „Ein Schicksal, das wir teilen, guter Herr Scharführer.

Und offensichtlich habt Ihr Eure Füße rasch genutzt. Ihr seht ein wenig abgehetzt aus."

„Das will ich wohl meinen, Hoher Herr." Arkarim salutierte knapp. „Es gibt wichtige Kunde aus der Burg. Der Hohe Lord Bulldemut ist eingetroffen."

„Bulldemut? Der Pferdefürst der Ostmark?", fragte Nedeam überrascht.

„Eben dieser. Die Hohe Dame Larwyn wünscht Euch zu sehen."

„Dann sollten wir eilen." Llaranya verzichtete auf die Fahrt im Korb und sprang einfach aus der Höhe auf den Boden. Ohne ihre elfischen Reflexe wäre sie sicher zu Schaden gekommen, doch so federte sie elegant ab und stand unvermittelt neben ihrem Gemahl.

Arkarim strich sich unsicher über das Kinn. „Seht es mir nach, Hohe Frau, doch die Hohe Dame …"

Llaranya schüttelte den Kopf. „Wir kämpften gemeinsam um Merdonan. Ich denke nicht, dass der gute Pferdefürst und die Hohe Dame Einwände gegen meine Anwesenheit haben."

„Nun, äh, letztlich soll die Hohe Dame dies entscheiden", lenkte Arkarim ein.

Llaranya war keine Frau, die sich mit der Rolle des Eheweibes zufriedengab. Sie war schließlich eine erfahrene Kämpferin und hatte sich schon manches Mal bewährt. Gemeinsam mit ihrem Vater und den Kriegern des Hauses Deshay war sie einst dem bedrängten Merdonan zu Hilfe geeilt und hatte in der blutigen Schlacht an Nedeams Seite gefochten. Sie war den Schwärmen der See entgegengetreten und den Orks, als diese nach Rushaan vordrangen. Nein, keiner im Pferdevolk würde ihr absprechen können, an der Seite ihres Nedeam zu stehen und nötigenfalls zu kämpfen, auch wenn das mancher Tradition widersprach.

Die drei begaben sich auf den Weg zur Festung von Eternas, und Nedeam rätselte, was den alten Bulldemut wohl in die Hochmark getrieben hatte. Ohne guten Grund hatte er die beschwerliche Reise sicher nicht auf sich genommen. Er warf einen forschenden Blick auf Arkarim, doch der schien ebenso wenig zu ahnen, was der Grund für diesen überraschenden Besuch war.

Arkarim gehörte zu jenen Scharführern, die das Rückgrat der Beritte der Schwertmänner bildeten. Eigentlich hatte der 27-Jährige seinen Dienst schon vor Jahren aufgeben wollen, denn er hatte eine Frau kennengelernt, der er von Herzen verbunden war. Er war bereit gewesen, den Schwertmännern zu entsagen und eine Familie zu gründen. Doch der heimtückische Mordanschlag gegen die Herrin Larwyn und der Verrat ihres Sohnes Garwin hatten Arkarim bewogen, in den Diensten der Hochmark zu bleiben. Nedeam und die anderen schätzten dies sehr, und der Erste Schwertmann verschloss bewusst beide Augen vor der Tatsache, dass der brave Scharführer seine Geliebte des Öfteren besuchte. Als Erster Schwertmann durfte Nedeam verbunden sein. Das war ebenso Tradition wie die Tatsache, dass den einfachen Schwertmännern und Scharführern derlei verboten blieb. Der Grund dafür lag fern in der Vergangenheit, als die Pferdefürsten sich der Treue ihrer Ersten Schwertmänner auch dadurch versicherten, dass sie deren Familien in ihren Burgen beherbergten, um sie notfalls zu Geiseln zu nehmen. Doch die Zeiten, in denen sich das Pferdevolk untereinander bekämpfte, lagen weit zurück. Nedeam empfand es als ungerecht, dass seinen Männern verwehrt blieb, was ihm gestattet war. Dies war einer der wenigen Punkte, in denen er mit dem Verräter Garwin einer Meinung war. Eines Tages, so hatte sich Nedeam vorgenommen, würde er der Herrin den Vorschlag unterbreiten, das Verbot der Bindung aufzuheben. Doch solange der alte Tasmund der Berater Larwyns war und von traditionsbewussten Scharführern wie Kormund unterstützt wurde, würde sich Nedeam nicht gegen deren Meinung durchsetzen können. So konnte der Erste Schwertmann nur wegsehen und hoffen, dass aus der Beziehung Arkarims mit seiner Geliebten kein Kind entstand, denn dann würde es Arkarims Ehre verlangen, sein Weib zu ehelichen und somit die Schwertmänner zu verlassen. Und das wäre Nedeam gar nicht recht gewesen.

Als sie den Burghof erreichten, war nur wenig von der Ankunft des hohen Besuchs zu erkennen. Die Männer des Ehrengeleits hätten sich hier aufhalten müssen, und sei es nur, um die Tiere zu versorgen. Durch die offenen Tore der inneren Burgmauer konnte Nedeam zu den Ställen hinübersehen, wo lediglich zwei Pferde abgerieben wurden.

„Mir scheint, der Pferdefürst kam mit sehr kleinem Geleit", stellte er fest.

Arkarim schüttelte den Kopf. „Der Ehrenberitt ist zu den Unterkünften am Übungsplatz weitergeritten. Aber Ihr habt recht, jene Pferde dort gehören dem Hohen Lord und einem ungewöhnlichen Begleiter."

„Davon habt Ihr nichts erwähnt, Arkarim. Was für ein Begleiter?"

„Ein Hauptmann der alnoischen Gardekavallerie."

Nedeam sah den Scharführer überrascht an. Llaranya kommentierte es mit der Selbstverständlichkeit ihres Wesens. „Dann liegt Ärger in der Luft. Wenn Bulldemut mit einem Offizier des fernen Reiches Alnoa in die Hochmark kommt, kann das nichts Gutes bedeuten."

„Wir werden sehen", murmelte Nedeam. „Gehen wir hinauf und hören wir uns an, was es zu berichten gibt."

Die Herrin der Hochmark befand sich wie erwartet mit

den Gästen und ihrem Berater Tasmund im Amtszimmer im Obergeschoss des Haupthauses. Sie betrachteten gerade die große elfische Karte an der Wand des Raumes und wandten sich um, als Nedeam und Llaranya eintraten. Arkarim hingegen blieb als einfacher Scharführer von der Runde ausgeschlossen. Nach dem formellen Ehrensalut vor der Hohen Dame Larwyn und dem Pferdefürsten Bulldemut wurde die Begrüßung herzlich. Der alte Kämpe war sichtlich erfreut, die Mitstreiter von einst wiederzusehen, und zog die Elfin, entgegen seiner sonst eher rauen Art, herzlich an sich. „Unvergessen, Hohe Frau Llaranya, unvergessen, wie Ihr vor den Mauern der Stadt erschienen seid. Auch jetzt erfreut Euer Anblick mein Herz." Der Pferdefürst deutete auf den alnoischen Offizier. „Dies ist Hauptmann Panval Erkat, ein Vertrauter des Hochgeborenen Daik ta Enderos. Wir sind gekommen, um Euch einen Plan vorzustellen, wie wir der Finsternis begegnen können. Ich habe ihn bereits der Hohen Dame Larwyn und dem Hohen Herrn Tasmund unterbreitet, doch die wollen sich Eure Meinung dazu anhören, Nedeam. Immerhin seid Ihr ein berühmter Kämpfer im Pferdevolk und reich an Erfahrung."

Diese Worte schmeichelten Nedeam und machten ihn zugleich verlegen. „Es gibt Pferdelords mit weit mehr Erfahrung und größeren Verdiensten."

Bulldemut nickte. „Das ist zweifellos richtig. Doch gemessen an Euren jungen Jahren habt Ihr schon vieles erlebt. Und es ist Eure Jugend, auf die ich nun baue. Die Jugend ist aufgeschlossen für neue Ideen, und unser Plan, also der von Daik ta Enderos und mir, ist wahrhaftig etwas Neues."

Also hörten sich Nedeam und Llaranya an, was der alte Pferdefürst zu sagen hatte.

Je länger er zuhörte, desto größer wurde Nedeams Verblüffung. Was ihm da unterbreitet wurde, war etwas Ungeheuerliches, und der Widerstreit seiner Gefühle spiegelte sich in seinen Gesichtszügen.

Bulldemut begann mit ruhiger Stimme, doch rasch geriet sein Blut in Wallung, und man spürte die Erregung des alten Pferdefürsten, als er Nedeam schließlich auffordernd anblickte. „Nun, Erster Schwertmann, was haltet Ihr davon?“

Nedeam sah zunächst Larwyn und Tasmund an. Larwyns Gesicht war nicht zu deuten, doch das des alten Tasmund war sichtlich ablehnend. Als Nedeams Vorgänger hatte er viel Erfahrung in den Kämpfen gegen die Orks gesammelt und manche Wunde davongetragen. Eine dieser Verletzungen hatte schließlich dazu geführt, dass er nur noch unter starken Schmerzen reiten konnte und daher sein Amt Nedeam angetragen hatte.

Nedeam biss sich auf die Lippen. Er wollte keinem Urteil vorschnell folgen, sondern sich sein eigenes bilden. Zögernd trat er näher an die Karte und beugte sich ein wenig vor. „Den Kampf ins Reich des Schwarzen Lords hineintragen? Mitten im Winter? Das hat noch niemand zuvor gewagt“, murmelte er. Sein Finger fuhr einige Wegpunkte entlang. „Von Merdonan aus wäre es eine volle Tageswende durch die Weißen Sümpfe. Selbst wenn sie wirklich zugefroren sind, könnten wir das Eis nur sehr vorsichtig passieren. Danach wären es drei Tageswenden bis zur alten Festung von Merdoret und dann ein voller Zehntag bis zur Festung von Cantarim.“ Nedeam richtete sich auf und sah die Anwesenden prüfend an. „Wir müssten uns langsam bewegen und darauf achten, nicht entdeckt zu werden.“

Bulldemut lächelte. „Dann würdet Ihr dem Plan also zustimmen, Nedeam?“

Dieser zögerte, und Tasmund übernahm das Wort. „Es ist ein zu großes Wagnis, Hoher Lord. Zu viele Fragen sind offen, als dass wir brave Pferdelords ins Ungewisse schicken können.“ Der einstige Erste Schwertmann der Hochmark zählte auf:

„Mann und Pferd müssen versorgt werden, und wenn Schnee liegt, können sie nicht viel Last mit sich führen, da die Pferde sonst zu tief einsinken. Kann Merdoret unerkannt erreicht werden, und ist die alte Feste auch als Lager tauglich? Werden die Legionen der Orks in der Kälte des Winters tatsächlich so unbeweglich sein, wie Ihr behauptet, Bulldemut? Und selbst wenn man die Mauern Cantarims unentdeckt erreicht, wie will man sie bezwingen?"

„Dampfkanonen", warf Hauptmann Panval Erkat ein. „Wir werden einige der großen Dampfkanonen auf Wagen montieren. Sie sind stark genug, die Mauern zu zerschlagen oder doch wenigstens die Festungstore."

„Dann sind sie auch schwer und unhandlich, und die Wagen werden im Schnee kaum vorankommen", blaffte Tasmund, dem der Plan erkennbar nicht behagte.

„Wenn genug Hände zupacken, lässt sich jedes Hindernis überwinden", knurrte Bulldemut. „Wichtig ist, dass wir es überhaupt wollen. Die Garde ist dazu bereit. Es fragt sich nur, ob auch wir Pferdelords das Risiko tragen wollen."

„Zweifelt Ihr an unserem Mut?" Tasmund sah den Pferdefürsten an, und sein Gesicht rötete sich vor Ärger.

„Natürlich nicht", wiegelte Bulldemut ab. „Er steht außer Frage, Hoher Herr. Ich weiß, welche Narben Euch plagen, ich trage selbst eine stattliche Anzahl." Bulldemut strich unbewusst über die Stelle, an der seine Ohrmuschel fehlte. „Bedenkt die Möglichkeit, die sich uns bietet. Erstmals wären wir es, die den Feind überraschen und ihn dort schlagen könnten, wo es ihn wahrhaft schmerzen wird. Natürlich wird es nur ein einmaliger Schlag sein, doch er wird es sich danach gut überlegen, unsere Grenzen erneut zu bedrohen."

„Er wird sie immer bedrohen", meldete sich Llaranya zu Wort. „Gleich welcher Schlag ihn auch treffen mag, solange er nicht endgültig bezwungen ist, wird er immer wieder erstarken und eine stete Gefahr für die freien Völker sein."

„Wohl wahr", stimmte Bulldemut zu. „Deshalb gilt es, seine Kräfte zu beschneiden und ihn zu treffen, wenn er durch den Winter geschwächt ist."

„Wenn dieser Feldzug fehlschlägt, wird er uns schwächen und nicht die Brut der Finsternis", ereiferte sich Tasmund.

Ein erregtes Wortgefecht entspann sich zwischen ihm und Bulldemut. Larwyn ließ dem freien Lauf und achtete sorgfältig auf die Argumente, welche die beiden Männer vorbrachten. Auch Nedeam und der alnoische Hauptmann hörten zu, und die Diskussion wurde immer erregter, bis Llaranya aufstand und beschwichtigend die Hände hob.

„Ihr guten Herren Pferdelords, wolltet Ihr den Krieg nicht ins Reich der Finsternis tragen? Stattdessen führt Ihr ihn nun untereinander aus. Warum befragt Ihr nicht den, der uns wohl sagen kann, was im Reich des Schwarzen Lords vor sich geht?"

Bulldemut starrte sie verblüfft an, während Tasmund ächzend auf seinen Stuhl sackte. „Bei den finsteren Abgründen, Ihr habt recht, ich hätte das bedenken müssen."

„Was hättet Ihr bedenken müssen?", knurrte Bulldemut.

Tasmund winkte ab. „Nedeam, bring ihn zu uns. Ah, wahrhaftig, ich hätte selber daran denken sollen."

„Hättet Ihr die Freundlichkeit, mich aufzuklären?", fauchte Bulldemut.

Larwyn sah den erregten Pferdefürsten freundlich an. „Ich denke, der Hohe Herr Tasmund möchte Euch eine Überraschung bereiten, Pferdefürst. Seid so gut, und beruhigt Euch ein wenig. Solcher Grimm steht Euch nicht gut zu Gesicht."

Der alte Pferdefürst schluckte die Bemerkung hinunter, die ihm auf der Zunge lag, und nickte zögernd. „Schön, Ihr habt recht, Hohe Dame. Ich vergaß mich."

Nedeam holte inzwischen jenes Wesen, das von ihnen allen am meisten vom Reich der Finsternis verstand.

Als der Erste Schwertmann, gefolgt von der mächtigen Gestalt des Rundohrs Fangschlag, wieder in das Amtszimmer der Herrin der Hochmark trat, stieß der alnoische Hauptmann ein erschrockenes Keuchen aus. Unter leisem Klirren seiner Rüstung schnellte er von seinem Stuhl hoch, und seine Hand fuhr instinktiv an den Griff seines Schwertes. Bulldemut konnte sie gerade noch mit der seinen erreichen und festhalten.

„Eine Bestie", keuchte Panval Erkat. „Eine Bestie in der Hochmark!"

Fangschlag erwiderte den Blick des Mannes aus seinen gelbroten Pupillen und lächelte, wobei er seine Fangzähne halb entblößte. „Fangschlag ist keine Bestie, Gepanzerter. Fangschlag ist ein Krieger und hat Ehre."

Bulldemut sah Tasmund an und nickte. „Auch ich hätte daran denken können. Schließlich war ich bei der Schlacht in der Öde von Rushaan dabei, als der brave Dorkemunt und dieser, äh, Krieger gegeneinander antraten. Ja, er wird wohl wissen, was im Reich des Schwarzen Lords vor sich geht. Hören wir uns an, was er zu sagen hat."

Panval Erkat sah den riesigen Ork misstrauisch an. „Eine Bestie! Und Ihr traut ihrem Wort?"

„Es ist, wie Fangschlag sagte, er hat Ehre", versicherte Nedeam.

„Fangschlag gab sein Wort", knurrte das Rundohr. „Seite an Seite kämpfe ich mit den Pferdemenschen. Bis der Verräter Einohr geschlachtet ist."

„Bis Einohr geschlachtet ist?" Der Alnoer verzog das Gesicht. „Sicher auch ein Ork, dem Namen nach. Und dann? Was wird geschehen, wenn dieses Einohr tot ist? Ich wette, diese

Bestie wird ihr Schlagschwert dann erneut gegen uns Menschen richten."

Nedeam sah das Rundohr an, das ihm zum Kampfgefährten geworden war. Dieser entblößte seine Fänge nun ganz. „Der Tag mag kommen", räumte Fangschlag ein. „Aber ich werde mein Schwert nie aus Hinterlist erheben. Wenn ich es erneut gegen die Menschenwesen richte, werde ich es in Ehren tun."

Nedeam hatte gar nicht mehr an die Möglichkeit gedacht, Fangschlag könnte eines Tages wieder zum Feind werden. Die Worte des Rundohrs stimmten ihn traurig. Er sah den Ork an und nickte. „Daran gibt es keinen Zweifel, Fangschlag. Du bist ein Krieger von Ehre."

Das Rundohr nickte würdevoll. „So ist es. Die Herrin der Mark ließ mich rufen. Hier stehe ich."

Larwyn seufzte leise. „Was weißt du von Merdoret und Cantarim, Fangschlag?"

Das Rundohr sah die Anwesenden schweigend an und schien zu überlegen. „Ihr wollt dorthin?"

„Möglicherweise", erwiderte Tasmund rasch, während Bulldemut eifrig nickte. „Inmitten der Winterkälte."

„Ich verstehe." Fangschlag sah zum Fenster hinaus, und sein Blick schien in eine unergründliche Ferne zu gleiten. „Die Winterkälte ... Sie setzt uns Orks zu. Macht unser Blut dick und unsere Leiber langsam." Er wandte sich Nedeam zu. „Ein guter Zeitpunkt, in das Land des Allerhöchsten Lords vorzurücken. Aber ich kann euch nur wenig über Merdoret sagen. Wir Orks warten in unseren Festungen auf die Befehle des Allerhöchsten, und wenn sie kommen, folgen wir nur den Wegen, die er uns vorgibt. Wir marschieren schnell und halten uns nicht damit auf, die Landschaft zu bestaunen. Beim Marsch auf Merdonan kamen wir an Merdoret vorbei, doch wir hielten uns dort nicht auf. Ich weiß nur, dass es eine alte Festung der Menschen war und dass sie schwer beschädigt wurde."

„Wie schwer?", fragte Bulldemut hastig. „Ließe sie sich verwenden? Zumindest als befestigtes Lager?"

Fangschlag zuckte in einer menschlich anmutenden Geste die Achseln. „Das kann ich nicht genau sagen. Wir marschierten ja daran vorbei und haben sie kaum beachtet."

„Schön, ich glaube, mehr wird er uns nicht sagen können", murmelte Bulldemut enttäuscht.

„Oder nicht sagen wollen", fügte Hauptmann Erkat kalt hinzu.

Ein leises Grollen drang aus Fangschlags Kehle. Beruhigend legte Nedeam seine Hand an den Arm des Rundohrs.

Larwyn erhob sich hinter ihrem Schreibtisch. „Ich danke Euch allen. Ich möchte das Weitere mit Pferdefürst Bulldemut, meinem Berater Tasmund und dem Hauptmann der Garde besprechen. Ich werde Euch wieder rufen lassen, wenn wir zu einem Entschluss gekommen sind."

Nedeam runzelte kurz die Stirn. Normalerweise war er bei allen Beratungen dabei, die Belange der Schwertmänner betrafen, und bei einem Feldzug gegen die Orks war das sicherlich der Fall. Aber dann begriff er, dass die Herrin auf diese Weise die Wogen der Erregung glätten und jedem ermöglichen wollte, sein Gesicht zu wahren. Fangschlag schlug Misstrauen entgegen, und wenn er den Raum allein hätte verlassen müssen, hätte dies Groll in dem Kämpfer hervorgerufen. So jedoch war er in Begleitung von Nedeam und Llaranya.

Die drei traten in den vorderen Burghof hinaus und warteten am Brunnen auf die Entscheidung, die nun in erster Linie von Larwyn abhing.

„Was wird geschehen, wenn die Hohe Dame zustimmt?", fragte Llaranya leise. „Werden die Pferdelords dann reiten?"

Nedeam ließ seine Fingerspitzen durch das Wasser des Brunnens gleiten. „Ich weiß es nicht. Die anderen Pferdefürsten und vor allem der König müssten dem noch zustimmen."

„Werden sie es tun?"

„Wenn Larwyn und Bulldemut dafür sind? Und wenn die Garde Alnoas an unserer Seite steht? Ja, ich denke, das werden sie. Es ist tatsächlich verführerisch, endlich einmal als Erster zuzuschlagen und nicht erst auf die Hiebe des Schwarzen Lords zu warten."

Fangschlag hüllte sich fester in die lange braune Kutte. Obwohl es tagsüber durchaus erträglich warm war, schien er zu frösteln. „Die Kälte setzt uns Orks zu. Aber täusche dich nicht, Nedeam. Wir werden durch sie nicht vollkommen unbeweglich. Nur langsam. Und wenn wir einen Feind sehen, erhitzt sich unser Blut. Das ist unsere Art."

Nedeam nickte. „Meinst du, wir haben eine Chance, Merdoret und Cantarim zu erreichen?"

„Wir Orks sind nicht dumm", knurrte Fangschlag. „Auch wenn es kalt ist, werden Kohorten das Land bestreifen. Vor allem an den Pässen zu den Menschen- und Zwergenreichen."

Im Kampf gegen die Magier von Lemaria hatte Fangschlag fest an der Seite der Pferdelords gestanden, doch nun würde es vielleicht gegen seine eigene Art gehen. In Nedeam kamen Zweifel auf. „Wirst du an unserer Seite stehen? An meiner Seite?"

Der Ork erwiderte seinen Blick und nickte langsam. „Bis Einohr tot ist."

„Und was geschieht dann? Wenn du ihn erschlagen hast?"

„Dann werden wir uns vielleicht in Ehren trennen, Nedeam, und wenn wir uns erneut begegnen, werden wir vielleicht in Ehren gegeneinander kämpfen."

„Also ein Bund auf Zeit", murmelte Nedeam betrübt.

Fangschlag nickte. „So gab ich Dorkemunt mein Wort, und dieses Wort gilt."

Ein Schwertmann trat unter dem Vorbau des Haupthauses hervor und kam zu ihnen herüber. „Die Hohe Dame Larwyn bittet Euch zu sich."

Llaranya lächelte sanft. „Das ging überraschend schnell. Ich hätte nicht gedacht, dass sie sich so bald einigen würden."

Zu Nedeams Erstaunen wurde auch Fangschlag aufgefordert mitzukommen. Nedeam dachte an das Misstrauen von Hauptmann Erkat und Bulldemut. Die beiden Männer hatten nicht den Eindruck gemacht, als wenn sie ihr Vorhaben in der Gegenwart des Orks weiter erörtern wollten. Er ging daher davon aus, dass sich Larwyn gegen den wagemutigen Plan ausgesprochen hatte.

Zu ihrer aller Erstaunen war das aber nicht der Fall. Larwyn stand hinter ihrem Schreibtisch und sah die Eintretenden ernst, ja geradezu feierlich an. „Über viele Jahrtausendwenden hinweg hat der Schwarze Lord immer wieder die freien Reiche der Menschen, Elfen und Zwerge bedroht. Immer wieder wurde er zurückgeschlagen und ist erneut erstarkt. Stets hing die Bedrohung durch ihn über unseren Marken. Das muss ein Ende haben. Erstmals werden wir nun den Kampf in sein Reich hineintragen."

Bulldemut und Erkat nickten beifällig, Tasmunds Gesicht blieb zweifelnd, doch der Beschluss der Hohen Dame war für ihn und die Hochmark bindend. Larwyn wandte sich einen Moment der Karte zu. „Ich bin überzeugt, dass der gute König Reyodem und die anderen Pferdefürsten sich dem anschließen werden. Doch es braucht Zeit, sie zu verständigen und die Pferdelords zu sammeln."

Larwyn nickte Tasmund zu, der nun das Wort ergriff. „Wir werden nicht versuchen, das Reich des Schwarzen Lords mit Krieg zu überziehen. So stark die Streitmacht unserer Pferdelords und", er sah Erkat freundlich an, „der Garde Alnoas auch sein mag, sie reicht nicht aus, die Finsternis zu vernichten. Aber wir können sie schwächen und uns Zeit erkaufen. Zeit, die unsere Völker wiedererstarken lässt, bevor der Schwarze Lord sein Haupt erneut erhebt. Der Hochgeborene ta Enderos weilt bereits in der alnoischen Hauptstadt Alneris, um Kronrat und König auf den Plan einzuschwören. Hauptmann Erkat meint, die Garde könne in ungefähr einem Mond vor Merdonan erscheinen. Dieselbe Zeit werden wir benötigen, um die Beritte der Schwertmänner aufzustellen und die nötigen Vorbereitungen zu treffen. Noch zu diesem Zehnteltag werden Reiter aufbrechen, um den König und die Pferdefürsten zur Ratsversammlung nach Enderonas zu bitten. Ich werde in der Königsstadt unserem König Reyodem und dem Obersten Schwertmann Torkelt berichten. Dann werden wir sehen, ob sie dem Plan beipflichten. Bulldemut reitet derweil in die Ostmark zurück, um die nötigen Vorbereitungen zu treffen."

„Sollen nur die Beritte der Schwertmänner in den Kampf ziehen?", fragte Nedeam.

„Es wird keine Losung an das Pferdevolk ergehen", antwortete Larwyn. „So bleiben die Pferdelords, um die Marken zu schützen, und die Schwertmänner rücken aus, um dem Feind zu begegnen."

„Wie erwähnt", fügte Bulldemut rasch hinzu, „es soll nur ein begrenzter Schlag gegen Cantarim werden."

Nedeam begriff. König und Pferdefürsten würden schwerlich zustimmen, die Pferdelords durch die Losung einzuberufen. Einem „kleinen" Krieg dagegen, ausschließlich mit den Schwertmännern und der alnoischen Garde geführt, würden sie sich kaum widersetzen. Die Versuchung, den Schwarzen Lord empfindlich zu treffen, war einfach zu groß.

„Binnen eines Mondes wird alles in Merdonan bereit sein", nahm Larwyn das Wort wieder auf. „Zeit, die wir verwenden wollen, um uns Kenntnis zu verschaffen. Wir müssen in Erfahrung bringen, ob die alte Feste von Merdoret genutzt werden kann und es Wege gibt, auf denen die Dampfkanonenwagen der Alnoer gegen Cantarim vorrücken können."

„Vier volle Zehntage", brummte Bulldemut. „Genug Zeit für eine kleine Truppe, sich jenseits der Weißen Sümpfe umzusehen." Er sah Fangschlag forschend an. „Zumal, wenn sie einen kundigen Führer hat."

Nedeam warf einen kurzen Blick zu Llaranya, die ohnehin schon ahnte, was ihren Gemahl bewegte. „Ich nehme Arkarims Beritt, wenn die Hohe Dame dem zustimmt."

Bulldemut lachte leise auf. „Ihr scheint Euch recht sicher zu sein, dass Ihr die Truppe hinausführen werdet."

„Nun, Hoher Lord, es klang mir danach, als solle Fangschlag die Männer begleiten. Er wird nicht ohne mich gehen."

Larwyn umrundete den Schreibtisch und trat vor den Ork. „Ich zweifle nicht an deiner Ehre, Fangschlag. Und ich vertraue deinem Wort. Wirst du Nedeam und die Männer hinausführen und alles tun, damit sie sicher nach Merdonan zurückkehren?"

Das mächtige Rundohr bleckte lächelnd die Fangzähne. „Du hast mein Wort, Herrin der Hochmark."

Damit war es entschieden. Und zum ersten Mal in seinem Leben hatte Nedeam ein unangenehmes Gefühl bei dem Gedanken hinauszureiten.

Vielleicht lag es daran, dass es zum ersten Mal ins Reich des Schwarzen Lords ging. Vielleicht auch daran, dass der Feldzug inmitten des eisigen Winters stattfinden sollte.

Aber vielleicht war es auch der leise Zweifel, der den Ersten Schwertmann beschlich, als er hinüber in Fangschlags unbewegte Miene sah.

7

Die drei Gestalten auf dem Hügel oberhalb der Festung von Cantarim ähnelten einander, und doch hätten sie kaum unterschiedlicher sein können. Sie alle waren Graue Wesen und verkörperten die schreckliche Macht des Schwarzen Lords. Sie waren es, die seine Legionen und Waffen schmiedeten, mit denen er eines Tages die letzten freien Völker unterwerfen würde. Obwohl sie alle von menschenähnlicher Statur waren, war Ardalf das einzige menschliche Wesen unter ihnen. Einst war er ein guter Grauer Magier gewesen, bis er dem Schwarzen Lord verfiel. Er beherrschte noch den alten Zauber und konnte die Gestalt eines beliebigen Lebewesens annehmen, sofern dessen Körpermasse nur ungefähr seiner eigenen entsprach. Auf seiner roten Robe prangten die Symbole eines Brutmeisters, denn Ardalf war dafür verantwortlich, dass in den Bruthöhlen Cantarims genug Orks aus ihren Beuteln schlüpften. Auch Santuals Antlitz war das eines Menschen, wenn man von den rötlichen Augäpfeln und den gelben Schlitzpupillen absah. Seine leicht hornige Haut machte ihn widerstandsfähig gegen die Hitze der Schmieden, denn Santual war der Waffenmeister der Festung.

Bar'Ses' Menschenähnlichkeit verflüchtigte sich, sobald man seine Robe eingehender betrachtete. Sie schien schlecht zu sitzen, dabei verbarg sie nur den reptilartigen Schwanz und die lang gestreckte Schnauze mit den tödlichen Reißzähnen seiner Art. Seine grünbraun gesprenkelte Haut war schuppig wie die einer Schlange, und in den gelben Augen glitzerten schwarze Pupillen. Nur wenige Orks hatten je sein Angesicht erblickt und noch weniger hatten dies überlebt. Bar'Ses war Auge und

Ohr des Schwarzen Lords und herrschte in dessen Namen über Cantarim und alles, was seine Mauern verbargen.

„Es ist ein Ärgernis, dass wir Rushaan nicht nehmen konnten“, sagte Bar'Ses mit dem für ihn typischen leichten Zischen. „Das Erz der nördlichen Öde hätten wir gut gebrauchen können.“ Er hob den Arm und deutete auf die große Festung. Dabei verschob sich der Ärmel seiner Robe, und gebogene Krallen wurden sichtbar. „Die Schmieden arbeiten nur mit halber Kraft. Das ist zu wenig, um die neuen Legionen auszurüsten. Der Allerhöchste wird unzufrieden sein. Sehr unzufrieden.“

Santual nickte bedauernd. „Besteht keine Möglichkeit, Rushaan doch noch zu erobern? Immerhin wissen wir von Legionsführer Einohr, dass es nur noch eine Handvoll seiner Wächter, der Prionen, gibt.“

„Der Pass von Rushaan ist verschüttet“, knurrte Ardalf grimmig. „Auch die stärksten Hornbestien könnten die Felstrümmer nicht bewegen.“

„Und wenn wir das Sprengpulver benutzen?“

„Der Lärm wäre bis ins Reich der Elfen zu hören.“

Bar'Ses lachte bellend. „Diese Spitzohren sind uns vorerst zu den Neuen Ufern entkommen. Wir werden uns um sie kümmern, wenn die Menschen vergangen sind.“ Das Wesen wurde wieder ernst. „Doch das ist nicht das Problem. Vielleicht könnten wir die Felsmassen mit dem Pulver zersprengen, aber sie müssten dennoch aus der Schlucht herausgeschafft werden. All das macht Lärm und braucht Zeit. Das würde dem Feind Gelegenheit geben, seine Truppen zu sammeln und sich zu wappnen.“

„Dann ist all das gute Erz für uns verloren.“ Santual stieß einen erbitterten Fluch aus. „Möge die Finsternis die verfluchten Pferdemenschen verschlingen.“

„Vielleicht ist doch nicht alles verloren.“ Bar'Ses strich sich über die Schnauze. Der Wind hatte Sand in seine Nüstern getrieben.

„Wir können den Feind nicht überraschen und in der Enge des Passes unsere Macht auch nicht entfalten“, meinte Ardalf. „Es sei denn, wir nehmen den Weg über den Süden. Doch um von dort den Norden zu erreichen, müssten wir durch alle Menschenreiche marschieren.“

„Wenn wir marschieren, dann direkt nach Norden.“ Bar'Ses zischte leise. „Hoch in das Eisland, um die Ausläufer des Noren-Brak herum und dann wieder Richtung Süden nach Rushaan.“

„Das Eisland?“, fragte Santual entsetzt. „In der Kälte würden meine Krieger erstarren!“

„Es sind nicht deine Krieger, sondern die des Allerhöchsten Lords“, korrigierte Bar'Ses und sah den anderen Grauen mit funkelnden Augen an.

Santual schrak zusammen und duckte sich zum Zeichen der Unterwerfung. „Natürlich. Genau das wollte ich damit ausdrücken.“

Bar'Ses wies mit einer ausholenden Geste über die Ebene und Festung von Cantarim. „Stahl und Stein und die Leiber zahlloser Legionäre. Mächtiger als alles, was die Menschenwesen uns entgegenstellen können. Und doch bricht nun eine Jahreszeit an, in der unsere Kräfte geschwächt sind. Aber vielleicht wird sich das nun ändern.“

Die anderen sahen ihn verwirrt an. „Wie meinst du das?“

Der graue Herr Cantarims zischte vergnügt. „Lasst uns zur Festung gehen, dort werde ich es euch erklären. Dieser kalte Wind missfällt mir.“

Der Hügel war einige Tausendlängen von der Festung entfernt, doch auch aus der Ferne beherrschte die riesige Anlage mit ihren mächtigen Mauern und wuchtigen Türmen die Ebene.

Einst war dies die letzte und größte Festung eines der vergangenen Königreiche gewesen. Dann hatten die Orks sie berannt und eingenommen. Nun diente die Anlage ihren neuen Herren. Legionen von Arbeitern hatten sich in den Boden unterhalb der Festung gegraben und dort jene Bruthöhlen angelegt, aus denen der Nachwuchs für die Truppen des Schwarzen Lords schlüpfte. Damit das gewaltige Gewicht Cantarims die riesigen Felsendome nicht zum Einsturz brachte, hatte man Hunderte massiger Pfeiler und Stützen aus Fels und Metall errichtet. Ein immenser Aufwand, doch auf diese Weise schützte die Festung das, was unter ihr verborgen lag.

So wie Cantarim sich auf diese unzähligen Pfeiler stützte, so stützte sich die Macht des Schwarzen Lords auf die Bruthöhlen, Schmieden und Legionen Cantarims. Die Festung war nur ein Teil der Streitkraft, über die der Schwarze Lord verfügte. Aber ein wichtiger Teil, denn von Cantarim aus konnten die Legionen die Pässe von Merdoret und Rushaan schnell erreichen und beherrschen. Auch wenn Letzterer nun blockiert war, blieb die Festung von herausragender Bedeutung. Das zeigte sich schon daran, dass hier gleich drei der Grauen Wesen ihren Aufgaben nachgingen, während es in anderen Bruthöhlen oft nur eine der unheilvollen Kreaturen war. Ihre Art war vergänglich und ihre Zahl begrenzt. Die Verluste in den Kämpfen gegen die freien Reiche hatten dazu geführt, dass der Allerhöchste Lord seine wichtigsten Diener mit großem Bedacht einsetzte.

Noch vor wenigen Tageswenden war die Ebene um die Anlage von Gebrüll und dem Stampfen zahlloser Füße erfüllt gewesen. Doch nun begann die Kälte den Orks zuzusetzen, und so waren die Legionen in die Festung zurückgerufen worden. Nur einzelne Kohorten bestreiften noch das Umfeld und hielten nach einem Feind Ausschau, der wohl nie in das Reich der Finsternis vordringen würde.

Auf ihrem Weg zu den Toren Cantarims spürten die drei Grauen Wesen die zunehmende Wärme des Bodens. Sie rührte von den unterirdischen Bruthöhlen und Schmieden her, deren Hitze über Luftversorgungsschächte die ganze Festung beheizte. Die Torwache salutierte mit den Schwertern, und der laute Schlag, mit dem die Rundohren ihre groben Klingen gegen ihre Rüstungen hieben, hallte den Herren der Festung auf ihrem Weg zum Obergeschoss des zentralen Turmes nach.

Der Raum, den sie betraten, hatte durchaus Ähnlichkeit mit dem Amtsraum eines menschlichen Herrschers. Regale mit Büchern und Schriftrollen säumten die Wände, die zerfetzten Banner erschlagener Feinde zierten die Nischen dazwischen, und ein schwerer Brennsteinleuchter hing von der massiven Balkendecke herab und spendete ein angenehmes Licht. Selbst der typische Schreibtisch fehlte nicht, der jedem verriet, dass hier jemand arbeitete, der die Zeichen der Schrift zu setzen und zu deuten wusste.

Doch statt der Karten, die bei den Menschen so geschätzt wurden, erhob sich in der Mitte des Raumes ein Modell, das die Landschaften und bedeutenden Orte aller Reiche wiedergab. Nur an wenigen Stellen war diese plastische Karte seltsam leer. Orte wie Rushaan, die das Auge des Allerhöchsten Lords nicht erkunden und seine Legionen nicht bestreifen konnten.

Bar'Ses schenkte sich frisches Wasser aus einem Krug ein. Ardalf bevorzugte Wein, während Santual sich verdünntes Blut in den Pokal füllte. Gemeinsam traten sie an das Modell, und Bar'Ses spürte die Neugierde der beiden anderen.

Santual schlürfte behaglich und schmatzte vernehmlich, wenn er Geronnenes schmeckte. „Du sprachst von der Jahreszeit, die uns lähmt, und sagtest, dass sich das vielleicht ändern könnte“, eröffnete er ungeduldig. „Du meinst vermutlich die Kälte, die unser Blut langsam macht.“

„So ist es“, bestätigte der Statthalter Cantarims. „Dieser Winter wird besonders kalt, das kündigt sich jetzt schon an. Es ist die Zeit, in der unsere Legionen in den Festungen ausharren und nur wenige Kohorten durch das Land streifen. Alles kommt zum Erliegen.“

Ardalf nickte. „Die Zeit der neuen Würfe.“

Santual leckte sich über die Lippen. „Und die Zeit des Schmiedens neuer Rüstungen und Waffen. Obwohl unsere Schmieden natürlich niemals stillstehen“, versicherte er rasch.

„So wie die Brutbeutel niemals leer sind“, ergänzte Ardalf sofort. „Sofern der Nährschlamm ausreicht.“

Santual nickte. „Und das Erz.“

„Womit wir beim Kern unseres Problems sind.“ Bar’Ses deutete auf die Modelllandschaft. „Wir brauchen das Erz Rushaans. Doch der direkte Weg über den Pass von Rushaan ist nun versperrt.“

„Darüber sprachen wir schon“, knurrte Santual ungeduldig. „Uns bleiben der Pass von Merdoret oder der Weg nach Süden.“

„So war es bislang“, schränkte Bar’Ses ein. „Der Weg nach Norden war uns versperrt. Selbst im Sommer bleibt das Eisland gefroren und verwehrt uns den Weg. Aber nun wird sich das ändern. Wartet, ich zeige euch etwas.“

Der Statthalter trat an den Schreibtisch, beugte sich dahinter und hob einen unförmigen Gegenstand auf. Erst als ihn Bar’Ses auseinanderschlug, wurde deutlich, was es war.

„Ein behaarter Panzer?“, fragte Ardalf irritiert.

„Unsinn.“ Santual lachte spöttisch. Der Waffenmeister strich über den Brustpanzer. „Ich verstehe. Der Panzer wurde innen mit Fell versehen.“ Er nickte nachdenklich. „Es wärmt?“

Bar’Ses nickte. „Nicht besonders viel, aber das ist besser als nichts. Man muss die gesamte Rüstung eines Rundohrs mit dem

Fell auskleiden, sonst hilft es überhaupt nicht."

Santuals Finger strichen erneut über Metall und Fell. „Und die Rüstung muss etwas größer als gewöhnlich gefertigt sein, nicht wahr? Das dicke Fell erfordert Platz. Hm, bei den Spitzohren wird es leichter sein. Sie tragen nur ledernes Zeug, kein kostbares Metall. Wir haben nicht genug Erz in Reserve, um viele solcher Rüstungen anfertigen zu können."

Bar'Ses zischte. „Wir haben aber auch nicht sonderlich viele Felle. Es gibt nicht viel Hornvieh in unserem Reich."

„Die Orks sind immer hungrig", brummte Ardalf, „und auch der Nährschleim will gefüttert sein."

„Das Fell muss dick sein, damit es die Orks vor der Kälte schützt", stellte Bar'Ses fest. „Was wir an Fellen erhalten haben, reicht für wenig mehr als eine Legion."

„Zweitausend Krieger?" Santual goss sich nach. „Das ist kaum genug, um Rushaan zu erreichen. Geschweige denn, es einzunehmen und zu halten."

„Ich weiß", zischte Bar'Ses, „und der Allerhöchste Lord weiß es auch. Wir bräuchten mehr Erz für Rüstungen und zusätzliche Felle. Die können wir uns von den Sandbarbaren im Süden und von den Rumakern besorgen. Sie sind uns Tribut schuldig und wissen, was geschieht, wenn sie dem Wunsch des Allerhöchsten nicht nachkommen. Aber Erz haben sie selbst kaum genug."

Santual grinste. „Wir haben ihnen nur wenig gelassen, damit sie sich nicht hinter unserem Rücken bewaffnen können."

„Genau besehen haben wir reichlich Erz", wandte Bar'Ses ein. „Wir müssen es nur einsammeln." Er trat wieder an die Modelllandschaft und wies über das Reich des Schwarzen Lords. „Unzählige Schlachten haben getobt, unzählige Krieger wurden getötet. Ihre Leiber sind schon lange verfallen und die meisten ihrer Rüstungen verrostet. Dennoch liegt noch immer viel

Metall auf den alten Kriegsstätten herum, das können wir nun gebrauchen."

„Man kann es einschmelzen und neues daraus gewinnen", bestätigte Santual.

„Wir können erst nach Norden marschieren, wenn genug Legionen gegen die Kälte geschützt sind. Also werden wir erst einmal feststellen, was die gefütterten Rüstungen taugen. Dieser Winter ist dazu ideal geeignet. Er wird eisig und hart."

„Also wird eine Legion in den Norden entsendet, um die haarigen Rüstungen zu prüfen?"

„Nicht nach Norden." Bar'Ses deutete auf einen Punkt der Landschaft. „Das Land des ewigen Eises wird uns verschlossen bleiben. Kein Pelz oder Fell wäre dicht genug, um unsere Legionen zu wärmen. Nein, die Legion wird dorthin marschieren. Nach Merdoret. In der alten Festung wird es noch genug Metall geben. Tor- und Türbeschläge, Stützstreben und Waffenteile. Und um die Festung hat eine große Schlacht getobt. Viele Legionen des Allerhöchsten und der Menschen verloren dort ihr Leben. Sie haben keinen Bedarf mehr für Rüstungen und Waffen. Wir dagegen schon."

„Dann sollte die Legion im Sommer gehen. Nun wird der Schnee alles zudecken und es schwer machen, das Metall zu finden."

„Sollen die Legionäre danach graben", knurrte Bar'Ses. „Die Arbeit hält sie sicher warm."

„Das wird ihnen nicht gefallen", meinte Ardalf. „Weder den Rundohren noch den Spitzohren. Sie hassen den Schnee, den sie das weiße Totentuch nennen."

„Sie wurden nicht erschaffen, damit ihnen etwas gefällt", brüllte Bar'Ses, und seine Schlitzpupillen wurden im Zorn kreisrund. „Sie werden gezüchtet, um den Willen des Allerhöchsten zu erfüllen!"

Santual verschüttete etwas von dem verdünnten Blut und leckte es begierig von seiner Hand. „So ist es, Bar'Ses, so ist es." Er deutete eine demütige Verbeugung an. „Und welche unserer Legionen wird die Ehre haben, in Eiseskälte und Schnee nach dem alten Metall zu graben?"

„Die der Blutkralle", sagte Bar'Ses und beruhigte sich langsam wieder.

„Die Legion ist neu aufgestellt worden", knurrte Ardalf. „Die alte Blutkralle wurde in der Öde von Rushaan vernichtet. Es gibt nur noch eine Handvoll erfahrener Krieger in ihren Reihen. Jene, die am Feldzug nach Rushaan nicht teilnahmen."

„Aber sie hat einen bewährten Legionsführer."

„Einohr?" Santual schnaubte leise. „Ich traue diesem Spitzohr nicht. Er hat etwas Falsches an sich. Sein Bericht über die Geschehnisse in Rushaan haben Zweifel in mir aufkommen lassen. Er war der Einzige von all den Legionen, der zurückkam. Er befehligte die Einheit der Ferntöter und verlor sämtliche dieser kostbaren Waffen. Das Einzige, was er rettete, war sein Leben."

„Und nicht zum ersten Mal", brummte Ardalf.

„Es ist wohl eine besondere Fähigkeit von ihm." Bar'Ses zischte erneut, und diesmal klang es belustigt. „Er ist schlau genug, vorsichtig vorzugehen, und feige genug, sich rechtzeitig zurückzuziehen."

„Das klingt, als würdest du Schwierigkeiten erwarten, wenn die Legion der Blutkralle nach Merdoret marschiert", meinte Ardalf amüsiert. „Sie werden wohl kaum mehr als schmutzige Klauen und das Kälteklappern bekommen."

„Für Einohr ist es eine Möglichkeit, sich zu bewähren." Der Statthalter leerte seinen Pokal und griff nach dem Krug, um sich nachzuschenken. „Und das Gleiche gilt für die gefütterten Rüstungen. Falls sie in Merdoret der Kälte nicht standhalten, werden sie im Eisland erst recht versagen. Außerdem brauchen wir Metall, und wir brauchen es schnell. Sobald der Winter sich abwendet und es wärmer wird, sollen unsere Legionen erneut marschieren."

Ardalf lächelte. „Die Bruthöhlen sind bereit dafür."

„Du kannst den Nährschlamm notfalls ja auch mit minderwertigen Orks füttern", knurrte Santual. „Doch für die Schmieden brauche ich Erz oder Metall."

Bar'Ses nickte zustimmend. „Und deshalb wird die Blutkralle nach Merdoret marschieren."

8

Showaa flog tief und folgte den Hängen der Berge, die den Hauptgebirgszug des Uma'Roll säumten. Sie hatte an Sicherheit gewonnen, und ihre Bewegungen wiesen die kräftesparende Eleganz ihrer Art auf. Die Flugschwingen des Rumpfes bewegten sich nur träge, denn um die Richtung zu ändern, verlagerte Showaa nun gekonnt ihr Gewicht. Die kleinen Lenkschwingen an ihrem Schädel hoben oder senkten sich jetzt anmutig, während das Tier zuvor noch den gesamten Kopf bewegt hatte.

Anschudar war sichtlich stolz auf seine Showaa, die so schnell lernte, und er benutzte den gekrümmten Lenkstab nur noch selten. Es gelang ihm immer besser, die Verbindung mit ihr zu spüren und ihr so seine Wünsche zu übermitteln.

Er war bis zu jenem Pass vorgestoßen, der bei Merdoret das Gebirge in den nördlichen Noren-Brak und den südlichen Uma'Roll zerteilte. Dieser Pass schnitt wie ein Keil in die Berge, offen und viele Tausendlängen breit, wo er in das Reich des Schwarzen Lords führte, und nur wenige Hundertlängen schmal, wo er an die Weißen Sümpfe stieß. Frost hatte auf dem Boden geglitzert und Anschudar daran erinnert, wie nahe der Winter war. Showaa hatte keinen weiteren Gelbstein aufgespürt. Entweder gab es hier keinen, oder ihm war ein Fehler beim Versiegeln der Gelbsteinfracht unterlaufen. So empfand er es als sinnlos weiterzusuchen und hatte Showaa zurück nach Süden gelenkt. Vor ihnen tauchte nun die vertraute Kontur des Geburtsfelsens auf, und angezogen von der Nähe des Horstes beschleunigte die Lederschwinge unbewusst ihren Flug.

Am Himmel war die ferne Kontur einer anderen Lederschwinge in Form eines doppelten Dreiecks zu erkennen. Anschudar und seine Showaa waren bereits gesichtet worden, und die Wachstreife näherte sich, entgegen der sonst üblichen Gepflogenheiten. Anschudars Mission war bekannt, und der andere Reiter war sicherlich von Neugierde erfüllt. Als er näher kam, erkannte ihn Anschudar und nickte ihm zu, während die Lederschwingen ihren Flug anglichen und dem Horst entgegensanken.

„Nutze Wind und Schwingen, Anschudar", rief Palschudar. „Du bist rasch zurück. Hattest du Erfolg? Deine Packtaschen scheinen prall gefüllt zu sein."

„Nutze Wind und Schwingen, Palschudar. Die Taschen sind voll, aber das ist alles, was ich bislang gefunden habe."

Palschudars hoffnungsvolles Lächeln gefror. „Das wird nicht lange reichen. War wirklich nicht mehr zu spüren?"

„Ich weiß es nicht", schrie Anschudar gegen den Flugwind.

Sie mussten sich wieder trennen, denn Showaa setzte nun zur Landung im Horst an, und Palschudar musste weiterhin seine Streife fliegen, auch wenn ihm anzumerken war, dass er zu gern gehört hätte, was der junge Schwingenreiter zu berichten hatte. So würde er es erst erfahren, wenn die nächste Streife ihn abgelöst hatte.

Showaa streckte ihre beiden Beine aus, spreizte die Flugschwingen und korrigierte ein letztes Mal mit den Lenkschwingen, bevor sie sanft auf dem Boden des Plateaus aufsetzte. Ihre Ankunft war im Horst nicht verborgen geblieben, andere Lederschwingen reckten die Hälse aus den Bauten, und Männer und Frauen liefen zusammen. Nur die Kinder spielten weiter, da sie die Bedeutung von Anschudars Flug noch nicht begriffen.

Schwingenführer Mordeschdar sah auf die prall gefüllten Packtaschen und nickte erfreut. „Nutze Wind und Schwingen, Anschudar. Wie ich sehe, war dein Flug erfolgreich."

„Das ist alles, was ich gefunden habe, Schwingenführer", gestand Anschudar. „Es mag mehr geben, aber Showaa konnte es nicht aufspüren."

Mordeschdar begriff sofort. „Du hast die Packen nicht richtig versiegelt?"

„Ich habe alles so gemacht, wie du es mir beigebracht hast", versicherte Anschudar, „und doch fürchte ich, dass ich etwas vergessen habe."

„Wollen wir es hoffen", brummte einer der anderen Reiter. „Denn wenn du alles richtig gemacht hast, bedeutet es, dass es keinen Gelbstein mehr gibt." Der Mann grinste freudlos. „Ich wünsche mir wahrhaftig, dass du nur vergesslich warst."

„Zunächst soll er sich erfrischen und seine Schwinge versorgen", bestimmte Mordeschdar. „Danach ist Zeit genug, uns zu berichten." Er strich sich nachdenklich über das Kinn. „Es ist wohl angemessen, Feedanaa hinzuzurufen. Die Mutter des Horstes wird wissen wollen, wie es steht." Er lächelte. „Und wie sich Showaa bewährt hat. Ich glaube, Feedanaa setzt große Hoffnung in sie."

Anschudar schnallte die Packtaschen mithilfe der anderen Männer ab, welche die wertvolle Fracht rasch zum Arsenal hinübertrugen. Dort hatte der Wiederaufbau Fortschritte gemacht, und das Dach und die Wände waren ausgebessert. Ein Wandsegment fehlte noch, doch die Männer waren bereits dabei, auch diese Lücke zu schließen, damit der Inhalt des Arsenals bei schwerem Wetter wieder geschützt war.

Während Showaa ihre Schwingen mit den Maultentakeln putzte, reichte Anschudar ihr Wasser und ein paar ausgewählte Leckereien, von denen einige wenig begeistert waren, im Schlund der Lederschwinge zu verschwinden. Danach machte sich der Schwingenreiter auf den Weg zum Badehaus, und noch bevor er es betrat, begriff er schlagartig, was er nicht bedacht hatte. Nachdem er gebadet und wieder angekleidet war, schritt er verlegen zum Arsenal zurück, wo die anderen Schwingenreiter bereits warteten. Feedanaas mächtige Gestalt überragte alle wie ein Monument.

„Ich habe einen Fehler gemacht", sagte Anschudar zerknirscht. Er berichtete rasch, was sich zugetragen hatte, und errötete verlegen, als er hinzufügte: „Die Packlasten habe ich gewissenhaft versiegelt, aber ich vergaß, dass ich beinahe in den Tümpel gestürzt wäre. Die Dämpfe haben sich in meiner Kleidung festgesetzt, und zudem hat sich einiges von dem Gelbsteinstaub an sie geheftet. Ich war zu aufgeregt, um daran zu denken."

Mordeschdar nickte bedächtig. „Ich habe es bereits vermutet. Nun, es ist ein Fehler, aus dem du sicherlich lernen wirst, und zudem einer, der uns hoffen lässt. Vielleicht gibt es doch weiteren Gelbstein im Norden."

Feedanaa zischte leise. „Jungschwingen Fehler machen. Jungreiter Fehler machen. Etwas Gelbstein gefunden. Das ist gut. Nicht viel Gelbstein. Das ist schlecht. Brauchen mehr Gelbstein. Neuer Flug erforderlich."

Mordeschdar nickte erneut. „Wir Schwingenreiter stimmen dir zu, Herrin des Horstes. Wir müssen erneut suchen, und zwar sofort. Auch wenn uns der Zeitpunkt nicht gefällt, jetzt, zu Beginn des Winters."

Feedanaa nickte in menschlicher Geste. „Kälte nicht schlimm. Aber Kälte macht Luft dünn. Schwingen schlechter fliegen. Annehmbar in Höhe. Schlecht in Nähe des Bodens. Nähe des Bodens notwendig zum Spüren von Gelbstein."

Der Schwingenführer seufzte leise. Vor der Herrin des Horstes kam er sich wie ein Winzling vor. Dennoch waren sie im Grunde gleichberechtigt und achteten einander. Sie beide dachten an das Wohl des Horstes, etwas anderes zählte für sie nicht.

Er reckte sich ein wenig. „Ich schlage vor, dass ich Anschudar begleite."

Feedanaa schlug leicht mit ihren Lenkschwingen. „Gut. Showaa jung und gut für Spüren. Deine Wilkawaa gut für Streifen. Halten Wacht, wenn Showaa spürt."

„Das waren meine Gedanken, Herrin des Horstes, und wie immer sind wir uns einig", sagte Mordeschdar lächelnd.

Anschudar und Showaa würden erneut nach Norden fliegen, und dieses Mal würde Mordeschdar sie auf seiner Wilkawaa begleiten.

9

Bis zum Morgengrauen war es noch ein halber Zehnteltag. Arkarim wälzte sich unruhig herum und kuschelte sich enger an Etana. Diese legte den Arm liebevoll um den Scharführer und berührte seine Nase mit einer Locke ihres blonden Haars. Arkarim schnaubte leise und verzog das Gesicht zu einem Lächeln, als er endlich erwachte.

„Es ist Zeit, mein Geliebter“, flüsterte sie. „In einem halben Zehnteltag wird das Weckhorn der Hochmark erschallen.“

„Und uns wieder einmal trennen“, sagte er ebenso leise und zog sie kurz an sich. „Es fällt mir immer schwerer, dich zu verlassen.“

„Aber du tust es“, stellte sie fest und entzog sich auflachend seinem Griff.

„Es ist nicht allein das Horn, das mich ruft.“ Arkarim folgte ihr. Er streifte hastig Hemd und Beinkleid über, verschnürte beides miteinander und schlüpfte dann in sein Wams. „Der Erste Schwertmann und die Hochmark brauchen mich.“

Etana zog Kleid und Überwurf an und begann ihre langen Haare zu zwei Zöpfen zu flechten. „Ebenso wie ich dich brauche.“ Sie warf ihm einen Blick zu und spürte seine Unsicherheit. „Nein, Arkarim, ich mache dir keinen Vorwurf. Nichts kann unsere Liebe trennen und den Bund, den wir eingehen werden. Ich weiß, wie sehr die Mark jeden guten Scharführer braucht, denn der niederträchtige Garwin ist noch nicht gefasst. Aber die Hochmark zu bestreifen ist eine Sache, eine andere ist es, in die Fremde vorzustoßen.“

„Offiziell ist es ein freundschaftlicher Besuch in Merdonan“, knurrte er. „Du gehörst zu den wenigen, die wissen, dass weit mehr dahintersteckt. Ich habe es dir gesagt, weil ich weiß, dass deine Lippen versiegelt sind. Wir werden über die wahren Hintergründe schweigen, bis feststeht, ob wir den Kampf wirklich nach Osten tragen. Nedeam braucht jetzt jeden guten Mann." Arkarim war nervös, er wollte vor dem ersten Morgengrauen wieder bei den Unterkünften der Schwertmänner sein. Auch wenn man sein Verhältnis zu Etana stillschweigend duldete, durfte er doch gerade deshalb seine Pflichten nicht vernachlässigen. „Der verfluchte Verräter Garwin sorgt mich jetzt wenig. Doch dieser Ritt ins Reich der Finsternis beunruhigt mich. Da kann ich Nedeam nicht alleinlassen."

„Er ist nicht allein", meinte Etana. „Einen ganzen Beritt hat er an seiner Seite."

„Es geht ins Reich des Schwarzen Lords", wiederholte Arkarim. „Nie zuvor sind wir dorthin geritten. Da braucht es nicht nur Männer, die bereitwillig folgen. Sondern auch solche, die notfalls selber führen können."

„Es ist gefährlich, ich weiß", meinte sie sorgenvoll.

Arkarim räusperte sich. „Nicht mehr als ein Erkundungsritt, meine Liebste. Du brauchst dich nicht zu sorgen."

„Ah, das klang gerade noch ganz anders", seufzte sie. „Nun, jeder Ritt ist mit Gefahr verbunden." Sie lächelte freudlos. „Ich bin eine Frau des Pferdevolkes und weiß das wohl."

„Das bist du wahrhaftig." Er trat zu ihr und schloss sie in die Arme. „Es fällt mir nicht leicht zu gehen, doch du weißt, dass es sein muss."

Etana war eine typische Frau des Pferdevolkes. Sie war schlank und hatte blondes Haar. Trotz ihrer Jugend hatten Wind und Wetter bereits Spuren in ihrem Gesicht hinterlassen, denn das Leben in der Hochmark war noch immer hart und gelegentlich unbarmherzig. Sie war im Horngrundweiler aufgewachsen und hatte dort den Schwertmann Arkarim kennengelernt, als der gerade mit einer Streifschar unterwegs war. Bei beiden war es Liebe auf den ersten Blick gewesen, eine eher unglückliche Fügung, denn die Tradition verlangte ja, dass sich ein Schwertmann nicht an ein Weib binden durfte. Man spürte bei Arkarim, dass er seine Aufgabe voller Hingabe wahrnahm, und Etana empfand Stolz angesichts seines Bestrebens, den Pflichten eines Schwertmanns nachzukommen. Sie beide waren hin und her gerissen gewesen, zwischen ihren Gefühlen füreinander und dem Gebot der alten Bräuche. Ihre Unentschlossenheit hatte dazu geführt, dass die junge Frau den heimatlichen Weiler verlassen hatte, um sich am Stadtrand von Eternas auf einem Gehöft als Magd zu verdingen. Dort hatten sie sich immer wieder gesehen. Unterdessen stieg Arkarim zu einem Scharführer auf, der den Wimpel eines Beritts an seiner Stoßlanze führte. Es war sicherlich einer der stolzesten Augenblicke seines Lebens gewesen, als er mit diesem Wimpel zum Gut des Bauern getrabt kam, um ihn Etana zu zeigen. Als er die Lanze neigte, damit die junge Frau das Tuch genau betrachten konnte, war es dann endgültig gewiss geworden. Der Blick in ihren Augen und das sanfte Lächeln hatten Arkarim keine andere Möglichkeit gelassen, als aus dem Sattel zu steigen. Eine sanfte Berührung der Hände, dann der Lippen, und es war besiegelt, dass sie füreinander bestimmt waren und den Bund eingehen würden. Gemäß den Traditionen des Pferdevolkes würden sie Zügel und Wasserflasche teilen, auch wenn dies bedeutete, dass Arkarim den Dienst bei den Schwertmännern aufgeben musste.

Alles wurde vorbereitet, und der Bauer stellte Wohnstube und Schlafkammer in einem Nebengebäude, damit das junge Paar eine Heimstatt hatte. Arkarim und Etana würden dem Bauern auf dem Hof zur Hand gehen, bis die Natur es erforderte, dass sie ein größeres Heim benötigten. Kinder waren der Segen des Pferdevolkes und jede Geburt ein Grund zum Feiern. Ja, alles war vorbereitet. Doch nach dem feigen Mordanschlag auf die Herrin Larwyn war Arkarim dem Ruf des Ersten Schwertmanns Nedeam gefolgt, um das Lebenswasser aus dem vergangenen Reich von Jalanne zu holen. Ein letzter Ritt im Dienste der Hochmark, hatte Arkarim ihr versprochen, und dann war alles anders gekommen.

Der Sohn des Pferdefürsten Garodem hatte sich als Verräter entpuppt und die Mark mit seinen Getreuen verlassen. Er hatte den heimtückischen Anschlag gegen seine Mutter geplant, und es gab Gerüchte im Pferdevolk, dass er Männer um sich schare, um seine geheimnisvollen und sicherlich finsteren Pläne doch noch in die Tat umzusetzen. Zu Etanas Enttäuschung hatte dies alles auch Auswirkungen auf ihre eigenen Pläne gehabt.

Nun folgte Arkarim erneut dem Ruf des Ersten Schwertmanns, und es fiel der jungen Frau sehr schwer, ihn abermals gehen zu lassen. Denn sie trug sein Kind unter dem Herzen. Arkarim wusste noch nichts davon, und sie war versucht, es ihm zu sagen, denn dann musste er einfach bei ihr bleiben. Aber sie war zu sehr eine Frau des Pferdevolkes und wusste bei aller Liebe, die Arkarim für sie empfand, dass seine Gedanken bei den Männern weilen würden, die mit Nedeam hinaus ins Ungewisse ritten. Also schwieg sie und versuchte ihren Kummer zu unterdrücken.

Arkarim legte sich den Waffengurt um die Taille und griff nach seinem grünen Umhang. Etanas Umhang schmückte ein blaues Muster und wirkte in den Augen ihres Geliebten ein wenig zu auffällig. Es waren Farben, wie sie im Reich Alnoa beliebt waren und durch den Handel Einzug in die Marken des Pferdevolkes hielten. Arkarim gehörte nicht zu jenen Pferdelords, welche die alnoischen Waren hoch schätzten. Sie mochten fein gearbeitet sein, aber den Anforderungen eines rauen Lebens hielten sie kaum stand.

Die beiden verließen die Kammer, und die Kälte des frühen Morgens umfing sie. Das Licht der Sterne wich nun dem Grau des Wechsels, und bald würde sich die Sonne im Osten erheben.

Etana zog fröstelnd die Schultern hoch. „Ich hole deine Verpflegung."

Arkarim nickte und schritt zum Stall hinüber, in dem sein Pferd die Nacht verbracht hatte. Er hatte es nicht angebunden und nur die Gurte gelockert. Das Tier war sorgfältig ausgebildet und Kälte gewohnt. Es schnaubte leise, als sein Reiter zu ihm trat. Dieser prüfte den Bauchgurt und den Sitz des Zaumzeugs und klopfte dem Pferd beruhigend den Hals. Arkarim zog die Steigbügel vom Sattel herunter und kontrollierte den Halt des Lanzenköchers. Eine der Nähte prüfte er genauer und nickte dann befriedigt. Alles war, wie es sein sollte.

Der Bauernhof lag am Westrand von Eternas. Je nach Windrichtung blieb man hier von den üblen Gerüchen verschont, die vornehmlich von den Handwerksbetrieben am Ostrand der Stadt verursacht wurden. Der Hof bestand aus Haupt- und Gesindehaus sowie drei großen Ställen und Schuppen. Eine Schar Kratzläufer kam aus ihrem Verschlag, und der bunte Hahn plusterte sich beleidigt auf, als er erkennen musste, dass er einige der Bewohner nicht mehr würde wecken können.

Etana trat mit der gefüllten Proviantasche aus dem Haupthaus. „Kelwar hatte sie schon gepackt."

„Für drei Zehntage?"

„Kelwar ist noch immer ein Pferdelord", erinnerte sie ihn. „Wenn die Herrin die Losung gibt, wirft er sich den grünen Umhang um und nimmt Schild und Axt auf."

„Wie ein rechter Pferdelord", meinte Arkarim lächelnd.

„Du bist selbst ein rechter Pferdelord", neckte sie ihn.

„Ein Schwertmann und Scharführer", korrigierte er sie lachend und nahm die Proviantasche aus ihrer Hand.

„Brot, getrocknete Fleischstreifen und Käse.“ Etana leckte sich über die Lippen. „Das Fleisch habe ich selbst gewürzt, es wird dir munden.“

„Dessen bin ich mir gewiss.“ Er nahm sie in die Arme. „Doch nun muss ich eilen. Das Horn wird bald erklingen.“

So küssten sie sich, und Arkarim schwang sich auf sein Pferd und gab ihm die Zügel frei, um die Unterkünfte der Schwertmänner im Norden rechtzeitig zu erreichen.

Arkarim war nicht der Einzige, für den es an diesem Morgen Abschied zu nehmen galt. Jede Trennung war wohl schmerzlich, wenn man nicht wusste, ob der geliebte Mensch zurückkehren würde. Nedeam, Erster Schwertmann der Hochmark, hatte jedoch keine Frau des Pferdevolkes zum Weibe, sondern eine Elfin. Und die war keineswegs bereit, sich so einfach seinem Willen zu fügen.

Nedeam musste das erneut erkennen, als er seine Beine von der gemeinsamen Bettstatt schwang und Llaranya vor sich in der Schlafkammer sah, damit beschäftigt, die Pfeile ihres Köchers zu überprüfen. Ihm schwante Unheil, denn ihre elfische Klinge lag unmittelbar neben der seinen.

„Du hast doch nicht vor, mich nach Merdoret zu begleiten?“, fragte er die Stirn runzelnd und erhob sich von der Bettstatt.

„Auch dir einen wundervollen Morgen“, erwiderte sie und lächelte auf jene Art, der kaum ein männliches Wesen widerstehen konnte. „Natürlich werde ich dich begleiten.“

Nedeam räusperte sich und trat an die Waschschüssel. Das Wasser war eisig und vertrieb die letzten Schwaden seines Schlafes. „Natürlich wirst du das nicht tun“, brummte er.

„Ah ja, lass mich raten.“ Llaranya sah ihn mit kindlichem Augenaufschlag an und tat, als dächte sie angestrengt nach. Er hasste es, wenn sie damit anfing, denn meist lief es auf elfische Spitzfindigkeiten hinaus, gegen die er nicht ankam. „Als Frau des Pferdevolkes entspricht es meiner Aufgabe und eurer Tradition, mit sorgenvoller Miene daheimzubleiben und darauf zu hoffen, dass du gesund und mit Ruhm bedeckt zu mir zurückkehrst."

„So ist es, ja", bestätigte er. „Und ich weiß, was du dagegen einwenden willst."

„Schön, ich sage es dennoch." Ihr Blick verlor sichtlich an Sanftheit. „Ich bin zugleich eine Kriegerin des elfischen Hauses Deshay und verstehe mich auf Klinge und Bogen. Wir Elfen sind es gewohnt, einander beizustehen, und deshalb werde ich mit hinausreiten und dir den Rücken decken, wenn der Feind kommt."

„Ich weiß, wie gut du mit den Waffen umgehen kannst." Nedeam seufzte. „Weit besser als ich, wie ich eingestehen muss. Dennoch wirst du mich auf diesem Ritt nicht begleiten."

„Ich habe dich auch nach Jalanne begleitet."

„Diesmal ist es etwas anderes."

„Weil es nun ins Reich der Finsternis geht?"

Llaranya akzeptierte die Traditionen des Pferdevolkes, doch sie war nicht willens, ihnen sklavisch Folge zu leisten. Mit ihren fünfhundert Jahreswenden hatte sie noch genug von dem rebellischen Geist der Jugend in sich, um ihren Gemahl Nedeam immer wieder in Verlegenheit zu bringen. Vor allem weil es ihm schwerfiel, gegen ihre Worte zu argumentieren.

„Ich nehme die Besten der Schwertmänner mit", brummte er. „Arkarims Beritt, und du weißt, die Männer sind gut. Sie waren mit uns in Jalanne."

„Ja, sie sind gut", räumte sie ein. „Doch sie haben nicht meine elfischen Augen und Reflexe."

„Auch Lotaras und Leoryn bleiben in der Mark."

„Weil sie ihr Haus fertigstellen müssen."

„So ist es." Nedeam zuckte die Schultern. „Damit wird es an dir liegen, die gute Larwyn im Auge zu behalten."

Llaranya sah ihn abschätzend an. „Du glaubst, sie ist in Gefahr?"

„Garwin hat es einmal versucht. Er könnte es erneut versuchen."

„Das wird ihm nicht gelingen. Die Schwertmänner der Burg sind auf der Hut. Außerdem wachen Tasmund und der alte Scharführer Kormund über Larwyn."

„Die beiden sind nicht mehr die Jüngsten", wandte er ein.

Das helle Signal eines Horns unterbrach ihren Schlagabtausch.

„Die Männer erwachen", meinte Nedeam. „In einem Zehnteltag werden wir aufbrechen." Er sah, wie sie bestätigend nickte. „Und du wirst hierbleiben."

„Weil die Tradition es so will?"

Er wusste, dass ihm nur Offenheit helfen konnte. „Auch, aber das ist nicht der eigentliche Grund. Du weißt, wie sehr ich deine Fähigkeiten als Kämpferin schätze, doch wenn wir zusammen hinausreiten, würde ich mich um deine Sicherheit sorgen. Auf andere Weise als um die Sicherheit der Männer. Verstehst du das?"

Llaranya schwieg einen Moment, bevor sie langsam nickte. „Ja, das kann ich verstehen. Man sorgt sich umeinander und ist im Kampf weniger konzentriert."

„Also werden wir nicht zusammen hinausreiten." Er zog sie an sich und küsste sie.

„Schön, wie du meinst", willigte sie zögernd ein. Dann lächelte sie. „Du musst dich nun eilen, das Horn ist zum zweiten Mal erklungen."

Nedeam grinste erleichtert und beeilte sich damit, sich fertig anzukleiden und seine Rüstung anzulegen. Statt der hellen Stulpenhandschuhe aus dünnem Leder klemmte er sich zuletzt die mit Wolle gefütterten hinter den Waffengurt.

„Denke daran, die Fußlappen gut zu fetten", mahnte seine Gemahlin. „Wenn es kalt ist, kannst du die Hände bewegen, um sie warm zu halten, doch die Füße werden beim Reiten sehr rasch frieren."

„Wir sitzen regelmäßig ab und führen die Pferde. Da haben die Füße genug Bewegung."

„Nun, ich weiß, ihr Pferdelords kennt den Winter." Sie lächelte erneut. „So reite nun mit meinen besten Wünschen und kehre wohlbehalten zu mir zurück."

„Das werde ich", versicherte er, küsste sie erneut und verließ dann die Wohnräume, um in den Burghof hinunterzugehen, wo Tasmund und der alte Kormund sich ihm anschlossen.

Gemeinsam ritten sie zur nördlichen Anlage hinüber, wo sich Arkarims Beritt formierte. Ein wenig abseits der Männer verharrte die mächtige Gestalt von Fangschlag, eingehüllt in seine braune Kutte, deren Kapuze sein Gesicht verbarg. Beißer machte seinem Namen Ehre und versuchte Unruhe zu stiften, bis der Ork ihn mit einem kurzen Hieb zur Ruhe brachte.

Man machte nicht viel Aufheben von dem Abritt. Schließlich war es offiziell nur der Besuch einer anderen Mark. Noch ahnte kaum jemand von dem Krieg, der mit dem Winter heraufziehen mochte, und die wenigen Eingeweihten schwiegen.

Llaranya schritt den Gang im Obergeschoss entlang, um zum Signalturm hinaufzusteigen. Als sie an Larwyns Gemächern vorbeikam, trat die Herrin der Mark soeben aus der Tür. Die beiden Frauen nickten sich zu, und als sie erkannten, dass sie den gleichen Weg nahmen, lächelte Larwyn verständnisvoll. „Ihr reitet nicht mit ihm hinaus, Hohe Frau Llaranya?"

„Er will es nicht", entgegnete die Elfin.

Larwyns Lächeln vertiefte sich. „Die Tradition unseres Volkes. Es fällt dir schwer, das zu akzeptieren, nicht wahr?"

Sie schlugen von unten gegen die Bodenluke, und der wachhabende Schwertmann öffnete die Klappe. Nachdem er die beiden Frauen respektvoll gegrüßt hatte, trat er zur Seite, damit sie an die Brüstung treten und zum Vorfeld der Burg sehen konnten.

Die Sonne war nun aufgegangen, und der Beritt sah im frühen Licht prachtvoll aus. Die Pferde waren sorgfältig gestriegelt, und ihre Felle schimmerten sanft, das Metall der Rüstungen und Waffen blitzte, und die Farben der Kleidung und Umhänge leuchteten.

„Scharführer Arkarim hat seinen Beritt ordentlich herausgeputzt", meinte Larwyn. „Gerade so wie es sich für einen Freundschaftsbesuch gebührt."

„Doch jenseits von Merdonan wird der Empfang weit weniger freundlich sein", stellte Llaranya fest.

„Sie werden versuchen, dem Feind nicht zu begegnen. Ihre Aufgabe ist es, Merdoret zu erkunden. Wir wollen den Herrn der Finsternis nicht zu früh aufscheuchen."

Die beiden Frauen winkten, als der Beritt in tadelloser Viererformation antrabte und vor der Burg vorbeiritt. Er folgte der Straße, die durch Eternas hindurch nach Süden führte.

„Der große Kerl in der braunen Kutte auf dem riesigen schwarzen Pferd ist Fangschlag", meinte Llaranya.

Larwyn lächelte. „Ich weiß. Jeder in Eternas kennt ihn mittlerweile. Aber es wird besser sein, wenn er sich vor den Bewohnern der anderen Marken unter seiner Kutte versteckt. Viele würden in ihm nur die Bestie sehen."

„Vertraut Ihr ihm?"

„Nedeam tut es", sagte die Herrin der Hochmark sanft. „Und meinem Ersten Schwertmann vertraue ich in jedem Fall."

„Was hat Fangschlag da für einen großen Sack am Pferd?"

„Ich weiß es nicht. Es muss etwas Wichtiges darin sein, wenn er ihn mit sich schleppt."

Als die Männer ihren Blicken entschwunden waren, wandte Larwyn sich der Elfin zu. „Nun, meine elfische Freundin, wann werdet Ihr Euer Pferd satteln?"

Larwyn hatte oft genug zugesehen, wie ihr geliebter Mann Garodem hinausgeritten war. Sie kannte daher die Gefühle, die eine zurückbleibende Frau bewegten, und sie war einfühlsam genug, um in das Herz des elfischen Wesens zu blicken.

Llaranya erwiderte das Lächeln. „In einer Tageswende. Mein Pferd ist schnell, und ich will Abstand halten."

Schließlich hatte sie Nedeam nur zugesichert, nicht zusammen mit ihm hinauszureiten. Er hatte ihr nicht verboten, ihm später zu folgen.

10

Der Turm erhob sich inmitten einer Insel, die von den Anlegestellen und Werften der alnoischen Flotte umgeben war. Dem schlanken Bau benachbart waren von Säulen getragene Gebäude und Grünflächen. Geschwungene Brücken führten über den großen Kratersee hinweg zu dessen Rand. Hier schmiegten sich die Häuser der Stadt an die steil aufragenden Felswände, die vor unendlichen Zeiten bei der verheerenden Eruption eines Vulkans entstanden waren. In der Stadt dominierte der weiße Stein, den die Bauherren des Reiches bevorzugten, weshalb man sie auch die Weiße Stadt nannte. Es war Alneris, die Hauptstadt des Königreiches von Alnoa.

Der Turm schien alles zu beherrschen, er überragte selbst die Kraterwände mit ihren Festungswällen und Dampfkanonen. Bei seiner enormen Größe wirkte er trotz seines beträchtlichen Durchmessers schlank und filigran. An seiner Spitze endete der Turm in der metallenen Schüssel, in der das Signalfeuer der Stadt entzündet werden konnte.

Hier wirkten König und Hoher Kronrat des Reiches von Alnoa.

„Der Hochgeborene Venval ta Enros, Ajon und Gebieter des Reiches", kündigte der Bedienstete an und stieß den Zeremonienstab fest auf den polierten Steinboden.

Die Männer und Frauen des Hohen Kronrates von Alnoa erhoben sich und machten die vorgeschriebene Ehrenbezeugung. Bei einigen Ratsmitgliedern zeigte sich der tiefe Respekt vor der Person des Königs, bei anderen beschränkte sich die Geste auf ein Maß, das geradezu an Unhöflichkeit grenzte. Venval ta Enros war im Volk und bei der Garde sehr beliebt, bei den Hochgeborenen des Reiches und im Rat hingegen hatte er auch Neider und Widersacher. In dem Gremium besaß der König zwar Sitz und Stimme, doch die Beschlüsse mussten mehrheitlich gefasst werden.

Daik ta Enderos folgte dem König im vorgeschriebenen Abstand von zwei Schritten. Nahe genug, um ihm seine Beobachtungen zuraunen zu können. „Der Hohe Kronrat ist fast vollzählig versammelt, Majestät."

„Kein gutes Zeichen", murmelte der Ajon. „Unsere Gegner haben alle aus ihren Reihen zusammengerufen, und das bedeutet, dass sie es uns nicht leicht machen wollen."

„Es ist diesem verfluchten ta Andarat sicherlich schwergefallen, sich aus den Armen seiner Liebesdienerinnen zu lösen", knurrte der Gardekommandeur verächtlich.

„Mehr Respekt, mein guter ta Enderos, mehr Respekt." Der König lächelte unmerklich. „Du sprichst von einem respektablen Mitglied des Hohen Kronrats, der Stütze unseres Reiches."

„Einige von denen sägen eifrig an allem, was unser Reich noch stützt. Ich wollte, sie würden einmal für eine Jahreswende in den Grenzfesten dienen. Dann würden sie anders denken."

„Sie sind nicht alle träge und habgierig", wisperte Venval. „Eigentlich sind das nur wenige von ihnen."

„Und die werden ihre Stimmen am lautesten erheben."

Daik ta Enderos verharrte nach dreißig Schritten, während der König langsam weiterging bis zur Mitte des großen Saals, der sich in der Mittelebene des Turms befand. Wenn man an eines der Fenster des kreisförmig geschnittenen Raums trat, hatte man von dort einen hervorragenden Ausblick über den zentralen Hafen und die ihn umgebende Stadt.

Die Ratsmitglieder warteten, bis der König auf seinem Podest Platz genommen hatte, dann setzten sie sich auf ihre steinernen Bänke. Diese wirkten schlicht und unbequem, aber viele Ratsmitglieder hatten gestickte Kissen als Polster, und unten im Turm brannten die Feuer, deren Wärme über Rohre bis in den Boden und die Bänke des Ratssaales geleitet wurde. Die Bänke waren in zwei hintereinander angeordneten Halbkreisen aufgestellt, die von dem Gang geteilt wurden. Die Rückseite des Saals, hinter dem Podest des Königs, wurde von einer riesigen Karte des Reiches eingenommen. Das Podest selbst stand inmitten eines farbigen Mosaiks, das den Wappenschild Alnoas darstellte.

„Der Hohe Kronrat des Reiches wurde einberufen auf Wunsch des Hochgeborenen Venval ta Enros, Ajon und Gebieter des Reiches", begann der Vorsitzende des Rates. Er klopfte mit einer verkleinerten Ausführung seines Zeremonienstabes an die Lehne seiner Sitzbank. „Die Hochgeborenen Mitglieder des Rates sind seinem Wunsch gefolgt und nun bereit zu hören."

„Hört, hört", kam das zustimmende Gemurmel der Ratsmitglieder.

Der König erhob sich und begann darzulegen, welchen Plan er und Daik ta Enderos gefasst hatten, um den Krieg nach Cantarim zu tragen. Gelegentlich gab es eine geflüsterte Bemerkung in den Reihen der Zuhörer, doch die Tradition verlangte es, dem Redner das Wort zu lassen, bis er geendet hatte oder der Vorsitzende es ihm entzog, was selten vorkam. Meist reichte es aus, wenn der Vorsitzende demonstrativ gähnte, um den Vortragenden darauf hinzuweisen, dass er langsam zum Ende kommen möge. Aufgrund seines meist hohen Alters war es allerdings hin und wieder auch geschehen, dass der ehrenwerte Vorsitzende einfach eingeschlafen war, unabhängig vom Inhalt einer Rede.

Gardekommandeur Daik ta Enderos stand hinter den Reihen der Ratsmitglieder und konnte deren Gesichter kaum sehen. Aber er hatte schon gelegentlich an solchen Versammlungen teilgenommen und wusste, wo jeder der Hochgeborenen saß. So achtete er auf die Körperhaltung und Gestik der Männer und Frauen, um einen Eindruck von der Stimmungslage zu erhalten. Seine Aufmerksamkeit galt vor allem einem, dem Hochgeborenen Welbur ta Andarat, dem Wortführer jener, die dem König und der Garde kritisch gegenüberstanden.

Und tatsächlich war es dieser, der dem König auf unerhörte Weise ins Wort fiel.

„Lassen wir die Schnörkel und kommen zur Sache", rief der Hochgeborene mit schneidender Stimme. „Der König will das Volk von Alnoa in einen Krieg stürzen. Einen Krieg, der nicht von Nutzen ist und nur Unglück über das Volk bringen wird."

Es gab erregtes Stimmengewirr. Zum einen wegen der Ungeheuerlichkeit ta Andarats, dem König ins Wort zu fallen, und zum anderen, weil nun das Wort „Krieg" im Raume stand.

Während Daik ta Enderos vor Wut kochte und die Hand unbewusst um den Griff seines Schwertes legte, wartete der König eine Weile und beobachtete die verschiedenen Ratsmitglieder. Eigentlich hatte er äußerlich nicht viel von einem ruhmvollen Krieger, sondern wirkte mehr wie jemand, der in den Handelshäusern die Bücher führte. Aber schon mancher hatte sich in dem schmächtigen Herrscher getäuscht. So hörte ta Enros dem Disput in Ruhe zu und verschaffte sich einen ersten Überblick über die Stimmung im Hohen Kronrat. Ta Enderos hatte recht, es sah nicht gut aus für ihren Plan.

„Hochgeborene Mitglieder des Hohen Kronrates", sagte der König schließlich mit mäßig erhobener Stimme. „Seit den Zeiten des Ersten Bundes steht unser Reich im Krieg mit dem Schwarzen Lord der Finsternis und seinen Legionen von Orks. Immer wieder versuchen die Bestien unsere Grenzfestungen zu erstürmen und in unser Land vorzudringen. Dank der Standhaftigkeit der Garde ist es ihnen nur ein einziges Mal gelungen."

„Wir haben die Schlacht vor den Toren unserer Stadt nicht vergessen, Hochgeborener. Aber nun steht die Garde fest und hält die Grenzfestungen wieder", rief ein Anhänger ta Andarats. „Die Mauern schützen sie. Doch wenn die Garde hinausmarschiert, verliert sie diesen Schutz."

„Die Garde versteckt sich nicht vor den Bestien", konnte sich Daik ta Enderos nun nicht länger beherrschen.

„Natürlich nicht", hielt Welbur ta Andarat dagegen. „Wir alle wissen um den Ruhm der Garde und ihre Verdienste um das Reich. Doch sagt, Hochgeborener ta Enderos, würde ein Kampf gegen die Bestien ohne Verluste vonstattengehen?"

„Natürlich nicht", knurrte ta Enderos.

„Natürlich nicht", wiederholte ta Andarat und strich sich geziert über den Oberlippenbart. „Die Garde würde also bei diesem Abenteuer geschwächt. Und das zu einem Zeitpunkt, da wir die Anzahl der Regimenter reduzieren müssen, um die Schüsselchen dem Wohl des Volkes zukommen zu lassen."

„Ihr setzt die Sicherheit des Reiches aufs Spiel!", rief der Gardekommandeur nun erregt. „Nur um dem Volk von Alneris noch mehr Spiel und Belustigung zu bieten!"

„Im Schutz der Grenzfestungen und der Garde sind die Städte und Höfe sicher", erwiderte ta Andarat und blickte wie gelangweilt zur Decke des Saals empor. „Warum also nicht das Volk mit Spiel und Belustigung erbauen?" Der Hochgeborene sah ta Enderos an. „Doch ich sehe wohl, dass Euer Ansehen im Volke schwinden könnte, wenn die Garde sich nicht erneut mit Ruhm behaftet."

Ta Enderos war einen für Moment sprachlos. „Ruhm und Ansehen? Darum geht es hier nicht. Wahrhaftig, wenn der König zu entscheiden hätte, würde die Garde längst marschieren und …"

„In der Tat, das würde sie", sagte ta Andarat mit ätzender Stimme. „Dessen bin ich mir gewiss." Er wandte sich mit theatralischer Geste an die anderen Ratsmitglieder. „Verehrte Hochgeborene des Hohen Kronrates, bedenkt, was wir hier gerade erleben.

Unser geschätzter König und sein Gardekommandeur erwarten, dass wir uns in einen Krieg stürzen. Erinnert Euch an die Geschichte der alten Reiche. Jener Reiche, die durch ihre Könige in den Krieg getrieben wurden und nun vergangen sind. Unser Reich hat als Einziges noch Bestand, und das aus gutem Grund. Die Macht über Wohl und Wehe Alnoas liegt nicht ausschließlich in den Händen des Königs, sondern in denen des Hohen Kronrates." Er deutete auf Venval ta Enros. „Nur in Zeiten des Krieges ist die Macht des Ajons uneingeschränkt. Ich frage mich wahrhaftig, warum der König uns in das Abenteuer eines Krieges drängen will, obwohl dazu keine Notwendigkeit besteht. Vielleicht behagen ihm manche Beschlüsse des Hohen Kronrates nicht?"

„Das ist eine böswillige Unterstellung", rief ein Anhänger des Königs.

„Es ist eine Frage", korrigierte ta Andarat kalt. „Und ich erwarte eine angemessene Antwort des Hochgeborenen ta Enros. Nicht als König, sondern als Mitglied des Rates."

„Ich will sie Euch an seiner statt geben." Die Stimme war nicht besonders laut, und doch fuhren alle Anwesenden zum Eingang des Saales herum. „Ich gebe sie Euch nicht als Mitglied des Rates. Ich gebe sie Euch als Frau des Volkes von Alnoa."

Die Gestalt im Eingang hätte eine Frau von vollkommener Schönheit sein können, aber jeder wusste, welch furchtbare Narben der zarte Schleier vor ihrem Gesicht verbarg. Vor Jahren war sie bei einem Jagdausflug von einem Pelzbeißer angefallen und entstellt worden. Der Prankenhieb hatte ihr das halbe Gesicht zerfetzt. Obwohl die Wunden verheilt waren, litt die Frau unter den Entstellungen. Dennoch zog sie sich nicht zurück. Das Volk liebte sie innig, denn die Ajona des Reiches hatte es sich zur Herzensaufgabe gemacht, den Bedürftigen und Kranken beizustehen.

„Die Hochgeborene Teala ta Enros, Ajona des Reiches",

kündigte der Bedienstete an der Tür an, ein wenig verstimmt, da die Hochgeborene ihm zuvorgekommen war, und stieß den Zeremonienstab auf den Boden.

Teala nickte Daik ta Enderos und den Ratsmitgliedern zu, während sie nach vorn schritt und neben ihren Gemahl trat. Dieser nickte dem Vorsitzenden zu.

„Das Wort hat die Hochgeborene Ajona des Reiches", verkündete der alte Mann. „Hört, hört."

„Hört, hört", stimmten die Ratsmitglieder ein, und Welbur ta Andarat biss sich wütend auf die Unterlippe. Die Ajona hatte keinen Sitz und keine Stimme im Rat, und doch würde niemand ihr verweigern, sich zu Wort zu melden. Dazu wurde sie zu sehr respektiert.

„Ich will die Frage des Hochgeborenen ta Andarat beantworten", sagte die Ajona mit sanfter und zugleich fester Stimme. „Die Frage nach dem Sinn dessen, was mein Gemahl und der geschätzte Hochgeborene ta Enderos Euch soeben vorschlugen." Sie erhob ihre Stimme unmerklich. „Die Frauen unter uns wissen um die Gnade der Geburt und wie viele Jahre es dauert, aus einem Knaben einen Mann reifen zu lassen. Wir wissen nicht sonderlich viel über die Orks, doch wir wissen, dass sie als fertige Kämpfer aus den Brutbeuteln schlüpfen und dass ihre Würfe zahlreich sind. Ein schier unendlicher Strom von Bestien, der uns zu überschwemmen droht. Ein jeder unserer toten Gardisten reißt eine schmerzliche Lücke. Die Orks hingegen füllen ihre Lücken augenblicklich wieder auf. Ja, sie verstärken ihre Reihen noch, und ihre Zahl wird von Jahreswende zu Jahreswende bedrohlicher. Ein paar von ihnen auf dem Schlachtfeld zu erschlagen schwächt sie nicht sonderlich. Aber wenn man eine ihrer Brutstätten vernichtet, wäre das ein Schlag, der das Reich der Finsternis im Herzen treffen würde."

„Die Zahl der Bestien ist groß, das leugnet niemand",

wandte ta Andarat ein und spürte unbehaglich, dass sich die Sympathien dem Plan des Königs zuneigten. „Wie können wir da riskieren, die Grenzfesten und Städte durch den Abzug von Gardisten zu schwächen? Während die Garde nach Merdoret marschiert, könnten die Orks von Süden in unser Reich einfallen. Wir können die Grenzen nicht ungeschützt lassen!"

„Das ist wahr", meldete sich ein Hochgeborener zu Wort. „Die Grenzen müssen geschützt bleiben."

„Im Winter sind die Orks fast unbeweglich", argumentierte ta Enderos. „Da führen sie keinen Krieg, sondern bleiben in ihren warmen Bruthöhlen."

Ta Andarat lachte leise. „Das wissen wir nicht, denn wie die Hochgeborene Ajona selbst erwähnte, sind unsere Kenntnisse über die Bestien gering. Könnt Ihr garantieren, dass sie im Winter nicht kämpfen, Hochgeborener ta Enderos?"

„Nein", räumte dieser widerwillig ein.

Ein anderer erhob sich und bat um das Wort. „Ich schlage vor, die Stadtgarden und die Fußgarden auf ihren Posten zu belassen. Wie der König darlegte, wird das Pferdevolk an unserer Seite stehen. Da erscheint es mir angemessen, dass unsere Gardekavallerie den Schlag gegen die Brut der Finsternis führt."

„Hört, hört", vernahm man zustimmendes Gemurmel.

Daik ta Enderos empfand Enttäuschung. Der Hohe Kronrat konnte sich nicht dazu durchringen, die Truppen des Reiches zu mobilisieren. Die freiwilligen Garden der Städte und die Fußtruppen würden die Grenzen des Reiches nicht überschreiten. Nicht das, was sich ta Enderos und der König erhofft hatten. Aber immerhin würde die Gardekavallerie in Marsch gesetzt werden. Eine schnelle und schlagkräftige Truppe, besonders im Verbund mit den Pferdelords. Das gab ihm Hoffnung, dem Schwarzen Lord einen wirklich schmerzlichen Hieb verpassen zu können.

11

Pferdefürst Bulldemut war noch in Enderonas und nahm am Rat der Pferdefürsten teil. So wachte der Erste Schwertmann Mor über die Ostmark und ihre Hauptstadt Merdonan, als Nedeam mit Arkarims Beritt und dem vermummten Fangschlag dort eintraf. Die Begrüßung am Stadttor war herzlich, nur der Anblick des Orks ließ Mor ein wenig zusammenzucken.

„Es wäre gut, wenn niemand seine Anwesenheit bemerkte“, meinte er zögernd. „Sein Anblick würde Unruhe hervorrufen. Schließlich ist er … ungewöhnlich.“

Das Rundohr blickte unter seiner Kapuze hervor und bleckte die Fangzähne. „Alle Rundohren sind groß und stark. Aber du hast recht, Menschenwesen mit dem dunklen Haar. Fangschlag ist ein ungewöhnlich großer und starker Krieger.“

„Gewiss“, sagte Mor rasch. „Doch für die meisten Menschen des Pferdevolkes ist ein Rundohr zunächst eine Bestie. Nichts für ungut, Fangschlag, ich weiß, welch hohe Meinung Nedeam und andere von dir haben, doch den Bewohnern Merdonans ist die Schlacht, die um unsere Stadt tobte, noch gut in Erinnerung.“

Fangschlag nickte würdevoll. „Gute Schlacht. Fangschlag kämpfte gegen die Pferdereiter und den Pferdelord Dorkemunt. Ein ehrenhafter Kampf.“

„Das war es“, stimmte Nedeam zu und legte dem Ork die Hand an den Arm. Beißer versuchte prompt, Nedeams Duramont zu zwicken, doch der erwies sich als schneller und wich aus. Nedeam hatte ein wenig Mühe, sein Pferd im Zaum zu halten, während er weitersprach. „Doch Mor hat recht, es ist besser, wenn man nicht sieht, wer da in unserer Mitte in die Stadt einreitet.“

Fangschlag war es gewohnt, bei den Menschen auf Ablehnung zu stoßen. Zu tief verwurzelt war der alte Hass. Einige mochten ihn tolerieren, doch für die meisten würde er stets die Bestie bleiben. Auch seine eigenen Instinkte erinnerten ihn immer wieder daran, dass er aus dem Brutbeutel geschlüpft war, um die Menschenwesen zu schlachten, statt an ihrer Seite zu kämpfen. Einohrs Hinterhältigkeit war schuld daran, dass er die Seiten gewechselt hatte. Er musste sterben, danach würde man weitersehen. Doch bis es so weit war, würde Fangschlag fest zu seinem gegebenen Wort stehen und die Waffe nicht gegen die Menschen erheben. Wenigstens nicht als Erster.

„Gut“, stimmte das Rundohr zu. „Fangschlag wird sich in die Kapuze hüllen und sich bedeckt halten. Ist bei dieser Kälte ohnehin besser.“

Sie ritten weiter bis zur alten Ostwache, saßen ab, und während der Beritt die Pferde versorgte, folgten Nedeam und Fangschlag Mor ins Amtszimmer des Pferdefürsten.

„Die Kälte ist ungewöhnlich zu dieser Jahreszeit. Die Weißen Sümpfe sind vom Abend bis zum späten Vormittag gefroren“, sagte Mor und deutete auf die Karte. „Lange genug also, dass Ihr sie überqueren könnt. Doch Ihr müsst sehr vorsichtig sein. Das Eis mag hier und da zu dünn sein. Wir haben in Ufernähe ein Hornvieh darübergetrieben, und es hat gehalten. Aber Ihr wisst selbst, wie trügerisch das Eis sein kann. Immerhin scheint der Winter wirklich hart zu werden. Gute Voraussetzungen für uns.“

„Nur wenn wir Merdoret als Stützpunkt nutzen können. Und wir einen Weg nach Cantarim finden, auf dem wir mit den Dampfkanonen der Alnoer unentdeckt bleiben“, schränkte Nedeam ein. „Der erste Schnee ist gefallen, aber noch hat die

Sonne Kraft genug, ihn zu schmelzen."

„Noch einen oder zwei Zehntage, und er wird liegen bleiben", versicherte Mor. „So wie sich die Kälte entwickelt, mag das auch schon früher der Fall sein."

Nedeam nickte und warf einen Blick auf Fangschlag. „Ich habe mich entschlossen, den Beritt in Merdonan zu lassen und den Pass von Merdoret nur mit Fangschlag zu erkunden. Zwei Reiter werden nicht so rasch entdeckt wie ein ganzer Beritt."

Mor schürzte die Lippen. „Aber sie werden rascher überwältigt."

Nedeam lachte freudlos. „Wenn uns die Orks entdecken, spielt es keine Rolle, ob wir zu zweit oder zu hundert sind. Dann werden sie vorgewarnt sein und wissen, dass wir ihr Land bestreifen. Nein, Mor, es kommt darauf an, dass wir unbemerkt bleiben."

Der Erste Schwertmann der Ostmark seufzte unbehaglich. „Es missfällt mir, Nedeam, doch Ihr habt wohl recht. Wann wollt Ihr aufbrechen?"

„Sobald die Sümpfe wieder zugefroren sind."

„Die Nacht wird sternenklar sein, dennoch ist es sehr gefährlich, im Dunkeln aufzubrechen. Wenn Ihr den Weg verliert oder das Eis einbricht, dann seid Ihr verloren."

Nedeam lächelte. „Ich werde vorausgehen. Fangschlag wird folgen."

„Fangschlag ist ein Krieger", brummte dieser. „Fangschlag geht vorn."

Nedeam schüttelte den Kopf. „Ich bin leichter als du und werde prüfen, ob das Eis uns trägt. Außerdem bist du groß genug und kannst über mich hinwegschauen."

Der Ork grunzte und zeigte seine Fänge. „Gut. Dem stimme ich zu. Aber dann gehe ich im Reich des Allerhöchsten voraus." Sein Grinsen wurde breiter. „Im Land der Orks fällt ein Ork weniger auf."

„So sei es“, seufzte der Erste Schwertmann der Hochmark. „Sagen wir Arkarim Bescheid, dass er hier auf unsere Rückkehr warten soll.“

Fangschlag nickte. „Das wird ihm nicht gefallen. Auch Arkarim ist ein guter Krieger.“

Nein, es gefiel weder Arkarim noch den Schwertmännern, Nedeam und den Ork allein reiten zu lassen, doch der Entschluss stand fest.

Nach einer unruhigen und kurzen Nacht brach Nedeam mit Fangschlag auf, begleitet von den besten Wünschen der Zurückbleibenden. Da sie davon ausgingen, im Reich des Schwarzen Lords keine Nahrung für die Pferde zu finden, hatten sie zusätzliches Futter dabei. Hinter Fangschlags Sattel türmten sich Taschen und Säcke, zumal er noch immer den geheimnisvollen Beutel aus der Hochmark mit sich führte, über dessen Inhalt er eisern schwieg. Nedeam hätte gern mehr über diese Last erfahren, doch die Höflichkeit verbot es ihm, Fangschlag danach zu fragen.

Die Weißen Sümpfe begannen nur wenige Hundertlängen von der Stadt entfernt. Es gab in ihnen einige Quellen, doch hauptsächlich wurden sie vom Fluss Rorin gespeist, der in den Versteinerten Wäldern entsprang und bei der alnoischen Stadt Mintris in den Genda mündete. Das Sumpfgebiet war weit und flach und bildete ein Mosaik aus Wasserflächen und Boden. Doch dieser Boden konnte täuschen und den Ahnungslosen, der ihn betrat, in die Tiefe ziehen. Eigentlich war es unmöglich, festen Grund von tückischem Sumpfmorast zu unterscheiden. Es gab einen Pfad, der durch die Sümpfe führte, doch er war nur einer Handvoll Männern bekannt, und niemand hatte ihn in den letzten Jahren genutzt. Inzwischen konnte er sich verändert haben, denn der Sumpf war trügerisch und der Weg nicht markiert, damit der Feind ihn nicht fand. Schilf und andere Pflanzen wucherten üppig, sie wirkten allerdings kraftlos und blass.

Die Weißen Sümpfe waren tote Sümpfe. Abgesehen von Nedeam und Fangschlag mit ihren Pferden schien sich hier kein Leben zu regen. Keine Insekten waren zu hören, keine Fische huschten im Wasser umher. Gelegentlich war ein leises Blubbern und Schmatzen zu hören, wenn unterirdische Gase sich ihren Weg nach oben bahnten.

„Du musst auf dem Eis bleiben und es prüfen“, mahnte Fangschlag.

Es gab nicht viel, was diesen Ork beunruhigen konnte, doch die Sümpfe gehörten offenbar dazu. Nedeam konnte es gut verstehen, denn von ihnen ging etwas Unheimliches aus. Zur Zeit des Ersten Bundes hatte hier eine Schlacht zwischen Menschen und Orks getobt. Tausende von Leben waren damals vergangen, und überall fanden sich die Spuren dieses Kampfes, die auf furchtbare Weise erhalten blieben.

Ein leichter Nebel wallte über dem Sumpf. Er war kaum eine Handspanne hoch, und Nedeam war froh über diesen Dunst, der über dem offenen Wasser hing und anzeigte, wo es nicht gefroren war. Der Nebel verbarg viel von dem Grauen, das sich in den Tümpeln hielt. Während die beiden ihre Pferde am Zügel führten und behutsam vorwärtsschritten, stießen ihre Füße gelegentlich gegen alte Rüstungsteile und Waffen. Die Leiber derer, denen sie einst gehört hatten, waren längst zerfallen. Zumindest die von jenen, die das Glück gehabt hatten, außerhalb des verfluchten Wassers zu sterben. Die anderen würden dort wohl bis in alle Ewigkeit liegen.

Sie kamen an einer Stelle vorbei, an der die Eisschicht nur sehr dünn war. Dicht unter der Oberfläche lag der Körper eines Mannes, der vor vielen Jahrtausenden gefallen war. Sein Leib und seine Bekleidung waren vollständig erhalten. Nur ein Teil des Schädels hatte über die Wasserfläche hinausgeragt, und dieser Teil war zusammen mit dem Helm zerfallen. Nedeam schauderte zusammen, und Fangschlag stieß ein seltsames Knurren aus.

„Eine große Schlacht und viele Tote", brummte der Ork. „Viele Menschen und viele Orks. Verdorbenes Fleisch, Pferdemensch Nedeam. Obwohl es noch so saftig aussieht, ist es ungenießbar."

Der Erste Schwertmann erschauerte erneut. Er wusste, dass auch Fangschlag schon Menschenfleisch gegessen hatte. Orks fraßen sogar ihresgleichen. Fleisch, egal von wem es stammte, war für sie nur ein Nahrungsmittel. Nedeam hatte mit dem Rundohr nie darüber gesprochen, denn er wusste, dass dies die Sympathien, die er für ihn empfand, deutlich schmälern würde.

Auf ihrem vorsichtigen Marsch verloren sie beide das Zeitgefühl. Die Sümpfe schienen sich endlos zu dehnen. Im Sternenlicht war schwach die Silhouette der alten Ostwache zu erkennen und ihr gegenüber der keilförmige Einschnitt, der die Gebirgsmassive des Noren-Brak und des Uma'Roll trennte. An diesen Landmarken konnten sie sich orientieren, doch die eine schien sich nicht zu entfernen und die andere nicht näher zu kommen.

Irgendwann stießen sie auf ein Rundohr, das im trügerisch seichten Wasser des Sumpfes lag, und Fangschlag verharrte für einen Moment. „Einer von der Blutkralle", sagte er. „Meine alte Legion, mit der ich nach Merdonan und auch nach Rushaan marschiert bin. Der dort stürzte von einem der hölzernen Stege, die wir über die Sümpfe legten."

„Das Wasser ist nicht tief", stellte Nedeam fest.

„Es hält fest, was es einmal gepackt hat." Das Rundohr legte die Hand nervös um den Griff seines Schlagschwertes. „Lässt es nicht mehr los. Ist nicht gut, wenn man hineinstürzt."

„Nein, sicher nicht", murmelte Nedeam. „Ich hoffe nur, diese verdammten Sümpfe liegen bald hinter uns."

„Ich weiß es noch genau, wie dieser Krieger fiel." Fangschlag schlug die Kapuze seiner Kutte nach hinten und kratzte sich im Nacken. „Wir haben nun zwei Drittel des Weges hinter uns. Mit dem ersten Sonnenlicht erreichen wir festes Land."

Ihre Schritte knirschten auf dem gefrorenen Boden. An einigen Stellen war das Eis dick und tragfähig, an anderen nur hauchdünn. Nedeam stocherte mit seiner Stoßlanze vor sich, bevor er seine Füße setzte. Zwei- oder dreimal war ihm der Schreck in die Glieder gefahren, als der Boden unter ihm nachgab und nur Fangschlags rascher Griff ihn rettete. Die Pferde schienen da ein besseres Gespür zu haben, aber auch sie wirkten unruhig und tappten vorsichtig hinter ihren Reitern her. Selbst Beißer unterließ seine üblichen Versuche, sich bei Nedeam und dessen Hengst Duramont unbeliebt zu machen.

Die Gipfel der vor ihnen liegenden Gebirge versanken in stumpfem Grau, und die Nebel wurden langsam dichter.

„Es wird bald Tag", meinte Nedeam.

„Und es wird wärmer", brummte Fangschlag. „Das ist gut. Es ist kalt."

„Wenn die Sonne aufsteigt, verdichtet sich der Nebel." Nedeam strich sich unsicher über das Kinn. „Dann werden wir kaum noch sehen, wohin wir unsere Füße setzen."

„Also beeilen wir uns." Fangschlag bleckte die Fänge. „Wenn es hell ist, kann man uns leicht sehen."

„Meinst du, sie haben Wachen am anderen Ufer aufgestellt?"

Fangschlag zuckte in menschlicher Geste die Schultern. „Man sollte es eigentlich tun. Aber es ist kalt. Vielleicht erst später, wenn die Sonne höher gestiegen ist."

Aufgrund von Fangschlags Schilderungen war Nedeam bislang davon ausgegangen, dass die Orks die andere Seite der Weißen Sümpfe nicht bewachten und man sie erst am Pass erwarten musste. Die Worte des Rundohrs machten den Ersten Schwertmann nun unsicher. Wie zuverlässig war sein Kampfgefährte wirklich? In der Schlacht gegen die Magier von Lemaria war er tapfer und treu gewesen, doch nun ging es gegen seine eigenen Leute. Vielleicht empfand er es als Verrat, zu viel von seinem Wissen preiszugeben? Oder wusste er tatsächlich nicht, was sie im Land des Schwarzen Lords erwartete?

„Bis Einohr geschlachtet ist“, murmelte Fangschlag unvermittelt. „Dein Rücken ist sicher.“

Nedeam wusste, was das Rundohr damit meinte. Dennoch war er nicht besonders erleichtert. Würde sich Fangschlag ohne Zögern gegen ihn wenden, wenn Einohr erst bezwungen war? Nedeam hoffte inbrünstig, dass sie dem hinterhältigen Spitzohr nicht begegnen würden. Die Vorstellung, von einem Augenblick zum nächsten das Rundohr wieder zum Feind zu haben, gefiel ihm überhaupt nicht.

„Beeilen wir uns“, sagte Nedeam seufzend. „Vielleicht erreichen wir das Ende der Sümpfe noch vor Tagesanbruch.“

Sie schafften es. Die Sonne erhob sich gerade über den Gipfeln und tauchte alles in einen rötlichen Schein, der die Sümpfe wie mit Blut überzog. Aber sie hatten festen Boden unter den Füßen und waren beide erleichtert, als sie eine kurze Rast einlegen und hastig eine bescheidene Mahlzeit hinunterschlingen konnten. Von der Fangschlags stieg ein durchdringender Geruch auf, als er sie vorsichtig aus dem Öltuch wickelte.

Das Rundohr bemerkte Nedeams missbilligenden Blick. „Hat mir Arkarim besorgt. Guter Mann. Und gutes Fleisch.“

„Es riecht schon ein wenig streng“, brummte Nedeam.

„Dann schmeckt es am besten. Etwas roh und blutig und ein paar Tageswenden alt.“ Der Ork schlug seine Fänge in das

Fleisch und riss einen kräftigen Bissen heraus. „Aber nicht zu alt, Nedeam, dann schmeckt es nicht mehr." Er schmatzte genüsslich. „Das hier ist genau richtig. Das Mahl eines Kriegers."

Nedeam wandte seinen Blick ab. Er blieb doch lieber bei seinen getrockneten Fleischstreifen. Meist aß Fangschlag allein, und das aus gutem Grund. Seine Tischsitten waren für einen Menschen doch sehr gewöhnungsbedürftig.

„Wird der Pass bewacht?"

Fangschlag riss erneut einen Bissen aus dem Stück Fleisch und musterte den Einschnitt zwischen den Bergen. „Niemand geht durch die Weißen Sümpfe. Selbst wir Orks haben es nur einmal gewagt. Damals hatten wir Graue Wesen bei uns und den Schutz ihrer Zauberkräfte. Menschen gehen nicht durch die Sümpfe."

„Also wird er nicht bewacht?"

Das Rundohr stieß ein heiseres Lachen aus. „Natürlich wird er bewacht. Orks sind Krieger und nicht dumm. Aber die Wachen werden am Ende des Passes postiert sein, auf der entgegengesetzten Seite. Dort wo der Pass noch schmal genug ist und man ihn gut überblicken kann. Weiter auf Merdoret zu. Man findet dort noch Holz für Feuer. Die Wache wird ein Feuer brauchen. Es werden auch nicht viele Wachen sein. Jetzt noch weniger." Er leckte sich die Klauen ab. „Wenn es kalt wird, halten immer nur wenige Wache. Warum sollen mehr frieren als nötig?"

„Können wir uns um sie herumschleichen?"

Fangschlag nickte. „Man kann am Grund des Passes gehen, aber weiter oben gibt es einen schmalen Pfad. Als die Legionen gegen Merdonan marschierten, haben wir ihn ebenfalls benutzt. Er ist gefährlich. Mancher der Krieger ist abgestürzt."

„Ist er für Pferde geeignet?"

„Wenn man sie am Zügel führt, ja. Aber vorsichtig, damit es

keinen Absturz gibt." Fangschlag warf einen Blick auf den tiefschwarzen Beißer. „Wenn Beißer fällt, dann hoffentlich nicht tief. Wäre schade um das gute Fleisch."

Auch im Pferdevolk aß man das Fleisch der Pferde. Doch man achtete streng darauf, nicht das des eigenen Tieres zu essen. Fangschlag sah dies mit dem Pragmatismus eines Orks.

„Schön, nehmen wir den Pfad. Wirst du ihn wiederfinden?"

„Fangschlag findet ihn."

Der Pass von Merdoret war an der Merdonan zugewandten Seite sehr schmal und kaum hundert Längen breit. Er hatte die Form eines Trichters, der sich nach Merdoret hin stark verbreiterte. Nedeam hätte damit gerechnet, dass die Orks ihre Wachen an der schmalsten und übersichtlichsten Stelle postierten, doch Fangschlag behielt recht, der Pass war frei. Dennoch waren die beiden sehr aufmerksam. Man konnte nie wissen, ob die Wachen ihre Gewohnheiten nicht doch geändert hatten, auch wenn der Ork das bezweifelte.

„Warum etwas ändern, das sich bewährt hat?" Er deutete auf den Griff seines Schlagschwertes. „Wir Rundohren kämpfen seit vielen Jahrtausendwenden mit diesen Schwertern. Sie haben uns gut gedient."

„Eure Legionen treten auch seit den Zeiten des Ersten Bundes stets in derselben Angriffsformation an", wandte Nedeam ein.

„Ja, die hat sich wohl auch bewährt."

„Nicht wenn es gegen die Pferdelords geht", lächelte der Erste Schwertmann. „Wir haben sie immer wieder durchbrochen."

Fangschlag zuckte die Achseln. „Aber ihr Pferdereiter greift auch immer auf dieselbe Weise an."

„Nun, das stimmt", räumte Nedeam ein.

Das Rundohr wies zum rechten Hang des Passes. „Wir sollten uns auf dieser Seite halten. Dort vorn muss sich der Pfad befinden."

Fangschlag hatte recht. Er fand den Pfad, und dieser war gefährlich. Er folgte dem Verlauf der Hänge und Steilwände, die den Pass säumten. Es wäre bequemer und sicherer gewesen, unten am Grund des Passes zu gehen, und wohl auch wesentlich schneller. Doch so hatten sie immerhin die Möglichkeit, die Wachen der Orks zu entdecken, bevor sie selbst gesehen wurden.

Hin und wieder lösten sich Steine unter ihren Tritten und rollten und sprangen in die Tiefe. Manchmal lösten sie dabei kleine Steinlawinen aus. Stets verharrten sie dann und lauschten nach Anzeichen dafür, dass der Lärm von verborgenen Wachen gehört worden war. Doch alles blieb ruhig. Nedeam würde die Steinlawinen berücksichtigen müssen. Sie waren ein Risiko für die Beritte, wenn sie durch den Pass zogen. Duramont war nervös, aber er folgte gehorsam Nedeams Zügelführung. Beißer hingegen gefiel der schmale Pfad überhaupt nicht.

Als er erneut bockte und dabei auf die Hinterhand aufstieg, schüttelte der Erste Schwertmann den Kopf. „Beißer fehlt die Ausbildung eines echten Reittiers der Pferdelords."

„Beißer ist ein starkes Pferd. Angemessen für einen starken Krieger, und Fangschlag ist auch kein Pferdelord."

„Mag sein, doch Beißer ist zu unruhig. Ich will nicht, dass er dich in den Abgrund reißt oder uns durch sein Wiehern verrät. Binde ihm das Maul zu und einen Tuchstreifen über die Augen. Dann wird er ruhiger."

„Ich kann ihm auch die Faust auf den Schädel schlagen. Das geht schneller, und er wird ebenso ruhig."

„Mag sein, Fangschlag. Doch vielleicht kann er dann nicht mehr auf eigenen Beinen stehen. Du wirst ihn allerdings noch brauchen, oder willst du den weiten Weg laufen?"

„Rundohren sind es gewohnt zu laufen. Wir sind stark und ermüden nicht so schnell wie ihr Menschenwesen."

„Es wird Winter. Der Boden könnte gefrieren und sehr kalt werden. Du müsstest sehr schnell laufen, um deine Füße warm zu halten."

„Gut. Ich binde ihm die Tuchstreifen um."

Der schwarze Hengst war nicht sonderlich begeistert, und so erhielt er doch noch einen leichten Klaps, worauf er mit den Augen rollte, Fangschlag aber hantieren ließ. Danach ging es tatsächlich leichter, und sie führten die Pferde weiter den Pfad entlang. Der Marsch ähnelte eher einem vorsichtigen Vorantasten. An einem Felsvorsprung hielt Nedeam schließlich an.

„Wir sollten hier für die Nacht rasten. Dort vorn scheint der Pfad in den Pass hinunterzuführen. Wir werden aber erst nach Anbruch der Dunkelheit unten angelangen, und ich möchte nicht blindlings in die Posten der Orks hineinlaufen, falls sie wirklich dort sind."

„Fangschlag sieht sehr gut im Dunkeln", erinnerte das Rundohr ihn. „Für uns ist das grelle Sonnenlicht hindersam."

„Hinderlich", korrigierte Nedeam automatisch.

„Nein, ist es nicht", brummte der Ork. „Wir sehen gut in der Nacht."

„Aber mich behindert die Dunkelheit, und zwei Kämpfer sind besser als einer." Nedeam deutete vor sich. „Außerdem müssen wir uns den Weg nach unten suchen, und das ist gefährlich genug, auch ohne dass uns irgendwelche Spitzohren mit Pfeilen beschießen. Es sei denn, du weißt genau, wo Wachen am Pass postiert sind."

„Gut. Warten wir bis zur Morgendämmerung." Fangschlag hüllte sich enger in seine Kutte. Ihr Stoff war dicker als der von Nedeams Umhang, und obwohl er zusätzlich noch das mit Nagerpelz gefütterte Wams darunter trug, fror der Ork sichtlich.

Nedeam kam besser mit der Kälte zurecht, denn er war die eisigen Winde der Hochmark gewohnt. Fangschlag hatte bei ihnen in den letzten Jahren sicherlich oft gefroren, doch das war Nedeam zuvor nie so bewusst gewesen.

Der Erste Schwertmann musterte das Gebirge. Zwei der Gipfel waren von ewigem Eis und Schnee bedeckt. Inzwischen trugen auch die anderen Berge weiße Kappen. Nur in den unteren Regionen zeigte sich der nackte Fels.

Nedeam schnupperte. „Es riecht nach Schnee."

„Schnee?"

„Weiße Flocken, die vom Himmel fallen."

„Fangschlag weiß, was Schnee ist", knurrte der Ork ärgerlich. „Wir nennen ihn das weiße Totentuch. Kälte macht uns starr, das Totentuch deckt uns zu."

„Ich meine damit auch nur, dass es morgen schwieriger sein wird, den Weg zu finden. Der Schnee wird ihn unter sich begraben. Allerdings dämpft er auch die Geräusche, die wir beim Abstieg machen. Jedenfalls wird es eine anstrengende Tageswende werden, und dafür sollten wir ausgeruht sein. Lass uns abwechselnd wachen. Hier wird uns zwar kein Feind überraschen, aber dein Beißer ist noch immer unruhig."

„Ich kann ihn beruhigen", versicherte Fangschlag.

Nedeam wusste, was der Ork meinte, und schüttelte den Kopf. „Denk daran, dass du ihn noch brauchst. In der Nacht wird es schneien."

Fangschlag nickte betrübt. „Ja, Herumgestampfe im Totentuch ist nicht vergnüglich."

Sie richteten sich für die Nacht ein, und Nedeam erinnerte sich, wie er als 12-jähriger Knabe in einer ähnlichen Situation gewesen war. Damals hatte er auf dem verborgenen Pfad nächtigen müssen, der einst von der Hochmark in die Nordmark führte, nun aber nach einem Steinschlag verschüttet war. Nedeam war allein gewesen und hatte den Pferdefürsten Garodem und dessen Pferdelords zu Hilfe rufen wollen, als die Hochmark von Orks angegriffen wurde. Es war ihm gelungen, und so war Nedeam zum jüngsten Pferdelord des Volkes geworden. Nun saß er wieder auf einem einsamen Pfad, doch diesmal in Begleitung eines Orks, der damals sein erbitterter Feind gewesen wäre.

Sie versorgten die Pferde und kauerten sich dann mit dem Rücken zur Felswand zusammen. Schließlich fiel Nedeam in einen unruhigen Schlaf.

Als er erwachte, graute der Morgen. Nedeam fröstelte, und seine Glieder waren steif vor Kälte. Mühsam erhob er sich und bemerkte Fangschlag, der am Rand des Vorsprungs stand und von einem Bein auf das andere trat. Ihm erging es sicherlich noch schlechter als Nedeam.

Es hatte tatsächlich zu schneien begonnen, und alles war weiß gepudert. Die Flocken fielen so dicht, dass Nedeam befürchtete, sie würden den Weg nicht fortsetzen können. In einem derartigen Schneegestöber konnte man rasch einen Fehltritt setzen und verhängnisvoll stürzen.

„Sieht hübsch aus, nicht wahr?“, meinte Nedeam und versuchte das Klappern seiner Zähne zu unterdrücken. Bei den finsteren Abgründen, es war noch nicht einmal richtig Winter, und doch fror man erbärmlich.

Fangschlag deutete grunzend auf den fallenden Schnee. „Nein. Das weiße Totentuch ist nicht hübsch. Es bedeckt alles Leben und lässt uns erstarren. Wenn wir nicht schnell genug wieder erwärmt werden, gehen wir ruhmlos ein, und man wirft unsere Kadaver in den Nährschlamm der Bruthöhlen. Natürlich erst im Frühjahr, wenn sich das Totentuch zurückzieht und man wieder sieht, was es unter sich verborgen hatte.“

„Findest du bei diesem Schneetreiben den Weg?“

Der Ork nickte. „Ich muss es. Hier können wir nicht bleiben. Noch so eine Nacht, und ich bin erstarrt."

„Verstehe. Nun gut, dann versuchen wir es."

Der Weg war noch gefährlicher geworden. Nedeams einziger Trost bestand darin, dass das heftige Schneegestöber die Tiefen des Abgrunds verbarg. Mühsam quälten sie sich den Pfad entlang, in dem Auf und Ab, mit dem er dem Verlauf der Berge folgte.

„Der Pfad führt nun in den Pass hinunter", sagte Fangschlag schließlich. „Lass mich vorgehen. Wenn es Wachen gibt, dann dort, wo er in den Pass mündet."

Ein Stück vor ihnen war ein Grummeln zu hören, das sie beide nicht zu deuten wussten. „Ein Gewittersturm?"

„Ich weiß nicht." Nedeam lauschte. „Der dichte Schneefall dämpft die Geräusche und verändert sie. Vielleicht ist es ein Gewittersturm, aber ich könnte nicht sagen, wie weit entfernt er wäre."

„Klingt wie Ferntöter", brummelte Fangschlag. „Wenn viele von ihnen gleichzeitig schießen und ihre Kugeln und Sprengpulver spucken, dann dröhnt es ebenso. Aber hier gibt es keine Ferntöter." Fangschlag nickte bedächtig. „Sie stehen in den Festungen und werden nur hinausgezogen für die Schlacht."

„Ja, die Dinger sind schwer und unhandlich." Nedeam hatte einige dieser Kanonen in Rushaan erlebt und konnte sich nur zu gut daran erinnern, wie er im Feuer dieser Waffen gelegen hatte.

„Es wird lauter." Fangschlag legte den Kopf schief. „Und kommt näher."

„Ich frage mich wirklich, was das ..." Nedeam zuckte zusammen und wurde bleich. „Wir müssen uns einen Felsvorsprung suchen, Fangschlag. Ich glaube, das ist Schnee, der von den Bergen rutscht."

„Schnee rutscht von den Bergen?"

„Wenn im Winter zu viel Schnee auf einem Dach liegt, rutscht er irgendwann herunter."

„Hier ist kein Dach."

„Aber wir könnten jetzt eines gebrauchen, Fangschlag. Denn wenn die Schneemassen uns erfassen, reißen sie uns mit sich in den Abgrund."

„Oh." Nun hatte das Rundohr begriffen. „Dann lass uns ein Dach aus Felsen suchen."

Dass Fangschlag keine Lawinen kannte, war für Nedeam ein Beweis, dass sich die Orks im Winter wirklich kaum aus ihren Bruthöhlen wagten. Vielleicht hatten sie tatsächlich Glück und würden Cantarim unentdeckt erreichen.

Sie hasteten halb blind durch das Schneetreiben und hofften darauf, einen Felsvorsprung zu finden, doch ihre Hoffnung erfüllte sich nicht. Stattdessen wurde aus dem Grummeln ein lautes Brausen, das immer näher kam und zunehmend bedrohlich klang.

Sie konnten der Gefahr nicht ausweichen und mussten sie auf dem Pfad über sich ergehen lassen. Nedeam hoffte, dass sie es irgendwie überstehen würden. Der Lärm wurde ohrenbetäubend, und ihre erschrockenen Schreie verhallten ungehört, als es so weit war. Dennoch hatten sie unglaubliches Glück, denn die Schneewechte, die sich irgendwo gelöst und sich zur Lawine gewandelt hatte, raste ein Stück vor ihnen den Berg hinunter und schlug auf dem Boden des Passes auf, ohne ihnen ein Haar gekrümmt zu haben. Als der Lärm verebbte, legte sich unvermittelt auch das Schneetreiben, und der dichte Flockenvorhang riss auseinander. Fangschlag grunzte erleichtert, als die Sonne hervorkam.

„Wir haben kein Dach gefunden", meinte er zufrieden, „aber das rasende Totentuch hat uns auch nicht gefunden."

„Wir sollten zusehen, dass wir aus dem Pass kommen." Nedeam blickte hinunter. Er war überrascht, dass eine solche Lawine durch den Schneefall einer einzigen Nacht ausgelöst werden konnte.

Entweder hatte Fangschlag ein phänomenales Gedächtnis oder untrügliche Instinkte. Er fand den Pfad mit traumwandlerischer Sicherheit. Sie setzten vorsichtig Fuß um Fuß, doch am schwierigsten war es für die Pferde mit ihren eisenbeschlagenen Hufen. Die Gefahr, dass sie ausrutschten und stürzten, war groß, und wenn eines der Tiere sich ernstlich verletzte, würden sie es zurücklassen müssen. Und nicht nur das. Nedeam dachte mit Unbehagen daran, dass sie das Tier in dem Fall würden töten und verbergen müssen, damit die Orks es nicht fänden. Nach Fangschlags Beschreibung gab es im Reich des Schwarzen Lords keine Pferde, und wenn die Bestien auf eines stießen, würden sie wissen, dass sich Menschen in ihrem Land herumtrieben.

Ein Teil des Pfades war von der Lawine überrollt worden. Die Masse des Schnees war jedoch weiter in die Tiefe hinabgerast und hatte den Weg verschont, sodass er passierbar geblieben war.

Schließlich erreichten sie den Grund des Passes. Ein Stück links von ihnen, in Richtung auf Merdonan, hatte die Lawine den Weg zum Teil verschüttet. Die Wucht der aufprallenden Schneemassen hatte auch Felsbrocken mitgerissen. Erneut empfand Nedeam Sorge. Die Kraft der Sonne würde tagsüber noch reichen, den Schnee zu schmelzen. Doch wenn sich eine solche Lawine im Winter wiederholte, konnte der Pass rasch blockiert werden.

„Es gab Wachen“, knurrte Fangschlag. Er deutete auf eine Stelle in der Schneemasse. „Das weiße Totentuch hat sie sich geholt.“

Sie hatten Glück gehabt. Während die Lawine ihr eigenes

Leben verschont hatte, war sie über die Wachen der Orks hinweggerast und hatte sie in den Tod gerissen.

„Wird man sie vermissen?"

Fangschlag überlegte. „Die Wache soll den Pass beobachten und Läufer schicken, wenn ein Feind in Sicht ist. Wenn kein Läufer kommt, ist auch kein Feind in Sicht."

„Also wird niemand nach ihnen sehen", meinte Nedeam zufrieden.

Eigentlich hätte man hier eine befestigte Stellung einrichten müssen, mit einem Signalfeuer, und die Wachen hätte man regelmäßig ablösen müssen. Aber ihm sollte es recht sein, wenn die Orks die einfachsten Regeln der Kriegskunst missachteten. Vielleicht lag es ja an ihrer verständlichen Furcht vor dem Schnee.

Nedeam sah nach Osten. Der Pass weitete sich dort keilförmig. Von der Engstelle in der Nähe der Weißen Sümpfe aus verbreiterte er sich in seinem Verlauf auf etliche Tausendlängen. Er rief sich die Karte in Erinnerung. Die alte Festung von Merdoret erhob sich im letzten Drittel des Passes, bevor die Berge vor der riesigen Ebene von Cantarim zurückwichen. Sie würden insgesamt drei volle Tageswenden benötigen, um sie zu erreichen.

„Machen wir, dass wir nach Merdoret kommen." Nedeam schwang sich in den Sattel und sah zu, wie Fangschlag die Tuchstreifen von Beißers Schädel entfernte. Der schwarze Hengst sah seinen Herrn bösartig an und schnaubte leise. Nedeam war das Tier unheimlich, und er hätte es lieber gesehen, wenn Fangschlag ein friedsameres Pferd geritten hätte. Aber es war das einzige gewesen, das den Ork auf seinem Rücken geduldet hatte, und in gewisser Weise passten die beiden sehr gut zueinander.

„Also dann", rief Nedeam und gab Duramont die Zügel frei. „Auf nach Merdoret."

12

Schnee bedeckte die Ebene von Cantarim. Die sanften Hügel, Felsformationen und Baumgruppen waren weiß gepudert, doch die marschierenden Kämpfer hatten keine Augen für die Schönheit, die sich ihnen bot. Für sie hatte sich die gewohnte Landschaft über Nacht in etwas Bedrohliches verwandelt.

„Es ist eine ehrenvolle Aufgabe“, brummte Einohr ohne innerliche Überzeugung.

Das Spitzohr stapfte übel gelaunt durch den frischen Schnee, und die Stimmung der anderen Kämpfer der Kohorte war keineswegs besser. Alle zweihundert Rundohren und Spitzohren der Truppe empfanden es als Bestrafung, in der Kälte des Vorwinters nach Merdoret marschieren zu müssen. Nein, die erste Kohorte der Legion der Blutkralle empfand wenig Begeisterung und folgte den Befehlen nur, weil die Disziplin es verlangte und keiner von ihnen als Futter im Nährschlamm enden wollte.

„Es ist unsinnig, im Totentuch herumzustampfen“, wiederholte Kohortenführer Langzahn. Das stämmige Rundohr schlug gegen den Harnisch seiner neuen Rüstung. „Mag das Fell in der Rüstung unser Blut auch halbwegs wärmen, unsere Füße frieren trotzdem.“

Einohr blickte auf die typischen Kampfstiefel der Orks. Sie ließen Ferse und Zehen frei und waren metallbewehrt. „Du musst stärker mit den Füßen stampfen, dann bleiben sie auch warm.“

„Du hast gut reden, Legionsführer.“ Das Rundohr bleckte seine überlangen Fangzähne, die ihm zu seinem Namen verholfen hatten. „Du hast dir Fell um die Füße gebunden. Deine sind sicherlich schön warm.“

Einohr war schlau genug gewesen, sich etwas von dem kostbaren Fell zu besorgen, und hatte seine eigenen Stiefel damit gefüttert. „Ich bin Legionsführer", erwiderte er und sah den Kohortenführer giftig an. „Meine Füße müssen warm sein, damit ich beweglich bleibe und von Kohorte zu Kohorte eilen kann. Schließlich trage ich die Verantwortung."

„Aber wir werden das Eisen tragen müssen. Wenn wir es unter dem Totentuch überhaupt finden." Das Rundohr wies über die schneebedeckte Landschaft. „Alles ist darunter verborgen, und wir werden auch unter ihm verschwinden."

Einohr konnte die kreatürliche Furcht seines Untergebenen vor dem Schnee und der Eiseskälte des Winters gut verstehen. Auch ihm wäre es lieber gewesen, in der wohligen Wärme Cantarims bleiben zu können, doch der Waffenmeister Santual hatte ihn mit leisem Zischen davon überzeugt, dass es nicht angeraten war, den Sinn des Auftrags anzuzweifeln, schon gar nicht, wenn man mit der Wärme der Füße argumentierte.

„Vielleicht zieht sich das Totentuch wieder zurück", meinte ein Rundohr hoffnungsvoll.

„Wenn es einmal gefallen ist, verschwindet es erst in der kommenden Jahreswende wieder", knurrte Langzahn und warf dem anderen einen bösen Blick zu. „Wenn du nicht frisch geworfen worden wärst, würdest du das wissen, 712."

Rundohr 712 hatte sich noch keinen Namen gemacht, und so lautete seine Bezeichnung noch schlicht auf 712 Blutkralle. Einer der namenlosen Legionäre, welche die Masse des Heeres des Allerhöchsten Lords ausmachten und begierig darauf waren, sich einen persönlichen Namen zu verdienen. Die Fütterung der Legionäre erfolgte in der Reihenfolge ihrer Nummern. 712 war immerhin nicht ganz am Ende der Essensschlange an den Kochstellen von Cantarim, aber ein individueller Name hätte ihn deutlich nach vorn an die besseren Bissen gebracht.

Sie waren im Eilmarsch unterwegs, denn das hielt ihre Leiber warm. Die halbe Strecke zwischen Cantarim und Merdoret hatten sie bereits bewältigt.

„Hoffentlich finden wir viel Eisen auf dem alten Schlachtfeld“, meldete sich 712 erneut zu Wort. „Wenn wir genug gefunden haben, können wir in die warmen Bruthöhlen zurück und uns aufwärmen.“

„Der Waffenmeister erwartet sehr viel Eisen“, knurrte Einohr. „Zwei Tageswenden hinter uns marschiert der Rest der Legion. Es braucht viel Eisen, um ihr Gepäck zu füllen.“

Langzahn warf dem Legionsführer einen skeptischen Blick zu. Sein Vorgesetzter würde sich wohl schwerlich mit einer Last abplagen und stattdessen lieber auf die Verantwortung verweisen, an der er so schwer trug. Aber er war ja auch nur ein Spitzohr. Eine schwächliche und nutzlose Made. Langzahn fragte sich erneut, wie Einohr es geschafft hatte, Legionsführer zu werden. Sämtliche Legionen wurden von Rundohren geführt, die den Orks alle Ehre machten. Nur die Blutkralle hatte ein schwächliches Spitzohr zum Kommandanten. Langzahn seufzte. Er gehörte zu jenen, die sich noch an andere Zeiten erinnern konnten, an ruhmreiche Kämpfe unter dem Legionsführer Fangschlag.

„Buckel kommt zurück“, rief eines der anderen Spitzohren und deutete vor sich.

Das Knirschen und Stampfen der Schritte verstummte, als die Kohorte anhielt. Vor den Kämpfern erschien eine Gestalt, die sich deutlich von der verschneiten Landschaft abhob. Es war ein Spitzohr, dessen Körper seltsam verkrümmt wirkte. Eine Verletzung hatte zu dieser Haltung und zum Namen des Orks geführt. Normalerweise wäre er in den Nährschlamm gewandert, doch Buckel hatte sich als fähiger Späher erwiesen, und so diente er der Legion der Blutkralle als vorauseilendes Auge und Ohr.

Der Atem Buckels glich einer dünnen Nebelfahne, als er vor Einohr und Langzahn hielt. Er hatte sich rasch bewegt, um warm zu bleiben, und kühlte nun sichtlich aus. „Nichts Besonderes zu sehen, Legionsführer. Das Totentuch bedeckt das Land, so weit das Auge reicht. Ich habe eine Herde Hornvieh entdeckt." Das Spitzohr deutete in die entsprechende Richtung. „Nicht weit entfernt."

Langzahn schmatzte genießerisch. „Gutes und frisches Fleisch. Wir könnten einen Jagdtrupp losschicken."

Einohr überlegte kurz. Sie hatten den Befehl, schnell nach Merdoret vorzustoßen, aber gegen gutes Fleisch gab es nichts einzuwenden. Zudem würde es die Laune der Legionäre heben. „Gut, Langzahn, stelle einen Trupp ab. Der Rest der Kohorte wird weitermarschieren, die Jäger sollen uns folgen. Sie werden uns beim Lagern einholen."

Langzahn brüllte die entsprechenden Befehle, und eine Zehnerschaft hielt sich bereit, mit Buckel auf die Jagd zu gehen.

„Was meinst du", fragte Einohr den Späher, „wird sich das Totentuch wieder zurückziehen, oder bleibt es liegen?"

„Es bleibt", meinte der Späher. „Der Boden ist kalt und hält es fest, und die Sonne hat nicht mehr die Kraft, es zu vertreiben."

Unwilliges Murren war bei den Legionären zu hören, doch gegen das Walten der Natur kamen auch die Mächte der Finsternis nicht an.

„Sollte es noch kälter werden, müssen wir in der Nacht marschieren. Dann, wenn es am kältesten ist, sonst erstarrt unser Blut", meinte Langzahn. „Und am Tage, wenn es noch etwas Sonnenwärme gibt, lagern wir."

„Das Tageslicht ist für unsere Augen nicht gut", fügte Buckel hinzu. „Jetzt, wo das weiße Totentuch liegt, blendet der Schnee zusätzlich."

Einohr nickte. Er musste die Licht- und Kälteempfindlichkeit der Orks berücksichtigen. Die zusätzliche Reflektion des Lichts am Schnee konnte rasch zur Erblindung führen.

„Wir werden jetzt lagern und in der Nacht marschieren“, entschied er. „Zum Wohl unserer Augen und Füße.“

Langzahn grunzte zustimmend. Vielleicht war die kleine Made doch kein so schlechter Legionsführer.

13

Scharführer Arkarim hatte die Mühsal auf sich genommen und war auf die Plattform der alten Ostwache hinaufgestiegen. Schon nach der Hälfte der Stufen hatte er seinen spontanen Entschluss bereut, aber der Ausblick von hier oben entschädigte ihn. Die Schwertmänner der Ostmark, die hier oben Wache hielten, erklärten ihm, was er von der Plattform aus erspähen konnte. Es war später Vormittag, die Sonne stand hoch am Himmel, und der Schnee, der die Landschaft über Nacht bedeckt hatte, begann wieder zu schmelzen.

„Seht Ihr den Dampf, der über den Weißen Sümpfen aufsteigt, guter Herr Scharführer?“ Der Schwertmann schnäuzte sich. „Das Eis schmilzt. Nun gelangt man nur wieder über den geheimen Pfad hindurch. Aber in einer oder zwei Tageswenden, da ist es wohl schon kalt genug, und die Sümpfe werden gefroren bleiben.“ Er deutete zu den Bergen im Osten. „Ich wette, im Reich der Finsternis bleibt der Schnee schon liegen. Dort ist es sicherlich kälter als hier in der Ostmark.“

„Ich hörte, die Weißen Sümpfe seien niemals zuvor zugefroren.“

„So ist es, guter Herr.“

„Dann will ich nur hoffen, dass sie wirklich über den Winter gefroren bleiben“, seufzte Arkarim. „Sonst wird es keinen Vorstoß nach Merdoret geben.“

„Oder darüber hinaus“, fügte der Schwertmann grinsend hinzu. „Ich hoffe nur, die Garde Alnoas mit ihren Dampfkanonen trifft rechtzeitig ein. Mit diesen merkwürdigen Geräten soll man die Mauern Cantarims nehmen können.“

„Ich weiß es nicht“, gestand Arkarim. „Ich habe diese Waffen nie zuvor gesehen und kenne ihre Kraft nicht. Allerdings weiß ich, dass die Orks über ähnliche Dinge verfügen. Ihre Donnerrohre speien Eisenkugeln. Sehr gefährlich. Damit haben sie die alte Wache in Rushaan in Stücke geschossen."

Der andere Schwertmann kratzte sich unbehaglich. „Meint Ihr, die Bestien könnten damit auch unsere Mauern zerstören?"

Arkarim seufzte. „Wenn sie die Donnerrohre nahe genug heranbringen? Ich fürchte, das könnten sie. Aber diese Geräte sind schwer und nicht sehr wendig. Unsere Beritte haben sie in den Boden gestampft."

Die beiden Pferdelords nickten erleichtert. „Es geht halt nichts über einen schnellen Ritt und einen scharfen Tod, nicht wahr?", meinte der eine. „Auf einem guten Pferd und mit einer scharfen Stoßlanze hält uns keine Bestie stand."

„Es ist ihre Anzahl, die sie so gefährlich macht", stimmte Arkarim zu.

„Wenn wir Cantarim erstürmen, werden wir die schon dezimieren", frohlockte eine der Wachen.

„Augen auf", mahnte der andere Wächter. „Auf dem Vorplatz tut sich etwas. Ein Reiter ist eingetroffen. Nein, ich glaube, es ist eine Reiterin. Ich kann lange schwarze Haare erkennen."

„Lange schwarze Haare? Dann ist es keine Frau des Pferdevolkes", sinnierte sein Kamerad.

Arkarim beugte sich über die Brüstung. Eine unheilvolle Ahnung erfüllte ihn, und er sah sie bestätigt, als er die Reiterin erblickte. „Llaranya. Die Gemahlin des Ersten Schwertmanns Nedeam."

„Die Hohe Frau? Was wird sie hier wollen?"

„Das möchte ich eigentlich gar nicht wissen", seufzte Arkarim. „Haltet weiter gut Wacht, Schwertmänner der Ostmark. Ich werde hören, was sie zu sagen hat."

Es war so, wie Arkarim befürchtet hatte.

„Ihr seid mit dem Beritt zurückgeblieben?“ Llaranya saß noch immer auf dem Pferd und sah den zu ihr herabgeeilten Scharführer mit erhobenen Augenbrauen an.

„Es war der Wunsch des Ersten Schwertmanns“, bestätigte Arkarim. „Er fand, zwei Reiter könnten sich im Feindesland unauffälliger bewegen.“

„Es liegt Schnee, Scharführer. Da kann man ihren Spuren sehr leicht folgen.“

„Der Schnee kann sie aber auch bedecken.“

„Nur, wenn er neu fällt.“ Llaranya schüttelte vorwurfsvoll den Kopf. „Ihr hättet darauf bestehen müssen, sie zu begleiten.“

„Es war der Befehl des Ersten Schwertmanns, Hohe Frau. Ihr wisst, als Schwertmann der Mark bin ich daran gebunden.“

„Man kann einem Befehl folgen oder seinem Gewissen.“

Arkarim errötete. „Was gedenkt Ihr zu tun, Hohe Frau?“

„Ihr fragt das nicht ernstlich, oder?“

Der Scharführer schüttelte seufzend den Kopf. „Nein, natürlich nicht. Euer Erscheinen in Merdonan zeigt Eure Absicht deutlich. Ihr bringt mich in große Verlegenheit, Hohe Frau. Ich kann Euch nicht zurückhalten, ich kann Euch aber auch nicht allein reiten lassen. Euer Gemahl würde mir das nie verzeihen.“ Er lächelte. „Und ich mir auch nicht. Wartet einen Moment, Hohe Frau Llaranya.“

Diese sah ihn mit freudlosem Lächeln an. „Nein, ich bin in Eile. Folgt einfach meinen Spuren, guter Herr Arkarim. Der Schnee wird es Euch leicht machen.“

Die Elfin wendete ihr Pferd und trieb es vom Platz.

Arkarim sah ihr nachdenklich hinterher und zuckte dann die Schultern. Es würde nicht lange dauern, den Beritt zu sammeln.

14

Ich dachte immer, dieses Land sei öde und tot“, bekannte Nedeam und zügelte überrascht sein Pferd. „Das hätte ich wahrhaftig nicht erwartet.“

Sie waren noch ein gutes Stück von Merdoret entfernt, doch der Pass hatte sich weit geöffnet. Die Hänge der Berge waren zurückgewichen, und es bot sich ihnen ein Bild, das Nedeam an die heimatliche Hochmark erinnerte. In der Ebene erhoben sich Gruppen von Bäumen und kleine Wälder. Er sah einen einsamen Pelzbeißer, der durch den Schnee streifte, die fernen Beobachter aber nicht wittern konnte. Ein Stück weiter war eine kleine Herde von Hornvieh zu erkennen. Die Tiere trugen ein dichteres Fell und längere Hörner als jene des Pferdevolkes, doch waren sie unverkennbar vom selben Ursprung.

„In den letzten Jahren sind viele Bäume gewachsen“, knurrte Fangschlag. „Bäume sind gut. Man kann sie verbrennen und Schmieden damit betreiben, und aus den Ästen kann man Pfeil und Bogen machen. Nützliche Gewächse, Pferdemensch. Aber mit den Bäumen kommen auch die bunten Pflanzen, die so furchtbar riechen. Ich mag ihren Gestank nicht. Ich mag den Geruch des heißen Dünenwindes, der oft über Cantarim weht. Ich mag den Geruch, der vor einem Gewittersturm in der Luft liegt. Aber den Gestank der Buntpflanzen verabscheue ich.“

„Früher soll dies ein fruchtbares Land gewesen sein“, sinnierte Nedeam. „Damals, als hier noch zwei der alten Reiche bestanden. Als sie vergingen, heißt es, sei das Land zu Asche geworden.“

Fangschlag lachte bellend. „Auch Orks müssen essen. Oh nein, hier gibt es Wild und Herden. Wir dürfen sie nur selten jagen, denn die Brutmeister wollen, dass die Vierläufer sich vermehren. So wie sich die Legionen vermehren.“ Das Rundohr nickte bedächtig. „Mehr Legionen brauchen auch mehr Fleisch. Die Rumaker können nicht alles liefern.“

„Rumaker?“

Beißer bockte, und Fangschlag hieb ihm die Faust über den Schädel. Es war eine mechanische, unbewusste Reaktion. „Die Bewohner von Rumak. Die Reste eines der alten Menschenreiche.“

„Es gibt Überlebende des alten Reiches?“, fragte Nedeam überrascht. „Der Schwarze Lord hat sie nicht alle umgebracht?“

„Warum sollte er das tun? Sie haben keine Macht mehr und entrichten dem Allerhöchsten ihren Tribut. Getreide und andere nützliche Dinge. Zudem sind es nur noch wenige. Keine Gefahr, du verstehst?“

Nedeam nickte betrübt. Es gab also noch immer Menschen im Reich der Finsternis. Es musste schrecklich sein, als Sklave von der Gnade des finsteren Herrschers abhängig zu sein.

„Wir sind bald da“, brummte Fangschlag. „Wir sollten reiten und uns Merdoret bei Licht anschauen. Deine Augen sind ja nicht so gut wie meine.“

„Nun, nicht in der Dunkelheit. Am Tag sehe ich besser als du.“

Der Ork schniefte leise. Aus seinen breiten Nasenlöchern sickerte grüngelbe Flüssigkeit. Er hatte sich erkältet, und Nedeam hoffte, dass die Erkrankung seinen Kampfgefährten nicht zu sehr schwächen würde. „Schön, Fangschlag, sehen wir uns Merdoret an.“

Vor ihnen kreuzte eine Fährte ihren Weg. Nedeam lächelte. „Ein Wildläufer. Wie bei uns in der Hochmark.“

„Zu klein und zu schnell“, knurrte Fangschlag. „Die Mühe, ihn zu jagen, lohnt nicht. Zu wenig Fleisch.“

Nedeam warf einen Blick zurück. Die Spur ihrer Pferde war deutlich im Schnee zu erkennen. Hoffentlich stieß niemand auf die Fährte, oder es fiel bald frischer Schnee, der sie zudeckte. Wenn sie sich später Cantarim näherten, mussten sie trotz der Kälte mit Streifen der Orks rechnen.

Sie trabten am Saum eines Wäldchens vorbei und erblickten endlich die Silhouette von Merdoret. Die alte Festung war gut zu erkennen. Sie wurde von mehreren kleinen Waldstücken umgeben. Das Vorfeld der Anlage hingegen wirkte unwirtlich. Als scheuten die Pflanzen davor zurück, sich dem Ort des Todes zu weit zu nähern. Nur ein paar einsame Büsche waren zu sehen.

„Hier wächst wohl nicht sehr viel“, seufzte Nedeam.

Fangschlag deutete vor sich. „Zu viel Blut geflossen. Wo viel Orkblut geflossen ist, wächst kein Grün mehr. Menschenblut ist anders. Guter Boden für Pflanzen.“

„Meinst du, dass jemand in der Festung ist?“

„Nein. Es ist kalt. Wir müssten den Rauch von Feuern sehen.“

„Brennstein macht nicht viel Rauch.“

„Brennstein ist für Schmieden. Er macht mehr Hitze als Holz. Brennstein für Schmieden, Holz für Wärmefeuer.“ Das Rundohr fröstelte. „Ja, ein Feuer wäre jetzt gut. Egal woraus.“

„Dein warmes Wams scheint nicht viel zu nützen. Gut, sehen wir uns Merdoret aus der Nähe an. Wenn alles gut geht, wirst du heute Nacht auch ein kleines Feuer haben.“ Nedeam deutete um sich. „Es gibt hier ja reichlich Holz.“

Sie trieben die Pferde an und näherten sich der Anlage.

Unter der dünnen Schneedecke erkannte Nedeam die Überbleibsel der lange zurückliegenden Schlacht. Das meiste blieb unter dem Weiß verborgen, doch der Rest gab genug Aufschluss über Ausmaß und Gnadenlosigkeit des Kampfes, der einst um Merdoret getobt hatte. Hier und da ragten Überreste von Lanzen oder Schwertern aus dem Schnee, und Nedeam sah mehrmals die ungewohnten Harnische von Pferden, mit denen die alten Panzerreiter auch ihre Tiere geschützt hatten.

„Es muss ein schrecklicher Kampf gewesen sein. Hier liegt noch jede Menge an Rüstungen und Waffen herum. Warum habt ihr das Zeug nicht eingesammelt?"

„Wozu? Rüstungen von Menschen sind dünn und auch zu klein für ein kräftiges Rundohr, und die Schwerter kann man kaum greifen." Fangschlag tippte an sein Schlagschwert. „Ein Schwert muss gut in der Hand liegen, die dünnen Griffe eurer Schwerter taugen nichts für uns."

Uns. Inwieweit fühlte sich Fangschlag noch mit den anderen Orks verbunden? Irgendwie schien er zwischen den Menschen und seiner Art zu stehen und sich für keine der Seiten entscheiden zu können. Ein guter Kampfgefährte und doch ein unsicherer Verbündeter.

Sie ritten unter der Festungsmauer entlang und mussten gelegentlich Haufen von Trümmern ausweichen. Aus der Nähe wurde das Alter der Festung offensichtlich und ebenso die Schäden, welche die Anlage in den vergangenen Kämpfen genommen hatte.

Ursprünglich war ihr Grundriss wohl rechteckig gewesen, aber im Verlauf der vielen Jahrtausende hatte man sie umgebaut. Auf der der Ebene zugewandten Seite waren zusätzliche Bastionen auszumachen, deren Mauerwerk sich von jenem der übrigen Bollwerke unterschied. Die Steine waren hier weniger sorgfältig bearbeitet worden und zeigten grobe Fugen, in denen Moos wucherte. Über einer der Bastionen ragte noch immer der halb zerfallene Schleuderarm eines Katapults auf. In der riesigen Wehrmauer klafften Lücken, wo schwere Geschosse das Mauerwerk zerschmettert hatten.

„Sehr dicke Wände", murmelte Nedeam anerkennend, als sie

daran vorbeitrabten. „Es muss lange gedauert haben, sie zu errichten."

Fangschlag bleckte seine Fänge. „Hat ihnen nichts genützt. Man braucht mehr Schleudersteine, aber irgendwann gibt jede Mauer nach."

Da mochte der Ork recht haben. In der alnoischen Hafenstadt Gendaneris hatte Nedeam einmal mit dem elfischen Gelehrten Mionas gesprochen, während sie die Befestigungen der Stadt inspizierten, und der Elf hatte behauptet, weit sinnvoller als eine dicke Wand sei es, zwei Wände zu errichten, zwischen die man dann Sand schichtete. Das dämpfe den Aufprall von Geschossen. Nedeam bezweifelte das. Was verstanden Elfen schon vom Festungsbau? Sie hatten niemals solche Anlagen errichtet.

Das Haupttor war einst von vier mächtigen Türmen flankiert worden, die zwei hintereinander angeordnete Tore geschützt hatten. Die Fundamente und Teile des Mauerwerks waren noch gut zu erkennen, der Rest war ein Trümmerfeld und nicht zu passieren. Die Orks waren wohl über eine der rechts und links des Haupttors klaffenden Breschen in die Festung eingedrungen, und Fangschlag und Nedeam taten es ihnen nun gleich. Sie saßen ab und führten die Pferde durch die breitere der beiden Lücken.

Der Erste Schwertmann sah sich in dem riesigen Geviert um. Auch hier waren die Spuren der Kämpfe unübersehbar. Die sterblichen Überreste von Menschen und Orks lagen hier dicht gedrängt. Nedeam war froh, dass die Leiber längst verfallen waren.

Die meisten Gebäude standen entlang der einstigen Wehrmauern und waren ebenfalls zerstört oder im Lauf der Jahre verfallen. Man konnte noch immer einige Unterkünfte, Ställe und Vorratshäuser erkennen. Die Dächer waren einst wohl von zierlichen steinernen Säulen gestützt worden. Die meisten von ihnen hatte man zerschlagen. Dennoch war deutlich, wie sorgfältig man sie gearbeitet hatte. Jede von ihnen war mit Reliefs versehen, und an einigen waren Reste verblasster Farben zu erkennen.

An der Ost- und Westmauer standen massige Bauten, welche die Wehrmauern ein Stück überragten und als Plattformen für Katapulte gedient hatten. Im hinteren Bereich der Anlage erhob sich eine Burg in der Burg. Eine wesentlich kleinere Festung, die in einem von der Westmauer zur Nordmauer reichenden Viertelkreis errichtet worden war. Sie wurde von einem mächtigen Rundturm überragt, der den Verteidigern wohl als letzte Zuflucht gedient hatte. Sein spitzes Balkendach war eingestürzt, dessen Reste ragten aus der Ruine empor, als streckten sich die Finger einer Hand anklagend gen Himmel. Der Turm war im oberen Bereich von drei überdachten Wehrgängen umgeben. Sie waren aus Holz gefertigt und größtenteils zerstört.

Unterhalb des Turms war das steil ansteigende Dach eines großen Gebäudes zu sehen. Es war mit steinernen Platten bedeckt, von denen einige zersplittert waren. Nedeam vermutete, dass sie von Katapultgeschossen zerstört worden waren. Die Frontmauer der inneren Burg zeigte Brandspuren, war ansonsten aber unbeschädigt. Ein Tor aus schweren und mit Metall bewehrten Flügeln hing schief in den Angeln.

„Es sieht nicht so aus, als könnte uns Merdoret noch von großem Nutzen sein", meinte Nedeam enttäuscht. „Die Festung wurde überrannt und größtenteils zerstört. Allenfalls die hintere Anlage mit dem großen Turm lohnt einen näheren Blick."

„Urteile nicht vorschnell, Pferdereiter." Fangschlag saß ab und hielt Beißer am kurzen Zügel. „Von den Gebäuden an den Mauern ließen sich einige wieder herrichten. Wo die Mauern noch stehen, kann man neue Dächer auflegen, dann hat man etwas Schutz vor Wind und Totentuch."

„Achte darauf, ob du irgendwo einen Brunnen siehst", sagte Nedeam. Er war enttäuscht vom Zustand der Anlage. Aber was hatte er erwartet? Dass die Orks ihnen hier eine intakte Festung zur Verfügung stellten? Nein, er hätte mit diesen Zerstörungen rechnen müssen. Alles, was in diesem Land noch von Nutzen war, hatte sich der Schwarze Lord mit seinen Legionen angeeignet.

Füße und Hufe stießen immer wieder gegen die Metallteile von Rüstungen und Waffen, und gelegentlich splitterten alte Knochen unter ihren Tritten.

„Da ist eine Tränke", brummte Fangschlag. „Zwischen den lang gestreckten Bauten dort."

„Ställe", vermutete Nedeam. „Ja, du hast recht, ich kann eine Winde erkennen. Lass uns nachsehen, ob es dort noch Wasser gibt."

Die Tränke bestand aus einer mehrere Längen messenden Rinne und einem überdachten Brunnen nebst Seilwinde. Das Dach hielt noch, war allerdings morsch. Nedeam beugte sich über die gemauerte Einfassung. Der Brunnen hatte einen ungewöhnlich großen Durchmesser.

„Sei vorsichtig", meinte Fangschlag. „Das Mauerwerk ist brüchig und ..."

Das Mauerwerk gab nach.

Nedeam stieß einen heiseren Schrei aus und versuchte noch, sich festzuhalten, aber es war zu spät. Er kippte nach vornüber und stürzte in den Brunnenschacht. Alles ging so schnell, dass er an nichts mehr denken konnte außer an die Hoffnung, dass sich noch Wasser in dem Schacht befand, denn er fiel mehrere Längen tief.

Mit einem hörbaren Klatschen prallte er auf, und der Schlag raubte ihm für einen Moment die Sinne. Verzweifelt trat er Wasser, ruderte mit den Armen, schnappte prustend nach Luft.

„Und?“, klang Fangschlags Stimme dumpf von oben. „Hast du Wasser gefunden?“

„Ja, verdammt“, keuchte Nedeam.

„Schön. Ich lasse das Seil runter und ziehe dich dann nach oben.“

„Beeil dich, das Wasser ist verflucht kalt.“

Von oben war Knacken und Knirschen zu hören. Fangschlag versuchte die alte Winde zu benutzen, und Nedeam hoffte, dass das darauf aufgetrommelte Seil noch halten würde. „Und, löst sich das Seil?“

„Es geht schwer, aber es löst sich“, kam die ermutigende Antwort.

Nedeam sah sich um. Der Brunnen war tief und überdacht, sodass kaum Licht nach unten fiel. Nur hoch über sich sah er den hellen Fleck der Einfassung und die Konturen der Winde. Das ständige Wassertreten in den vollgesogenen Kleidern zehrte an seinen Kräften, und er machte ein paar ungelenke Schwimmbewegungen, um die Einfassungsmauer zu erreichen. Vielleicht gab es einen Vorsprung, an dem er sich festhalten konnte, bis Seil und Eimer unten waren.

„Oh“, kam Fangschlags überraschter Ausruf, gefolgt von einem deutlichen Klatschen hinter Nedeam.

„Was ist los?“

„Das Seil. Es hat sich abgewickelt“, antwortete der Ork. „Warte, ich knote ein paar Riemen aneinander und lasse sie hinunter.“

Nedeam stieß einen Fluch aus. Das hatte gerade noch gefehlt. Hoffentlich reichten die ledernen Riemen, die jeder Pferdelord mit sich führte, aus, um ein genügend langes Seil daraus zu knoten. Er fand einen vorspringenden Stein, der glatt und glitschig war, ihm aber dennoch etwas Halt verschaffte.

Dann stieß etwas gegen seine Füße. Ganz recht, etwas war

gegen seine Füße gestoßen, und nicht anders herum. Etwas, das sich bewegte.

„Fangschlag“, ächzte Nedeam. „Beeil dich.“

Das Etwas bewegte sich abermals, und nun spürte Nedeam deutliche Wellenbewegungen, wie nur ein ziemlich großer Körper sie verursachen konnte. „Fangschlag!?“

„Schon fertig. Schrei nicht so. Wir Orks haben gute Ohren und …“

„Beeil dich, verdammt, der Brunnen ist bewohnt!“

„Bewohnt?“ Über Nedeam beugte sich der kantige Schädel des Rundohrs über die Einfassung. „Du meinst, da drin lebt jemand?“

„Oder etwas“, schrie Nedeam. „Und es ist nicht freundlich gestimmt!“

Das Etwas umschlang plötzlich Nedeams Beine. Er stieß einen erneuten Schrei aus, dann zog ihn das unbekannte Wesen mit einem Ruck unter Wasser. Nedeam tastete um sich und fühlte einen armdicken und unendlich lang wirkenden Leib mit schuppiger Haut. Es schien eine Schlange zu sein, die sich nun weiter um ihn wickelte, so schnell, dass der Erste Schwertmann nicht einmal Gelegenheit hatte, Schwert oder Dolch zu ziehen. Er trat und schlug mit dem noch freien Arm und geriet kurz an die Wasseroberfläche. Während er gierig nach Luft schnappte, sah er von oben ein dunkles Schemen, dann schwanden ihm die Sinne.

Er erwachte unter Schmerzen und spürte Eiseskälte an einer Körperseite und fast unerträgliche Hitze an der anderen. Leise stöhnend versuchte er sich aufzurichten.

„Du bist wach, das ist gut“, hörte er die vertraute Stimme Fangschlags. „Es war mühsam, dich aus dem Brunnen zu holen, und ich bin froh, dass die Mühe nicht umsonst war.“

„Bei den Finsteren Abgründen.“ Nedeam schaffte es nun,

sich aufzusetzen und sich mit den Händen abzustützen. Verwirrt sah er sich um.

Sie befanden sich in einem der alten Stallgebäude. Fangschlag hatte einige der Trümmer zur Seite geräumt, sodass sie beide und die Pferde genug Platz hatten. Ein Stück des Daches war noch intakt und schützte sie vor dem Schneefall, der wieder eingesetzt hatte. Draußen war es dunkel, und in der Zuflucht, die Fangschlag ihnen geschaffen hatte, flackerte ein ansehnliches Feuer. Darüber lag ein Spieß auf, auf dem ein undefinierbares Stück Fleisch steckte und einen leicht verbrannten Geruch verströmte. Nedeam erkannte, dass er vollkommen nackt war und Schürfwunden seinen Leib bedeckten. Einige mochten von der Schlange stammen, andere rührten offensichtlich von Fangschlags Klauen her. Der Boden unter ihm war seltsam warm und fühlte sich weich an.

Fangschlag bemerkte, wie Nedeam den Untergrund betastete. „Harter Boden", gestand das Rundohr ein. „Schwer, darin zu graben. Ich habe eine tiefe Grube ausgehoben, drei Hände tief. Die Glut hinein, dann den Boden wieder drauf. Das hält warm für die ganze Nacht. Aber wenn man zu tief gräbt, nutzt die Glut nichts, und wenn man nicht tief genug kommt, verbrennt man sich. Du brauchst die Wärme jetzt mehr als Fangschlag." Der Ork musterte ihn. „Tut mir leid, dass ich dich gekratzt habe. Ich musste die nassen Sachen entfernen, und das schnell. Deine Kleidung hat ein wenig gelitten und dein Körper auch. Aber es ist nicht schlimm. Der Warnun-Schlange ist es schlechter ergangen."

„Warnun-Schlange?"

„Warnun-Schlange", bestätigte Fangschlag. Er zog sein Schlagschwert und trennte ein Stück von dem Fleisch ab. „Deinen Teil habe ich angebrannt, wie ihr Pferdemenschen es liebt. Ich mag es frisch und unverbrannt." Er griff zur Seite, hob ein

Stück auf, das unzweifelhaft zu dem Wesen gehörte, welches Nedeam angegriffen hatte, und grub seine Fänge hinein. Die nächsten Worte aus seinem Mund klangen ein wenig undeutlich. „Warnun-Schlangen sind sehr gefährlich. Umwickeln den Leib und können selbst einen guten Rundohrpanzer zerdrücken. Sie wollte dich bestimmt als Mahlzeit."

„Aber ... wie konnte sie in den Brunnen gelangen und dort überleben?"

Nedeam schaute sich nach seiner Kleidung um und sah sie in der Nähe des Feuers auf ein paar Trümmern liegen. Der Dampf verdunstender Nässe stieg von ihr auf. Bis sie richtig trocken war, würde es noch eine Weile dauern.

„Als Jungwurf schlängeln sie über den Boden. Dabei ist sie wohl in den Brunnen gefallen. Und nicht mehr rausgekommen. Also bleibt sie dort. Im Brunnen hat sie wenig zu fressen. Aber sie hat Eier in ihrem Leib. Die wachsen zu Jungen auf und werden dann gefressen. Danach macht die Schlange neue Eier." Fangschlag bleckte amüsiert die Fänge. „Sehr praktisch. Sie war wohl lange Zeit im Brunnen, ohne einen ordentlichen Happen. War sicher sehr hungrig und hat gehofft, dass du ihre Mahlzeit wirst. Jetzt ist sie unsere Mahlzeit. Gutes Fleisch. Willst du ein Stück?"

Nedeam schüttelte angewidert den Kopf und musterte das Feuer. „Es qualmt ziemlich stark. Der Rauch könnte uns verraten."

Fangschlag schniefte und biss erneut in das Stück Fleisch. „Wir brauchen Feuer. Wir wären beide vor Kälte erstarrt. Das Holz in der Feste taugt nicht viel, aber für ein Feuer reicht es. Bevor es Tag wird, machen wir es aus. Dann wird niemand den Rauch sehen."

Der Ork hatte recht. Nedeam wäre ohne das Feuer erfroren, und so nickte er zustimmend. „Wie hast du uns aus dem Brunnen geholt?"

„Erst dich an die Leine gebunden, dann daran hochgeklettert und dich hinaufgezogen. Fangschlag ist ein starker Krieger und nicht dumm."

„Und die Schlange?"

„Genauso."

„Du bist wirklich noch einmal hinuntergesprungen?"

„Warum nicht? Es ist gutes Fleisch. Du willst wirklich nichts?"

Nedeam verneinte. Ihm fiel ein, dass die Orks gelegentlich Brunnen vergiftet hatten, indem sie die Körper von Toten hineinwarfen. „Kann man das Wasser des Brunnens noch trinken?"

Fangschlag grinste. „In fünf oder sechs Zehntagen. Vielleicht. Es dauert, bis sich das Blut der Schlangen auflöst."

„Dann müssen wir eine andere Wasserstelle suchen. In der Zuflucht muss es einen Brunnen geben und sicher auch in anderen Gebäuden. Schließlich war es eine große Anlage mit vielen Menschen und Pferden."

„Wir brauchen auch eine bessere Unterkunft. Die Nächte werden kälter. Ohne Dach und Feuer ist es schlecht."

„Wir können nur kurz bleiben, mein Freund. Wir müssen den Weg nach Cantarim erkunden."

„Ein weiter und kalter Weg. Ohne Feuer wird Fangschlag in der ersten Nacht erstarren."

„Das werde ich verhindern, Fangschlag. Ich verdanke dir mein Leben. So etwas vergesse ich nicht."

Das Rundohr nickte bedächtig. „Waffenbrüder. Wir stehen Seite an Seite. Nedeam ist ein Krieger, wie Fangschlag. Nedeam hat Ehre und hätte das Gleiche getan wie ich."

„Vielleicht musst du in Merdoret zurückbleiben", überlegte Nedeam, „während ich allein nach Cantarim reite."

„Keine gute Idee." Fangschlag schob den Rest des Fleisches zur Seite und hob den Spieß mit dem inzwischen ganz verkohlten Stück vom Feuer. „Morgen suchen wir nach einem Brunnen und nach Feuerholz. Dann überlegen wir uns den Weg nach Cantarim."

„So machen wir es."

Nedeam ließ sich auf das von Fangschlag gebaute Wärmebett im Boden sinken und vertraute auf die ungewöhnlichen Heilkräfte seines Körpers. Unerwartet schnell war er eingeschlafen und erwachte erst wieder mit der Morgendämmerung.

„Das Totentuch hat sich erneuert", meldete Fangschlag, der von draußen hereinkam und rasch an das heruntergebrannte Feuer trat, um sich noch ein wenig aufzuwärmen. „Aber jetzt fällt kein Weiß mehr vom Himmel. Es hat gefroren, der Schnee ist hart. Das ist nicht gut. Wir können unsere Spuren nicht verwischen."

Nedeam seufzte. „Zunächst durchsuchen wir die Festung. Wir brauchen einen anderen Brunnen oder besser mehrere. Wenn all die Beritte hier lagern, werden sie viel Wasser benötigen. Und wir müssen etwas Holz aus einem der Wälder holen. Wenn wir einen Raum finden, den wir gut verdunkeln können, kannst du die Nächte auch an einem warmen Feuer verbringen."

„Gut. Fangschlag sucht das Wasser und den Raum, Nedeam sucht Holz." Der Ork bleckte die Fänge. „Fangschlag mag Bäume nicht besonders. Und das Totentuch da draußen noch viel weniger."

„Schön, ich schlage vor, wir durchsuchen die Anlage gemeinsam. Wenn wir einen geeigneten Raum gefunden haben, kannst du ihn vorbereiten, und ich suche dann im Wald nach Feuerholz."

Sie begannen nun mit einer gründlichen Untersuchung der Gebäude. Zunächst jener, die entlang der Wehrmauern standen. Fangschlag hatte recht, ein paar der Gemäuer waren nutzbar, wenn man Holz und Arbeitszeit aufwenden wollte. Wo die Grundmauern noch standen, konnte man die Fensteröffnungen mit Brettern bedecken oder notfalls mit Decken bespannen. Die Dächer konnte man mit Bohlen belegen. Man würde allerdings viele Stützen benötigen, denn sie mussten im Winter das Gewicht des Schnees tragen. Wahrscheinlich würde sich der Aufwand aber nicht lohnen, da die vereinigten Truppen nach Cantarim weiterziehen sollten, um es zu zerstören.

Die innere Burg, oder, wie Nedeam sie nannte, die Zuflucht, erwies sich als überraschend geräumig und war in viele Räume unterschiedlicher Größe unterteilt. Die Einrichtung war überall zerstört oder fehlte, doch die Wände waren fest und die Schäden am Dach nicht so schwer, wie es zunächst den Anschein hatte. Sie fanden tatsächlich weitere Brunnen. Einen bei den äußeren Gebäuden, zwei in der Zuflucht und einen vierten innerhalb des großen Turms.

Sie erkundeten einen Teil der Gewölbe unter der alten Festung und stießen schon bald auf die Überreste zahlloser Menschen unterschiedlichen Alters. Hierhin musste sich die Bevölkerung geflüchtet haben, bevor sie von den Orks abgeschlachtet worden war. Nedeam verzichtete auf eine vollständige Untersuchung der unterirdischen Totenstätte und empfand unvermittelt wieder jenen tiefen Hass gegen die Orks, den er schon glaubte vergessen zu haben. Fangschlag spürte wohl den mühsam unterdrückten Zorn und hielt sich ruhig, bis Nedeam seine aufwallenden Gefühle wieder beherrschte. Dennoch empfand der Erste Schwertmann die Gegenwart des Orks plötzlich als unangenehm, und die Suche nach Feuerholz kam ihm gerade recht, um für eine Weile Abstand von Fangschlag zu gewinnen.

„Bleib du hier und bereite den ausgesuchten Raum im Erdgeschoss für uns vor. Ich reite zu dem Wald im Osten und besorge Holz für ein ordentliches Feuer."

Fangschlag sah ihn lange an, bevor er antwortete. „So mag es geschehen, Pferdemensch."

Ja, der Anblick in den Gewölben hatte Nedeam aufgewühlt, und er war wirklich froh, Duramont die Zügel freigeben und dem nahen Wald entgegenreiten zu können. Fangschlag mochte ein ehrenvoller Krieger sein, doch er war und blieb ein Ork. Nedeam konnte nur hoffen, dass er sich nicht erneut zur Bestie wandeln würde.

15

Buckel behielt den gleichmäßigen und kräftesparenden Trab der Orks bei. Ein paar Schritte laufen, ein paar Schritte gehen, ein unentwegter Wechsel, der ihn rasch voranbrachte. Die Gegend war übersichtlich, und er hielt sich abseits der Baumgruppen und kleinen Wälder, in denen sich eine Gefahr verborgen halten konnte. Auch wenn Pelzbeißer und Raubkrallen die Nähe der Orks instinktiv mieden, konnte es sein, dass sie einen Einzelnen durchaus als Beute sahen. Falls es doch zu einer Begegnung kam, musste das Spitzohr auf die Schnelligkeit seiner Beine vertrauen.

Der Späher mied die Nähe der Bäume jedoch nicht aus Furcht, sondern aus Erfahrung. Eine Gefahr konnte sich zwar im Wald verborgen halten, aber jeder Feind, der sich dort versteckte, musste den Schutz der Bäume erst einmal erreichen. Das hinterließ Spuren im offenen Gelände, und Buckel hatte es gelernt, jeden noch so schwachen Abdruck zu erkennen. Er war ein sehr fähiger Kundschafter. Das war er schon immer gewesen. Die Verletzung, die einst zur Deformation seines Rückens geführt hatte, hatte diese Fertigkeit sogar noch gefördert, denn Buckel wusste, was nutzlosen Maden geschah, und hatte kein Verlangen danach, im Nährschlamm der Bruthöhlen zu enden. Wenigstens nicht, bevor er eines natürlichen Todes gestorben war, vorzugsweise im hohen Alter und im Schlaf.

Die Kohorte der Blutkralle unter Einohrs und Langzahns Führung lag viele Tausendlängen zurück. Andere Späher hätten diese Entfernung als unangenehm empfunden, denn es lag in ihrer Natur, den Schutz der anderen, besonders der starken Rundohren, zu suchen. Buckel hingegen genoss die Einsamkeit, die es ihm ermöglichte, den Geräuschen der Natur zu lauschen.

Im Augenblick hörte er nur seinen Atem und das leise Knirschen, mit dem der harsche Schnee unter seinen Füßen nachgab. Er war froh, nicht die offenen Kampfstiefel der Rundohren tragen zu müssen. Er hatte es sich angewöhnt, während der Sommerzeit Gras zu sammeln und zu trocknen und es während der Kälte der Winterzeit in seine Lederstiefel zu stopfen. Das hatte immer ein wenig geholfen, wenn er zu jenen Spähern gehörte, welche die Brutmeister zur Zeit des Totentuches aus Cantarim entsandten. Nun hatte er zusätzlich ein paar Fellstreifen aus dem Haarkleid eines Pelzbeißers in den Stiefeln, und das hielt seine Füße weit besser warm. Er durfte nur nicht zu lange verharren, damit die Kälte nicht durch die dünnen Sohlen kroch.

Buckel hatte nicht den Mut eines Rundohrs, und doch empfand er nicht die Furcht seiner kleinen Brüder, wenn er seiner Truppe einsam vorauseilte. Ja, er gehörte zu jenen Spitzohren, denen die Bedeutung ihrer Aufgabe sehr bewusst war. Er war es, der die eigenen Kämpfer vor einer Gefahr und vor dem Feind warnte. Er war es, der den Gegner ausspähte und die Legion heranführte. Mochten die anderen auch den Ruhm des blutigen Schlachtens ernten und damit prahlen, so wussten die Brutmeister und der Allerhöchste Lord doch ganz genau, was sie den Augen und Ohren eines guten Spähers zu verdanken hatten.

Buckel befand sich nun in der Nähe der alten Festung von Merdoret. Vor vielen Jahren war er schon einmal hier gewesen und hatte sich die Anlage und die Gegend eingeprägt, so wie es jeder gute Späher tat. Als er die Ruine nun vor sich sah, prüfte er instinktiv in seiner Erinnerung, ob sich etwas verändert hatte. Er erwartete nicht, auf einen Feind zu stoßen. Nicht hier, im Reich des Allerhöchsten Lords, aber ein guter Späher lernte es, sich niemals in Sicherheit zu wiegen.

Bevor Buckel die Überreste Merdorets betrat, wollte er die alte Festung umrunden. Es war ihm in Fleisch und Blut übergegangen, sich einem Ziel vorsichtig anzunähern. So trabte er nun in gemächlicherem Schritt über die Schneefläche, und seine Augen huschten aufmerksam hin und her.

Dann stockte sein Schritt.

Buckel verharrte und ging instinktiv in die Hocke. Seine klammen Finger glitten die Konturen entlang, die sich im Schnee vor ihm abzeichneten. Ein Pferd. Das war unverkennbar der Hufabdruck eines Pferdes. Und nicht nur das. Das Tier war mit Eisen beschlagen. Buckel kannte solche Abdrücke. Nur die Menschen aus dem Reich Alnoa und das verfluchte Pferdevolk benutzten solche Eisen.

Erneut glitten seine Augen umher, diesmal mit dem beunruhigenden Gefühl, dass sich doch ein Feind in der Nähe befand. Die Abdrücke waren frisch. Er konnte es an den Kanten ertasten. Pferd und Reiter waren erst von Kurzem hier entlanggeritten. Ein langsamer Ritt, wie der Abstand der Abdrücke verriet, und er führte von Merdoret aus in Richtung jenes Wäldchens dort.

Ein einzelner Reiter der Menschenvölker. Was hatte das zu bedeuten? Kein Mensch hatte sein Pferd jemals in das Reich des Allerhöchsten Lords gelenkt. Nicht seit den Schlachten des Ersten Bundes. Wer war es, der dieses Wagnis auf sich nahm, und vor allem, warum?

Buckel kauerte sich noch mehr zusammen und überlegte fieberhaft. Vielleicht war es ein Ausgestoßener. Ein Mann, der in seiner Verzweiflung auf der Flucht bis hierher vorgedrungen war. Aber das hielt er für unwahrscheinlich. Ein Späher? Buckel spürte ein Frösteln über seinen Rücken gleiten, das nicht durch die Kälte verursacht wurde. Wenn es ein Späher war, dann würden andere diesem einsamen Reiter folgen …

Das Spitzohr dachte an die Kohorte. Andere Späher wären nun umgekehrt, hätten den Schutz der anderen gesucht und sich damit begnügt, von den verdächtigen Spuren zu berichten. Nicht jedoch Buckel. Die Kohorte musste wissen, ob es sich um einen Flüchtigen oder einen Späher handelte, und es gab nur einen Weg, das herauszufinden. Buckel musste den Reiter in Augenschein nehmen.

Das Spitzohr richtete sich auf und begann mit raschem Lauf auf das Wäldchen zuzueilen, in dem der Reiter verschwunden war. Vielleicht war dieser längst wieder auf der anderen Seite herausgeritten und nun schon weit entfernt, doch als Späher musste er davon ausgehen, dass sich der Feind noch darin verbarg. Daher folgte er der Fährte auch nicht direkt, denn der Reiter könnte auf seiner eigenen Spur zurückreiten, um auf kürzestem Weg wieder nach Merdoret zu gelangen, wo er sicherlich die Nacht verbracht hatte. Buckel wusste, dass er dem Reiter bei einer Begegnung hoffnungslos unterlegen war, sowohl an Schnelligkeit als auch an Kampfkraft. Buckel führte nur den Schwertdolch mit sich, da er nicht über die Kraft verfügte, das Schlagschwert eines Rundohrs zu handhaben, und auf Pfeil und Bogen hatte er verzichtet, da sie ihn nur behindert hätten, wenn es etwa galt, sich flach an den Boden zu pressen.

Er rannte in schrägem Winkel auf den Wald zu und empfand Furcht bei dem Gedanken, der unbekannte Reiter könnte jeden Augenblick vor ihm auftauchen und ihn einfach in den Boden stampfen, aber er erreichte den Schutz der Bäume unbehelligt.

Schwer atmend presste er sich an einen Stamm und lauschte. Er wusste, dass es Vögel im Wald gab. Es gab in Wäldern immer irgendwelche Vögel, die dort ihre Nester bauten und Nahrung suchten. Aber die Vögel schwiegen. Buckel nickte unbewusst. Sie schwiegen, da jemand im Wald war. Die Schwingentiere im

Reich des Allerhöchsten Lords waren an Pferdereiter nicht gewöhnt, und da sie nicht wussten, ob sie eine Gefahr für sie bedeuteten, hielten sie sich verborgen und ruhig. Ja, der Reiter musste noch innerhalb des Waldes sein, und nun war es Buckels Aufgabe, ihn zu finden und sich zu vergewissern, ob von ihm Gefahr ausging. War er ein Flüchtling, konnte man ihn einfach schlachten, ohne weiter darüber nachzudenken. Ein Späher hingegen bedeutete Gefahr, denn man musste auch jene bedenken, die ihm folgen würden.

Vorsichtig schlich Buckel durch den Wald und achtete sehr genau darauf, wohin er seine Schritte setzte. So gut es ging, ertastete er Gegenstände unter den Sohlen der Stiefel und belastete die Füße nur allmählich, um rechtzeitig zu spüren, ob ein Zweig unter ihnen zerbrechen konnte. Der Schnee machte es schwierig, und das Spitzohr war froh, dass hier, zwischen den dicht stehenden Bäumen, das weiße Totentuch spärlicher lag.

Ein Stück voraus waren Geräusche zu hören. Das Brechen von Ästen. Entweder war der Fremde sehr unvorsichtig, oder er befürchtete keinen Feind in seiner Nähe. Das war gut für Buckel, der unbewusst nickte. Je mehr Lärm der Pferdereiter machte, desto besser für ihn. Das Spitzohr sog prüfend den Atem ein. Der Wind kam seitlich und war hier im Wald nur schwach. Es würde dem Fremden nicht möglich sein, Buckel zu wittern.

Dann konnte der Späher eine undeutliche Gestalt zwischen den Bäumen erkennen. Er wurde noch vorsichtiger, wagte kaum zu atmen, während er noch näher heranschlich. Schließlich hatte er Gewissheit.

Dem Hauch des Windes gleich zog sich Buckel wieder zurück und erreichte den Waldrand auf der Merdoret abgewandten Seite. Hoffentlich blieb der Pferdemensch noch eine Weile, wo er war. Denn wenn er nach Merdoret zurückritt, würde er auf Buckels Fährte stoßen, und das wäre nicht gut, dann würde der Reiter nämlich wissen, dass er entdeckt worden war, und gewarnt sein. Buckel musste die Kohorte schnell erreichen und heranführen. Er war gespannt, wie Einohr und Langzahn reagieren würden, wenn sie erfuhren, dass sich ein Pferdelord in ihrem Land befand.

16

Sie hatten ihr Nachtlager auf halber Gipfelhöhe eines der zahllosen Berge des Uma'Roll aufgeschlagen. Obwohl der Wind kalt war, war er nicht unerträglich, und so verzichteten sie auf ein Feuer, das man auf große Entfernung hätte entdecken können. Nachdem Anschudar und Mordeschdar ihre Schwingen versorgt hatten, begnügten sie sich mit ihrem kalten Reiseproviant und kauerten sich eng aneinander.

„Bislang hatten wir kein Glück", meinte der alte Schwingenführer. „Es scheint fast, als gäbe es in unseren alten Bergen wirklich keinen Gelbstein mehr. Damals, vor den Zeiten des alten Bundes, da waren die Vorkommen noch groß und zahlreich. Aber vielleicht haben wir in den vergangenen Jahren auch zu viel davon verschwendet. Die alte Feedanaa sagte mir einmal, einst habe es andere Himmelsbewohner gegeben, die den Schwingen die Herrschaft des Himmels streitig gemacht hätten. Die anderen seien sehr viel zahlreicher gewesen und hätten ebenfalls über den Feueratem verfügt. Dennoch waren sie von anderer Art, mit einem schlangenähnlichen Leib, großen Schwingen und dem Schädel eines Ungeheuers. Feedanaa nannte sie Draghen und erzählte von den Kämpfen, in denen die Schwingen den Sieg errangen."

„Sie muss wahrhaftig sehr alt sein, wenn sie diese Kämpfe noch selbst erlebt hat."

Mordeschdar nickte. „Sehr alt, junger Schwingenreiter, sehr alt. Keiner von uns weiß, wie alt eine Schwinge werden kann, denn wir sind erst nach dem Zerfall der alten Reiche zu ihnen gestoßen, und manche erreichen ja auch nicht die volle Lebensspanne." Der Schwingenführer brach ein Stück

Brot auseinander und reichte Anschudar die Hälfte. „In meinen jungen Jahren habe ich vieles gesehen, mein Freund. Ich bestreifte die Gebiete der alten Reiche vom Süden bis an die Küste im Osten. Ich sah die fruchtbaren Ebenen und Wälder von Jalanne, und ich sah die Steinwüste von Cemen'Irghil mit den Siedlungen der Barbaren. Kein schöner Anblick, kann ich dir sagen, und das gilt auch für Wüste und Barbaren. Von Rumak ist nicht viel geblieben. Ich sah nur eine seiner Städte, der Rest verfiel wohl und wurde von Grün überwuchert. Ja, die große Ebene ist nicht so tot, wie manche glauben mögen. Selbst Cantarim scheint sich zu erholen. Die Herden werden wieder zahlreicher, und Bäume recken sich empor, wo einst verbranntes Land war."

„Ich weiß, ich konnte es selbst sehen", warf Anschudar ein. „Als ich mit Showaa den Geburtsflug unternahm, sah ich Bäume und Gras zwischen all dem Sand und Stein. Ich kann mir kaum vorstellen, dass wir einst zwischen so viel Grünzeug gelebt haben sollen."

„Das haben wir, mein Junge, das haben wir." Mordeschdar seufzte leise. „Aber als wir zu den Schwingen flohen, da haben wir uns ihrem Leben angepasst. Es ist die Kunst des Menschen, sich den Windungen des Lebens anzupassen. Doch es bringt auch Abhängigkeiten. Durch den engen Bund mit den Schwingen sind wir auf ihren Schutz angewiesen, und sie können den Horst nur verteidigen, wenn sie Gelbstein für den Feueratem haben."

„Angenommen, sie hätten genug Gelbstein, meinst du, sie würden den Orks das Land abnehmen und es für uns zurückerobern?", fragte der junge Schwingenreiter.

Mordeschdar wiegte nachdenklich den Kopf. „Vielleicht könnten sie das, aber warum sollten sie es tun? Sie brauchen die Höhe der Berge, und wir Schwingenreiter, wir brauchen die

Ebene nicht. Nicht mehr. Wir gehören nun zum Volk der Lederschwingen, so wie die Schwingen selbst."

„Doch wir sind nur wenige." Anschudar blickte über die nächtlichen Berge, deren Pracht im Sternenglanz deutlich zu sehen war. „Ich habe davon gehört, dass es noch andere Menschen geben soll. Ich würde sie gern einmal sehen und mit ihnen sprechen."

„Du würdest nur enttäuscht sein, glaube mir. Die Reiche der Menschen sind von Neid und Habgier zerfressen, und wenn die Orks sie nicht töten, so tun sie es sich selber an. Denk an unsere Legenden und Lieder. Du hast es oft genug gehört."

„Vielleicht haben sie sich geändert?"

Mordeschdar schüttelte entschieden den Kopf und schob den Rest des Proviants in die Tasche zurück. „Die Menschen verändern sich nicht. Nicht zu ihrem Vorteil. Hat die Habgier sie einmal gepackt, lässt sie sie nicht mehr los, und sie beginnen andere um ihren Besitz zu beneiden. Nein, Anschudar, auf diese Weise vergingen die alten Reiche. Die Orks gaben ihnen nur den Rest."

„Dennoch wäre es schön, andere Menschen zu treffen." Anschudar errötete ein wenig. „Pergana gefällt mir nicht besonders."

„Ah." Mordeschdar lachte auf. „Daher weht der Wind. Und warum gefällt dir die Auserwählte nicht? Pergana ist kein hässliches Mädchen."

„Sie ist streitsüchtig."

Mordeschdar räusperte sich. „Das sind alle Weiber, wenn man sie schlecht behandelt, mein Junge. Wenn du gut und aufrichtig zu deinem Weib bist, ist es anschmiegsam und ein ebenso treuer Gefährte wie eine Schwinge."

„Pergana gefällt mir dennoch nicht."

„Nun, die Auswahl ist nicht groß", brummte der alte

Schwingenführer. „Es gibt nicht viele Mädchen im Volk, die in dem richtigen Alter sind, einem Schwingenreiter ein Heim zu bieten."

„Das meine ich ja." Anschudar deutete über die Berge und in die Ebene von Cantarim. „Bei den anderen Menschen gibt es auch andere Mädchen."

„Junge, was redest du da?" Die Stimme des Schwingenführers nahm einen verärgerten Tonfall an. „Willst du die Sicherheit des Schwingenvolkes aufs Spiel setzen, nur weil dir Pergana nicht gefällt?" Der Alte lachte auf. „Glaube nicht, dass die Weiber anderer Völker besser sind als unsere."

„Aber sie sind bestimmt auch nicht schlechter."

„Vielleicht", brummte Mordeschdar. „Doch solche Gedanken sind müßig und gefährlich. Wir müssen uns auf unsere Aufgabe konzentrieren und den Gelbstein finden." Er räusperte sich erneut. „Aber ich werde einmal mit Pergana sprechen und ihr ins Gewissen reden."

„Nein, Schwingenführer, das ist allein meine Sache. Ich danke dir für das Angebot, doch ich muss selbst mit Pergana übereinkommen."

Mordeschdar schlug dem anderen aufmunternd auf die Schulter. „So ist es recht. Gesprochen wie ein wahrer Schwingenreiter." Er gähnte demonstrativ. „Und nun lass uns ausruhen. Mit dem ersten Tageslicht geht es weiter nach Nordwesten."

„Bis zum Pass von Merdoret?"

„Und darüber hinaus, Schwingenreiter, und darüber hinaus. Bis wir genug Gelbstein gefunden haben, um das Überleben des Horstes zu sichern."

Die beiden Lederschwingen kauerten sich zur Nacht aneinander und legten die Lenkschwingen über ihre empfindlichen Atemmembranen. Als Anschudar sie so betrachtete, fiel ihm auf, wie rasch seine Showaa wuchs. Wenn er ihr Wachstum mit dem anderer Schwingen verglich, war abzusehen, dass sie ein außergewöhnlich großes und starkes Exemplar werden würde.

Mordeschdar breitete seine Decke auf dem schneebedeckten Boden aus. Die Lederseite war mit Öl gegen Nässe geschützt, die Fellseite hielt die Körperwärme. So legten sich beide Reiter Rücken an Rücken unter Anschudars Decke. Die Kälte der Nacht machte ihnen nicht sonderlich viel aus, denn in den Höhenlagen, in denen sie lebten, war es immer kalt, und der Winter hier hatte noch keine Kraft.

Am frühen Morgen brachen sie wieder auf. Weiter nach Nordwesten hinauf. Mordeschdar flog mit seiner Wilkawaa ein gutes Stück über Anschudar und dessen Showaa. Sie bestreiften nun die nördlichen Ausläufer des Uma'Roll und würden sehr bald den Pass von Merdoret erreichen. Anschudar ließ seine Schwinge sehr tief und langsam dem Verlauf des Bodenreliefs folgen. Diesmal konnten sie sicher sein, dass ihrer Ausrüstung sowie der Kleidung kein Geruch des kostbaren Materials anhaftete, der Showaa hätte irritieren können. Wenn es Gelbstein gab, würde die junge Schwinge ihn auch spüren.

Anschudar konzentrierte sich auf den Flug und die Reaktionen Showaas. Er konnte darauf vertrauen, dass der erfahrene Schwingenführer über ihnen sie rechtzeitig vor Gefahr warnen würde. Vor ihnen wurde der tiefe Einschnitt erkennbar, der die Gebirge des Uma'Roll und des Noren-Brak voneinander trennte. Der Pass von Merdoret.

Mordeschdar ließ seine Wilkawaa tiefer gleiten und näherte sich Anschudar, um dann seinen Flug anzupassen. „Lass uns ein Stück weit nach Norden fliegen, Anschudar."

Der junge Schwingenreiter blickte vor sich. „Dann streifen wir aber nur am Rand des Noren-Brak entlang."

„Genau das will ich auch. Hier oben war ich noch nicht, und ich will mich vergewissern, ob die Orks das Land bestreifen."

Anschudar lachte. „Natürlich werden sie es bestreifen. Es ist ihr Land."

„Einst gehörte es den Menschen", rief der Schwingenführer gegen den Flugwind an. „Es wird kalt, Schwingenreiter, und mich interessiert, ob sich die Bestien in die Kälte hinauswagen. Im Süden bleibt die Ebene warm genug für die Orks, doch hier oben mag das anders sein. Das müssen wir wissen, falls wir Gelbstein finden oder einen geeigneten Platz für den neuen Horst. So wie es unterschiedliche Menschenstämme gibt, könnte es auch unterschiedliche Orkstämme geben. Vielleicht leben hier Bestien, denen die Kälte des Winters nichts anhaben kann. Verstehst du, Anschudar? Dann könnten sie auch in die Kälte der Höhen hinaufsteigen und einen Horst entdecken."

Das sah Anschudar ein. „Und was, wenn wir Orks finden?"

„Dann werden wir darauf achten, dass sie uns nicht bemerken. Sie brauchen nicht zu erfahren, dass wir uns für den Noren-Brak interessieren. Wir haben zwar etwas versiegelten Gelbstein für den Notfall dabei, aber wir sollten mit dem Feueratem unserer Schwingen sparsam umgehen."

Der Wind wurde zunehmend unangenehm, und die beiden Reiter klappten die Klarsteinvisiere vor ihre Helme, damit ihnen die Augen nicht tränten. Die Schwingen konnten nötigenfalls ihre transparenten Membranhäute vor ihr Auge legen.

Vor ihnen tauchte der keilförmige Pass auf. Am Boden wechselten sich freie Schneeflächen und Baumbestand ab, und schließlich erkannten die beiden Männer die rechteckige Kontur einer halb verfallenen Wehranlage.

„Das muss die alte Feste von Merdoret sein", rief Mordeschdar. „Sie ist schon lange verlassen. Es heißt, der Pass würde seit der Zeit des Ersten Bundes nicht mehr benutzt. Ich wollte es nicht recht glauben, aber es scheint wohl zu stimmen, was die

Lieder besingen. Wenn der Pass bewacht werden müsste, dann würde man Merdoret sicherlich nutzen."

Unten am Boden war keine Bewegung zu sehen, und die beiden Schwingen glitten im lautlosen Flug weiter nach Norden. Plötzlich deutete Mordeschdar aufgeregt nach unten.

„Orks! Nicht viele. Ich schätze, es sind zweihundert von ihnen. Sie haben es anscheinend ziemlich eilig."

„Sie laufen offenbar nach Merdoret."

„Du hast recht, Schwingenreiter, es sieht ganz danach aus. Lass uns ein Stück in die Richtung fliegen, aus der sie kommen. Dann erfahren wir, ob noch mehr von ihnen unterwegs sind."

Es waren noch mehr unterwegs. Sehr viel mehr.

„Das muss eine ganze Legion sein", knurrte Mordeschdar. „Sehr interessant. Ich dachte, sie scheuten vor der Kälte zurück, und nun ist eine ganze Legion von ihnen auf dem Marsch."

„Es muss einen Grund dafür geben", erwiderte Anschudar.

„Den gibt es sicherlich. Doch das soll nicht unsere Sorge sein." Der Schwingenführer wies nach Westen. „Lass uns auf den alten Kurs zurückkehren. Der Gelbstein hat Vorrang. Immerhin wissen wir nun, dass die Bestien die Gegend bestreifen."

Anschudar nickte und ließ seine Showaa hinter den Schwingenführer einschwenken. Mordeschdar hatte recht, der Gelbstein hatte absoluten Vorrang. Dennoch hätte es den jungen Schwingenreiter interessiert, was all die Orks in dieser Gegend zu suchen hatten. Was wollten die Bestien in einem Pass, der doch längst nicht mehr benutzt wurde?

17

Eigentlich war es eine Schande, eine elfische Klinge zum Abschlagen von Ästen zu benutzen. Der Waffenmeister des Hauses Deshay, der sie einst für Llaranyas Vater, den Ersten des Hauses, geschmiedet hatte, hätte sicherlich kein Verständnis für die Entweihung der vielfach gefälteten und fein ziselierten Klinge aufbringen können. Aber Nedeam war ein Mann des Pferdevolkes und daher praktisch veranlagt. Ob er mit dem Elfenstahl nun den Harnisch eines Orks oder Feuerholz zerteilte, für beides taugte die Klinge gleichermaßen gut.

Er achtete darauf, jene Äste auszuwählen, die nicht zu sehr im Saft standen. Bei anderer Gelegenheit hätte er das Knüppelholz vom Boden aufgesammelt, aber das war nach dem Schneefall von Nässe vollgesogen und würde lange trocknen müssen, bevor man damit ein akzeptables und unauffälliges Feuer unterhalten konnte.

Duramont stand irgendwo zwischen den Bäumen, bereit, auf einen leisen Zuruf oder Pfiff seines Herrn zu reagieren. Der Hengst scharrte mit den Hufen im Schnee und zupfte nach Essbarem. Gelegentlich hob er den Kopf und witterte nach Gefahr. Aber alles war ruhig und friedlich.

Nedeam hatte bereits zwei dicke Bündel mit Lederriemen zusammengeschnürt und wollte noch zwei weitere hinzufügen. Das Feuerholz sollte für mehrere Tage reichen. Genug, damit er selbst nach Cantarim reiten und den Weg dorthin auskundschaften konnte, während Fangschlag in Merdoret bleiben und sich am Feuer wärmen mochte. Sein Verhalten gegenüber dem Rundohr tat Nedeam leid. Es war falsch gewesen, denn der Ork trug keine Schuld an Ereignissen, die so viele Jahrtausende zurücklagen. Der Anblick der zahllosen Skelette in den Gewölben der Festung hatte ihn zu sehr aufgewühlt, vor allem der Kinderskelette. Doch nun, da er schon einige Zeit mit dem Schlagen und Zusammentragen von Holz verbrachte, fragte er sich, wie sich wohl menschliche Krieger verhalten mochten, wenn sie Orkkindern begegneten. Eigentlich eine Frage, die sich nicht stellte, da Orks weder zweierlei Geschlechter noch Kinder hatten, und doch zeigte sie Nedeam auf, dass man im Krieg rasch Grenzen überschritt und zu ungeheuerlichen Grausamkeiten fähig wurde.

Er musste an Fangschlag denken. Es ging ihm nicht besonders gut. Die laufende Nase und das fortwährende Schniefen deuteten darauf hin, dass sich das Rundohr schwer erkältet hatte und wirklich litt. Anderen Orks würde es da kaum besser ergehen. Diese Überlegung nährte Nedeams Hoffnung, dass die Bestien während des Winters tatsächlich in ihren warmen Festungen und Bruthöhlen blieben, um der Kälte zu entgehen. Eine Hoffnung, die ihm nun zur Gewissheit wurde und ihn in Sicherheit wiegte. Eine sehr trügerische Sicherheit, wie er schon bald feststellen musste.

Als er ein leises Knacken hörte, beachtete er es zunächst gar nicht, da er annahm, Duramont wäre wieder einmal auf einen Ast getreten. Doch dann, mitten in der Bewegung, wurde ihm bewusst, dass das Geräusch aus einer ganz anderen Richtung gekommen war. Nedeam erstarrte halb gebückt und hob den Kopf, um zu lauschen und sich umzusehen.

Bäume und Umgebung waren in einen sanften rötlichen Schein gehüllt. Er ähnelte dem Licht des Sonnenuntergangs, doch dafür war es noch zu früh. Nein, Nedeam kannte dieses Phänomen. Als er sich vor Jahren unfreiwillig mit einem sterbenden Grauen Wesen verband, da gingen einige von dessen Fähigkeiten auf ihn über. Dieser rötliche Schein, in den die Umgebung getaucht war, beruhte auf der Fähigkeit der Aura, mit der die Grauen Magier die Stimmung eines Lebewesens erfühlen konnten. Eines oder mehrerer Lebewesen, zu denen jedoch keine Bäume und andere Pflanzen gehörten. Als Nedeam nun von diesem unwirklichen Licht umgeben war, begriff er schlagartig, dass ein Feind ihn umzingelt hatte. Er wusste nicht, wie viele Gegner es sein mochten und wie nahe sie bereits waren, aber er befand sich zweifellos in höchster Gefahr. Kaum war er sich dessen gewiss, verglomm der rötliche Schein schon wieder.

Orks. Es konnte nichts anderes sein. Ein Pelzbeißer war es sicherlich nicht, da diese Raubtiere nicht im Rudel jagten. Und Raubkrallenspuren waren Nedeam nirgends aufgefallen.

Orks. Warum hatte er sich nur so sicher gewähnt? Er hätte es besser wissen, zumindest aber vorsichtiger sein müssen. Nun galt es, dem Feind zu entkommen. Möglicherweise wurde er schon beobachtet, und das eine oder andere Spitzohr hielt bereits den Pfeil an der Sehne bereit. Wenn Rundohren dabei waren, würden diese allerdings darauf bestehen, ihm mit dem Schlagschwert zu begegnen. Die Burschen würden versuchen, sich näher an ihn heranzuschleichen. Wenn Nedeam nun eine hastige Bewegung machte oder sonst wie verriet, dass er die Anwesenheit der Feinde bemerkt hatte, würden sich diese ohne Zögern auf ihn stürzen.

Er musste also Zeit gewinnen und sich zugleich darauf vorbereiten, die Reihe der Orks zu durchbrechen, wenn er eine Chance haben wollte. Nedeam stand zweifellos einer Übermacht gegenüber, und gleichgültig wie gut ein Kämpfer auch sein mochte, viele Raubkrallen waren des Wildläufers Tod.

Nach Fangschlag zu rufen hatte keinen Sinn, dazu war Merdoret zu weit entfernt. Wahrscheinlich ahnten die Orks nicht einmal von ihm, und das Rundohr konnte sich als der entscheidende Würfel in diesem tödlichen Spiel erweisen. Wenn es Nedeam gelänge, sich nach Merdoret durchzuschlagen, und Fangschlag überraschend in den Kampf eingriffe, hätten sie vielleicht eine Chance. Sich von Merdoret fernzuhalten und den Durchbruch zum Pass zu versuchen, kam nicht infrage. Vielleicht hätten die Orks ihn auf Duramont nicht eingeholt, aber die Burschen hätten die Festung sicherlich durchsucht und wären dann auf Fangschlag gestoßen. Nein, Nedeam würde Fangschlag nicht im Stich lassen. Somit blieb ihm nur der Durchbruch nach Merdoret.

Duramont stand etliche Längen entfernt und hatte den Kopf erhoben. Seine Ohren spielten nervös, und seine Nüstern waren gebläht. Er konnte den Feind nicht wittern, vielleicht hatte sich der Wind gelegt. Doch der Hengst spürte dessen Gegenwart, und auf die Sinne des geschulten Tieres war Verlass.

Nedeam biss sich auf die Unterlippe und hob dann ein Stück Holz auf, das er mit betont langsamen Bewegungen zu dem anderen stapelte. Ebenso gemächlich zog er einen Lederriemen aus der Tasche und begann das Bündel zu schnüren. Es kostete ihn Kraft, ruhig zu bleiben und so zu tun, als hätte er den Feind noch nicht bemerkt. Wieder knackte ein Ast, diesmal an anderer Stelle. Er tat, als habe er nichts gehört, und richtete sich mit dem Holzbündel auf, um dann langsam in Richtung des Hengstes zu gehen. Sie würden nicht warten, bis er im Sattel saß, das wusste er. Sie kannten die Schnelligkeit der Pferde und würden nicht zulassen wollen, dass ihr Opfer doch noch entkam.

Duramont war das Mittel zur Flucht, doch Nedeam war zu erfahren, um sich auf seinem Rücken dem Kampf zu stellen. Nicht hier im Wald, zwischen den Bäumen, wo die Bewegungsfreiheit eingeschränkt war und er die Schnelligkeit des Pferdes nicht zu seinem Vorteil nutzen konnte. Im Gegenteil, er würde im Getümmel seine Feinde überragen und sich so den Schützen der Orks als Ziel darbieten. Er musste sich die Ausbildung Duramonts zunutze machen und auf dessen Klugheit vertrauen.

Erneut brach ein Ast, dann ein weiterer. Die Orks sahen, dass er sich seinem Pferd näherte, und mussten seine Flucht verhindern. Sie drängten nach vorn, wollten ihn stellen. Und spätestens jetzt würden sie erkennen, dass er von ihrer Anwesenheit wusste, sofern er nicht vollkommen taub war.

Nedeam machte einen Ausfallschritt zur Seite und spürte, wie etwas an seinem Umhang zerrte, als ein Pfeil oder Bolzen dessen Stoff durchschlug. Er ging in die Hocke, warf dabei das Bündel Holz von sich und sah nun von allen Seiten Rundohren und einige Spitzohren, die aufbrüllten und auf ihn zustürmten. Seine überraschende Bewegung hatte ihn vor einem weiteren Geschoss bewahrt, nun sprang er auf und zog dabei die leicht gekrümmte elfische Klinge. Duramont wieherte und stieg auf die Hinterhand.

Es blieben nur wenige Augenblicke.

„Tod!", schrie Nedeam auf. „Tod!"

Es war der Schlachtruf der Schwertmänner, wenn sie in dichter Formation in die Reihen des Gegners einbrachen, und nun kam es darauf an, ob Duramont erkannte, was Nedeam von ihm erwartete. Und ob er den richtigen Weg einschlug.

Der Hengst sprang an. Mit der Kraft der Hinterhand schnellte er nach vorn und raste auf jene Orks zu, die den Weg nach Merdoret verstellten. Rund- und Spitzohren hatten sich auf Nedeam konzentriert und waren für einen Moment verblüfft, als der reiterlose Hengst auf sie zupreschte, dicht gefolgt von Nedeam, der hinter Duramont herhetzte.

Erregtes Gebrüll war zu hören, denn der große Hengst verstellte für Augenblicke den Bogenschützen die Sicht auf Nedeam. Ein Rundohr versuchte, den Hengst aufzuhalten, und wurde einfach überrannt. Jetzt lösten sich Pfeile und, wie Nedeam an dem scharfen Schnappen der Sehnen erkannte, auch ein paar Bolzen der gefährlichen Querbogen. Duramont wieherte erneut und durchbrach den dünnen Ring der Orks.

Nedeam rannte zwischen den Bäumen entlang, hörte das Pochen, mit dem Geschosse neben ihm ins Holz schlugen. Ein Spitzohr tauchte vor ihm auf, schrie entsetzt und warf sich zur Seite, ein Rundohr schlug mit dem Schlagschwert zu, verfehlte und erhielt einen Stoß mit der Elfenklinge in die Kehle. Dunkles Blut sprühte umher, während die Bestie nach hinten kippte. Schon waren zwei andere da und verstellten Nedeam den Weg. Er parierte einen brutalen Hieb, dessen Wucht ihn vor Schmerz aufstöhnen ließ, doch er behielt seine Klinge in der Hand, tauchte zur Seite ab und stieß den elfischen Stahl durch die Panzerung des einen Rundohrs. Mit leisem Klingen löste er ihn wieder, zuckte herum und stach auch den anderen Angreifer nieder.

So schnell dies auch geschehen war, es hatte anderen die Zeit verschafft, aufzuschließen. Nedeams Hoffnung, dass Duramont ihm einen Pfad bahnen würde, schien sich nicht zu erfüllen. Der Erste Schwertmann war einfach zu langsam, und es waren zu viele Orks. Mit einem wütenden Aufschrei fuhr er herum, stand nun mit dem Rücken zu einem der größeren Bäume und musste sich auch schon der wütenden Hiebe eines weiteren Rundohrs erwehren.

Hinter ihm war erneutes Wiehern und ein hallender Schlag zu hören, als Duramont den Panzer eines Rundohrs mit den Hufen zertrümmerte. Nedeam hätte vielleicht doch besser versuchen sollen, auf dem Rücken des Pferdes durchzubrechen.

Drei oder vier Orks drängten jetzt mit ihren Schlagschwertern auf ihn zu. Dahinter lauerte eine Handvoll Spitzohren darauf, ihn mit ihren Geschossen zu erledigen. Der Erste Schwertmann tötete einen der Angreifer, sah Blut und Geifer sprühen, und kaum war die Klinge aus dem Kadaver gelöst, musste er sich auch schon der nächsten Schwerthiebe erwehren. Ein brutaler Schlag streifte seinen Arm, ein heißer Schmerz durchzuckte ihn, ein anderer Schlag traf seinen Schenkel. Nedeam schrie auf, in einer Mischung aus Wut und Verzweiflung. Der Waldrand war nah, nur wenige Schritte noch, und doch schien er unerreichbar.

Ein Rundohr warf sich gegen ihn und konnte seinen Schwertarm blockieren. Der Ork bleckte die Fänge, und Nedeam roch den fauligen Atem der Bestie. „Nun wirst du geschlachtet, Pferdemensch."

Der Schädel eines zweiten Rundohrs erschien über der Schulter des ersten. Die Fänge waren weit geöffnet, als wollte die Bestie sie in Nedeams Hals schlagen. Es gab einen leichten Schlag, und ein Gurgeln wurde hörbar, als unvermittelt ein Pfeil in den aufgerissenen Rachen traf. Noch während das Rundohr nach hinten stürzte, durchschlug ein zweites Geschoss Helm und Schädel der Kreatur, die Nedeam am Arm festhielt.

Der Erste Schwertmann erkannte die Befiederung und die feinen Linien, mit denen der Schaft verziert war, und wusste sofort, wer ihm da zu Hilfe eilte. Von neuem Mut und neuer Kraft beseelt, drückte er den schweren Leichnam zur Seite und stieß einen triumphierenden Schrei aus.

„Rasch, ich kann sie nicht mehr lange aufhalten", drang Llaranyas Stimme an seine Ohren. „Es sind zu viele, und meine Pfeile gehen mir aus."

Niemand schoss so sicher und schnell wie ein elfischer Bogenschütze, und Llaranya gehörte unter diesen zu den besten. Sie konnte die Pfeile fast doppelt so schnell wie ein menschlicher Schütze lösen. Doch hier, zwischen den Bäumen, waren auch ihrer Treffsicherheit Grenzen gesetzt. Zudem fasste ihr Köcher nur dreißig der Geschosse.

Nedeam warf sich herum und stöhnte schmerzerfüllt auf,

als er sein Bein belastete. So rasch er konnte, humpelte er auf die Elfin zu und musste sich darauf verlassen, dass sie jede Gefahr beseitigte, die in seinem Rücken auftauchte. Dennoch wäre er beinahe von zwei weiteren Pfeilen getroffen worden, denn die Bäume verstellten Llaranya die Sicht auf einige der Gegner.

Aber Nedeam erreichte den Waldrand, warf seiner Frau einen dankbaren Blick zu und zog sich mühsam in den Sattel seines Pferdes Duramont. Der Hengst hatte zwei blutende Wunden an Hals und Kruppe, und Nedeam hoffte, dass die Verletzungen nicht zu schwer waren.

„Schnell. Zur Feste hinüber", keuchte der Erste Schwertmann.

„Nicht zu schnell", wandte die Elfin mit einem bösartigen Lächeln ein.

„Willst du, dass die Bestien uns verfolgen?"

„Keine von ihnen darf entkommen. Es sind nicht viele, und innerhalb der Festungsmauern können wir sie töten." Sie sagte dies mit dem Selbstverständnis einer Kriegerin.

Ein Pfeil zischte an ihnen vorbei, gefolgt von einem weiteren, und beendete die Diskussion.

Sie trieben die Pferde an und galoppierten auf die alte Ruine zu, während sich hinter ihnen immer mehr Orks aus dem Schutz der Bäume lösten und die Verfolgung aufnahmen. Als Nedeam einen kurzen Blick zurückwarf, begriff er, welches Glück er gehabt hatte, aus dem Wald entkommen zu sein. Und sie würden noch weit mehr Glück benötigen, um sich dieser Horde in der Festung zu erwehren.

18

Buckel war ein wenig außer Atem, denn er war sehr schnell gerannt, um Einohr und Langzahn zu berichten. Vier mal zehn Krieger hatte der Späher im Eilmarsch zu dem Wäldchen geführt, während der Rest der Kohorte langsam folgte. Man hatte keinen Grund zur Hast gesehen, da es nur darum gegangen war, einen einzelnen Pferdereiter zu stellen. Doch das hatte sich nun geändert.

„Eine Frau?", ächzte Einohr verblüfft. „Der zweite Pferdemensch war wirklich eine Frau?"

„Ich konnte die Drüsen unter dem Gewand erkennen", bestätigte Buckel.

„Eine Frau?", fragte 712 Blutkralle verwirrt. Der Legionär stand neben Kohortenführer Langzahn und hörte mit immer größer werdenden Augen zu. „Was ist das, eine Frau?"

„Frauen werfen bei ihnen die Jungen", knurrte Einohr.

„Sie werfen die Jungen? Das verstehe ich nicht", bekannte das Rundohr. „Warum werfen sie denn nicht Steine oder Speere?"

Einohr wandte sich dem unwissenden Rundohr zu, überzeugt davon, dass es niemals in die Führungsebene einer Legion aufsteigen würde. „Ihre Würfe kommen nicht aus Brutbeuteln, verstehst du? Ihr Frauen werfen sie."

„Ah, ich verstehe." 712 Blutkralle nickte langsam. „Die Frauen sind ihre Brutbeutel. Dafür sind sie aber ziemlich klein."

„Deshalb sind ihre Jungen ja auch sehr klein", giftete der genervte Einohr. „Aber sie wachsen, und dann werden sie zu Pferdereitern."

„Die Weiber der Pferdemenschen kämpfen nicht zu Pferde", warf Langzahn ein.

„Dieses tut es aber", giftete Buckel. „Und sie kann verdammt gut mit dem Bogen umgehen. Ich bin mir nicht ganz sicher, aber ich glaube, es war ein elfischer Langbogen."

Einohr leckte sich nervös über die Fänge. „Ein Pferdemensch mit den blauen Haaren der Hochmark und ein kämpfendes Weib. Das gefällt mir nicht. Die Krieger mit den langen Haaren an den Helmen sind gute Kämpfer."

„So gut kann er nicht sein, wenn ein Brutbeutel an seiner Seite kämpfen muss", brummte Langzahn.

„Unterschätze die Pferdemenschen nicht, du Made." Einohr überlegte. „Die beiden Menschenwesen sind also in den Schutz der Ruine geflüchtet?" Buckel nickte, und der Legionsführer stieß ein heiseres Grunzen aus. „Wir müssen sicher sein, dass sie nicht von dort entkommen. Die Kohorte muss rasch nach Merdoret marschieren, und wir brauchen die Hilfe der restlichen Legion."

„Eine ganze Legion gegen zwei Menschenwesen?" Langzahn lachte auf.

„Du Narr. Wenn es zwei Späher sind, werden ihnen weitere Krieger folgen."

Der Kohortenführer stieß ein missbilligendes Knurren aus. „Man führt in der Zeit des Totentuches keinen Krieg."

„Sag das den Menschenwesen, sie scheinen es zu tun." Einohr lächelte grimmig. „Wenn wir schon in der Kälte herumstampfen, warum sollten es die Pferdemenschen nicht auch tun? Nein, Langzahn, wir müssen vorsichtig sein und mit dem Schlimmsten rechnen. Buckel, du eilst zu den anderen Kohorten und führst sie schnellstens nach Merdoret."

Buckel blähte die Wangen, nickte und wandte sich um. Das Rundohr 712 Blutkralle sah dem davoneilenden Späher verständnislos hinterher. All dieser Aufwand nur wegen zweier Pferdemenschen? Eine ganze Legion! Selbst wenn man die beiden Reiter und ihre Pferde in sehr kleine Portionen zerlegte, würden es nur sehr kleine Bissen werden. 712 Blutkralle nahm sich vor, in vorderster Linie zu kämpfen, damit er diesmal einen kräftigen Happen abbekam.

19

Geschäftiges Treiben herrschte im Horst. Ein Jagdtrupp der Schwingenreiter hatte ein Rudel Felsböcke erlegt und die Beute zum Plateau getragen. Noch immer war die Jagd ein mühsames Unterfangen. Zwar konnte ein Schwingenreiter aus großer Höhe die Beute erspähen und im Auge behalten, bis die Jäger herangeführt waren, doch erlegen mussten die Schwingenreiter die Tiere ohne die Hilfe der Lederschwingen. Die Flugwesen waren zu groß, um die Felsböcke bis in die Verstecke zu verfolgen, und die flinken Tiere flohen mit atemberaubender Schnelligkeit und ebensolchem Geschick, sobald sie den Schatten einer Schwinge bemerkten. So waren die Männer des Horstes auf ihre eigenen Fähigkeiten angewiesen, um das ersehnte Wild zu erlegen. Die Tiere mussten in die Enge getrieben werden, was nicht einfach war. Im Idealfall gelang es, sie über einen Hang zu treiben, sodass sie zu Tode stürzten. An diesem Tag war ebendies gelungen, und es gab reichlich Fleisch, eine willkommene Aufstockung der Vorräte angesichts des nahenden Winters.

Nun waren die Frauen dabei, die Tiere auszunehmen. Nichts wurde verschwendet. Die Felle würden zu warmer Kleidung oder Polstern verarbeitet werden, die Sehnen dazu dienen, Felle oder Stoffe zu vernähen. Einen Teil des Fleisches würde man an diesem Abend braten, den größeren Rest jedoch gründlich salzen und zum Trocknen aufhängen. Das machte es haltbar. Aus den Därmen ließen sich Wasserschläuche fertigen, der Rest der Innereien war den Schwingen vorbehalten, welche diese Leckereien sehr schätzten. Aus dem Mark der Knochen ließ sich kräftigende Brühe zubereiten, und die Knochen selbst taugten zu einfachem Werkzeug oder Spielsachen für die Kinder.

Der Horst wirkte an diesem Abend wie ein Schlachtfeld. Etliche der jüngeren Schwingen versuchten immer wieder, den Frauen einen Leckerbissen zu entwenden. Es mutete seltsam an, wenn Menschen die wesentlich größeren Schwingen in die Schranken wiesen. Die alten Tiere hingegen warteten geduldig ab und schienen dem Treiben eher amüsiert zuzusehen.

Feedanaa saß neben dem wiederaufgebauten Arsenal und hatte ihren Kopf weit nach unten gebeugt, um der Stimme des Schwingenreiters Palschudar zu lauschen. Die Mutter des Horstes war besorgt, denn was dieser zu berichten hatte, klang beunruhigend.

„Es sind Orks und Barbaren aus dem Süden, Große Mutter“, versicherte der Schwingenreiter mit leiser Stimme. Sie sprachen unter drei Augen miteinander, um die anderen Bewohner des Horstes nicht unnötig aufzuschrecken.

„Kommen in Berge?“

Palschudar drehte seinen Helm nervös in den Händen. „Wenigstens vierhundert Krieger. Die meisten sind Barbaren und in dicke Pelze gehüllt. Sie bewegen sich besser als die Orks. Die leiden unter der Kälte, aber sie kommen voran. Sie suchen sich einen Pfad durch das Gebirge.“

„Suchen Horst.“

„Ja, davon gehe ich aus. Unsere Streifenflüge können ja nicht immer unbemerkt bleiben, und sicher haben sie gelegentlich beobachtet, von welchen Bergen unsere Flüge ausgehen. Sie mögen die Lage des Horstes nicht genau kennen, aber früher oder später werden sie ihn finden.“

„Vierhundert Krieger keine Gefahr“, zischte Feedanaa. „Wir brennen sie. Wenn andere folgen. Wir brennen sie. Wieder andere folgen. Kein Gelbstein zum Brennen.“

„So ist es, Große Mutter.“ Palschudar seufzte unbehaglich.

„Unser Gelbsteinvorrat ist bedenklich klein. Ein paar Angriffe können die Schwingen noch abwehren, danach müssen wir den einsamen Pfad mit unserem Stahl verteidigen. Früher oder später werden sie den Horst nehmen."

„Orks zahlreich. Immer neue kommen", bestätigte Feedanaa.

„Wenn sie den Horst erst gefunden haben, bleibt uns keine Wahl. Ohne Gelbstein müssen wir uns einen anderen Horst suchen, denn diesen hier können wir nicht dauerhaft verteidigen."

„Feedanaa weiß." Die alte Lederschwinge senkte die Lenkschwingen an ihrem Schädel. „Hoffe auf Showaa und neuen Gelbstein."

Palschudar nickte. „Das tun wir alle, Große Mutter."

„Noch schweigen, Schwingenreiter", sagte die Herrin des Horstes leise. „Nicht beunruhigen Horst. Orks und Pelzbarbaren noch weit."

„Ja, sie sind noch weit entfernt", bestätigte Palschudar.

Aber sie kamen näher.

20

Llaranya und Nedeam erreichten die alte Festung mit einem guten Vorsprung vor den Verfolgern. Die Elfin sprang an der Bresche der Wehrmauer aus dem Sattel und zog einen Reserveköcher mit Pfeilen vom Pferd. Als Nedeam aus dem Sattel glitt und schmerzerfüllt aufstöhnte, sah sie ihn besorgt an. „Kannst du kämpfen?"

„Ich werde es wohl müssen", knurrte er. Er starrte auf den Orkpfeil, der aus seinem Schenkel ragte. „Das Ding hat das Bein fast durchschlagen. Es muss raus."

Llaranya warf einen abschätzenden Blick zu den Orks. „Sie scheinen zu warten und kommen nicht näher."

„Gut und schlecht", brummte Nedeam und betastete den Schaft des Pfeils. „Gut, weil es uns Zeit verschafft, und schlecht, weil sie sicher auf Verstärkung warten. Ich wette, die glauben, hier würde sie eine ganze Schar von uns erwarten. Sie halten uns sicher für Kundschafter eines größeren Trupps."

„Das sind wir ja auch", meinte Llaranya lächelnd. „Der gute Herr Arkarim kann nicht allzu weit hinter mir sein. Er müsste bald hier eintreffen."

„Arkarim? Ich sagte ihm, er solle in Merdonan warten."

„Ja, das hast du. Und ich sagte ihm, dass ich dir folgen werde."

Nedeam lächelte freudlos. „Dann wird er kommen. Ich kenne ihn."

„Wo ist Fangschlag?" Die Elfin schob seine Hand zur Seite und betastete nun selbst das Bein ihres Mannes. „Tatsächlich, er hat es fast durchschlagen. Ich kann die Spitze an der anderen Seite ertasten."

„Ja“, ächzte er, „das kann ich spüren. Fangschlag muss in der inneren Burg sein. Er dürfte das Gebrüll der anderen Orks längst gehört haben. Ich frage mich, wo er bleibt.“ Er seufzte. „Das Beste wird sein, du drückst den Pfeil durch.“

„Gut. Es wird ein wenig schmerzen.“

Er biss die Zähne aufeinander, als Llaranya das Geschoss mit einem Ruck ganz durch den Schenkel trieb. Noch während heiße Wellen von Schmerz durch sein Bein pulsierten, brach die Elfin den Schaft ab, vergewisserte sich, das keine Splitter daran zurückblieben, die zu einer Entzündung hätten führen können, und zog den Rest des Geschosses dann aus der Wunde.

„Lass es ein wenig bluten, das säubert die Verletzung.“

„Es ist nicht meine erste“, knurrte er.

„Und wenn du dich öfter von einer Horde Orks umzingeln lässt, wird es auch nicht deine letzte gewesen sein“, scherzte sie. „Zeig mir den Arm.“

„Nur ein kräftiger Schnitt“, meinte er. „Er wird sich schon schließen.“

Sie schlug seinen Umhang zurück und zog das Wams auseinander. „Ja, sieht nicht sehr schlimm aus. Wahrhaftig, mein Geliebter, du kannst dich glücklich schätzen, dass dir das Graue Wesen einen Teil seiner Fähigkeiten überließ. Deinem Wams und deinem Umhang geht es schlechter. Du wirst sie ausbessern müssen.“

Das Schlagschwert des Rundohrs hatte den Muskel angeritzt, doch die Wunde hörte bereits auf zu bluten. Bald würde sie sich wieder schließen. Solange ihm keine wirklich schwere Wunde zugefügt oder kein lebenswichtiges Organ getroffen wurde, hatte Nedeam gute Chancen, seine Verletzungen zu überstehen und ungewöhnlich rasch zu genesen.

„Wir sollten irgendwohin, wo wir einen besseren Ausblick haben.“ Nedeam schaute sich um. Wo steckte Fangschlag? „Die

Orks werden sicherlich bald Verstärkung erhalten. Sonst hätten sie sich längst zurückgezogen, um uns zu belauern. Verdammt, ich bin überrascht, dass sich die Burschen überhaupt in die Kälte hinauswagen."

„Merdoret."

„Was?"

„Ich nehme an, sie wollten hierher. Sie sind nicht dazu geschaffen, lange in der Kälte auszuharren. Ich vermute, dass sie Merdoret besetzen wollten."

„Wozu? Es ist eine Ruine. Das wissen die Bestien sicherlich besser als wir."

Llaranya wickelte einen sauberen Tuchstreifen um Nedeams Oberarm und verknotete ihn. „Ja, das sollten sie wissen. Es muss also eine Absicht dahinterstecken. Grundlos werden sie sich nicht in den Winter hinauswagen."

„Es ist noch kein richtiger Winter."

„Für die Bestien schon. Zudem hält sich der Schnee, und es friert. Sehr früh für diese Jahreszeit. Nein, Nedeam, ich fürchte, der Winter hält bereits Einzug."

„Lass uns nach den Orks Ausschau halten, und dann müssen wir Fangschlag finden. Ich hoffe, ihm ist nichts geschehen. Viele Gebäude der Festung sind baufällig und können einstürzen." Nedeam deutete zu einem Stück der Wehrmauer, an dem sich ein Aufgang befand. „Lass uns dort hinauf. Von da aus überblicken wir das Vorfeld und die Orks und sehen, wenn ihre Verstärkung eintrifft." Er lächelte schwach. „Wenn sie vor Arkarims Beritt da ist, werden wir uns ihr allein stellen oder fliehen müssen."

„Die Flucht ist mir lieber. Hier zu sterben, ergibt keinen Sinn. Da ist es besser, am Leben zu bleiben und an einem anderen Tag erneut zu kämpfen."

Sie untersuchten die Verletzungen, die Duramont erlitten

hatte. Glücklicherweise waren es nur oberflächliche Wunden. Wenn sie sich nicht entzündeten, würden sie den Hengst auch nicht behindern. Nedeam nahm Pferdesalbe aus seiner Satteltasche und strich die leicht brennende und übel riechende Paste großzügig über die Verletzungen. Duramont ließ es leise schnaubend über sich ergehen, und sein Reiter klopfte ihm beruhigend den Hals.

„Lassen wir die Pferde frei laufen. Wenn wir sie brauchen, werden sie zur Stelle sein."

Da der Pfeil entfernt war, schmerzte die Verletzung nicht mehr so stark. Humpelnd bewegte sich Nedeam zu dem Aufgang hinüber und stützte sich an der Wehrmauer ab, während er mühsam die Stufen hinaufstieg. Llaranya folgte ihm mit Bogen und Reserveköcher. Ihre Pferde trabten in den hinteren Teil des Burghofes. Die Stufen der steinernen Treppe waren von Schnee und Eis rutschig und an einigen Stellen beschädigt. Dennoch gelangten die beiden sicher auf den Wehrgang der Umfassungsmauer.

„Es sind nicht viele", meinte Nedeam. „Gute zwei Zehnen. Einige haben wir im Wald erwischt. Vielleicht ist es nur eine Streifschar."

„Dann würden sie nicht ausharren." Llaranya deutete nach Nordosten. „Sieh, dort kommen auch schon die, auf die sie warten."

„Eine Kohorte", schätzte Nedeam mit raschem Blick. „Ein zu großer Bissen für uns. Es wäre kein schlechter Zeitpunkt für Arkarims Auftritt."

Die Kohorte stapfte im Eilmarsch heran und vereinigte sich mit der Schar, die sie erwartet hatte. Nur wenige Augenblicke später lösten sich zwanzig Rundohren und Spitzohren und bildeten die typische Schwarmlinie der Orks. Die Rundohren mit ihren Schlagschwertern vorn, dahinter die Spitzohren mit ihren

Bögen. Die weit auseinandergezogene Doppellinie schob sich langsam auf Merdoret zu.

„Sie wollen prüfen, wie stark wir sind, bevor die Kohorte stürmt", raunte Nedeam. „Sie wissen noch nicht, welchen Widerstand sie zu erwarten haben."

„Dann werde ich bis zum letzten Augenblick warten, bevor ich meine Pfeile verschieße. Sonst wissen sie sofort, dass hier nur ein einziger Bogen auf sie wartet."

„Dein Bogen und mein Schwert", sagte Nedeam grimmig. „Es ist wohl zu spät, einen Ausfall zu machen."

„Wir könnten ihre Reihe durchbrechen."

Nedeam schüttelte den Kopf. „Nicht ohne Fangschlag."

Llaranya spie aus. „Würde er es genauso machen?"

„Davon bin ich überzeugt."

„Dann wäre es nun an der Zeit, sich zu uns zu gesellen. Es sei denn", sie sah Nedeam forschend an, „er scheut sich, gegen seine eigene Art zu kämpfen."

Diese Sorge bewegte auch Nedeam. Er verstand nicht, warum das Rundohr nicht längst erschienen war. Möglicherweise war es in Not und unter Trümmern begraben oder sogar tot, doch er zweifelte daran.

Die Schwarmlinie der Orks kam näher und war bereits in Schussweite eines elfischen Bogens, doch Llaranya hielt sich zurück. Dann war auch die Reichweite eines menschlichen Bogens erreicht, und noch immer lösten sich keine Pfeile aus Merdoret. Die restliche Kohorte begann nun gleichfalls vorzurücken. Sie bewegte sich aber langsamer als die Schwarmlinie. Möglicherweise befürchtete ihr Anführer, in eine Falle gelockt zu werden. Dafür sprach auch, dass eine kleine Gruppe der Orks hinter der Truppe zurückblieb.

Die Schwarmlinie erreichte nun eine der Mauerbreschen und begann über die Trümmer hinwegzusteigen. Die Orks drängten sich dadurch dichter zusammen, und Nedeam nickte Llaranya zu. Es hatte keinen Sinn, noch länger zu warten.

Pfeil auf Pfeil verließ den Bogen der Elfin und fand sein Ziel. Die Orks waren kaum zu verfehlen, während sie über den Schutt kletterten. Die Rundohren unter ihnen waren Llaranyas bevorzugtes Ziel, doch diese stolzen Krieger nahmen die Verluste anscheinend gleichgültig hin. Sie beeilten sich nur noch mehr, in die Festung zu gelangen. Die Spitzohren hingegen duckten sich hinter Mauerreste und erwiderten den Beschuss. Kaum einer ihrer Pfeile konnte Nedeam oder Llaranya gefährlich werden. Der Winkel war für die Bestien zu ungünstig, und sie nahmen sich nicht die Zeit, sorgfältig zu zielen. Nur drei der Rundohren des Voraustrupps erreichten den Innenhof. Sie erkannten ihre beiden Gegner auf der Wehrmauer und stürmten ihre Schlagschwerter schwingend auf die Treppe zu. Da es eine Weile dauern würde, bis diese Orks zur Gefahr würden, nahm die Elfin nun die Bogenschützen des Feindes ins Visier. Als ihr Pfeilköcher geleert war, fand sich auch kein lebender Feind mehr in der Bresche. Das war allerdings kein Grund zur Freude, denn der wesentlich stärkere Rest der Kohorte hatte die Anlage nun fast erreicht.

„Hast du noch Pfeile?", fragte Nedeam wider besseren Wissens.

„Du hast in Eternas von einem Erkundungsritt gesprochen und nicht von einem ausgewachsenen Kriegszug", sagte sie mit sanftem Lächeln. „Aber wie üblich hat sich mein Gemahl keinen einzigen Feind entgehen lassen." Mit leisem Zischen fuhr ihre Elfenklinge aus der Scheide. „So mag nun Stahl auf Stahl prallen und sich dabei unser Schicksal entscheiden."

Die drei Orks auf dem Treppenaufgang waren beinahe oben angelangt. Nedeam stellte sich ihnen entgegen, und es war nicht sonderlich schwer, die in ihrer Bewegung eingeengten Krieger zu töten. Doch dann musste Nedeam sich hastig zurückziehen und sich an die Innenseite der Mauer kauern, denn nun begannen die anderen Bogenschützen der Kohorte, sie mit Pfeilen einzudecken.

„Sie sind nun im Innenhof", stellte der Erste Schwertmann überflüssigerweise fest. „Jetzt müssen wir abwarten, bis die Ersten von ihnen auf der Mauer stehen. Dann werden es ihre Schützen schwer haben, Freund und Feind zu unterscheiden."

Llaranya lachte leise auf. „Du kennst ihre Spitzohren. Denen ist egal, wen sie treffen."

Sie hörten an den Geräuschen, dass sich die Gegner bereits auf den Stufen des Aufgangs befanden. Da noch immer Geschosse geflogen kamen, mussten die Schützen im Innenhof Stellung bezogen haben. Im Grunde war es die richtige Entscheidung, den Gegner mit Pfeilen niederzuhalten, bis die Schlagschwertkämpfer auf der Mauerkrone waren. Danach würden die verfluchten Spitzohren keinen großen Unterschied in der Auswahl ihrer Ziele machen. Sie würden einfach ihre Pfeile lösen und darauf hoffen, dass eines der Geschosse das richtige Ziel fand. Ob Rundohren unter ihren Opfern waren, kümmerte die kleinen Schützen kaum.

Plötzlich war im Hof der Festung ein mächtiger Schrei zu hören. Ein Schrei, der alle Kämpfer überrascht erstarren ließ und zu Gebrüll anschwoll, als nun im Innenhof Klingen aufeinanderprallten.

„Das ist nicht Arkarims Beritt", meinte Llaranya.

Nedeam grinste breit. „Nein, dieses Gebrüll kenne ich zur Genüge. Wohlan, lass uns an Fangschlags Seite treten."

Die Orks waren sichtlich verwirrt, und das war nur zu verständlich. Aus dem Tor der inneren Festung war Fangschlag hervorgetreten, und der unerwartete Anblick des Artgenossen verblüffte die Kämpfer der Kohorte. Wohl vor allem deshalb, weil

Fangschlag die vollständige Rüstung eines Legionsoberführers trug. Die rot angemalten Querkämme auf seinem Helm schimmerten wie frisches Blut. Fangschlag führte sogar seinen alten rechteckigen Schild mit sich, auf dem dasselbe Symbol zu sehen war, das auch die Schilde der Angreifer zierte. Das der Legion der Blutkralle. Als Fangschlag nun jedoch ohne Zaudern zum Angriff auf die Kohorte überging, besannen sich die verblüfften Orks und nahmen augenblicklich den Kampf auf.

Llaranya und Nedeam richteten sich auf. Kein Spitzohr dachte im Moment daran, sie unter Beschuss zu nehmen, und die Rundohren auf der Treppe wussten im ersten Augenblick nicht, wem sie nun ihre Aufmerksamkeit widmen sollten, den menschlichen Feinden oder dem seltsamen Rundohr, das da auf sie losstürmte. So konnten Nedeam und die Elfin von oben auf den Gegner eindringen und sich die Stufen hinunterkämpfen. Der Erste Schwertmann musste hinter Llaranya zurückstehen, da seine Schenkelwunde ihn zu stark behinderte. Er konnte die Klingenarbeit seiner Frau nur bewundern. Sie hielt das Schwert mit beiden Händen und führte es in schwingenden und kreisenden Bewegungen. Ziel waren die Köpfe der Rundohren, die zwar versuchten, mit ihren Schlagschwertern zu parieren. Doch der elfische Stahl glitt säuberlich durch Schlagschwert und Rüstung, und Hals oder Schädel bildeten erst recht kein Hindernis.

Dennoch hätte die Übermacht des Feindes sie überwältigt, wenn in diesem Augenblick nicht das metallene Horn der Hochmark erklungen wäre. Der Ton erhob sich über dem Kampfgetümmel und ließ keinen der Krieger im Zweifel, dass sich Pferdelords der Hochmark näherten.

Die überrumpelte Kohorte begann sich zurückzuziehen. Zunächst noch kämpfend, doch als die Geräusche und Schreie des galoppierenden Beritts deutlicher wurden, gab es für die

Bestien kein Halten mehr. Sie wandten sich zur Flucht.

Und rannten direkt in die Lanzen und Klingen von Arkarims Männern.

Es war nur ein kurzes Hauen und Stechen, denn die Orks waren vollkommen demoralisiert und dachten kaum noch an Gegenwehr. Keiner von denen, die gegen Merdoret vorgerückt waren, entkam dem Zorn der Männer in den grünen Umhängen. Der Schnee auf dem Boden der alten Festung war an vielen Stellen mit dunklem Blut und den leblosen Leibern der Bestien bedeckt.

„Ihr seid zur rechten Zeit gekommen, Arkarim", sagte Nedeam, von tiefer Dankbarkeit erfüllt. „Sie hätten uns überwältigt."

Arkarim sah sich vom Pferderücken aus um und legte dann die Lanze mit dem Berittwimpel in die Armbeuge. Dunkles Blut tropfte von Stoff und Stange herab. „Wir kamen zeitig, wie es sich für Pferdelords gebührt. Und Ihr habt den Bestien einen guten Kampf geliefert, wie man sieht."

Nedeam erblickte Fangschlag zwischen den Reitern. Es war fast ein Wunder, dass diese das Rundohr nicht ebenso niedergemacht hatten, denn in seiner alten Rüstung schien er mehr denn je der Kämpfer einer orkschen Legion zu sein. „Du hast lange gewartet, mein Freund."

Fangschlag dampfte vor Hitze und stieß zufrieden sein Schlagschwert in den schneebedeckten Boden. „Ich hatte nicht damit gerechnet, dass du das Ehrengeleit einer Kohorte mitbringst." Der Ork bleckte seine Fänge zu einem Grinsen. „Ich musste erst die alte Rüstung aus dem Sack holen und sie anlegen. Das dauert seine Zeit."

„Das war also in dem Sack, den du die ganze Zeit mit dir herumgeschleppt hast."

Das Rundohr lachte bellend. „Gute Rüstung, angemessen für guten Kampf."

„Dein Anblick hat sie ganz schön erschreckt", lachte auch Nedeam auf.

Der Ork bleckte grinsend seine Fänge. „Kein Wunder. Fangschlag ist ein besonders großer und starker Krieger."

„Ich schätze, es ist noch nicht vorbei", rief ein Schwertmann, der auf die Mauer hinaufgestiegen war. „Ich sehe Bestien, und zwar eine Menge von ihnen."

Nedeam verfluchte seine Beinwunde, als er den anderen humpelnd und wesentlich langsamer auf die Mauerkrone folgte. Fangschlag war lange vor ihm oben und verfiel in ein begeistertes Gebrüll. Seine Worte waren kaum zu verstehen, denn die kehlige Stimme des Rundohrs überschlug sich. Erst als Nedeam neben ihm stand, wurde ihm deren Sinn deutlich.

„Ich kenne das Banner, Pferdemensch Nedeam, ich kenne es." Fangschlag schlug erregt mit der Faust auf die Mauereinfassung. „Es ist das Banner meiner alten Legion. Die Legion der Blutkralle. Ha, und ich erkenne die Made, die sie führt. Ah, weißt du, was das bedeutet? Weißt du es?"

Nedeam wollte erst verständnislos den Kopf schütteln, doch dann begriff er. „Es ist Einohr? Willst du das sagen?"

„Und ob es Einohr ist." Fangschlag stieß erneut einen begeisterten Schrei aus. „Ich erkenne ihn an seiner Rüstung. Kein Spitzohr trägt einen metallenen Harnisch, aber diese verfluchte Made hat sich extra einen machen lassen, als sie Legionsführer wurde." Er lachte erneut. „Kein gutes Metall, ist viel zu dünn. Angemessen für eine nutzlose Made wie Einohr. Er ließ sich sogar ein Schlagschwert nach seinem Maß anfertigen. Ha, ein Schlagschwert? Ein größeres Messer, kaum mehr." Fangschlag deutete auf seine Klinge, von der dunkles Blut troff. „Das hier, das ist ein wirkliches Schlagschwert. Und damit werde ich ihn schlachten. Ja, das werde ich."

Fangschlag wandte sich von der Mauer ab und machte Anstalten, die Treppe hinunterzueilen. Nedeam konnte ihn gerade noch festhalten. „Warte, Fangschlag. Nicht jetzt und auch nicht auf diese Weise. Dort nähert sich eine ganze Legion. Wenn du jetzt auf sie losstürmst, wird man dich einfach überwältigen und schlachten."

Fangschlag verharrte und atmete schwer. „Ich muss ihn töten. Die Ehre verlangt es. Ich muss es tun. Sofort."

„Später", erwiderte Nedeam und sah den Ork eindringlich an. „Die Legion wird uns nicht entkommen lassen, wir müssen gegen sie kämpfen. Du wirst Gelegenheit erhalten, deinen Feind zu töten. Aber wir müssen mit Bedacht vorgehen, Fangschlag, sonst bist du tot, bevor du dich ihm nähern kannst."

Fangschlag nickte benommen. „Das ist wahr."

„Wir könnten ihnen auf unseren Pferden entkommen", wandte Arkarim ein. „Wir sind weit schneller als sie, und die Tiere haben noch genug Kraft." Er ignorierte den empörten Blick Fangschlags. „Mit einem Beritt können wir nicht gegen eine volle Legion antreten, Nedeam. Das wisst Ihr."

Der Erste Schwertmann nickte betrübt. „Ich weiß, Arkarim, ich weiß. Dennoch müssen wir hierbleiben und gegen sie kämpfen. Wenn wir fliehen, wird sich die Legion sofort an unsere Fersen heften, und du kennst die Beharrlichkeit der Bestien. Sie folgen uns bis Merdonan, und wenn dort noch keine Beritte versammelt sind ..."

„Merdonan würde der Legion standhalten", meinte Arkarim. „Dort sind die Schwertmänner der Ostmark und die guten Pferdelords der Stadt. Die werden mit zweitausend Orks schon fertig."

„Wenn es nur diese eine Legion ist, habe ich daran keinen Zweifel", stimmte Nedeam zu. „Aber Tatsache ist, dass eine volle Legion der Bestien vor uns steht. Zu einer Zeit, da wir erwarteten, sie würden den Winter in ihren warmen Festungen verbringen. Arkarim, eine Legion marschiert nicht ohne Grund. Was, wenn dieser Legion noch andere folgen? Weil die Bestien Ähnliches planen wie wir? Wenn wir vor ihnen nach Merdonan fliehen, werden sie nur eine oder zwei Tageswenden später eintreffen. Die Sümpfe werden gefroren sein, und sie werden sie überqueren und die Stadt angreifen. Und wenn die Beritte der anderen Marken dann nicht bereitstehen, wird Merdonan womöglich fallen. Dann liegt die Ostmark offen vor ihnen. Viel Blut wird auf Gehöften und in Weilern fließen, bis wir alle Bestien vernichtet haben. Nein, Arkarim, wir müssen hier stehen und Merdonan Zeit erkaufen."

Der Scharführer warf einen Blick auf die heranmarschierende Legion. „Von hier sind es drei Tageswenden zu den Sümpfen und eine weitere, um sie zu überqueren. Wenn man sehr schnell reitet und keine Rast einlegt, kann man es in drei Tageswenden schaffen. Bulldemut wird seine Beritte gewiss schon bereithalten. Aber auch wenn er uns sofort Hilfe schickt, wird es wenigstens sechs Tageswenden dauern, bis sie hier eintreffen." Der Scharführer strich unbewusst über den Schaft seiner Wimpellanze. „Elkin ist der schnellste Reiter im Beritt."

„Dann wird Elkin reiten und die Nachricht nach Merdonan tragen. Ich hoffe, er kann uns Hilfe bringen."

„Wenn nicht", brummte Arkarim, „wird es ein kurzer und ruhmreicher Kampf."

„Wichtig ist mir nur, dass ich den Verräter Einohr schlachten kann", zischte das Rundohr.

Nedeam hatte nie zuvor solchen Hass in den Augen eines Orks gesehen. Immerhin war die Frage beantwortet, ob Fangschlag gegen seine eigene Art kämpfen würde. Jedenfalls würde es nun reichlich Gelegenheit dazu geben.

21

Der Reiter trug den schwarz gesäumten Umhang und den schwarzen Rosshaarschweif der Schwertmänner der Ostmark. Er hatte Merdonan vor einigen Tageswenden verlassen und war der Handelsstraße bis zu jener Stelle gefolgt, an welcher der geheime Weg zum Versteck Garwins abzweigte. Der Reiter kannte dieses Versteck gut, denn obwohl er ein Schwertmann der Ostmark war, fühlte er sich Garwin verbunden. Schulden beim Würfelspiel und ein Beutel goldener Schüsselchen hatten zu seiner Gesinnung beigetragen. Dieser Mann, der dem Volk der Pferdelords so gar keine Ehre machte, hieß Erkaran.

Er wusste, dass der Waldsaum gut bewacht wurde, und hob die Stoßlanze quer über seinen Kopf, als Zeichen, dass er in friedlicher Absicht kam. Dennoch rührte sich nichts, und er fühlte sich nicht besonders wohl, als der Schatten der Versteinerten Wälder über ihn fiel. Er hatte erst wenige Längen auf dem Pfad zurückgelegt, als er auch schon angerufen wurde.

„Halt, wer seid Ihr? Gebt Euch zu erkennen und nennt Euer Begehr!“

„Erkaran, Schwertmann der Ostmark. Ich komme mit Kunde für den Hohen Lord Garwin.“

„Gut, Ihr könnt passieren. Kennt Ihr den Weg?“

„Ich bin ihn schon geritten.“

Erkaran trieb sein Pferd an. Man gelangte relativ leicht in den Wald hinein. Ihn zu verlassen war wesentlich schwieriger. Wenn er zurückritt, musste er in Gesellschaft eines Wachmanns sein, sonst würde man ihn nicht passieren lassen. Ein Besucher, der das Lager ohne die Begleitung eines Gefolgsmanns verlassen wollte, endete ungewarnt durch Klinge oder Pfeil. So vermieden Garwins Männer, dass man versehentlich einen Späher des Feindes entkommen ließ.

Schon bald hatte Erkaran das große Lager erreicht und ritt, eskortiert von zwei Bewaffneten, auf das mehrstöckige Heim Garwins zu. Er wurde gemeldet und trat ein. Im Untergeschoss musste er seine Waffen ablegen. Kein Pferdelord tat das gern, doch Erkaran hatte keine Wahl. Garwin traute niemandem, der durch Gold überzeugt worden war.

„Hoher Lord, ich bringe Euch Kunde aus Merdonan. Ein Beritt der Hochmark ist dort eingetroffen, und ich hörte, wie sich die Männer unterhielten. Was ich dabei erfahren habe, könnte Euch ein paar Schüsselchen wert sein."

Garwin runzelte die Stirn. „Pferdelords der Hochmark in Merdonan? Das mag interessant sein. Berichtet, und ich werde urteilen, wie voll der Beutel wird."

Also erzählte Erkaran, was er erfahren hatte. „Bevor ich aufbrach, traf ein Reiter Bulldemuts ein", fügte er am Ende hinzu. „Es gibt Weisung, dass sich die Beritte der Schwertmänner sammeln sollen."

Garwin nickte nachdenklich. „Dann haben der König und die Pferdefürsten dem Plan zugestimmt. Die Beritte der Schwertmänner werden mit der Garde Alnoas nach Osten vorstoßen. Ins Reich der Finsternis. Ein wahrhaft verwegener Plan", sagte er und legte die Fingerspitzen aneinander. „Aber er kann gelingen. Wenn die Bestien die Kälte wirklich scheuen, dann kann er gelingen ..." Garwin starrte nachdenklich auf die Karte.

„Alles hängt von den Erkundungen des Hohen Herrn Nedeam ab, Hoher Lord."

„Nedeam." Garwins Gesicht verfinsterte sich, und er sah den verräterischen Schwertmann an. „Schön, Ihr könnt Euch entfernen, Erkaran. Lasst Euch unten mit Euren Waffen auch zehn goldene Schüsselchen aushändigen."

„Hoher Lord." Erkaran verbeugte sich ehrerbietig. Offensichtlich war seine Nachricht von großer Bedeutung für Garwin.

Als Erkaran gegangen war, traten Garwins verlässliche Scharführer Peragram und Hendahl ein. Garwin berichtete, was er soeben erfahren hatte, und beobachtete dabei die Gesichter seiner Vertrauten. „Nun?", fragte er schließlich leise. „Was haltet Ihr davon?"

Hendahls Augen leuchteten. „Ein Vorstoß ins Herz der Finsternis. Ein tollkühner Ritt, Hoher Lord. Ein ruhmreicher Ritt."

Peragram schürzte die Lippen. „Tollkühn, fürwahr. Wenn die Orks nicht gar so empfindlich sind, wie man vermutet, dann wird er in den Untergang führen. Keiner der Schwertmänner wird mehr zurückkehren."

Garwin lächelte breit. „Mag sein, doch das spielt keine Rolle. Wichtig ist allein, dass ein ganz bestimmter Schwertmann nicht zurückkehrt."

„Der Erste Schwertmann der Hochmark." Peragram fiel in das Lächeln ein.

Hendahl sah die beiden verständnislos an. „Wenn Nedeam etwas zustößt, werden die Beritte kaum abrücken. Sie werden dann vermuten, dass die Orks ..."

Garwin machte eine abwehrende Handbewegung. „Ihr müsst andersherum denken, Hendahl. Wenn die Beritte nicht abrücken, wird dem verfluchten Nedeam möglicherweise etwas zustoßen. So ganz allein im Herzen der Finsternis, wie Ihr es so treffend formuliert habt."

„Und wenn die Beritte nicht abrücken?"

Garwin seufzte. „Ihr denkt noch zu sehr als Schwertmann, Hendahl, seid noch zu sehr in den Ehrbegriffen unseres Volkes befangen und legt zu wenig Wert auf die praktischen Dinge."

Der selbst ernannte Hohe Lord Garwin erhob sich, trat an einen Tisch und schenkte verdünnten Wein in drei Gläser, dann nahm er sich eines davon. Während auch die anderen sich bedienten, lehnte sich ihr Herr an den Schreibtisch. „König und Pferdefürst werden zugestimmt haben, weil die Garde des Reiches Alnoa beteiligt ist. Doch wenn die Garde nicht marschiert, wird ihnen das Wagnis zu groß sein."

„Aber die Garde wird marschieren", wandte Peragram ein. „Womöglich ist sie schon auf dem Weg."

Garwin nickte. „Und wir werden sie wieder heimwärts schicken."

„Wie das?", knurrte Hendahl. „Wir können uns nicht der Garde in den Weg stellen. Sie würde uns zur Seite fegen."

„Ihr Kommandeur wird sicherlich ein paar Männer vorausschicken, damit sie seine Ankunft ankündigen. Die Garde wird in großer Zahl auftreten. Das heißt Quartier für viele Männer, die außerdem verpflegt sein wollen, ebenso wie ihre Tiere. So etwas braucht Vorbereitung. Peragram, haben wir eine Handvoll guter Schwertmänner der Ostmark in unseren Reihen?"

„Nein." Peragram überlegte kurz. „Doch das ließe sich mit etwas Farbe richten."

„Ausgezeichnet. Es müssen nicht viele Männer sein. Eine starke Streifschar reicht."

Dann unterbreitete Garwin den Scharführern seinen niederträchtigen Plan.

22

Acht Tageswenden waren vergangen, und die Legion vor Merdoret machte noch immer keine Anstalten, die Pferdelords in der Ruine anzugreifen. Das Warten zerrte an den Nerven der Belagerten. Nachdem Tageswende um Tageswende verstrichen war, ohne dass sich die erhofften Beritte vom Pass her genähert hätten, sehnten die Menschen in der Festung Merdoret eine Entscheidung herbei. Das geschäftige Treiben hatte sich längst gelegt. Was möglich war, um die Eingeschlossenen auf den erwarteten Angriff vorzubereiten, war längst getan. Ein Teil der Bogenschützen war stets auf ihren Posten und beobachtete den Feind, die Pferde waren versorgt, und die Verteidigungsvorbereitungen abgeschlossen. An den Treppenaufgängen zur Wehrmauer hatte man Barrikaden errichtet. Dahinter würden Schwertkämpfer bereitstehen, um einen Rückzug der Bogenschützen von der Mauerkrone zu decken. Sie würden stehen und kämpfen, bis sich die Bogenschützen in die relative Sicherheit der inneren Festung begeben hatten und ihnen von dort aus mit ihren Pfeilen für den eigenen Rückzug Deckung geben konnten. Dennoch würden gerade die Schwertkämpfer Verluste hinnehmen müssen, bis sie die Zuflucht erreicht hatten. Das Tor zur inneren Festung war, so gut es ging, gerichtet und verstärkt. Vorräte waren hineingebracht worden, und einige Männer hatten begonnen, die Wehrgänge des Rundturms zu reparieren. Doch waren die Arbeiten wieder eingestellt worden, denn in der letzten Nacht hatte es erneut zu schneien begonnen. Als es wieder aufhörte, hatte sich die Situation verschlechtert. Der Schnee lag nun so hoch, dass die Pferde nur langsam vorankommen konnten. Ein Erfolg versprechender Ausbruchsversuch war so gänzlich unmöglich geworden.

Scharführer Arkarim war dabei, die Mauerabschnitte zu kontrollieren, auf denen die besten Bogenschützen des Beritts postiert waren. Nun kam er zur Nordmauer hinauf, auf der Nedeam neben Llaranya stand.

„Im Moment machen die Bestien nicht den Eindruck, als wollten sie uns bald berennen.“ Arkarim legte die Wimpellanze in die Armbeuge und stützte sich auf eine der Zinnen. „Ihre Hauptmacht steht vor der Ostmauer. Oder vielmehr dem, was davon übrig ist.“

„Die günstigste Stelle für einen Ansturm.“ Nedeam blickte die benachbarten Mauerabschnitte entlang. „Das Tor liegt in Trümmern, und diese zu erklimmen würde die Orks nur aufhalten. Aber die Mauerbreschen rechts und links laden sie förmlich ein, sie werden es darüber versuchen.“

„Wir können die Mauer nicht lange halten“, seufzte Arkarim. „Auch wenn der Feind durch den Schnee nur langsam vorankommt. Wir haben zu wenige Bogenschützen und Schwertkämpfer.“ Er schlug mit der flachen Hand auf die Zinne. „Wahrhaftig, Hoher Herr, wenn wir die Breschen auffüllen könnten, dann würde ich meinen, wir könnten sie halten, aber so wie sie nun sind, werden die Orks sie im ersten Anlauf nehmen. Es sind einfach zu viele von ihnen. Ich frage mich, worauf sie noch warten.“

„Ich habe Fangschlag über die Taktik der Legion befragt. Er meint, sie wolle abwarten, ob weitere Beritte folgen, und warte wohl selbst auf Verstärkung. Die Scharen sind ihre Vorposten, um die Hauptmacht zu warnen.“

„Wie erwähnt, ihr Ring ist zu schwach, um unseren Ausbruch zu verhindern.“

„Wenn wir ausbrechen wollten, hätten wir es längst getan, und das wissen sie. Sie sind Bestien, doch sie sind nicht dumm.“

Arkarim wies über seine Schulter. „Wir haben in der inneren Zuflucht ein geheimes Tor entdeckt. Es befindet sich in der Nordmauer. Eigentlich kaum mehr als ein Schacht. Aber wir könnten ihn benutzen. Ein Mann passt gerade hindurch."

„Aber wohl kein Pferd?"

Arkarim schüttelte bedauernd den Kopf.

„Dann können wir diesen Fluchtweg nicht nutzen. Ohne Pferde sind wir zu langsam, und es würde den Bestien leichtfallen, uns einzuholen. Draußen, im Freien, würden wir ihrer Übermacht niemals standhalten."

„Der Schnee liegt zwei Spannen hoch. Das macht die Pferde langsamer, aber auch die Orks. Die Bestien haben mit Beginn der Tageswende wieder einen lockeren Ring aus kleinen Scharen um Merdoret gezogen", meinte Arkarim. „Genug, um einen einzelnen Reiter abzufangen, aber zu wenig, um den Durchbruch des Beritts zu verhindern." Er sah Nedeam forschend an. „Wir könnten noch immer den Ausbruch wagen."

„Wir wären zu langsam. Die Pferde kämen nicht rasch genug voran. Bedenke außerdem, dass wir Merdonan Zeit verschaffen müssen." Nedeam schüttelte den Kopf. „Ich kenne Bulldemut, er ist ein tapferer Mann und ein wahrer Pferdelord. Seine Verstärkungen sollten längst eingetroffen sein. Entweder kam der Bote nicht nach Merdonan durch, oder man ist dort noch nicht bereit. Aber zur nächsten Tageswende werden wir endgültig abziehen, auch wenn es Fangschlag nicht behagen wird. Dass die verdammte Legion noch immer wartet, scheint mir ein Zeichen dafür zu sein, dass sie auf weitere Verstärkung hoffen."

„Viel Feind, viel Ehr", brummte Arkarim. „Es wundert mich, dass die Rundohren der Legion bereit sind, uns mit anderen Legionen zu teilen."

„Das hängt letztlich vom Befehl des Legionsführers ab", erwiderte Nedeam und grinste breit. „Wenn es tatsächlich Einohr ist, und nach Fangschlags Worten gibt es daran kaum einen

Zweifel, dann wird der verdammte Kerl zur Vorsicht neigen. Die eigene Haut ist ihm sehr kostbar."

„Gut, doch was ist mit unserer Haut?" Arkarim wies über die Mauerkrone zum Feind. „Wir haben die Bestien nun schon acht volle Tageswenden aufgehalten. Wir stehen hinter den Mauern, und die Legion steht davor. Noch länger zu warten hat wenig Sinn, Hoher Herr. Unsere Chancen werden immer schlechter, und ich glaube nicht, dass wir hier für Merdonan noch viel bewirken können."

„Ja, Ihr habt recht, Arkarim", seufzte Nedeam. „In der Morgendämmerung, wenn auch die Bestien schlechter sehen, werden wir es versuchen. Ein paar Männer sollen sich daranmachen, das geheime Fluchttor in der Nordmauer zu vergrößern. Vielleicht wird es doch noch von Nutzen sein."

Llaranya hatte sich in den vergangenen Tagen die Mühe gemacht, ihre verschossenen Pfeile wieder einzusammeln. Jene, die noch verwendbar waren, hatte sie mit Schnee vom dunklen Blut gesäubert und zurück in ihre Köcher gesteckt. Sie hatte dem Gespräch gelauscht und wandte sich nun Nedeam zu. „Ist dir an Fangschlags Sprechweise etwas aufgefallen?"

Er sah sie verwirrt an. „Was sollte mir daran auffallen?"

„Er kann sehr gut sprechen und sich auch gut ausdrücken. Doch er fällt immer wieder in eine seltsam abgehackte Sprechweise zurück. Ich habe darauf geachtet und glaube, dass es immer dann auftritt, wenn er sich erregt. Seine Instinkte scheinen dann die Oberhand zu gewinnen. Als würde ein Teil seines Verstandes von den Urtrieben verdrängt. Zudem setzt ihm wohl auch die Kälte zu. Wenn es friert, scheint nicht nur sein Leib teilweise zu erstarren, auch seine Gedanken werden schwerfällig."

Nedeam zuckte die Schultern. „Ich habe es nicht bemerkt. Er bereitet mir ohnehin Sorge. Nun ist er schon eine ganze Zeit bei den erschlagenen Orks. Das gefällt mir nicht. Vielleicht plagt ihn das Gewissen, Krieger seiner eigenen Art erschlagen zu haben."

„Ich hoffe nur, er wird wieder gegen sie kämpfen", brummte Arkarim. „Denn darin ist er gut."

„Das wird er", meinte Nedeam in bestimmtem Tonfall. „Einohr ist bei der Legion, und solange der lebt, wird Fangschlag keine Ruhe finden. Er hasst das Spitzohr mit jeder Faser seines Leibes."

Arkarim warf einen Blick in den Hof hinunter und sah dann wieder auf die Ebene hinaus. „Die Mauern können wir nicht halten. Daher werden unsere Bogen dem Feind so lange zusetzen, bis er am Wall ist, und sich danach in die Zuflucht der inneren Burg zurückziehen. Sie lässt sich noch gut verteidigen, und wir können dort auch die Pferde unterbringen. Aber wenn wir Mauern und Hof aufgeben, gibt es kein Entkommen mehr. Wenn die Legion den Hof erst besetzt, wird uns die Kraft zum Durchbruch fehlen. Das Tor der inneren Festung ist nur schmal, und wir könnten uns nicht rasch genug entfalten."

„Ich weiß. Wenn sie uns noch eine Tageswende Zeit geben, werden wir den Ausbruch wagen. Länger zu warten, wäre ein sinnloses Opfer."

„Vielleicht stehen die Beritte der Schwertmänner und der alnoischen Garde ja schon in Merdonan und rücken nun zur Hilfe aus."

„Arkarim, unsere Gedanken drehen sich im Kreis. Bulldemut hätte uns längst Verstärkung geschickt. Nein, es wird noch wenigstens einen Zehntag dauern, bis sich die Truppen der anderen Marken vor Merdonan versammelt haben. Bedenke, Arkarim, der Feldzug sollte erst nach einem vollen Mond beginnen, dann, wenn der Winter mit aller Härte hereinbricht."

Aus einem der Wälder drang dumpfes Pochen zu ihnen herüber. Sie lauschten den Geräuschen.

Nach einer Weile lächelte Nedeam zufrieden. „Sie schlagen wieder Holz. Es ist ihnen zu kalt, und sie wollen ihre wärmenden Feuer nicht aufgeben. Vielleicht ist es doch ein gutes Zeichen, dass sie noch abwarten."

Llaranya legte ihre Hand über die seine. „Dann solltest du nun ein wenig ruhen. Dein Bein braucht Schonung, damit es heilen kann."

„Den Arm kann ich wieder gut bewegen", brummte er, „und das Bein ..."

„Das Bein braucht Schonung", wiederholte sie entschieden. „Der gute Herr Arkarim ist ein hervorragender Scharführer, und was an Vorbereitungen zu treffen ist, wird er in die Wege leiten. Somit kannst du dir und deinem Bein etwas Erholung gönnen. Und keine Sorge, wenn die Schlacht beginnt, wirst du die Klinge noch rasch genug mit dem Feind kreuzen können."

Nedeam stieß ein leises Knurren aus, doch sie hatte recht. „Schön, ich werde mich in die innere Feste zurückziehen."

Vorsichtig humpelte er die gemauerte Treppe hinunter. Im Innenhof angelangt, ging er zu Fangschlag hinüber, der bei den Leibern der getöteten Orks stand, welche man in einer Ecke aufeinandergeschichtet hatte. Nedeam war froh, dass die Kälte den Verfall der Leiber aufhielt, denn der Gestank wäre inzwischen sicherlich unerträglich gewesen. Fangschlag hatte den Schnee von einigen der Toten heruntergeschoben und wirkte in Gedanken versunken. Die beiden roten Querkämme auf seinem Helm leuchteten in der Farbe frischen Menschenblutes. Sie waren das Zeichen des hohen Ranges, den das Rundohr einst eingenommen hatte. In seiner schweren Rüstung wirkte er bedrohlich.

Es fiel dem Ersten Schwertmann noch immer nicht leicht, die Gemütslage des Rundohrs zu deuten, dennoch war er sich sicher, dass Fangschlag in diesem Augenblick Trauer empfand.

Die Art, wie er bei einem der toten Artgenossen stand, ließ kaum Zweifel daran.

„Ein Rundohr der Blutkralle“, sagte der Ork leise, als Nedeam neben ihn trat. „War ein guter Kämpfer.“

„Kanntest du ihn?“

„Nein. Diese Krieger stammen aus einem neuen Wurf. Die alte Blutkralle wurde in Rushaan aufgerieben. Jetzt gibt es die neue Blutkralle. Mit Einohr als ihrem Führer.“ Fangschlag bleckte die Fänge. „Nicht gut für die Legion. Einohr eine feige Made und sehr hinterhältig. Werde ihn schlachten.“

„Ja, das wirst du“, murmelte Nedeam. Er räusperte sich. „Bereust du, gegen sie gekämpft zu haben?“

„Es war notwendig.“ Fangschlag trat zu einem gefallenen Spitzohr und trat verächtlich gegen den Kadaver. „So lange, bis Einohr geschlachtet ist. Danach …? Ich weiß es nicht.“

„Wenn alle Rundohren so wären wie du, dann könnten wir vielleicht sogar in Frieden miteinander leben“, sagte Nedeam nachdenklich.

„Frieden? Seltsame Vorstellung.“ Das Rundohr lachte heiser. „Wo bleibt der Ruhm, wenn es keinen Kampf gibt? Rundohren werden für die Schlacht geworfen. Einen anderen Zweck haben sie nicht.“

Wie sollte Nedeam mit einem Wesen über den Sinn des Lebens sprechen, das ausschließlich für den Kampf bestimmt war? Die Orks kannten nichts anderes. Er wollte dieses Thema jetzt nicht vertiefen und sah eher beiläufig über die toten Leiber hinweg. Dann fiel ihm etwas auf.

„Die Rüstungen sind anders.“

Fangschlag nickte. „Die Blutkralle gehört zu den Eisenbrüsten. Sehr starke Panzer für sehr starke Rundohren. Alles gute Kämpfer.“

„Ich meine nicht die Stärke der Rüstungen.“ Nedeam beugte

sich vor und betrachtete einen der Harnische genauer. „Sieh, sie sind innen mit Fell gefüttert."

Fangschlag beugte sich zu ihm und runzelte die Stirn. „Wozu ist das gut? Vielleicht zum Polstern, wenn die Rüstung nicht gut sitzt. Das muss sie nämlich."

„Das hier scheint mir einen anderen Grund zu haben, Fangschlag. Wir Menschen tragen im Winter, wenn es richtig kalt ist, dickere Kleidung, die uns wärmt. Manchmal versehen wir sie innen auch mit Futter."

„Futter? Warum steckt ihr Essbares in eure Kleidung? Ah, verstehe, damit es nicht einfriert und man es weiter kauen kann, nicht wahr?"

„Man nennt es nur Futter. Es ist ein Fell, das den Körper warm hält. Wie bei deinem Wams, Fangschlag."

Fangschlag betastete den Harnisch, löste dann die Schnallen und entfernte ihn von dem Toten, um die Innenseite zu betrachten. „Ja, jetzt verstehe ich. Die Haare halten warm."

„Ziemlich. Das ist wie mit den Haaren eines Bartes. Auch der hält das Gesicht im Winter warm."

„Du hast nur einen kurzen Bart. Nicht wie andere Pferdemenschen oder Zwerge. Dir ist nicht kalt?"

„Llaranya schätzt keinen dichten Bart. Sie meint, er kratze sie."

„Wobei sollte dein Bart sie kratzen?"

Nedeam seufzte. „Das ist … nun, das ist so ein Menschending, du verstehst?"

Fangschlag ließ ein leises Schnauben hören. „Uns Orks wächst kein Bart. Unsere Haare sind auch nicht so lang wie Haare bei euch Pferdemenschen." Er klopfte gegen den Harnisch. „Aber Haare in der Rüstung sind gut. Ich werde meine eigene auch damit füttern."

„Ja, das, äh, ist keine schlechte Idee", stimmte Nedeam zu.

„Du … legst großen Wert darauf, deine alte Rüstung zu tragen, nicht wahr?“

„Fangschlag war Legionsoberführer. Bis Einohr die Legionen verraten hat. Rüstung erinnert an Schande von Einohr. Und Rüstung ist angemessen für den Kampf.“

„Du hast die Angreifer damit ganz schön verwirrt. Sie haben nicht erwartet, einem Rundohr zu begegnen. Noch dazu einem mit den Zeichen eines Anführers.“

„Ja, haben ganz verblüfft die Fänge gebleckt“, stimmte Fangschlag sichtlich amüsiert zu. „Bin neubegierig aufs nächste Mal.“

„Noch einmal werden sie sich wohl nicht durch deine Rüstung verwirren lassen.“

„Warum nicht?“ Der Ork deutete auf die Kadaver. „Alle, die Fangschlag in der Rüstung sahen, liegen hier. Keiner ist entkommen.“

Der Erste Schwertmann nickte. „Du hast recht, Fangschlag. Nur die sind entkommen, die außerhalb der Festung waren, und die haben dich nicht gesehen. Das habe ich nicht bedacht.“ Er schlug dem Rundohr auf die Schulter. „Jedenfalls solltest du deine Rüstung wirklich mit den Haaren füttern. Es wird sicherlich bald noch kälter werden.“

Es hatte erneut zu schneien begonnen. Der Ork nickte und deutete auf die Flocken. „Neues Totentuch senkt sich. Die Legion wird erst angreifen, wenn es nicht mehr vom Himmel sinkt. Gibt den Kriegern schlechtes Gefühl, wenn sie kämpfen bei sinkendem Totentuch. Ist kein gutes Zeichen. Der Leib wird kalt und Füße sinken ein.“

Die Information war für Nedeam wichtig. Es hieß, dass die Orks keinen Angriff wagen würden, solange es schneite. Das konnte dem Beritt die ersehnte Frist verschaffen. Er blickte hinauf in den Himmel. Das Schneetreiben war dichter geworden. Es würde nicht nur den Feind behindern.

23

Als Pferdefürst Bulldemut wieder in Merdonan einritt, waren die Bewohner und vor allem der Erste Schwertmann Mor überrascht. An Bulldemuts Seite ritt Pferdekönig Reyodem, der einen Teil seiner Beritte mitgebracht hatte.

„Ich erfuhr von Eurem Boten, dass man dem Plan zugestimmt hat“, bekannte Mor, „doch die frühe Ankunft des Königs und der Schwertmänner der Königsmark überrascht mich. Es hieß doch, man wolle sich erst nach einem Mond versammeln.“

„Nun, ich hoffe, Hoher Herr Mor, ich komme mit meinen Männern nicht ungelegen.“ Reyodem lächelte und nahm seinen Worten so jegliche Schärfe. „Ich gestehe ein, ich bin viel zu neugierig, um noch in Enderonas zu warten. Die anderen Beritte stoßen in einem Zehntag zu uns, und die der anderen Marken werden nicht viel länger auf sich warten lassen.“

„Bereitet dem König Quartier in meinem Haus, Hoher Herr Mor“, ordnete Bulldemut an. „Die Schwertmänner können wir in der Stadt unterbringen. Die Menschen von Merdonan werden bereitwillig zusammenrücken. Wenn die anderen Beritte kommen, müssen die allerdings wohl außerhalb der Stadt lagern. Aber wir werden Brennsteinbecken und Zelte für sie bereithalten, und es wird den Männern an nichts mangeln.“

König Reyodem nickte. „Weitere Vorräte und Ausrüstung werden mit den Beritten zu uns stoßen. Es braucht seine Zeit, alles herbeizuschaffen. Ein Ritt ins Reich der Finsternis will gut vorbereitet sein.“

Mor überschlug die Anzahl der Schwertmänner im Gefolge

Reyodems. Schon jetzt waren es zehn volle Beritte der Königsmark. „Es wird sich eine stattliche Streitmacht versammeln, wie ich sehe. Wir könnten schon bald losschlagen."

„Wir müssen den Bericht Nedeams abwarten." Der König nahm dankbar einen Becher Wein entgegen. „Und wir müssen abwarten, bis die Garde des Reiches Alnoa zu uns stößt. Solange wir nicht wissen, welche Gefahr uns droht, dürfen wir uns nicht leichtfertig über die Grenze wagen. Wir brauchen Nedeams Bericht."

„Jedenfalls werden wir nicht losschlagen, bis die anderen bei uns sind", warf Bulldemut ein. „Wenn wir nacheinander und getrennt marschieren, sind wir wie ein dünner Zweig, den der Gegner leicht zerbrechen kann. Treten wir dagegen mit geballter Macht auf, sind wir ein starker Stamm, an dem er zerschellen wird."

„Ich hoffe nur, Nedeam steckt nicht in Schwierigkeiten", knurrte Mor. „Er hat nur einen einzigen Beritt bei sich."

„Ich kenne Nedeam", sagte Reyodem beruhigend. „Er ist erfahren genug, sich nicht in eine Falle locken zu lassen, und wird sich vor einer Übermacht rechtzeitig zurückziehen."

Mor zuckte die Schultern. Auch er kannte Nedeam und wusste, dass dieser vor kaum einem Kampf zurückschrecken würde. Zudem hatte Mor ein merkwürdiges, sehr unangenehmes Gefühl.

24

Hauptmann ta Erret achtete auf die saubere Formation seiner kleinen Schar. Er und seine zehn Reiter befanden sich nun schon tief im Land des Pferdevolkes, und er wollte einen guten Eindruck machen. Vor einer halben Tageswende hatten sie die Ostmark erreicht und waren ihrem Ziel, der Hauptstadt Merdonan, nicht mehr fern. Erret ritt in der vorgeschriebenen Haltung der Garde, die Zügel in der linken Hand und die rechte Hand in die Hüfte gestemmt. Unterführer Barsaw hielt den Berittwimpel und zu seinem Vorgesetzten den gebührenden Abstand von einer halben Pferdelänge. Die übrigen Gardisten folgten in Zweierreihe, der Schlussmann ritt allein, was den Ordnungssinn des Hauptmanns ein wenig störte.

Unterführer Barsaw räusperte sich, und ta Erret erkannte, dass der Gardist ein paar Worte mit ihm wechseln wollte. Eigentlich war das ungebührlich, doch der Ritt durch die Landschaft, so schön sie auch sein mochte, langweilte den adligen Kavallerieoffizier. So warf er Barsaw einen aufmunternden Blick zu.

Der räusperte sich erneut. „Mit Verlaub, Hochgeborener, ich verstehe die Eile nicht. Die Garde folgt uns in einem Abstand von einem vollen Zehntag."

„Der Hochgeborene Daik ta Enderos, Kommandeur der Garden des Reiches Alnoa, will seine Verbündeten nicht im Ungewissen lassen, welchen Ausgang die Sitzung des Hohen Kronrates genommen hat."

„Nun, die Garde zieht gegen den Feind, Hochgeborener."

„In der Tat, das tut sie." Ta Erret strich sich geziert über den schmalen Oberlippenbart. „Doch weiß das Pferdevolk noch nichts von diesen Beschlüssen. Zuvorderst nicht, welche Truppen die Garde aufbieten wird."

„Man munkelt, ta Enderos habe mit mehr Unterstützung gerechnet", brummte der Unterführer.

Ta Erret warf ihm einen scharfen Blick zu. „Wahrt die Form, Unterführer. Ihr sprecht vom Hochgeborenen ta Enderos, dem Oberkommandierenden der Garde. Lasst es nicht am gebührenden Respekt fehlen. Zumal wir uns nun im Land des Pferdevolkes bewegen. Wertvolle Verbündete, ohne Frage, doch fehlt es ihnen an Kultur. Wir müssen ihnen ein Beispiel sein."

Barsaw schluckte den Rüffel schweigend hinunter. Ta Erret war erst frisch von der königlichen Gardeakademie gekommen und hatte keinerlei Truppenerfahrung. Einige Gardisten schworen, der Hauptmann nähme die Dienstvorschrift sogar mit in seine Bettstatt und kenne jedes Zeichen darin auswendig. Barsaw kannte solche Offiziere zur Genüge. Hochgeborene, die sich etwas auf ihre Herkunft einbildeten und auf die einfachen Gardisten herabblickten. Die erste Feindberührung würde zeigen, ob ta Erret tatsächlich zum Offizier taugte. Barsaws Aufgabe als Unterführer war es, das Schlimmste zu verhindern, doch der erfahrene Kämpfer konnte dem Vorgesetzten allenfalls Ratschläge geben und darauf hoffen, dass dieser klug genug war, sie zu befolgen. Einige Offiziere hatten es auf die harte Weise lernen müssen, was dann stets die Leben guter Gardisten kostete. Manche hatten vollends versagt, und wenn die Männer Glück hatten, blieb ein solcher Offizier vor dem Feind und machte dem Regiment keine Schande. Doch solche Offiziere waren in der Garde die Ausnahme. Der Dienst an der Grenze war eine brutale Auswahl und ließ nur die Fähigsten übrig.

„Dennoch heißt es, der Hochgeborene ta Enderos habe auf mehr Truppen gehofft", nahm Barsaw das Gespräch wieder auf. „Selbst die Fußgarde hat man ihm verweigert."

Erneut strich ta Erret über sein Bärtchen. „Fußtruppen … langsam und schwerfällig und allenfalls für den Garnisonsdienst tauglich. Ich vermute, der Hochgeborene ta Enderos ist doch recht froh, nicht durch sie behindert zu werden."

„Die Garde zu Fuß mag langsam sein, Hochgeborener, doch wo sie steht, kämpft sie gut. Nicht wie die Stadtgarden, die schlecht ausgebildet und zögerlich sind."

„Mag sein." Der verdeckte Widerspruch ärgerte den Hauptmann, doch er versuchte es nicht zu zeigen. „Immerhin hat sich der Oberkommandierende zu helfen gewusst. Der Beschluss des Hohen Kronrats sagte nichts über die Angehörigen der Flotte. Wie ich erfuhr, hat Admiral ta Hodin den Oberkommandierenden bereitwillig unterstützt."

Barsaw grinste. Sein Bruder diente im Admiralstab der Flotte, und so hatte er einige Dinge erfahren, die man dem Hauptmann vorenthalten hatte. Ta Enderos hatte den Beschluss der Ratsversammlung in der Tat zu seinen Gunsten ausgelegt. Er würde fast alle Regimenter der Gardekavallerie ins Feld führen und hatte zudem ein längeres und ausgesprochen vertrauliches Gespräch mit dem Hochgeborenen Heslon ta Hodin geführt. Dieser war der Admiral der Flotte und schuldete dem König noch einen Gefallen. Ta Hodin hatte beim Einsatz gegen die Korsaren von Um'Briel keine besonders gute Figur gemacht. Da beim Hohen Kronrat kein Wort über die Flotte gefallen war, verpflichtete ta Enderos fast eintausend Seeleute und zwanzig schwere Dampfkanonen zur Garde. Nur vorübergehend, natürlich, und mit der zähneknirschenden Zustimmung des Admirals.

Hauptmann Erret seufzte vernehmlich. „Wenn es etwas Schlimmeres gibt als die Garde zu Fuß, dann sind es Seeleute ohne Schiff. An Land sind die Seefüße verloren. Nun, wenigstens werden sie an den Kanonen anpacken, und die Garde braucht sich nicht damit zu plagen."

„Gewiss, Hochgeborener." Barsaw warf einen forschenden Blick über das umliegende Land. Fremde Gegenden beunruhigten ihn, selbst wenn die Bewohner ihm freundlich gesonnen waren. Er war es gewohnt, mit Flankensicherung und Späher zu reiten, und da die hier fehlten, fühlte er sich unbehaglich. „Dennoch bräuchten wir nicht derart zu eilen."

„Der Hochgeborene ta Enderos wird zwanzig Gardekavallerieregimenter in den Kampf führen. Dazu die Seefüße und die Kanonen. Wir werden diese Kunde nach Merdonan bringen und dort für angemessenes Quartier sorgen."

Barsaw nickte. Er konnte sich vorstellen, was der arrogante Adlige unter einem angemessenen Quartier verstand. Ein festes Dach über dem Kopf und möglichst einen Badezuber mit heißem Wasser. Wenigstens für die Hochgeborenen, die einfachen Gardisten durften sich mit schlichtem Boden und einer Decke begnügen.

„Reiter voraus, Hochgeborener." Barsaw erkannte eine Gruppe Reiter, die gerade auf einem Hügel erschienen waren und nun erneut antrabten. „Sie scheinen zu uns zu wollen."

„Sieht mir nach einer Streifschar dieser Pferdemenschen aus. Bei allen Abgründen, Unterführer, das lange schwarze Zeug an den Helmen, was ist das? Menschenhaar?"

„Pferdehaar, Hochgeborener."

„Pferdehaar? Bei allen Abgründen, womöglich essen diese Pferdereiter ihre eigenen Pferde? Man hört ja so einiges über die seltsamen Bräuche dieses unzivilisierten Volkes."

„Es ist eine recht große Streifschar, Hochgeborener", meinte Barsaw. „Fast drei Zehnen stark."

„Sie werden ihre Gründe haben, so zahlreich aufzutreten. Ich möchte doch annehmen, in diesem Land gibt es noch wild lebende Barbaren und gefährliches Getier." Ta Erret lächelte. „Immerhin, jene dort verstehen sich darauf, zu reiten. Annehmbare

Haltung, wenigstens bei den meisten von ihnen." Der Adlige wandte sich im Sattel um. „Ich bitte mir vorbildliche Haltung aus, Gardisten. Das seid ihr dem Ruf des siebenundzwanzigsten Gardekavallerieregiments schuldig."

Der Hufschlag der herantrabenden Schar wurde lauter, während ta Erret seine Männer halten ließ. Schließlich kamen die Reiter heran, und ihr Anführer wandte sich dem Hauptmann zu. „Ich befehlige diese Streifschar aus Merdonan. Ihr seid Gardisten aus Alnoa?"

Ta Erret zog indigniert die Augenbrauen hoch. „Selbstverständlich. Ich bin der Hochgeborene ta Erret und Hauptmann des siebenundzwanzigsten Gardekavallerieregiments. Ich überbringe Eurem Pferdefürsten die Botschaft unseres Oberkommandierenden, des Hochgeborenen ta Enderos."

„Ihr werdet ihm sicherlich hochwillkommen sein", versicherte der Führer der Schar. „Die ersten Beritte beginnen sich schon zu sammeln. Könnt Ihr mir sagen, in welcher Stärke die Garde auftreten wird, oder ist diese Information gar zu vertraulich?"

Ta Erret war sich über den Rang seines Gegenübers unsicher. Er war mit den Gepflogenheiten des Pferdevolkes nicht vertraut. Die Größe der Streifschar wies aber darauf hin, dass ihr Führer ihm im Rang ebenbürtig war, wenn auch, sicherlich, nicht von so hoher Abstammung. Da er keine Geheimbotschaft überbrachte, sah er keinen Grund, etwas zu verschweigen, zudem wollte er keine Missstimmung aufkommen lassen. Immerhin handelte es sich bei den Reitern um Verbündete, auch wenn sie derart barbarischen Helmschmuck trugen.

Barsaw beobachtete die Schwertmänner. Etwas an der Schar gefiel ihm nicht. Sie teilte sich und begann die Gruppe der Gardisten einzukreisen. Das war ausgesprochen ungewöhnlich und in jedem Fall sehr unhöflich, denn so etwas tat man nur, wenn man jemandem misstraute. Der erfahrene Unterführer sah auf die Stoßlanzen der Reiter. Wenn die Krieger des Pferdevolkes unfreundliche Absichten hatten, würden sie die Lanzen fällen. Also behielt Barsaw diese im Auge. Es war ein Fehler, denn die Gefahr ging nicht von den Lanzen aus.

Mitten im Gespräch hob der Führer der Schar unvermittelt die Hand und unterbrach ta Erret. „Ich habe Euch für die Information zu danken, Hochgeborener, und möchte Euch nun meinerseits mit einer Neuigkeit überraschen."

Der Reiter griff unter seinen Umhang, und Ta Erret sah verwirrt zu, bis die Hand wieder zum Vorschein kam und einen fremdartigen Gegenstand hielt. Der Hochgeborene begriff augenblicklich, worum es sich dabei handelte, und öffnete den Mund zu einem Warnschrei, doch es war zu spät.

Garwin schoss dem Offizier den Bolzen durch den aufgesperrten Mund ins Gehirn, und ta Erret war tot, bevor er einen Laut herausbringen konnte. Noch während er leblos aus dem Sattel kippte und sich sein Pferd erschrocken aufbäumte, zogen auch die anderen Männer aus Garwins Gruppe die kleinen Querbogen unter ihren Umhängen hervor.

Barsaw konnte noch die Wimpellanze fällen und sein Pferd antreiben, doch sein Stoß glitt an seinem Ziel vorbei, da er gleichzeitig von zwei Bolzen getroffen wurde. Die anderen Gardisten begriffen kaum, was mit ihnen geschah. Nur der Schlussmann konnte noch sein Pferd herumziehen und es zum raschen Galopp antreiben. Sehnen schnappten hart, und zwei Bolzen folgten dem Mann hinterdrein, der nach wenigen Sprüngen die Arme ausbreitete und zu Boden stürzte.

„Fangt das Pferd ein", befahl Garwin mit heiserer Stimme. „Die beiden Männer, die man in Merdonan nicht kennt, sollen sich passende Rüstungen von den Gardisten nehmen. Auf jeden Fall die des Hauptmanns. Macht sie sorgfältig sauber, dann verscharrt die Leichen abseits des Weges. Deckt sie nicht nur mit Schnee zu. Grabt sie richtig ein. Die Pferde nehmen wir mit, die können wir gebrauchen."

Scharführer Peragram spannte den kleinen Querbogen nach und legte einen neuen Bolzen ein, bevor er die Waffe in die Innentasche seines Umhangs schob. „Ja, macht tiefe Löcher für die Toten. Man darf sie nicht finden. Auch die Raubtiere sollen sie nicht ausgraben können." Er grinste. „Und verwischt die Spuren und schaufelt Schnee über das Blut."

Garwin nickte. „Ja, es wäre zu schade, wenn man sie fände und uns dadurch den Spaß verderben würde."

Die Männer durchsuchten die Toten rasch nach wertvollen Dingen. Ein Gefolgsmann legte die Rüstung des toten ta Erret an, ein zweiter nahm die eines ermordeten Gardisten. Garwin überprüfte alles, bevor er zufrieden nickte. „Nun gut, Gardisten, dann macht euch auf den Weg nach Merdonan."

Einer der Männer salutierte spöttisch. „Wie der Hochgeborene befehlen."

Das Lachen Garwins begleitete die Männer und klang in ihren Ohren nach.

25

Einohr und Langzahn standen am Rand des kleinen Wäldchens, zwischen den Stümpfen der Bäume, die dem Wärmebedürfnis der Legion bereits zum Opfer gefallen waren. Zwischen den noch stehenden Bäumen und der Ostmauer von Merdoret gab es nun eine ganze Reihe von Stellen, an denen die Feuer den Schnee geschmolzen hatten. Die Orks lagerten untergliedert nach Kohorten und ließen die Festung nicht aus den Augen.

Hinter dem Legionskommandeur und dem Führer der ersten Kohorte stand 712 Blutkralle. Er hatte sich noch immer keinen Namen gemacht, doch gehörte er zu der Handvoll Überlebenden aus der erschlagenen Einheit. Ob er sich darüber freuen sollte, wusste er nicht genau zu sagen.

„Worauf warten wir?“, knurrte Langzahn und deutete zur Festungsruine hinüber. „Wir hätten sie längst schlachten sollen. Stattdessen glotzen wir zu ihnen hinüber und warten darauf, dass eine der beiden Seiten vom Blutfrieren befallen wird und erstarrt.“

„Sie können uns nicht entkommen“, giftete Einohr. „Das Totentuch ist zu dicht. Ihre Pferde versinken darin, und das macht sie langsam.“

„Gut, dann lass uns endlich hinübergehen und uns ihr Fleisch nehmen“, grunzte Langzahn. „Die Feuer helfen uns, warm zu bleiben, aber das Holz wird nicht ewig reichen.“ Er sah Einohr scharf an. „Oder fürchtest du dich vor ihnen?“

Für ein Rundohr wäre dies die schlimmste Beleidigung gewesen. Einohr bleckte die Fänge, hütete sich aber davor, sich mit dem riesigen Krieger anzulegen. Langzahn war frustriert, das wusste das kleinere Spitzohr, und ein Rundohr in dieser Stimmung sollte man nicht stärker reizen als nötig, das war eindeutig gesünder. „Hast du schon gegen die Pferdemenschen gekämpft, Kohortenführer? Ich habe es getan und ich kenne sie. Schon oft haben sich unsere Legionen in der Sicherheit der eigenen Übermacht gewähnt, und jedes Mal wurden sie von den Hufen des Pferdevolkes in den Boden gestampft."

„Diese hier können nicht stampfen", sagte Langzahn erregt. „Sie würden im Totentuch einsinken."

„Sie sind verschlagene Wesen, voller heimtückischer Schläue." Einohr vergrößerte vorsichtshalber den Abstand zu dem aufgewühlten Kohortenführer. „Als wir die Zwerge der Grünen Kristallstadt und ihre menschlichen Verbündeten in die letzte Zuflucht getrieben hatten, da tauchten plötzlich die verfluchten Reiter mit den blauen Haaren auf und trieben ihre Spieße und Klingen in unsere Reihen. Dann nahmen wir ihre Stadt Merdonan, und wieder kamen sie über uns. In Rushaan trieben wir sie in die Festung der Herren Rushaans, und unsere Ferntöter schossen sie in Stücke. Und abermals kamen sie und nahmen uns das wohlverdiente Fleisch und den Sieg. Nein, Langzahn, ich werde sichergehen, dass so etwas diesmal nicht wieder geschieht."

Einohr war sehr deutlich bewusst, dass die Herren Cantarims ihn mit Misstrauen beobachteten. Ein anderer wäre längst in den Nährschlamm gewandert, doch ihn hatte man verschont. Einohr wusste nicht, warum das so war. In jedem Fall hatte er kein Verlangen danach, doch noch als Nährstoff für die neuen Würfe zu enden. Er durfte nicht versagen und musste den Grauen Wesen und dem Allerhöchsten Lord zeigen, dass er ein guter Legionsführer war. Sie würden einen Sieg über die Pferdemenschen erwarten und ihm den Verlust einer Legion keineswegs danken.

„Niemand wird über uns kommen und uns in den Boden stampfen." Langzahn tropfte etwas Geifer zwischen den Lefzen hervor. „Der Reiter, den sie zum Pass geschickt haben, ist mit seinem Pferd gestürzt und hat sich den Hals gebrochen. Unsere Krieger haben ihn gefunden. Es werden keine weiteren Pferdemenschen auftauchen. Nur jene, die sich in den Trümmern Merdorets vor unseren Schlagschwertern verstecken."

„Täusche dich nicht. Sie sind gute Kämpfer."

Langzahns Pupillen fixierten Einohr. „Zweifelst du am Mut und der Stärke der Eisenbrüste?"

„Aber nein, niemals", beteuerte Einohr hastig. „Für ihren Mut und ihre Stärke sind sie schließlich ebenso bekannt wie für ihre Verluste, nicht wahr?"

Langzahn kratzte sich am Nacken. „Wie meinst du das?"

„Blindlings auf den Feind zustürmen, das mag Ruhm bringen, aber es bringt auch schnellen Tod."

„Ein Rundohr hat davor keine Angst", zischte der Kohortenführer. „Im Gegensatz zu euch Spitzohren. Würde die Blutkralle nur aus Rundohren bestehen, wie es beim Marsch auf Rushaan der Fall war, dann hätte die Legion längst angegriffen."

„Ganz gewiss." Einohr wippte auf den Fersen und grinste spöttisch. „Ich war dabei und weiß, warum keiner von der Blutkralle aus der Öde zurückgekehrt ist."

„Wir sollten stürmen und ihr Fleisch nehmen", meldete sich nun auch 712 Blutkralle zu Wort. „Sie haben unsere Kohorte erschlagen, und dafür schlachten wir sie."

„Dich hat niemand gefragt", fauchte Einohr verärgert. „Mach dir erst einmal einen Namen, bevor du deine Fänge bleckst."

„Wie soll er sich einen Namen machen, wenn wir hier tatenlos im Totentuch herumstehen?" Langzahn deutete auf das schwarze Banner der Legion. „Blut muss am Tuch haften, damit es vom Ruhm der Blutkralle kündet.“

Einohr leckte sich nervös über die Lefzen. Früher oder später musste die Legion angreifen. Die Aussicht, gegen einen Feind in befestigter Stellung anzustürmen, gefiel dem Spitzohr nicht. Es mochten klägliche Befestigungen sein, doch er würde der Legion voranstürmen müssen. Das war seine Aufgabe als Legionsführer. Das erklärte auch die hohen Verluste unter ihnen. Doch Einohr hatte kein Verlangen, seinen Platz für einen Nachfolger frei zu machen. Allerdings könnte er beim eifrigen Sturm unglücklich stürzen, nicht wahr? Dann müsste er, mit gebührend schmerzverzerrtem Gesicht und voller Eifer, hinter den anderen herhumpeln. Sollten sie ruhig die Ehre des ersten Feindkontaktes haben, ihm, Einohr, blieb der Ruhm des Sieges.

„Nun ja, vielleicht hast du recht, Kohortenführer“, räumte der Legionsführer ein. „Wir können nicht warten, bis sich das Totentuch wieder zurückzieht.“

Langzahn wurde von der unvermuteten Zustimmung Einohrs sichtlich überrascht. Er starrte das Spitzohr misstrauisch an und nickte. „Die Krieger mögen es nicht, im Totentuch zu kämpfen“, brummte er, „aber sie mögen es noch weniger, nutzlos darin herumzustehen.“

Einohr überlegte. Die Legion war in großer Übermacht. Noch immer stand das Kräfteverhältnis bei nahezu zwei Zehnen der Orks gegen einen Kämpfer der Pferdereiter. Es würde ein sicherer Sieg sein, und doch blieben ihm letzte Zweifel. Wenn die Verluste der Legion unverhältnismäßig hoch wurden oder sich das Kampfesgeschick gegen sie wendete, dann würde das Versagen ihm, Einohr, anhaften. Dann war ihm der Nährschlamm sicher. Er trug die Verantwortung und würde auch die Konsequenzen auf sich nehmen müssen.

Langzahn missfiel das Zaudern des Legionsführers. Er

stampfte mit einem Fuß auf. „Ich sage den Kohorten, dass wir nun angreifen."

„Warte", sagte Einohr hastig. „Vorher werde ich dem Meister Bar'Ses von unserem Plan berichten."

Langzahn sah ihn verständnislos an. „Plan? Wir bestürmen sie, machen sie nieder und nehmen uns ihr Fleisch! Nichts anderes wird der Herr erwarten."

„Willst du mir etwa sagen, was der Meister erwartet?" Einohr reckte sich zu voller Größe auf, was ein Fehler war, denn das Rundohr überragte ihn immer noch beträchtlich. „Als Legionsführer habe ich die Pflicht, den Herren Cantarims über das Erscheinen der Pferdemenschen zu informieren."

„Warum jetzt? Warum nicht in den vergangenen Tageswenden?", blaffte Langzahn.

„Weil wir jetzt stürmen werden", keifte Einohr. „Und nun störe mich nicht weiter. Ich werde den Sprechstein benutzen."

Der Legionsführer nickte zufrieden, als er die plötzliche Ehrfurcht in den Augen der Rundohren bemerkte. Ja, der Sprechstein flößte ihnen Respekt ein. Respekt vor dem Legionsführer, denn nur wenige Orks durften einen solchen benutzen. Sie blieben meist den Grauen Wesen vorbehalten, damit die sich jederzeit und überall mit dem Allerhöchsten Lord in Verbindung setzen konnten. Dass Einohr über einen solchen Stein verfügte, war den Legionären Beweis dafür, dass er die besondere Gunst der Herren von Cantarim besaß. Einohr hingegen wusste, dass der Grund eher darin lag, dass man seinen Entscheidungen nicht ganz traute.

Er zog einen Stoffbeutel unter dem Harnisch hervor und holte den Sprechstein heraus. Der ovale Stein schimmerte schwarz und schien sich in seine Handfläche zu schmiegen. Einohr konzentrierte sich und sah, wie sich Langzahns Pupillen weiteten, als orangegelbe Schlieren über den Stein glitten und sich zu verdichten begannen. Aus den wallenden Nebeln formte sich das verhüllte Antlitz des Meisters Bar'Ses.

Einohr bemühte sich, mit ruhiger Stimme zu sprechen, um seine aufsteigende Angst zu verbergen. Er hielt in der Hand, was über Leben und Tod entscheiden konnte. Einohr schilderte die Ereignisse und verschwieg lediglich, wie viele Tageswenden die Legion nun schon abwartete. Man hätte ihm das als Zaudern auslegen können, und falls das geschah, würde er auf die sorgfältigen Vorbereitungen hinweisen, die für den Ansturm erforderlich waren. Aber was bei einem anderen Ork funktionieren mochte, konnte rasch den Unmut eines Grauen Wesens wie Bar'Ses hervorrufen.

Doch die verstrichene Zeit schien für den Grauen bedeutungslos zu sein. Er hörte sich Einohrs Bericht an, und als er antwortete, klang seine Stimme körperlos und schien in den Köpfen der Zuhörer zu schwingen. „Führe die Legion zum Sturm, Legionsführer", entschied Bar'Ses. „Schlachte den Feind und warte dann auf die nachfolgenden Legionen. Dir könnte die Ehre zukommen, den Krieg erneut ins Reich des Feindes zu tragen. Du wirst unsere Absichten rechtzeitig erfahren."

Das Wallen erlosch, und der Sprechstein wurde wieder schwarz. Langzahn und 712 Blutkralle starrten noch immer ergriffen auf das magische Objekt, und so bemerkten sie nicht, dass Einohr unter sich auf den Boden gemacht hatte. Der Sturm auf die Handvoll Pferdemenschen in der Festung Merdoret war eine Sache, doch der Graue Meister schien noch mehr zu erwarten. Nein, die Vorstellung, die Legionen gegen den Feind zu führen, in dessen Land hinein, erfüllte Einohr mit erheblichem Unbehagen.

„Gut", grunzte Langzahn schließlich. „Stürmen wir."

Einohr nickte. Nachfolgende Legionen? Verfügten die Herren in Cantarim nun doch über mehr Pelze, um die Rüstungen damit auszukleiden? Oder nahmen sie das Blutfrieren und die Verluste in Kauf und setzten darauf, dass genug Legionäre am Leben blieben, um den Sturm gegen die Menschenländer zu führen?

In jedem Fall war sich Einohr sicher, dass er beim Ansturm auf Merdoret sehr schwer stürzen musste. Schwer genug, um nicht die zweifelhafte Ehre auf sich nehmen zu müssen, in vorderster Linie mitzustürmen, aber keinesfalls so schwer, dass die Herren Cantarims ihn als nutzlose Made erachteten. Es galt Umsicht walten zu lassen.

Einohr schob den Sprechstein in den Beutel zurück und steckte ihn wieder unter seinen dick gefütterten Harnisch. „Ja, Langzahn, gib der Legion Befehl. Die Zeit des Wartens ist vorüber. Die des Schlachtens hat begonnen."

26

Ein Teil von Garwins Männern hatte sich nach dem Massaker an ta Errets Abteilung in die Gegenrichtung aufgemacht und strebte nun dem Süden entgegen. Der selbst ernannte Hohe Lord hatte darauf geachtet, Männer von tadellosem Äußeren und ausgesuchter Höflichkeit auszuwählen, die selbst dann noch freundlich lächelten, wenn sie dem Gegenüber die Kehle durchschnitten. Für die besondere Aufgabe der Männer hatten die Frauen in Garwins Lager einen Wimpel der Ostmark genäht, und Garwin hatte persönlich eine eindrucksvolle Urkunde angefertigt, die sicherlich jeden zu täuschen vermochte, der das Siegel des Pferdekönigs noch nicht zu Gesicht bekommen hatte.

Garwins Schar erreichte die Grenze der Südmark, und was sich ihren Augen bot, als sie zur Handelsstraße vorstießen, überraschte sie.

„Bei allen finsteren Abgründen, so etwas sieht man nicht alle Tageswenden“, brummte einer der Reiter anerkennend. „Die sind verflucht früh dran. Ich dachte, wir hätten noch einen guten Zehntag Zeit und würden sie noch vor dem Abmarsch erwischen. Wie viele werden das wohl sein? Zwanzig, dreißig Beritte?“

„Mehr“, schätzte ein anderer. „Verdammt, wenn ich das so sehe, dann glaube ich wirklich, man könnte es schaffen, Cantarim zu vernichten.“

„Cantarim interessiert unseren Hohen Lord nicht. Dem geht es um den Ersten Schwertmann Nedeam. Nur deshalb sind wir hier.“

Über die Straße rückte die Garde Alnoas heran. In vorbildlicher Formation und mit wehenden Wimpeln und Bannern. Ein Beritt trabte den anderen ein Stück voraus, und über diesem wehte ein rechteckiges Tuch, welches Garwins Gefolgsleuten zeigte, dass dort der Befehlshaber der alnoischen Truppen ritt.

Der Scharführer gab seinen Männern einen Wink, und die Gruppe ritt an. Beim vorderen Beritt der Garde hatte man sie bereits gesichtet, und zwei Gardisten kamen heran, um zu sehen, wer sich da der langen Marschkolonne näherte.

Wenig später begleitete man Garwins Scharführer zu dem Hochgeborenen ta Enderos. Der kleine Kavallerieoffizier grüßte freundlich und wirkte überrascht, als der Scharführer ihm die Urkunde überreichte. „Ein formelles Schreiben Eures Königs, guter Herr? Es muss wohl sehr dringend sein, wenn man Euch meiner Truppe entgegenschickt.“ Ta Enderos brach das Siegel und entrollte das Schriftstück. „Ich hoffe nur, es ist nichts Unangenehmes.“

„Nun, ich fürchte doch, Hoher Lord“, sagte der Scharführer mit einem gewinnenden Lächeln. „Gute Kunde lässt sich meist Zeit, die schlechte hingegen ist stets in Eile.“

„Fürwahr, guter Herr.“ Ta Enderos begann zu lesen, und sein Gesicht verfinsterte sich. „Verdammt.“

Ein Gardeoffizier mit zwei gelben Federn am Helm schloss zu dem Hochgeborenen auf. „Was gibt es, Kommandeur?“

„Nedeam ist von der Erkundung zurück. Merdoret kann nicht genutzt werden, und die Orks durchstreifen das Land. Ah, verflucht, ich hatte wirklich gedacht, die Bestien würden in der Kälte zu Eis gefrieren.“ Daik ta Enderos ließ die Urkunde sinken und sah seinen Offizier enttäuscht an. „Der Feldzug ist abgeblasen. König Reyodem informiert mich darüber, dass die Beritte der Schwertmänner auf dem Heimweg sind.“

„Und wenn wir allein weitermarschieren?“, fragte der Offizier. „Wir haben eine beachtliche Stärke.“

„Wenn die Orks ihr Reich bestreifen, reicht sie nicht. Zudem würde der Hohe Kronrat meinen Kopf fordern. Seine Zustimmung, so bescheiden sie auch gewesen sein mag, war davon abhängig, dass das Pferdevolk an unserer Seite steht.“

„Dann marschieren wir zurück?“

„So ist es.“ Ta Enderos rollte die Urkunde wieder zusammen und schob sie in seine Satteltasche. „Nun gut, Hochgeborener, geben Sie die Befehle. Ich selbst werde mit einer Gruppe nach Merdonan reiten.“

Garwins Scharführer blinzelte überrascht und überlegte, wie er den Hochgeborenen davon abbringen könnte. Der Stellvertreter des Kommandeurs kam ihm zuvor. „Bei allem Respekt, Kommandant, welchen Sinn hat das? Der Hohe Kronrat wird fragen, warum Ihr nicht ebenfalls zurückreitet. Man wird es von Euch erwarten.“

„Es interessiert mich wenig, was der Hohe Kronrat erwartet.“ Ta Enderos schlug wütend die Reithandschuhe gegen die Schenkel. „Ich möchte wissen, was Nedeam aus dem Reich der Finsternis zu berichten hat. Daher werde ich zunächst nach Merdonan reiten und mir anhören, was er entdeckt hat. Es könnte wichtig sein, falls wir später doch einmal nach Osten vorstoßen.“

„Gut, Kommandeur“, meinte der Offizier. „Wenn es Euer Wunsch ist, werde ich einen Beritt abstellen, der Euch begleitet.“

„Eine Schar reicht“, brummte ta Enderos und sah Garwins Scharführer an. „Zumal ich den Schutz der Schwertmänner des Pferdevolkes genieße.“

„Dessen seid gewiss“, bestätigte der Scharführer und verfluchte innerlich die Sturheit des Alnoers. „Es wird uns eine Ehre sein.“

Garwin musste erfahren, dass der verfluchte Gardist nach

Merdonan reiten wollte. Die Gruppe von Garwins Gefolgsmännern war zu klein, um den Gardekommandeur und seine Eskorte ausschalten zu können. Dazu brauchten sie mehr Männer. Und dass man den neugierigen Alnoer ausschalten musste, war dem Scharführer bewusst.

„Wenn Ihr erlaubt, werde ich einen Reiter vorausschicken und unsere Ankunft melden", sagte er schließlich und war erleichtert, als ta Enderos keinen Einwand erhob.

So schickte er den Mann mit dem schnellsten Pferd voraus. Nicht nach Merdonan, sondern zu Garwin. Bevor ta Enderos die Stadt erreichte, musste er sterben.

27

Die zwei Reiter in den blitzenden Vollrüstungen der Garde Alnoas zügelten ihre Pferde vor der alten Ostwache. Da zwei gelbe Federn am Helm den einen Reiter als Offizier auswiesen, beeilte sich die Wache, den Ersten Schwertmann Mor zu verständigen. Als diesem eröffnet wurde, weshalb die Gardisten gekommen waren, stieß er einen wilden Fluch aus, um dann den Offizier zu Bulldemut und König Reyodem zu führen, die im Amtsraum des Pferdefürsten vor der Wandkarte standen und in eine erregte Diskussion verstrickt waren.

„Hauptmann ta Erret vom siebenundzwanzigsten Gardekavallerieregiment", stellte sich der Offizier vor und salutierte ehrerbietig. „Ich bedauere Euch mitteilen zu müssen, dass sich der Hohe Kronrat des Reiches Alnoa gegen den Feldzug ausgesprochen hat. Die Garde erhielt keine Erlaubnis, die Reichsgrenzen zu überschreiten."

Das traf Bulldemut und Reyodem gleichermaßen unvorbereitet. „Was?", keuchte der alte Pferdefürst. „Die Garde wird nicht kommen? Obwohl ta Enderos es mir fest zugesagt hat?"

„Die Garde wird nicht kommen, Hoher König und Hoher Lord", bestätigte der vermeintliche Gardeoffizier. Ich kann Euch versichern, dass Kommandeur ta Enderos darüber selbst in höchstem Maße unerfreut ist."

Bulldemut nickte. „Ich weiß, er wäre gern mit uns über die Grenze marschiert. Verfluchter Kronrat. Eine solche Möglichkeit wird es vielleicht nie wieder geben." Er sah den Überbringer der schlechten Nachricht entschuldigend an. „Nichts gegen Euch, Hoher Herr. Der Mut der Garde steht außer Frage, doch für Euren Hohen Kronrat mag ich meine Klinge nicht ziehen."

Der Mann lächelte. „Ihr steht mit Eurer Meinung sicher nicht allein da. Wenn Ihr gestattet, werde ich nun nach Alneris zurückkehren."

„Bleibt und erfrischt Euch nach dem weiten Ritt", sagte Bulldemut freundlich.

„Habt Dank, doch man erwartet mich zurück."

Als die beiden scheinbaren Gardisten vom Vorplatz der alten Ostwache ritten, waren Reyodem und Bulldemut gleichermaßen von Enttäuschung erfüllt. Sie entlud sich in zahlreichen Flüchen.

Schließlich sank der alte Pferdefürst auf seinen Stuhl. „Ich kann nur hoffen, dass Nedeam nicht in Schwierigkeiten geraten ist. Mit seinem Beritt allein im Feindesland … verdammt, die Neuigkeiten werden ihm nicht behagen, wenn er bei seiner Rückkehr davon erfährt."

König Reyodem sah den Ersten Schwertmann Mor an, der an die Karte trat. Seine Worte waren leise, aber gut verständlich. „Wenn er denn zurückkehrt."

28

Sie kommen!“

Der Schrei schien etwas Befreiendes zu haben. Die nervenzerfetzende Anspannung der vergangenen Tageswenden fiel schlagartig von den Männern ab und wich grimmiger Entschlossenheit.

„Die eingeteilten Schützen auf die Mauer!“, brüllte Scharführer Arkarim und zog den Schaft seiner Wimpellanze aus dem Boden, um mit ihr auf eine der Mauertreppen zuzueilen.

Nedeam und Llaranya hielten sich mit anderen in der inneren Zuflucht auf und griffen entschlossen nach den bereitliegenden Waffen.

„So mag sich heute unser Schicksal fügen“, sagte Llaranya und befestigte die Pfeilköcher an ihrem Waffengurt.

Nedeam trat zu ihr und küsste sie sanft. „Ich werde den Aufgang zu deinem Posten schützen.“

Nur eine Handvoll Männer blieb in der Zuflucht zurück, um deren verstärktes Tor zu bewachen. Die anderen rannten zu ihren Positionen. Nedeam warf einen Blick zurück und sah Fangschlag, der in seiner alten Rüstung wartete. Er sollte sich erst in den Kampf stürzen, wenn das Getümmel groß war, damit sein Anblick möglichst viele Feinde verwirrte. Das Warten behagte dem Ork nicht, dessen Hand den Griff seines Schlagschwertes hielt. Er hatte zwischenzeitlich seine Rüstung mit Fell gefüttert und fror nun nicht mehr ganz so erbärmlich.

„Schlachtet so viele Bestien wie möglich“, rief Nedeam zu den Bogenschützen auf den Mauern hinauf. „Nehmt Euch zuerst die Rundohren vor. Wenn sie erst geschwächt sind, fallen die Spitzohren von allein zurück.“

„Keine Sorge, Hoher Herr", erwiderte einer der Männer. „Wir wissen, was zu tun ist."

„Nun denn, Ihr Männer der Hochmark." Nedeam reckte seine elfische Klinge. „Schneller Ritt …"

„… und scharfer Tod!", erwiderten die Männer die Losung der Pferdelords.

Auch wenn sie nicht zu Pferde kämpfen würden, die traditionellen Worte ließen die Männer doch ihre Waffen ein wenig fester packen. Pfeile lagen an den Sehnen der Bögen, und die Schützen starrten zu den Kohorten der Legion hinüber, die sich formiert hatten und nun, endlich, durch den Schnee hindurch auf Merdoret zustapften.

Die Orks kamen nur langsam voran, da der tiefe Schnee sie behinderte; immer wieder rutschten Kämpfer aus und stürzten. Aber sie kamen voran, und ihre Entschlossenheit, allem Leben in Merdoret ein Ende zu setzen, war unverkennbar.

„Ist er dabei?", war Fangschlags Frage über den Hof hinweg zu hören. „Sagt schon, ist er dabei?"

Sie alle wussten, wen er meinte. „Keine Sorge, er ist dabei", erwiderte einer der Bogenschützen. „Direkt beim schwarzen Banner der Legion."

„Weit zurück?"

„Nein, das Banner weht über den vorderen Kohorten."

Diese Erwiderung bewirkte, dass Fangschlag seine Position verließ und nach vorn an die Mauer hastete. Er sah Nedeam skeptisch an. „Dann kann es nicht Einohr sein. Er würde es nicht riskieren, in der vordersten Reihe zu stürmen. Ah, wenn er zurückbleibt … ich muss zu ihm. Ich muss …"

„Eben ist die Bestie mit den Kämmen gestürzt", rief ein anderer. „Sie bleibt zurück."

„Ha, dann ist es doch Einohr", triumphierte Fangschlag. Sofort nahm sein Gesicht einen besorgten Ausdruck an. „Was ist,

Bogenschütze? Bleibt die Made zurück?“

„Sie ist verletzt und humpelt ein Stück hinter den anderen her.“

„Kein Zweifel, er ist es.“ Fangschlag bleckte seine Fänge und die Hand krampfte sich um den Griff des Schlagschwertes. „Er bleibt ein Stück zurück, die feige Made. Will nicht in vorderster Reihe kämpfen. Verflucht soll er sein.“

„Geh wieder zurück, Fangschlag“, sagte Nedeam und fragte sich besorgt, ob sich das Rundohr würde beherrschen können, um den Plan nicht zu gefährden. „Einohr wird die Festung erst betreten, wenn er sich relativ sicher ist. Dann, wenn die Legion uns in die Zuflucht gedrängt hat.“

Fangschlag atmete schwer. Er schien losstürmen und sich allein der Legion stellen zu wollen, nur um in die Nähe Einohrs zu gelangen und ihn endlich zu töten. Sein Hass machte ihn unberechenbar. Nedeam redete auf ihn ein, während er den Bemerkungen der Bogenschützen entnahm, dass sich die Legion unerbittlich näherte. Dann, endlich, nickte Fangschlag widerwillig. „Gut, mein Zorn und mein Schwert werden ihn erwarten.“

Obwohl die Kohorten nun in der Reichweite von Llaranyas Bogen waren, hielt sich die Elfin zurück. Ihre überragende Treffsicherheit sollte erst zum Tragen kommen, wenn der Kampf innerhalb der Mauern tobte, denn hier konnte sie manchem Schwertmann das Leben retten.

Das Stampfen der Füße und das rhythmische Gebrüll, mit dem sich die Rundohren der Legion in Stimmung brachten, kamen immer näher. Ihre Schwerter wurden im Takt der Schritte gegen die rechteckigen Schilde geschlagen. Einer der Schwertmänner löste voreilig seinen Pfeil. Er hatte die Anspannung nicht mehr ausgehalten. Das Geschoss schlug dicht vor der vorderen Reihe der Bestien in den Schnee. Als sei dies das Zeichen gewesen, erhob sich ein fordernder Schrei über den Legionären.

Dann stürmten sie vorwärts.

Die Rundohren hatten ihre Schlagschwerter nach vorn gereckt und hielten ihre Reihen, soweit der Schnee es zuließ, dicht geschlossen. Die Spitzohren hinter ihnen folgten auf dem Fuß. Sie wussten sehr genau, dass sie bald schon in die Reichweite der menschlichen Schützen geraten würden. Die Rundohren sollten ihnen Deckung bieten, bis sie selbst ihre Pfeile und Bolzen von den Sehnen lösen konnten.

Das Banner der Legion war in die zweite Reihe der stürmenden Kohorten zurückgefallen, und sein Träger folgte dem mühsam humpelnden Einohr. Langzahn hingegen stieß ein wütendes Knurren aus und drängte durch die dichten Reihen nach vorn, um seine Klinge als einer der Ersten in menschliches Blut zu tauchen.

Die Reichweite der menschlichen Bögen war nun erreicht. Dreißig, vierzig Pfeile stiegen auf, sofort gefolgt vom nächsten Schwarm, und senkten sich der Legion entgegen. Orks brüllten auf und stürzten in den Schnee, der sich von ihrem Blut dunkel färbte. Die Formation brach auf, als die Bestien versuchten, den Abstand zum Feind schneller zu verkürzen. Immer wieder fielen Orks getroffen zu Boden, doch die ungewöhnlich dicken Rüstungen der Eisenbrüste bewährten sich. Mancher Pfeil, der sein Ziel traf, hatte nicht genug Kraft, die Panzerung zu durchschlagen. Doch je näher man einander kam, desto größer war die Wucht der Geschosse, und viele trafen die Orks an weniger geschützten Stellen.

Die Kohorten begannen, den Beschuss zu erwidern. Auf jeden Pfeil der Menschen kamen nun viele der gegnerischen Geschosse. Die Spitzohren waren bei Weitem nicht so treffsicher wie die Schwertmänner der Hochmark, doch die Masse ihrer

Pfeile war furchterregend, und immer wieder fand ein Geschoss sein Ziel. Nun schrien getroffene Menschen auf oder sanken schweigend zu Boden. Einige stürzten von der Mauerkrone herab, hinunter in den Innenhof oder vor die Füße der heranstapfenden Orks.

Die Verluste der Legion waren keineswegs bedrohlich, und die ersten Rundohren erreichten nun die Breschen rechts und links des ehemaligen Haupttores. Sofort begannen sie die Trümmer zu ersteigen. Einige fielen von Geschossen getroffen oder weil sie den Halt verloren. Doch in ihrem massiven Vordringen glichen sie einer unaufhaltsamen Flutwelle, die sich über die Mauerreste hinweg in den Innenhof der Festung ergoss.

Die vorderen Orks waren überrascht, dass die Breschen nicht verteidigt wurden und der Innenhof leer war, doch dann erkannten sie die Barrikaden an den Maueraufgängen und zögerten nicht.

Für kurze Zeit hatten die Bogenschützen des Beritts Ruhe vor den Geschossen der Feinde. Die Legion war nun so dicht an der Mauer, dass die Spitzohren einen sehr ungünstigen Winkel hatten, um die Mauerkrone zu bestreichen, und sie zögerten, die Breschen zu erklimmen, wohl wissend, zu welch leichtem Ziel sie dadurch werden konnten. Die Bogenschützen der Menschen nutzten die Gelegenheit und ließen ihre Pfeile fliegen. Auf so kurze Distanz durchschlugen diese selbst die Panzer der Eisenbrüste mühelos, und die Spitzen traten oft genug am Rücken der Rundohren wieder aus.

Doch dieser Vorteil war nur von kurzer Dauer.

Der Vorrat an Pfeilen ging zur Neige, und hinter den zögernden Spitzohren stapfte die nächste Kohorte heran und trieb die kleinen Schützen mit flachen Hieben ihrer Schlagschwerter voran. Vor die Wahl gestellt, sich dem Zorn der großen Brüder oder den Pfeilen der Menschen auszusetzen, nahmen die Spitzohren den Beschuss wieder auf. Als die Ersten von ihnen im Innenhof angelangt waren, konnten sie die Bogenschützen aus Arkarims Beritt weit besser bekämpfen.

Deren Verluste stiegen nun zusehends, und es hatte kaum mehr Sinn, die Mauer zu verteidigen.

„Die Schützen von der Mauer!“, rief Nedeam und gestikulierte dabei mit seiner elfischen Klinge. „Sammelt Euch am Fuß der Treppen!“

Arkarim, der an der anderen Seite der Ostmauer postiert war, hatte bereits mit dem Abzug der Bogenschützen begonnen. Seine Männer, die den Treppenaufgang verteidigten, befanden sich bereits im Kampf mit den vordrängenden Rundohren. Noch hielten sie stand, doch es strömten immer mehr Bestien durch die Breschen, und es war abzusehen, dass ihre schiere Zahl die Verteidiger überwältigen würde.

Nedeam parierte den Schlag eines Rundohrs und musste auch schon dem Hieb eines anderen ausweichen. Seine Klinge zuckte vor, durchstieß spielend leicht den Panzer eines Gegners und tötete diesen. Ein Schwertmann an seiner Seite hatte weniger Glück. Seine Lanzenspitze traf nicht richtig und glitt an dem dicken Panzer ab. Eine der alten Rüstungen hätte dem Stoß wohl nicht standgehalten, doch die Eisenbrüste waren weitaus widerstandsfähiger. Als der unglückliche Schwertmann einen zweiten Stoß platzieren wollte, rutschte er auf dem Gemisch von Schnee und Blut aus und stürzte hintenüber. Noch bevor er sich erheben konnte, spaltete ihm das Schlagschwert des Orks Helm und Schädel. Der Mann starb schnell und hatte dadurch weniger zu leiden als viele der anderen Kämpfer.

Geschrei und angestrengtes Keuchen erfüllten den Innenhof der alten Festung. Das Klirren von Stahl und das seltsam melodische Klingen, wenn dieser durch eine Rüstung drang, mischten sich mit dem gelegentlichen Zischen von Geschossen und dem schauerlichen Schreien menschlicher Verwundeter. Während die Rundohren ihre Verletzungen schweigend hinnahmen und sich lediglich die Lefzen blutig bissen, schrien die Verwundeten des Beritts ihre Schmerzen hinaus, bis die Kräfte sie verließen oder ein erneuter Hieb sie verstummen ließ.

Der Innenhof um die Treppenaufgänge war von den Leichen toter Orks und Menschen bedeckt, und ein Ende des Schlachtens war nicht abzusehen. Es gab wesentlich mehr tote Bestien, doch insgesamt war ihre Zahl auch um ein Vielfaches höher, und zudem spürten sie, dass ihr Sieg nahe war. Es gelang Nedeam und Arkarim nicht, sich vom Feind zu lösen und den Rückzug zur inneren Festung anzutreten.

Fangschlag wählte den richtigen Augenblick für seinen Auftritt, und sein Schrei übertönte sogar den Schlachtenlärm.

„Einohr!!“

Im ersten Augenblick wurde er nur von wenigen der Kämpfer bemerkt, die alle ganz damit beschäftigt waren, sich gegenseitig das Leben zu nehmen. Doch dann wichen die ersten Rundohren überrascht zurück, und die Schwertmänner lösten sich sogleich von ihnen, erleichtert über die Atempause, die Fangschlag ihnen mit seinem Eingreifen verschaffte.

In seiner Rüstung mit den beiden blutroten Kämmen des Legionsoberführers auf dem Helm war der Ork eine imposante Erscheinung, und das wilde Gemetzel, das sich nun erkennbar legte, schien ihn keineswegs zu beeindrucken. Während sich immer mehr Schlagschwerter senkten, deutete das seine senkrecht in den Himmel empor. Er ging gemessenen Schrittes vorwärts, und die Legionäre machten ihm verblüfft Platz. Sie waren unschlüssig, was sie mit einem der ihren anfangen sollten, der so plötzlich vor ihnen auftauchte und sich nicht um den Kampf zu scheren schien.

„Einohr!“, brüllte Fangschlag erneut. „Wo ist dieser Verräter? Hinter welchem tapferen Rundohr versteckt sich die nutzlose Made dieses Mal?“

Einer der Kohortenführer trat aus der Masse der Orks hervor. „Wer bist du? Du trägst die Rüstung der Blutkralle, aber ich kenne dich nicht.“

„Ich kenne ihn aber“, rief ein anderer. „Das ist Fangschlag, der Kommandeur der Legionen, die nach Rushaan marschierten. Der Kommandeur der Blutkralle, die nicht mehr zurückkehrte.“

Der Kohortenführer, am Arm von einem Schwerthieb blutend, musterte Fangschlag, der selbstbewusst vor ihm stand. „Fangschlag? Der, der ebenfalls nicht zurückkehrte? Wo kommst du jetzt so plötzlich her?“ Der Ork deutete mit seiner bluttriefenden Klinge auf die Gruppe Nedeams, die sich nun langsam vom Treppenaufgang zurückzog. „Du warst bei denen dort? Bei den Menschen? Ah, das stinkt nach Verrat!“

Fangschlag bleckte die Fänge und trat so dicht vor den anderen, dass sie die seinen beinahe berührten. „Ich bin Fangschlag, und ich stehe hier, weil ich den Verräter Einohr schlachten werde. Diese Made, die den Tod vieler guter Rundohren in Rushaan auf dem Gewissen hat.“

„Einohr ist ein Spitzohr“, sagte der Kohortenführer. „Wie kann ein einzelnes Spitzohr den Tod vieler Rundohren verschulden?“

„Wie ich sagte“, zischte Fangschlag. „Er verriet sie. Ermordete sie. Ich bin hier, um sein Blut zu fordern. Nur deswegen schloss ich einen Frieden mit den Menschen. Einohrs Blut gehört mir und den Kriegern, deren Leben er auf dem Gewissen hat.“

„Ein Verräter! Er ist ein Verräter!“ Einohr tauchte im Schutz einiger Legionäre auf. Sein geschecktes Gesicht wirkte fahl, und er stand sichtlich unter Schock, denn er hatte nicht damit gerechnet, Fangschlag noch einmal zu begegnen. „Du solltest längst tot sein. Tot wie alle anderen, die nach Rushaan marschiert sind“, stieß der Legionsführer hervor. „Wie kannst du leben, wo alle anderen tot sind?“

„Weil die Menschen den Verrat ebenso hassen wie ich.“ Fangschlag sah seinen Widersacher hasserfüllt an, und seine Lefzen zuckten. Geifer sickerte über das Kinn. „Nur deshalb haben wir uns verschont, damit ich deinen Verrat an meinen Eisenbrüsten rächen kann.“

„Unsinn“, stieß Einohr hervor. „Du warst es, der sie verraten hat, als du zu den Pferdemenschen übergelaufen bist. Sonst könntest du jetzt nicht vor uns stehen. Du bist der Verräter, und meine Legionäre werden dich ebenso schlachten wie die Menschenbrut.“

Der Kohortenführer, der bei Fangschlag stand, machte Anstalten, sich zu bewegen. Fangschlags Kopf ruckte herum und sah das Rundohr drohend an. „Wage es nicht! Wir können uns später schlagen, aber zuerst fordern die Toten der Blutkralle ihr Recht.“

„Schlachtet ihn“, geiferte Einohr und deutete auf seinen Widersacher. „Und dann schlachtet die anderen!“

Zustimmendes Grollen war zu hören. Doch dann schob ein anderes Rundohr den zeternden Legionsführer einfach zur Seite und trat vor. „Ich bin Langzahn, Führer der ersten Kohorte, und ihr kennt mich gut. Wir alle haben die Geschichten von Fangschlag gehört. Einem Rundohr, dessen Mut immer unbestritten war. Ich weiß nicht, ob er ein Verräter ist, aber ich weiß, dass Einohr keine Ehre hat. Als es zum Sturm gegen Merdoret ging, da stürzte er und humpelte fürchterlich, sodass er uns nicht folgen konnte. Doch als er den Namen Fangschlag hörte, war sein Bein auf wundersame Weise geheilt.“

„Was hast du dagegen, dass es mir wieder besser geht?“,

giftete Einohr. „Außerdem tut es nichts zur Sache. Fangschlag steht auf der Seite der Pferdemenschen. Also ist er ein Feind und muss geschlachtet werden."

„Willst du die Klinge persönlich gegen ihn führen?", spottete Langzahn.

Bevor Einohr reagieren konnte, ergriff Fangschlag das Wort. „Ich fordere vom Legionsführer Einohr Rechenschaft für die gemordeten Legionäre der Blutkralle. Ich, Fangschlag, Befehlshaber der Legionen, die ich nach Rushaan führte, fordere Blut um Blut."

„Die Legionen, die du nach Rushaan geführt hast, die gibt es nicht mehr", schrie Einohr.

„Und dich bald auch nicht mehr", brüllte Fangschlag zurück. „Ah, ich sollte mein Schlagschwert nicht mit deinem Blut beschmutzen. Vielleicht erwürge ich dich Made einfach."

„Versuch es nur", keuchte Einohr. „Die Legion steht an meiner Seite."

Fangschlag trat von dem anderen Kohortenführer zurück und hob seine Klinge. „Ich fordere von Einohr Blut um Blut. Ich fordere Gerechtigkeit für die Toten der Blutkralle und der anderen Legionen. Wird ihnen die neue Blutkralle das verweigern?"

Es wurde still im Innenhof von Merdoret. Die Orks schienen unschlüssig zu sein. Eines der Spitzohren legte seinen Bogen auf Fangschlag an, doch ein Rundohr hieb ihm die flache Klinge gegen den Schädel, und der Bogenschütze sackte lautlos in sich zusammen.

„Blut um Blut", erhob sich eine einzelne Stimme. „Das ist nur gerecht, wenn es so war, wie Fangschlag sagt."

„Er ist ein Verräter", ächzte Einohr.

„Aber er hat Ehre", warf ein anderes Rundohr ein. „Daran gab es nie Zweifel. Und auch nicht an seinen Worten."

„Aber jetzt ist er bei den Pferdemenschen", warf ein anderer ein. „Die haben keine Ehre."

Langzahn hob seine Arme. „Mit den Pferdemenschen können wir uns auch später noch befassen. Sie können unserem Zorn nicht entkommen. Wir haben genug Zeit, um diese Frage der Ehre zu klären. Fangschlag hat Blut um Blut gefordert, und ich stimme seiner Forderung zu."

„Du bist auch ein Verräter", schrie Einohr auf. „Ich werde dir den Kamm vom Helm reißen. Du bist kein Kohortenführer der Blutkralle mehr."

„Aber ein Rundohr bleibe ich", erwiderte Langzahn unerschrocken. „Und Ehre gilt viel bei uns Rundohren, das solltest du wissen, Spitzohr."

Einohr versuchte Haltung zu bewahren. „Blut um Blut? Ich soll gegen Fangschlag kämpfen? Er ist ein Rundohr, und wenn ihr Rundohren so von Ehre besessen seid, dann wisst ihr auch, dass ich keine Aussicht habe, gegen ihn zu gewinnen. Es wäre ein einseitiges Schlachten."

„Das ist wahr", stimmte ein Legionär zu. „Das hätte keine Ehre."

„Schön", knurrte Fangschlag. „Er hat sich ein Schlagschwert machen lassen. Es ist klein und taugt nur wenig, aber es ist ein Schlagschwert. Ich werde ohne meine Waffe gegen ihn antreten."

Langzahn nickte. „Dann spricht nichts mehr gegen Blut um Blut."

„Blut um Blut", erhoben sich nun immer mehr andere Stimmen.

Während Fangschlag erleichtert die Fänge bleckte, begriff Einohr, dass es keine Möglichkeit mehr gab, dem Kampf auszuweichen, ohne endgültig das Gesicht zu verlieren. „Schön, Blut um Blut. So soll es sein. Aber nicht jetzt und auch nicht heute. Ich muss mein Bein noch etwas schonen." Er setzte einen Fuß auf den Boden und verzog schmerzlich das Gesicht.

„Eben war es noch der andere Fuß“, grollte ein Krieger.

„Jetzt ist es dieser“, keifte Einohr. „Ist das ein Wunder? Als der andere verletzt wurde, musste ich diesen stärker belasten. Daher schmerzt er mich nun auch.“

Die meisten hielten es für eine Ausrede, doch Fangschlag nickte. „Eine Tageswende mehr oder weniger macht keinen Unterschied.“

„Glaubt nicht, dass ihr euch in der Nacht davonschleichen könnt“, zischte Einohr. „Die Legion wird den Innenhof der Festung halten, und auf Hilfe braucht ihr nicht zu hoffen.“ Er wandte sich um. „Wo steckt 712 Blutkralle?“

Der Ork trabte heran, und Einohr griff hastig nach dem Sack, den das namenlose Rundohr bei sich trug. Mit einem triumphierenden Ausdruck im Gesicht öffnete ihn der Legionsführer und warf den Gegenstand, der sich darin befand, Fangschlag vor die Füße. Die leblosen Augen im abgetrennten Kopf des Schwertmanns Elkin starrten das Rundohr an.

„Wir haben ihn und sein Pferd im Pass gefunden“, sagte Einohr und konnte seinen Triumph kaum unterdrücken. „Ihr könnt also keine Hilfe erwarten.“

Fangschlag nickte gleichmütig. „Das kann dir egal sein, Made. Morgen findest du dein Ende.“

„Blut um Blut“, bestätigte Langzahn. „Dein Name hat bei den alten Kämpfern einen guten Klang, Fangschlag. Nur deshalb stimme ich dem Ehrenkampf zu. Doch wenn du ein ehrloses Spiel treibst, werde wir dich schlachten und dein Fleisch verschmähen.“

Er hob sein Schlagschwert und machte eine langsame ausholende Bewegung.

Die verfeindeten Gruppen trennten sich. Waffen wurden bereitgehalten, und ihre Träger blickten misstrauisch. Doch kein Pfeil löste sich und keine Klingen prallten aufeinander. Die Menschen zogen sich mit Fangschlag in die Zuflucht zurück, während die Kohorten der Legion begannen, den Innenhof der Festung in Beschlag zu nehmen. Ihre Wachen starrten aufmerksam zur Zuflucht hinüber, und andere eilten davon, um Holz für die Wärmefeuer aus den Wäldern zu holen.

Nedeam und Arkarim standen hinter dem geschlossenen Tor der Zuflucht und sahen Fangschlag forschend an. „Es gibt keinen Zweifel daran, dass du siegst", meinte der Erste Schwertmann. „Doch was wird, wenn Einohr tot ist?"

Fangschlag bleckte die Fänge. „Dann wird die Legion stürmen." Er musterte die Schar der Überlebenden. „Und ihr werdet sie nicht aufhalten können."

Das Rundohr wandte sich ab und schritt in eine dunkle Ecke des Raumes, wo es sich auf den Boden kauerte.

Nedeam und Arkarim zogen Bilanz, und diese war nicht erfreulich. Einige der Pferdelords hatten nur leichte Verletzungen erlitten, doch bei zehn von ihnen waren die Wunden schwer. Nedeam seufzte. „Keine fünfzig Männer, die noch ihre Waffen führen können. Sie werden uns einfach überrennen und auslöschen."

„Vielleicht können wir den Zweikampf nutzen, um heimlich zu verschwinden", meinte Arkarim. „Wenigstens jene, die durch die Öffnung des Geheimtores passen."

„Wir lassen niemanden zurück", sagte Nedeam entschieden, und andere Männer murmelten zustimmend. „Kann man den Durchgang noch erweitern? Wir brauchen unsere Pferde, sonst sind wir ohne Chance. Zudem müssen die Schwerverwundeten getragen werden."

Der Scharführer räusperte sich. „Nun, wir haben noch einige Zehnteltage, bis sich Fangschlag und Einohr gegenübertreten. Ich werde sehen, dass wir die Zeit nutzen."

Nedeam nickte und bemerkte dann Llaranya, die bei einem

Schwerverletzten stand. Einem von ihnen war die Bauchdecke mit dem typischen Eröffnungsschnitt eines Schlagschwertes aufgerissen worden. Seine Gedärme quollen hervor, und die blutverschmierten Hände versuchten erfolglos, sie daran zu hindern.

„Es ist vorbei, Hoher Herr", keuchte der Verwundete mit schmerzverzerrtem Gesicht. „Erweist mir die Gnade und macht der Qual ein Ende."

Nedeam sah Llaranya fragend an, doch diese schüttelte den Kopf. „All meine Kunst kann hier nichts mehr bewirken. Nicht hier in Merdoret."

Der Erste Schwertmann kniete neben den Verletzten und legte seine Hand über die des anderen. „Es war mir eine Ehre, mit einem Pferdelord wie Euch zu reiten."

Der Mann nickte keuchend. „Tut Eure Pflicht, Hoher Herr. Aber gebt mir meine Waffe in die Hand, damit ich in Ehren zu den Goldenen Wolken reiten kann."

Nedeam zog sein Schwert und entdeckte Reste von Orkblut an der Klinge. Rasch säuberte er sie mit seinem Umhang.

„Schneller Ritt …", stöhnte der Mann leise.

„… und scharfer Tod", erwiderte Nedeam mit versagender Stimme. Seine Klinge senkte sich durch die Kehle des Mannes. Dessen Körper bäumte sich kurz auf und erschlaffte dann.

Der Erste Schwertmann betrachtete das Blut an seiner Waffe. „Ich war ein Narr. Ich hätte die Männer zurückführen müssen, als wir noch Gelegenheit dazu hatten. So viele gute Leben sind vergangen, und weitere werden folgen."

Llaranya legte ihm die Hand auf die Schulter. „Ein jeder begeht Fehler, mein Geliebter. Es kommt darauf an, aus ihnen zu lernen."

Nedeam legte die Hand des Toten an dessen Schwertgriff wie es der Brauch vorsah. „Der morgige Tag wird zeigen, ob mir die Zeit zum Lernen bleibt."

Immerhin, etwas Zeit verblieb ihnen noch. Vielleicht schafften es Arkarim und seine Männer, den Fluchtweg rechtzeitig zu verbreitern. Vielleicht geschah auch noch ein Wunder, doch Nedeam hatte gelernt, dass darauf kein Verlass war. Wahrscheinlich würde Fangschlag Einohr besiegen, und dann blieb ihnen allen nur ein letzter Weg. Sie würden ihn von Stahl begleitet gehen, und er würde in den Tod führen.

29

Eigentlich wusste er selbst nicht, warum er es tat. Buckel hatte keinen Grund, Einohr gefällig zu sein. Dennoch schlich er nun über den Wehrgang der alten Mauer, wich den dort liegenden Toten aus und machte sich noch kleiner, als er ohnehin schon war. Er musste vorsichtig sein, denn außer ihm befand sich nichts Lebendes in diesem Abschnitt des Wehrgangs, und so würde jede Bewegung die Aufmerksamkeit der Wachen auf sich ziehen. Es standen nur wenige Posten auf der Mauerkrone, denn die Menschen hatten nur einen einzigen Fluchtweg – durch das Tor der Zuflucht. Dieses wurde streng bewacht, um einen überraschenden Ausfall der Pferdereiter abzuwehren. Nein, kaum jemand achtete auf den Wehrgang der Mauer, und doch musste Buckel behutsam vorgehen. Hier, in der Nähe der letzten Zuflucht der Pferdemenschen, konnte man zu leicht ein Opfer des gegenseitigen Misstrauens werden. Die Schützen beider Seiten beobachteten sich aufmerksam, und der geringste Anlass hätte ausgereicht, die Feindseligkeiten wieder aufflammen zu lassen.

Es war Nacht, und der Himmel war bedeckt. Alles war in ein trübes Grau gehüllt. Der Schein der Feuer erhellte einen Teil des Innenhofes, und die Legionäre kauerten sich in der Kälte zusammen und suchten die Wärme. Außerhalb der Festung brannten weitere Feuer. Ein Ring von aufmerksamen Wachen umgab Merdoret, besonders dicht war er im Westen. Sollten die Pferdemenschen versuchen zu entkommen, konnten sie nur auf diesem Weg in Sicherheit gelangen.

Das Gemurmel der zahlreichen Stimmen war verstummt. Nur gelegentlich war zwischen dem Schnarchen ein leises Geraune zu hören. Die Legion ruhte, und sie wartete auf den kommenden Tag, auf den Kampf zwischen Einohr und Fangschlag. Doch ihre Posten waren ebenso auf der Hut wie die der Pferdemenschen, das war Buckel bewusst.

Der kleine Späher kauerte sich in die finsteren Schatten an der Mauerkrone und ließ seine Blicke aufmerksam umherschweifen. Der Viertelkreis der inneren Festung, der sich von der West- zur Nordmauer schwang, lag nun dicht vor ihm. Auch die Menschen hatten für die Nacht Feuer entzündet. Wahrscheinlich wegen ihrer Verwundeten und weil sie darauf vertrauten, dass die Legion die Waffenruhe bis zum Zweikampf hielt. Ihre Feuerstellen qualmten stark. Offenbar funktionierte der Rauchabzug nicht, und die Menschen hatten nur schlechtes Holz aus der alten Festung zum Verbrennen. Einige der Decken, die sie als Sichtschutz an die Schießscharten und Fenster gehängt hatten, waren ein Stück geöffnet, damit der Rauch abzog. Man konnte so in die Räume der Menschen spähen, wenn man nahe genug herankam.

Buckel war nahe genug.

Er kauerte sich noch mehr zusammen und umklammerte den Bogen mit der einen Hand, während die andere nach dem Pfeil tastete. Es war ein Orkbogen in der üblichen nachlässigen Bauart. Doch der Pfeil war von den Menschen und von hervorragender Qualität. Buckel hatte ihn aus dem Kadaver eines Rundohrs gezogen, hatte die Glätte des Schaftes bewundert und anerkennend Befiederung und Spitze betastet. Ja, sie verstanden sich auf das Kriegshandwerk, die Pferdemenschen.

Erneut sah Buckel sich vorsichtig um. Er war nun zwischen den Fronten, und keine Seite würde Verständnis für seine Mission aufbringen, wenn man ihn entdeckte. Er spannte den Bogen zur Probe. Obwohl er niemals eine solche Waffe mit sich führte, gehörte er doch zu den guten Schützen unter den Spitzohren. Das würde er nun unter Beweis stellen, sofern er das richtige Ziel fand.

Einohr hatte versucht, ihm begreiflich zu machen, dass Fangschlag sterben musste. Noch vor dem Kampf Blut um Blut. Sie hatten unter vier Augen und drei Ohren miteinander getuschelt, wohl wissend, dass kein Rundohr einen solchen Ehrbruch geduldet hätte. Warum er sich dann bereit erklärte, es zu versuchen, hatte er selbst nicht begriffen. Doch jetzt, hier oben auf der Mauer, in der Finsternis und Kälte kauernd, erkannte er den Grund.

Es war die Schwierigkeit der Durchführung, die ihn reizte. Weder Freund noch Feind durfte ihn entdecken, niemand auch nur ahnen, wer den verhängnisvollen Pfeil löste. Und das Geschoss musste ein kleines Ziel bei schwierigen Sichtverhältnissen treffen. Ja, es war die Aufgabe, die den Späher reizte, und sein Ehrgeiz verlangte, dass er sie gut erledigte.

Er öffnete sein Beinkleid, nahm den Pfeil und entleerte seinen Darm über die Spitze. Sorgsam darauf achtend, sie nicht mehr zu berühren, richtete er seine Kleidung wieder her. Es entsprach nicht der Ehre der Krieger, einen Pfeil auf diese Weise zu vergiften, und jedes Rundohr hätte Buckel ohne Zögern erschlagen. Vor vielen Jahrtausendwenden hatten alle Spitzohren ihre Pfeile auf diese Weise präpariert, denn wenn sie trafen, erwiesen sie sich für die Menschen als tödlich, da die Wunden sich entzündeten. Aber auch damals hatten die Spitzohren keinen großen Unterschied in der Wahl ihrer Ziele gemacht. Nicht wenn der Feind sie bedrängte. So waren oft auch Rundohren getroffen worden. Diese starben nicht unbedingt an den Wunden, doch das Gift schwächte sie erheblich. Schließlich waren erzürnte Rundohren dazu übergegangen, vor einem Kampf die Pfeilköcher der Spitzohren zu untersuchen. Hatten sie einen Dungpfeil gefunden, töteten sie seinen Besitzer ohne Umschweife. Der Allerhöchste Lord brauchte seine starken Rundohren, und er brauchte die Fähigkeiten der Spitzohren. So hatte er schließlich schlichtend eingegriffen und den Bann über die Dungpfeile verhängt.

Nun würde erneut ein solcher Pfeil auf ein Rundohr gelöst werden. Er würde sein Ziel nicht töten, es aber ausreichend schwächen. Wenn das Geschoss traf, würden Fangschlag nur zwei Möglichkeiten bleiben: den Kampf aufzugeben, was sein Hass und seine Ehre nicht zulassen würden, oder im Kampf gegen Einohr zu sterben. Buckel war gespannt, für welchen Weg sich der einstige Legionsoberführer entscheiden würde.

Doch zunächst galt es, den Pfeil ins Ziel zu bringen.

Irgendwo unter den Pferdemenschen befand sich Fangschlag. Aber wo? In welchem Raum? Und würde er sich an einer günstigen Stelle befinden, sodass er ihn mit dem Pfeil treffen konnte?

Buckel hörte ein leises Ächzen und sah in den Innenhof hinunter. Er konnte nichts erkennen und glaubte schon, sich getäuscht zu haben. Doch dann wiederholte sich das leise Geräusch. Es kam unzweifelhaft von dem Tor der Zuflucht. Im trüben Licht waren die beiden Torflügel nur schwer zu erkennen, trotz Buckels orkischer Augen. Er konzentrierte sich und meinte zu sehen, dass sich einer der Torflügel ein Stück bewegte. Vorsichtig verlagerte er sein Körpergewicht und hielt den Bogen bereit. Sollten die Pferdemenschen doch so verrückt sein, einen Ausbruch zu wagen?

Eine Gestalt wurde erkennbar, und Buckel konnte sein Glück kaum fassen. Dieses stämmige und riesige Schemen mit den zwei quer liegenden Kämmen auf dem Helm konnte nur Fangschlag sein. Was hatte er vor?

Die einsame Gestalt trat ein paar Schritte in den Innenhof und starrte reglos zu den Feuern der Legion hinüber. Am Tor erschien eine kleinere, schlankere Gestalt, die den Umhang des Pferdevolkes trug. Kein Laut war zu hören, aber Buckel erkannte an den Gesten, dass der Mensch auf Fangschlag einsprach. Dieser wandte sich zögernd um, und der Späher erkannte, dass er nun handeln musste.

Dann löste sich der vergiftete Dungpfeil von der Sehne.

30

„Hier gibt es Gelbstein, ich kann es förmlich riechen.“ Schwingenführer Mordeschdar sog prüfend die Luft ein. „Selbst meine alte Wilkawaa ist unruhig.“

Sie flogen Seite an Seite dicht über dem Boden. Anschudar nickte zu den Worten des Älteren und klopfte Showaa beruhigend an den Hals. „Showaa ist mehr als nur unruhig. So aufgeregt habe ich sie noch nie gesehen. Doch die Nacht bricht herein, und wir müssen rasten. In der Finsternis können wir nicht sehen, was die Schwingen spüren.“

„Du hast recht, Schwingenreiter.“ Mordeschdar fluchte leise. „Suchen wir uns eine Zuflucht für die Nacht.“

Sie hatten einen kleinen Teil des Noren-Brak erkundet, und die Reaktion der Schwingen ließ vermuten, dass sich reichhaltige Gelbsteinvorkommen in der Nähe befanden. Aber nun war es zu dunkel, um die Suche fortzusetzen. So blieb ihnen keine andere Wahl, als für die Nacht einen Lagerplatz zu finden und die Suche bis zum folgenden Tag zu unterbrechen. Ein ärgerlicher Zeitverlust, denn ihre Vorräte neigten sich dem Ende zu. Sie entdeckten ein winziges Plateau, gerade groß genug, um sicher darauf landen und nächtigen zu können.

„Es wird eine kalte Nacht werden“, brummte Mordeschdar fröstelnd. „Ich bin den steten Wind durchaus gewohnt, doch hier oben, im Norden, kommt er mir besonders eisig vor.“

„Mir geht es nicht anders“, bekannte Anschudar. Er öffnete die Provianttasche und überschlug deren Inhalt. „Was wir noch haben, ist fast zu wenig für den Rückflug. Die Schwingen brauchen viel Futter, wenn sie in dieser dünnen Luft fliegen.“

Der alte Schwingenführer hüllte sich in die gefütterte Jacke.

„Wir selbst können eine Weile hungern, aber du hast recht, die Schwingen brauchen Kraft. Es bleibt uns keine Wahl, wir müssen umkehren."

„So kurz vor dem Ziel?", fragte Anschudar betroffen. „Wir alle können den Gelbstein spüren."

„Ja, aber wir haben ihn noch nicht gefunden." Mordeschdar schüttelte den Kopf. „Immerhin muss er hier in der Nähe sein, und es muss sich um ein großes Vorkommen handeln. Nie zuvor habe ich das selbst so deutlich erkannt. Beim nächsten Flug werden wir mehr Schwingen mitnehmen und unsere neue Heimat finden, so wahr ich Mordeschdar bin, der Schwingenführer des Horstes."

„Also, kehren wir um?"

„Das müssen wir. Doch keine Sorge, Schwingenreiter, wir sind bald zurück, und dann finden wir den Gelbstein." Mordeschdar grinste. „Mit dem ersten Morgenlicht brechen wir auf, und wir werden unseren Schwingen Gelbstein für die Maultentakel geben. Wir haben ja etwas dabei."

„Du rechnest mit Schwierigkeiten?"

„Orks durchstreifen das Land. Wir haben sie am Pass von Merdoret gesehen. Ich will kein Risiko eingehen, Anschudar. Nichts darf unseren Heimflug aufhalten. Der Horst muss erfahren, was die Schwingen gespürt haben."

Sie verbrachten eine kalte und sehr ungemütliche Nacht. Der Wind pfiff über das kleine Plateau hinweg und setzte sogar den zähen Lederschwingen zu. Als der Morgen graute, waren die beiden wärmenden Decken an den Außenseiten aneinandergefroren und knisterten steif, als sich die beiden Schwingenreiter erhoben.

Wilkawaa und Showaa blickten gierig, als Mordeschdar die kleine Packlast öffnete, in der sich ihr karger Gelbsteinvorrat befand. Die ältere Schwinge umschloss die ihr hingehaltenen

Brocken behutsam mit den Maultentakeln, Showaa ließ den einen zunächst fallen und tastete hastig nach der Kostbarkeit, bis Anschudar sich bückte und sie in ihren Tentakel bettete.

„Sie ist sehr aufgeregt", brummte Mordeschdar. „Ich hoffe sehr, wir geraten nicht in eine unangenehme Situation. Sie weiß noch nicht, wie sie ihren Feueratem richtig einsetzen muss."

„Sie wird es schnell lernen", meinte Anschudar. „Sie ist sehr gelehrig."

„Gewiss. Aber der Vorrat ist nur gering, und ihr würde nicht viel Zeit zum Lernen bleiben." Der Schwingenführer lachte gut gelaunt. „Doch bald, wenn wir nur ein wenig Glück haben, finden wir das reiche Vorkommen, und unsere Zukunft ist gesichert. Also dann, Schwingenreiter, hinauf in den Sattel. Nutze Wind und Schwingen."

Die beiden Lederschwingen ließen sich über den Rand des Plateaus fallen, und der Sturzwind umtoste ihre Reiter, bis die beiden Schwingen den Wind einfingen und mit langsamen Bewegungen aufstiegen.

„Wir werden tiefer fliegen", rief Mordeschdar dem Jüngeren zu. „Dort ist die Luft dichter und trägt besser. Das schont die Kräfte der Schwingen und ermöglicht einen raschen Flug."

Anschudar nickte bestätigend.

So glitten die beiden Schwingen nebeneinander über die Gipfel des Noren-Brak. Der Gebirgszug war ebenso wild und zerklüftet wie der des heimatlichen Uma'Roll, doch Anschudar fand den Norden kälter und unfreundlicher. Aber das mochte sich ändern, wenn der Horst hier erst einmal seine neue Heimat gefunden hatte.

„Feedanaa", ächzte Mordeschdar plötzlich.

„Was ist?", fragte Anschudar besorgt, der eine plötzliche Blässe im Gesicht des Schwingenführers erkannte.

Mordeschdar führte seine Wilkawaa dichter an Showaa heran. „Ich kann Feedanaa spüren. Die Mutter des Horstes ruft uns. Ein Angriff auf den Horst. Ich empfange das Bild von Orks."

„Du ... du empfängst ein Bild der Bestien?"

„Es ist die innige Verbindung mit Feedanaa, die mich dazu befähigt. So wie ein Schwingenreiter seine Schwinge spürt. Da, bemerkst du es? Auch Showaa und Wilkawaa empfinden den Ruf der Mutter des Horstes."

Die beiden Schwingen wurden unruhig und beschleunigten ihren Flug, ohne dass die Reiter sie dazu aufgefordert hätten. Vor allem Showaa drängte voran, und Wilkawaa hatte Mühe, mit ihr mitzuhalten. Sie näherten sich dem Pass von Merdoret, und vor ihnen tauchte die Silhouette der alten Festung auf.

„Beim Großen Ei!", keuchte Mordeschdar. „Sieh dir das an, Anschudar. Da unten wimmelt es von Orks."

„Es müssen jene sein, die wir beim Marsch auf Merdoret gesehen haben", erwiderte Anschudar und schrie plötzlich auf.

Showaa legte ihre Schwingen an und ging in einen steilen Sturzflug über. Ihre Absicht war unverkennbar.

„Showaa, nein", rief der junge Schwingenreiter. „Showaa, neiiin!"

Es war vergebens.

Showaa griff an.

31

Der Pfeil hatte Fangschlag in einem ungünstigen Moment getroffen. Das Rundohr hatte gerade den Arm bewegt, und für einen Augenblick hatte sich in der Panzerung zwischen Oberarm und Schulter ein winziger Spalt geöffnet. Es war ein Zufallstreffer, und das Geschoss war nicht tief eingedrungen. Fangschlag hatte einen leichten Stich gespürt und dann das Splittern gehört, als sich die Rüstung erneut verschob und dabei den Schaft abbrach. Voller Wut hatte er sich wieder dem Innenhof zuwenden und nach dem heimtückischen Schützen spähen wollen. Nedeam hatte seine Mühe gehabt, den Krieger zum Tor und in das Innere der Zuflucht zu zerren.

In ihrem Schutz hatten sie die Panzerung abgenommen und die Wunde versorgt. „Ein Kratzer“, hatte Fangschlag verächtlich gebrummt. „Er wird mich nicht behindern.“

„Meinst du, das war Einohr?“

„Nein, dazu ist die Made zu feige.“ Der Ork grunzte amüsiert. „Er wird sich eine andere nichtsnutzige Made als Helfer genommen haben. Schon damit niemand ihm die Schuld anlasten kann, falls man den Schützen fände. Einohr ist ein hinterlistiger Bursche, Nedeam, und er ist gerissen.“

„Nun, es ist wirklich nur ein Kratzer“, meinte der Erste Schwertmann erleichtert. „Es blutet kaum noch.“

Doch nachdem ein Zehnteltag vergangen war, hatte sich die Verfassung des riesigen Kriegers deutlich verschlechtert. Geschwächt saß er mit dem Rücken an die Wand gelehnt, Schweiß rann ihm über das Gesicht, und Krämpfe schüttelten seinen Körper. Immer wieder biss der Ork sich dabei in die Lefzen, die inzwischen ganz blutig waren.

Als Llaranya und Nedeam dies bemerkten, knieten sie sich besorgt neben ihren Kampfgefährten. „Ich muss noch einmal nach der Wunde sehen“, sagte die Elfin eindringlich. „Das war kein gewöhnlicher Pfeil.“

Fangschlag nickte schwach und half ihr dabei, die Riemen und Schnallen zu lösen. „Ich spüre Gift ... war ein Dungpfeil.“ Er hustete unterdrückt. „Böse Hinterlist. Typisch für ein Spitzohr.“

Der Verband lag nun frei, und Llaranya löste ihn vorsichtig. „Er ist durchgeblutet. Das dürfte eigentlich nicht sein. Nicht bei einer so kleinen Wunde“, murmelte sie besorgt. „Das dunkle Blut sieht seltsam aus. Siehst du diese grüngelben Fäden, Nedeam?“

Ihr Gemahl nickte und hielt das brennende Holzscheit näher, damit sie die Verletzung deutlicher vor Augen hatten. „Bei den finsteren Abgründen“, seufzte er, als seine Gemahlin den Verband nun vollständig entfernte, „die Verletzung ist größer geworden. Und das Gewebe pulsiert regelrecht.“

„Ein Dungpfeil“, ächzte Fangschlag erneut. „Unehrenhafte Waffe. Sie tötet Menschen und schwächt Orks.“ Er hob mühsam einen Arm und drängte Llaranyas Hand zur Seite. „Muss die Wunde öffnen. Muss viel bluten. Der Dung muss raus.“

„Wir können das Gift herausbrennen“, schlug Nedeam vor.

„Feuer reicht nicht tief genug.“ Fangschlag schüttelte mühsam den Kopf. „Blut muss aus der Tiefe kommen ... den Dung herausdrücken ...“

Fangschlag konnte die entzündete Verletzung gerade noch erreichen und grub seine Krallen in das pulsierende Fleisch. Bevor Llaranya oder Nedeam ihn daran hindern konnten, presste er sie tiefer hinein. Das Rundohr bäumte sich auf, und Blut quoll aus der Wunde hervor.

„Viel bluten ... macht sauber“, stöhnte er. „Dann heilen.“

„Diese feige Hinterlist war sicherlich Einohrs Werk“, fluchte Nedeam. „Er will verhindern, dass Fangschlag kämpfen kann.“

„Fangschlag wird kämpfen.“ Das Rundohr bleckte erneut die Fänge. Das Blut daran schimmerte, und sein mühsames Lächeln wirkte dadurch grausig. „Einohr wird sein Ziel nicht erreichen.“

Nedeam strich sich über das Kinn. „Wenn du in diesem Zustand kämpfst, wirst du verlieren“, sagte er hart.

„Eine Frage der ... Ehre.“

„Die anderen Rundohren werden es sicherlich verstehen, wenn du nicht kämpfst“, warf Llaranya ein. „Ich glaube nicht, dass sie diesen Giftpfeil gutheißen werden.“

„Einohr ist hinterlistig und ... schlau.“ Fangschlag zog seine bluttriefende Klaue zurück und stöhnte. „Hat dafür gesorgt, dass kein Verdacht ... auf ihn ... fällt. Anderer Schütze ... alles heimlich. Rundohren wissen nichts davon.“

„Wir zeigen der Legion die Wunde“, entschied Nedeam. „Das wird uns einen Aufschub geben.“

„Kein Aufschub.“ Fangschlags Hand legte sich über Nedeams Arm, und die blutigen Klauen hinterließen ihre Spuren auf dem Stoff. „Ehre verlangt Kampf. Blut um Blut. Kein ... Warten mehr.“

„Dann wirst du sterben.“

„Fangschlag ... ehrenhafter Krieger.“

„Ja, das bist du, mein Freund“, murmelte Nedeam. „Gut, wir werden die Wunde verbinden, und dann solltest du ein wenig ruhen. Etwas Zeit bleibt uns ja noch.“

„Bluten lassen ... jetzt.“ Fangschlag grinste verzerrt. „Später verbinden.“

„Wie du willst“, seufzte der Erste Schwertmann.

Die beiden traten zur Seite, um Fangschlag etwas Ruhe zu

gönnen. Die Elfin warf einen abschätzenden Blick auf den stöhnenden Ork. „Er kann so nicht kämpfen, Nedeam. Und wenn er es versucht, wird er getötet werden. Er ist zu schwach."

„Ich weiß."

Aus dem Gang, der tiefer in das Innere der Zuflucht führte, näherte sich der Schein einer Fackel. Scharführer Arkarim trat ein, von Staub und Schmutz bedeckt. „Wir haben es geschafft, den Fluchtweg zu erweitern", berichtete er sichtlich erleichtert. „Auch die Pferde können nun hindurch. Wenn Fangschlag für Ablenkung sorgt, können wir den Ausbruch wagen. Es behagt mir zwar nicht, mich heimlich davonzuschleichen, doch in diesem Fall ..." Er bemerkte die Gesichter der beiden und stockte. „Was ist geschehen?"

Sie berichteten es Arkarim, der von der heimtückischen Pfeilattacke noch nichts wusste.

Der Scharführer stieß einen grimmigen Fluch aus. „Er will dennoch kämpfen?"

„Und sterben."

„Ein Krieger von Ehre", seufzte Arkarim.

„Zweifellos, doch das nützt uns nun wenig." Nedeam zuckte die Schultern. „Fangschlag wird nach wenigen Augenblicken gefällt werden, und dann gibt es kein Halten mehr. Die Legion wird die Zuflucht stürmen. Uns bleibt dann keine Zeit mehr, uns in Sicherheit zu bringen."

„Dann soll es so sein", entgegnete Arkarim fatalistisch. „Wir werden ihnen mit Schwert und Kriegshammer begegnen und ihnen einen guten Kampf liefern."

„Das werden wir."

Der Scharführer warf Llaranya und Nedeam einen langen Blick zu, bevor er sich abwandte. Wie er die beiden da so Hand in Hand vor sich hatte stehen sehen, waren seine Gedanken sicherlich zu jenem Weib geschweift, das er selbst liebte.

Nedeam zog die Elfin an sich und küsste sie sanft. „In all dem Unglück, das uns droht, liegt auch ein wenig Glück. Wir werden Seite an Seite stehen."

Sie lächelte traurig. „Es wird nur ein kurzer Augenblick des Glücks sein."

Llaranya zog ihn mit sich in eine dunklere Ecke des Raumes, und Nedeam empfand einen Anflug schlechten Gewissens, seine Liebe mit ihr zu teilen, während um sie herum Leid und Sorge herrschten. Aneinandergekuschelt erwarteten sie den Morgen und den wohl letzten Sonnenaufgang ihres Lebens. Alle Vorbereitungen waren getroffen, nun lag ihr Schicksal nicht mehr in ihrer Hand.

Sie wurden von einem der Schwertmänner geweckt. „Die Sonne erhebt sich, Hoher Herr und Hohe Frau. Das Grau des Morgens weicht. Man kann die Ostmauer klar erkennen."

Nedeam setzte sich auf und streckte sich. „Dann wird es nicht mehr lange dauern. Wie geht es Fangschlag?"

Der Schwertmann warf einen kurzen Blick zur anderen Seite des Raums. „Schwer zu sagen, Hoher Herr. Es geht ihm wohl schlecht, aber diese Rundohren sind ja sehr zäh."

„Von ihm hängt heute alles ab", sagte Nedeam leise.

Fangschlag war wach. Er hatte die Krämpfe überwunden und hob den Kopf, als Nedeam zu ihm trat. „Heute ist die Tageswende der Rache", brummte der Ork. „Blut wird um Blut vergossen werden."

„Ich hoffe, mein Freund, es wird nicht dein Blut sein", meinte Nedeam wider besseres Wissen.

Fangschlag erhob sich und musste sich dabei ein wenig an der Mauer abstützen. „Gut, dass ich der Made … nicht mit dem … Schlagschwert entgegen…trete." Er bleckte die Fänge. „Ich hätte … etwas Mühe, es zu halten."

„Der Tag des Blutes!", war ein Ruf im Innenhof zu vernehmen. „Die Tageswende der Ehre! Blut um Blut!“

„Sie formieren sich“, meinte ein Schwertmann, der an einer Schießscharte stand. „Die können es wohl kaum erwarten.“

Fangschlag nickte. „Es ist an der Zeit.“

„Wo ist der Verräter?“ Es war unzweifelhaft die Stimme von Einohr. „Wo ist Fangschlag, oder fehlt ihm der Mut, sich mir zu stellen?“

„Er weiß, dass es dir schlecht geht“, knurrte Nedeam, „sonst würde er nicht so selbstsicher sein.“

„Er wird lernen … Fangschlag geht es nicht so schlecht … wie die Made hofft.“ Das Rundohr nestelte an den Verschlüssen seiner Rüstung. Zwei Schwertmänner traten hinzu und halfen ihm, sie richtig anzulegen.

Die Männer und Llaranya sahen sorgenvoll zu, wie der Krieger mit unsicheren Schritten zum Tor stapfte und den Männern zunickte, die dort Wache hielten. Nedeam machte eine zustimmende Bewegung. „Öffnet.“

Der Riegelbalken wurde aus seiner Verankerung gehoben und zur Seite gelegt. Mit leisem Knarren schwangen die beiden Torflügel auf. Ohne dass Nedeam einen Befehl gegeben hätte, traten Arkarim und eine Gruppe Schwertmänner heran.

„Er mag allein kämpfen müssen“, meinte der Scharführer. „Doch er wird nicht allein stehen.“

„Hat Fangschlag sich etwa in die Rüstung genässt?“, drang Einohrs Stimme an ihre Ohren. „Verkriecht er sich nun unter den Umhängen der Pferdemenschen?“

„Ich werde dir zeigen, wer sich hier verkriecht!“ Es kostete Fangschlag sichtlich Mühe, seine Stimme so kraftvoll ertönen zu lassen, als er mit Nedeam und den Schwertmännern aus dem Tor trat.

Einohr, der ein paar Schritte vor den angetretenen Kohorten stand, erblasste und wich instinktiv zurück. Wahrscheinlich hatte er nicht damit gerechnet, dass sein Widersacher überhaupt erscheinen würde.

„Heute wird dein Blut den Boden bedecken", rief Fangschlag.

„Es, äh, wird das deine sein", erwiderte Einohr.

Der kleine Legionsführer machte Anstalten, in die Reihen der Kohorten zurückzuweichen, doch diese schlossen sich und ließen ihn nicht ein. „Blut um Blut", rief ihr Kohortenführer, und andere Legionäre nahmen den Ruf auf.

„Blut um Blut", ertönte es in einem mächtigen Aufschrei im Hof der alten Ruine.

Fangschlags Gestalt straffte sich. „Mir bleibt nicht viel Kraft, Pferdemensch Nedeam", murmelte er. „Ich muss ihn im ersten Ansturm packen und seinen widerlichen Hals zerbrechen."

Andächtiges Schweigen senkte sich über Merdoret.

Einohr trat langsam auf Fangschlag zu. Sie würden sich auf halbem Weg zwischen der Legion und der inneren Zuflucht treffen. Als der kleine Legionsführer die unsicheren Schritte und den geschwächten Zustand Fangschlags bemerkte, gewann er wieder an Selbstsicherheit. Schnee knirschte unter ihren Tritten. In der Stille war es überdeutlich zu hören.

„Himmelsbestie!!!"

Der Alarmschrei eines der Wachtposten auf der Nordmauer schreckte alle auf. Verwirrte Blicke richteten sich auf das Rundohr, das wild gestikulierte und in den Himmel hinaufdeutete. „Himmelsbestie", wiederholte die Wache. „Eine Himmelsbestie!"

32

Showaa hatte noch nicht gelernt, den Feueratem anzuwenden. Der Gelbstein in ihren Maultentakeln und die Gase in den Brennkammern ihres Leibes befähigten sie zwar dazu, ihn zu bilden, aber ihn gezielt auf den Feind zu werfen erforderte Übung. Die beiden Maultentakel und Pupillen mussten gemeinsam das gewünschte Ziel erfassen, dann musste Showaa einen konzentrierten Gasstrahl ausstoßen, den die Gelbsteine der Maultentakel im richtigen Augenblick zu entzünden hatten.

Showaa kam zu tief aus dem Sturzflug heraus und war zu aufgeregt. Statt eines konzentrierten Strahls stieß sie eine diffuse Wolke aus. Eine erfahrene Schwinge hätte sich davor gehütet, diese zu entzünden. Doch Showaas Maultentakel schwangen aufeinander zu, und knisternde Funken sprangen zwischen ihnen über.

Ein Feuerball entzündete sich in Höhe ihres Schädels und ließ die junge Schwinge überrascht zur Seite scheren. Die flammende Hitze machte ihrem Leib nichts aus, doch Anschudar wurde nur unvollkommen von ihrem Körper gedeckt. Er spürte, wie sein Gesicht zu brennen begann, und klappte verzweifelt das Visier vor seinen Helm; er beugte sich vor, um seinen eigenen Körper durch den Showaas zu schützen, doch seine Reaktion kam viel zu spät. Er fühlte, wie die rechte Seite seines hölzernen Helmes an der Außenseite verkohlte und wie das Leder seiner Jacke zu brennen begann.

Während Showaa über der alten Festung wieder aufstieg, versuchte Anschudar sich im Sattel zu halten und mit der Hand die Flammen der brennenden Jacke auszuschlagen. Doch der

Flugwind fachte sie immer wieder an, und so klemmte sich der junge Schwingenreiter mit den Füßen in den Steigbügeln fest, hielt den Lenkstab mit den Zähnen und öffnete seine Jacke mit bebenden Fingern.

Mordeschdar kreiste mit seiner Wilkawaa über ihnen, konnte jedoch nicht eingreifen. Showaa flog zu unbeherrscht. Sie reagierte auf keinen von Anschudars Versuchen, sie wieder unter Kontrolle zu bringen. Sie legte sich in eine leichte Kurve, und ihr Reiter wusste, dass sie erneut angreifen wollte. Gerade rechtzeitig konnte er die Jacke ausziehen und zusammenpressen, sodass die Flammen erstickt wurden. Er hoffte, sie würde nicht zu sehr beschädigt sein, denn ohne Jacke konnte er bei dieser Witterung rasch erfrieren. Er presste das Kleidungsstück an seinen Leib und spürte die Hitze, die noch immer davon ausging, dann tauchte die Schwinge schon wieder in den Sturzflug.

Anschudar klammerte sich fest und machte sich klein.

Showaa flog viel zu tief an.

Schwingen flogen den Feind nur dann so tief an, wenn sie zugleich ihren Feueratem speien konnten, um sich so vor feindlichen Geschossen zu schützen. Der Schwingenreiter konnte sehen, dass sich die festen Formationen im Innenhof von Merdoret aufgelöst hatten. Orks eilten scheinbar ziellos umher, um Schutz vor dem Feueratem zu finden. Selbst jene, die noch nie einer Schwinge begegnet waren, kannten die Beschreibungen ihrer furchtbaren Macht. Einige Bolzen und Pfeile wurden gelöst, hatten aber noch keine Chance, die angreifende Schwinge zu erreichen.

Sie war zu tief, viel zu tief.

Dennoch machte es Showaa diesmal besser.

Ein pulsierender blauer Strahl entzündete sich zwischen ihren Maultentakeln. Der Feueratem bestrich die Mauer, erreichte die Mauerkrone und glitt über den Innenhof und die gegenüberliegende Mauer, bevor er wieder erlosch und Showaa sich mit einem Aufschrei in den Himmel schwang.

Anschudar blickte zurück.

In der Festung herrschte das Chaos. Alles brennbare Material im Bereich des Feueratems hatte sich entzündet. Teile der Gebäuderuinen standen in Flammen, und im geschmolzenen Schnee lagen die verkohlten Kadaver von Bestien.

Erneut schrie Showaa, und nun bemerkte Anschudar, dass sie vor Schmerzen schrie. Etwas hatte sie getroffen. Die junge Schwinge schüttelte den dreieckigen Schädel.

Mordeschdar versuchte seinen Flug anzugleichen. „Sie hat einen Pfeil oder Bolzen im Auge", schrie er Anschudar zu. „Du musst landen und ihn entfernen."

Der junge Schwingenreiter nickte verzweifelt. „Ich versuche es, aber Showaa lässt sich nicht spüren."

„Eine junge Närrin ist sie", fluchte der Schwingenführer. „Sich zu einem solch sinnlosen Angriff hinreißen zu lassen … Es bleibt dir keine Wahl, Anschudar. Du musst landen oder warten, bis sie es von allein tut. Ich muss nun weiter zum Horst. Es tut mir leid, Schwingenreiter, doch der Horst muss erfahren, was wir herausgefunden haben. Der Horst kommt vor allem anderen."

„Das verstehe ich", bekannte Anschudar, obwohl es ihm nicht behagte, allein zurückzubleiben. Nicht auf einer Schwinge, die sich nicht spüren oder leiten ließ.

„Nutze Wind und Schwingen, Anschudar", rief Mordeschdar zum Gruß, dann stieg seine Wilkawaa auf.

Sie hatten keine Wahl. Einer von ihnen musste den Horst erreichen, und Mordeschdar hatte seine Wilkawaa unter Kontrolle. Anschudar hingegen war den Launen seiner Showaa ausgeliefert und musste darauf vertrauen, dass die Verletzung nicht zu schwer war und sie einen sicheren Landeplatz finden würde.

Erneut warf er einen Blick zurück und glaubte, an der Nordseite der Festung Merdoret seltsame Wesen zu erkennen, die dort aus der Mauer hervorquollen. Doch dann konzentrierte er sich wieder auf Showaa. Sie glitt mit raschen Schwingenschlägen nach Norden und begann dann wieder zu kreisen. Schließlich ging sie in einen Sinkflug über, der immer steiler wurde. Die Berge unter ihnen wurden rasend schnell größer, und der junge Schwingenreiter begriff.

Es würde eine sehr harte Landung werden.

33

Nedeam starrte fassungslos auf das fremdartige Schemen, das für einen kurzen Augenblick in seinem Blickfeld erschienen und sofort wieder verschwunden war. Entsetzte Schreie ertönten bei Schwertmännern und Orks, die gleichermaßen auseinanderliefen oder sich zu Boden kauerten.

„Eine Himmelsbestie", ertönten die erregten Schreie von Orks. „Nehmt euch vor ihrem Feuer in Acht!"

Einohr hetzte, flink wie ein Wildläufer, über den Innenhof und drängte sich rücksichtslos zwischen anderen hindurch. Niemand beachtete ihn, die Disziplin der Legion war für den Augenblick dahin. Fangschlags Blicke suchten Einohr und durchforschten zugleich den Himmel. Der riesige Krieger schien unentschlossen zu sein.

Nedeam begriff die einzigartige Möglichkeit, die ihnen das unerwartete Erscheinen des fremden Flugwesens bot. „Zurück in die Zuflucht", brüllte er und packte Fangschlag am Arm. „Vorwärts, Schwertmänner der Hochmark! Das ist unsere Chance."

Die Männer begriffen, packten beherzt zu und zerrten den widerstrebenden Fangschlag mit sich, der nicht die Kraft hatte, sich ernstlich zu wehren.

„Es kommt zurück", schrie einer der Männer entsetzt und deutete hinauf in den Himmel.

„Was immer das auch sein mag, zaudert nicht", brüllte Nedeam. „Nutzt die Zeit. Wir müssen Merdoret verlassen. Nur so entkommen wir dem sicheren Tod."

Einohr hastete auf die Mauer zu, in deren Schatten er Deckung zu finden hoffte. „Löst eure Pfeile", kreischte er entsetzt.

„Holt die Bestie vom Himmel! Schießt!“

Ein fauchendes, seltsam pulsierendes Geräusch war zu hören. Schreie der Orks erfüllten den Hof, während die Menschen und Fangschlag den Schutz der Zuflucht erreichten. Es stank nach heißem Metall und verkohltem Fleisch.

„Verrammelt das Tor“, befahl Nedeam. „Das wird sie eine Weile beschäftigen. Je mehr Zeit sie brauchen, desto besser für uns.“

Sie verbarrikadierten das Tor mit dem Sperrbalken und anderen Hölzern. Einige Männer eilten zu den Pferden, andere zu den Verwundeten. Arkarim führte sie durch Gänge, die der Feuerschein der wenigen Fackeln nur notdürftig erhellte. Schließlich erreichten sie einen kleinen Raum, der an die Außenmauer grenzte. Steinquader lagen dort herum, die Schwertmänner mühsam herausgebrochen hatten.

„Rasch“, raunte der Scharführer. „Hier hindurch. Wir sind dann direkt vor der Außenmauer. Beeilt euch und hebt die Verwundeten auf die Pferde. Es bleibt uns nicht viel Zeit. Wenn die Bestien unsere Flucht entdecken, werden sie uns folgen.“

Nedeam nickte unbewusst. Das fremde Wesen hatte ihnen Zeit verschafft. Dennoch würde es ein Wettrennen mit den Orks geben, und die Verwundeten sowie der Schnee würden ihr Vorankommen verlangsamen. Die Spuren im Schnee würden es dem Gegner zudem leicht machen, ihnen zu folgen.

34

Daik ta Enderos ritt mit dem Scharführer der Ostmark an der Spitze der Gruppe. Die Männer mit den schwarzen Rosshaarschweifen an den Helmen hatten sich hinter den Gardisten eingereiht. Man trabte nun schon eine Weile über das Gebiet der Ostmark, und noch immer nagte die Enttäuschung an dem adligen Gardekommandeur. In gewisser Weise war er froh darüber, dass sich die Pferdelords als ungewöhnlich schweigsam erwiesen. Selbst bei den Nachtlagern und gemeinsamen Wachen waren sich die Gardisten und die Männer des Pferdevolkes nicht nähergekommen. Unter anderen Umständen wäre ta Enderos dies aufgefallen, doch ihn beschäftigten zu sehr die Konsequenzen des abgesagten Feldzuges. So bemerkte er auch nicht, dass der Scharführer der Schwertmänner den Ritt immer wieder verlangsamte, obwohl es doch den Hochgeborenen nach Merdonan drängte.

„Ein verdammtes Pech, Hochgeborener“, brummte einer der angeblichen Schwertmänner und begutachtete den Huf seines Pferdes. „Das Eisen hat sich gelockert und muss gerichtet werden. Ein wenig Geduld, Hoher Lord, es geht recht rasch.“

Ta Enderos rutschte unruhig im Sattel hin und her. Eine unbestimmte Ahnung drängte ihn nach Merdonan, aber es wäre unangemessen gewesen, der Eskorte vorauszueilen. So nickte er entsagungsvoll. „Schön, wie lange wird es dauern, guter Herr?“

„Wenigstens einen Zehnteltag.“ Der Schwertmann ließ das Bein des Pferdes sinken, und es war deutlich zu sehen, dass das Tier den Huf kaum aufsetzte. „Es hat sich etwas entzündet, wie Ihr seht, Hoher Lord. Doch keine Sorge, ich habe eine gute Salbe dabei.“

„Ohne Zweifel“, brummte ta Enderos.

Der Scharführer lenkte sein Pferd heran. „Wir könnten unterdessen eine Rast einlegen, Hoher Lord. Dort ist ein Wäldchen, wo sich Feuerholz finden lässt.“

Daik ta Enderos stimmte widerwillig zu und gab seinem Offizier einen knappen Befehl. Die Gardisten saßen ab und begannen die Pferde zu versorgen. Als zwei von ihnen gewohnheitsmäßig die Wache übernehmen wollten, kamen ihnen zwei der Schwertmänner zuvor. Die alnoischen Soldaten waren darüber nicht erbost, denn ihnen war es lieber, sich am Feuer zu wärmen. Während einige Männer Knüppelholz aus dem Wäldchen holten, hatte der Schwertmann das Pferd mit dem gelockerten Eisen zur Seite geführt. Keiner der Gardisten bemerkte, dass er nun den Nagel entfernte, den er in der Nacht zuvor heimlich zwischen Huf und Eisen geklemmt hatte.

Über einem der Feuer begann Wasser in einem Kessel zu brodeln. Zwei Gardisten warfen Würzblätter hinein, um den bei der Garde beliebten Tee zu bereiten. Die Männer unterhielten sich und verließen sich auf den Schutz der Wachen, die einige Hundertlängen Abstand von dem kleinen Lager hielten.

Garwins Scharführer war unruhig. Sie befanden sich nun in dem Gebiet, das von den echten Scharen der Ostmark bestreift wurde, und von Garwins Verstärkung war noch immer nichts in Sicht. Wenn sie nicht bald kam, würde den Gefolgsleuten nichts anderes übrig bleiben, als doch noch zu versuchen, ta Enderos' Gruppe zu überrumpeln und niederzumachen. Der Ausgang würde sehr ungewiss sein, trotz des Überraschungsmomentes. Der Scharführer hatte die Gardisten heimlich beobachtet. Jeder Einzelne von ihnen schien ein hartgesottener Kämpfer zu sein. Immer wieder blickte er verstohlen zu den Wächtern hinüber, doch sie signalisierten weder das Herannahen eines Feindes noch von Freunden.

Einer der angeblichen Schwertmänner trat zu dem Scharführer. „Wo bleiben der Hohe Lord und unsere Männer, verdammt? Spätestens in dieser Nacht muss es geschehen. Wir sind schon bedenklich dicht an Merdonan. Wenn uns eine der Streifscharen entdeckt, wird man unsere List bemerken und kurzen Prozess mit uns machen."

„Das weiß ich selbst", murmelte der Scharführer. „Ich hoffe nur, unser Reiter ist überhaupt zum Versteinerten Wald durchgekommen. Garwin weiß, was davon abhängt, dass dieser Hochgeborene für immer verschwindet. Keine Sorge, Mann, er ist auf dem Weg. Was meinst du, können wir die Panzerreiter notfalls überrumpeln?"

Der Scharführer glaubte nicht daran, aber er wollte auch die Meinung des anderen hören. Der wiegte den Kopf. „Man darf sich nicht täuschen lassen. Die Burschen wirken harmlos und haben auch noch keinen Verdacht geschöpft. Dennoch sind sie immer auf der Hut. Dieser verdammte Hochgeborene hat sich da ein paar sehr erfahrene Kämpfer ausgesucht. Selbst wenn wir sie überraschen und die Hälfte von ihnen sofort töten können, bin ich mir über den Ausgang des Kampfes nicht sicher."

Der Scharführer legte dem Gefolgsmann die Hand auf die Schulter. „Das ist auch meine Ansicht. Wir werden gleich weiterreiten, und auch wenn unsere Verstärkung heute nicht mehr eintrifft, muss es in dieser Nacht geschehen. Eine andere Gelegenheit bleibt uns nicht. Bereite die Männer darauf vor. Und achte darauf, dass keiner der Gardisten es bemerkt."

Der Gefolgsmann nickte und wollte sich abwenden, da registrierte er eine Bewegung von einem der Wächter. „Es kommt jemand, Scharführer."

„Dann will ich nur hoffen, dass es die unseren sind."

Eine größere Gruppe Reiter näherte sich aus Nordwesten. Merdonan lag ein wenig nordöstlich. Dennoch konnte es eine

Schar der echten Schwertmänner sein, und der Scharführer sah ihr mit wachsender Anspannung entgegen. Dann huschte ein verstohlenes Lächeln über sein Gesicht. Zwar trugen einige der Reiter die Kleidung der Schwertmänner und andere die grünen Umhänge der Pferdelords, doch es waren auch etliche darunter, welche die schlichten Umhänge einfacher Bürger trugen. Nein, das war keine Streifschar der Ostmark, es war die ersehnte Verstärkung.

Ta Enderos und einige der Gardisten waren nun auf die Neuankömmlinge aufmerksam geworden, doch da die Wachen keine Gefahr signalisierten und sich Pferdelords unter der näher kommenden Gruppe befanden, wandten sie sich wieder dem Tee zu.

Dennoch gelang die Überraschung nicht.

Einer der Gefolgsleute in der Nähe der Feuerstelle war zu aufgeregt oder verlor die Geduld. Er griff unter seinen Umhang und zog den gespannten kleinen Querbogen hervor. Der Gardist jenseits des Feuers sah die Bewegung und erkannte sofort die Bedrohung.

„Verrat!“, schrie er und schnellte vom Feuer hoch, um seine Klinge zu ziehen.

Der Mann mit dem Querbogen hatte ta Enderos hinterrücks niederstrecken wollen. Nun wandte er sich der direkten Bedrohung durch den Gardisten zu, dessen Schwert zischend aus der Scheide fuhr und der Anstalten machte, sich auf den Feind zu werfen. Mit lautem Schnappen der Sehne löste sich der Bolzen und durchbohrte die Rüstung des Gardisten, der sterbend vornüber ins Feuer fiel. Der Kessel stürzte um und ergoss seinen Inhalt zischend in die Glut, worauf weitere Männer erschrocken aufsprangen.

Der Schreck der Gardisten währte nur kurz, doch das hätte ihnen wenig genutzt, wenn nicht auch Garwins Gefolgsleute durch die voreilige Aktion ihres Mitstreiters überrascht worden wären.

„Macht sie nieder“, brüllte der Scharführer. „Lasst keinen von ihnen entkommen!“

„Schützt den Hochgeborenen“, rief der Gardeoffizier, warf sich vor ta Enderos und fing mit seinem Körper zwei Bolzen auf, die für den anderen bestimmt waren.

Während sein Offizier tot zu Boden sank, zog nun auch ta Enderos blank und folgte dem Beispiel seiner Männer. Bolzen drangen durch Rüstungen, Gardisten fielen sterbend oder tot, aber die Garde war noch längst nicht bezwungen. Ta Enderos war in Begleitung der besten Kämpfer seines Regiments, und diese gaben sich nicht so leicht geschlagen. Einige von Garwins Gefolgsleuten starben unter den grimmigen Hieben und Stößen der Gardisten, bevor sie die Querbogen nachladen oder die eigenen Klingen ziehen konnten.

Der Hochgeborene rammte sein Schwert in den Leib eines Mannes, drehte es leicht und befreite es aus dem Fleisch des Sterbenden. Ein Blick zeigte ihm, dass die sich nähernde Gruppe bald in den Kampf eingreifen würde, und er hatte keinen Zweifel, dass seine Gardisten dann überwältigt würden. „Auf die Pferde“, rief er über die Schreie und Flüche der Kämpfenden hinweg. „Wir müssen fliehen!“

Ein Gardist rannte heran, vier Pferde an den Zügeln, stürzte aber unter dem Schwertstreich eines Angreifers. Diesem wurde vom Hieb eines anderen Panzerreiters der Leib geöffnet, und hastig nahm der Rächer die Zügel auf und eilte zu ta Enderos.

Es gab keine feste Formation, nur ein wildes Durcheinander von Männern, aber die von ta Enderos erkämpften sich die Oberhand. Ein Unterführer mit blutbespritzter Rüstung drückte seinem Kommandeur die Zügel in die Hand. „Reitet, Hochgeborener, reitet! Wir halten die verräterischen Bastarde auf!“

Ta Enderos schwang sich in den Sattel, und andere folgten seinem Beispiel. Er hörte das Wutgeschrei der Neuankömmlinge, die nun den Kampfplatz erreichten und sofort die Verfolgung aufnahmen.

„Wohin?", schrie der Unterführer, der es geschafft hatte, an ta Enderos' Seite zu bleiben.

„Merdonan", erwiderte der Gardekommandeur grimmig. „Nur dort finden wir Hilfe."

„Wohl eher den Tod, Hochgeborener. Das Pferdevolk hat uns verraten."

„Niemals. Nicht Pferdefürst Bulldemut und seine Männer. Vorwärts, Gardisten, liefern wir den Verrätern ein gutes Rennen!"

Ihre Pferde waren durch die Rast ausgeruht, die der Verfolger hingegen vom scharfen Ritt erschöpft. Das würde ihnen einen Vorsprung geben, ta Enderos hoffte nur, dass dieser auch ausreichte.

35

Fünfzig kampffähige Männer, sechs Schwerverwundete, ein Rundohr, das sich kaum auf den Beinen halten konnte, und eine Elfin ... das war die ganze Streitmacht, die Nedeam samt den Pferden aus der Festungsruine von Merdoret herausführte. Hinter ihnen war das Gebrüll der Orks zu hören, deren Aufmerksamkeit noch immer der entschwindenden Schwinge galt. Doch bald würden die Bestien merken, dass die Menschen entkommen waren.

„Nach Norden, auf die Nordwand des Passes zu", befahl Nedeam. „Und beeilt Euch, uns bleibt nicht viel Zeit, bis sie die Verfolgung aufnehmen."

„Dann sollten wir direkt nach Westen reiten und dem Pass nach Merdonan folgen", meinte Arkarim.

Nedeam schüttelte den Kopf. „Dort werden sie uns zuerst vermuten."

Der Scharführer lachte freudlos und wies auf den schneebedeckten Boden. „Sie brauchen doch nur unseren Spuren zu folgen."

„Verdammt, das weiß ich ja", knurrte Nedeam. „Aber wir kommen nur langsam voran. Kaum schneller als die Legion. Die Verwundeten machen uns noch langsamer. Im Freien werden uns die Bestien einfach überrennen. An der Nordwand haben wir wenigstens den Rücken vom Fels gedeckt."

Arkarim nickte. „Schön, dann also nach Norden." Er hob die Stimme. „Ihr habt es gehört, Schwertmänner der Hochmark, nach Norden, so rasch es geht."

Sie hatten die Schwerverwundeten auf die Pferde gehoben, und Männer ritten zu beiden Seiten, damit die Entkräfteten nicht herunterstürzten. Auch Fangschlag war geschwächt und konnte sich auf Beißer kaum halten. Er litt noch immer unter der Wirkung des Dungpfeils, und die Anstrengung, die es bedeutet hatte, Einohr entgegenzutreten, war einfach zu viel gewesen.

„Stützt ihn, so gut es geht", befahl Nedeam zwei Schwertmännern. „Arkarim, wähle die beiden besten Pferde aus."

„Soll erneut ein Bote nach Merdonan reiten?"

„Uns bleibt keine Wahl."

„Jede Hilfe wird zu spät kommen."

Nedeam zuckte die Schultern. „Erst wenn die Bestien ihre Klingen in unsere Leiber gesenkt haben. Solange wir unsere Schwerter halten können, besteht auch Hoffnung."

Sie ritten auf die Nordwand des Passes zu, so schnell sie nur konnten. Nedeam hoffte, dass die Bestien die Menschen noch in der Zuflucht vermuteten und ihr Entkommen möglichst spät bemerkten. Langsam kam die zerklüftete Felswand näher. An vielen Stellen trat der nackte Fels hervor, und an einer Stelle hatte eine gewaltige Klippe verhindert, dass der Schnee den Boden unter ihr bedeckte.

Nedeam betrachtete die kahle Stelle, die beachtlich groß war, und plötzlich kam ihm eine Idee. „Auf die Felsklippe zu, Männer. Zu der Felsklippe."

Sie fragten nicht, sondern kämpften sich durch den Schnee, in den die Läufe der Pferde tief einsanken. An einigen Stellen reichte er ihnen über die Fesseln und machte das Vorankommen sehr schwierig, zumal der an der Oberfläche dünn vereiste Schnee ihren ungeschützten Beinen zusetzte.

„Es reißt ihnen die Haut auf", knurrte einer der Schwertmänner und wies auf einige Trittsiegel, an denen Blut haftete. „Dieser verfluchte Schnee. Er ist an der Oberfläche gefroren und schneidet tief ins Fleisch. Sie werden uns nicht lange tragen können."

Das befürchtete der Erste Schwertmann auch. Ohne die Pferde würden sie jedoch noch weit unbeweglicher sein, und ihre Aussichten, der Legion doch noch zu enteilen, würden weiter schwinden. Er trieb Duramont vom Ende der langen Schlange nach vorn und setzte sich an die Spitze. Die Stelle kahlen Bodens unter der großen Felsklippe war fast erreicht. Nedeam musterte die Klippe. Wie ein gewaltiges Dach ragte sie aus der Felswand hervor und erstreckte sich ein gutes Stück nach rechts und links. Nedeam leckte sich über die Lippen, die von der Kälte aufgesprungenen waren, und atmete erleichtert auf, als sein Hengst endlich festen Boden unter den Hufen hatte. Er ritt direkt an die Felswand heran, wo er sich nach Westen wandte. Die Reste des Beritts taten es ihm gleich. Arkarim war an das Ende der Formation zurückgefallen und hielt nach möglichen Verfolgern Ausschau, aber noch war niemand in Sicht.

Llaranya schloss zu Nedeam auf. „Mir scheint, du suchst etwas Bestimmtes."

„Ja. Einen Pfad, einen Aufstieg, der uns hinauf zwischen die Felsen führt. Vielleicht können wir die Bestien täuschen."

Die schöne Elfin runzelte die Stirn. „Sollen wir uns zwischen den Felsen verstecken und hoffen, dass die Orks an uns vorüberlaufen? Das wird nicht gelingen, mein Geliebter. Sie sind nicht dumm und werden es bemerken, wenn unsere Spuren den schneefreien Boden nicht verlassen."

„Eben das dürfen sie nicht bemerken", murmelte er nachdenklich und seine Blicke glitten forschend über die Felsen. „Einen Aufstieg. Einen schmalen Pfad. Mehr brauche ich nicht."

Llaranya berührte seinen Arm. „Dort. Eine Hundertlänge vor uns. An dem Felsen, der sich vor der Wand erhebt."

Sie ritten hinüber, und Nedeam seufzte erleichtert. „Genau das, was ich suche."

Wahrscheinlich war der Pfad von Felsböcken angelegt worden, die ihn öfter benutzten. Er war schmal und schwierig, doch schien er in die nördlichen Berge zu führen.

„Was hast du vor?", fragte Llaranya. „Willst du in die Berge fliehen statt nach Merdonan?"

„Wenn wir versuchen, durch den Schnee nach Merdonan zu fliehen, werden sie uns einholen und schlachten", knurrte er. „Nein, ich will nicht weit in die Berge. Nur ein kurzes Stück. Weit genug, damit die Bestien unsere Spur verlieren und an uns vorübereilen."

„Sie können sie nicht verlieren bei dem Schnee."

„Nicht hier", sagte er leise. „Nicht unter der Klippe. Hier, an diesem Felsen, werden wir nacheinander absteigen und dem Pfad zu Fuß folgen. Aber eine Handvoll Männer wird mit den Pferden weiter nach Merdonan reiten. Es sind viele Reittiere, und die Männer können sie oft wechseln. Der Schnee mag sie behindern, doch ohne Last werden sie vielleicht schnell genug vorankommen und der Legion entkommen."

„Ich verstehe." Die Elfin lächelte. „Während die Orks hinter unseren Pferden und den wenigen Reitern herjagen, bringen wir uns in den Bergen in Sicherheit."

„Bevor wir nicht jenseits des Passes sind, gibt es keine Sicherheit. Aber vielleicht können wir uns verborgen halten, bis Hilfe aus Merdonan eintrifft. Inzwischen müssten dort etliche Beritte versammelt sein."

„Und die Verwundeten?"

„Ich würde sie gern nach Merdonan schicken, doch sie würden das Vorankommen unserer Boten verlangsamen. So schwer es für diese Männer auch sein mag, sie müssen mit uns hinauf in die Berge."

Einige Wachen spähten aufmerksam in Richtung Merdoret. Von der alten Festung war nichts zu sehen, aber aus der Richtung mussten die Verfolger kommen. Nedeam hob die Hand, und die Männer wandten sich ihm zu. Mit knappen Worten schilderte er seinen Plan. Die Reste des Beritts saßen ab und nahmen Proviant und Ausrüstung von den Pferden. Es war ihnen anzumerken, dass sie sich nur ungern von den Tieren trennten.

„Wir sollten auf ihrem Rücken kämpfen, mit der Stoßlanze in der Hand", knurrte einer der Schwertmänner. „So wie es sich für Pferdelords gebührt."

„Wahrhaftig, das sollten wir", bestätigte Nedeam, der diesen Wunsch nachvollziehen konnte. „Doch wir würden nur einen kurzen Kampf liefern können, so schnell würden sie uns niedermachen. Es wäre ein sinnloser Tod, guter Herr."

„In die Berge hinaufzuklettern und dort elendig zu verenden, erscheint mir nicht viel sinnvoller."

„Wir werden uns dort nur verbergen und warten, bis Merdonan Hilfe schickt. Dann stellen wir uns dem Feind mit vereinten Kräften und bezwingen ihn." Nedeam nahm seine Decke vom Sattel. „Nehmt ein paar Stoßlanzen und Decken und fertigt Tragen für die Verwundeten." Er sah zu Fangschlag hinüber. „Und macht auch eine für ihn. Er wird sich nicht mehr lange auf den Beinen halten können."

Das Rundohr schüttelte den Kopf. „Ich … ich kann … selbst …"

„Du kannst dich selbst auf eine Trage legen, Fangschlag. Ob es dir gefällt oder nicht."

Die Tatsache, dass das Rundohr nicht weiter protestierte, zeigte, wie schwach es wirklich war. Sie fertigten aus Stoßlanzen und Decken Tragen für die Verwundeten. Das war nicht besonders schwierig. Sie breiteten die Decken auf dem Boden aus, legten die Lanzen so darauf, dass die Decke in drei gleiche Teile geteilt wurde, und schlugen die Außenseiten über die Lanzen nach innen. Legte man die Verwundeten darauf, presste ihr Gewicht das Tuch fest genug aneinander, sodass die Tragen hielten. Zumindest funktionierte es mit dem groben Wolltuch des Pferdevolkes, das feine elfische Tuch Llaranyas war zu glatt und daher nicht dafür geeignet. Während die Tragen der anderen Verwundeten von jeweils zwei Männern aufgenommen wurden, mussten bei dem riesigen Ork gleich vier anpacken.

Schließlich war alles bereit. Proviant und Ausrüstung waren auf die Männer verteilt, und jene, welche die Tragen schleppten, würden regelmäßig abgelöst werden. Llaranya erbot sich, dem Trupp vorauszugehen, und schwang sich behände auf den Felsen.

Nedeam trat unterdes zu den fünf Männern, die mit den Pferden gen Ostmark reiten würden. „Reitet nach Merdonan und eilt Euch. Unser Schicksal liegt nun in Euren Händen."

Der Wortführer der kleinen Schar nickte. „An uns soll es nicht scheitern, Hoher Lord. Wir werden den Bestien eine schöne Spur im Schnee und ein gutes Rennen liefern."

Nedeam stieg als Letzter auf den Felsen und sah den Reitern und Pferden nach, die nun wieder schneebedeckten Boden erreichten und eine sehr deutliche Fährte hinterließen. Der Erste Schwertmann konnte nur hoffen, dass die Bestien sich dadurch täuschen ließen und den Pferden folgten. Andernfalls konnte sich seine Entscheidung, zu Fuß ins Gebirge vorzustoßen, rasch als tödlich erweisen.

36

Die Pferde waren am Ende ihrer Kräfte. Viele Zehnteltage wurden Daik ta Enderos und die beiden überlebenden Gardisten schon von Garwins Schar gehetzt. Bislang war es den Verfolgern jedoch nicht gelungen, nahe genug aufzuschließen, um die Flüchtigen mit Pfeilen oder Bolzen zu beschießen. Garwins Männer ritten mit leichtem Gepäck, wie es beim Pferdevolk üblich war, die Gardisten hingegen trugen die stählernen Rüstungen und hatten das schwere Marschgepäck am Sattel befestigt. Obwohl ta Enderos und seine Begleiter die Tragelasten inzwischen abgeworfen hatten, brachte es ihnen keinen Vorteil mehr.

„Wie weit sind sie hinter uns?", fragte ta Enderos und wusste nicht, zum wievielten Mal er nun schon fragte.

„Das Viertel eines Zehnteltages", schätzte der Unterführer, an dessen Rüstung noch immer Feindesblut haftete. „Wahrscheinlich weniger. Ihre Pferde tragen weniger Last und werden nun langsam aufholen."

Der Unterführer wollte noch etwas hinzufügen, doch sein erschöpftes Tier stolperte und stürzte. Mit einem heiseren Aufschrei flog der Gardist über den Kopf des Pferdes hinweg und schlug schwer zu Boden, wo er reglos liegen blieb.

Daik ta Enderos zügelte sein Pferd und stieß einen Pfiff aus. Der andere Gardist, der einige Längen voraus war, kehrte um und sah besorgt zu, wie der Hochgeborene aus dem Sattel stieg und zu dem Gestürzten trat. Zu ta Enderos Erleichterung regte sich der Mann wieder.

„Verflucht", knurrte der Unterführer und sah auf seinen eingedrückten Harnisch, „da hat nicht viel gefehlt." Er bemerkte sein Pferd, das vor Schmerzen wieherte und sich erfolglos bemühte, wieder auf die Beine zu gelangen. „Hat sich die Vorhand gebrochen“, stellte er fest. „Da werde ich der verfluchten Bande schwerlich davonreiten können.“

Der Hochgeborene nickte. „Ich bin es ohnehin leid, vor diesen hinterhältigen Bastarden davonzulaufen.“ Er bemerkte, wie der andere Gardist gleichmütig nickte und ebenfalls absteigen wollte. „Nein, Gardist. Du nimmst mein Pferd, dann hast du zwei und kannst sie wechseln. Reite so schnell du kannst und hole Hilfe.“

Der Gardist schüttelte entschieden den Kopf. „Ich und Unterführer Malwas werden hier stehen und kämpfen und Euch Zeit verschaffen, Kommandeur. So ist es die Tradition der Garde.“

Ta Enderos lachte. „Ich gehöre selbst zur Garde und kenne ihre Traditionen. Also reite, Gardist, oder willst du mir den Gehorsam verweigern?“

Der Reiter stieß ein missbilligendes Knurren aus, dann salutierte er und zog sein Pferd herum.

„Guter Junge“, brummte der Unterführer. „Der hat sein Leben noch vor sich.“ Er grinste ta Enderos auf eine Weise an, die andere Hochgeborene als unverschämt erachtet hätten. „Es ist wohl angemessen, dass wir Alten die Traditionen hochhalten und neue Legenden weben, nicht wahr?“

Der Hochgeborene lächelte. „Ich will doch hoffen, dass du noch Gelegenheit bekommst, unsere Geschichte in den Schänken zu erzählen und manchen Becher dabei zu leeren.“ Er zückte sein Schwert und deutete mit der Klinge in Richtung Merdonan. „Dort ist eine kleine Felsgruppe. Sie wird uns den Rücken decken, wenn wir uns dem Raubgesindel stellen.“

„Vorher will ich mein Pferd erlösen.“ Der Unterführer erhob sich und stöhnte leise. „Es hat sich den Gnadenstreich verdient, Hochgeborener. Ah, ich fürchte, ich habe mir eine Handvoll Rippen geprellt. Den Schwertarm kann ich gut bewegen, doch die andere Seite schmerzt sehr."

„Dann werde ich an diese Seite treten und sie dir decken."

Der Unterführer führte den Gnadenstreich, und das schmerzerfüllte Wiehern verstummte. „Seite an Seite. Wie es sich für die Gardekavallerie geziemt."

Sie gingen zu der Felsgruppe hinüber, setzten sich auf einen der Steine und blickten in die Richtung, aus welcher der Feind kommen musste. Der Unterführer bückte sich mühsam, schob etwas Schnee zur Seite und hob einen Stein auf. Langsam und methodisch begann er die Schneiden seines Schwertes zu glätten und nachzuschärfen. „Das ist kein Raubgesindel", murmelte er. „Was auch immer das für Kerle sind, Raubgesindel sind sie keines. Zumindest kein gewöhnliches." Der Unterführer sah den Gardekommandeur von der Seite an und grinste. „Bei der Garde ist für solche Schurken nichts zu holen. Dafür bekommen wir einfach zu wenig goldene Schüsselchen."

Ta Enderos erwiderte das Lächeln. „Mag sein. Ich werde es dem Hohen Kronrat bei Gelegenheit ausrichten." Er klopfte unbewusst gegen seinen Brustpanzer, unter dem sich die angebliche Urkunde des Pferdekönigs befand. „Nein, dahinter steckt weit mehr. Sie wollten, dass die Garde umkehrt, und das haben sie geschafft. Sie hatten wohl nur nicht damit gerechnet, dass ich dennoch nach Merdonan will."

„Nun, es sieht so aus, als könnten sie es noch verhindern." Der Unterführer deutete mit dem Schwert vor sich. „Das dort dürften sie wohl sein."

37

Showaas Flug ließ sich nicht mehr kontrollieren. Anschudar wusste nicht, wo und wie schwer seine Schwinge verletzt war, ob sie große Schmerzen hatte oder einfach in Panik verfallen war. Jedenfalls reagierte sie auf keinen seiner Versuche, sie zu spüren oder mit dem Lenkstab zu beeinflussen. Ihr Flug war unsicher, und sie suchte instinktiv nach einem geeigneten Platz zum Landen. Anschudar hoffte, dass sie ihn schnell fand, denn ihre Kräfte ließen spürbar nach. Ihre Bewegungen waren kaum vorherzusagen, und der Schwingenreiter hatte alle Mühe, sich auf ihrem Rücken zu halten. Sein Gesicht brannte, als stünde es in Flammen, und der Flugwind brachte kaum Linderung.

Immer wieder versuchte Anschudar, seine Showaa zu beruhigen, ohne Erfolg.

Erneut kippte sie zur Seite ab, und der Schwingenreiter stieß einen heiseren Schrei aus, als dabei einer seiner Füße aus dem Steigbügel rutschte. Aus dem seitlichen Flug wurde nun ein steiles Abtauchen, und während Anschudar um Halt kämpfte, starrte er angstvoll um sich. Berge rasten unter ihnen hinweg, und vor ihnen wurde zwischen zwei Felszacken ein zerklüfteter Einschnitt sichtbar. Schmal und eng, ein denkbar schlechter Ort für eine unkontrollierte Landung, und ausgerechnet dorthin schien die Schwinge zu streben.

Anschudar sah den felsigen Boden mit rasanter Geschwindigkeit näher kommen und schrie auf. Dann spürte er, wie ihn etwas von Showaas Rücken riss, und er stürzte in tiefe Dunkelheit.

Als er erwachte, schmerzte ihn sein ganzer Körper.

Er lag auf dem Bauch, spürte harten Fels unter sich. Er versuchte sich aufzurichten und brach wieder zusammen. Es war kalt und es war Nacht. Jeder Atemzug tat weh. Aufstöhnend wälzte er sich auf den Rücken. Über ihm war das Blinken der Sterne zu sehen, direkt neben ihm ragte ein steiler Felsen empor. Nur langsam wurde ihm bewusst, was geschehen war.

„Showaa?" Seine Stimme war kaum mehr als ein Flüstern. Die Zunge wirkte geschwollen und wollte ihm nicht gehorchen. Er schmeckte Blut, spuckte aus und musste husten. Greller Schmerz stach in seiner Brust. Langsam wurde sein Kopf wieder klarer. Seine Hand stieß gegen etwas Weiches. Nein, nicht Showaa. Es war seine Jacke. Eher unbewusst zog er sie sich über und verspürte dabei erneut stechende Schmerzen, die ihm fast den Atem nahmen.

„Showaa?" Wo war sie? Wie ging es seiner Schwinge?

Er sah ein dunkles Schemen, ein Stück neben sich.

„Schmerz …"

Verwirrt schüttelte er den Kopf. Es war ihm nicht bewusst, dass er gerade gesprochen hatte. „Showaa?"

„Showaa … Schmerz."

„Showaa?" Er kam auf die Füße und wankte auf das Schemen zu, das sich nun zu strecken schien. Der dreieckige Kopf Showaas hob sich und sank wieder nach unten.

„Schmerz."

Hatte sie wirklich gesprochen? Seine Showaa?

Er stieß gegen ihren warmen Leib, und als er die Hand danach ausstreckte, spürte er die lederige Haut unter seinen Fingern. Streichelte sie. „Showaa."

Erneut bewegte sich der Kopf; das riesige Auge schien nach ihm zu suchen. „Schmerz."

Die eigenen Schmerzen unterdrückend, untersuchte Anschudar ihren Leib, so gut es ihm möglich war. Alles schien in Ordnung. „Showaa, wo ist der Schmerz? Sag es mir."

Sie schien sich nichts gebrochen zu haben, aber das konnte er bei dem Sternenlicht nicht mit Bestimmtheit sagen. Zumal er allenfalls eine Verletzung an ihren Beinen hätte feststellen können. Die restlichen Knochen ihres riesigen Leibes ließen sich nicht erfühlen, aber sie bestanden ohnehin aus einer knorpeligen Masse und waren nicht mit denen eines Menschen zu vergleichen. Nur Beine und Hals besaßen ein festes Skelett.

„Wo ist der Schmerz, Showaa? Sag es mir."

Sie schien nicht zu wissen, welches Wort sie benutzen sollte. Für Anschudar war es ohnehin ein Wunder, dass er ihre Stimme vernahm. Die meisten Lederschwingen lernten es nie, die menschlichen Laute zu formen. Ja, Showaa war wirklich etwas Besonderes. Seine zitternden Hände glitten prüfend über ihren Rumpf. Doch die Masse ihres Leibes erreichte er so nicht, und er wollte in der Nacht nicht auf ihren Körper klettern, um nach einer Wunde zu suchen. Zu leicht hätte er sie in dem schwachen Licht übersehen oder durch eine unglückliche Bewegung verschlimmern können.

Showaa hob ihren dreieckigen Schädel an und wandte ihm die stumpfe Vorderseite zu. Einer ihrer beiden Maultentakel machte eine schwache Bewegung.

„Dein Auge, Showaa? Ist es dein Auge?", fragte er besorgt.

Anschudar konnte nichts erkennen, und Showaa schien das richtige Wort nicht zu finden. Eigentlich war das nicht verwunderlich. Die wenigsten Schwingen lernten die Vielfalt der menschlichen Worte zu begreifen und richtig anzuwenden. Feedanaa, die Mutter des Horstes, war eine der seltenen Ausnahmen. Showaa wandte den Kopf zur Seite, und für einen flüchtigen Moment glaubte der Schwingenreiter einen Fremdkörper in ihrem Auge zu erkennen.

Vorsichtig trat er näher an ihren Kopf. „Ruhig, meine kleine

Showaa, ganz ruhig. Ich will mir nur ansehen, was du da hast“, sprach er auf sie ein. Das Licht war schwach, fast zu schwach. Aufmerksam betrachtete er die Konturen des riesigen Auges, folgte dem Verlauf der Liderpaare und dann den schlitzförmigen Pupillen. Da, in einer von ihnen schien ein Gegenstand zu stecken. „Ruhig, Showaa, ich will es mir nur ansehen.“

Obwohl er sich nur zu ihrem Auge hinüberbeugte, zuckte die junge Lederschwinge zurück. Nun war sich Anschudar sicher, dass etwas in ihr Auge eingedrungen war. Er konnte nur hoffen, dass es keine bedrohliche Verletzung war. Schwingen ohne Augenlicht, die somit nicht die Fähigkeit besaßen, den Feueratem mit Pupillen und Tentakeln zu fokussieren, waren für den Horst nutzlos. Sie wurden getötet, damit sie nicht das Futter der gesunden Schwingen verbrauchten. Eine Tradition, die schon zu erregten Gesprächen zwischen Mordeschdar und Feedanaa geführt hatte, welche nicht verstand, warum die Menschen bei ihren Kranken oder verkrüppelten Angehörigen nicht ebenso verfuhren.

„Ganz ruhig“, sang Anschudar, „gaaanz ruuuuuhig.“

Er konnte es nun sehen. In der rechten Pupille steckte ein Bolzen oder ein abgebrochener Pfeil. Das war sehr schlecht, doch das Geschoss schien nicht sehr tief eingedrungen zu sein. Das Auge war nicht erblindet. Vielleicht konnte Anschudar den Fremdkörper entfernen, ohne es weiter zu verletzen.

Der Schwingenreiter hatte selbst erlebt, dass die Flugtiere durchaus in der Lage waren, Fremdkörper aus ihren eigenen Leibern zu entfernen. Manchmal wurde dies nach unglücklichen Landungen oder dem Beschuss durch Feinde erforderlich. Sofern die Maultentakel oder die enorm beweglichen Füße den Gegenstand ergreifen konnten, war das kein Problem. Doch das Auge gehörte zu den empfindlichsten Körperteilen einer Schwinge, und Showaa vermied es instinktiv, den Fremdkörper auch nur zu berühren.

Anschudar hoffte, dass es sich um einen der Bolzen handelte. Diese waren glatt und hatten keine Widerhaken. Ein Pfeil war da wesentlich gefährlicher. Behutsam trat er näher an Showaas Kopf und strich besänftigend über einen ihrer Maultentakel. Ja, es war ein Bolzen. Er würde ihn leicht entfernen können. Sofern Showaa stillhielt. Sie durfte sich nicht ruckartig bewegen, sonst könnte der Bolzen tiefer in die Pupille eindringen. Wenn er die äußeren Membranhäute durchstieß, würde die Pupille blind werden und Augenwasser könnte auslaufen. Dann würde Showaa für sein Volk nutzlos sein, und das wollte Anschudar unter keinen Umständen riskieren.

„Ganz ruhig, Showaa", sang er aus. „Gaaanz ruuuuhig."

Sie schien seiner Stimme zu vertrauen, und der Schwingenreiter konnte den kurzen Schaft des Bolzens ergreifen. Anschudar betete inbrünstig, dass dieser wirklich keinen Widerhaken hatte. Er nahm seinen Mut zusammen und zog das Geschoss mit einem Ruck heraus.

Showaa stieß einen schrillen Schrei aus und sprang mit einem gewaltigen Satz von Anschudar fort. Ihr Kopf bewegte sich hektisch, und die Maultentakel peitschten umher.

„Es ist vorbei, Showaa", sagte der Schwingenreiter leise und begann die Laute von sich zu geben, die zur Beruhigung der Schwingen dienten. „Alles ist gut."

Showaa zischte erregt und schien ihren Reiter mit den Pupillen zu fixieren. Anschudar befürchtete schon, sie würde einen Flammstoß speien, und sprach weiter auf sie ein. Schließlich begann sie sich zu beruhigen. Vorsichtig trat er näher und strich sanft über einen der Tentakel, bis Showaa endlich zur Ruhe kam.

Als die Anspannung von Anschudar abfiel, war er am Ende seiner Kräfte und sackte erschöpft zu Boden. Erneut umfing ihn Dunkelheit.

Das nächste Mal erwachte er mit einem Gefühl der Wärme.

Keiner übermäßigen Wärme, doch immerhin fror er nicht so, dass ihm die Zähne klapperten. Es schien noch immer dunkel zu sein, aber als Anschudar sich bewegte, erkannte er, dass Schowaa ihre Schwinge über ihn gebreitet hatte. Sie spürte seine Bewegung und hob die Schwinge leicht an. Ihr Schädel glitt in sein Blickfeld, und die beiden Pupillen fixierten ihn. Beide Pupillen.

Erleichtert strich Anschudar über einen Maultentakel. „Gute Showaa“, lobte er. „Gute Showaa.“

„Showaa Schmerz“, hörte er sie sagen.

Er seufzte. Es konnte gut sein, dass sie bei der unglücklichen Landung weitere Verletzungen erlitten hatte. „Ich helfe dir, Showaa“, beteuerte er. „Wo ist der Schmerz?“

Showaa erhob sich halb und verlagerte ihr Gewicht. „Schmerz … hier.“ Einer ihrer Füße strich über den Bauch, dann sackte die Lederschwinge schwerfällig zurück.

„Hunger? Ist es das, was dir Schmerzen bereitet?“ Er strich sich über den Magen und führte eine Hand zum Mund. „Willst du etwas essen?“

„Showaa Hungrigschmerz“, bestätigte sie. Ihr Schädel fuhr herum, und einer der Tentakel zerrte an einem der Riemen, welche die Traglast hielten.

Enttäuscht bemerkte der Schwingenreiter, dass die Tasche mit dem Proviant bei der Landung abgerissen war. Im Licht der Morgendämmerung schaute er sich um und war erleichtert, als er den Behälter in einiger Entfernung am Boden liegen sah. Er ging hinüber und spürte nun erneut die eigenen Schmerzen. Nachdem er die Tasche aufgenommen hatte, humpelte er zu seiner Schwinge zurück.

„Showaarücken Hungrigschmerz?“, vernahm er ihre Frage. Er überlegte, was sie wohl meinte. Er musste ihr unbedingt einen größeren Wortschatz beibringen. Ah, nun begriff er. „Nein,

Showaa, dein Reiter ist nicht hungrig. Ich fürchte, ich habe mir das Bein verstaucht und ein paar Rippen angeknackst."

Mit seinen Worten konnte sie offensichtlich nichts anfangen, mit den Fleischstreifen, die er aus der Tasche zog, dafür umso mehr. Gierig schlang Showaa einen Bissen nach dem anderen hinunter.

„Na, du bist aber wirklich hungrig." Er tätschelte sie erneut.

Nachdem sie gesättigt war, ging Anschudar zu einem der Felsen und setzte sich, um seine eigenen Verletzungen zu begutachten.

Der Knöchel schien tatsächlich nur verstaucht zu sein, aber ein paar Rippen waren wohl gebrochen oder wenigstens angebrochen. Jeder Atemzug tat weh, und als er die Jacke öffnete, war sein Leib auf einer Seite mit Prellungen übersäht. Am Schlimmsten hatte es allerdings seine gefütterte Jacke erwischt. Das äußere Leder war auf einer Seite angebrannt, rissig und spröde geworden. Einer der Ärmel hing nur noch an einem dünnen Lederriemen, an mehreren Stellen war das dicke Leder aufgeschlitzt und das wärmende Innenfutter herausgerissen. Er würde sie notdürftig flicken müssen, damit sie ihn weiter vor der Kälte schützen konnte.

Wo war sein Helm? Er musste ihm vom Kopf gerissen worden sein. Der Schwingenreiter fand die Kopfbedeckung zwischen ein paar Felsen in der Nähe. Der Halteriemen war zerfetzt, weitaus übler aber waren das zertrümmerte Klarsteinvisier und das große Loch, das in dem Helm klaffte. Das Holz war unter großer Wucht zersplittert und ein Stück davon herausgebrochen. Kein Wunder, dass er Schädelbrummen hatte.

Showaa ließ sich auf ihren Rumpf sinken und sah ihren Reiter mit schief gelegtem Kopf an. „Showaa Schlaf", meinte sie. „Macht Kraft."

Er nickte. Sollte sie ruhig ein wenig ruhen. Das Auge schien zu heilen, dennoch würde sie eine Weile brauchen, bis sie wieder bei Kräften war. Sie beide würden jedoch Showaas ganze Kraft benötigen, um wieder zurück zum Horst zu gelangen.

„Showaa Schlaf“, bestätigte er und öffnete die kleine Tasche mit seinen eigenen Vorräten. Erleichtert zog er zwei dünne Lederriemen hervor. Er würde die Jacke damit nur notdürftig flicken können, doch die gröbste Kälte würde sie dann wieder abhalten.

Showaas Membranhäute klappten über ihre riesige Pupille.

Anschudar hingegen hob den Blick. Die Sonne ging wieder auf. Die Gipfel der Berge waren ihm unbekannt, doch er wusste, dass sie irgendwo im Noren-Brak gelandet waren. Jetzt musste er zunächst dafür sorgen, dass er und Showaa wieder zu Kräften kamen, und dann hieß es den Weg heimwärts zu finden. Mit dem Orientierungssinn der Schwinge würde das nicht schwierig sein.

Anschudar presste die Hand an die verletzte Seite und lehnte sich an den Fels. Die Kälte spürte er kaum. Wenig später schlief er abermals vor Erschöpfung ein.

38

Auf dem Weg, über den die drei Gardisten vor Kurzem erst gekommen waren, wurde die Kavalkade der Verfolger sichtbar. Es mochten an die vierzig Reiter sein, die nun das tote Pferd erblickten und ihre müden Reittiere zügelten. Einer der Männer erkannte ta Enderos und den Unterführer an der Felsengruppe und deutete mit seiner Stoßlanze auf sie.

„Nun denn", seufzte dort der Unterführer. „Für Ruhm und Ehre der Garde."

„So sei es." Daik ta Enderos erhob sich und stützte sich abwartend auf sein Schwert.

In dem Moment als Garwins Gefolgsmänner die Pferde erneut antreiben wollten, erklang im Rücken der Gardisten das Signal eines Horns. Die Reiter zögerten, das Horn ertönte erneut, und der Boden begann unter Hufschlag zu erbeben. Die Gefolgsmänner wendeten nun hastig die Pferde, und erst jetzt wagte ta Enderos einen Blick zurück.

Zu breiter Front ausgeschwärmt, galoppierten Reiter mit eingelegten Stoßlanzen heran, und diesmal hatte der Hochgeborene keinerlei Zweifel, dass es sich um wirkliche Schwertmänner der Ostmark handelte. Rasend schnell kamen sie heran, während Garwins Männer ihr Heil in der Flucht suchten. Eine Schar Schwertmänner sonderte sich von den anderen ab und schwenkte zu den beiden Gardisten, der Rest der Truppe nahm die Verfolgung auf. Nochmals rief das Horn fordernd zum Angriff. Garwins Gefolgsleute erkannten, dass sie auf den erschöpften Pferden nicht entkommen konnten, und stellten sich zum Kampf. Als die Gruppen aufeinanderprallten, wurde er mit gnadenloser Härte geführt. Die einen kämpften verzweifelt um ihr Leben, die anderen mit dem grimmigen Zorn von Schwertmännern, die ihren guten Ruf missbraucht sahen.

An der Felsengruppe entbot ein Schwertmann ta Enderos seinen Gruß. „Ich bin Gerdam, Schwertmann der Ostmark. Meine Schar und ich sind Euer Schild und Schwert, Hoher Lord."

„Ihr kamt zur rechten Zeit, guter Herr", dankte ta Enderos.

„Wir begegneten Eurem Panzerreiter keine zwei Tausendlängen von hier." Der Schwertmann lächelte. „Das Glück des Kriegers, Hoher Lord."

Die Truppe Schwertmänner kehrte vom Kampfplatz zurück. Ihre Verluste waren nur gering. Der Scharführer grüßte den Hochgeborenen freundlich. „Zwei der Elenden konnten wir gefangen nehmen. Allerdings sind sie schwer verwundet und werden wohl kaum von Nutzen sein."

„Schade, ich hätte ihnen gern ein paar Fragen gestellt", knurrte ta Enderos.

Genau dies bekannte, kaum eine halbe Tageswende später, auch der Pferdefürst Bulldemut, als ta Enderos und der Scharführer ihm Bericht erstatteten. Das Gesicht des alten Kämpfers war fast weiß vor Zorn, und seine geballte Faust klatschte immer wieder auf den Schreibtisch in seinem Amtsraum. Schreibfeder und Flüssigkeit waren dabei zu Boden gefallen, doch der Pferdefürst hatte es nicht einmal bemerkt.

„Garwin", brüllte er. „Nur dieser Elende kann dahinterstecken! Ah, welche Niedertracht! Die Kleidung braver Schwertmänner zu missbrauchen, um Eure Männer zu ermorden und Euch nach dem Leben zu trachten! Wahrhaftig, nur dieser Renegat ist zu solcher Schandtat fähig." Bulldemut schlug nochmals auf den Tisch und ließ sich dann in seinen Stuhl fallen. „Wenn ich ihn eines Tages in die Finger bekomme, werde ich ihm die

Haut in Streifen vom Leibe ziehen. Sehr kleine Streifen und vorzugsweise, wenn der Bastard noch lebt."

„Ich bin versucht, Euch dabei behilflich zu sein", gestand ta Enderos. „Ein hinterhältiger Plan, doch von ungeheurer Schläue, wie ich eingestehen muss. Dieser Garwin hat uns übertölpelt, Pferdefürst. Er hat es geschafft, uns gegeneinander auszuspielen."

Bulldemut schenkte sich Wein ein, nahm mehrere tiefe Schlucke und fluchte erneut, bevor er den Becher hart auf der Tischplatte aufsetzte. „Die Garde auf dem Heimweg und die Beritte der Marken ebenso. Der Elende hat es geschafft, dass sich unser Heer zerstreut, noch bevor es sich richtig sammeln konnte."

Der Hochgeborene nickte betrübt. „Doch welchen Vorteil hat er davon? Garwin treibt ein gefährliches Spiel. Er wäre das Risiko nicht eingegangen, wenn er nicht eine Absicht verfolgen würde."

Bulldemut stieß ein leises Knurren aus. „Es ist mir ein Rätsel. Wir könnten das Heer erneut versammeln." Er sah den Alnoer forschend an. „Das könnten wir doch, oder nicht?"

Ta Enderos zuckte die Schultern. „Bevor ich die Garde abermals nach Merdonan beordern kann, werden die meisten Regimenter wieder zurück in ihren Garnisonen und Festungen sein. Der Hohe Kronrat wird Schwierigkeiten machen, wenn ich sie erneut versammeln will. Zumindest solange wir nicht wissen, ob der Feldzug auch durchführbar ist."

„Ich verstehe, was Ihr meint", brummte Bulldemut. „Aber mir liegt noch immer keine Botschaft von Nedeam und dem Beritt vor."

„Nichts?"

„Wie ich es sagte", entgegnete der Pferdefürst gereizt.

Ta Enderos trat an die Landkarte und überschlug die Entfernungen. „Es muss nichts zu bedeuten haben. Wenn man die Entfernungen bedenkt und berücksichtigt, dass sie sich verborgen und in fremdem Land bewegen müssen ... Durchaus möglich, dass sie schon auf dem Rückweg sind."

Bulldemut schnaubte leise. „Doch das glaubt Ihr nicht?"

„Glaubt Ihr es, Pferdefürst?"

„Ich habe nur vier Beritte der Schwertmänner in Merdonan." Der alte Kämpfer benutzte diesmal die flache Hand, um auf die Tischplatte zu schlagen. „Die anderen bestreifen die Mark und suchen den verfluchten Garwin und seine Gefolgsleute. Wenigstens einen Beritt muss ich in Merdonan belassen. Nicht wegen der Orks, gewiss nicht, doch ich muss befürchten, dass Garwin etwas Finsteres ausheckt. Ich kann die Stadt nicht ungeschützt lassen. Selbst ein Beritt mag schon zu wenig sein, trotz der guten Pferdelords der Stadt." Er schlug erneut auf den Tisch. „Aber ich werde diese Pferdelords nun einberufen, und da sind auch noch die braven Pferdelords der Mark. Mor!" Er hieb mehrmals auf den Tisch. „Mor! Wo steckt Ihr denn, verdammt?"

Der Erste Schwertmann der Ostmark trat ein, und Bulldemut nahm sich nicht viel Zeit für Erklärungen. „Entsendet Reiter zu den Gehöften und Weilern der Mark, Mor. Die Losung ist gegeben, und die Pferdelords der Ostmark sollen sich versammeln."

Mor hatte das wohl kommen sehen, denn er wirkte keineswegs überrascht. „Ihr werdet reiten, Hoher Lord?"

„Noch heute und mit allen verfügbaren Schwertmännern und Pferdelords." Bulldemut sah Mor scharf an. „Nein, vergesst es, Mor! Ihr bleibt in Merdonan und hütet mir die Mark. Und sendet keine Beritte hinter mir her. Was ich mit den Männern nicht bewirken kann, die ich mit hinausnehme, wird auch eine größere Zahl nicht bewerkstelligen. Wir ziehen nicht in den Krieg, sondern halten Ausschau nach Nedeam und seinem

Beritt. Ihr hingegen, Ihr haltet Merdonan. Unter allen Umständen, bis Ihr Nachricht bekommt. Bis die Pferdelords der Mark der Losung gefolgt sein werden, ist Merdonan geschwächt. Haltet also Augen und Ohren offen und Euer Schwert bereit, mein Freund."

Die Vorstellung zurückzubleiben, missfiel Mor sichtlich, doch es blieb ihm keine andere Wahl. „Die Stadt ist sicher, Hoher Lord."

Ta Enderos erhob sich und lächelte Bulldemut freundlich an. „Viel kann Euch die Garde in diesem Augenblick nicht bieten ..."

Bulldemut kniff die Augen zusammen, dann lächelte er. „Euer Schwert ist mir willkommen."

39

Nedeam lehnte sich an einen Felsblock und rang nach Atem. Der Marsch durch das Gebirge war anstrengend, und es war ein Wunder, dass sie bislang so gut vorangekommen waren. Es erwies sich als Vorteil, dass die Schwertmänner ihre Stoßlanzen nicht zurückgelassen hatten. Man konnte sich auf sie stützen oder mit den scharfen Spitzen nach einem Halt suchen. Einige Männer hatte das schon vor einem Sturz bewahrt. Doch nun waren sie am Ende ihrer Kräfte und brauchten dringend eine Rast.

Der Erste Schwertmann erspähte Arkarim und winkte ihn zu sich heran. „Was meint Ihr, Freund Arkarim, wie weit sind wir gekommen?"

Der Scharführer blickte den Weg zurück, den sie so mühsam erklommen hatten. „Ich weiß es nicht. Es lässt sich nur schwer einschätzen. Wir sind diesem Felsenpfad nun schon viele Zehnteltage gefolgt. Ich schätze, wir haben manche Tausendlänge zurückgelegt. Wenigstens sind meine Füße dieser Meinung." Arkarim lächelte schwach. „Ich glaube aber nicht, dass wir uns schon allzu weit von Merdoret und dem Pass entfernt haben."

Nedeam nickte. „Dennoch fürchte ich, dass ich uns in eine Falle geführt habe. Wir sollten uns dem Pass wieder nähern, statt uns weiter von ihm zu entfernen. Wenn Hilfe kommt, dann nur von dort."

„Glaubt Ihr wirklich, dass man uns Verstärkung schickt?"

Nedeam sah den zweifelnden Scharführer an. „Würdet Ihr Männer in Feindesland zurücklassen? Seht Ihr? Bulldemut und die anderen denken ebenso. Nein, wir werden Hilfe erhalten. Doch sie muss uns auch erreichen können." Der Erste Schwertmann seufzte. „Statt das zu ermöglichen, habe ich den Bestien in die Fänge gespielt. Unsere Verfolger sind nun zwischen uns und denen, die Bulldemut entsenden wird."

„Immerhin leben wir noch." Arkarim zog fröstelnd die Schultern zusammen und hüllte sich enger in den grünen Umhang. „Eine verfluchte Kälte ist das hier in den nördlichen Bergen. Sie macht vor allem den Verwundeten zu schaffen, Hoher Herr. Wenn wir nicht bald etwas Wärme bekommen, werden einige von ihnen erfrieren. Wir selbst können uns ja noch bewegen, doch die armen Burschen liegen still auf ihren Tragen, klammern sich fest und hoffen nur darauf, nicht herunterzufallen."

„Ich weiß." Nedeam versuchte sich zu orientieren. Er kannte die Berge der Hochmark und ihre Geländemarken, doch hier bewegten sie sich in fremdem Gebiet. Er deutete vor sich. „Das dort muss der Einschnitt des Passes sein. Wir müssen uns ihm wieder nähern."

„Wenn wir dem Pfad hier folgen, werden wir uns immer weiter entfernen." Arkarim wischte sich über die tropfende Nase und schniefte. „Ich glaube nicht, dass er von Felsböcken stammt. Er ist zu breit und zu gut ausgetreten."

„Mag sein", räumte Nedeam ein. „Da er immer tiefer in die Berge führt, nutzt er uns ohnehin nicht mehr."

„Wir könnten versuchen, uns durchs offene Gelände Richtung Pass durchzuschlagen." Der Scharführer warf einen langen Blick auf die Träger mit den Verwundeten, die sichtlich erleichtert waren, die Tragen für ein paar Augenblicke absetzen zu können. „Aber dann wird der Weg für die Verwundeten noch weitaus schwieriger."

„Die Hohe Frau kehrt zurück", ertönte die Stimme eines Schwertmanns von der Spitze der Kolonne.

Llaranya kam noch am besten mit den schwierigen Umständen zurecht. Ihre elfischen Augen und Reflexe halfen ihr dort weiter, wo die eines Menschen versagten. Sie eilte der Gruppe voraus und erkundete den Pfad, um rechtzeitig vor Gefahren warnen zu können. Nedeam gefiel es nicht, dass sie dabei allein war, doch er musste einsehen, dass sie sich durch die Schwertmänner nur behindert sah.

Der zartblaue Stoff ihres elfischen Umhangs zeigte keinerlei Spuren von Schmutz, als sie zu Nedeam und Arkarim trat und dankbar einen Becher Wasser entgegennahm, den man ihr hinhielt. Nedeam nutzte die Gelegenheit, ihr seine Gedanken mitzuteilen, und die Elfin nickte zustimmend. „Du hast recht, es hat keinen Sinn, dem Pfad weiter zu folgen. Er führt immer tiefer ins Gebirge. Vielleicht reicht er bis ins Eisland hinauf."

„Wir brauchen einen Pfad, der uns zum Pass zurückführt", meinte Nedeam. „Einen, den wir auch mit den Verwundeten nehmen können."

„Dessen bin ich mir bewusst." Sie lächelte sanft. „Ein paar Hundertlängen weiter gibt es einen Abzweig. Aber du weißt, mein Geliebter, ein Bergpfad führt in unvorhersehbaren Windungen zwischen den Felsen hindurch. Er ändert seine Richtung immer wieder."

„Es ist ein Risiko, doch uns bleibt keine Wahl. Tiefer in die Berge hinein dürfen wir nicht. Zurück können wir nicht, denn die Orks verfolgen uns ganz gewiss. Wir müssen einen anderen Weg zurück zum Pass finden."

„Und wir brauchen eine Rast", erinnerte ihn Arkarim. Er sah die Elfin eindringlich an. „Für diese Nacht sollten wir uns ein bequemes Lager suchen, wo wir die Glieder ausstrecken und uns wärmen können. Die Männer frieren, und den Verwundeten geht es schlecht."

Llaranya blickte abschätzend in den Himmel. „Etwas Zeit bleibt noch, bis die Sonne untergeht. Ich werde sofort weitereilen und den anderen Weg erkunden. Nur so weit, dass ich rechtzeitig zurück bin." Sie sah Nedeam an und küsste ihn flüchtig. „Und keine Sorge, ich passe auf mich auf."

Ihre schlanke Gestalt verschwand hinter einer Biegung des Pfades. Arkarim räusperte sich. „Es gibt noch keine Anzeichen von den Verfolgern. Aber Fangschlag meint, dass sie uns ganz sicher auf der Spur sind und kommen werden. Er hofft, dass Einohr unter ihnen ist."

„Wie ich diesen kleinen, schlauen Bastard einschätze, wird er das vermeiden. Wenigstens kommt Fangschlag langsam wieder zu Kräften."

„Wenn ich ihn so sehe, wundert es mich, dass wir bislang so gut mit den Orks fertig wurden. Sind verdämmt zähe Kerle."

„Ja, Arkarim, das sind sie." Nedeam grinste. „Dennoch brechen wir ihre Reihen, wenn wir auf den Rücken unserer Pferde stürmen."

„Wir haben nun aber keine Pferde", brummte Arkarim. „Immerhin, der Pfad ist schmal und lässt sich von wenigen Männern halten."

„Was haben wir noch an Pfeilen?"

Der Scharführer schnäuzte sich erneut. „Wenig genug. Keine drei Köcher."

„Das ist in der Tat verdammt wenig."

Arkarim stieß seine Wimpellanze auf. „Damit können wir sie ein wenig auf Distanz halten, aber letztlich wird es mit der Klinge enden."

„Nicht enden, Arkarim. Wir kommen hier heraus, dessen bin ich mir sicher." Nedeam sagte das mit weit mehr Zuversicht, als er selbst empfand. Ihre Lage war prekär, und das war den Männern wohl bewusst. Aber solange sie lebten, gab es auch Hoffnung.

Sehnsüchtig erwarteten sie die Rückkehr der Elfin, deren Bericht sie mit neuer Hoffnung erfüllte, als sie schließlich wieder zu ihnen stieß.

„Ich bin dem anderen Pfad ein Stück gefolgt", berichtete sie. „Er führt auf ein Plateau, das uns als Lagerplatz dienen kann. Dort wachsen sogar ein paar Büsche, wenn auch nicht genug, um ein ordentliches Feuer zu machen. Aber offene Flammen sollten wir ohnehin vermeiden. Man könnte sie auf weite Entfernung sehen."

„Es geht nicht anders", warf Nedeam ein. „Ohne Feuer werden einige der Männer den nächsten Morgen nicht mehr erleben."

Llaranya nickte. „Dennoch solltest du zum Wohl der anderen erwägen ..."

„Nein." Seine Stimme klang hart. „Ich werde die Verwundeten nicht opfern, damit wir überleben. Sie haben ihr Bestes gegeben und haben ein Recht darauf, dass auch wir unser Bestes tun, um sie am Leben zu erhalten."

Llaranya hörte zustimmendes Gemurmel bei den Männern, die in der Nähe standen. „Ich wollte auch nicht ganz auf Feuer verzichten." Sie zupfte an Nedeams Umhang. „Aber wir dürfen nur für die Feuer machen, die es unbedingt brauchen, und sie müssen klein sein und durch Umhänge abgeschirmt werden."

„Daran hätte ich schon gedacht", knurrte er.

Llaranya verzog ihr Gesicht und lachte dann auf. „Ich wollte es auch nur erwähnt haben."

Sie eilte wieder an die Spitze, und Nedeam gab das Zeichen zum Aufbruch. Elfen schätzten jedes Leben hoch ein, dennoch war er sich nicht sicher, ob Llaranya nicht doch bereit wäre, einige der Männer zu opfern, um die anderen zu retten. Gelegentlich konnten die elfischen Wesen ausgesprochen kühl und sachlich sein. Er schüttelte die unangenehmen Gedanken ab und konzentrierte sich auf den Marsch.

Der neue Pfad erinnerte an jenen, den Nedeam mit Fangschlag zu Beginn ihres Abenteuers genommen hatte. Dennoch gab es Unterschiede, wie der Erste Schwertmann nun feststellte. Arkarim hatte recht, der Weg war trotz aller Mühsal zu bequem, um von Felsböcken angelegt worden zu sein. Zumal die Tiere so etwas nur taten, wenn sie ihn auch häufig benutzten. Ein Wildpfad etwa, der zu einer Tränke oder guten Futterstelle führte. Dieser hingegen wand sich offenbar nur tiefer in die Berge hinein.

Nedeam betrachtete den Untergrund genauer. Er hatte das Gefühl, dass der Boden unter dem Schnee an einigen Stellen von den gröbsten Hindernissen befreit worden war. Als habe man Felsbrocken herausgebrochen und zur Seite gestemmt. Das Werk der Menschen, die Cantarim einst bevölkert hatten? Oder das der Orks oder noch ganz anderer Wesen? Vielleicht war es auch ein vergessener Pfad der Zwerge. Die kleinen Herren hatten ja schon erwähnt, dass eine ihrer Städte in den östlichen Ausläufern des Noren-Brak gelegen hatte. Eine jener Städte, die von den Orks überrannt worden waren. Ja, wahrscheinlich war dies ein alter Weg der Zwerge, und diese Vorstellung erfüllte Nedeam mit Zuversicht. Die kleinen Herren legten ihre Pfade mit Bedacht an. Es gab ein Ziel am Ende dieses Weges. Entweder führte er zum Pass oder in die Nähe Merdonans, überlegte Nedeam. Die Späher des kleinen Volkes hatten die menschlichen Reiche damals sicherlich beobachtet, und solche Pfade mochten dabei von Nutzen gewesen sein. Sie waren von den Zwergen sehr unauffällig angelegt und nicht bequem mit den gerillten fünfeckigen Platten gepflastert worden, die sie so sehr liebten. Sie hatten es gelernt, ihre Kristallstädte und Wege gleichermaßen verborgen zu halten.

Es begann zu dämmern, als sie das von Llaranya angekündigte Plateau erreichten. Es war weit größer, als Nedeam erwartet hätte. Ungefähr in seiner Mitte gab es eine tiefe Mulde, deren Boden ungewöhnlich gleichförmig erschien. Neugierig schob einer der Männer den Schnee zur Seite und fand eine schimmernde Eisfläche. Eingeschlossen in dem Eis waren einige Pflanzen und ein paar winzige Fische.

„Wenn wir heute Nacht kein Feuer machen", meinte der Schwertmann leise, „werden unsere Verwundeten ebenso erstarren wie diese Fische hier."

Ein anderer schüttelte den Kopf. „Täusche dich nicht. Die sind nicht tot. Ich kenne das von unseren Weihern im Quellgrundweiler. Die kleineren gefrieren im Winter und mit ihnen die Fische. Doch im Frühjahr taut alles wieder auf."

„Und die Fische leben?"

„Und ob sie das tun." Der andere Schwertmann lehnte sich auf seine Stoßlanze. „Ebenso wie die hier."

Wie von der Elfin geschildert, wuchsen Büsche auf dem Plateau, kleine, verkrüppelt wirkende Pflanzen, deren Samen einst den Weg hierher gefunden hatten und denen es irgendwie gelungen war, über viele Jahre hinweg ihr bescheidenes Dasein zu fristen. Nun wurden sie von den Klingen der Schwertmänner gefällt und zerlegt.

„Stellt die Tragen hierher", befahl Arkarim. „Macht Löcher für Stoßlanzen, umgebt die Feuerstelle mit ihnen und umspannt sie mit Decken und Umhängen. Das wird den Flammenschein verbergen."

„Dieses Holz ist zäh", brummte einer der Männer. „Aber es wird nur kurz brennen."

Nedeam erinnerte sich an die Ereignisse in der nördlichen Öde von Rushaan. „Die Pferdesalbe ist brennbar. Wir haben einst Fackeln daraus gefertigt."

Der Schwertmann wandte sich an die anderen. „Hat einer von euch die Salbe dabei?"

Ein paar der Männer führten sie mit sich, da sie auch zur Wundbehandlung geeignet war. Während Llaranya sich um die Verletzten kümmerte, bereiteten ein paar Männer die kleine Feuerstelle vor. Einer zog eine Dose mit kleinen Brennsteinen hervor, schlug zwei von ihnen aneinander und warf sie unter die Hölzer, als die Steine aufflammten. Der Anblick des kleinen, aber munter knisternden Feuers hellte die Stimmung der Männer augenblicklich auf.

„Es ist nun zu spät, den Weg weiter zu erkunden", beschied Nedeam. „Arkarim, stellt Posten auf. Ihr wisst, die Bestien sehen in der Dunkelheit besser als wir, und wenn sie keine Rast einlegen, müssen sie uns schon nah sein."

„Auch meine Augen sind besser als eure", wandte Llaranya ein. „Ich raste kurz, dann erkunde ich den Weg weiter. So können wir gleich am frühen Morgen wieder aufbrechen."

Arkarim, der sich bereits abgewandt hatte, um Männer zur Wache einzuteilen, sah Nedeam an. „Wenn ihr etwas zustößt, wird niemand es bemerken oder helfen können."

„Arkarim hat recht, Llaranya." Nedeam schüttelte den Kopf. „Du bleibst und wirst wie wir mit dem ersten Licht des neuen Tages aufbrechen."

„Hoher Herr?" Ein Schwertmann trat heran und deutete hinter sich. „Dort zwischen den Felsen riecht es merkwürdig. Ihr solltet Euch das einmal ansehen."

Am Nordrand des Plateaus bildeten aufgetürmte Felsen eine Barrikade. Sie mussten einst von einem der Berge herabgestürzt sein. In ihrer Nähe war ein ungewöhnlicher Geruch wahrzunehmen.

„Es riecht ein wenig streng", sagte Nedeam und schnupperte erneut. „Ich kenne diesen Geruch von irgendwoher."

„Ich würde es Gestank nennen", ergänzte Llaranya. „Es stinkt nach … nach … nach faulenden Eiern."

„Ja, jetzt wo du es sagst …“ Nedeam trat näher an die Felsen, und der Gestank wurde intensiver und drohte ihm den Atem zu rauben. Da es noch ein wenig Tageslicht gab, stieg er ein Stück in die Felsen hinauf. Neugierig spähte er über die Gesteinsbrocken hinweg.

„Und? Was siehst du?“, fragte Llaranya. „Ein riesiges Nest voll toter Kratzläufer und ihrer faulenden Eier?“

„Nein, ich sehe ein kleines Felsental“, erwiderte Nedeam. Er versuchte, durch den Mund zu atmen und seine malträtierte Nase auf diese Weise zu schonen, während er wieder nach unten kletterte. „Ein richtiges kleines Tal, aber sehr schwer zugänglich. Der Boden ist gelb gefärbt, und überall steigen gelbbraune Dämpfe auf. Von ihnen kommt dieser Gestank.“

„Dann lass uns gehen. Der Geruch ist vielleicht nicht gefährlich, aber er ist höchst widerwärtig.“

Die Sonne ging nun endgültig unter, und das Plateau tauchte in Dunkelheit, bis die ersten Sterne am Firmament glitzerten. Das Schnarchen schlafender Männer mischte sich mit dem gelegentlichen leisen Knirschen der Schritte, wenn die Wachen umhergingen.

Nedeam und Llaranya hüllten sich in ihre Umhänge und kuschelten sich aneinander. Der Erste Schwertmann der Hochmark war überrascht, als er feststellte, dass die Elfin ebenfalls leise Schnarchgeräusche von sich gab. Lächelnd hielt er sie in seinen Armen, dann schlief er selbst ein.

40

Buckel war am Leben, und er verdankte es einer glücklichen Fügung. Nur wenige Längen neben ihm hatte der Feueratem der Flugbestie tapfere Legionäre verschmort, doch er war von dem heißen Atem verschont geblieben. Das galt auch für Kohortenführer Langzahn und 712 Blutkralle, die beide sogar einen Vorteil aus dem Ereignis gezogen hatten. Langzahn übernahm die Kohorte eines Rundohrs, das weniger Glück gehabt hatte, und 712 Blutkralle war nur von einem Hauch des Feueratems im Gesicht gestreift worden. So war er, wenn auch ohne eigenes Zutun, zu einem eigenen Namen gekommen. Er hieß nun Feuergesicht und würde künftig in den Warteschlangen an den Kochstellen erfreulich weit vorn stehen können.

Als man das Tor der Zuflucht aufbrach und feststellen musste, dass die Menschen geflohen waren, hatten die Legionäre ihrem Zorn freien Lauf gelassen.

Legionsführer Einohr hatte die Fäuste in die Hüften gestemmt und die empörten Krieger wütend angesehen. „Da habt ihr es. Wie ich es euch sagte. Fangschlag ist ein feiger Verräter. Er wollte den Kampf Blut um Blut nur als List benutzen und sich und seinen neuen Freunden Zeit verschaffen, um uns zu entkommen. Das wäre nicht geschehen, wenn ihr gleich auf mich gehört hättet."

„Sie werden nicht entkommen", schrie ein Kohortenführer und schlug mit dem Schwert gegen seinen Schild. „Für diese ehrlose Flucht werden sie alle büßen. Wir schlachten sie."

Zustimmendes Gebrüll war zu hören.

„Was ist mit der Himmelsbestie?", wandte ein Spitzohr

ein. „Sie hat viele Krieger gebrannt. Was ist, wenn sie zurückkommt?“

Diese Vorstellung war ihnen allen unangenehm. Noch immer schwelten die Kadaver der verbrannten Legionäre.

„Dann schießt auf sie“, knurrte Einohr. „Wo ist euer Mut geblieben, Legionäre? Kann eine einzige Himmelsbestie ihn euch nehmen?“

„Du bist von uns am schnellsten gelaufen“, spottete ein Legionär.

Einohr sah das Rundohr giftig an. „Ich habe nun einmal gute Reaktionen. Und vergesst nicht, ich war es, der euch sofort befohlen hat, auf die Bestie zu schießen. Nur meiner Geistesgegenwart und der raschen Reaktion meiner Spitzohren ist es zu verdanken, dass wir die Himmelsbestie vertreiben konnten.“

Die Spitzohren brüllten zustimmend, und die Rundohren hörten dem selbstgefälligen Jubel der kleineren Brüder mit Missfallen zu. Es gab einige Rempeleien in den Kohorten, bis Einohr seine Stimme erneut erhob. „Wir dürfen die ehrlosen Menschen und den Verräter Fangschlag nicht entkommen lassen. Langzahn, du wirst deine neue Kohorte nehmen und ihnen sofort folgen. Buckel wird dich begleiten. Er ist mein fähigster Späher.“

„Warum folgen wir nicht mit der ganzen Legion?“

Einohr wies um sich. „Wir werden hier erst ein wenig aufräumen. Außerdem will ich herausfinden, was die Pferdemenschen nach Merdoret getrieben hat.“

Wenig später brachen Buckel und Langzahn mit einer Kohorte auf, um der deutlich sichtbaren Spur im Schnee zu folgen. Der Rest der angeschlagenen Legion ordnete sich neu und bereitete sich darauf vor, dem Voraustrupp nachzufolgen. Die wenigsten von ihnen verstanden, warum Einohr nicht sofort mit der gesamten Legion hinterhermarschierte.

Der verfolgenden Kohorte fiel es leicht, der Spur der Flüchtigen zu folgen. An der von Schnee freien Felsenfläche hatte Buckel nur kurz gezögert. Dem Späher und den Legionären war klar, dass die Menschen nach Westen mussten, durch den Pass von Merdoret, damit sie in Sicherheit gelangten. Als sie die Spur der Pferde fanden, waren sie ihr so rasch gefolgt, wie es die Schneedecke zuließ. Doch bei allen Mühen kamen sie dem Feind nicht näher.

Während die Rundohren nur bis zu den Waden einsanken, reichte den Spitzohren der Schnee bis zu den Knien. Das verlangsamte ihr Vorankommen und zehrte an den Kräften. Wäre ihr Späher Buckel nicht selbst ein Spitzohr gewesen, hätten die auf Rache sinnenden Rundohren ihre kleinen Brüder sicherlich zurückgelassen, um schneller voranzukommen. So mussten sie frustriert hinter dem Späher herstapfen. Die Panzerung der Stiefel schützte die Waden der Krieger, doch die nur von dünnen Fellstreifen bedeckten Zehen und Fersen begannen zu leiden.

„Es sind ehrlose Feiglinge“, zischte Langzahn.

Diese Bemerkung hatte Buckel in den vergangenen Zehnteltagen schon oft gehört. Er konnte die Frustration der Rundohren durchaus verstehen, dennoch reizte sie ihn zum Widerspruch.

„Auf einen von ihren Kriegern kommen zwanzig der unseren“, gab er zu bedenken. „Es ist vernünftig von ihnen davonzulaufen.“

„Aber es ist ehrlos“, keifte Langzahn.

„Würdest du kämpfen, wenn zwanzig Feinde gegen dich stehen?“

„Natürlich.“

Buckel räusperte sich und nahm sich vor, die Nähe von Langzahns Kohorte im Kampf zu meiden. Bei dessen Einstellung waren die horrenden Verluste der Rundohren nur zu verständlich. „Verstehe", erwiderte er. „Viel Mensch, viel Ehr."

„Rundohren haben viel Ehre. Pferdemenschen nicht. Sie laufen davon."

„Wie lange müssen wir hier eigentlich noch herumstampfen?", fragte Feuergesicht verärgert. „Das Fell in den Stiefeln ist nass und beginnt zu frieren. Das ist nicht gut. Unsere Beine werden erstarren."

„Dann stampfe kräftiger mit ihnen", knurrte Langzahn und sah den Legionär grimmig an. „Dass du nun einen Namen hast, gibt dir nicht das Recht herumzumaulen. Im Gegenteil, du Made, nun musst du den anderen ein Vorbild sein."

„So schnell wir auch stampfen", nörgelte Feuergesicht weiter, „wir kommen den Pferdemenschen nicht näher. Sie sind zu schnell, und wir werden sie nicht einholen."

Buckel hatte das gehört und wandte sich halb um. „Das ist nicht gesagt, Feuergesicht. Die Füße ihrer Pferde bluten. Du kannst es an den Spuren sehen."

Buckel deutete auf die breite Spur, welche die Pferde hinterlassen hatten, und plötzlich fiel ihm etwas auf, das ihm zuvor entgangen war. „Wartet", forderte er die anderen auf. „Das muss ich mir genauer ansehen."

Das Stampfen der Kohorte verstummte nicht, denn die frierenden Krieger traten nun auf der Stelle, um sich halbwegs warm zu halten.

Buckel bückte sich zu der Fährte hinab und betastete die Ränder. Die Stirn runzelnd, zog er sein Kampfmesser und maß die Tiefe. Es war, wie er befürchtet hatte. Ein großes Ärgernis für Buckel, denn es hätte ihm früher auffallen müssen. Sein Ruf als Späher würde darunter leiden. Doch es half nichts. Ihm fiel keine passende Ausrede ein, sein Versagen zu erklären.

„Wir müssen zurück."

„Wir müssen zurück?", blaffte Langzahn.

„Wir müssen zurück?“, wiederholte auch Feuergesicht und wirkte erleichtert. „Gut. Am Feuer werden unsere gefrorenen Füße wieder auftauen.“

„Deine stinkenden Füße interessieren mich nicht“, brüllte Langzahn und bleckte seine Fänge. Er sah Buckel abschätzend an. „Die elenden Feiglinge sind uns also entkommen?“

„Vielleicht auch nicht.“

„Was soll das heißen? Wenn wir sie nicht weiterverfolgen, dann werden wir sie auch nicht einholen.“

„Richtig, Langzahn. Ich kann nachvollziehen, warum du Kohortenführer bist. Anderen Rundohren wäre das sicher nicht aufgefallen.“

Drohendes Gemurmel erhob sich bei den Rundohren. Buckel lächelte, denn darauf hatte er gehofft. Wenn man die dummen Burschen ein wenig reizte und ihnen dann ein paar Feinde zum Fraß vorwarf, waren sie rasch wieder zufrieden. Sie würden sich die Mäuler nicht über sein Versagen zerreißen, sondern in der Vorfreude auf Menschenfleisch schwelgen.

Langzahn umklammerte drohend den Griff seines Schwertes, und der Späher wusste, dass er das wütende Rundohr nun besser mit den Leckereien fütterte. „Sie sind uns nicht entkommen, Langzahn. Sie sind nicht vor uns, sondern hinter uns.“

Buckel deutete den Weg zurück, den die Kohorte gekommen war. Langzahn und die anderen folgten seiner Handbewegung mit den Blicken. „Hinter uns?“

„Die Spuren. Sieh sie dir genauer an.“

Langzahn bleckte seine beeindruckenden Fänge. „Warum? Ich kenne diese Spuren. Vierläufer mit Eisenfüßen.“

„Pferde“, rief ein Legionär dazwischen. „Sehr schmackhaft, wenn auch nicht so zart wie das Fleisch ihrer Reiter.“

Ein paar Rundohren brüllten zustimmend. Buckel grinste, hütete sich aber, dabei seine Fänge zu deutlich zu zeigen, da dies Langzahn hätte reizen können. „Die Abdrücke hier sind nicht so tief wie die vor den Felsen. Die Pferde waren hier also nicht mehr so schwer. Du weißt, was das heißt?"

„Ah, Langzahn versteht. Sie waren leichter?" Geifer sickerte aus den Lefzen hervor. „Sie trugen keine Reiter?"

„Ein guter Kohortenführer", lobte Buckel. „Genau so ist es. Irgendwo hinter uns, dort wo kein Schnee liegt, sind sie von den Pferden gestiegen und haben sie allein weiterlaufen lassen."

Langzahns Blick wurde drohend. „Das hättest du früher sehen müssen. Du bist der Späher. Jetzt sind wir die ganze Zeit umsonst durch das Totentuch gestampft."

„Wäre es dir lieber, sie wären vor uns und würden uns entkommen?" Buckel zuckte mit den Schultern. „Wir brauchen nur zurückzugehen und nachzusehen, wo sie von den Pferden gestiegen sind. Dann muss ich ihre Spur finden. Es ist nur eine Frage der Zeit und unserer Schnelligkeit, und dann kannst du sie doch noch schlachten."

Diese Aussicht hob die Stimmung der Legionäre erheblich. So rasch sie konnte, marschierte die Kohorte wieder in Richtung Merdoret. Buckel achtete nun sehr genau darauf, ob sich irgendwo ein Stück blanken Felsens befand, das den Menschen das heimliche Absteigen ermöglicht hatte. Doch es war, wie er vermutet hatte: Als sie die schneefreie Fläche unterhalb der Klippe erreichten, entdeckte er den schmalen Pfad, der zwischen die Felsen führte.

„Hier sind sie hinauf", frohlockte er. „Nun kannst du dir ihr Fleisch holen, Langzahn."

„Wir werden es teilen müssen", knurrte dieser und deutete in Richtung der Festung. „Es gibt mehr Mäuler zu stopfen."

Von dort wo die alte Ruine lag, näherte sich eine ansehnliche Marschkolonne. Neben dem Banner der Blutkralle wehten noch zwei weitere im schwachen Wind.

41

Mordeschdar war erleichtert, als er in der Ferne die Silhouette des Horstes erkannte. Er hatte sich und Wilkawaa nicht geschont, angetrieben von der Sorge um das gemeinsame Heim. Zugleich sorgte er sich auch um Anschudar und Showaa, die er hatte zurücklassen müssen. Er beschattete die Augen und erkannte zwei Schwingen, die über den Felsen kreisten. Das war kein gutes Zeichen. Normalerweise war nur ein einziger Streifenflieger unterwegs.

Besorgt ließ er Wilkawaa den Horst einmal umrunden. Es gab keine Anzeichen von Schäden oder einem zurückliegenden Angriff. Dennoch hatte der Schwingenführer bei seiner inneren Verbindung mit Feedanaa die Anwesenheit von Orks gefühlt. Der Horst musste in Gefahr sein, doch die Bedrohung schien nicht akut. Halbwegs beruhigt ließ er seine Schwinge zur Landung ansetzen. Kaum hatte sie mit einem sanften Nachfedern ihres Leibes aufgesetzt, rannten bereits andere Schwingenreiter und Bewohner heran.

„Wo sind Anschudar und seine Schwinge?“, rief ein Reiter beunruhigt. „Was ist passiert?“

„Das wollte ich gerade selbst fragen.“ Mordeschdar glitt aus dem Sattel, klopfte Wilkawaa den Hals und reckte seine steifen Glieder. „Ich habe eine Verbindung mit der Mutter des Horstes und die Bedrohung durch Orks gespürt.“

„Sie bestreifen die Berge“, erwiderte der Mann. „Hunderte von ihnen. Orks und Barbaren, und sie nähern sich dem Horst. Gestern lösten sie Pfeile auf eine Streife, aber die Schwinge hat sie gebrannt.“

„Wo genau?“

„An den Dreifingerfelsen.“

Mordeschdar nickte bedächtig. „So nahe waren sie dem Horst noch nie.“

„Sie haben den Pfad noch nicht gefunden“, warf ein anderer ein.

„Wenn sie beharrlich genug sind, werden sie ihn entdecken. Früher oder später. Und ihr kennt die Bestien. Wenn der Schwarze Herr ihnen befiehlt, dann geben sie nicht auf, bis sein Wille erfüllt ist.“

„Der Pfad ist schmal, ihr werdet sie brennen“, rief eine junge Mutter, die versuchte, ihr schreiendes Baby zu besänftigen.

„Das werden wir gewiss“, versuchte Mordeschdar sie zu beruhigen.

Ein Schwingenreiter wies auf die Packlast. „Ohne Gelbstein wird das unmöglich sein. Deine Lasten sind leer. Und wo ist Anschudar? Sucht er noch?“

„Auch wir sind auf Orks gestoßen. Showaa griff sie an, aber sie ist zu unerfahren.“

„Was soll das heißen?“ Der Fragesteller erblasste.

„Sie wurde verletzt.“

„Und?“ Ein anderer drängte sich vor. „Stürzte sie unkontrolliert?“

„Nein, aber unkontrollierbar. Ihr alle wisst ja, was es heißt, auf einer Schwinge zu reiten, die weder auf Lenkstab noch Gedanken reagiert.“ Mordeschdar seufzte. „Wäre der Ruf der Großen Mutter Feedanaa nicht gewesen … Doch so musste ich die beiden zurücklassen. Sie sind irgendwo im Nordgebirge. Ich will aufbrechen und nach ihnen suchen, so bald es geht.“

Die Männer nickten zustimmend. „Dennoch wird Feedanaa mitentscheiden müssen“, meinte einer. „Auch wenn die Gefahr für den Horst im Moment nicht groß ist, geht seine Sicherheit doch vor das Schicksal einer einzelnen Schwinge oder ihres Reiters.“

Mordeschdar trat zu dem Mann und legte ihm die Hand auf die Schulter. „Der Horst wird nicht in Sicherheit sein, bevor wir keinen neuen Gelbstein gefunden haben. Aber wir haben ihn gespürt. Dort oben, in den südlichen Ausläufern der Nordberge. Ja, meine Freunde, es muss Gelbstein im Noren-Brak geben."

„Ein Grund mehr, mit Feedanaa zu sprechen." Der Schwingenreiter blickte zu dem eiförmigen Bauwerk hinüber, in dessen Eingang sich soeben die riesige Gestalt der alten Schwinge zeigte. „Sie muss entscheiden."

Mordeschdar nickte. „Zum Wohle des Horstes. Wie sie es immer tut."

42

Nedeam schlief unruhig. Immer wieder erwachte er kurz, hob lauschend den Kopf und sank dann wieder in den Schlaf. Zum einen mochte es die Kälte sein, zum anderen waren es auch die Vorwürfe, die er sich machte. Er hatte die Männer schlecht geleitet und fühlte sich schuldig. Statt den Beritt schnellstmöglich in Sicherheit zu führen, nachdem sie von den Orks entdeckt worden waren, hatte er sie in Merdoret ausharren lassen. Jetzt mussten sie ihm in die Berge folgen und waren weiter von jeder Hilfe entfernt als jemals zuvor.

Llaranya spürte seine Unruhe und erwachte. „Du bist in Sorge, mein Geliebter, das kann ich spüren."

Nedeam zog sie enger an sich. „Unter Garodem war es einfacher. Da brauchte ich ihm nur zu folgen und mein Schwert zu schwingen. Ich konnte mich auf den Kampf konzentrieren und war frei von Sorge. Ah, verstehe mich nicht falsch. Natürlich sorgte ich mich stets um jeden der Männer, die an meiner Seite waren, und versuchte sie zu decken. So wie sie versuchten, mein Leben zu schützen. Man steht füreinander ein, wenn man gegen einen Feind kämpft."

Die Elfin nickte zu seinen Worten. „Sprich frei heraus. Ich weiß selbst, wie sehr das erleichtert. Du scheust die Verantwortung? Fühlst du dich schuldig für das Schicksal der Männer?"

„Damals folgte ich Garodems Befehl und verließ mich darauf, dass er uns weise führen würde. Er war ein verdammt guter Pferdefürst und Pferdelord."

„Das war er gewiss. Aber auch du bist ein guter Pferdelord. Sicherlich einer der besten."

Er lächelte schwach. „Ein Pferdelord zu sein ist leicht. Doch die Männer zu führen … Sie vertrauen auf meine Weisheit und folgen mir. Und doch sehe ich den Zweifel in ihrem Blick."

„Hast du früher nie an Garodem gezweifelt?"

„Nein. Er hat stets das Richtige getan."

Sie strich zärtlich über seinen Arm. „Kein Wesen tut immer nur das Richtige. Das liegt in der Natur der Dinge. Manchmal verzeiht die Natur die Fehler, die jemand macht. Elfen, Menschen und Zwerge, ja sogar die Orks sind mit Verstand gesegnet. So ist uns die Fähigkeit gegeben, aus unseren Fehlern zu lernen und sie künftig zu vermeiden."

„Wenn einem die Zeit dazu bleibt."

„Zu lernen heißt auch, nach neuen Wegen zu suchen, um sein Schicksal zu wenden, oder die Kraft zu finden, es hinzunehmen." Llaranya deutete über das nächtliche Plateau. „Alle Dinge sind dem Wandel unterworfen. Selbst die Berge ändern sich. Sturm und Eis glätten oder spalten sie. Nichts bleibt für immer, wie es einmal war. Auch unser Schicksal ist nicht unabänderlich. Mögen die Götter darüber bestimmen, dennoch haben sie in unsere Hand gelegt, was wir daraus machen." Sie küsste seine Wange. „Schon oft haben wir der Finsternis in die Fratze geschaut. In Merdonan, auf Um'Briel, in der Öde von Rushaan und dem vergangenen Reich von Jalanne. Stets sind wir heimgekehrt. So wird es auch jetzt geschehen. Cantarim wird uns nicht bei sich behalten."

Er nickte zögernd. „Du hast wohl recht, meine Liebste." Leise seufzend richtete er sich halb auf. „Und es liegt an mir, uns aus Cantarim herauszuführen."

Sie folgte seiner Bewegung, denn die schützenden Umhänge waren auseinandergeglitten, und Kälte drang an ihre Körper. Die Elfin fröstelte.

„Der Morgen naht“, murmelte Nedeam. „Der erste Sonnenschimmer streicht über die Berge.“

„Unsinn, es ist noch Zeit“, erwiderte sie.

Nedeam blinzelte und sah sie dann betroffen an. Llaranya verstand sofort. „Es ist die Gabe des Grauen Wesens, nicht wahr? Was hast du gesehen?“

Er blickte in die Richtung zurück, in die er zuvor gesehen hatte. „Einen rötlichen Schimmer in den Bergen.“

„Die Aura des Feindes“, sagte sie leise. „Wie weit ist er?“

Er überlegte und konzentrierte sich auf die Stelle, an der er das sanfte Glühen gesehen hatte. „Auf dem Pfad, den wir genommen haben. Ungefähr dort.“

Er deutete hinüber, und die Elfin überschlug die Entfernung. „Wir haben mehr als eine halbe Tageswende gebraucht, um von dort hierher zu gelangen. Sie sind noch weit zurück.“

„Aber sie tragen keine Verwundeten.“ Nedeam erhob sich nun endgültig. Fröstelnd rieb er die Hände aneinander. „Sie werden schneller sein als wir.“

Der Erste Schwertmann blickte sich suchend um und sah die Lanze des Berittwimpels neben einem der Schläfer aufragen. Er ging hinüber und weckte Arkarim. Mit raschen Worten schilderte er ihm seine Beobachtung.

Arkarim kannte die besonderen Gaben Nedeams. Als dieser geendet hatte, zögerte er daher nicht. „Dann sollten wir die anderen wecken und den Aufbruch vorbereiten. Wenn der Pfad uns zum Pass führt, bringt uns jeder Schritt der Sicherheit näher.“ Er deutete über das Plateau. „Sie hier zu erwarten, würde uns keinen Vorteil bringen.“

Sie hatten auf dem Plateau mehr Bewegungsfreiheit als auf dem schmalen Pfad. Doch das galt auch für den Feind, der hier seine Übermacht besser ausspielen könnte. So stimmte Nedeam zu und wollte Llaranya gerade zur Erkundung vorausschicken, als das Unglück geschah.

Es war selten genug, dass ein Elf einen Fehltritt machte, doch nun passierte es. Llaranya knickte zur Seite und stieß einen leisen Schrei aus. Sofort eilten Nedeam und Arkarim zu ihr hinüber. Sie saß am Boden und rieb sich den Knöchel.

„Es ist nichts“, sagte sie und versuchte sich zu erheben. Als sie stand und das Bein belastete, verzog sie das Gesicht vor Schmerz. „Es ist doch etwas. Mein Knöchel.“

„Ist er gebrochen?“

„Nur verstaucht, aber das ist schlimm genug.“

Nedeam strich sich über das Kinn. „Kannst du gehen, wenn du dich auf eine Schulter stützt?“

„Gib mir eine Stoßlanze, das geht ebenso gut.“ Sie stieß einen elfischen Fluch aus, den Nedeam noch nicht kannte. „Aber ich kann nicht vorausgehen und erkunden.“

„Keine Sorge, ich gehe für dich.“

„Du musst bei den Männern bleiben und sie führen.“

„Unsinn.“ Nedeam legte die Hand auf Arkarims Schulter. „Wie du selbst einmal gesagt hast, Arkarim ist ein guter Scharführer und weiß, was zu tun ist. Aber er verfügt nicht über meine Gaben. Sie werden mich warnen, wenn ich euch vorauseile.“

Llaranya nickte zögernd.

Arkarim gab mit leiser Stimme Befehle. In den Bergen konnte ein Rufen weit tragen, und der Scharführer wollte die Verfolger nicht zu früh auf die Gruppe aufmerksam machen. Vielleicht folgten die Orks ja jenem Teil des Pfades, den die Pferdelords zuvor verlassen hatten. Doch dann dachte er an die zahlreichen Spuren, die sie in dem Schnee hinterlassen hatten. Es gab keine Hoffnung, den Feind erneut in die Irre zu führen. Früher oder später würden sie sich ihm stellen müssen.

Nedeam nickte den anderen aufmunternd zu und nahm den Weg, den Llaranya ihm gewiesen hatte. Er hatte nur wenig

Hoffnung, dass die Gabe des Grauen Magiers ihm wirklich helfen würde. Dazu konnte er sie zu wenig kontrollieren. Aber er setzte auf seine Erfahrung als Pferdelord und auf seine Instinkte, die er sich in den Jahren und Kämpfen erworben hatte.

Die Sonne musste nun bald aufgehen. Sie würde es ihm erleichtern, den Weg zu finden. Er sah im dunstigen Licht des anbrechenden Tages nur wenige Längen weit. Immerhin schien es sich bei dem Weg um einen alten Pfad zu handeln, der einst sorgfältig gehauen worden war. Fast erwartete Nedeam, hier tatsächlich auf die typischen fünfeckigen Steinplatten des kleinen Volkes zu stoßen. Wenn ihn seine Sinne nicht trogen, führte der Pfad endlich in Richtung des Passes von Merdoret.

Die Berggipfel vor ihm begannen sich nun rötlich zu verfärben. Er wandte sich um. Ja, die Sonne erhob sich. Sie waren auf dem Weg nach Westen und in die Sicherheit der Ostmark. Sein Schritt wurde entschlossener, dennoch achtete er sorgsam darauf, wohin er den Fuß setzte. Hin und wieder lagen größere Felsbrocken auf dem Weg, zu schwer, um sie zur Seite zu wuchten, aber man konnte die Verwundeten auf den Tragen darüber hinwegheben. Es würde ihre Flucht verlangsamen, jedoch nicht aufhalten.

Nedeam schätzte, dass er den anderen einen, wenn nicht zwei Zehnteltage voraus war. Vor ihm erhob sich eine Felsformation, aus der zwei Klippen steil aufragten, als streckten sich zwei Finger dem Himmel entgegen. Von Merdonan oder dem Pass aus war sie sicher nicht zu sehen, denn sonst wäre sie ihm aufgefallen. Der Weg führte direkt auf sie zu.

Er schritt näher und sah, dass sich auf der einen Seite ein tiefer Abgrund befand. Hier war der Pfad schmal und gefährlich. Die Träger würden vorsichtig sein müssen. Nedeam prüfte den Boden mit besonderer Sorgfalt. Ein Stein, der unter dem Tritt eines Mannes nachgab, konnte für Träger und Verwundete zum

Verhängnis werden. So setzte er Fuß vor Fuß, trat an einigen Stellen, die ihm verdächtig erschienen, besonders heftig auf und war erleichtert, als der Pfad auf ein kleines Plateau mündete. Sehr viel kleiner als das, auf dem die Gruppe übernachtet hatte. Misstrauisch sah Nedeam auf ein seltsames Objekt, das vor ihm am Boden lag und einem riesigen Felsblock ähnelte. Wie die übrige Landschaft war es von Schnee bedeckt, doch dort wo seine Oberfläche zum Vorschein kam, unterschied es sich von dem umgebenden Fels. Zudem erschien Nedeam die Form viel zu regelmäßig.

Der Erste Schwertmann legte die Hand an den Griff seiner elfischen Klinge. Dieses seltsame Ding auf dem Plateau lag direkt im Weg. Was war es? Jedenfalls keine natürliche Felsformation. Hatten die Zwerge sie künstlich erschaffen? Etwas erbauen wollen und es dann nicht vollendet?

Mit leisem Zischen glitt seine Klinge aus dem Futteral. Als sei dieses Geräusch ein Signal gewesen, begann sich die Felsformation zu bewegen, ein riesiger Stein verschob sich in Nedeams Richtung. Dann konnte er einen Aufschrei nicht mehr unterdrücken, denn der Stein hob sich, und als der Schnee von ihm abfiel, wurde seine regelmäßige dreieckige Form deutlich. Ein schimmerndes Oval öffnete sich auf seiner Oberfläche, und zwei schlitzartige Pupillen sahen den entsetzten Schwertmann an.

Nedeam glaubte, sein Herz bliebe stehen, und wagte nicht, sich zu bewegen. Was für ein Wesen war das? Wie konnte eine solch gewaltige Kreatur inmitten der Berge leben und, eine Frage, die den Ersten Schwertmann plötzlich sehr beunruhigte, wovon ernährte sich solch ein Monstrum? Er erinnerte sich an die Erzählungen seines Ziehvaters Dorkemunt und der Freunde vom Zwergenvolk. Unter den Bergen lebten gewaltige Kreaturen, die immer wieder die Kristallstädte des kleinen

Volkes bedrohten. Doch deren Leiber bestanden aus einer flammenden Substanz. Dieses Wesen hingegen schien eine dicke, lederartige Haut zu haben. Sie ähnelte der einer Schlange, und doch war sie anders. Dann fiel ihm die Himmelskreatur ein, die Menschen ebenso wie Orks in Merdoret in Schrecken versetzt hatte. War das hier solch ein Wesen? Nedeam konnte es nicht sagen, denn er hatte das Flugungeheuer über der alten Festung nur sehr flüchtig und schemenhaft gesehen. Wenn es aber dieses Ungeheur war, wo waren dann seine Flügel?

Es war nicht allein die Größe, die Nedeam Furcht einjagte, obwohl schon das ovale Auge die Abmessungen eines liegenden Mannes besaß. Nein, er hatte nie zuvor ein Wesen mit nur einem einzigen Auge gesehen, in dem sich zwei Pupillen bewegten. Welche Ausgeburt der Finsternis war das?

Nedeam versuchte vergeblich, die Fähigkeit der Aura einzusetzen. Doch es gelang ihm nicht. Würde sich der Blick dieses furchterregenden Sehorgans verändern, wenn das Wesen sich entschloss, ihn anzugreifen? So wie es meistens war?

Der Erste Schwertmann überlegte fieberhaft. Ein Schritt nach vorn mochte die Kreatur zum Angriff verleiten, ein Schritt zurück jedoch ebenso. Er konnte hier aber nicht unentschlossen stehen bleiben. Aus den Augenwinkeln sah er eine Felsengruppe, die ihm vielleicht etwas Deckung bieten könnte. Ein kümmerlicher Schutz, wenn er die Größe des Wesens bedachte.

Er machte einen Schritt zur Seite, um sich den Felsen zu nähern.

„Beweg dich nicht von der Stelle, Bodenläufer“, drang eine heisere Stimme an seine Ohren, „oder Showaa wird dich brennen.“

43

Sie drängten nach vorn, denn sie waren in Eile. Drei volle Kohorten hasteten den Pfad entlang, den die Menschen genommen hatten. Die Spuren waren überdeutlich, und der Späher Buckel brauchte kaum einen Blick auf den Boden zu werfen, um ihnen zu folgen.

„Sie können nicht ausweichen, sie müssen diesen Weg nehmen", frohlockte das Spitzohr. Die Schmach, die es bedeutete, die List mit den Pferdespuren so spät erkannt zu haben, nagte an ihm, und Kohortenführer Langzahn ließ kaum eine Gelegenheit aus, ihn seinen Missmut spüren zu lassen. „Diesmal werden sie nicht entkommen."

„Das will ich dir auch geraten haben", zischte Langzahn. „Sonst werde ich ernsthaft über deine Tauglichkeit als Späher nachdenken."

„Darüber haben andere zu entscheiden. Legionsführer Einohr und die Herren Cantarims. Nicht du."

Langzahn bleckte seine Fänge. „Einohr ist bei der Legion geblieben. Dort wird er dem Feind wohl kaum begegnen."

„Er muss sich mit den anderen Legionsführern besprechen", knurrte Buckel.

„Er ist eine nutzlose Made, wie alle Spitzohren."

Buckel verspürte einen unangenehmen Schauder auf dem Rücken. Dieses Rundohr war gereizt, und das machte es gefährlich. Noch weit gefährlicher als sonst. „Die Herren und der Allerhöchste Lord sind anderer Meinung. Willst du ihr Urteil anzweifeln?"

Das Rundohr stieß ein zorniges Grummeln aus. „Jedenfalls ist Einohr weit zurück. Mache also keinen weiteren Fehler,

Späher. Wenn du vom Pfad stürzt, nutzt du nicht einmal dem Nährschlamm."

„Deine Sorge rührt mich", murmelte Buckel. „Keine Furcht, die Menschenwesen sind langsamer als wir. An den Spuren kann man erkennen, dass einige von ihnen schwere Last tragen. Sie führen Verwundete mit sich. Ja, das macht sie langsam."

„Sie sollten die nutzlosen Maden in den Nährschlamm werfen", meldete sich Feuergesicht zu Wort.

„Dich hat niemand gefragt." Langzahn sah das Rundohr drohend an. „Außerdem haben die Menschenwesen keinen Nährschlamm. Du hast doch gehört, dass sie ihre Würfe von den Weibchen bekommen."

„Schön, dann sollen sie die Weibchen mit den nutzlosen Maden füttern", grunzte Feuergesicht beleidigt.

„Sie fressen ihre Toten nicht und schlachten auch nicht ihre Verwundeten", wandte Buckel ein.

„Warum nicht? Mögen sie kein frisches Fleisch?"

„Sie haben genug Hornvieh, und außerdem können sie ihre Pferde fressen."

Feuergesicht nickte. „Sehr praktisch. Essen, auf dem man auch reiten kann."

„Halt die Fänge zwischen deinen Lefzen", ermahnte ihn Langzahn. „Euer Geschrei kann man weit in den Bergen hören."

„Das Herumgestampfe der Kohorten auch", brummte Feuergesicht. „Es wird Zeit, dass wir die Menschenwesen finden und uns ihr Fleisch nehmen."

„Du denkst immer nur ans Fressen", erwiderte der Kohortenführer. „Das mag ein nettes Beiwerk sein, doch hier geht es um weit mehr, du Narr. Zum ersten Mal seit der Zeit des Ersten Bundes sind die Pferdemenschen in das Reich des Allerhöchsten eingedrungen. Das darf nicht ungestraft bleiben." Er lachte bellend. „Also werden wir ihnen nicht nur folgen und sie schlachten, nein, die Legionen werden ihrerseits die Grenze überschreiten."

„Dazu sind wir zu wenige", mahnte Buckel. „Auch wenn zweieinhalb Legionen bei Merdoret stehen, es ist nicht genug, um in das Land der Pferdemenschen einzufallen."

„Wenn wir erfolgreich sind, wird der Allerhöchste weitere Truppen entsenden." Langzahn deutete mit dem Schlagschwert vor sich. „Ein Krieger muss die Gunst des Augenblicks nutzen. Die ehrlosen Pferdemenschen fliehen in den Schutz ihrer Mauern. Sie folgen einem vorbestimmten Weg, und wir folgen ihnen dabei. Sie führen uns auf einem Pfad entlang, der in ihr Reich hineinführt."

„Du kannst das Reich der Pferdemenschen nicht mit drei Kohorten überrennen." Buckel nahm sich erneut vor, beim Kampf die Nähe dieses Größenwahnsinnigen zu meiden.

„Die Ehrlosen zeigen uns einen neuen Weg, du spitzohrige Made", keifte das Rundohr. „Wir werden nur die Spitze des Schwertes sein."

„Unsinn." Buckel deutete über die schneebedeckten Berge. „Auf so einem schmalen Pfad kann man kein Heer sinnvoll bewegen. Der Feind muss nur sein Ende blockieren, und es gibt kein Vorankommen mehr."

Langzahn fuhr herum, und seine vorschnellende Klaue schloss sich so schnell um Buckels Hals, dass der Späher kaum reagieren konnte. Ängstlich quiekend spürte er, wie sich seine Füße vom Boden lösten. Er konnte das bösartige Funkeln in Langzahns Augen sehen und wie Geifer zwischen dessen Fängen hervorsickerte. „Aber du hast recht", krächzte er mühsam, „wir sind nur die Spitze des Schwertes und werden uns sein Fleisch nehmen."

Für einen Moment strampelten Buckels Beine über dem Abgrund. Nie zuvor war er dem Tod so nahe gewesen. Seine Blase leerte sich, und Langzahn schnupperte und verzog sein Gesicht zu einem hässlichen Grinsen. Unvermutet schleuderte er den verängstigten Späher auf den Pfad zurück.

„Zerreiß dir das Maul nicht über Dinge, von denen du nichts verstehst“, sagte Langzahn drohend. „Ich bin der Führer der Kohorte und ein Rundohr, und du bist nur ein Spitzohr und unser Späher. Erfülle also deine Aufgabe und erfülle sie gut.“

Buckel nickte eifrig. Sein Hals schmerzte vom festen Griff des Rundohrs. Hass erfüllte den kleinen Späher. Aber es würde sich schon eine Gelegenheit ergeben, bei der dieser widerliche Langzahn selbst in den Abgrund fiel.

44

Nedeam wandte sich vorsichtig in die Richtung, aus der er die Stimme vernommen hatte.

„Wer oder was du auch sein magst“, erklang die Stimme erneut, „lass dein langes Messer fallen, oder Showaa verwandelt dich in Asche.“

Der Erste Schwertmann warf einen kurzen Blick zu dem Wesen mit dem dreieckigen Schädel und dem großen Auge. Es schien die Worte verstanden zu haben, denn nun richtete es sich auf. Abermals war Nedeam über die Größe der Kreatur entsetzt. Sie überragte ihn nun um viele Längen. Der tonnenförmige Leib schien auseinanderzufließen, als sich riesige dreieckige Schwingen entfalteten. Diese überzeugten ihn davon, dass es sich hier wirklich um das geheimnisvolle Flugwesen handelte, das Merdoret angegriffen hatte. Nein, nicht Merdoret, sondern die Orks. Das war wichtig, denn es konnte bedeuten, dass er und das Flugungeheuer einen gemeinsamen Feind hatten.

„Ich bin Nedeam, Erster Schwertmann der Hochmark des Pferdevolkes“, rief er in die Richtung, aus der die Worte erklungen waren. „Ich bin nicht euer Feind.“

„Im Angesicht einer Schwinge will niemand ihr Feind sein.“ Die Stimme hatte einen leicht spöttischen Unterton angenommen. „Und nun lass das Messer fallen, Nedeam, Erster Schwertmann aus der Hochmark des Pferdevolkes.“

„Es ist kein Messer, es ist ein elfisches Schwert, und ich werde es nicht fallen lassen, bis deine Stimme freundlicher klingt.“

„Ein elfisches Schwert?“ Die Stimme klang überrascht. „Woher hast du es? Kennst du Elfen? Die alten Legenden berichten von ihnen.“

„Ich habe eine Elfin zum Weib“, knurrte Nedeam. Manche Wesen mochten keine Elfen, und der Erste Schwertmann hoffte, dass der Unbekannte nicht zu ihnen gehörte.

„Eine Elfin zum Weib?“

„Ja, und die Orks sind meine Feinde.“

„Dann haben wir immerhin eines gemeinsam.“

Die Stimme klang näher, und Nedeam sah nun einen Mann. Einen ganz normalen Menschen, noch jung an Jahren, der um die Felsen herumtrat. Er bemerkte, wie mitgenommen die Kleidung des Unbekannten war, der sich schwer auf die Felsen aufstützte. Der Fremde hielt sich mit der anderen Hand die Rippen. Unzweifelhaft ein Mensch, und er war verwundet.

„Ihr seid verletzt“, sagte Nedeam und versuchte, seiner Stimme einen freundlichen Klang zu geben. „Lasst mich Eure Wunden sehen. Wir Pferdelords verstehen etwas davon, und ich habe auch vieles von meiner elfischen Gemahlin gelernt.“ Er schob das Schwert ins Futteral zurück. „Ich kann Euch sicherlich helfen.“

Nedeam machte zwei Schritte auf den Fremden zu und hörte ein bedrohliches Zischen. Das Flugwesen reckte sich zu voller Größe auf und stand nun auf zwei muskulösen Beinen. Der Schädel war gesenkt und folgte den Bewegungen des Pferdelords. Dieser sah, wie sich unter dem riesigen Auge zwei armähnliche Auswüchse bewegten und sich ihm entgegenstreckten.

„Langsam, Showaa“, rief der Fremde, und erneut mischte sich Schmerz in seine Stimme. „Er ist ein Feind der Orks und möglicherweise ein Freund der Schwingen.“

„Schwingen?“

Der Verletzte nickte. „Wir gehören zum Volk der Lederschwingen. Das ist Showaa, und ich bin Anschudar, ihr Schwingenreiter. Showaa ist eine gute Schwinge.“

„Showaa … gute Schwinge."

Nedeam fuhr herum und starrte das Flugwesen an. „Es … es hat gesprochen!"

Anschudars Augen verengten sich. „Sie sprechen eigentlich nur mit Reitern", murmelte er. „Ja, einige der Schwingen können sprechen. Nur sehr wenige. Showaa ist etwas ganz Besonderes."

Der Schwingenreiter humpelte an Nedeam vorbei und stolperte. Als der Erste Schwertmann eine rasche Bewegung machte, um den jungen Mann aufzufangen, zischte Showaa bedrohlich, und an den Enden der armartigen Auswüchse wurde ein seltsames Glühen sichtbar.

„Ruhig, Showaa, ruuuuhig." Anschudar bemühte sich um den richtigen Tonfall, doch der Schmerz verzerrte seine Stimme. Showaa zischte erneut und legte den Schädel schief, als überlegte sie, ob sie Nedeam nicht doch brennen sollte. Als ihr Schwingenreiter sie erreichte, strich er sanft über ihren Schädel. „Ruuuhig, Showaa, gaaanz ruhig."

Die Auswüchse unter ihrem Auge schienen sich zu entspannen. Nedeam hatte das unangenehme Gefühl, gerade einer großen Gefahr entgangen zu sein. „Ich habe noch nie von eurem Volk gehört", gestand er ein.

„Und ich noch nie vom Pferdevolk." Anschudar lehnte sich leicht gegen Showaa. „Aber wir kennen auch nicht viele Völker. Eigentlich gar keine. Nur die Orks." Er lächelte verzerrt. „Aber unsere Legenden berichten von den alten Reichen und davon, wie sie untergingen."

„Wir sind noch immer ein freies Volk, ebenso wie das Reich von Alnoa." Nedeam lächelte. „Das kleine Volk der Zwerge steht an unserer Seite, und die Elfen täten es ebenso, wenn sie ihre Länder nicht verlassen hätten."

„Die Elfen sind fort?" Anschudar überlegte. „Aber deine Gemahlin blieb bei dir? Obwohl ihr Volk gegangen ist?"

„Sie und ein paar elfische Freunde sind geblieben."

Showaa bewegte den Kopf und streckte ihn Nedeam entgegen. Der sah fasziniert, dass sich die beiden Pupillen fast berührten. Eher unbewusst streckte er die Hand aus und fasste an einen der Maultentakel. Dieser zuckte erst zurück, doch dann ließ die Schwinge die Berührung zu.

Anschudar war sichtlich überrascht. „Du kannst kein Feind sein. Showaa würde das sonst niemals zulassen."

Nedeams Lächeln vertiefte sich. „Vielleicht fehlt ihr auch die Erfahrung, Freund Anschudar. Es gibt auch schlechte Menschen, glaube mir."

„Ja, das hat Mordeschdar ebenfalls gesagt."

„Wer ist Mordeschdar?"

„Der Führer der Schwingenreiter. Gemeinsam mit der alten Schwinge Feedanaa bestimmt er über das Wohl des Horstes."

„Horst?"

Anschudar biss sich auf die Unterlippe. Dieser Bodenläufer schien freundlich gesinnt, dennoch sollte er ihm keine Geheimnisse seines Volkes anvertrauen. „Das Pferdevolk ... Ihr bedeckt Pferde?"

„Wir reiten, ja. Die Pferde machen uns schnell und verleihen uns die Kraft, mit den Lanzen in die Reihen der Orks einzubrechen."

„Wir brennen sie."

„Ja, das habe ich bereits erlebt." Nedeam wandte sich von Showaa ab und blickte nachdenklich in die Richtung, in der sich der Pass befand. „Als die Orks uns in der alten Festung von Merdoret bestürmten, wart Ihr es wohl, die sie mit Feuer verbrannten."

„Ja, das ist die Macht der Schwingen", bekannte Anschudar mit Stolz. „Showaa ist noch sehr jung und unerfahren, sonst hätte sie es besser gemacht."

„Es war furchterregend genug, Anschudar, das könnt Ihr mir glauben. Ich habe Euch beiden zu danken. Euer Angriff verschaffte uns die Zeit, aus Merdoret zu entfliehen.“

„Ihr seid auf der Flucht?“

„Das ist eine längere Geschichte.“

„Nun, ich fürchte, ich habe Zeit“, murmelte Anschudar. „Ich schaffe es noch nicht, Showaas Sattel zu besteigen. Die verdammten Rippen …“

Nedeam nickte verständnisvoll. „Dann werde ich Euch alles erzählen und mir dabei einmal Eure Verletzungen ansehen. Auch Euer Gesicht sieht verbrannt aus.“

„Showaas erster Feuerstoß misslang“, brummte Anschudar.

„Nun, der zweite war wohl besser.“ Nedeam stützte den Schwingenreiter, um ihn zu den Felsen zurückzuführen, wo sich der Verletzte erleichtert setzte. „Er hat uns und den Orks einen gehörigen Schrecken eingejagt und viele der Bestien verbrannt.“

Showaa tapste hinter ihnen her und verfolgte aufmerksam, wie ihr Reiter mit Nedeams Hilfe die gefütterte Jacke ablegte und dann sein Unterkleid öffnete. Anschudar presste die Lippen aufeinander, während der Pferdelord seine Brust abtastete.

„Die Rippen scheinen mir nicht gebrochen zu sein“, stellte Nedeam fest. „Aber Ihr habt sie Euch böse geprellt. Habt Ihr eine Decke dabei?“

Anschudar schüttelte den Kopf. „Sie ging beim Sturz verloren.“

„Dann nehmt meinen Umhang.“ Nedeam löste den Lederriemen von der goldenen Spange, die den Umhang geschlossen hielt, und nahm ihn ab. Er warf einen kurzen Blick zu Showaa und zog dann betont langsam das Schwert hervor. Doch diesmal schien dessen Anblick nicht den Widerwillen der Schwinge hervorzurufen. Er begann lange, schmale Streifen vom Stoff zu schneiden. „Ich werde sie sehr fest um Eure Brust binden“, erläuterte er. „Das wird ein wenig schmerzen, doch es stellt die Rippen ruhig, und das Atmen wird Euch leichter fallen.“

Anschudar verbiss sich den Schmerz und nickte. Während Nedeam die Binden anlegte und verknotete, erzählte er dem Schwingenreiter vom Pferdevolk. Anschudar hörte fasziniert zu und unterbrach gelegentlich mit kurzen Fragen. Es wurde ein langes und, wie Nedeam feststellte, eher einseitiges Gespräch. Anschudar sog die Informationen über das Pferdevolk förmlich in sich auf, hielt sich jedoch mit Aussagen zu seinem eigenen zurück. Nedeam konnte das verstehen. Zu lange hatte das Volk der Lederschwingen in Isolation gelebt, nur von Feinden umgeben. Sein Vertrauen musste erst gewonnen werden, auch wenn der Erste Schwertmann nicht recht wusste, wie er das bewirken könnte.

„Bald werden meine Leute erscheinen“, sagte er schließlich und deutete auf den Pfad, über den er gekommen war. „Meine elfische Frau ist auch darunter, und wir führen Verwundete mit uns, die getragen werden müssen.“

„Ich habe noch nie eine Elfin gesehen.“ Anschudar lehnte sich an den Felsen. „Mit den Stoffstreifen geht das Atmen leichter. Vielleicht kann ich nun wieder in den Sattel steigen.“

Nedeam musterte die riesige Lederschwinge. „Eine seltsame Vorstellung, sich auf ihr in die Luft zu erheben. Ganz ohne festen Boden unter sich.“

„Oh, den hat man unter sich. Nur ziemlich weit entfernt“, scherzte Anschudar und musste stöhnen, als das Lachen seine Schmerzen verstärkte. „Es ist ein unvergleichliches Gefühl.“

„Wenn man Glück hat und wieder wohlbehalten unten ankommt.“ Nedeam wies auf den Verletzten. „Was offensichtlich nicht immer der Fall ist.“

„Nein, nicht immer.“ Anschudar zuckte die Achseln. „Showaa wurde am Auge durch einen Bolzen verletzt und hatte Furcht. Sie verlor die Beherrschung über sich."

„Wie ein durchgehendes Pferd."

„Das weiß ich nicht. Mir ist noch nie eines durchgegangen."

Sie sahen einander an und mussten beide lächeln. Nedeam spürte eine Seelenverwandtschaft zu dem jungen Schwingenreiter. Als junger Pferdelord war er sicherlich nicht anders gewesen.

„Ihr Pferdelords seid mutige Menschen?"

„So sagt man von uns."

Anschudar nickte bedächtig. „Hast du den Mut, mit Showaa zu fliegen?"

„Was?" Nedeam erblasste.

Der junge Schwingenreiter nickte. „Ich habe jetzt vieles von dir gehört, Pferdereiter. Dennoch weiß ich nicht, ob ich deinen Worten Glauben schenken kann. Doch Schwingen sind sehr ... einfühlsam. Sie spüren, ob ihr Reiter ein aufrechtes Wesen hat. Wenn Showaa dich auf ihrem Rücken duldet, dann sind deine Absichten gut."

„Ich verstehe." Nedeam strich sich betroffen über das Kinn. Auf diesem Wesen durch die Luft reiten? Der Gedanke war ungeheuerlich. „Ich würde lieber ein wildes Pferd zureiten", bekannte er.

Anschudar nickte. „Gesprochen wie ein richtiger Bodenläufer."

Nedeam räusperte sich. „Schön, ich ahne, was Ihr damit sagen wollt. Aber ich bin noch nie geflogen."

„Es gibt nichts Vergleichbares."

„Davon bin ich überzeugt", brummte Nedeam. Er zuckte die Schultern. „Gut, ich will es versuchen, Anschudar."

Es gab keine andere Möglichkeit. Nedeam musste das Vertrauen des Schwingenreiters und seines Flugwesens erlangen, und es musste rasch geschehen. Die Überlebenden des Beritts würden das Plateau bald erreichen, und nicht weit hinter ihnen folgten die Orks. Ein Kampf war unausweichlich. Wenn Nedeam sich der Freundschaft dieses Wesen versichern konnte und die Schwinge ihr Feuer nochmals gegen die Orks schleuderte, dann mochte das entscheidend sein.

Nedeam trat behutsam an die Lederschwinge heran. Sie ließ seine Annäherung zu und folgte seinen Bewegungen mit dem Kopf, als er noch näher trat. Ihr Leib senkte sich. Würde sie es auch dulden, wenn er sich in den Sattel schwang? Vielleicht reichte es ja aus, wenn er sich kurz hineinsetzte, um Anschudar zu überzeugen. Dann müsste er sich mit diesem unheimlichen Wesen nicht in die Luft erheben.

„Würdest du mir das lange Messer geben?“, fragte Anschudar freundlich. „Dieses, äh, elfische Schwert.“

Glaubte Anschudar etwa, Nedeam sei so selbstmörderisch, der Schwinge eine Verletzung zufügen zu wollen? Der Erste Schwertmann zog wortlos die Klinge aus dem Futteral und warf sie Anschudar zu, der sie geschickt auffing.

Nedeam stand an Showaas Seite, die nun erneut leise zischte. Doch dieses Mal machte Anschudar keinerlei beschwichtigende Worte. Schweigend und aufmerksam sah er zu, wie Nedeam einen Fuß in den Steigbügel setzte und sich in den Sattel zog.

Der Pferdelord hatte nun beide Füße in den seltsam klobigen Steigbügeln und suchte erfolglos nach einem Zügel oder einem Gurt, an dem er sich festhalten könnte. Unsicher sah er zu Anschudar hinüber.

Dieser lächelte Nedeam an. „Showaa … fliiieg.“

Die Lederschwinge sprang den Himmel an.

Wäre Nedeam nicht so ein ausgezeichneter Reiter gewesen, hätte Showaa ihn in diesem Augenblick abgeworfen. Der Ruck warf ihn nach hinten, aber er konnte sich mit den Beinen um den Hals der Schwinge klammern und tastete verzweifelt nach einem Halt für seine Hände. Die Lederschwinge war mit einem mächtigen Schlag ihrer Schwingen in der Luft, überquerte den Rand des Plateaus und ging sofort in den Sturzflug über. Der Himmel kippte über Nedeam, und jetzt sah er tief unter sich felsigen Grund. Seine Finger ertasteten den Gurt des Sattels und krallten sich daran fest. Er wusste nicht, ob Showaa ihn abwerfen wollte. Jedenfalls kam es ihm so vor, als sie ihren Körper knapp über dem Boden abfing, in Schräglage ging und sich in einer langen Spirale erneut in den Himmel schraubte. Nedeams Magen revoltierte, und die raschen Bewegungen des ungewohnten Reittieres ließen es nicht zu, dass er sich orientieren konnte. In einem Augenblick sah er das Plateau mit den beiden aufragenden Felsnadeln vor sich, im nächsten einen vollkommen anderen Teil des Gebirges. Himmel und Boden schienen durcheinanderzugeraten. Showaa erinnerte an ein wildes Pferd, das zum ersten Mal den Druck von Sattel und Reiter spürt und heftig bockt.

Er schloss die Augen, denn die tanzenden Bilder und Bewegungen verursachten ihm immer größere Übelkeit. Er zwang sich, ruhig zu atmen, und spürte, wie sich der Flug der Lederschwinge verlangsamte. Plötzlich glitt sie unerwartet sanft dahin.

Nedeam blinzelte und fand sich hoch über dem Gebirge. Die Luft war eisig und stach in seine ungeschützte Haut. Aus einem Impuls heraus klopfte er mit einer Hand sacht gegen den biegsamen Hals der Schwinge, gerade so wie er es gelegentlich bei seinem Hengst Duramont machte.

„Showaa fliegt", verspürte er plötzlich einen Impuls. Er wusste nicht zu sagen, ob er die Worte tatsächlich gehört oder nur in seinem Inneren wahrgenommen hatte.

„Gute Showaa, gutes, äh ...", er wollte Pferd sagen und besann sich gerade noch. „Gute Schwinge, Showaa."

Sie legte sich erneut in eine Kurve, doch diesmal langsam und eher sanft. Zum ersten Mal wurde Nedeam bewusst, welche unerwartete Möglichkeit ihm der Ritt auf der Schwinge bot. Unter ihm breiteten sich die Berge aus, und das Wetter war klar. Er hatte eine hervorragende Sicht, auch wenn die Perspektive für ihn ungewohnt war. Nedeam sah sich um und versuchte, ihm bekannte Geländemarken zu erkennen. Im Augenblick hatte er keine Ahnung, wo sie sich befanden und wohin sie flogen. Er konnte nur hoffen, dass Showaa von allein den Weg zurück zu ihrem Reiter Anschudar fand. Nedeam hätte weder die Richtung gewusst, noch, wie er die Schwinge hätte lenken können.

Vor ihnen war zwischen den Bergen eine Art Einschnitt zu erkennen, und Nedeam hoffte, dass es sich um den Pass von Merdoret handelte.

„Rechts, Showaa, rechts", rief er instinktiv.

Damit wusste die Schwinge wohl nichts anzufangen, oder sie ignorierte die Wünsche ihres Reiters. „Showaa fliegt."

„Ja, offensichtlich", knurrte Nedeam enttäuscht. Rasch klopfte er wieder leicht gegen ihren Hals. Er wollte es nicht riskieren, das etwas launisch wirkende Wesen gegen sich aufzubringen. Gerade jetzt wo er den Flug zwar nicht genießen, aber wenigstens einen Vorteil daraus ziehen konnte.

Die Lederschwinge bewegte die kleineren Schwingen an ihrem Schädel und verlagerte das Gewicht. Nedeam nickte befriedigt, als das Flugwesen in einer leichten Kurve auf den fernen Einschnitt zuflog. Er kam überraschend schnell näher, und Nedeam war erstaunt über die Geschwindigkeit des Wesens. Wenn er von oben auf den Boden sah, schienen sie kaum voranzukommen. Doch jetzt, als Showaa tiefer ging, rasten die Berge unter ihnen entlang.

Dann waren sie über dem Einschnitt, und Nedeam stieß

unwillkürlich einen triumphierenden Schrei aus. Die lang gestreckte Keilform des Passes war unverkennbar. Er hatte nun eine Vorstellung, wo sie sich befanden, und blickte nach Westen. In der Ferne glaubte er die Weißen Sümpfe zu erkennen und sogar die aufragende Nadel der alten Ostwache. Dazwischen bewegte sich etwas Dunkles durch den Pass.

Nedeam und Showaa waren gleichermaßen neugierig, und die Schwinge tauchte so tief in den Pass ein, dass seine Felswände rechts und links über ihnen emporragten. Das fremde Objekt wuchs heran, und Nedeam erkannte Pferde und Reiter, die beim Anblick der Schwinge entsetzt auseinanderstoben. Rasend schnell war Showaa über sie hinweggehuscht und setzte zu einer Wende an. Nedeam versuchte die Reiter im Blick zu behalten. Ja, das waren unzweifelhaft Pferdelords.

Zuvor hatten sie sich wohl in der typischen Formation der Schwertmänner bewegt, in Viererkolonne, Knie an Knie. Nun aber war die Ordnung dahin. Einige Pferde hatten ihre Reiter abgeworfen, andere galoppierten blindlings in verschiedene Richtungen, um sich vor dem Wesen am Himmel in Sicherheit zu bringen. Nedeam schätzte ihre Zahl auf fünf oder sechs Beritte und konnte sogar erkennen, dass es sich um Schwertmänner der Ostmark und einberufene Pferdelords handelte.

Abermals glitt Showaa viel zu schnell über die Kolonne hinweg. Nedeam hätte den Reitern gern gewunken, denn er sah nun auch ein rechteckiges grünes Banner, vorn bei der Truppe. Es konnte nur Bulldemuts Banner sein. Der alte Kämpfer ließ es sich bestimmt nicht nehmen, dem Feind an der Spitze seiner Männer zu begegnen.

Etliche der Pferdelords am Boden behielten ihre Ruhe. Nedeam bemerkte Pfeile, die durch den Himmel strichen. Viel zu langsam und zu weit entfernt, um Showaa gefährlich zu werden. Als sich die Schwinge erneut in eine Kurve legte, um die Pferdelords abermals anzufliegen, überkam den Ersten Schwertmann plötzlich die Angst, sie könnte einen Angriff beabsichtigen.

„Anschudar!“, rief er hastig und klopfte gegen ihren Hals. „Showaa, flieg zu Anschudar!“

Nedeam sah die weit geöffneten Augen einiger Männer, die ihn zu erkennen schienen, dann verschwanden sie aus seinem Blickfeld, als sich die Lederschwinge mit mächtigem Schwung emporbewegte und auch schon über den Steilhang des Passes hinweg war.

Showaa schien nun genau zu wissen, wo sie sich befand, denn sie flog in schrägem Winkel zum Pass und tiefer in das Gebirge des Noren-Brak hinein. Erneut sah Nedeam sich um, prägte sich Geländemarken ein und hoffte, sie vom Boden aus wiederfinden zu können. Ein- oder zweimal glaubte er, den Pfad zu erkennen, den sie bislang genommen hatten, und er versuchte zu ergründen, wie er die Männer weiterführen musste, damit sie zum Pass gelangten.

Sein umherschweifender Blick fand zwei steil aufragende Felsnadeln, und er seufzte erleichtert, als er das Plateau erkannte, auf dem Anschudar wohl sehnsüchtig auf ihre Rückkehr wartete. Links des Plateaus schien der Pfad weiterzuführen. Zumindest gab es dort eine Art Felsenschlucht, die begehbar war und in Richtung des Passes verlief. Dann war das Plateau auch schon unter ihnen. Nedeam spürte ein leichtes Wippen, als Showaa den Boden berührte und ihren Körper neigte. Erleichtert rutschte er aus dem Sattel und sah Anschudar, der ihnen entgegenkam.

„Nun, Bodenläufer, wie war der Ritt auf Showaas Rücken?“

Nedeam suchte nach Worten. „Ein, äh, unvergessliches Erlebnis.“

Anschudar nickte. „Ja, das ist es. Vor allem für ein Wesen, das für immer an den Boden gefesselt ist.“

„Ich schätze, Eure Schwinge hat mich nicht sonderlich ins Herz geschlossen“, gestand Nedeam. „Ich hatte Mühe, mich auf ihrem Rücken zu halten. Vor allem zu Beginn des Fluges.“

Anschudar trat zu Showaa und strich ihr zärtlich über den Hals. „Das lag nicht an dir, Pferdereiter Nedeam. Dies ist fremder Himmel, und Showaa musste sich erst orientieren. Danach ging es bestimmt leichter, nicht wahr?“

„Ja, auch wenn es mir Angst machte. Ich habe doch lieber festen Boden unter den Füßen.“

„Auf einem Pferd?“ Anschudar lächelte.

Nedeam lachte auf. „Ihr habt recht. Aber falls man stürzt, fällt man bei Weitem nicht so tief.“

„Dessen bin ich mir gewiss“, räumte der Schwingenreiter ein. Er hielt Nedeam das elfische Schwert entgegen. „Ich habe darauf achtgegeben, während du den Himmel erkundet hast. Es ist eine sehr schöne Arbeit.“

„Unsere eigenen Schwerter und Lanzen sind ein wenig schlichter, doch sie haben uns im Kampf gegen die Bestien nie im Stich gelassen.“ Nedeam räusperte sich. „Bald müssten meine Begleiter zu uns stoßen. Es sind gute Menschen, Schwingenreiter Anschudar, und sie sind nicht Eure Feinde.“

„Hätte Showaa Feindseligkeit in dir gespürt, stündest du nun nicht vor mir“, erwiderte Anschudar schlicht. „Doch ich muss mich nun bald auf den Weg machen. Showaa kennt den Himmel mittlerweile, und die Verbände sitzen gut genug, sodass ich es wagen kann, auf ihr zurückzureiten.“

Showaa stieß einen warnenden Laut aus und reckte sich.

Am Rand des Plateaus erschienen mehrere Schwertmänner, die beim Anblick des fremden Wesens erstarrten. Klingen fuhren aus den Scheiden, Lanzen wurden gefällt. Nedeam hob beschwichtigend die Arme. „Lasst die Waffen ruhen, Schwertmänner der Mark. Dies sind keine feindlichen Wesen. Wartet dort und kommt erst, wenn ich es Euch sage."

„Deine elfische Frau ist bei ihnen?", fragte Anschudar neugierig. Der Anblick der vielen Männer schien ihn nicht zu beunruhigen. Entweder war er nun überzeugt, dass sie keine Feinde waren, oder er vertraute auf Showaas Macht.

„Ja, Llaranya ist bei ihnen."

„Dann will ich noch einen Moment warten. Ich habe noch nie ein elfisches Wesen gesehen."

Doch statt des von Anschudar erwarteten elfischen Wesens erschien die mächtige Gestalt eines Rundohrs hinter den Männern. Der Schwingenreiter versteifte sich und wollte seiner Schwinge etwas zurufen, als Nedeam ihm beschwichtigend an den Arm griff. „Er ist kein Feind, Anschudar. Auch wenn er ein Ork ist. Er hat mit uns gegen seine Artgenossen gekämpft und wurde dabei verwundet."

„Eine Bestie, die gegen Bestien kämpft?", fragte der Schwingenreiter verwirrt. Er biss sich auf die Lippe. „Davon habe ich noch nie gehört."

„So wie ich zuvor noch nie von einer Schwinge hörte."

„Ja, das mag sein."

Anschudars misstrauischer Blick haftete auf Fangschlag, der sich wohl genug erholt hatte, um wieder auf eigenen Beinen gehen zu können. Das Rundohr spürte die Feindseligkeit, die ihm von Anschudar entgegenschlug, und sah auch die übermächtig wirkende Gestalt der Lederschwinge. Nedeam rechnete es dem Krieger hoch an, dass er nicht unwillkürlich sein Schlagschwert zückte. Hastig begann er dem Schwingenreiter zu erklären, was es mit Fangschlag auf sich hatte. Anschudar entspannte sich langsam. Dennoch blieb ein Rest von Misstrauen in ihm. Nedeam wusste aus eigener Erfahrung, wie viel Zeit es brauchte, um alte Vorbehalte auszuräumen, und konnte den Schwingenreiter daher gut verstehen.

„Ein Bündnis auf Zeit?“, murmelte Anschudar. „Das verstehe ich nicht, Pferdereiter.“

„Ein Bund der Ehre“, bestätigte Nedeam. „Bis dieser Einohr tot ist.“

„Danach seid ihr wieder Feinde?“

„Ich will es nicht hoffen“, brummte der Erste Schwertmann. „Aber wenn es das Schicksal so bestimmt …“

„Mordeschdar hat schon recht.“ Anschudar hob etwas Schnee vom Boden auf und presste ihn sich gegen die verbrannte Gesichtshälfte. „Ihr anderen Menschen seid sehr verwirrend.“

Llaranya war an Fangschlags Seite getreten. Noch immer zögerte die Gruppe, näher zu kommen. Showaa war eine zu furchterregende und beeindruckende Gestalt. „Nedeam, mein Geliebter, ist alles in Ordnung? Dieses Wesen griff uns in Merdoret an.“

„Nicht uns, sondern die Orks. Es ist ein friedliches Wesen.“ Nedeam sah zu Showaa hinüber, die sich allmählich ebenfalls entspannte. „Jedenfalls meistens. Und dies ist ihr Reiter, Anschudar. Ein Mann, der nie zuvor eine Elfin gesehen hat. Er ist verletzt, und ich habe seine Wunden versorgt. Es wäre gut, wenn du selbst noch einmal nach ihnen sehen würdest.“

„Ja, ich kenne deine ungeschickten Finger.“ Die Elfin kam langsam näher. Nedeam bemerkte, dass sie den Fuß noch immer sehr vorsichtig aufsetzte und nur wenig belastete.

„Ich weiß nicht, wie es bei den Frauen des Schwingenvolkes ist“, murmelte Nedeam, „doch die elfischen haben nicht nur spitze Ohren, sondern auch spitze Zungen.“

„Darin scheinen unsere Völker sich zu gleichen“, erwiderte Anschudar lächelnd, „obwohl ich auf diesem Gebiet, wie ich zugeben muss, noch nicht viel Erfahrung habe.“

Der Schwingenreiter sah interessiert zu, wie Llaranya und

Nedeam sich zur Begrüßung küssten, und lächelte die Elfin dann an, als diese nach seinen Verletzungen sah.

„Die Binden müssen etwas straffer sitzen“, meinte sie. „Wahrscheinlich hast du beim ersten Schmerz schon aufgehört, sie anzuziehen.“ Sie strahlte Anschudar an. „Nedeam hat ein weiches Herz, Schwingenreiter. Das Gleiche gilt für mich, dennoch werde ich Euch nun etwas Schmerz zufügen müssen.“

„Von deiner Hand lasse ich das gern zu.“

Nedeam runzelte die Stirn und sah zu, wie Llaranya die Binden abwickelte, um sie neu und fester anzulegen. Er winkte die anderen nun heran. Sie hielten instinktiv Abstand zu Showaa. Arkarim trat kurz näher, warf einen forschenden Blick auf Anschudar und wandte sich dann an Nedeam.

„Die Bestien sind nicht allzu weit hinter uns. Einen, vielleicht auch zwei Zehnteltage. Es bleibt uns nicht viel Zeit.“

Nedeam seufzte. „Dann müssen wir rasch aufbrechen. Im Pass habe ich Pferdelords gesehen. Es ist Hilfe unterwegs. Doch die Beritte ahnen nicht, wo wir uns befinden. Es liegt ein anstrengender Weg vor uns. Vom Plateau hinunter in ein langes, schmales Tal und dann auf den Pass zu.“

„Im Pass sind Pferdelords?“ Arkarim kratzte sich im Nacken. „Aber woher wisst Ihr das?“

„Er ist geflogen“, sagte Anschudar schlicht.

Die Elfin erstarrte in ihren Bewegungen und sah Nedeam für einen Moment mit ausdruckslosem Gesicht an. „Ich verstehe. Das Schwingenvolk besitzt Humor.“

„Nein, er ist wirklich geflogen“, beharrte der Schwingenreiter.

„Im Pass sind Pferdelords“, sagte Nedeam rasch. „Wenigstens fünf Beritte.“

„So, so, Pferdelords.“ Llaranya atmete mehrmals tief durch.

„Schön, dann bist du also geflogen. Ich hoffe, in Zukunft beschränkst du dich auf den Rücken der Pferde."

„Ohne Zweifel", murmelte Nedeam.

Anschudar stöhnte leise auf, als Llaranya die Binden neu verknotete. „Man sitzt eigentlich eher auf dem Hals, schöne Llaranya."

„Bei einem Sturz fällt man gleichermaßen tief", erwiderte sie.

Als Anschudar seine notdürftig geflickte Jacke wieder anlegte, deutete sie auf die Verbrennungen. „Ihr habt zu spät begonnen, sie zu kühlen. Lasst den Schnee beiseite, Anschudar. Die Haut muss sich erneuern, und die Kälte behindert sie dabei nur."

Nedeam deutete auf Anschudars bescheidenes Gepäck. „Wenn Ihr noch Vorräte benötigt, Anschudar, können wir Euch aushelfen."

„Ich bin versorgt, aber danke für das Angebot." Anschudar legte dem Ersten Schwertmann die Hand an den Arm. „Ihr werdet von Bestien verfolgt und denkt dennoch auch an mein Wohl. Ich werde dem Horst von euch Pferdereitern berichten."

Der Schwingenreiter nahm seine Provianttasche auf und ging zu seiner Schwinge, die unterdessen ihren Leib senkte. Nedeam erkannte, welche Mühe es Anschudar bereitete, die Tasche am Sattel zu verschnüren.

„Wartet, ich helfe Euch", bot er an.

Llaranya folgte ihnen aus Neugier. Nun, da sie wusste, dass keine Gefahr von dem Flugwesen ausging, wollte sie die einzigartige Gelegenheit nutzen, es einmal aus der Nähe zu betrachten und vielleicht sogar zu berühren.

Sie schnupperte. „Hier riecht es wieder so."

„Wieder so?"

Llaranya nickte. „Dieser üble Geruch nach faulenden Eiern.

Er ist schwächer, aber wahrnehmbar." Sie sog erneut prüfend die Luft ein. Dann deutete sie zu Showaas Schädel. „Es kommt von dort. Von diesen … Wurzeln."

„Maultentakel", korrigierte Anschudar. „Und Schwingen sind sehr reinlich, sie riechen nicht übel."

Llaranya beugte sich vor und berührte einen der Tentakel. Anschudar und Nedeam registrierten überrascht, dass sich die Schwinge die Berührung der Elfin einfach gefallen ließ. „Es kommt von diesem gelben Zeug hier, im … Tentakel."

„Vom Gelbstein?" Anschudar beugte sich interessiert vor.

„Ich weiß nicht, wie man es nennt. Aber es ist derselbe Geruch wie an unserem letzten Lagerplatz. Nur, wie erwähnt, sehr viel schwächer."

„Ihr habt Gelbstein gefunden?" Anschudars Aufregung war nicht zu übersehen. „Wo war das? War es viel?"

Nedeam nickte. „Ein ganzes Tal voll. Große und kleine Klumpen und dazwischen Pfützen, in denen es brodelte. Ein übler Gestank stieg daraus auf. Man kann kaum atmen."

„Wo???"

Nedeam sah sich um, damit er sich orientieren konnte. „In dieser Richtung. Ich kann es nicht genau sagen, denn der Pfad verläuft nicht gerade …"

„Wir finden es schon", unterbrach Anschudar ihn. „Showaa wird es spüren. Gelbstein! Ihr alle könnt nicht ermessen, was das für unseren Horst bedeutet!" Der Schwingenreiter zog sich in den Sattel. „Ich muss mich nun beeilen, Pferdereiter."

„Auch wir müssen weiter. Die Orks sind uns auf den Fersen."

Anschudar beugte sich leicht vor, trotz der Schmerzen, die ihm die Bewegung verursachte. Er reichte Nedeam die Hand und hielt die des Ersten Schwertmanns für einen Moment fest. „Vielleicht führen uns die Lüfte wieder einmal zusammen, Pferdereiter. Ich wünsche dir und den Deinen Glück und dass die Winde euch hilfreich sind."

Nedeam lächelte und trat dann zurück. „Das wünschen wir ebenso."

Showaa schwang sich in den Himmel empor, und die Zurückbleibenden sahen fasziniert zu, wie sie einmal um das Plateau kreiste und dann in Richtung des Tals flog, das Nedeam beschrieben hatte.

Arkarim lehnte sich leicht auf seine Wimpellanze. „Ein wahrhaft furchterregendes Gespann. Sehr bedauerlich, dass es uns nicht zur Seite stehen wird."

Nedeam blickte in die Richtung, in die Showaa und ihr Reiter verschwunden waren. „Letztlich, mein guter Arkarim, kam es immer auf die Kraft unserer eigenen Arme und unseren guten Stahl an. Anschudar hat kaum etwas von seinem Volk berichtet, doch es lebt wohl von Feinden umgeben und hat genug eigene Sorgen. Nun, Ihr Männer der Hochmark, lasst uns eilen und den Orks ein gutes Rennen liefern."

45

Vor einer Tageswende waren die Männer der Ostmark den Reitern Nedeams begegnet, die mit den Pferden des Beritts nach Merdonan unterwegs waren. Auf beiden Seiten hatte es Erleichterung gegeben. Die Männer der Hochmark wussten nun, dass Hilfe unterwegs war. Bulldemut hingegen war glücklich, ein Lebenszeichen von Nedeam erhalten zu haben, auch wenn es bewies, in welcher Gefahr er und seine Gruppe schwebten.

Zwei Beritte seiner Schwertmänner und vier Beritte Pferdelords führte Bulldemut nun dem Feind entgegen, und die Männer waren voller Zuversicht, der Legion des Feindes eine Niederlage zuzufügen. Dann tauchte das Flugwesen im Pass auf und brachte Unordnung in die Truppe. Als es endlich verschwand, ordneten die Scharführer die Beritte und versuchten, all jene zu beruhigen, die im Erscheinen der fremden Kreatur ein böses Vorzeichen sehen wollten.

Gardekommandeur Daik ta Enderos trieb sein Pferd neben das von Pferdefürst Bulldemut. An der Rüstung des Gardisten klebte Schnee, denn das bockende Pferd hatte den Alnoer abgeworfen. Keiner der anderen hatte darüber gespottet, zu viele waren selbst damit beschäftigt gewesen, im Sattel zu bleiben.

„Was für ein Wesen der Finsternis war das?“, fragte der Alnoer erregt.

„Ich weiß es nicht.“ Bulldemut empfand Genugtuung dabei, dass er sich trotz seines Alters im Sattel gehalten hatte, während weit Jüngere intime Bekanntschaft mit dem Schnee geschlossen hatten. „Es ging zu schnell. Immerhin, ein paar der Männer konnten ihre Pfeile lösen.“

Ta Enderos strich sich über den Oberlippenbart und stellte fest, dass sich Eis daran gebildet hatte. So klangen seine nächsten Worte ein wenig gedämpft, als er versuchte, seine Zierde wieder in Ordnung zu bringen. „Für einen Augenblick hatte ich das Gefühl, etwas würde auf der Bestie sitzen."

„Ein Reiter?" Bulldemut fluchte erbittert. „Das fehlte noch. Das hieße ja, dass diese Bestie von jemandem beherrscht wird. Was meint Ihr? War es ein Ork?"

„Wie Ihr schon sagtet, Pferdefürst, es ging zu schnell. Ich meine, so etwas wie einen grünen Umhang erkannt zu haben."

„Seid Ihr sicher? Der Umhang eines Pferdelords? Blödsinn."

„Nein, kein Pferdelord." Ta Enderos schnäuzte sich. „Kein Pferdelord reitet auf solch einem Ungeheuer. Zudem erschien mir der Umhang auch viel zu kurz. Noch kürzer, als bei meiner Garde üblich." Er zuckte die Schultern. „Es ging wirklich zu schnell."

„Ich bin mir nicht sicher, ob diese Bestie uns angreifen wollte." Bulldemut warf einen Blick über die Beritte. Die Ordnung kehrte wieder ein. „Wenigstens hat sie keinen Schaden angerichtet. Ein paar abgeworfene Männer, ein paar bunte Flecken, aber keine Verletzten."

Daik ta Enderos wies auf die Spuren im Schnee. „Was für die Pferde leider nicht gilt. Der harsche Schnee macht ihnen zu schaffen. Wir sollten zusehen, dass wir ihre Läufe schützen."

Bulldemut nickte. „Ja, der Schnee bei uns ist weicher. Aber dies ist ja auch das Reich der Finsternis. Habt Ihr einen Vorschlag, Hochgeborener?"

Ta Enderos zuckte bedauernd die Schultern. „Wir haben im Süden nur selten Schnee und weit weniger Erfahrung damit als ihr Pferdelords."

Der Pferdefürst überlegte kurz und winkte dann die Scharführer heran. Als er ihnen das Problem unterbreitete, meldete sich einer von ihnen zu Wort. „Umwickeln wir ihre Läufe mit Stoff, Hoher Lord. So werden sie geschützt wie unsere Hände durch die Handschuhe."

„Ihr habt recht, guter Herr Scharführer", brummte Bulldemut. „Ein kluger Gedanke, darauf hätte ich selbst kommen müssen. Gut, gebt es an die Männer weiter. Sie sollen Streifen aus Decken oder Umhängen reißen und sie den Pferden um die Läufe binden. So hoch, wie der Schnee an ihre Fesseln reicht. Anschließend reiten wir weiter."

Wenig später waren sie wieder auf dem Marsch. Sie verzichteten auf die bei einem Kriegsmarsch üblichen Flankenreiter, aber Bulldemut hatte einen halben Beritt zur Vorhut eingeteilt. Die Truppe kam nur langsam voran.

„Verdammter Schnee", murmelte Bulldemut. „Er hält uns auf."

„Ebenso wie den Feind." Ta Enderos hatte gesehen, wie sich einige der Männer einen Tuchstreifen über Mund und Nase banden, um das Gesicht besser vor der Kälte zu schützen. Der Alnoer hatte es ihnen nachgemacht und war erleichtert über den Effekt.

„Ich hoffe, wir können ihn überraschen." Bulldemut wies in Richtung Merdorets. „Bislang sind wir auf keine Wachen oder Vorposten gestoßen. Wahrscheinlich scharen sie sich um die wärmenden Feuer in der alten Festung."

„Eine volle Legion." Ta Enderos zog den kurzen Umhang der Garde enger um seine Schultern. „Die sechs Beritte sollten wohl mit ihr fertig werden."

„Ohne Zweifel." Bulldemut lachte. „Wir haben schon einer größeren Übermacht gegenübergestanden und sie dennoch in den Boden gestampft. Mehr Sorge als diese Legion bereitet mir, wie wir uns mit Nedeams Gruppe vereinen können."

Ta Enderos nickte. „Das wird schwierig. Er ist ins Gebirge geflüchtet, und die Orks stellen ihm sicherlich nach. Wahrscheinlich nur mit einem kleinen Teil der Legion."

„Daher ist unsere Vorgehensweise auch klar." Bulldemut ballte die Faust. „Wir zermalmen die Legionäre in Merdoret, halten die alte Festung und entsenden eine starke Truppe, die Nedeam und seinen Verfolgern folgt."

Der Alnoer lachte. „Das gefällt mir. Verfolgte Verfolger."

Bulldemut stieß ein leises Grunzen aus. „Es wird nicht leicht. Die Männer müssen über unwegsame Pfade eilen, um Nedeam und die Seinen noch rechtzeitig zu erreichen. Aber wenn es gelingt und Nedeams Gruppe noch standhält, dann können wir die Bestien zwischen zwei Fäusten packen und schlachten."

„Die Berge machen es schwierig", seufzte der Hochgeborene. „Vor allem wenn man die Pfade nicht kennt."

„Vor allem wenn es Winter ist und Schnee liegt", fügte Bulldemut hinzu. „Ich komme immer mehr zu der Überzeugung, dass es doch keine so gute Idee war, zum Winter hin ins Feld zu reiten."

„Dennoch tun wir es."

„Natürlich tun wir es", grunzte Bulldemut. „Pferdelords sind in Not. Da steht man nicht zurück."

Die Nacht war sternenklar, und die Beritte rasteten nur für zwei Zehnteltage. Es wurden keine Feuer gemacht, Wachen spähten aufmerksam in Richtung Merdoret, und die übrigen Männer kauerten sich fröstelnd zusammen. Dann ging es auch schon weiter. Die Beritte waren nur noch wenige Tausendlängen von der alten Festung entfernt, als ein Reiter der Vorhut sein Pferd zu Bulldemut trieb.

„Orks, Hohe Lords", meldete der Mann. „Es scheint eine Legion zu sein. Sie hat sich quer zum Pass formiert und stellt sich uns entgegen."

„Sehen wir es uns an“, meinte Bulldemut und lächelte kalt. „Sie scheinen sich uns auf freiem Feld stellen zu wollen. Wahrhaftig, das macht es uns leicht, sie über den Haufen zu rennen.“ Er grinste ta Enderos an. „Es hätte mir weniger behagt, sie in den Mauern Merdorets zu berennen.“

Die Vorhut war ausgeschwärmt und bildete eine dünne Linie gegen die Orks, die weit außerhalb der Schussentfernung in Stellung gegangen waren. Die Bestien warteten kampfbereit. Die erste Reihe hatte die rechteckigen Schilde senkrecht vor sich hingestellt und begann nun rhythmisch mit den Waffen dagegenzuschlagen. Das gleichmäßige Hämmern erfüllte den Pass. Bulldemut und ta Enderos ritten, begleitet vom Bannerträger und dem Signalbläser des Pferdefürsten, zu dem Scharführer der Vorhut hinüber. Dieser wandte sich den Hohen Lords zu.

„Es scheint eine volle Legion zu sein, und sie haben die klassische Aufstellung genommen. Fünf Kohorten vorn und fünf dahinter. In den ersten beiden Reihen die Rundohren mit Spießen und Schlagschwertern, dahinter die Spitzohren mit ihren Bogen.“

„Und sicher noch ein paar Rundohren hinter den Spitzohren, damit die nicht zu schnell davonlaufen“, fügte Bulldemut auflachend hinzu. Er sah sich um. „Rechts von ihnen ist ein ziemlich großer Hügel, links ein kleines Wäldchen. Sie hätten beides nutzen können.“

„Die Bestien sind es gewohnt, uns im offenen Kampf entgegenzutreten“, meinte der Scharführer. „Zudem ist der Hügel recht steil und bei dem rutschigen Boden nur schwer zu erklimmen.“

„Sie gehen davon aus, dass Hügel und Wald uns dazu zwingen, sie frontal zu nehmen“, vermutete ta Enderos. „Es wäre ein Leichtes, sie zu umgehen und ihnen in die Flanke zu fallen.“

Bulldemut nickte. „Nun, verehrter ta Enderos, auch wir Pferdelords schätzen die direkte Art. Aber ich gebe Euch recht, in diesem Fall sollten wir den Vorteil nutzen und sie auch an der verwundbaren Flanke packen. Der Schnee macht uns langsamer als gewöhnlich, und ich will die Verluste so gering wie möglich halten." Er überlegte kurz. „Mehr als einen Beritt können wir für die Umgehung nicht aufbieten, doch wenn der sie an der Seite packt, wird er ihre Formation zerbrechen."

Ta Enderos nickte. „Um den Wald herum oder um den Hügel?"

„Die Bestien dürfen nicht erkennen, dass sich ein Beritt absondert. Wenn wir die anderen Beritte weit genug auseinanderziehen, geben sie Sichtschutz zum Wald. Von dort aus muss der Flankenangriff erfolgen."

Der Hochgeborene räusperte sich. „Wenn Ihr mir die Ehre erweisen würdet?"

„Nehmt es mir nicht übel, mein Freund, doch ich möchte Euch an meiner Seite haben", schlug der Pferdefürst den Wunsch des Alnoers ab.

Bulldemut gab seinem Signalbläser ein Zeichen, und als das Horn ertönte, versammelte der Pferdefürst die Führer der Beritte um sich, um ihnen seinen Plan zu erläutern. Kurz darauf schwärmte die Truppe der Pferdelords zu drei breiten Angriffslinien auseinander. In der vorderen Reihe saßen die Schwertmänner mit ihren Stoßlanzen praktisch Knie an Knie auf ihren Pferden, dahinter formierten sich die Pferdelords mit ihren unterschiedlichen Waffen. Der für den Flankenangriff bestimmte Beritt trabte im Sichtschutz der anderen dem Wäldchen entgegen und begann es zu umrunden. Bulldemut, ta Enderos sowie Bannerträger und Signalbläser verharrten vor der Mitte der ersten Sturmreihe.

Bulldemut bemerkte die Nervosität des Hochgeborenen und lächelte. „Was ist, Hochgeborener? Seid Ihr es nicht gewohnt, in vorderster Linie zu stürmen?"

Daik ta Enderos deutete vor sich. „Es ist der Schnee, der mich beunruhigt. Er macht uns langsam."

„Das wissen wir."

„Möglicherweise zu langsam, Freund Pferdefürst. Was, wenn wir die Reihen des Feindes nicht durchbrechen können?"

Bulldemuts Gesicht verfinsterte sich. „Das darf nicht geschehen. Wir brauchen nur eine Lücke, ta Enderos. Eine einzige Lücke, durch die wir einbrechen können, dann ist es um die Bestien geschehen." Der Pferdefürst strich sich besorgt über das Kinn. „Der andere Beritt müsste nun in Stellung sein." Er wandte sich halb im Sattel und zog sein Schwert. „Männer der Ostmark. Pferdelords unter dem Hohen Herrn Nedeam sind in Not, und diese Bestien sind es, die sich uns in den Weg stellen. Stampfen wir sie in den Boden! Schneller Ritt …!"

„… und scharfer Tod!", erwiderten die Pferdelords der Beritte und trieben ihre Pferde zum Hornsignal an.

Bulldemut bemerkte sofort, dass ta Enderos recht hatte. Der Schnee erwies sich als gefährliches Hemmnis. Wo die Beritte sonst vom Trab zum schnellen Galopp übergegangen wären, stapften sie nun schwerfällig auf den Feind zu. Der Schnee lag einfach zu hoch, um einen genügend machtvollen Ansturm zu ermöglichen.

„Tod!", brüllte Bulldemut grimmig und reckte sein Schwert gegen den Feind. „Tod! Tod!"

Die Angreifer bewegten sich auf die wartende Legion zu und befanden sich bereits zwischen Wald und Hügel, als es geschah.

Die Hügelkuppe schien sich unvermittelt zu verändern.

Wie aus dem Boden gewachsen standen dort plötzlich die dichten Reihen feindlicher Kohorten, und augenblicklich erhob sich ein Pfeilhagel in die Luft und senkte sich den angreifenden Pferdelords entgegen. Sie waren nun fast an dem Hügel vorbei, und etliche Reiter hatten noch immer nicht bemerkt, dass sie den Feind bereits im Rücken hatten.

„Verfluchte Brut“, schrie Bulldemut. „Ein Hinterhalt.“

Einige der Pferdelords und Pferde stürzten getroffen in den Schnee. Es waren nur wenige, dennoch begannen die Reiter an der rechten Flanke unwillkürlich vor dem unentwegten Pfeilbeschuss auszuweichen und drängten instinktiv zur Mitte der Angriffsformation.

Auch die Legion vor den Pferdelords löste nun Pfeile und Bolzen. Die Verluste stiegen.

„Wir sind zu langsam“, brüllte ta Enderos. „Wir können sie nicht durchbrechen!“

„Wir müssen es schaffen“, erwiderte Bulldemut und versuchte verzweifelt, sein Pferd zu schnellerer Gangart anzutreiben. Doch der Schnee war verhängnisvoll.

Bulldemuts Signalbläser verstummte mitten im Ton und fiel rücklings vom Pferd, dann traf es den Bannerträger. Ein anderer ritt heran, beugte sich aus dem Sattel und nahm das gefallene Tuch wieder auf.

„Das ist mehr als eine Legion“, rief einer der Schwertmänner.

Hinter dem Wäldchen, dort wohin der sechste Beritt verschwunden war, erhob sich nun weiteres Gebrüll. Bulldemut erblasste. Ihm war klar, was das zu bedeuten hatte. Es würde keinen entlastenden Flankenangriff geben.

Die Legion vor den Beritten nahm das Gebrüll auf. Statt den Anprall der Reiter abzuwarten, begann sie nach vorn zu stürmen und griff nun selbst an.

„Wir müssen weichen“, ächzte Bulldemut mit zornrotem Gesicht. „Verflucht sollen die Bestien sein, wir müssen weichen.“

Ein Hornbläser nahm den Befehl auf, weitere Signale erhoben sich über dem Gebrüll und Geschrei der Kämpfenden. Die Beritte wendeten die Pferde. Langsam, viel zu langsam. Die Orks waren heran, erreichten die Reiter. Wütende Zweikämpfe entschieden über Leben und Tod. Blut von Menschen, Pferden und Bestien spritzte über den Schnee.

„Zurück!“, schrie Bulldemut und trennte mit mächtigem Hieb den Arm eines Rundohrs ab. „Zurück, Männer der Mark! Zurück!“

Es war leichter gesagt als getan. Zum Glück für die Reiter behinderte der Schnee auch die Orks, und die erhöhte Position gab den Pferdelords einen leichten Vorteil. Dennoch starben viel zu viele Männer, bevor die Beritte gewendet hatten. Sie begannen sich von den stürmenden Orks zu lösen, die mit triumphierendem Gebrüll die Verfolgung aufnahmen.

Doch die Überlebenden der Beritte waren keineswegs in Sicherheit. Die Legion, die auf dem Hügel und fast im Rücken der Pferdelords gestanden hatte, bewegte sich nun hastig den Hang hinunter. Die Bestien rannten, schlitterten und rutschten, und etliche von ihnen stürzten, doch sie erreichten den Boden des Passes und begannen dort eine feste Linie zu bilden. Auch jenseits des Wäldchens wurden die Rüstungen von Legionären sichtbar.

„Die finsteren Abgründe mögen sie alle verschlingen“, keuchte Bulldemut. „Aber noch sind wir nicht tot.“ Er reckte sein Schwert. „Zeigt den Bestien, wie Männer des Pferdevolkes kämpfen!“

Sie zeigten es ihnen. Sie brachen in die Formation der Orks ein, hieben und stachen um sich, verteilten und empfingen den Tod. Bestien vor sich, Bestien im Rücken, das spornte die Reiter an, denn sie wussten, der Durchbruch musste gelingen, wenn sie überleben wollten.

Ta Enderos’ Schwert spaltete Schädel und Helm eines Rundohrs, hieb den Spieß eines anderen zur Seite, und sein Pferd machte einen Satz, tiefer in die Reihen des Feindes. Bulldemut und andere waren an seiner Seite und kämpften ebenso entschlossen. Erneut fiel der Bannerträger, und diesmal war es ta Enderos, der es gerade noch dem Zugriff eines Spitzohrs entreißen konnte.

Keiner wusste, wie lange sie schon kämpften. Es war eine unbewusste Abfolge von Handgriffen. Einen Streich oder Stoß parieren, ausweichen und selbst zuschlagen oder zustechen. Immer wieder, bis der Schnee von Blut und Leibern bedeckt war und man selbst zu den Opfern gehörte oder zu jenen glücklichen, die sich aus der Umklammerung des Feindes lösen konnten.

Daik ta Enderos durchbrach das Getümmel und konnte es kaum fassen, den freien Pass in Richtung Merdonan vor sich zu sehen. Eine kleine Schar war bereits vor ihm durchgebrochen. Jene von ihnen, die noch kampffähig waren, saßen auf ihren Pferden und lösten Pfeile auf den Feind. Weitere Reiter brachen durch die Reihen der Legion. Hinter Bulldemut saß ein Spitzohr und versuchte, sein Kampfmesser in den Leib des Pferdefürsten zu rammen. Der hatte alle Hände voll zu tun, sein Pferd unter Kontrolle zu halten und den Arm des Orks zu behindern. Ein glückhafter Pfeil eines Pferdelords traf die Bestie, die laut quiekend in den Schnee stürzte.

Bulldemut trabte zu der Schar von Überlebenden hinüber. Benommen und am Ende seiner Kräfte, so wie alle anderen.

„Das sind alle?“, stöhnte er entsetzt, als er die Reste seiner Truppen überblickte. „Mehr haben es nicht geschafft?“

Hinter ihnen durchbrachen zwei weitere Pferdelords die Reihen der Legion, doch nach wenigen Sätzen wurden sie von tödlichen Geschossen eingeholt.

Ta Enderos nickte betrübt. „Das sind alle.“

„Kaum ein Beritt? Mehr ist nicht geblieben?“

Der Hochgeborene legte die Hand auf die Schulter des schockierten Pferdefürsten. „Nein, Freund Bulldemut, mehr sind nicht geblieben. Doch Euer Banner ist in Sicherheit und weht noch."

Ein Pferdelord trieb sein Pferd heran, und diesmal war es kein Schwertmann, der das Banner des Pferdefürsten übernahm.

„So viele gute Männer", ächzte Bulldemut. Er straffte sich und sah die Überlebenden an. „Sie haben uns geschlagen, Männer der Ostmark. Sie haben uns zugesetzt. An diesem Tag. Doch es wird ein neuer Tag kommen, an dem wir sie dafür bestrafen werden. Nun aber müssen wir reiten, Männer, und zwar rasch, denn die Bestien haben unser Blut geleckt und werden sich auch unser Fleisch holen wollen."

Keiner der Scharführer hatte überlebt. Neben Bulldemuts Banner wehte noch ein einziger Berittwimpel, geführt von einem verwundeten Reiter. Sie hörten das triumphierende Geschrei der Bestien und blickten zu der Legion zurück. Drei der schwarzen Banner waren nun zu sehen. Und mit ihnen erhoben sich auch lange Spieße in die Höhe, auf denen die Köpfe erschlagener Pferdelords steckten.

Ta Enderos spuckte angewidert aus. „Werden sie uns verfolgen?"

Bulldemut nickte. „Es sind drei Legionen. Nicht nur eine. Ja, sie werden uns verfolgen."

Der Pferdefürst gab einen Wink mit der Hand, und die geschlagene Gruppe ritt an. Nur mit Glück würden sie Merdonan und die rettende Mark erreichen, denn Männer und Pferde waren erschöpft und die meisten von ihnen zudem verwundet.

„Statt Hilfe zu bringen", sagte Bulldemut bitter, „können wir nun selbst welche gebrauchen."

Ta Enderos nickte wortlos. Was gab es auch zu sagen?

Es sah nicht gut aus für Nedeam und dessen Männer.

46

Anschudar konnte es kaum fassen. Er hatte schon an Showaas Verhalten gemerkt, dass sie sich einem großen Gelbsteinvorkommen näherten, doch seine Hoffnungen wurden noch weit übertroffen. Als seine Lederschwinge die Füße auf den Boden des Tals setzte, rutschte der junge Schwingenreiter aus dem Sattel, sank auf die Knie und konnte die Tränen nicht zurückhalten. Der Horst war gerettet. Einen solchen Reichtum an Gelbstein hatte es wohl nie zuvor gegeben.

Showaa scharrte mit den Füßen und tanzte von einem Bein auf das andere, während Anschudar sich aufrichtete und fassungslos um sich sah. Das Tal war relativ groß und hatte steil aufragende Hänge. Sie zu erklimmen war praktisch unmöglich. Aber Schwingen waren, im Gegensatz zu den Bodenläufern, nicht auf einen Pfad angewiesen. Der Grund war mit unterschiedlich großen Brocken festen Gelbsteins bedeckt, und auch der untere Bereich der Hänge war mit der gelben Substanz überzogen. An mehreren Stellen brodelte es in den Gelbsteintümpeln, und der Geruch der aufsteigenden Dämpfe raubte Anschudar beinahe den Atem. Er verstand nun durchaus, was die Elfin mit Gestank gemeint hatte, doch dieser hier bedeutete das Überleben der Lederschwingen.

Anschudar hob einen Brocken auf. Ja, das war bester Gelbstein. Die Vorräte in diesem Tal würden für viele Generationen der Lederschwingen ausreichen. Für sehr viele Generationen. Er sah sich um. Natürlich konnte man hier keinen Horst errichten, doch das war auch nicht nötig. Irgendwo würde es einen Gipfel geben, auf dem man das Dorf erbauen konnte und sich ein hoher Geburtsfelsen befand.

Anschudar löste die Trageriemen der Packtaschen und hob sie aus Showaas Tragegeschirr. Diesmal merkte er kaum, welche Schmerzen ihm die Bewegungen verursachten. Er schüttete die Inhalte der Taschen achtlos auf den Boden und behielt nur den notwendigsten Proviant für sich und Showaa. Dann stopfte er die Taschen mit so viel Gelbstein voll, wie nur irgend hineinging. Um die Geruchsversiegelung brauchte er sich nicht zu sorgen, und die Gier seiner Schwinge wurde gestillt, als er zwei große Brocken in ihre Tentakel übergab. Jetzt war Showaa auch bereit, sich anderen Genüssen hinzugeben, und ließ sich bereitwillig füttern.

Die Packtaschen erneut mit den Riemen zu befestigen erwies sich als mühselig. Sie waren schwer von Gelbstein. Anschudar seufzte, als er sich endlich wieder in den Sattel seiner Schwinge setzen konnte.

„Jetzt können wir heim zum Horst, Showaa“, sagte er erleichtert.

Anschudar war gespannt auf die Gesichter der anderen Horstbewohner, wenn er ihnen von seinem Fund berichtete. Obwohl es eigentlich der Verdienst dieses Nedeams war. Unwillkürlich glitt seine Hand zu den Binden unter seiner Jacke. Freundliche Wesen, dieser Nedeam und seine Elfin. Er würde dem Horst von ihnen erzählen. Anschudar klopfte seiner Schwinge gegen den Hals.

„Flieg, meine Showaa, flieg und nutze Wind und Schwingen.“

So blieb das Tal, das die Zukunft ihres Volkes verhieß, hinter ihnen zurück. Sie überquerten den Pass von Merdoret, und als Anschudar nach unten blickte, sah er Bestien auf ihrem Weg durch den Pass. Viele Bestien.

Auch davon würde er zu berichten haben.

47

Das Töten hatte ein Ende gefunden, doch das Schlachten ging weiter. Die Krieger der siegreichen Legionen waren über das Schlachtfeld ausgeschwärmt, und Tausende von Orks nahmen sich ihren Anteil an der Beute. Waffen und Ausrüstung der Pferdelords und das Fleisch von Pferden und Reitern. Begeisterte Rundohren schlugen die Waffen gegen ihre Schilde, andere stritten untereinander um die besten Stücke. Einige Kämpfer hatten die Schädel toter Feinde auf ihre Spieße gesteckt und trugen sie im Triumphzug zwischen den anderen hindurch. Jede Ordnung schien zerfallen. Feuerstellen waren errichtet worden. Nun, da die Hitze des Kampfes vorüber war, suchten die frierenden Krieger die Wärme.

Ein Stück abseits hatte sich eine Gruppe unter den Bannern der Orks versammelt. Die schwarzen Tücher der Legionen der Blutkralle, des Blutbanners und der Schlachtklaue hingen von den Querholmen ihrer Lanzen und zeigten, wo sich ihre Anführer zusammengefunden hatten. Auch hier brannte ein Wärmefeuer, an dem einige Kohortenführer kauerten, gegenseitig ihre Beute bestaunten und auf die Anweisungen der Kommandeure warteten.

„Ein großartiger Sieg“, meinte ein Kohortenführer und hieb seine Zähne in das Stück Fleisch, das er sich soeben genommen hatte. „Und großartiges Fleisch. Saftig und frisch, wie es einem Krieger gebührt.“ Menschenblut sickerte zwischen den Fängen hervor, und die Zunge leckte genüsslich über die Lefzen.

Neben ihnen lagen mehrere Lanzen im Schnee, deren Tücher blutbefleckt waren. Soeben stapfte ein Rundohr heran und warf eine fünfte Wimpellanze hinzu.

„Unzweifelhaft ein großer Sieg." Der Legionsführer des Blutbanners trat verächtlich gegen die Ehrenzeichen des Pferdevolkes. „Es ist lange her, dass wir derart überlegen gesiegt haben."

Der Kommandant der Schlachtklaue nickte. „Keine vier Kohorten haben wir verloren und mehr als fünf Hundertschaften der Pferdemenschen geschlachtet. Der Allerhöchste Lord wird sehr erfreut sein." Er sah Einohr an, der zwischen den beiden anderen Legionsführern eher klein und verloren wirkte. „Deine Idee, dich mit deiner Legion hinter dem Hügel zu verstecken, war gut. Du hast den Feind überrascht. Ich dachte erst, es wäre reine Feigheit gewesen, aber die Blutkralle hat gut gekämpft."

Einohr reckte sich und zeigte seine Fänge. „Ich bin dem Feind mit List begegnet. Dafür sind wir Spitzohren berühmt."

„Hm, mag sein", brummte der Führer der Schlachtklaue. „Doch meist dient eure List eher eurer Sicherheit. Auch dafür seid ihr ... berühmt."

Einohr nahm die Spitze gelassen hin. Zum einen wollte er sich nicht mit einem wesentlich stärkeren Rundohr anlegen, und zum anderen sonnte er sich gerade in dem Ruhm, den er zweifelsohne erlangt hatte. Sicher, die Orks waren in großer Überzahl gewesen. Zwei volle Legionen und fünf Kohorten der Blutkralle, rund fünftausend Kämpfer gegen nur sechshundert Pferdereiter. Dennoch war es ein unerwartet klarer Sieg, denn die Legionen hatten kaum achthundert Krieger verloren. Einohr wusste nur zu gut, welche Verluste die Reiter den Orks zugefügt hätten, hätte der Schnee sie nicht derart behindert.

„Jedenfalls hast du dich beim Angriff in den hintersten Reihen deiner Legion aufgehalten", fügte der Legionsführer hinzu. „Und nicht vorn, unter dem Banner der Blutkralle, wie es sich für einen Legionsführer gehört."

„Auch das war durchdacht", ereiferte sich Einohr. „Ich wusste, dass ich und meine Legion gut kämpfen würden. Ebenso wie ihr natürlich“, sagte er rasch, als eines der Rundohren die Stirn runzelte. „Als die Pferdemenschen flohen, da war mir sofort klar, dass sie die Reihen meiner Blutkralle durchbrechen mussten. Darum habe ich mich ganz nach hinten gestellt, um sicherzugehen, dass niemand entkommt.“

„Einige sind aber entkommen“, knurrte der Führer des Blutbanners. „Unter anderem ihr Legionsführer. Ich konnte es selbst sehen. Er und sein grünes Banner sind uns entwischt.“

„Wenn wir wollen, können wir sie uns immer noch schnappen“, zischte Einohr.

„Ah“, brummte der Anführer der Schlachtklaue, „du meinst also, man könnte sie jetzt noch einholen?“

„Natürlich. Sie sind erschöpft, am Ende ihrer Kräfte, und viele sind verwundet.“

„Sehr gut.“ Der Legionskommandant schlug Einohr auf die Schulter, sodass dessen Helm verrutschte. „Ich bin ganz deiner Meinung.“

„Meiner Meinung?“ Einohr sah den anderen misstrauisch an. „Wie, äh, meinst du das?“

„Ein großartiger Sieg, aber er ist noch nicht vollkommen. Das wird er erst sein, wenn wir auch die letzten Pferdemenschen getötet haben.“ Das Rundohr bleckte die Fänge zu einem breiten Grinsen. „Ich mag es ebenso wenig wie du, wenn uns jemand entkommt.“

Der Anführer des Blutbanners nickte. „Und da ihr, du und deine Blutkralle, euch so gut geschlagen habt, gebührt euch auch die Ehre, in vorderster Linie zu marschieren.“ Das mächtige Rundohr reckte sich. „Außerdem sind deine Legionäre inzwischen die Kälte gewohnt und kommen ganz gut mit ihr zurecht.“

„Nun, die Idee, dem Feind nachzusetzen und ihm den Todesstoß zu geben, ist sehr reizvoll“, begann Einohr vorsichtig.

„Aber das könnte uns, äh, zu nahe an die Grenze führen. Die Grenze zu den Weißen Sümpfen mit der Bruthöhle von Merdonan."

„Wenn du schnell genug durchs Totentuch stampfst, holst du die Ehrlosen schon früher ein." Der Legionsführer des Blutbanners gab einem seiner Legionäre ein Zeichen und stieß dazu ein drohendes Knurren aus. Geschickt fing er die Fleischportion auf, die ihm der Kämpfer hastig zuwarf. „Außerdem könnte uns das die Gelegenheit geben, auch Merdonan zu vernichten." Er lachte. „Die meisten ihrer Pferdekämpfer liegen geschlachtet im Totentuch."

„Sie haben noch mehr von ihnen", knurrte Einohr. Er lehnte ein angebotenes Fleischstück ab, denn der Appetit begann ihm zu vergehen.

„Sie brauchen immer viele Tageswenden, um sich zu versammeln", grunzte der Legionsführer. „Außerdem wird deine Legion nicht allein stehen. Schließlich wollen das Blutbanner und die Schlachtklaue auch ihren Bissen abhaben, nicht wahr?"

Der andere Legionskommandant nickte.

Einohr räusperte sich. „Wirklich verlockend, das muss ich zugeben. Doch ich glaube nicht, dass es den Meistern in Cantarim oder dem Allerhöchsten Lord gefallen würde, wenn wir mit nur drei Legionen in das Reich der Pferdemenschen marschieren. Wenn die Krieger des Pferdevolkes versammelt sind, dann werden sie unsere Legionen überreiten. Was, wenn sie dann weiter vorstoßen und die anderen Legionen nicht bereit sind?"

Ein bedrohliches Grummeln drang aus der Kehle des einen Legionsführers. „Aber es würde dem Allerhöchsten Lord und den Meistern sicherlich gefallen, wenn wir Merdonan nähmen. Und bis die Pferdemenschen sich gesammelt haben, wären längst die Verstärkungen aus Cantarim und anderen Bruthöhlen eingetroffen." Er lachte bellend. „Dann säßen wir in der warmen Menschenstadt, und die Pferdereiter müssten in der Kälte des Totentuches frieren." Sein Blick wurde drohend. „Du hast doch selbst gesehen, wie langsam ihre Pferde vorankommen. Sie können deren Macht nicht nutzen. Nicht zurzeit des Totentuches. Jetzt ist der Moment, in dem wir zuschlagen müssen. Genau jetzt."

Einohr räusperte sich und deutete über die ungeordneten Legionen. „Das Totentuch macht auch uns langsamer. Viele eurer tapferen Rundohren leiden unter dem Blutfrieren, denn eure Rüstungen sind nicht so gut mit Haaren gefüttert wie unsere. Vor der Schlacht konnten sich eure Kämpfer an den Feuern in Merdoret wärmen. Aber der lange Marsch durch das Totentuch wird viele gute Kämpfer kosten." Er sah die beiden Legionsführer an. „Vor allem tapfere Rundohren, die mehr Wärme brauchen als wir kleineren Spitzohren."

Der andere nickte zustimmend. „Das ist wahr. Rundohren leiden stärker." Er schlug mit der Faust gegen den Brustharnisch. „Die Legionen werden leiden, doch was ist das im Vergleich zu dem Leid, das wir über die Menschen bringen können?"

„Die grünen Tücher der Pferdemenschen", rief einer der Kohortenführer. „Sie haben nun keine Verwendung mehr dafür, aber wir könnten sie uns unter die Rüstungen stopfen."

„Eine gute Idee", stimmte der Legionsführer des Blutbanners zu. „Es wird nach Pferdemensch stinken, doch es hält die Krieger warm."

„Richtig", sagte Einohr eifrig. „Dann sollte aber auch eine eurer Legionen die Ehre haben, die geflohenen Pferdemenschen zu verfolgen."

„Unsinn, diese Ehre gebührt allein der Blutkralle." Erneut erhielt Einohr einen aufmunternden Schlag, der ihn fast in den Schnee geworfen hätte, und er war sich sicher, dass genau dies die Absicht des Rundohrs gewesen war. Man neidete ihm, Einohr, den Erfolg.

„Die Legion der Blutkralle hat schwer gelitten", wandte das Spitzohr ein. „Sie verlor zwei Kohorten im Kampf um Merdoret, drei sind auf dem Marsch, um den Verräter Fangschlag zu schlachten, und von denen, die nun siegreich waren, mit eurer Hilfe natürlich, sind noch drei Kohorten geblieben."

„Sechshundert Krieger gegen eine Handvoll geschlagener Pferdemenschen." Der Legionsführer der Schlachtklaue starrte Einohr angewidert an. „Meinst du, da bleiben nicht genug Bissen für jeden?"

Der andere Legionsführer grinste und zeigte dabei die Fänge. „Ich weiß, dass du einen Sprechstein hast. Du kannst die Meister ja fragen, ob wir vorstoßen sollen." Er pulte etwas Fleisch zwischen den Fängen hervor. „Möglicherweise werden sie sich fragen, warum du so lange damit zögerst. Jetzt wo die Menschen so geschwächt und wir so stark sind."

Einohr leckte sich über die Fänge. Das musste in der Tat wohlbedacht sein. Der Sieg von Merdoret konnte die Zweifel ausräumen, welche die Meister ihm gegenüber hegen mochten. Wenn er nun Mut und Entschlossenheit bewies, dann wäre sein Ruf wiederhergestellt. Ja, vielleicht würde er sogar Legionsoberführer werden. Man musste es bei der Jagd auf die Pferdemenschen ja nicht übertreiben. Eine gewisse Vorsicht war stets angebracht, doch das brauchte er diesen Rundohren ja nicht unbedingt auf die Fänge zu binden.

„Ich werde mich mit der Blutkralle auf den Weg machen und auch die letzten Pferdemenschen Merdonans vernichten", sagte er pathetisch. „Das wird den Ruhm der Blutkralle mehren."

„So ist es." Der Anführer des Blutbanners spuckte einen Knochen aus. „Und es wird dein Versagen ausgleichen."

„Versagen? Welches Versagen?" Einohr erblasste ein wenig.

„Was werft ihr mir vor? Mir ist der Sieg zu verdanken. Und meiner Legion, natürlich.“

„Wir waren daran wohl auch nicht ganz unbeteiligt“, knurrte einer erbost.

„Du hast Fangschlag und die anderen Pferdemenschen in die Berge entkommen lassen“, erinnerte ihn der andere. „Das werden die Meister nicht gern hören.“

„Langzahn verfolgt sie mit drei Kohorten. Ich sagte es schon. Er wird sie stellen und schlachten.“ Einohr nickte zu seinen Worten.

„Nun, das wäre gut.“ Der Führer des Blutbanners nickte ebenfalls. „Besonders für dich. Dass wir hier den Sieg errungen haben, das wird den Meistern gefallen. Dass du den Verräter hast entkommen lassen … nun, das dürfte dein Ansehen deutlich schmälern.“

„Es sei denn, natürlich“, fügte der Kommandeur der Schlachtklaue hinzu, „du schlachtest den Legionsführer der Pferdemenschen.“

In jedem Fall, dachte Einohr, würde er jetzt gern diese beiden Rundohren schlachten. Aber er war zu klug, um einen solchen Fehler zu begehen. Außerdem hatten diese selbstgefälligen Maden recht. Wenn er die kleine Schar der Pferdemenschen einholte und samt ihrem Anführer erschlug, dann brächte das weitere Anerkennung des Allerhöchsten. Noch nie war ein Legionsführer der Pferdemenschen lebend gefangen worden. Ein noch weitaus interessanterer Gedanke. Wenn ihm das gelang, würde der Allerhöchste möglicherweise darüber hinwegsehen, dass ihm der Verräter Fangschlag entkommen war. Und vielleicht konnte ihn Langzahn in den Bergen doch noch aufspüren und erschlagen. Dann war ihm der rote Doppelkamm des Legionsoberführers am Helm sicher.

Einohr wandte sich um und brüllte seine Befehle.

Missmutig ließen seine Legionäre von ihrer Beute ab und begannen sich zu formieren. Die Disziplin der Legion siegte über den Groll, den die Kämpfer empfanden, als sie kurz darauf eilig hinter den geflohenen Pferdemenschen herstampften und zusehen mussten, wie die beiden anderen Legionen den Rest der Beute unter sich aufteilten.

Einohr stapfte seinen Kämpfern voraus und führte sie mit gutem Beispiel. Er war sich sicher, dass die verfolgten Pferdemenschen noch weit genug entfernt waren.

48

Wir sollten uns ihnen stellen", knurrte Fangschlag wütend. „Ihnen den Rücken zu zeigen, gefällt mir nicht. Das ist eines Kriegers unwürdig."

„Mir gefällt es auch nicht", gestand Nedeam. „Aber hier im Tal können wir sie nicht aufhalten, dafür sind sie zu zahlreich. Sie würden uns überflügeln und dann umzingeln."

„Es würde ein guter Kampf werden", brummte Fangschlag.

„Ein gutes Leben wäre mir lieber", warf einer der Pferdelords ein, welche die Verwundeten trugen.

Vier Männer an jeder Trage und hinter diesen zwei weitere, die versuchten, sich und die Träger vor den Pfeilen zu schützen, die von den Verfolgern immer wieder auf sie abgeschossen wurden.

Es war eine Hetzjagd durch die Berge, denn die Orks hatten aufgeholt, und es gab nur wenig, mit dem man die unbarmherzigen Verfolger aufhalten oder ihr Vordringen wenigstens verlangsamen konnte. Der Fluchtweg führte Nedeams Gruppe durch ein schmales und lang gestrecktes Bergtal, das sich zwischen steil aufragenden Hängen und Gipfeln entlangzog. Die Anzahl der Fliehenden war auf fünfunddreißig geschrumpft, einschließlich der Elfin und des Orks. Eine Trage samt dem Verwundeten und zweien seiner Träger hatten sie zuvor auf dem Pfad verloren. Einer von ihnen war abgerutscht und hatte die anderen beiden mit sich in die Tiefe gerissen. Es war keine Zeit gewesen, sie zu betrauern, denn die Kohorten bedrängten die flüchtende Gruppe hart. Immer wieder versuchten sie heranzukommen, doch bislang hatten die Pfeile der Verteidiger sie auf Abstand halten können.

Obwohl Llaranya noch immer durch ihren verstauchten Knöchel behindert wurde, ließ sie sich regelmäßig mit den beiden besten Bogenschützen der Gruppe zurückfallen, um die Schützen des Feindes zu bekämpfen. Llaranyas Fähigkeiten mit dem elfischen Langbogen war es zu verdanken, dass es inzwischen fünf Verfolger weniger gab. Spitzohren, die sich ein Stück zu weit vorgewagt hatten und ein Opfer der elfischen Treffsicherheit geworden waren.

So stapften die Fliehenden durch den Schnee, so schnell sie konnten, und ignorierten die Kälte, die ihnen durch die Glieder kroch. Der Abstand zwischen beiden Gruppen veränderte sich kaum. Zwar waren die Rundohren schwerer als die Menschen und versanken tiefer im Schnee, doch die Orks marschierten nun in den Spuren der Verfolgten, und so kamen sie etwas leichter voran.

„Immer weiter das Tal entlang, Fangschlag", seufzte Nedeam und wies vor sich. „Dort auf den Einschnitt zu. Das scheint der Weg zu sein."

„Das sehe ich selbst", grummelte der Krieger. „Die Stelle ist schmal. Wir sollten uns dort formieren und ihnen entgegentreten."

„Wir werden sehen." Nedeam war unentschlossen, ob sie das riskieren sollten. Sicherlich, beide Gruppen waren von der Kälte und der langen Verfolgungsjagd geschwächt, doch die Übermacht der Kohorten war erdrückend. „Ich warte auf Llaranya und schaue, was sie dazu meint."

„Hrrmph." Fangschlag war nicht begeistert und nickte zögernd. „Immerhin, sie ist eine gute Kämpferin."

Nedeam ließ die anderen an sich vorbei und wartete, bis die winzige Nachhut, bestehend aus Llaranya und den beiden anderen Schützen, zu ihm aufgeschlossen hatte. Die zwei Schwertmänner hielten zwar für den Notfall Pfeile an den Sehnen ihrer

Bogen bereit, überließen es aber der wesentlich treffsichereren Elfin, den Feind zu bekämpfen.

„Wie sieht es aus?“, fragte er leise.

„Du kannst es selbst sehen“, erwiderte sie müde. „Die verfluchten Spitzohren sind nun vorsichtiger, da ich einige von ihnen erwischt habe. Jetzt stecken sie ihre Nasen nur kurz aus der Deckung, um zu sehen, wo wir uns befinden. Dann verschwinden sie wieder und lösen ihre Pfeile.“

Wie zur Bestätigung zischten mehrere Geschosse heran und schlugen harmlos in den Schnee. Einer der Schwertmänner hastete zu den Pfeilen und untersuchte sie rasch. Einen von ihnen behielt er in der Hand. „Mieses Handwerk, doch der hier scheint halbwegs brauchbar zu sein“, rief er Llaranya zu.

Die Elfin nickte. „Hebt ihn für Euren Bogen auf, Schwertmann. Für meinen Langbogen ist er zu kurz.“ Sie sah Nedeam nicht an, sondern konzentrierte sich auf die Verfolger, während sie weitersprach und dabei langsam rückwärtsschritt. „Sie treffen natürlich kaum etwas. Schlechte Pfeile und ängstliche Schützen.“ Sie lachte hart. „Dennoch sind sie gefährlich.“

Er warf einen Blick in den Pfeilköcher an ihrem Gürtel. „Nur noch zwölf Pfeile?“

„Jetzt ja“, bestätigte sie, da sie in diesem Augenblick die Sehne gelöst hatte. An einem Felsen wuchs die Gestalt eines Spitzohrs empor, das quiekte und dann zur Seite sackte. Nedeam konnte den Pfeil sehen, der aus dem Auge der toten Bestie ragte. Das schmale Tal war an den Seiten mit Felsen übersät, die sich von den Steilwänden gelöst hatten und den Orks immer wieder Deckung boten. „Dazu ein halbes Dutzend, das die Schwertmänner vom Boden aufgesammelt haben. Ich denke nicht, dass wir damit viel bewirken können.“

„Wir nähern uns dem Ende des Tals. Ich hoffe, danach wird der Pfad wieder schmaler“, seufzte Nedeam. „Es wundert mich, dass sie uns nicht längst überrannt haben. Sie sind zahlreich genug, und ihren Rundohren fehlt es nicht an Mut."

„Sie sind am Ende ihrer Kräfte, ebenso wie wir", vermutete Llaranya. „Sie leiden stärker unter der Kälte. Ihre Bewegungen sind langsamer als gewohnt. Vielleicht haben wir doch noch Glück und ihr Blut gefriert."

Er grinste. „Den Gefallen werden sie uns nicht tun. Auch Fangschlag ist ein wenig langsamer als sonst, doch er hat mir versichert, dass er durchhalten wird."

Die Elfin spuckte aus. „Wenn er das kann, können es die Rundohren der Kohorten auch."

„Fangschlag meint, wir sollten uns ihnen am nächsten Engpass stellen."

„Glaubst du wirklich, es würde die anderen abschrecken, wenn wir ein paar von ihnen schlachten?"

„Nein, die Hoffnung habe ich nicht", gestand er. „Außerdem würde es unsere Gruppe weiter schwächen, egal wie gut wir uns schlagen. Immerhin könnte es einigen von uns einen kleinen Vorsprung verschaffen."

Sie erahnte seine Gedanken und schüttelte den Kopf. „Das wirst du nicht tun, mein geliebter Gemahl. Wie du selbst sagtest, wir werden es bis zum Ende gemeinsam durchstehen."

Der Schwertmann rechts von ihnen schrie warnend auf, und Nedeam hob blitzschnell seinen Rundschild. Er hörte das Pochen eines einschlagenden Pfeils, weitere klatschten in den Schnee. Der links stehende Schwertmann war nicht schnell genug. Obwohl auch sein Schild einen Pfeil aufhielt, bohrte sich ein anderes Geschoss in seinen Oberschenkel. Mit einem Aufschrei, in den sich Schmerz und Wut mischten, sank er auf die Knie.

„Es ist die Masse, die sie gefährlich macht", fluchte Llaranya. Ein Pfeil löste sich von ihrem Bogen. Ein Spitzohr taumelte hinter seiner Deckung hervor und sank vornüber in den Schnee. „Noch elf Pfeile, mein Geliebter."

„Und ein Verwundeter mehr", knurrte Nedeam.

Er trat zu dem Verletzten, der gerade den Schaft des Pfeils durch sein Bein trieb, ihn danach abbrach und die Reste aus der Wunde zog.

„Es wird schon gehen", ächzte der Schwertmann.

Nedeam warf einen Blick über die Schulter und war erleichtert. Die Spitze der Gruppe hatte das Ende des Tales erreicht. Nun mussten sie darauf hoffen, dass der Weg von dort zum Pass weiterführte und schmal genug war, um ihn nötigenfalls verteidigen zu können. Würden die Verfolger ihnen mehr Zeit lassen, hätten sie auch versuchen können, den Weg für die Orks mit herausgelösten Felsen zu blockieren. Aber die Zeit blieb ihnen nicht, und die Orks waren zahlreich genug, um die Hindernisse schneller zur Seite zu räumen, als die Pferdelords sie hätten aufschichten können.

Nedeam und die anderen eilten zurück zum Rest der Gruppe. Nach einigen Schritten wandte sich Llaranya um und löste mehrere Pfeile in so rascher Folge, dass man ihren Bewegungen kaum mit dem Auge folgen konnte. Die Orks hatten die Flucht der Nachhut bemerkt und waren nach wenigen Augenblicken aus den Deckungen gekommen, um die Verfolgung aufzunehmen. Die Geschosse der Elfin warfen zwei Rund- und drei Spitzohren in den Schnee.

„Noch fünf Pfeile", meinte Llaranya und sah Nedeam entschuldigend an. „Einer ging fehl."

Er lächelte schwach. „Jedenfalls hast du den Spitzohren einen gehörigen Schrecken eingejagt."

Drei Rundohren hatten sich von den Geschossen nicht beeindrucken lassen und stapften wütend hinter den Fliehenden her. Schon tauchten weitere auf, die ihnen folgten. Nedeams

Grüppchen hatte das Ende des Tals kaum erreicht, als die Kohorten auch schon in voller Stärke vorandrängten.

„Wir haben ein Problem“, seufzte Scharführer Arkarim entsagungsvoll. Er trug eine blutdurchtränkte Binde um die Stirn, an der ihn ein Pfeil gestreift hatte. „Der Weg, er endet hier.“

„Verdammt.“ Nedeam schob sich an Arkarim vorbei und trat neben Fangschlag, der am Griff seines Schlagschwertes fingerte. „Das darf nicht wahr sein.“

„Ist es aber“, knurrte Fangschlag. „Der Weg endet hier, es sei denn, wir könnten uns wie diese Himmelsbestie in die Lüfte schwingen.“ Der Ork sah Nedeam an und bleckte grinsend die Fänge. „Du hast nicht zufällig eine zur Hand?“

Das schmale Tal endete an diesem Einschnitt zwischen aufragenden Felsen. Direkt an einem Vorsprung, von dem kein Weg weiterführte. Ein steiler Hang breitete sich unter Nedeam aus. Sein Gefälle machte es unmöglich, ihn zu begehen. Er verlief über viele Hundertlängen und endete in einem ausgedehnten Schneefeld, aus dem vereinzelt Felsen aufragten.

„Dort hinten führt der Weg weiter. Siehst du das Gebilde dort rechts?“ Arkarim legte die Hand auf Nedeams Schulter und deutete in die angegebene Richtung. „Dort, zwischen den beiden niedrigen Bergen. Es ist die Spitze der alten Ostwache.“

Nedeam beschattete seine Augen. „Ich bin mir nicht sicher, Arkarim.“

Dieser nickte. „Glaubt mir, das ist die alte Ostwache. Das dort ist Merdonan.“

„Dann sind wir näher am Pass, als ich geglaubt habe. Dort vorn muss er liegen.“

„Das nutzt uns wenig, wenn wir nicht dorthin gelangen“, meinte Fangschlag. „Hier endet unser Weg. Also lasst uns kämpfen“, knurrte er. „Ich bedauere nur, dass Einohr nicht unter den

Kohorten ist. Aber diesen Mut hätte ich der Made auch nicht zugetraut.“

Ja, es war zu Ende. Sie hätten den steilen Hang allenfalls mithilfe von Seilen hinabsteigen können. Doch die Lederriemen, die ihnen zur Verfügung standen, reichten nicht aus, und es blieb ihnen auch nicht genug Zeit. Das frohlockende Gebrüll der Bestien, die erkannt hatten, dass sie den Verfolgten näher kamen, wurde immer deutlicher.

„Was bleibt uns übrig?“, seufzte Nedeam. „Kämpfen wir es aus.“

Er wandte sich um und zog sein Schwert. Dabei stieß er versehentlich gegen Arkarim, der sich ein wenig vorgebeugt hatte, um den Hang näher zu betrachten. Der Scharführer stieß einen erschrockenen Schrei aus, drehte sich, um sich an einem der anderen festzuhalten, und stürzte dann rücklings über den Rand.

„Arkarim!“, schrie Nedeam entsetzt auf.

Er konnte noch dessen schreckgeweitete Augen sehen, dann schlug der Scharführer auch schon hart auf. Doch statt nun schwungvoll durch den Schnee zu rollen, schoss er förmlich auf dem Hinterteil den Hang hinunter. Verwirrt und wohl auch benommen ruderte Arkarim mit Armen und Beinen, wobei er instinktiv seine Wimpellanze festhielt und versuchte, sie als Bremse in den Schnee zu rammen.

„Bei den finsteren Abgründen“, murmelte ein Schwertmann, der neben Nedeam getreten war. „Was geht da vor sich? Der Abhang scheint den armen Herrn Arkarim förmlich hinabzusaugen.“

Arkarim schrie, und seine Schreie hallten verzerrt zwischen den Bergen wider. Sein Körper begann sich nun zu drehen, und er rutschte immer schneller den Hang hinunter.

„Der Schild“, knurrte Fangschlag plötzlich. „Er trug seinen

Schild am Riemen über dem Rücken und ist daraufgestürzt. Er rutscht auf seinem Schild."

„Und zwar mitten in den Tod", knurrte der Schwertmann mitfühlend. „Seht nur, wie schnell er ist. Der gute Herr wird sich da unten alle Knochen brechen."

Arkarim hatte das Ende des Steilhangs erreicht und schoss mit atemberaubender Geschwindigkeit über das Schneefeld, verlor nun aber langsam an Fahrt. Die oben am Hang Zurückgebliebenen hielten den Atem an, als Arkarim unsanft gegen einen der Felsbrocken prallte und endlich zum Stillstand kam.

„Das war es", murmelte der Schwertmann neben Nedeam. „Möge er ruhmreich zwischen den Goldenen Wolken reiten."

„Wartet, er ist nicht tot", keuchte Nedeam erregt. „Seht nur, er kommt wieder auf die Beine."

Arkarim stellte sich taumelnd auf die Füße und torkelte umher. Er war über und über mit Schnee bedeckt, der Schild war von seinem Rücken gerissen und die Lanze seines Wimpels geknickt. Orientierungslos sah er sich um, erkannte dann die anderen über sich und grinste verzerrt, bevor er wankte, wieder auf den Rücken fiel und liegen blieb.

„Es war nur ein letztes Zucken", vermutete Fangschlag. „Jetzt liegt er ganz still."

„Ich glaube, ihm ist nur übel", sagte Nedeam und erinnerte sich an den Ritt auf der Schwinge. Er griff an den Rücken, wo sein eigener Schild am Riemen hing, und zog ihn nach vorn. „Es war der Schild", sinnierte er. „Auf ihm ist er hinuntergerutscht."

„Eher gestürzt."

„Aber er lebt."

Fangschlag zuckte die massigen Schultern. „Das ist nicht gesagt."

„Wenn wir hier oben bleiben und kämpfen, ist uns der

Tod gewiss", erwiderte Nedeam bissig. „Nutzen wir aber die Schilde, wie Arkarim es vorgemacht hat, bleiben wir vielleicht am Leben."

„Ihr wollt Euch auf den Hang stürzen?" Einer der anderen Schwertmänner kam heran.

„Springen", korrigierte Nedeam. „Und mit dem Schild als Untersatz."

„Arkarim steht wieder auf." Fangschlag grunzte leise. „Er sieht schon etwas lebendiger aus."

„Was auch immer ihr vorhabt, ihr solltet euch beeilen", rief Llaranya. „Die Bestien haben uns fast erreicht."

„Es bleibt uns keine Wahl", sagte Nedeam entschlossen. „Folgt mir nach. Die Verwundeten müssen wir auf Schilde setzen und hoffen, dass sie gut unten ankommen. Ich mache es euch vor."

Er wusste, dass er den Männern mit gutem Beispiel vorangehen musste. Nedeam legte den Rundschild direkt an den Rand des Felsvorsprungs, setzte sich darauf und hoffte, die finsteren Abgründe würden ihn verschonen. Dann stieß er sich ab.

Der Schild rutschte über die Kante, Nedeam fiel fast eine Länge senkrecht nach unten und schlug dann auf den Steilhang. Der Aufprall wurde zwar vom Schnee gedämpft, nahm ihm aber dennoch für einen Augenblick den Atem. Schon bewegte sich der Schild mit Nedeam abwärts. Nach wenigen Längen wurde er immer schneller, und der Erste Schwertmann begann seinen Entschluss zu bereuen. Jetzt blieb ihm nichts anderes übrig, als den Ritt zu Ende zu führen, denn spränge er nun von dem rasenden Untersatz ab, würde er sicher schwere Verletzungen davontragen. Es erinnerte ihn tatsächlich ein wenig an den Flug auf der Lederschwinge Showaa. Wenigstens hatte er Glück, dass sich sein Schild nicht unter ihm drehte. Er sah das Ende des Abhangs auf sich zurasen und bereitete sich auf einen harten Aufprall vor. Stattdessen wurde er in den Schild gedrückt, der nun über das fast waagrechte Schneefeld sauste. Nedeam war noch ein weniger schneller als Arkarim zuvor, denn er rutschte noch ein gutes Stück an dem Scharführer vorbei. Der stand inzwischen wieder sicher auf den Beinen und grinste den Ersten Schwertmann breit an.

„Ein Ritt wie auf einem wilden Hengst“, rief Arkarim und deutete auf seine Wimpellanze.

Nedeam nickte ihm zu und winkte dann mit den Armen, damit die anderen sahen, dass es ihm gut ging. Er beobachtete, wie die ersten Männer seinem Beispiel folgten, und war erleichtert. Wenn sich bei diesem Schildritt niemand ernste Verletzungen zuzog, dann waren ihre Chancen deutlich gestiegen, den Orks doch noch zu entkommen.

Oben auf dem Vorsprung zwischen den Felsen drängten sich die Männer zusammen, während Llaranya mit einigen wenigen versuchte, den Ansturm der Bestien abzuwehren. Ihre letzten Pfeile waren verschossen, und einer der Schwertmänner benutzte mit mäßigem Erfolg die Pfeile, die sie von den Orks erbeutet hatten.

Die Elfin warf einen Blick zum Rand des Vorsprungs, schob ihren Bogen auf den Rücken und zog die elfische Klinge. „Wir haben nicht genug Schilde für alle“, stellte sie fest.

„Für uns reichen sie“, kam die rasche Erwiderung. „Nur für Euch und das Rundohr …“

„Ich habe meinen Schild“, wandte Fangschlag ein. „Einen guten Legionsschild. Er wird mir mehr nützen als eure kleinen, runden Dinger. Ich bin ein großer Krieger und brauche auch mehr Platz als ihr.“ Er sah Llaranya an. „Du bist zierlich, Elfenweib, und der Schild ist groß, groß genug für uns beide.“

„Danke“, entgegnete sie schlicht. „Wir beide werden die Letzten sein.“

Fangschlag bleckte die Fänge, legte seinen rechteckigen Schild an den Vorsprung und zog sein Schlagschwert. „Wie es einem Krieger gebührt.“

In rascher Folge rutschten die Schwertmänner den Steilhang hinab. Schnee sprühte, und die Schilde hinterließen glatte Spuren. Jene, welche mit dem Sprung zögerten, erhielten einen motivierenden Schubs von ihren Gefährten.

Llaranya und Fangschlag verschafften ihnen die notwendige Zeit. Seite an Seite standen sie in der Engstelle und stellten sich den Kohorten entgegen. Als diese das mächtige Rundohr erkannten, brüllten sie herausfordernd. Doch einer der Kohortenführer drängte die anderen zur Seite.

„Der gehört mir“, schrie der Krieger. „Ich bin Langzahn, und ich sage, dieser Verräter gehört mir.“

„Ich bin kein Verräter“, erwiderte Fangschlag. „Aber du dienst einem Verräter. Einohr hat einen Dungpfeil benutzt, um mich zu schwächen und den Kampf von Blut um Blut zu gewinnen.“

Langzahn bleckte seine Fänge. „Mag sein. Das würde zu dem verdammten Spitzohr passen. Aber es ändert nichts daran, dass du deine Legion verraten hast und gegen uns kämpfst. Du stehst an der Seite der Pferdemenschen, und darum wirst du jetzt sterben.“

„Ich bin eine Elfin und kein Menschenwesen“, wandte Llaranya ein und schwang das leicht gekrümmte Schwert mit einer eleganten Bewegung in ihre Armbeuge. „Doch ich stehe an Fangschlags Seite.“

„Ich mag keine einzige Sorte von Spitzohren“, knurrte Langzahn. „Du bist nach Fangschlag an der Reihe.“

„Das wäre sicher interessant für mich, aber ich glaube, so weit will es Fangschlag gar nicht kommen lassen.“ Llaranya lächelte das Rundohr an ihrer Seite an, und dieses Lächeln hatte etwas Raubtierhaftes.

Fangschlag spuckte aus und trat einen Schritt vor. „Mir ist kalt, und ich brauche Bewegung. Hören wir mit dem Geplauder auf und widmen wir uns den Dingen, die eines Kriegers würdiger sind.“

Langzahn nickte. „Du bist ein Verräter, aber niemand kann bezweifeln, dass du ein großer Krieger bist. Es bringt Ehre, dich zu schlachten.“

Die Orks der drei Kohorten bildeten nun vor der Engstelle einen dichten Halbkreis. Einige von ihnen hätten sich lieber auf die Gegner gestürzt, doch der Respekt vor Langzahn hielt sie zurück.

„Sobald du ihn geschlachtet hast, laufen wir zum Schild und stürzen uns den Hang hinunter“, raunte Llaranya dem Rundohr zu.

„Das ist nicht ehrenhaft.“

„Aber es lässt dir die Möglichkeit, Einohr irgendwann zu töten.“

„Gut, das sehe ich ein.“ Fangschlag rollte mit den Schultern und zeigte Langzahn die Klinge seines Schlagschwertes, um zu signalisieren, dass er bereit war. „Und nun mach etwas Platz, Elfenweib. Hier wird es jetzt ein wenig lebhaft werden.“

Langzahn stieß einen scharfen Schrei aus, dann stürmte er vor.

Der Angegriffene erwiderte das Gebrüll und sprang dem Feind entgegen.

Klirrend prallten die groben Schwerter aufeinander. Auch wenn Rundohren plump und unbeweglich wirkten, kannte Llaranya die Schnelligkeit dieser Kämpfer. Dennoch war sie überrascht, in welch rasender Abfolge die schweren Klingen aufeinanderprallten. Die Kämpfer schienen einander ebenbürtig zu sein. Llaranya wusste jedoch, wie sehr Fangschlag noch immer durch den Dungpfeil geschwächt war. Auch wenn man es ihm jetzt nicht anmerkte, seine Kräfte würden rasch nachlassen.

Fangschlag war sich dessen ebenfalls bewusst, daher setzte er alles daran, seinen Widersacher möglichst rasch auszuschalten. Unter anderen Umständen hätte er den Kampf gegen Langzahn wahrscheinlich sogar genossen. Immer wieder, wenn sein Schlagschwert gegen das des Feindes prallte, sah er das grinsende Gesicht Einohrs vor sich. Der Hass auf das Spitzohr spornte ihn an und gab ihm Kraft.

Fangschlag rutschte auf dem glatt getrampelten Schnee aus und stürzte zur Seite. Schon war Langzahn über ihm, und der Gestürzte konnte sich gerade noch zur Seite wälzen, um einen erneuten Hieb abzuwehren. Von den Hunderten von Legionären war nur das erregte Atmen und das Stampfen der Füße zu hören. Wie gebannt sahen sie dem Kampf zu, denn auch sie hatten erkannt, dass hier zwei ebenbürtige Gegner ihre Kräfte maßen.

Fangschlag rollte sich erneut zur Seite, und Langzahn machte einen langen Ausfallschritt, um der Bewegung zu folgen und sein Schlagschwert unter den Arm des Feindes zu treiben. Schlagschwerter hatten lange, breite Klingen, die am unteren Ende eher stumpf waren und zu einer Seite in einen langen Haken ausliefen. Dieser Haken ermöglichte es den Rundohren, sich am Körper eines Reiters festzuhalten und diesen vom Pferd zu ziehen. Für einen Schlag war die schwere Waffe ideal, zum Stoßen eignete sie sich dagegen kaum.

Atemlos sah Llaranya zu, wie Fangschlag zwei Hiebe abwehrte und Mühe hatte, wieder auf die Beine zu kommen. Er schien am Ende seiner Kräfte, und in den Reihen der Legionäre wurde der auffordernde Ruf laut, den Verräter nun zu schlachten. Fangschlag schaffte es, sich auf die Knie aufzurichten, doch dann sank sein Körper vornüber. Sein Gegner stieß ein triumphierendes Brüllen hervor und holte weit aus, um dem Feind den tödlichen Hieb zu versetzen. Als Langzahn die Klinge hoch über seinen Kopf streckte, zuckte unvermittelt Fangschlags Schwert herum.

Es traf das Rundohr an der Taille, dort wo die Panzerung der besseren Beweglichkeit zuliebe dünn war. Mit metallischem Klingen kam das Schlagschwert wieder frei, und man hörte das leise Schmatzen, mit dem es dabei Langzahns Leib öffnete. Der Getroffene stand wie erstarrt, sein Schwert noch immer hoch erhoben, während seine Gedärme dampfend aus dem Leib quollen. Dann stürzte das Rundohr rücklings in den Schnee.

Die Legionäre waren wie betäubt.

Fangschlag kam überraschend behände auf die Füße, doch Llaranya bemerkte, dass sein Arm, der zuvor durch den Pfeil verwundet worden war, ein wenig steif wirkte. Er nickte der Elfin zu. Beide wirbelten herum und rannten, so schnell sie konnten, auf den wartenden Schild zu.

Hinter ihnen ertönte der wütende Aufschrei der Legionäre, die brüllend zur Verfolgung ansetzten. Mit nur wenigen Längen Vorsprung erreichten die beiden das Vehikel.

„Setz dich nach hinten“, schrie Llaranya. „Ich gehe nach vorn.“

„Du sitzt hinten, und ich gehe nach vorn, Elfenweib“, erwiderte Fangschlag. „Es gebührt einem Krieger, der Gefahr entgegenzusehen, wenn wir hinunterreiten.“

„Wenn du vorn sitzt, bohrt sich der Schild in den Schnee, denn du bist schwerer. Wenn du hinten sitzt, wird er sich vorn anheben, und wir gleiten besser.“

„Du sitzt vorn, ich sitze hinten“, knurrte er. „Es gebührt einem Krieger, den Feind bis zum letzten Moment im Auge zu behalten.“

Schon saß das Rundohr auf dem Schild, Llaranya sprang ihm fast auf den Schoß, und der Ork stieß sie beide über den

Rand des Vorsprungs. Wutgeheul verfolgte sie, als sie in rasender Fahrt den Hang hinunterglitten, begleitet von den Jubelrufen der Schwertmänner, die das Geschehen von unten angespannt verfolgt hatten.

„Wahrhaftig ein schneller Ritt“, sagte Nedeam erleichtert, als er Llaranya am Haltepunkt des Schildes in die Arme schloss. „Und er hat uns Zeit verschafft. Nun sollen die Bestien ruhig brüllen, sie können uns nicht mehr daran hindern, Merdonan zu erreichen.“

Erleichtert und mit wachsender Zuversicht machte sich die Gruppe auf den Weg. Sie hielten genau auf die beiden niedrigen Berge zu, hinter denen sie vom Vorsprung aus die Spitze der alten Ostwache erkannt hatten.

„Es tut gut, sich ein wenig Zeit lassen zu können“, bekannte Arkarim. „Und das Geschrei der Bestien wird auch bald verstummen.“

„Ich fürchte, sie begnügen sich nicht mit Schreien.“ Fangschlag stieß sein Schwert in den Schnee, um es zu säubern, und hob seinen Schild an. „Wir haben es ihnen vorgemacht, nun machen sie es uns nach.“

„Verdammt.“ Sie fuhren herum und sahen zurück zu dem Vorsprung, der nun schon ein gutes Stück hinter ihnen lag.

Der Zorn trieb die Legionäre an, Fangschlags Beispiel zu folgen. Ohne zu zaudern, setzten sie sich auf ihre Schilde und stießen sich ab oder sprangen mit diesen kurzerhand vom Vorsprung in den Schnee hinunter. Etliche stürzten, viele kollidierten miteinander, doch es blieben genügend übrig, die den Absatz des Hangs unbeschadet erreichten.

„Es sind Krieger“, sagte Fangschlag nicht ohne Stolz, „und sie sind mutig und nicht dumm. Sie folgen uns.“

Nedeam nickte enttäuscht. „Wenigstens können uns die verdammten Spitzohren nicht folgen. Sie haben keine Schilde.“

Fangschlag grinste breit. „Sie sind leichter als Rundohren und fallen nicht so schwer."

„Du meinst …?"

Der Ork nickte. „Früher oder später werden die Rundohren sie einfach über den Vorsprung werfen. Es gibt genug von den kleinen Maden, und einige von ihnen bleiben sicher unverletzt."

Vom Vorsprung her waren schrille Schrei zu hören.

Fangschlag nickte. „Also eher früher als später."

„Dann bleibt es dabei", seufzte Nedeam. „Wir müssen um unser Leben rennen."

Immerhin waren sie dem Pass und damit Merdonan ein Stück näher gekommen, und der Weg führte weiter darauf zu. So eilten sie erneut durch den Schnee, die unbarmherzigen Verfolger im Nacken.

49

Anschudar gönnte sich und Showaa keine Pause. In die Freude über den unerwartet reichen Gelbsteinfund mischte sich die Sorge um den Horst, denn dem Schwingenreiter waren die Worte Mordeschdars noch im Gedächtnis. Vielleicht wurde das Plateau von Orks angegriffen, und die Schwingen benötigten dringend den Gelbstein, der in seinen Packlasten verstaut war.

Er atmete erleichtert auf, als der vertraute Gipfel mit dem Geburtsfelsen im letzten Tageslicht sichtbar wurde und er zwei Schwingen erkannte, die ihn aufmerksam umkreisten. Eine von ihnen nahm Kurs auf die Neuankömmlinge, und der Reiter begrüßte Anschudar erfreut.

„Nutze Wind und Schwingen, Anschudar. Wir haben uns große Sorgen um dich und Showaa gemacht", rief er dem jungen Schwingenreiter zu. „Mordeschdar berichtete uns von deinem Sturz, und im Horst bereiten sie sich darauf vor, nach euch zu suchen."

„Ich habe Gelbstein gefunden", erwiderte Anschudar und schlug mit der Hand auf eine der Packlasten. „Unmengen davon."

„Das ist wahrhaftig eine gute Nachricht." Der andere Schwingenreiter deutete auf das Plateau hinunter. „Lande rasch im Horst. Die anderen müssen es erfahren."

Anschudar winkte dem Reiter einen Gruß zu, dann ging Showaa auch schon in den langen Gleitflug über, der sie über das Plateau führte. Augenblicke später setzte sie auf, nur wenige Längen vom Arsenal entfernt.

Man war gerade dabei, die Feuerbecken zu entzünden und

den Horst auf die Nacht vorzubereiten. Schwingen säuberten ihre mächtigen Leiber oder prüften mit den Maultentakeln, ob ihr Ruhelager bequem genug war. Da und dort half eine mit ihren Klauen nach. Zwei der Schwingen waren triefend nass, da sie gerade gebadet hatten. Frauen des Volkes eilten umher, füllten die Futtertröge nach und sahen nach den Kesseln, in denen das Abendmahl der Menschen brodelte. Einige Männer trugen Lastgeschirr ins Arsenal hinüber, um es dort vor der Kälte und Feuchtigkeit der Nacht geschützt zu lagern. Zwei Schwingenreiter saßen auf einer Bank davor und besserten Lederzeug aus. Dazwischen eilten die Kinder umher, unruhig wie immer, wenn sie darauf warteten, dass ihre ewig hungrigen Bäuche gefüllt wurden. Bei einigen würde es das übliche Gezeter geben, wenn sie sich, nach eigenem Verständnis viel zu früh, zur Ruhe legen sollten.

Sie alle bemerkten Anschudar und Showaas Landung und unterbrachen, womit sie gerade befasst waren. Aufgeregte Menschen eilten auf die beiden zu, während sich die Schwingen darauf beschränkten, aufmerksam zu beobachten, was da geschah. Nur eine der jüngeren Lederschwingen wollte sich zu den Menschen hinzugesellen, wurde jedoch von einer älteren aufgehalten. Die Ankunft eines Schwingenreiters war zunächst eine Angelegenheit der Menschen, und die Schwingen würden erst einbezogen werden, wenn es für den Horst von Belang war.

„Ruft Schwingenführer Mordeschdar", rief einer der Reiter. „Anschudar und Showaa sind zurück."

Anschudar beugte sich zu den Seiten und löste die Halteriemen der Tragetaschen. „Da, nehmt und bringt sie ins Arsenal", rief er den Wartenden zu. „Es ist guter Gelbstein aus den Bergen des Noren-Brak. Ich habe ein reiches Vorkommen gefunden."

„Den Winden sei Dank", sagte ein alter Reiter und nahm eine der Tragetaschen an sich. Er öffnete den Verschluss, als könnte er den Worten des jüngeren Reiters nicht glauben, und zog einen Brocken hervor. „Gelbstein“, rief er überschwänglich. „Gelbstein der besten Güte!“

„Was soll das wilde Geschrei?“ Die herrische Stimme gehörte zu Mordeschdar, der soeben aus der Tür des Arsenals trat und mit langsamen Schritten näher kam. „Ihr führt euch auf wie Jungschwingen und Kleinkinder. Geht ein wenig zur Seite.“

Die anderen machten ihm Platz, und der alte Schwingenführer sah kurz auf die Tasche, bevor er zu Anschudar trat und ihm die Hand an den Schenkel legte. „Ich war in großer Sorge um dich und Showaa. Wir alle waren besorgt. Wie ich sehe, hast du Gelbstein gefunden, und es gibt sicherlich viel zu erzählen. So steige nun von deiner Schwinge, versorge sie, und dann werden wir reden.“

Anschudar nickte, schwang ein Bein herum und stieg aus dem Sattel. Er konnte ein Aufstöhnen nicht unterdrücken und legte eine Hand an die schmerzenden Rippen.

„Du bist verletzt“, stellte Mordeschdar besorgt fest. „Jetzt sehe ich auch, dass dein Gesicht gebrannt ist. War es Showaa?“

„Ihr erster Feueratem, die Rippenstöße habe ich erhalten, als wir zu Boden gingen.“

„Lass sehen.“ Mordeschdar winkte zwei Frauen heran. „Wir werden dich versorgen. Palschudar wird sich um deine Schwinge kümmern.“ Mordeschdar wandte sich den anderen zu. „Bereitet den Horst auf die Nacht vor, Männer und Frauen des Schwingenvolkes. Wir werden Anschudars Wunden versorgen, und ich werde mir anhören, was er zu sagen hat. Dann werdet ihr alles erfahren. Doch jetzt eilt euch, die Dunkelheit bricht rasch herein. Achtet mir darauf, dass kein Licht aus dem Horst dringt. Die Bestien sind nahe genug.“

Die Menge zerstreute sich, und während sich Palschudar um Showaa kümmerte, geleiteten Mordeschdar und die beiden

Frauen Anschudar in das Heim des Schwingenführers. Erleichtert ließ sich der junge Schwingenreiter auf einen Sitz sinken und half den Frauen, seine Jacke zu öffnen.

„Das ist gut verbunden", sagte eine von ihnen. „Aber der Stoff ist nicht vom Schwingenvolk."

Mordeschdars Augen verengten sich. „Es gibt wohl viel zu erzählen, nicht wahr, Anschudar? Von wem stammen diese Binden?"

„Von Pferdereitern."

„Pferdereiter?" Der alte Schwingenführer zog sich einen anderen Sitz heran und nahm neben dem jüngeren Platz. „Du meinst richtige Bodenläufer?"

„Sie kämpften gegen die Orks. In Merdoret. Zu dem Zeitpunkt, als Showaa ihren Angriff flog."

„Interessant." Mordeschdar strich sich über das Kinn. „Was haben Pferdereiter dort verloren, so tief im Reich des Schwarzen Lords? Du hast mit ihnen gesprochen? Ah, sicher hast du das. Wie wärst du sonst an diese Binden gekommen?"

„Sie waren nur wenige und flohen in die Berge. Dort traf ich sie, denn ihr Weg führte sie zu unserem Landeplatz."

„Verstehe. Und sie halfen dir? Ja, sicher taten sie das."

„Ihr Anführer ritt auf Showaa."

Mordeschdars Augen weiteten sich. „Ein Pferdereiter ritt auf Showaa? Unsinn. Das kann nicht sein."

„Bei meiner Ehre, er tat es. Sein Name ist Nedeam, und er war sehr freundlich. Genauso wie sein elfisches Weib."

„Ein elfisches Weib?"

„Mit einem gewaltigen Bogen und einem langen Messer, einem solchen, wie auch ihr Nedeam es trägt."

„Wahrhaftig, Seltsames geht vor sich", brummte der alte Schwingenführer. „Eine Elfin und ein Mensch, gemeinsam, Seite an Seite. Ob der alte Bund noch immer besteht?"

„Der alte Bund?“

Mordeschdar seufzte. „Das war lange vor unserer Zeit, Anschudar. Als es die Menschenreiche noch gab und sie gemeinsam mit den Elfen gegen die Finsternis kämpften.“

„Sie kämpfen noch immer.“ Anschudar ächzte, während die Frauen die Binden abwickelten. „Wenigstens die Pferdereiter. Die Orks bedrängen sie immer wieder.“

„Ja, sie sind beharrlich, diese Bestien.“ Mordeschdar beugte sich vor. „Mehr Licht, Frauen, ich will mir das genauer ansehen.“ Er betastete Anschudars Oberkörper und betrachtete die Verfärbungen der Haut. „Das sind üble Prellungen, mein Freund. Frauen, wir werden seinen Leib mit Brennsalbe bestreichen und die Binden dann darüberwickeln.“ Er lächelte freundlich. „Es brennt furchtbar, aber es hilft. Du hast Glück, dass nichts gebrochen ist. Hm, sag, dieser Nedeam, er ist wirklich auf Showaa geflogen?“

„Das ist er.“ Anschudar grinste. „Aber ich glaube nicht, dass es ihm sonderlich gefallen hat.“

Mordeschdar lachte auf. „Dazu muss man ein Reiter des Schwingenvolkes sein.“ Er sah zu, wie die Frauen die Salbe auftrugen und Anschudar frische Binden anlegten. „Zieht sie richtig straff.“

„Ja, das sagte Llaranya auch“, ächzte Anschudar.

„Llaranya?“

„Die Elfin.“

„Ah, die.“ Der alte Schwingenführer lehnte sich ein wenig zurück und stellte das Lichtgefäß ab. „Ist sie ebenfalls geflogen?“

„Nein, nur Nedeam. Er war es auch, der mir von dem Tal mit dem Gelbstein berichtete.“

Mordeschdar runzelte die Stirn. „Du hast es nicht selbst gefunden?“

„Der Pferdereiter hat mir den Weg beschrieben. Du musst

es sehen, Mordeschdar. Ein ganzes Tal voller Gelbstein. Gelbstein in allen Größen, und es gibt auch drei Tümpel, in denen es kräftig brodelt."

„Nun, ich bin gespannt", schmunzelte der Alte. „Wir werden es wohl alle zu Gesicht bekommen. Dein Fund bedeutet, dass der ganze Horst nach Norden gehen wird, dem Gelbstein entgegen."

„Wann werden wir aufbrechen?"

„Zunächst wird eine Handvoll Schwingen vorausfliegen und genug Gelbstein für uns alle holen. Dann suchen wir in Ruhe ein geeignetes Plateau. Du weißt, wir können nicht auf jedem beliebigen siedeln. In der Nähe muss es einen passenden Geburtsfelsen geben.

„Ja, das weiß ich", murmelte Anschudar und sah den Schwingenführer dann eindringlich an. „Aber wann werden wir fliegen?"

„Du mit deinen Rippen bleibst erst einmal am Boden, junger Schwingenreiter. Aber in drei oder vier Tageswenden werden einige von uns einen Teil des Gelbsteins holen."

„Dann ist es vielleicht zu spät."

„Zu spät?" Mordeschdar sah Anschudar überrascht an. „Wofür zu spät? Es eilt doch nicht? Was du uns gebracht hast, gibt dem Horst wieder Kraft. Wir haben Zeit, jeden unserer Schritte in Ruhe zu bedenken."

„Die Zeit haben Nedeam und seine Elfin aber nicht."

„Nedeam und seine Elfin? Ah, ich verstehe." Erneut strich sich der alte Schwingenführer über das Kinn. „Du sorgst dich um sie?"

„Wie um den Horst."

„Warum, Schwingenreiter? Sie gehören nicht zum Horst. Du bist nicht für sie verantwortlich und wir anderen ebenso wenig."

„Sie halfen mir, obwohl sie selbst in Not waren. Und sie halfen dem Horst, denn sie waren es, die den Gelbstein fanden."

„Den wir auch allein gefunden hätten", brummte Mordeschdar.

„Und Nedeam ritt auf Showaa."

„Deshalb ist er noch lange kein Schwingenreiter."

„Aber ein Freund."

„Es ist lange her, dass unser Volk einen Freund hatte."

Anschudar nickte. „Ja, das habe ich gelernt. Aber Nedeam ist unser Freund."

„Hm. Mag sein, doch deshalb sind wir ihm nicht verpflichtet."

„Wenn man einem Freund nicht verpflichtet ist, wem dann?"

„Du bist sehr beharrlich", knurrte Mordeschdar, und es war ihm anzumerken, dass er leicht verärgert war. „Der Krieg der Bodenläufer ist nicht unser Krieg."

„Die Orks sind ihre Feinde, ebenso wie unsere." Anschudar wies auf die alten Binden, welche die Frauen zu Boden geworfen hatten. „Das ist das grüne Tuch der Pferdereiter. Sie halfen mir, obwohl sie von einer großen Übermacht bedroht wurden. Sie nahmen sich diese Zeit, Schwingenführer. Und Nedeam flog auf Showaa."

„Du hast es nun schon ein paarmal erwähnt", erwiderte Mordeschdar mit finsterer Miene.

„Die Pferdereiter leben im Norden. Dort ist ihre Heimat. Wir könnten Freunde in der Nähe unseres neuen Horstes gebrauchen", drängte Anschudar.

„Wir waren immer auf uns selbst gestellt und kamen stets auch gut ohne Freunde zurecht."

Eine der Frauen bückte sich nach den Binden, die aus Nedeams Umhang geschnitten waren, und sah den Schwingenführer scharf an. „Du bist ein alter Narr, Schwingenführer. In jungen Jahren wärest du längst aufgebrochen."

„Unsinn", schrie Mordeschdar wütend auf und schlug sich mit der geballten Faust auf den Schenkel. „Ich bin jung genug, um mich auf meiner Wilkawaa zu halten. Jeder hier weiß das. Und bei Dunkelheit erhebt sich keine Schwinge in die Winde, das solltest du wissen, Merama."

„Wir werden nach Norden gehen", erwiderte die Frau und legte die Binden zusammen. „Der ganze Horst. In ein fremdes Land, Schwingenführer."

„Das weiß ich, Weib."

„Es könnte nicht schaden, ein paar Freunde in der Nähe zu haben."

„Es sind nur Bodenläufer", knurrte Mordeschdar missmutig.

„Ohne deine Schwinge bist du nichts anderes." Die Frau schüttelte den Kopf und legte Anschudar aufmunternd die Hand auf die Schulter. „Bevor unser Volk auf die Schwingen traf, liefen auch wir nur am Boden."

„Das ist lange her. Sehr lange."

„Dann lass Feedanaa entscheiden", meinte die Frau.

„Feedanaa? Merama, bist du noch bei Sinnen?" Mordeschdar erhob sich und stemmte die Hände in die Hüften. „Das ist keine Angelegenheit des Horstes, in der die Große Mutter zu entscheiden hat."

„Freunde der Schwingen zu finden oder zu verlieren, das ist sehr wohl eine Angelegenheit des Horstes." Merama löste sich von Anschudar und nickte ihm zu. „Ich würde Feedanaa fragen."

„Das hast du nicht zu entscheiden!"

Mordeschdars Gesicht war tiefrot vor Zorn. Anschudar befürchtete, der Alte würde in Gewalt ausbrechen oder sein Herz könnte versagen. Jedenfalls war von ihm offensichtlich keine Unterstützung zu erwarten. Der junge Schwingenreiter fand das sehr betrüblich, doch es war wohl nicht zu ändern. Immerhin hatte er es versucht. Doch er konnte sich nicht selbst an Feedanaa wenden. Kein einfacher Reiter durfte sich über den Schwingenführer hinwegsetzen, und bislang hatte Mordeschdar dem Horst gut gedient und weise entschieden.

„Schwingenführer?"

Mordeschdar fuhr herum und sah Palschudar in der Türöffnung stehen. „Was willst du, verdammt?"

„Es ist etwas Seltsames geschehen, Schwingenführer", sagte Palschudar hastig. „Showaa und Feedanaa ... sie haben miteinander gesprochen."

„Sie haben ... was?" Mordeschdar sah Anschudar grimmig an. „Deiner Schwinge mangelt es ebenso an Disziplin wie dir. Ich werde mit der Großen Mutter sprechen und zusammen mit ihr überlegen, wie wir euch beide ..."

„Deshalb komme ich, Schwingenführer", unterbrach ihn Palschudar. „Die Große Mutter ruft uns zu sich. Uns alle. Und sie will mit dir und Anschudar sprechen."

„Jetzt?"

„Sie steht mit Showaa vor dem Arsenal."

Mordeschdar rang sichtlich um Fassung und atmete etliche Male tief durch, um seine Ruhe wiederzufinden. „Schön, wenn es der Wille der Großen Mutter ist, werden wir ihrem Ruf natürlich folgen."

Anschudar war ebenso überrascht wie die anderen Menschen des Volkes. Tatsächlich sah er seine Showaa neben Feedanaa am Arsenal stehen. Gegen die Große Mutter wirkte Showaa klein und zierlich. Geraune war zu hören, denn alle fragten sich, was da vor sich ging. Nie zuvor hatte eine Große Mutter ihre Schwingen so behütend um eine Jungschwinge gelegt wie in diesem Moment.

„Showaa aus großem Ei", begann die Herrin des Horstes,

als sie Mordeschdar und Anschudar erkannte. „Showaa später einmal Große Mutter. Showaa viel fähig. Showaa kann sprechspüren. Große Gabe."

Mordeschdar sah Anschudar misstrauisch an. „Deine Showaa spricht?"

„Nur ein paar Worte."

„Richtige Worte? Ich meine, nicht solche, die man fühlt, sondern wirklich hört?"

„So ist es."

Mordeschdar fluchte leise. „Das ist es. Das ist der Grund, warum deine Showaa die Wärme der Großen Mutter empfängt." Der alte Schwingenführer seufzte. „Eines Tages mag deine Showaa den Horst führen, und so hat ihr Wort bei der Großen Mutter Gewicht. Verdammt, Anschudar, warum hast du mir nicht gesagt, dass sie sprechen kann? Das ändert alles. Dass sie diesen Nedam auf ihrem Hals geduldet hat, ist ein …"

„Nedeam", korrigierte Anschudar leise. „Er heißt Nedeam."

„Wie auch immer. Er ist nur ein Bodenläufer."

„Vortreten Anschudar", war die Stimme der Großen Mutter zu hören. „Erzählen von Andersreiter, geflogen mit Showaa …"

Also berichtete Anschudar nochmals für alle, was sich bei Merdoret und im Gebirge des Noren-Brak zugetragen hatte. Er erzählte von Nedeam und was er von ihm erfahren hatte. Die Menschen und Feedanaa hörten aufmerksam zu.

Als Anschudar geendet hatte, herrschte Schweigen. Alle sahen auf die Große Mutter.

„Feedanaa versteht", sagte diese schließlich. „Pferdereiter Krieg mit Orks. Schwingen Krieg mit Orks. Pferdereiter halfen Anschudar. Pferdereiter fanden Gelbstein. Pferdereiter halfen Horst. Pferdereiter reiten Showaa." Feedanaa beugte sich vor, und ihr riesiges Auge schien ausschließlich auf Mordeschdar gerichtet zu sein. „Schwingenführer andersdenken?"

Mordeschdar trat vor. „Wir sind den Bodenläufern nicht verpflichtet. Wenn wir ihnen beistehen, kann das die Orks auf unsere Pläne aufmerksam machen, im Norden einen neuen Horst zu gründen. Schließlich haben wir uns nie um den Norden gekümmert. Die Orks würden alles daransetzen, den neuen Horst zu finden und uns alle auszulöschen."

Feedanaa richtete sich wieder auf, und ihr Kopf wippte zustimmend auf und ab. „Das bedenken. Aber neuer Gelbstein. Neue Macht."

„Lass sie ihren Krieg führen", rief Mordeschdar erregt. „Sollen sich die Bodenläufer ruhig gegenseitig auslöschen."

Die Große Mutter stieß ein leises Fauchen aus, und Mordeschdar verstummte überrascht.

„Pferdereiter reiten Showaa", wiederholte die alte Lederschwinge. „Showaa sagt, Pferdereiter Schwingenfreund. Schwingenfreund helfen Horst. Horst helfen Schwingenfreund." Sie beugte sich abermals vor. „Du andersdenken?"

Mordeschdar sah errötend in die Gesichter der Umstehenden. „Nein, nicht andersdenken", presste er mühsam hervor.

Feedanaa nickte. „Gut. Einigkeit." Sie richtete den Kopf in den Nachthimmel. „Taglicht erwarten. Dann Schwingen fliegen."

50

Pferdefürst Bulldemut und der Hochgeborene Daik ta Enderos bildeten die Nachhut der Handvoll Männer, die von den sechs Beritten der Ostmark geblieben waren. Seit mehr als einem Tag wurden sie schon von den Orks gehetzt und waren auch die Nacht hindurch marschiert. Auf den erschöpften Pferden kamen sie kaum schneller voran als ihre Verfolger. Drei der Tiere waren bereits zusammengebrochen und hatten zurückgelassen werden müssen. Ihre Reiter waren bei anderen Männern aufgesessen, was die geschlagene Truppe noch langsamer machte.

Immer wieder blickten die Reiter über die Schultern zurück, aus Furcht, der Feind könnte nahe genug sein, um wieder einmal seine Pfeile auf sie abzuschießen.

Bulldemut konnte keine Verfolger erkennen und hob müde die Hand, obwohl die anderen Reiter es nicht sehen konnten. „Absitzen und Pferde führen“, krächzte er mit heiserer Stimme. „Die Bestien sind zurückgefallen.“

Die Männer saßen ab, und der Schwertmann, der Bulldemuts Banner übernommen und den Berittwimpel an einen anderen abgegeben hatte, wartete, bis der Pferdefürst und ta Enderos zu ihm aufgeschlossen hatten.

„Wir werden nicht lange auf sie warten müssen“, sagte der Schwertmann leise. „Sie fallen immer wieder ein Stück zurück, und dann tauchen sie doch wieder auf.“

„Sie sind sich ihrer Sache sicher“, brummte Bulldemut. „Ich weiß nicht, wie viele es sind, aber ich glaube nicht, dass sie an der Grenze haltmachen werden.“ Er deutete vor sich. „In der Ferne kann man die alte Ostwache schon erkennen. Die verfluchten Bastarde hätten längst aufgegeben, wenn sie nicht mehr im Sinn hätten, als unsere kleine Schar zu schlachten."

Ta Enderos, der müde neben Bulldemut einherstapfte, schüttelte den Kopf. „Sie sind zu schwach, um die Stadt zu berennen. Selbst drei Legionen reichen dazu nicht aus."

„Das weiß ich nicht", gestand Bulldemut. „Noch vor drei Tageswenden wäre ich voller Zuversicht gewesen und hätte gesagt, ich könnte Merdonan mühelos verteidigen. Aber das Schlachten vor Merdoret geht mir nicht aus dem Sinn, mein Freund. Die Winterkälte scheint die Bestien eher zu begünstigen, als dass sie ihnen schadet. Denkt daran, wie sie unseren Beritten zugesetzt haben." Bulldemut sah den Alnoer zweifelnd an. „Nein, mein Freund, so etwas habe ich nie zuvor erlebt. Es gab immer Verluste im Kampf gegen die Bestien. Doch auch wenn sie in großer Übermacht waren, haben wir sie stets geschlagen. Dieses Mal, vor Merdoret, waren sie es, die uns regelrecht vernichtet haben."

„Eine Niederlage ist immer bitter", sagte ta Enderos mitfühlend. „Doch Ihr habt keinen Grund zu verzagen. Merdonan ist stark und wird auch zur Winterzeit drei ihrer Legionen standhalten. Die Pferdelords der Marken würden sich sammeln und die Bestien in Stücke schlagen. Nein, sie werden es nicht wagen, bis Merdonan vorzudringen." Er lächelte freudlos. „Sie werden uns hetzen wollen und darauf hoffen, dass wir noch vor der Stadt zusammenbrechen. Aber ich sage Euch, Freund Bulldemut, wenn wir an den Weißen Sümpfen sind, werden die Bastarde aufgeben."

„Wir sind fast da", knurrte der Pferdefürst.

„Und von den Orks ist nichts in Sicht", stellte der Gardekommandeur fest. „Wahrscheinlich sind sie nun schon auf dem Marsch zurück nach Merdoret."

Vor ihnen stieß ein Pferd ein klagendes Wiehern aus. Seine

Vorderläufe brachen ein, dann sackte das Tier auf die Seite. Einer der Läufe schlägelte schwach, während der Reiter mit tränenüberströmtem Gesicht sein Schwert zog, um ihm den Gnadenstoß zu geben. Ein kurzes Zucken, Blut sprühte, und es war vorbei. Der Schwertmann hatte nicht einmal die Kraft, den Sattel von dem toten Pferd zu lösen. Sich auf seine Lanze stützend, stapfte er schluchzend weiter in Richtung der Grenze.

„Wir hätten niemals hierherkommen dürfen", meinte Bulldemut. „Nie zuvor sah ich meine Pferdelords so mutlos. So geschlagen."

„Wir sind am Leben", versuchte ta Enderos den alten Kämpfer zu trösten. „Und wir werden zurückschlagen und unsere Toten rächen."

Bulldemut straffte sich. „Es ist die Endlosigkeit dieses Krieges, die mir zu schaffen macht, ta Enderos. Seit so vielen Generationen kämpfen wir schon, so viele Männer sind gefallen. Ich weiß nicht, wie viele Bestien wir geschlachtet haben, und doch werden es niemals weniger. Ihre Kraft scheint nie zu erlahmen. Seht Euch meine Pferdelords an, ta Enderos. Sie sind am Ende. Und ich gestehe, ich bin es ebenso."

„Wir dürfen niemals aufgeben."

Bulldemut lachte hart. „Solange meine Hand ein Schwert führen kann, werde ich das auch nicht tun. Doch nun spüre ich, dass meine Finger langsam kraftlos werden."

„Sie kommen." Ein Pferdelord warf einen angstvollen Blick über die Schulter.

„Die Pferde sind zu schwach, wir können nicht aufsitzen", sagte ta Enderos unbehaglich.

„Das ist wahr", entgegnete Bulldemut, dessen Gestalt sich im Angesicht des Feindes wieder straffte. „Dennoch können sie hilfreich sein." Er hob seine Stimme. „Nicht aufsitzen, Männer. Lasst die Pferde laufen und haltet euch an den Steigbügeln fest.“ Er sah ta Enderos an. „Das macht es den Pferden leichter und den Männern auch. Außerdem geben uns die Tiere so ein wenig Deckung vor den Pfeilen.“

Die Pferde stapften voran, und die Männer ließen sich mehr ziehen, als dass sie neben ihnen einhergingen. Einer der Verwundeten brach zusammen, zu schwach, um weiterzugehen. Er hielt das Schwert in der Hand, als ein anderer ihm den Gnadenstoß gab.

Es war keine geordnete Flucht mehr. Es war ein gnadenloser Kampf gegen den nahen Tod. Ein Kampf gegen die eigene Schwäche und auch die Mutlosigkeit, die immer stärker um sich griff. Einer der Männer fiel zurück. Er ließ den Steigbügel des Pferdes los und sah Bulldemut und ta Enderos seltsam starr an. Er blieb einfach stehen, während die anderen weitergingen. Sie alle waren zu schwach, um zu ihm zu eilen und ihn zu holen. So stand er, bis ihn die Bestien einholten und ohne seinen Widerstand niedermachten.

Es war vorbei, sie wussten es alle, obwohl einige es noch immer nicht wahrhaben wollten.

„Die Sümpfe liegen vor uns. Und Merdonan“, stammelte ein Pferdelord, als könnte er es nicht fassen.

Die Berge wichen auseinander. Sie hatten den Pass von Merdoret nun hinter sich, und vor ihnen lagen die Weißen Sümpfe. Sie konnten die hohe Turmnadel der Ostwache erkennen, obwohl die Stadt selbst ihren Blicken noch verborgen war.

„Dort, Hoher Lord! Seht!“ Ein Mann wies nach rechts.

Aus dem Einschnitt zwischen zwei kleineren Bergen tauchte überraschend eine Schar auf.

„Das muss Nedeam sein“, ächzte Bulldemut benommen. „Es kann niemand anderes sein. Bei den Goldenen Wolken, wir haben ihn gefunden.“

„Oder er uns“, murmelte ta Enderos trocken.

Bulldemuts zermürbte Gruppe wartete, während die Nedeams langsam auf sie zukam. Es musste jedem offensichtlich sein, wie mitgenommen jeder Einzelne von ihnen war. Dennoch begrüßten sie einander herzlich, und die Begegnung entfachte wieder etwas von dem alten Mut in den Männern Bulldemuts. Obwohl Nedeams Gruppe schon länger auf der Flucht vor den Orks war, wirkten seine Männer doch frischer. Vielleicht lag es daran, dass sie nicht zusätzlich den Schock der schweren Niederlage verkraften mussten.

„Wir stehen am Rand der Weißen Sümpfe", stellte Nedeam fest. „In unserem Zustand brauchen wir noch eine Tageswende, um sie zu überqueren. Und der Feind ist nahe. Wir werden von drei Kohorten verfolgt, und Ihr?"

„Nun, mein Rang ist höher als der Eure", versuchte Bulldemut schon wieder zu scherzen. „Deshalb ist mir gleich eine halbe Legion auf den Fersen, wenn nicht mehr."

„Sich zum Kampf zu stellen hat also keinen Sinn, sie würden uns auslöschen." Nedeam musterte die Männer und Pferde. „Wenigstens sind die Sümpfe noch gefroren, und wir brauchen nicht mühsam nach dem Pfad zu suchen."

Llaranya drängte sich vor. „Haben Eure Männer noch Pfeile, Pferdefürst?"

„Ein paar sind noch übrig." Bulldemut nickte seinen Pferdelords zu. „Gebt sie der Elfin. Sie bringt sie am sichersten ins Ziel. Wählt ein paar gute Männer aus, die ihr mit den Schilden Deckung geben." Er seufzte. „Was rede ich da. „Ihr alle seid gute Männer. Die besten."

„Und das werden wir dem Gegner zeigen", sagte Nedeam, um den Pferdelords ein wenig Zuversicht einzuflößen. „Wir marschieren durch die Sümpfe, direkt auf die alte Ostwache zu. Die Sümpfe sind flach, und vom großen Turm aus kann man weit über das Land blicken. Die Wache dort wird uns erkennen und uns Truppen zu Hilfe schicken.“

Bulldemut sah in Richtung seiner Stadt. „Das werden sie. Ich kenne Mor, und ich wette, er steht selber oben auf der Plattform.“

„Die Pferde können uns nicht mehr tragen“, meinte Nedeam. „Und die Sümpfe sind von glattem Eis bedeckt, da wäre ihr Tritt nicht sicher. Wir könnten sie laufen lassen, doch Eure Idee, sich von ihnen ziehen zu lassen, ist gut. Wir werden sie nutzen. Bindet ein paar Stoßlanzen und Decken zu Schlepptragen zusammen. Wenigstens die Last der Verwundeten können uns die Pferde noch abnehmen.“

„Ich will euch ja nicht drängen“, knurrte Llaranya, die gerade dabei war, Pfeile in ihren Köcher zu stecken, „doch die Bestien kommen immer näher.“ Ein Pfeil schlug neben Bulldemut in den Schnee, und die Elfin lächelte. „Einige sind sogar schon sehr nahe.“ Sie glitt herum, ein Pfeil löste sich, und Nedeam war sich sicher, dass er sein Ziel gefunden hatte.

„Eilt Euch, Pferdelords“, brüllte Bulldemut und sah Nedeam dann an. „Wollt Ihr die Spitze, mein Freund, oder die Nachhut?“

„Geht Ihr mit dem Banner voran, Freund Bulldemut. Hoffen wir, dass Mor es bald erblickt. Ich bleibe hinten.“

„Das kann ich verstehen“, knurrte der Pferdefürst mit einem kurzen Blick auf Llaranya.

Die vereinten Gruppen von Nedeam und Bulldemut machten sich erneut daran, vor den Orks zu fliehen. Sie hatten den Turm der Ostwache vor Augen, als sie die gefrorenen Weißen Sümpfe betraten, und doch war das sichere Merdonan noch so schrecklich weit entfernt.

Nedeam hielt sich an Llaranyas Seite, lief mit ihr ein paar Schritte voran und verharrte dann, um den Feind zu beobachten. Sie fielen ein wenig hinter den anderen zurück, aber die

Elfin konnte auf diese Weise einige der eifrigsten Verfolger niederstrecken.

„Es ist nicht ihre Hauptmacht", sagte sie. „Ich kann nur ein paar Spitzohren erkennen. Späher, die der Truppe vorauseilen."

„Umso besser. Die kleinen Bastarde haben mehr Respekt vor deinen Pfeilen als die großen Rundohren. Wenn die erst auftauchen, werden sie sicher sofort angreifen, und wir sind verloren."

„Es wird bald Nacht. Das mag uns Schutz und etwas Zeit verschaffen."

„Sie sehen im Dunkeln besser als wir."

„Du hättest mir auch etwas Freudigeres sagen können", seufzte sie.

„Mein Herz gehört dir", flüsterte er in ihr Ohr.

Sie küsste ihn auf die Wange. „Genau so etwas meinte ich, mein Geliebter. Es ist gut zu wissen, wofür man kämpft."

Als Nedeam sich wieder einmal den Fliehenden zuwandte, sah er Fangschlag heranstapfen. Der eine Arm des Rundohrs war inzwischen steif, doch der Krieger hielt sein Schlagschwert fest in der anderen Hand. Seine Fänge blitzten, als er Nedeam angrinste. „Seite an Seite, Pferdemensch."

Der Erste Schwertmann erwiderte das Lächeln. „Wie es sich für Krieger gebührt."

51

Die Kohorten Einohrs standen im Pass. Die Legionäre versuchten, ihre Füße durch Stampfen warm zu halten, und warfen ihrem Legionsführer unverhohlen verärgerte Blicke zu. Der Unmut der Rundohren war nur zu verständlich, denn immer wieder ließ Einohr die Truppe kurz anhalten, obwohl die Kämpfer darauf brannten, es endlich zu Ende zu bringen. Diesmal war die Rast schon ungewöhnlich lang, und der Legionsführer hatte eine Gruppe von Spitzohren abgestellt, die dem Feind folgen und ihn im Auge behalten sollten.

Nun hatten sich die drei Kohortenführer unter Einohrs Banner versammelt, um ihren Unmut kundzutun. Sie waren nicht die Einzigen, die ihrem Ärger immer deutlicher Luft machten. Während sich die Spitzohren ruhig verhielten, schlugen mehr und mehr Rundohren auffordernd mit den Waffen an ihre Schilde.

„Wir hätten sie längst einholen können." Feuergesicht hatte die Ehre erhalten, das Legionsbanner der Blutkralle zu tragen. Einohr hatte es so bestimmt, da ihm das Rundohr damals ausreichend dumm und zurückhaltend erschienen war. Doch mit dem neuen Namen hatte der Bastard auch an Selbstsicherheit gewonnen, und das begann den kleinen Legionskommandanten zunehmend zu nerven. „Wenn wir etwas schneller stampfen, können wir sie einholen und schlachten."

„Das weiß ich selber", erwiderte Einohr gereizt. „Aber das gehört nicht zu meinem Plan."

„Ein Plan? Was für ein Plan?", fragte einer der verärgerten Kohortenführer.

Ein anderer spuckte wütend aus. „Du hast einen Plan, Legionsführer? Willst du uns so lange warten lassen, bis die Pferdemenschen an Altersschwäche gestorben sind?"

„Natürlich habe ich einen Plan. Es gibt immer einen Plan", sagte Einohr selbstgefällig. „Wenigstens bei mir, Einohr. Natürlich könnten wir die Pferdemenschen mit schnellerem Gestampfe einholen und töten. Aber was würde uns das bringen?"

„Ruhm und Fleisch", sagte ein Kohortenführer prompt. „Und ein wärmendes Feuer."

Einohr war es gewohnt, dass das schlichte Denken der Rundohren auf ihre Grundbedürfnisse reduziert war. „Richtig", bestätigte er daher. „Und dann?"

Er sah in das verwirrte Gesicht des Kohortenführers und seufzte. „Wenn wir die Pferdemenschen jetzt schlachten, dann sind sie tot, nicht wahr?"

„Ja, das sind sie dann." Der Kohortenführer leckte sich über die Fänge. „Das sollen sie ja auch sein."

„Gut erkannt, Kohortenführer." Einohr seufzte erneut. „Deshalb habe ich auch einen Plan entwickelt. Einen sehr klugen Plan, wie ich betonen möchte. Ich kenne die Pferdemenschen. Sie lassen einander nicht im Stich. Da sind sie wie ihr Rundohren", knurrte er. „Wenn wir die Fliehenden jetzt töten, dann kann ihnen niemand mehr helfen, nicht wahr?"

„Tot ist tot", stellte Feuergesicht fest.

„Aber wenn wir sie noch ein wenig laufen lassen, bis vor die Tore der Stadt, was geschieht dann? Ich meine, wenn die anderen sehen, dass die Verfolgten in Not sind?"

Die Rundohren überlegten.

„Die anderen kommen aus der Stadt heraus, um sie zu holen", vermutete der Kohortenführer.

„Wunderbar. Du solltest zwei Kohorten führen, so schlau wie du bist. Verstehst du jetzt meinen genialen Plan? Wir lassen die Fliehenden bis in die Nähe der Stadt kommen. Die Pferdemenschen in der Stadt sehen sie und eilen ihnen zu Hilfe. Und dann schnappt meine Falle zu."

„Das ist gut", freute sich Feuergesicht. „Mehr Ruhm für uns und mehr Fleisch."

Die Kohortenführer nickten zustimmend.

„Ja, ja, schon gut, du wirst dein Fleisch schon kriegen." Einohr stemmte die Arme in die Hüften und sah die Rundohren geringschätzig an. „Aber mein Plan geht noch weiter. Statt nur mit der Blutkralle werden es die Pferdemenschen auch mit den beiden anderen Legionen zu tun bekommen."

„Da werden die Brocken aber wieder kleiner", maulte Feuergesicht.

„Es wird für jeden reichen. Wie bei Merdoret."

„Da mussten wir losmarschieren, und die anderen Legionen haben sich unser Fleisch genommen", knurrte der Kohortenführer. „Die haben sich an unserer Beute satt gefressen."

„Sei nicht so kleinlich. In Merdonan wartet eine ganze Stadt voller Fleisch auf dich."

„Ein guter Plan", sagte Feuergesicht. „So was kann nur dir einfallen."

Nun, vielleicht, so dachte Einohr, hatte Feuergesicht doch das Zeug, einen passablen Kohortenführer abzugeben. Immerhin erkannte dieses Rundohr die besonderen Fähigkeiten seines Legionsführers an.

„Das Blutbanner kommt." Ein Spitzohr war an den Kohorten entlanggetrabt und wies nun hinter sich. „Ich kann das Legionsbanner schon erkennen."

„Ausgezeichnet." Einohr rieb sich die Hände. „Direkt dahinter wird die Schlachtklaue marschieren." Er reckte sich zu voller Größe. „Ihr habt euch ja sicherlich gefragt, warum wir hier so lange warten. Nicht weil ich den Kampf mit dem Feind gescheut habe. Oder nur um meine Sicherheit besorgt bin, wie ein bösartiges Gerücht behauptet. Nein, damit die Legionen zu uns aufschließen und wir mit geballter Macht zuschlagen können."

Feuergesicht starrte seinen Legionskommandanten an, und vor Anerkennung klaffte sein Maul weit auf. „Ein guter Plan", wiederholte er.

Ja, Einohr würde Feuergesicht im Auge behalten. Gute Kohortenführer konnte er wirklich gebrauchen. Solche, die seine Fähigkeiten nicht infrage stellten und sich tapfer vor ihn stellten, wenn es eng wurde. Die derzeitigen Kommandeure waren noch viel zu sehr auf Ruhm und Fleisch bedacht und ließen die gebührende Vorsicht beim Umgang mit dem Feind vermissen.

Einohr und seine Unterführer warteten geduldig, bis die anderen Legionsführer da waren, um sich mit ihnen zu besprechen.

„Worauf wartest du?", fragte der Anführer der Blutklaue erregt. „Wieso steht ihr hier herum, statt die Pferdemenschen zu jagen?"

„Weil ich auf dich und das Blutbanner warten musste", erwiderte Einohr. „Und ihr habt euch wirklich Zeit gelassen", fügte er spöttisch hinzu. Er sah, wie das gescheckte Gesicht des Rundohrs vor Wut anlief, und machte eine beschwichtigende Geste. „Doch jetzt will ich euch erst mal meinen Plan erläutern."

Er umriss seine Absichten in groben Zügen und hob dabei den Ruhm hervor, den die vorderste Legion im Sturm auf den Feind ernten würde. Ruhm, der die größte Anerkennung des Allerhöchsten Lords finden würde. Einohr setzte auf die Gier der Rundohren und war erleichtert, als diese sich prompt zu streiten begannen, welche Legion den Sturm anführen sollte. Ihm war es egal, solange seine Truppen und er selbst nicht den Gefahren der vordersten Linie ausgesetzt sein würden. Wenn der Angriff auf Merdonan tatsächlich Erfolg hatte, würde niemand ihm den Ruhm streitig machen können, den es bedeutete, den Plan entwickelt zu haben. Wurden die Legionen geschlagen, konnte er es nötigenfalls dem Versagen der anderen Legionskommandanten anlasten. In jedem Fall würde er, Legionsführer Einohr, seine Position festigen können.

„Einer der Späher kommt zurück“, meldete eine Wache. „Er scheint eine wichtige Neuigkeit zu bringen, er hält den Bogen quer über dem Kopf.“

„Der Legionsführer der Pferdemenschen hat mit den Seinen die Weißen Sümpfe erreicht und sich mit einer anderen Gruppe aus den Bergen vereinigt“, berichtete das abgehetzte Spitzohr. „Es muss die Gruppe sein, in der sich Fangschlag befindet.“

„Ausgezeichnet.“ Einohr rieb sich die Hände. „So schlagen wir zwei Maden mit einem Streich.“ Er leckte sich über die Fänge. „Ist etwas von Langzahns Kohorten zu sehen?“

„Sie müssen der Gruppe dicht auf den Fersen sein.“ Das Spitzohr grinste. „Die hatten es ziemlich eilig.“

Einohr nickte erfreut. Er würde sich wieder mit den anderen Kohorten vereinen können, und die Macht der Blutklaue würde so erheblich wachsen.

„Die Pferdemenschen sind dabei, die Sümpfe zu überqueren“, fügte der Späher hinzu. „Die sind zugefroren.“

Einohr zischte durch die Fänge. „Ich hätte es mir denken können. Daher ihr Mut, in das Reich des Allerhöchsten einzufallen. Sie mussten sich nicht über einen Pfad durch die Sümpfe quälen und konnten sich rasch bewegen.“

„Umso besser“, meinte der Legionsführer des Blutbanners. „Das macht es auch uns leicht, auf die Stadt zu marschieren.“ Er kratzte sich ausgiebig am Hals und überlegte. „Du solltest die Meister informieren, Einohr. Sie müssen erfahren, dass die schrecklichen Sümpfe zugefroren sind.“

Der Legionsführer der Schlachtklaue knurrte verdrossen.

„Das hat Zeit. Über die gefrorenen Sümpfe können die Pferdemenschen leichter entkommen, und wir stehen hier immer noch herum. Wir müssen sie sofort verfolgen. Einohr kann den Meistern berichten, wenn wir Merdonan genommen haben." Er deutete um sich. „Die Nacht wird bald hereinbrechen, und es sieht danach aus, als würde sich ein neues Totentuch senken. Ein schlechtes Zeichen, sage ich euch. Wir sollten sehen, dass wir es schnell zu Ende bringen. Wenn wir in der Nacht marschieren, müssten wir die Stadt im Morgengrauen erreichen. Dann können wir ihre Pferdemenschen gebührend wecken."

Der Legionsführer hatte recht, es war an der Zeit, den Pferdemenschen zu folgen.

Die Legion des Blutbanners, die den Wettstreit der Legionskommandanten für sich entschieden hatte, setzte sich an die Spitze, und ihr Kommandeur grinste Einohr triumphierend an, während seine Kohorten an denen der Blutklaue vorbeistampften.

Einohr blickte zum Himmel hinauf und schätzte die Zeit ein. Wenn alles eintrat wie erhofft, dann mussten sie tatsächlich mit dem ersten Licht des kommenden Tages vor Merdonan stehen. Mit den frühen Strahlen der Morgensonne würden die Menschen dem Untergang ihrer Stadt entgegensehen. Und dem Aufstieg Einohrs zum Legionsoberführer.

52

Die Weißen Sümpfe hatten von ihrem Schrecken verloren. Schnee und Eis bedeckten die unheilvollen Überbleibsel der lange vergangenen Schlacht, doch die über sie hinweghetzten, hätten ohnehin keinen Blick dafür gehabt. In der Nacht hatte es leicht zu schneien begonnen. Gerade stark genug, um die Sicht auf den Feind zu nehmen und zu verhindern, dass dieser seine Pfeile löste. Aber die Orks folgten dicht hinter den flüchtenden Menschen. Die marschierenden Legionen mit ihren Waffen und Rüstungen machten einen Lärm, der weit durch die Nacht drang.

Inzwischen hatte es aufgehört zu schneien, und von dort wo sich der Feind näherte, schimmerte der Morgendunst in rötlichem Schein.

„Morgenrot bringt nahen Tod“, knurrte Fangschlag.

„Eine tiefe philosophische Erkenntnis“, lobte Llaranya.

Fangschlag runzelte die Stirn. „Eine einfache Feststellung, Elfenweib. Es ist unausweichlich.“

„Wir sind nahe an Merdonan.“ Nedeam kniff sich in die Wange, um die Müdigkeit zu vertreiben. „Wenn sich der Dunst hebt und die Sonne an Kraft gewinnt, müssten wir die Stadt vor uns sehen.“

„Es sei denn, wir haben die Richtung verloren.“ Llaranya lächelte schwach. „Hier fehlt uns jede Orientierungsmöglichkeit. Wir könnten im Kreis gewandert sein.“

„Die Pferde“, wandte ein Schwertmann ein, der sie gehört hatte. „Sie finden den Weg zurück in den Stall.“

Das Stampfen der Legionen und das Klirren ihrer metallenen Ausrüstung klangen bedrohlich. Nedeam seufzte. „So kräftig, wie die Bestien trampeln, hoffe ich sehr, dass das Eis unter ihren Füßen zerbricht und die Weißen Sümpfe sie für immer verschlingen."

„Hoffen wir lieber, dass die Wachen Merdonans aufmerksam sind und wir die Stadt erreichen." Die Elfin tastete nach dem Köcher an ihrer Hüfte und zählte die Pfeile. „Und darauf, dass die Pferdelords der Stadt bereit sind."

Das Stampfen und Klirren hinter ihnen klang nun schon sehr viel näher.

53

Die beiden Schwertmänner der Turmwache froren erbärmlich. Der eisige Wind strich über die Plattform, und bis vor Kurzem hatte der Schnee ihre Sicht behindert. Sie hatten sich gegenseitig wach halten müssen und immer wieder nach Osten gespäht, obwohl es nichts zu sehen gab außer Dunkelheit und herabsinkenden Schneeflocken. Erst gegen Morgen hatte der Schneefall aufgehört, und nun machten sich die beiden Männer daran, die schützende Plane von Signalfeuer und Umlenkspiegel zu entfernen und sich zu vergewissern, dass nichts davon gelitten hatte.

Ein erster rötlicher Schein war am östlichen Horizont zu sehen, als einer der Männer lauschend innehielt. „Hörst du das?"

„Was soll ich hören?"

Der eine Schwertmann trat näher an die Einfassung der Turmspitze und sah aufmerksam nach Osten. „Ich habe ein merkwürdiges Geräusch gehört. Dort draußen, im Dunst des Morgens."

Der andere trat hinzu und lauschte ebenfalls. „Ich kann nichts hören. Du musst dich getäuscht haben. Kein Wunder, nach einer solchen Nacht können einem die Sinne Streiche spielen." Er wollte sich abwenden, als er stutzte. „Warte, da ist wirklich etwas."

Sie lauschten beide.

„Es ist ein sehr gleichmäßiges Geräusch."

Der zweite Schwertmann nickte. „Wie der Tritt vieler Füße."

Sie sahen sich an, und der eine trat an ein kleines Gestell, in dem sich verschiedenfarbige Kugeln befanden, während der andere weiterhin lauschte und versuchte, den Morgennebel mit den Blicken zu durchdringen. Geblendet schloss er die Augen, als der Dunst auseinanderriss und grelles Sonnenlicht daraus hervorbrach. „Verdammt.“ Er wischte sich die Augen und beschattete sie. Zwischen den Schleiern des Nebels war Bewegung zu erkennen. Undeutlich und fern, aber ohne Zweifel bewegte sich etwas in den Weißen Sümpfen, was es dort nicht hätte geben dürfen. „Dort draußen ist jemand, und er kommt näher.“

„Die Beritte?“

„Nein, ich kann nur eine kleine Gruppe erkennen. Aber es sind Pferde darunter. Orks haben keine Pferde, also müssen es die Unseren sein. Kaum mehr als eine starke Schar. Bei den finsteren Abgründen!“ Der Schwertmann verstummte schockiert, und der andere trat näher. „Sieh dir das an. Daher kommt das Geräusch. Kannst du sie sehen? Ein Stück hinter der ersten Gruppe!“

„Ich sehe sie, und es gefällt mir nicht“, bekannte der andere. „Das ist mindestens eine volle Legion in Marschordnung. Eher zwei.“

„Dann gib das Zeichen.“

Einer von ihnen stieß in das Horn der Ostmark, und der klagende Ton verwehte über der noch schlafenden Stadt. Der andere Mann wählte eine bestimmte Kugel vom Gestell aus, trat an die westliche Brüstung des Turms und ließ sie fallen.

Viele Längen unter ihm prallte die Kugel auf einen metallenen Gong. Ein anderer Schwertmann schreckte auf, entnahm sie dem metallenen Becken und rannte vom Dach des Gebäudes zum Amtsraum des Pferdefürsten, wo der Erste Schwertmann Mor eine unruhige und sorgenvolle Nacht verbracht hatte.

„Der Feind steht vor den Toren Merdonans“, berichtete der Schwertmann und zeigte Mor die Kugel.

Mor stieß einen grimmigen Fluch aus, dann erhob er sich

und schnürte sein Wams zu. „Ein Lebenszeichen von den unseren?“, fragte er, während er nach dem Waffengurt langte.

„Nur die Kugel, doch die Turmwache wird mehr gesehen haben. Einer ist gewiss schon auf dem Weg nach unten.“

Mor nickte. „Schick weitere Männer auf die Wache hinauf und lass die Hörner erklingen. Die Pferdelords der Mark sollen zu den Waffen eilen.“

Es waren erst wenige Tage seit dem Aufbruch Bulldemuts vergangen. Seitdem begann sich die Macht der Ostmark bei Merdonan zu sammeln. Und Mor würde sie sobald nötig einzusetzen wissen.

54

Als der Dunst auseinanderriss und die Mauer Merdonans mit der alten Ostwache sichtbar wurde, da wussten Nedeam und die anderen, dass Rettung nahe war. Aus der Stadt war der fordernde Klang von Hörnern zu vernehmen. Dies und die Annäherung des Feindes waren ihnen allen Ansporn, die letzten Kräfte zu mobilisieren. Die vorderste Kohorte der Orks war ihnen schon bedenklich nahe, und die Rundohren und Spitzohren hatten den Sieg bereits vor Augen. Pfeile lösten sich aus ihren Reihen, und bald würden die ersten Rundohren sogar nahe genug sein, um ihre Schlagschwerter einzusetzen.

Nedeam, Llaranya und Fangschlag bildeten zusammen mit zehn Schwertmännern die dünne Abwehrlinie, während Bulldemut und die anderen mit dem protestierenden ta Enderos auf Merdonan zustrebten.

„Hört auf zu zetern, ta Enderos", stieß Bulldemut grimmig hervor. „Euer Königreich würde es mir niemals verzeihen, wenn Euch kurz vor den Mauern meiner Stadt, noch etwas zustoßen sollte." Sie konnten das nach Westen weisende Stadttor nicht sehen, doch auf dem Wehrgang der Mauer wurden immer mehr Männer sichtbar. „Man hat uns und den Feind gesehen, Hochgeborener, und die Pferdelords werden angemessen reagieren."

Nedeams Nachhut war nicht mehr weit vom Rand der Weißen Sümpfe und dem festen Boden entfernt. Sie schritten rückwärts, deckten sich mit Schilden gegen die immer zahlreicher werdenden Pfeile und achteten auf die Rundohren, die fast herangekommen waren. Es war ein Wunder, dass bislang keiner von ihnen getroffen worden war. Nedeam und Fangschlag hatten Llaranya in ihre Mitte genommen und deckten sie mit ihren Schilden, während sie ihre Pfeile löste. Sie zielte nur auf die vordersten Spitzohren, um die anderen Schützen der Kohorte zur Vorsicht zu gemahnen. Hinter der Kohorte waren weitere zu sehen, die in Schlachtordnung ausschwärmten und über denen ein schwarzes Banner wehte.

„Nicht das der Blutklaue", meinte Fangschlag enttäuscht. „Einohr ist nicht dabei. Entweder sitzt er in Merdoret an einem warmen Feuer, oder er hält sich am Ende der Legionen auf. Ich kenne seine Feigheit."

„Wir werden ihre Reihen nicht durchbrechen, damit du nach dem hinterhältigen Bastard suchen kannst", stellte Nedeam fest.

„Ich weiß." Fangschlag spuckte angewidert aus. „Ich habe immer auf ein ruhmvolles Ende im Kampf gehofft, aber es missfällt mir, tapfere Legionäre dafür zu schlachten." Er sah Nedeam an und bewegte den Arm mit dem Schlagschwert. „Aber mein Wort gilt. Wenn ich Einohr nicht töten kann, stehe ich immerhin an der Seite eines ebenbürtigen Kriegers."

„Sie kommen."

Wie oft hatten sie in den letzten Tagen diesen Warnruf vernommen? Dies würde wohl das letzte Mal gewesen sein, denn die vordere Kohorte begann zu stürmen. Nedeam und die Seinen konnten nicht entkommen. Über der Eisschicht, welche die Weißen Sümpfe bedeckte, lag der Schnee kaum knöcheltief und war bei Weitem nicht so hinderlich wie im Pass von Merdoret.

Die Rundohren der beiden vorderen Reihen deckten sich mit ihren großen rechteckigen Schilden, sodass von ihnen nur die Kampfstiefel und die behelmten Köpfe sichtbar waren. Dahinter folgten die Spitzohren. Llaranyas Pfeile hatten die kleinen Schützen vorsichtig gemacht. Zwar löste die Elfin nur wenige Geschosse, doch alle von ihnen trafen. Keines der Spitzohren hatte großes Verlangen danach, sich als nächstes Ziel anzubieten. So blieben sie in der Deckung ihrer großen Brüder und lösten die eigenen Pfeile einfach in die Richtung, in der sie die Feinde vermuteten. Da sie dicht hinter den Rundohren blieben und deren Schutz suchten, mussten sie über ihre wesentlich größeren Brüder hinwegzielen und schossen daher zu hoch. Die meisten der Pfeile verfehlten Nedeams Gruppe, und nur einer von ihnen schlug in einen Schild.

„Die Spieße", zischte Nedeam.

Die vorderste Reihe der Rundohren hatte die langen Spieße gefällt, die der Abwehr von Reitern dienten. Sie wirkten beeindruckend und tödlich, doch Nedeam hatte oft genug gegen Orks gekämpft, um auch den Schwachpunkt dieser Waffe zu kennen. War man erst an der tödlichen Spitze vorbei, so war es leicht, ihren Träger zu töten. Als weit gefährlicher empfand er die zweite Reihe Rundohren mit den Schlagschwertern.

„Ich weiß sie zu nehmen", grollte Fangschlag.

Llaranya nickte. Sie nutzte ihre letzten Pfeile, um einige der Spießträger zu töten. Obwohl die Rundohren sich beeilten, die entstehenden Lücken in der ersten Reihe zu schließen, war dies die Gelegenheit für Nedeams Gruppe. Jeder der Männer war erfahren, und sie handelten instinktiv.

„Tod!", schrie Nedeam, und andere nahmen seinen Ruf auf.

Der Spießträger ihm gegenüber grunzte erfreut, weil das begehrte Fleisch so bereitwillig zum Haken eilte, doch Nedeam schlug den Spieß zur Seite, und seine Elfenklinge durchbohrte Schild und Rüstung des Rundohrs. Mit einem metallischen Klingen kam das Schwert wieder frei, Nedeam stieß den toten Ork zur Seite und trennte dem dahinterstehenden Rundohr den Schädel vom Rumpf. Rechts und links von ihm prallten die anderen Kämpfer aufeinander. Die Orks brüllten erregt, von den

Männern war nur angestrengtes Keuchen und gelegentlich ein Schrei zu hören. Die Spitzohren fielen nun zurück, da sie den Nahkampf lieber den starken Rundohren überließen.

Llaranya fand noch zwei lohnende Ziele für ihre Pfeile, dann war der Köcher leer. Sie hatte nicht die Zeit, den Bogen auf den Rücken zu schwingen, so ließ sie ihn fallen und zog ihr Schwert. Dem Schlag eines Angreifers ausweichend, führte sie ihre Klinge in einer Kreisbewegung herum und köpfte das Rundohr. Ein anderes sprang vor, Nedeams Schild fuhr dazwischen, während sein Schwert in die Brust des Orks eindrang.

Die wenigen Verteidiger waren nun von den Bestien umringt und kämpften verbissen gegen die Übermacht an. Schon lagen zwei, dann drei der Schwertmänner am Boden. Fangschlag war von Rundohren umringt und hieb wütend um sich. Er war kaum noch in der Lage, ihre Schläge zu blockieren, und blutete bereits aus zwei Wunden.

Nedeam und die Seinen wurden förmlich überschwemmt, dabei griffen die anderen Kohorten überhaupt nicht in den Kampf ein. Sie überließen es der ersten Kohorte, den schwachen Widerstand zur Seite zu fegen, um endlich nach Merdonan vorzudringen.

Doch dann drang Merdonan zu ihnen vor.

Über den Lärm des Kampfes und das Stampfen zahlloser Füße erhob sich der fordernde Klang eines Horns, und weitere fielen ein. Der Boden schien zu schwingen, und erregte Schreie waren zu hören.

Pferdefürst Bulldemut hatte vor Tagen die Losung gegeben, und die Pferdelords der Ostmark hatten sie gehört und waren ihr, getreu dem Eid, gefolgt. Obwohl nicht alle Reiter der Mark in Merdonan versammelt waren und er die Mauer besetzt halten musste, führte der Erste Schwertmann Mor sieben Beritte gegen den Feind. Zuvorderst zwei der Schwertmänner, dahinter die Pferdelords mit ihren unterschiedlichen Waffen.

Nedeam blockierte gerade den Stoß eines Orkspießes, als unvermittelt eine Stoßlanze aus der Brust seines Gegners ragte. Noch während die Bestie zurückgeworfen wurde, war der Reiter schon vorbei und hatte seine Waffe mit einer Drehbewegung aus dem toten Ork befreit. Nedeam ließ wie betäubt seine Klinge sinken, schon folgte ein dichter Pulk von Männern, deren grüne Umhänge im Reitwind flatterten. Die schwarzen Rosshaarschweife bewiesen, dass es Schwertmänner der Ostmark waren, die im letzten Augenblick Hilfe brachten.

Ein Reiter rempelte Nedeam an und warf ihn zu Boden. Aus den Augenwinkeln sah er ein weiteres Pferd, das über ihn hinwegsetzte. Er erkannte einen schlichten Kuppelhelm und die lange Axt, die der Reiter schwang. Ein Pferdelord, welcher der Losung gefolgt war.

Taumelnd kam Nedeam wieder auf die Füße. Um ihn herum war der Kampflärm angeschwollen. Schreie und Grunzen waren zu hören, das Klirren der Waffen, wenn sie aufeinanderprallten oder in die Rüstungen des Feindes drangen. Ein Hauen und ein Stechen mit Schwertern, Lanzen und Äxten. Augenblicklich wurde der Kampf unübersichtlich. Nedeam sah Orks um sich herum, die sich kaum um ihn kümmerten und vollauf damit beschäftigt waren, die Reiter abzuwehren.

„Llaranya?“, schrie Nedeam besorgt, während er ein Rundohr fällte. Er sah ihren zerbrochenen Bogen auf dem Boden liegen, doch von ihr fehlte jede Spur. „Llaranya?“

Die Kohorte, die sich soeben noch des Sieges über Nedeams Gruppe sicher gewesen war, wurde einfach überritten und hörte auf zu existieren. Ein Stück hinter ihnen stand nun die Legion des Blutbanners und erwartete den Ansturm der Pferdelords. Ihre Spieße senkten sich dem Feind entgegen, und doch waren die Verhältnisse hier anders als vor Merdoret. Hier wurden die Pferdelords durch den Schnee kaum behindert. Und so konnten sie die Macht ihrer Pferde einsetzen.

Einige fanden den Tod, als die Reihen aufeinanderprallten. Spieße rammten sich in die Leiber von Pferden oder Reitern. Andere Männer aber schlugen die langen Stangen mit den gefährlichen Spitzen zur Seite und stachen und hieben auf deren Träger ein. Pferdelords drangen in die ersten Reihen der Kohorten, wurden aus den Sätteln gezerrt und getötet. Weitere folgten ihnen, immer mehr, bis eine Lücke in der geschlossenen Formation des Blutbanners entstand, die von grimmigen Männern zu den Seiten hin geöffnet wurde. Dann brachen die vorderen Reihen der Bestien auseinander. Das besiegelte den Untergang der Legion des Blutbanners. Hornsignale ertönten, Reiter sammelten sich, brachen durch die Lücke hindurch und begannen die vorderen Kohorten nun auch von der Rückseite zu bekämpfen.

„Llaranya?“ Nedeam stieß ein Rundohr zur Seite, das blutüberströmt an ihm vorbeitaumelte und schließlich auf die Knie sank, um zu sterben.

Die Einheiten, die hinter den vorderen Kohorten bereitstanden, reagierten instinktiv. Die Rundohren konnten dem Gemetzel vor ihren Augen nicht tatenlos zusehen und stürmten brüllend auf die Reiter los. Die bis dahin von den Rundohren gedeckten Spitzohren lösten nun ihre Pfeile und nahmen sich immer weniger Zeit, sorgfältig zu zielen, denn nun galoppierten wütende Pferdelords auf sie zu. Ihre Reihen lösten sich auf, und die kleinen Orks versuchten hastig, den Schutz der weiter hinten stehenden Legion der Schlachtklaue zu erreichen.

Vorn, wo kurz zuvor noch eine kampfbereite Legion gestanden hatte, entwickelte sich der Kampf zu einem einseitigen Gemetzel. Den berittenen Kämpfern hatten die Legionäre nur wenig entgegenzusetzen. Der lange Marsch hatte die Orks zu sehr entkräftet, die Reiter der Ostmark hingegen waren ausgeruht. Als das Schlachten endlich endete, hatte die Legion des Blutbanners praktisch zu existieren aufgehört. Die wenigen Überlebenden strebten der wartenden Legion der Schlachtklaue entgegen und überließen den siegreichen Pferdelords das Feld. Waffen senkten sich, um noch lebenden Bestien den Todesstoß zu geben, und Hörner riefen die Beritte auf, sich erneut zu sammeln.

„Nedeam?“

Er fuhr herum, und ein erleichterter Aufschrei drang aus seiner Kehle, als er die geliebte Elfin zwischen zwei Pferdelords erkannte, die ihre Pferde näher trieben. Sie sanken sich in die Arme, und in diesem Augenblick vertraute Nedeam blind auf den Schutz der Reiter, die in dichten Pulks oder einzeln über das Schlachtfeld trabten.

„Eilt euch, Pferdelords der Ostmark“, hörte Nedeam die befehlsgewohnte Stimme Bulldemuts. „Noch ist unser Tagwerk nicht vollbracht. Nehmt die Verwundeten auf und formiert euch neu.“

Nedeam löste sich von Llaranya, die traurig ihren zerbrochenen Bogen aufhob, und sah dem Pferdefürsten entgegen. Erschöpft, und doch von neuer Kraft beseelt, saß der alte Kämpfer auf einem frischen Pferd, und über ihm wehte stolz das Banner seiner Mark. Das alte Feuer beseelte ihn, dessen Schwert von dunklem Orkblut triefte.

„Nehmt Euch ein Pferd, mein Freund“, sagte Bulldemut heiser. „Es sind ein paar frei geworden, wir werden ihre Reiter rächen. Noch stehen zwei Legionen, doch wir werden sie schlachten.“

Nedeam hatte keinerlei Verlangen nach einem weiteren Kampf, doch er konnte nicht zurückstehen. Er griff sich die Zügel eines reiterlosen Pferdes, zog sich in den Sattel und folgte dem Pferdefürsten. Er sah sich um und fand nun auch Fangschlag, der verwundet, aber lebend am Boden saß und von zwei Schwertmännern davor bewahrt wurde, von übereifrigen Pferdelords getötet zu werden.

Sieben Beritte hatte Mor gegen die vorderste Legion geführt und diese in einem ruhmreichen Ansturm ausgelöscht. Es wirkte wie ein Wunder, dass sich nun erneut fünf Beritte formieren konnten. Die anderen Männer waren tot, verwundet oder kümmerten sich um jene, deren Wunden versorgt werden mussten. Der Tumult und Lärm der Schlacht war dem Stöhnen der Verletzten und dem qualvollen Wiehern verwundeter Pferde gewichen.

Die Orks der Legion der Schlachtklaue warteten auf den Feind.

Sie waren sich sicher gewesen, Merdonan zu nehmen, doch nun hatten sie mitansehen müssen, wie die Legion des Blutbanners innerhalb kürzester Zeit niedergemetzelt worden war. Vor allem die Rundohren waren zu diszipliniert, um darüber in Panik zu verfallen, aber sie wussten auch, dass es ihr Tod gewesen wäre, nun gegen den Feind zu stürmen. Der Legionskommandant und die Kohortenführer sorgten dafür, dass die Überlebenden des Blutbanners eingegliedert wurden, und stellten etliche Rundohren ab, die dafür sorgen sollten, dass die Spitzohren ihre Stellung hielten.

Auch Llaranya schwang sich auf ein reiterloses Pferd und beobachtete, wie sich die Beritte der Pferdelords hinter Bulldemuts Banner formierten. Als sie dort auch Nedeam erblickte, ritt sie rasch zu ihm hinüber.

„Lasst es gut sein, Pferdefürst“, sagte sie eindringlich und deutete zu der wartenden Legion. „Hinter diesen dort steht eine dritte. Ihr könnt sie nicht alle bezwingen.“

Bulldemut blähte die Wangen und leckte sich über die aufgesprungenen Lippen. Dann schüttelte er langsam den Kopf. „Glaubt mir, Hohe Frau, ich sehne mich selbst nach der Wärme eines Feuers und einer weichen Bettstatt, und es ist schon reichlich Blut geflossen. Ich kann Eure Bedenken verstehen, Elfin, dennoch müssen wir es tun. Wir können nicht so lange warten, bis die Bestien zurükschlagen, und wir können auch nicht nach Merdonan zurück."

„Ihr könntet dort in Ruhe warten, bis die Bestien wieder vordringen", entgegnete die Elfin. „Wenn sie es denn überhaupt noch wagen. Noch bevor die Legionen den Boden Eurer Ostmark erreichen würden, wären die Pferdelords schon aus der Stadt heraus."

„Aber einige von ihnen könnten in die Mark entkommen", gab der alte Kämpfer zu bedenken. „Oder sie warten auf die Nacht oder den nächsten Schneefall, der sie unseren Blicken verbirgt. Könnt Ihr es nicht riechen, Llaranya? Bald wird es erneut schneien. Der Schnee würde die Spuren der Bestien bedecken."

Nedeam beugte sich zur Seite und legte die Hand an Llaranyas Arm. „Er sorgt sich um die Gehöfte und Weiler. Nun, da die Pferdelords der Ostmark in Merdonan versammelt sind oder ihm entgegenstreben, da wären die Kinder, Frauen und Alten im Hinterland den Bestien fast schutzlos ausgeliefert."

„Wir würden die Orks natürlich finden", knurrte Bulldemut. „Früher oder später. Doch bis dahin könnten sie schon unendliches Leid über mein Volk gebracht haben. Nein, wir werden sie endgültig aufhalten. Hier und jetzt wird es enden."

„Dann holt zuvor Verstärkung aus der Stadt", riet Llaranya. „Ihr habt dort noch Beritte, und die Mauer ist gesäumt von Männern."

Nedeam sah den Pferdefürsten an. „Sie hat recht, Freund Bulldemut. Viele Leben guter Pferdelords können geschont werden, wenn wir mit größerer Macht auftreten."

„Meine Männer wissen zu kämpfen“, knurrte Bulldemut grimmig.

„Ohne Zweifel.“ Nedeam seufzte. „Doch haben sie es verdient, sinnlos geopfert zu werden? Verfallt nicht in blinden Zorn, Pferdefürst.“

Der atmete schwer und starrte hasserfüllt zu den Orks hinüber. Dann warf er einen Blick zu den wartenden Beritten hinter ihnen. Er wusste, die Reiter waren bereit und würden seinem Befehl folgen. Dennoch …

Bulldemut legte das Schwert quer über das Sattelhorn und nickte zögernd. „Ihr habt recht, Nedeam. Ich darf mich nicht vergessen. Der kräftezehrende Marsch, das blutige Schlachten vor Merdoret, es darf mich nicht blind machen.“ Er sah seinen Ersten Schwertmann an. „Mor, sammelt die Pferdelords aus der Stadt. Jeden Mann, der reiten kann. Dann nehmt zwei Beritte und formiert Euch mit ihnen ein Stück nördlich Merdonans. Ihr werdet jede Bestie töten, die es schaffen sollte, unsere Reihen zu durchbrechen oder zu umgehen. Keine einzige von ihnen darf in die Mark entkommen.“

„So wird es geschehen, Hoher Lord.“ Mor zog sein Pferd herum und galoppierte zurück zur Stadt.

„Warten wir also noch ein wenig“, sagte Bulldemut und lehnte sich im Sattel zurück.

Da strich ein Schatten über den schneebedeckten Boden hinweg.

Er glitt über die Legionen auf die Pferdelords zu. Das Pferd des Pferdefürsten und viele der anderen wieherten erschreckt und bäumten sich auf. Bulldemut stieß einen heiseren Fluch aus und wurde aus dem Sattel geworfen. Selbst Nedeam hatte große Mühe, sich auf dem fremden Pferd zu halten. Entsetzte Schreie wurden laut, und neben dem Ersten Schwertmann deutete ein Pferdelord angstvoll in den Himmel hinauf. „Seht nur!

Seht! Die Finsternis schickt ihre Boten!"

„Eine Schwinge", rief Llaranya. „Und dort ist noch eine."

Nedeams Pferd stieg auf die Hinterhand, es hatte einen unsanften Stoß erhalten, als das Tier eines Nebenmannes in seiner Angst durchging und mitsamt seinem Reiter auf die Legion der Orks zustürmte. Doch dort hatte keine der Bestien einen Blick für den Pferdelord, der verzweifelt versuchte, sein Pferd unter Kontrolle zu bringen.

Die vordere Schwinge flog die in Unordnung geratene Formation der Pferdelords entlang und schwenkte dann ein. In einer weiten Kurve näherte sie sich nun der linken Flanke der vorderen Legion, und die anderen Flugwesen folgten ihr. Man konnte nun auch die Männer auf den Schwingen sehen, und Nedeam glaubte Anschudar und seine Showaa zu erkennen. Sie folgten der vordersten Lederschwinge, die ungleich größer als die anderen war und keinen Reiter trug.

Die Reihen der Legion brachen auseinander. Der Anblick der furchterregenden Wesen war den erschöpften Kämpfern nun endgültig zu viel. Gegen die Gefahr aus der Luft gab es keine Deckung und keinen Schutz. Der Kampfeswillen der Kohorten brach. Und es war für sie zu spät, dem Feueratem zu entkommen.

Feedanaa synchronisierte die beiden Pupillen ihres Auges mit den zwei Maultentakeln. Brennbare Gase schossen in einem eng umgrenzten Strahl aus der Rachendüse, und zwischen den Gelbsteinen in den Maultentakeln glühten grelle Funken auf, die ihn entzündeten. Ein blau gleißender, pulsierender Flammenstoß strich über die Kämpfer der Legion hinweg. Orks verbrannten, Schnee verdampfte, dann war die Schwinge vorbei und die nächste glitt heran. Fünf der mächtigen Flugwesen strichen über die Legion hinweg. Danach gab es die Legion nicht mehr, und nur verkohlte Kadaver blieben zurück.

Nedeam hatte sein Pferd wieder unter Kontrolle gebracht und war froh, dass der Dunst des verdampfenden Schnees ihm den Blick auf die Legion verwehrte. Auch wenn die Orks gnadenlose Feinde waren, so empfand er ihr Ende doch als viel zu schrecklich, um daran Genugtuung zu finden. Neben ihm packte der fluchende Bulldemut die Zügel eines anderen Pferdes und zog sich wütend in den Sattel. Llaranya schien die Einzige zu sein, die ihr Reittier hatte beherrschen können. Überall um sie herum herrschte das Chaos.

„Ordnet eure Beritte, Männer der Ostmark", schrie Bulldemut. „Ordnet die Beritte!"

Nedeam sah fasziniert, wie Schnee über den Boden zu springen begann. Er hatte das noch nie gesehen. Die kleinen Schneefontänen rasten in merkwürdigen Linien über den Boden. Es ging von dort aus, wo die Legion verbrannt war, und näherte sich rasend schnell den Pferdelords.

„Was ist das?", fragte Llaranya überrascht. „Der Boden springt?"

Plötzlich begriff Nedeam. „Das Eis! Es ist das Eis! Es bricht!" Er erhob seine Stimme. „Zurück, Pferdelords! Zurück auf festen Boden, so schnell euch die Pferde tragen!"

Bulldemut sah ihn verwirrt an. „Was ist los?"

„Der Feueratem der Schwingen. Er schmilzt das Eis so schnell, dass es zerplatzt", keuchte Nedeam. „Wir müssen sofort … Versteht doch, die Weißen Sümpfe tauen auf!"

„Bei den finsteren Abgründen." Bulldemut winkte mit dem Schwert. „Zurück! Alles zurück!"

Über den Wolken verdampfenden Schnees und Eises kreisten die Schwingen, während die Pferdelords ihre Tiere in verzweifelter Hast wendeten. In dichten Pulks oder vereinzelt strebten sie dem rettenden festen Boden der Ostmark zu. Reiter beugten sich tief aus den Sätteln, packten die Verwundeten.

Es war keine Zeit, auf deren Schmerzen Rücksicht zu nehmen, denn wenn die Weißen Sümpfe sie verschlangen, drohte ihnen Schlimmeres als der Tod.

Ein unheilvolles Prasseln war zu hören, und Nedeam blickte über die Schulter zurück. In dem Dampf, der über den Resten der Legion der Schlachtklaue lag, waren nun Flammen zu erkennen. Die meisten stiegen in den Himmel auf, doch einige von ihnen liefen, feurigen Schlangen gleich, hinter den Pferdelords her, und in die springenden Schneefontänen mischte sich Unheil verkündendes Feuer.

Die ersten Reiter erreichten festen Boden und trieben ihre Pferde weiter, um den nachfolgenden Raum zu geben. Nedeam war einer der Letzten, die das feste Ufer betraten. Er zügelte sein Pferd und zog es herum.

„Ein furchtbarer Anblick", murmelte ein Pferdelord neben ihm.

Meinte er die kreisenden Schwingen, die Flammen über den Weißen Sümpfen oder den Anblick des nun mit Gewalt zerberstenden Eises? Nedeam fand alles gleichermaßen beeindruckend. Das Feuer raste über die Sümpfe und dehnte sich immer weiter aus.

„Ich glaube, die Sümpfe selbst beginnen nun zu brennen." Llaranya ritt an die Seite ihres Gemahls und stützte die Hände auf den Sattel auf. „Ich kenne das von anderen Sümpfen. Manchmal bilden sich dort Gase, die sich entzünden können."

Bulldemut hatte ihre Bemerkung gehört. Er saß mit schmerzverzerrtem Gesicht im Sattel, denn er hatte sich beim Sturz verletzt und war dennoch wieder aufgesessen. „Das kann ich mir nicht vorstellen, Elfin. Die Weißen Sümpfe sind keine gewöhnlichen Sümpfe. Zudem haben wir einst, als die Orks Merdonan berannten, ihre Stege verbrannt und Feuergeschosse in die Sümpfe katapultiert, ohne dass sie entflammten. Selbst die

Magie der Grauen Wesen hat das nicht vermocht."

Llaranya lächelte. „Der Feueratem der Lederschwingen muss sehr viel stärker sein als gewöhnliches Feuer. Seht es Euch an, Pferdefürst. Die Sümpfe brennen."

Die Elfin hatte recht. Der Feuerschein dehnte sich immer weiter aus. Dabei fielen die mächtigen Flammen zunehmend in sich zusammen. Nun sah es aus, als züngelten überall winzige blaue Flämmchen aus dem Boden hervor.

Die Schwingen kreisten noch immer über ihnen, aber ihre Formation löste sich nun auf. Drei von ihnen, darunter die mächtige Lederschwinge ohne Reiter, glitten langsam auf die Pferdelords zu. Erneut hatte man Mühe, die Pferde ruhig zu halten, doch diesmal warf keines seinen Reiter ab, und die Beritte konnten ihre Ordnung halten. Instinktiv griffen etliche der Männer ihre Waffen fester, und Nedeam und Bulldemut beeilten sich, ihnen beruhigende Worte zuzurufen. Die Furcht war verständlich, denn die Schwingen hatten ihre Macht bewiesen. Dass sie die Orks verbrannt hatten, hieß ja nicht automatisch, dass sie die Menschen verschonen würden.

„Einen Pelzbeißer oder ein Rudel Raubkrallen würde ich auch nicht aus den Augen lassen", murmelte ein Reiter hinter Nedeam. „Ich halte lieber meine Lanze bereit."

Die drei Schwingen setzten ein gutes Stück abseits der Beritte auf. Nedeam war sich nun sicher, in einer von ihnen Showaa zu erkennen, und der Mann, der nun aus ihrem Sattel glitt, war zweifellos Anschudar. Nedeam stieg von seinem Pferd und schritt langsam auf die Gruppe zu. Schließlich folgten Bulldemut und Llaranya seinem Beispiel.

Die beiden Gruppen beobachteten sich in einer Mischung aus Neugier und Vorsicht. Nedeam bemerkte, dass der andere Schwingenreiter ihn unfreundlich musterte. Sein Gesicht drückte deutliche Missbilligung aus. Die Mimik der Schwingen wusste Nedeam nicht zu deuten, aber Anschudar freute sich ganz offensichtlich, ihn zu sehen, und trat ihnen lächelnd entgegen.

„Dies ist Feedanaa, die Herrin des Horstes und dessen Große Mutter“, stellte der junge Schwingenreiter vor und deutete auf die riesige Lederschwinge. „Und dies ist Mordeschdar, unser Schwingenführer.“

Das war also der Name des Finsterlings, wie Nedeam ihn heimlich bereits nannte. Er stellte sich und die anderen vor und vermutete, dass diese Feedanaa wohl das Sagen hatte. Mordeschdar machte nicht den Eindruck, als wäre er dem Pferdevolk allzu überschwänglich beigestanden.

„Wir danken Euch für Eure Hilfe“, sagte er und deutete eine leichte Verbeugung vor der großen Lederschwinge an. „Das Pferdevolk vergisst es nicht, wenn man ihm in der Not zur Seite steht.“

„So ist es“, bestätigte Pferdefürst Bulldemut. „Wenn die Ostmark des Pferdevolkes Euch irgendwie zu Diensten sein kann, so lasst es uns ohne Zögern wissen. Wir werden Euch nicht enttäuschen.“

Feedanaa legte ihren riesigen Schädel ein wenig zur Seite, und ihre Pupillen fixierten Nedeam. „Du Showaareiter?“

Als er nickte, beugte sie sich weiter vor, und einer ihrer Maultentakel berührte Nedeams Gesicht. Er musste sich beherrschen, um nicht instinktiv zurückzuweichen. Der Gestank des Gelbsteins, den die alte Schwinge in ihrem Tentakel hielt, stach in seine Nase, doch der fleischige Muskel selbst fühlte sich warm und unerwartet weich an. Für einige Augenblicke vermeinte Nedeam eine blitzschnelle Abfolge von Bildern und Eindrücken zu empfinden, dann richtete sich die Lederschwinge auch schon wieder auf.

„Showaareiter helfen Horst“, sagte Feedanaa und blickte

nun über Nedeam hinweg auf die wartenden Beritte und die Stadt. „Horst helfen Showaareiter."

Unvermittelt schwang sich die riesige Schwinge in die Luft, und Nedeam spürte den Windhauch, als sie in einem leichten Bogen über ihn hinwegflog. Mordeschdar warf den Menschen einen abschließenden und schwer zu deutenden Blick zu, dann folgte er der Herrin des Horstes. Nur Showaa und Anschudar blieben zurück.

„Sie macht nicht viele Worte", stellte Nedeam fest, um das unbehaglich wirkende Schweigen zu durchbrechen.

Anschudar räusperte sich. „Nein, das ist nicht ihre Art."

„Dieser Mann neben dir, er scheint uns nicht sonderlich zu mögen."

Der junge Schwingenreiter nickte. „Ich glaube, Mordeschdar mag niemanden besonders, der nicht zum Schwingenvolk gehört."

„Dennoch hat er uns geholfen." Nedeam trat vor und legte dem Schwingenreiter die Hand auf die Schulter. „Und ich nehme an, das haben wir dir zu verdanken."

„Vor allem Showaa", bekannte Anschudar. „Sie hat die Große Mutter überzeugt."

Die junge Schwinge schien die Worte verstanden zu haben und beugte sich weit vor, sodass ihr Schädel beinahe den Boden berührte. Nedeam trat an sie heran und strich sanft über einen ihrer Maultentakel. „Dann gilt mein Dank ganz besonders dir, Showaa."

„Showaa fliegen", erwiderte sie und wippte mit dem Kopf auf und ab. „Fliegen Nord. Neuer Horst. Neues Ei."

„Wir verlassen unseren alten Horst", erklärte Anschudar und deutete nach Norden. „Jetzt, wo wir in der Nähe neuen Gelbstein gefunden haben, können wir hier gefahrlos siedeln. Irgendwo in den nördlichen Bergen des Noren-Brak."

Nedeam sah zu, wie Anschudar wieder zu seiner Showaa trat und sich in den Sattel zog. „Werden wir uns wiedersehen?"

Anschudar zuckte die Schultern. „Ich weiß es nicht. Feedanaa hat das zu entscheiden. Und später, vielleicht, wird es Showaa sein, die den Horst führt. Ja, vielleicht begegnen wir uns wieder. Aber die Schwingen meiden die Nähe von euch Bodenläufern. Es war schon immer so und wird sich wohl niemals ändern. Dennoch, Nedeam, irgendwo werden die Schwingen kreisen. Und wenn du sie am Himmel siehst, dann sei gewiss, dass sie deine Freunde sind."

Anschudar hob grüßend die Hand, dann sprang Showaa den Himmel an.

Bulldemut blickte den entschwindenden Schwingen nachdenklich hinterher. „Ein merkwürdiges Volk, will mir scheinen. Die Menschen reiten auf den Lederschwingen, und doch scheinen diese es zu sein, die über das Schicksal aller bestimmen."

Llaranya lächelte den Pferdefürsten an. „So ist das Denken der Menschengeschlechter. Stets muss einer über den anderen herrschen. Nein, Pferdefürst, ich glaube, die Schwingen und ihre Reiter sind auf besondere Weise miteinander verbunden."

„Dennoch hat die alte Schwinge das Sagen", beharrte Bulldemut. Er blickte über die brennenden Sümpfe. „Mir scheint, einige Orks sind dem Feueratem entkommen. Er ist wohl doch nicht so mächtig."

Llaranya trat vor den alten Kämpfer. „Da ich um einige Hundert Jahreswenden älter bin als Ihr, lasst Euch von mir etwas sagen: Freund Bulldemut, Ihr werdet nörglerisch auf Eure alten Tage."

Der Pferdefürst sah sie verdutzt an, dann lachte er schallend. „Fürwahr, diesen Tadel habe ich verdient. Die Mark ist sicher, die Bestien sind gebrannt, die Schwingen stehen an unserer Seite, und ich jammere über ein paar Orks, die sich retten konnten.“ Bulldemut schlug Nedeam vergnügt auf die Schulter. „Ah, fürwahr, sie werden ihren Brüdern eine Menge zu erzählen haben, und nichts davon ist erfreulich. Ihrem Schwarzen Lord wird vor Wut der Schaum vors Maul treten.“

„Das glaube ich auch“, stimmte Nedeam zu. Er starrte auf die blauen Flämmchen, welche die Weißen Sümpfe zu bedecken schienen, und ihm schauderte. „Aber nun sehne ich mich nach einem wärmenden Feuer.“

Dem hatte keiner der anderen etwas hinzuzufügen.

55

Einohr befand sich zwischen den Rundohren der vordersten Kohorte der Blutkralle. Sie alle hatten es eilig, die Weißen Sümpfe hinter sich zu lassen. Der Angriff der Himmelsbestien war schon schlimm genug gewesen, doch danach war der Boden aufgesprungen und hatte zu brennen begonnen. Sie alle waren so schnell gerannt, wie sie nur konnten, und doch waren einige von den Flammen eingeholt worden und kläglich verbrannt. Andere hatte der aufbrechende Boden verschlungen, und die Unglücklichen waren in die verzauberten Wasser hineingerissen worden. Immerhin hatten vier Kohorten der Blutkralle nun den festen Boden des Passes von Merdoret erreicht.

Legionäre ließen sich erschöpft in den Schnee sinken und versuchten wieder zu Atem zu kommen. Einohr blieb lieber auf den Beinen, sosehr ihm diese auch schmerzten. Er wollte so schnell wie möglich verschwunden sein, falls sich eine der Schwingen nochmals blicken ließ.

Feuergesicht hatte ebenfalls überlebt und trug noch immer das Legionsbanner, auch wenn das schwarze Tuch nun stark angesengt war. Aber das Rundohr hatte auch in der vorderen Reihe gestanden, denn es besaß nicht Einohrs Klugheit und Voraussicht. Immerhin hatten das Banner und sein sichtlich aufgezehrter Träger überlebt.

Die Kohortenführer waren so erschöpft wie ihre Kämpfer, dennoch gingen sie ihren Pflichten nach und ordneten die Truppe neu. Schließlich traten sie zu Einohr, um ihm Meldung zu erstatten.

„Vier Kohorten haben es geschafft“, brummte ihr Wortführer. „Trotz der verfluchten Himmelsbestien und dem Feuer, das Totentuch und Eis verzehrte und manchen Krieger verschlang."

„Seid froh, dass wir noch so viele sind", meinte Einohr. „Wenn ich nicht sofort ein gutes Beispiel gegeben und den Rückzug eingeleitet hätte, wären noch weit mehr ums Leben gekommen. Immerhin, ich muss lobend erwähnen, dass ihr rasch reagiert habt und mir schnell gefolgt seid. Gute Arbeit, Kohortenführer."

Feuergesicht stützte sich erschöpft auf die Lanze des Banners. „Mit drei Legionen sind wir aufgebrochen. Sechsundzwanzig von dreißig Kohorten haben wir verloren."

„Über fünftausend Krieger tot", zischte ein Kohortenführer. „Und warum?"

„Weil die beiden anderen Legionsführer dumm waren", zischte Einohr. „Aber vier Kohorten haben wir gerettet. Habe ich gerettet, denn das ist nur meiner Klugheit und Schnelligkeit zu verdanken."

„Ja, deine Beine waren schneller, als die Flugbestien ihr Feuer spucken konnten", spottete ein anderer.

Einohr sah ihn giftig an. Er erhielt unerwarteten Beistand von Feuergesicht. „Wir anderen waren nicht viel langsamer, sonst stünden wir jetzt nicht hier."

„Nicht so schnell wie die Spitzohren", fauchte der Kohortenführer. „Sieh dich um, Feuergesicht. Von denen haben weit mehr überlebt als von uns Rundohren."

„Wir sind eben schneller und klüger als ihr." Einohr wippte leicht auf den Fersen. Er fühlte sich relativ sicher, denn der Kohortenführer hatte recht. Es hatten weit mehr Spitzohren überlebt, und die dämlichen Rundohren waren deutlich in der Minderheit. Der kleine Legionsführer sah sich um. Die Legionäre lauschten dem Disput, und die Spitzohren waren sicherlich genauso froh wie er selbst, ihr Leben gerettet zu haben.

„Du hast uns schlecht geführt, Einohr“, brüllte der Kohortenführer auf. Seine Augen weiteten sich, und Geifer sickerte ihm zwischen den Fängen hervor. Das Rundohr stierte Einohr überrascht an, dann glitt sein Blick an sich selbst herab. Der Bolzen eines Querbogens ragte aus seinem Leib, und Blut strömte über die Rüstung. Der Kohortenführer wandte sich halb um und sah den Schützen an, ein Spitzohr, das nun angstvoll quiekend zurückwich. „Du … Made …“, keuchte der Krieger, bevor er sterbend vornübersackte.

Die anderen Rundohren zogen ihre Schlagschwerter, und Einohr wusste, dass sie nur wenige Augenblicke von dem nächsten Blutbad entfernt waren. Doch er wollte nicht riskieren, noch mehr Krieger zu verlieren. Der Rückweg war weit und keineswegs sicher.

„Gebt Ruhe und haltet Disziplin!“, schrie er wütend. „Der Kohortenführer hat mich zu Unrecht beschuldigt und dafür seine Strafe erhalten!“

Alles stand auf der Kippe, als Einohr wieder unerwartet Hilfe erhielt. „Einohr trifft keine Schuld“, sagte Feuergesicht mit gefletschten Fängen. „Die anderen Legionen sind vorausmarschiert.“

Das mussten die Rundohren eingestehen. Zögernd pendelten ihre Blicke zwischen ihrem Legionsführer und den anderen Spitzohren hin und her. Erneut bewies Feuergesicht seine Führungsqualitäten. „Ich mag die Spitzohren auch nicht“, gestand er. „Aber der Weg ist noch weit, und wir brauchen ihre Bogen. Und die Spitzohren brauchen unsere Stärke.“

Die Legionäre begannen sich zu entspannen. Sie begriffen, dass sie noch nicht in Sicherheit und daher aufeinander angewiesen waren. Einohr hatte einen Moment den Atem angehalten und stieß ihn nun erleichtert aus. Er hatte sich am Rande des

Abgrundes befunden, doch wie schon so oft hatte er überlebt.

„Ich war es, der vor dem voreiligen Sturm gegen Merdonan gewarnt hat, vergesst das nicht. Und ich führte euch aus der Falle der Weißen Sümpfe heraus. Auch das solltet ihr bedenken."

Der Legionsführer sah Feuergesicht freundlich an und deutete auf das tote Rundohr. „Du kannst seine Kohorte haben. Das Banner soll ein anderer tragen."

„Was machen wir jetzt?", fragte der soeben beförderte Kohortenführer.

„Wir marschieren nach Merdoret", entschied Einohr.

„Du hast recht", stimmte einer der beiden anderen Kohortenführer zu. „Wir sollten etwas von dem Altmetall dort aufheben. Das wird die Meister gnädig stimmen, wenn sie von unserer Niederlage hören."

„Das Altmetall interessiert mich nicht", giftete Einohr. „Mich interessieren das Holz und die Wärmefeuer, die wir dort finden. Mir ist kalt!" Er seufzte. „Außerdem sind wir dort weit genug von den Feuerbestien entfernt."

„Dort ist uns die erste von ihnen begegnet", erinnerte ihn Feuergesicht.

„Hm, ja, stimmt, wir sollten besser direkt nach Cantarim marschieren", korrigierte Einohr seine Entscheidung. „Die Meister sollten rasch erfahren, was geschehen ist und dass sich Flugbestien in unserem Land befinden."

„Benutze doch den Sprechstein", wandte eines der Rundohren ein. „Das geht viel schneller."

Dieser Gedanke gefiel Einohr überhaupt nicht. Es mochte sein, dass die Meister ihn dazu verpflichteten, die Grenze zu sichern, bis Verstärkung eintraf. Er hatte jedoch kein Verlangen danach, die vorderste Linie zum Feind zu sein oder länger als nötig zu frieren.

„Ich habe ihn verloren, als ich mich dem Feind entgegenstemmte", behauptete er und zuckte entschuldigend mit den Schultern. Er spürte dabei den Druck, den der Sprechstein unter seinem Harnisch ausübte. Er musste das Ding bei passender Gelegenheit loswerden. Es würde nicht schwierig sein. Er würde sich am Wegesrand erleichtern und dabei den Sprechstein ins Totentuch fallen lassen. Etwas davon darübergescharrt, und niemand würde herausfinden, wo das verdammte Ding geblieben war.

„Nun, darum muss ich ihnen persönlich berichten. Mit allen Details, die meine Verdienste, unsere Verdienste, deutlich machen." Er sah die Rundohren eindringlich an. „Die Legion der Blutkralle ist es immerhin, die überlebt hat. Und wir haben dem Feind bei Merdoret die größten Verluste zugefügt. Das darf man nicht vergessen."

Sie warfen letzte Blicke zu den Sümpfen, über denen noch immer blaue Flämmchen tanzten, dann formierten sie ihre Kohorten und marschierten zurück in den Pass. Einohr ließ sich ein wenig zurückfallen, bis er am Ende der Truppe war. Es machte einen guten Eindruck, dem Feind auch beim Rückzug am nächsten zu sein, zudem konnte er den Sprechstein dann unauffällig loswerden. Seine Sorge galt der Frage, wie die Meister Cantarims und der Allerhöchste Lord seinen Bericht aufnehmen würden. Der Verlust der Legionen würde ihnen nicht gefallen. Immerhin mussten sie ja anerkennen, dass er vier Kohorten wieder heimbrachte und selber überlebt hatte. Gegen all die Pferdelords und die riesigen Flugbestien. Wie hätte er, Einohr, bei dieser Übermacht den Sieg erringen sollen? Nein, die Herren würden kaum auf einen so klugen und vorausschauenden Legionsführer verzichten wollen.

Oder etwa doch?

Einohr stieß einen leisen Fluch aus. Die Stimmung der Herren war launenhaft. Missmutig stapfte der kleine Legionsführer seiner ungewissen Zukunft entgegen.

56

Der Mann strampelte verzweifelt mit den Füßen und kämpfte um sein Leben, doch es war aussichtslos. Der lederne Riemen zog sich enger um seinen Hals, schnürte ihm die Luft ab. Die blutunterlaufenen Augen schienen aus den Höhlen zu treten, und die Zunge quoll aus dem aufgerissenen Mund. Ein gequältes Ächzen war zu hören, ein letztes Mal zuckten die Beine, dann erschlaffte der Körper endgültig.

Garwin trat neben die Leiche des hingerichteten Gefolgsmanns und sah die umstehende Menge scharf an. „Er wollte uns verraten. Er wollte euch verraten. Ihr alle wisst, was dann geschehen wäre. So hat der Verräter sein Ende nicht auf ehrenvolle Weise durch das Schwert gefunden, sondern durch die Würgeschlinge des Jägers. Lasst euch dies eine Warnung sein, dass Verrat gesühnt wird."

Die umstehenden Männer, Frauen und Kinder des verborgenen Lagers schwiegen, als Garwin sich umwandte und zurück zu seinem Haus schritt. Erst als er im Eingang verschwunden war, erhob sich hier und da leises Getuschel.

Scharführer Peragram baute sich neben dem Leichnam auf und trat mit verächtlichem Gesichtsausdruck gegen den leblosen Körper. „Ich hoffe, dieser Bastard war der letzte."

Scharführer Hendahl gab ein paar Männern einen Wink. „Schafft ihn fort und vergrabt ihn außerhalb des Lagers." Dann sah er Peragram an. „Ich glaube nicht, dass es noch einen weiteren Verräter unter unseren Leuten gibt. Es sind alles gute Männer."

„Wollen wir es hoffen." Peragram spuckte aus und sah zu,

wie sein Speichel in den Schnee einsank. „Von dem hier haben wir das auch einmal gedacht. Kommt, Hendahl, der Hohe Lord will sich noch mit uns besprechen."

Hendahl sah in die Gesichter der Umstehenden, bevor auch er zum Haus Garwins hinüberschritt. Die meisten hießen die Hinrichtung offensichtlich gut, doch es gab auch einige, deren Mienen starr und verschlossen wirkten. Manche von jenen, die Garwin zuvor bereitwillig gefolgt waren, empfanden nun zunehmend Zweifel. Selbst Hendahl fühlte sich davon nicht frei, obwohl er Garwins hartes Durchgreifen befürwortete, denn er hasste den Verrat. Es kam dem jungen Scharführer nicht in den Sinn, dass er in der Hochmark selber als Verräter angesehen wurde.

Garwin hatte sich hinter den elfischen Schreibtisch gesetzt, den er aus dem unbewohnten Haus des Urbaums hatte holen lassen. Er lehnte sich in den zierlichen Stuhl zurück und betrachtete nachdenklich die Karte, welche die bekannten Länder zeigte. Als seine Scharführer eintraten, deutete er auf einen kleinen Tisch und die dort stehenden Gläser und Krüge.

„Nehmt euch und setzt euch zu mir. Wir müssen reden." Er wartete, bis sie sich bedient hatten, und sah sie dann forschend an. „Ein voller Mond ist nun vergangen, seitdem die neue Schlacht um Merdonan geschlagen wurde. Seitdem brennen die Weißen Sümpfe, und vieles hat sich verändert. Nicht zum Besseren, wie ich sagen muss." Er deutete auf Peragram. „Sagt, Scharführer Peragram, wie steht es in Merdonan?"

Peragrams Gesicht verfinsterte sich, und er zuckte entschuldigend die Achseln. „Ihr wisst selbst, Hoher Lord, dass wir dort nicht mehr über verlässliche Augen und Ohren verfügen. Der Schwertmann, der uns diente, ist in der Schlacht vor Merdoret gefallen. Und es ist schwer, jemanden für unsere Sache zu gewinnen. Selbst mit einem Beutel voll goldener Schüsselchen lässt sich keiner finden. Aber das mag sich ändern. Mit der Zeit."

„Mit der Zeit!" Garwin erhob sich halb und schlug wütend mit der flachen Hand auf den Tisch. Die filigrane Konstruktion erbebte, hielt aber stand. „Der Kampf der Pferdelords gegen die Orks hat uns zurückgeworfen, verdammt."

Hendahl sah seinen Herrn an und schüttelte den Kopf. „Nicht der Kampf, Hoher Lord. Aber man weiß nun von unserem Ränkespiel. Das hat die Menschen gegen uns aufgebracht. Ohne unsere Täuschung hätten sich die Beritte der Marken und der Garde bei Merdonan versammelt und wären den Orks mit gewaltiger Macht entgegengetreten. Vielleicht hätte man Cantarim sogar nehmen können." Er hielt dem wütenden Blick stand, den Garwin ihm zuwarf. „Dass es nicht dazu kam, lastet man uns an."

„Das weiß ich selbst, verdammt." Erneut schlug die Hand auf den Tisch. „Überall sind Scharen der Marken unterwegs, um nach uns zu suchen. Wir müssen uns verborgen halten, denn der Zorn der Pferdelords ist groß. Wenn sie uns finden, wird man uns ohne Zögern niedermachen." Garwin warf sich in den Stuhl zurück, der protestierend ächzte. „Und die Garde des verfluchten ta Enderos führt sich ähnlich auf."

„Gleichwohl, Hoher Lord", warf Peragram ein, „gibt es noch immer Männer, die für die goldenen Schüsselchen empfänglich sind. Wir mögen einen Rückschlag erlitten haben, doch mit der Zeit werden wir erneut erstarken."

„Verdammt soll dieser Nedeam sein", brüllte Garwin auf. „Selbst dieser Bastard hat überlebt und sonnt sich im Glanze neuen Ruhms. Aber irgendwann lege ich meine Hände um seinen Hals und werde es genießen, das Leben aus ihm herauszuquetschen."

Hendahl sah den blanken Hass in den Augen seines Herrn und das zustimmende Nicken Peragrams. Langsam stiegen

Zweifel in ihm auf, ob es Garwin wirklich um die Einigung des Pferdevolkes unter seiner Krone ging oder ob es der blinde Hass auf den Ersten Schwertmann Nedeam war, der den Herrn der verborgenen Mark antrieb.

„Wir werden etwas leiser auftreten“, sagte Garwin schließlich. „Warten, bis frisches Gras über die Weide gewachsen ist. Wir müssen neue Augen und Ohren mit unseren Schüsselchen anwerben. Wir brauchen Informationen, Männer und Waffen, meine Scharführer. Mögen sich Nedeam und die anderen auch in Sicherheit wiegen, die Zeit wird kommen, zu der sie und die Marken des Pferdevolkes vor meinem Zorn erzittern werden.“

57

Es würde keinen Kriegszug ins Reich des Schwarzen Lords geben. Noch immer brannten an der Oberfläche der Weißen Sümpfe blaue Flammen. Das Bild glich einem farbigen Teppich, der sich sanft und in Wellen bewegte. Ein schönes und zugleich gefahrvolles Bild. Doch der Brand der Sümpfe versiegelte die Grenze zwischen Merdonan und dem Pass von Merdoret.

„Es war kein glanzvoller Sieg, den wir errungen haben", räumte Pferdefürst Bulldemut ein. „Dennoch war es ein Sieg, den man in den Legenden besingen wird. Allein schon wegen der Lederschwingen." Er grinste vergnügt. „Aber auch wir haben uns nicht schlecht geschlagen."

„Ja, es kehrten weit mehr aus dem Reich der Finsternis zurück, als wir hätten hoffen dürfen", gestand Nedeam, der am Stapel des Signalfeuers stand. Sie hatten sich an diesem Morgen auf der Turmplattform der alten Ostwache eingefunden. „Die lange Jagd durch die Berge werde ich nie vergessen."

„Wir hätten bei unseren Pferden bleiben sollen", warf Llaranya ein. „Sie waren weit schneller zurück in der Mark als wir."

Nedeam lachte auf. „Nun, mein Duramont hat sie geführt, und Fangschlags Beißer sorgte dafür, dass keines zurückblieb." Er wurde unvermittelt wieder ernst. „Doch viele gute Pferdelords haben dort ihr Leben verloren."

„Wir werden ihrer gedenken. Solange es brennt, wird niemand die Sümpfe passieren können", sagte Pferdefürst Bulldemut und blickte nachdenklich nach Osten. „Und wenn die Flammen versiegen, wird die Ostmark bereit sein, jeder Bedrohung entgegenzutreten.“

Nedeam schlug sanft gegen den Umlenkspiegel des Signalfeuers. „Die anderen Marken des Pferdevolkes würden nicht zurückstehen.“

Bulldemut lächelte. „Die Einigkeit des Pferdevolkes macht es stark.“ Er deutete über die Sümpfe hinweg. „Ja, die Grenze nach Osten ist vorläufig sicher. Ich denke, sie wird es auch auf lange Zeit sein. Die Schwertmänner der Turmwache sahen gestern eine Schwinge, die das Gebirge bestreifte. Ich glaube nicht, dass der Schwarze Lord und die Orks diesen Wesen etwas entgegensetzen können.“

„Die Schwingen sind nicht unüberwindlich“, gab Nedeam zu bedenken. „Showaa wurde von einem Bolzen verletzt, wie Anschudar mir berichtete. Doch Ihr habt recht, Freund Bulldemut, es dürfte dem Herrn der Finsternis schwerfallen, diese Wesen zu überwältigen.“

Der Pferdefürst stieß ein leises Grunzen aus. „Sollten sie einmal in Bedrängnis geraten, wird uns etwas einfallen, ihnen beizustehen.“

Hinter ihnen ertönte ein grimmiges Knurren. Fangschlag hatte seine alte Rüstung wieder gegen die braune Kutte getauscht und sich zusätzlich einen dicken Pelzumhang über die Schultern gelegt. „Dem Allerhöchsten Lord bleibt nun nur noch der Weg über das Kaltland oder über den Süden. Das Kaltland wird er nicht betreten, es ist das Land des Totentuches und des ewigen Eises. Selbst ein warmer Umhang würde mich dort nicht davor schützen, am Blutfrieren zu sterben. Nein, Pferdemenschen, wenn die Legionen wieder angreifen, dann wird es im Süden geschehen.“

Bulldemut lächelte zuversichtlich. „Der gute ta Enderos wird sich ihrer zu erwehren wissen. Und wenn es hart kommt, wird das Pferdevolk an seiner Seite stehen.“

„Ja, ihr Menschen könnt zufrieden sein." Fangschlag trat neben den alten Pferdefürsten. „Aber meine Hoffnung auf Rache ist in den Flammen des Sumpfes vergangen." Er ballte die Faust. „Allerdings bin ich mir sicher, dass Einohr noch lebt. Ich kann es spüren, versteht ihr?"

„Ja, wir haben alle noch eine Rechnung offen", bekannte Nedeam. „Mit Einohr und mit Garwin, dessen Heimtücke uns alle fast das Leben gekostet hätte."

Fangschlag bleckte die Fänge. „Dann ist es jedem Einzelnen von uns bestimmt, einen Feind zu töten."

Nedeam schüttelte langsam den Kopf. „Es gibt auch andere Bestimmungen, Fangschlag."

Das Rundohr runzelte die Stirn. „Welche denn?"

Nedeam zog Llaranya an sich. „Menschliche Wesen bezeichnen das als Liebe, mein Freund."

Fangschlag musterte die beiden nachdenklich. „Ihr menschlichen Wesen werdet mir immer ein Rätsel sein. Ihr wollt jetzt eure Lefzen aufeinanderlegen?"

„So kann man es sagen."

„Ich verstehe. Eine merkwürdige Angewohnheit der Menschen." Fangschlag trat neben Pferdefürst Bulldemut. „Sagt, Pferdeführer Bulldemut, erzählte ich Euch schon, dass ihr Menschen mir gelegentlich ein Rätsel seid?"

Bulldemut grinste breit. „Ah, wahrhaftig, ist das so?" Er legte dem Rundohr die Hand an die Schulter und zwinkerte Nedeam und Llaranya zu. „Ich glaube, davon solltet Ihr mir unbedingt erzählen. Seht Euch nur diesen wundervollen Ausblick an, Fangschlag, und nun sagt mir einmal, was Euch so rätselhaft erscheint. Und lasst Euch ruhig genügend Zeit dafür."

„Ich verstehe nicht, was Ihr damit meint, Pferdefürst."

„Nun, das ist ein Menschending, Fangschlag, Ihr versteht?"

Der riesige Ork warf einen irritierten Blick zurück und sah, wie Llaranya und Nedeam sich innig küssten. Seine Lefzen verzogen sich zum orkischen Äquivalent eines breiten Lächelns. „Dieses Ding, das Ihr Liebe nennt, Freund Pferdefürst", sagte er überraschend leise, „wird mir immer das größte Rätsel der Menschen bleiben."

Bulldemut nickte lächelnd. „Mir auch, mein Freund, mir auch."

– ENDE –

Michael H. Schenk
Die Pferdelords und das verborgene Haus der Elfen (4)
Band-Nr. 65011
8,95 € (D)
ISBN: 978-3-89941-402-8
592 Seiten

Michael H. Schenk
Die Pferdelords und die Korsaren von Um'briel (5)
Band-Nr. 65014
8,95 € (D)
ISBN: 978-3-89941-471-4
624 Seiten

Michael H. Schenk
Die Pferdelords und die Paladine der toten Stadt (6)
Band-Nr. 65018
8,95 € (D)
ISBN: 978-3-89941-527-8
512 Seiten

Michael H. Schenk
Die Pferdelords und das vergangene Reich von Jalanne (7)
Band-Nr. 65023
8,95 € (D)
ISBN: 978-3-89941-601-5
528 Seiten